Чехов
契诃夫传

Чехов

契诃夫传

Громов

［苏联］格罗莫夫 著

郑文樾 朱逸森 译

上海译文出版社

目录

代序

在一八六一年废除了农奴制度之后，正如陀思妥耶夫斯基所说的，“出现了向一切美好的东西过渡的时代”，这个时代在俄国社会中激起了远大的希望和期待。到一八八一年之前，也就是契诃夫时代实际上从此开始算起的年代，革命民主主义和革命民粹派的时代已成为过去，“土地和自由社”[①]、“土地平分社”[②]种种秘密小组以及类似契诃夫笔下的无名氏那样的神秘人物们之辉煌也已不复存在。屠格涅夫、陀思妥耶夫斯基、列夫·托尔斯泰、列斯科夫的所有重要的长篇小说都已经出版过、阅读过，而且是反复阅读过，在各家杂志上关于这些作品的争论也已经平息。

一八八一年三月，亚历山大二世被刺杀。“枭雄波别多诺斯采夫[③]在俄罗斯上空展开了他的黑翅”，开始了对文学的压制，而在俄国知识分子心目中，文学却向来是独一无二的社会意识的论坛，精神自由和人身自由的论坛。

俄国历史上这一段大致延伸至十九世纪九十年代中叶的时期被称为黄昏和阴郁的时期，好像就是借用了契诃夫的两部文集《在黄昏》和《阴郁的人们》的名称似的。之后，我们有时也跟随着旧日的自由主义的时评作者和文学批评家们如此称呼这个时期。

契诃夫没有参与关于十九世纪八十年代“沉滞时期”、黄昏时期的论战，虽说他这位研究过各种时髦意见和论点之起源和实质的人显然是希望了解“契诃夫、柴可夫斯基[④]和列维坦[⑤]……之秋日的黄昏”是何时出现的，它们在人们的意识中又留下了何种痕迹。

契诃夫在一八八八年反驳 A. C. 苏沃林[⑥]时指出：“说八十年代没有出过一个作家，仅仅这一点就是可以写出五本书的材料。”[⑦]无论是当时，也无论是以前，或者是后来，他都不认为自己的时代是一个空洞和贫乏的时代。他在一八八八年悼念 H. M. 普尔热瓦利斯基[⑧]的悼词中把这个时代称为“病态的”时代，因为软骨头的人和懦夫们开始“繁殖起来”，出现了他所痛恨的“萎靡不振的、无精打采的、只会懒洋洋地空发议论的、冷漠消沉的知识分子……他们唠叨不休并且乐于否定一切，因为对于懒惰的脑袋来说否定比确定更容易一些”。C. Я. 纳德松[⑨]及其无数仿效者的诗歌顿时时髦了起来：“纵然竖琴已坏，和音却尚在回荡；即使祭坛已毁，圣火却犹在燃烧……”

叶 · 索洛维约夫（安德烈耶维奇）在一九〇九年说过：“那些在这些年代度过了自己青年时代的人的命运是可悲的，因为他们

---

① “土地和自由社”，十九世纪七十年代的革命民粹派组织，1876 年建立于彼得堡，1879 年分裂成“民意党”和“土地平分社”两个组织。（下文中的注释，除说明为原作者的注释外，均系译者所加）

② “土地平分社”（1879—1882），在“土地和自由社”分裂后成立于彼得堡的革命民粹派组织。

③ 波别多诺斯采夫（1827—1907），俄国国务活动家，在亚历山大三世王朝颇有影响，反动思想的鼓吹者。

④ 柴可夫斯基（1840—1893），俄罗斯著名作曲家。

⑤ 列维坦（1860—1900），俄国巡回展览派著名画家。

⑥ A. C. 苏沃林（1834—1912），《新时报》出版者。

⑦ 见《契诃夫书信集》，上海译文出版社，第 76 页。

⑧ H. M. 普尔热瓦利斯基（1839—1888），俄国旅行家、中亚考察家。

⑨ C. Я. 纳德松（1862—1887），俄国诗人。

很快就衰老了。他们的尚未坚定起来的理想，他们那真诚却又过于幼稚的信念未及开花就已凋谢。旧的思想已经过时，新的思想尚未产生……总之，这是雨雪泥泞的秋天，是它激发了列维坦创作他的《暮色沉沉》，是它激发了契诃夫撰写他的《在黄昏》和《阴郁的人们》。”

安德烈耶维奇属于俄罗斯所特有的那样一种类型的人，他们只会按文学来判断生活，只会根据已读过的作品所产生的印象来建立一系列的哲学体系。像众所周知的契诃夫笔下的一个人物一样，他只会在自己的书桌上讨生活，并成为当时一个不亚于纳德松本人的“沉滞时期”的理论家和辩护士。

各个相互间不可调和的派别和阵营里的人们都使用同样的语言谈论自己的时代，似乎他们都乐于感到自己是受损害的人、是遭受生活委屈的人，正如契诃夫所说的，懒惰、怕死和不喜欢生活等特性奇怪地组合在一起，控制了他们大家，也控制着他们中的每一个人。

不久，Д. С.梅列日科夫斯基①带着他那篇轰动一时的文章《论衰退的原因兼谈当代俄国文学的新派别》登场了。“一切都在融化……以前曾经像雪一般洁白的东西变成了一团肮脏的、蓬松的东西，水面上是一层极薄的、不可信的冰，让人对之望而却步。从令人十分犯疑的山泉流动着一条条喧哗不休的混浊的春天的小溪……”

梅列日科夫斯基是在从欧洲回国之后、在陶醉于时髦风气之

① Д. С.梅列日科夫斯基（1866—1941），俄国颓废文学创始人之一。

中，受了尼采[①]的影响而写下《原因》这篇文章的。在意大利，之后在巴黎，他曾与契诃夫相遇，当然也和他谈论了“沉滞时期”，谈论了“神经质的一代”。似乎他们在任何问题上都没有像在这些问题上意见如此截然相左。“根本就没有什么神经质的世纪，”一八九一年十二月十三日契诃夫致信 A. C. 苏沃林说，“人们从前怎样生活，现在还是怎样生活，而现在人们的神经不比亚伯拉罕、以撒和雅各[②]的神经差一些。”契诃夫后来也重新谈论过这些“伤脑筋的”思想，并提出了一些对事物更加广阔和开明、更加符合历史和更富内容的理解：增多的并不是神经病患者的数量，而是观察这些病患的医生的数量……

关于“沉滞时期”、神经质的一代、病态的世纪的思想只是在当年的优雅的艺术精英和自由主义的批评家之间传播。契诃夫感到困惑并懊丧地写道：“我算什么悲观主义者？我算什么‘阴郁的人’？”后来他在拒绝担任《艺术世界》杂志编辑的建议时，致信佳吉列夫[③]谈到梅列日科夫斯基说：“如果我们同拉一辆车的话，我们会把它朝不同的方向拉……”

在精神上与契诃夫接近的人们——他的年长的和年轻一些的同时代人——怀着深深不安的心情在思考悲观主义：“现代诗歌中阴郁的、悲观主义的派别确实是一种不正常的现象。无论社会生活的条件多么惨淡……总还是存在着许多指望达到美好未来的机

---

① 尼采（1844—1900），德国哲学家，非理性主义者，唯意志论者，“生命哲学”的创始人之一。

② 这三个名字全是《圣经》中的人物的名字。

③ 佳吉列夫（1872—1929），俄国艺术学家，主张“为艺术而艺术”，象征主义者的刊物《艺术世界》的编辑。

遇……只要不丧失自己的人格能量和精神锐气。”蒲宁[①]在一八九〇年写下这些话的时候还不认识契诃夫，也不知道契诃夫说过的一些话，但他自然是会同意这些话的：“如果现在的日子不好，那么过去就简直是糟糕透顶了……”

在萨哈林之行以前，即在一八九〇年之前，契诃夫在批评界和我国读者的眼中是一个有希望的作家，文集《形形色色的故事》的作者，甚至在他创作了《伊万诺夫》《草原》《枯燥乏味的故事》和《灯火》之后也不会有人称他是“思想的主宰”，不会把他与B.迦尔洵[②]相提并论，更不会把他与纳德松同日而语。更何况契诃夫是一位幽默作家，而幽默与这个时代的思潮是不相符合的。M.高尔基说过：“我不知道俄国历史上有比这个时期更为沉重的时期。”他在说这些话时，指的当然不是《女妖》，也不是《民心骚动》。不能不带微笑地阅读，比方说，典型的契诃夫对时代特征的描述：“……以前的老爷们有一半是将军，而现在的老爷们全都是一些窝囊废！”（《芦笛》，1887年）

在契诃夫的年长的同时代人之中最重要的人物当然是列夫·托尔斯泰，他与任何颓废派艺术、与任何道德上和心灵上的病态现象都是格格不入的。在否定一些最新的艺术流派时他不怕陷入极端，但他即便是处于极端之中，却与契诃夫是亲近的，并且是契诃夫所能接受的。

对年轻的作家们和新生的后代们抱着严酷和不信任态度的列

---

① 蒲宁（1870—1953），俄国作家，1920年侨居国外，1933年获诺贝尔文学奖。

② B.迦尔洵（1855—1888），俄国作家，短篇小说《四天》《艺术家》和《红花》等反映了对不公平社会现象的敏感和为人民服务的思想。

夫·托尔斯泰曾说过："现在是唯物主义的世界，即女人和医生的世界。"然而他却怀着一种感人的温存爱着契诃夫，虽然契诃夫既是一个唯物主义者，又是一个医生，而且他没有世界观——即没有宗教感情，一种对所有与之相左的东西的盲目感情，一种在自己的幻想中和无稽之谈中调和最不可调和的各种极端的感情。托尔斯泰爱契诃夫的一些小说，他读着会哭，会哈哈大笑，因为契诃夫在年轻作家中是惟一的一位好作家，托尔斯泰将他与自己等量齐观，甚至将他置于自己之上，但当然也是因为感到他有一颗纯净的心。

在每一个有着伟大历史的大国的生活中不可避免地会有一些混乱的时期；这种时期出现了，过去了，但它们总要在历史的记忆中留下一些光辉的名字。契诃夫和托尔斯泰是十分不同而又非常亲近的人。无论在任何情况下契诃夫都不会把托尔斯泰的时代（也就是他自己的时代）称为"沉滞时期"。

从一八八八年起担任哈尔科夫大学教授，之后又与契诃夫一样成为名誉院士的严肃的文化史家 Д.Н.奥夫夏尼科-库利科夫斯基[①]断言："八十年代是一个独特的'发现新大陆'的时代，当时我们不仅发现了陀思妥耶夫斯基和托尔斯泰，甚至还发现了普希金……俄国古典作家的作品获得了新的文学生命，而这不能不反映在新生后代的精神气质和世界观上。可以说，八十年代和九十年代的青年知识分子是以普希金、莱蒙托夫、果戈理和他们的继承者们的作品教育出来的。"

我们的同时代人 А.И.索尔仁尼琴对十九世纪末和二十世纪

① Д.Н.奥夫夏尼科-库利科夫斯基（1853—1920），俄国文学理论家、语言学家，彼得堡科学院名誉院士（1907 年）。写有关于十九世纪古典作家的论著，研究创作心理学问题。

初的俄国历史进行了大量研究，他称这个时代“从良心、真诚和人民性来说是俄国思想的最佳年代”。

不仅像普希金所说的那样，我们“懒惰和缺乏好奇心”，我们还是极端不节俭的，特别是对俄国历史的伟大宝藏。

无论愿意与否，历史本原的丧失都导致了一个令人沮丧的结论——十九世纪八十至九十年代的俄国文化是有缺陷的，既然时代是无足轻重的，那么作家和哲学家也不可能是有影响的：“契诃夫擅长写短篇小说，这并非偶然……时代就是这样一个时代，人是小人物，情感是浮浅的，契诃夫也就写不出长篇小说来。”

这种主张使一些倾向于客观地和清醒地看待事物的人警觉起来，并使他们感到受屈；归根结底，我们之中任何人没有任何理由认为自己祖国的过去只是漆黑一团。

神经外科医生 H.H.布尔坚科是年轻的契诃夫的同时代人，他也是我们的同时代人，他对打算为他写一本书的尼林说：“请丝毫别像有些人写书那样把我的似乎是不幸的童年和少年早期写得过于痛苦。他们要这么写显然是为了形成鲜明对照。他们似乎在说：请看，某教授是从怎样的贫寒穷困的泥潭中挣脱出来并奔向光明的。现在我们这里有一种荒谬的风气——为了把过去和现在进行对照，就用十分晦暗的色调描绘我们的过去，这简直令人厌恶。首先，这么写是不真实的；其次，这对我们祖国本身也是一种侮辱。假如俄罗斯真是如此黑暗和野蛮，那就难以理解：怎么会出现普希金和谢切诺夫[①]、门捷列夫[②]和托尔斯泰、柴可夫斯

① 谢切诺夫（1829—1905），俄国生理学学派创始人，唯物主义思想家。
② 门捷列夫（1834—1907），俄国化学家，1869 年发现化学元素周期律。

基？……”

在十九世纪八十年代，科学，正如陀思妥耶夫斯基所说的，“从各个方面来看都是奇美的珍品”，但是仅有非常少的人——也许只有契诃夫一人——看到了：虽然教堂的钟仍在规定的时间敲响，工作日和休息日仍在照常交替，但生活已经改变得没有回头之路了。“青年人不进文学界，因为他们之中的优秀分子现在都在铁路、工厂、工业机构工作；他们全部都进入了正在取得巨大成就的工业领域。”其实当时“沉滞时期”一词只是闪现在人文学者的词汇之中。一八九二年十一月二十五日契诃夫在写给 A.C.苏沃林的信中说，科学和技术正经历着一个伟大的时代，“但对我们来说，这个时代是疲沓的、抑郁和枯燥的”……

在这个时期发生了具有世界意义的科学变革：发表了 H.И.罗巴切夫斯基[①]非欧几里得几何学的基本公理，发现了门捷列夫的元素周期律；在契诃夫的同时代人中还有 K.Э.齐奥尔科夫斯基[②]；一八六六年十二月在莫斯科诞生了抽象派绘画的奠基人 B.B.康定斯基[③]。

怎么能不回忆起 K.A.季米里亚泽夫[④]和首次测定了光线压力的 П.H.列别杰夫[⑤]以及其他许多人的名字呢？而关于这些人，同

---

① H.И.罗巴切夫斯基（1792—1856），俄国数学家，非欧几里得几何学（罗巴切夫斯基几何学）创始人，对数学思维的发展有巨大影响。

② K.Э.齐奥尔科夫斯基（1857—1935），苏联航天和火箭动力学以及飞船理论方面的学者和发明家，现代宇航学的奠基人。

③ B.B.康定斯基（1866—1944），俄国画家，抽象艺术的奠基人之一。1921年移居国外。

④ K.A.季米里亚泽夫（1843—1920），俄国达尔文主义自然科学家，俄国植物生理学学派创始人之一。

⑤ П.H.列别杰夫（1866—1912），俄国物理学家，俄国实验物理学创始人之一，俄国第一个物理学派的创始人。

时代人是很少知道的。

契诃夫笔下的主人公们困惑地思考着这样一个问题：为什么俄罗斯对自己的工程师们和自然科学家们了解得很少，也很少了解那些热爱劳动和有创造精神的人，他们的名字从不闪现在报纸上和人们的言谈之中。

但是在这里显然隐藏着一个真正的困难，因为在短篇小说《头等车乘客》中所谈到的那些人所做的还是当代人所能理解的某种事情：造房子、架桥梁、修铁路，虽然他们都是无名氏，但他们都是用得着的人。而罗巴切夫斯基、门捷列夫，特别是齐奥尔科夫斯基，他们超越自己的时代至少有半个世纪，同时代人对他们的想法也不过像我们在未听到原子战争的回声前对相对论和爱因斯坦的想法一样。在中篇小说《我的一生》中米赛尔·波洛兹涅夫承认道："我已经感到奇怪，以前我怎么不知道世界是由六十种简单的物体组成的。"①

可以说，契诃夫一生都在写同一种东西，如果我们回忆一下，在他写作的过程中这"同一种东西"是逐渐地变化的。写的是同一座城市，同样那些人，同样那些街道、道路、河流、树林。在日常生活中变化几乎是不显眼的：人们出生，在学校里学习，挣钱糊口，然后死亡，"把自己的已故亲人拖到墓地"（《醋栗》）。但电灯已经闪耀了起来，契诃夫笔下的人物最初还在提出抗议："依我看来，电力照明不过是一种骗人的把戏……塞一小块炭进去，就以为可以蒙混过去了！不，兄弟，如果你当真为人家

---

① 契诃夫小说的译文参考了汝龙先生的译本《契诃夫小说全集》，上海译文出版社，1995 年版。

照明，那你就别给一小块炭，要给一种实实在在的东西，一种特别的东西，要抓得住、摸得着！你就把火拿来——明白吗？——拿火来，真火，不是什么心理上的火！”（《婚礼》[①]）后来人们开始对电灯照明渐渐习惯起来了。（《主教》，1902年）已经清楚了，未来的生活与过去的或者现在的生活是不一样的，但是它将丰富得多，至少是在技术方面丰富得多，它对人的要求无限地高，而且更加复杂。未来成了报纸综述和餐桌上谈话的对象，未来似乎是某种新的、人们所不习惯的、日历意义上的预言，于是契诃夫笔下的人物谈论的也是关于这未来的不可逆转的后果：关于土地、河流和森林的枯竭，关于人类的心灵力量的薄弱。

人们对宗教、对教堂的态度改变了，祖传的精神宝藏眼看着逐渐成为不明显的了，无需再到教堂去了，虽然珍贵的、沉重的大钟仍和以前一样敲响着，但是教堂本身陈旧了，老化了，人们开始感到，很快就会把它们拆除。所有这一切都在俄罗斯的现实生活中发生着，并反映在契诃夫的创作之中。尽管其创作是片断性的，但是却具有编年史的深度和完整性。一位同时代人公正地指出：如果俄罗斯突然离奇地从地球上消失了，那么根据契诃夫的短篇小说可以将它详尽地恢复起来。

可靠性和准确性——这的确是很重要的，契诃夫本人也对它们高度重视，他不宽容文学中微小的错误，甚至是对生活实际的些微偏离。但是在这里，在这部编年史中，不仅有着过去，其中也有着在我们的时代才开始的东西，在我们的时代我们眼看着进

---

① 契诃夫剧本的译文参考了《契诃夫戏剧集》，人民文学出版社，1960年版。

人生活的东西，并且我们现在觉得似乎以前，在阿斯特罗夫医生[①]的时代，就已经是这样的了。我们没有发觉，这位迷恋着地方自治区的医生竟超越了自己的时代几乎整整一个世纪。

罗巴切夫斯基的非欧几里得几何学和齐奥尔科夫斯基的宇航学是在二十世纪才需要的，同时代人并未相信他们。“但是，必须指出，如果有上帝，如果确实上帝创造了大地，像我们清楚知道的那样，上帝是按照欧几里得几何学创造了大地，仅以空间的三个量度概念创造了人的智慧。然而曾经有而且甚至现在也有一些几何学家和哲学家，甚至一些优秀的几何学家和哲学家，怀疑整个宇宙，或更广一些，整个存在只是按照欧几里得几何学建造起来的，他们甚至敢于幻想，两条按照欧几里得的理论无论如何在地球上不能相交的平行线可能在某种无限之中相交。我，亲爱的，得出结论认为，如果我连这点也不能理解，那么我怎么能理解上帝呢？……就让两条平行线甚至相交吧，我自己也会看到这点：我会看到，并且说它们相交了，但是我还是不能接受。这就是我的本质，阿廖沙，这就是我的论点。”

不仅是宇宙飞行，甚至连门捷列夫关于石油、关于用纸币生炉子更合算的论说，也没有谁认真地接受，只是到了我们的世纪才出现了合成纤维、电子学和许许多多别的东西……如果陀思妥耶夫斯基知道石油和时髦服饰有着直接的关系，他也许会想到一些其他的事情的……

但是关于陀思妥耶夫斯基和契诃夫有什么好说的呢？须知，就在不太遥远的时候，在那些尚未达到退休年龄的人的记忆中，

---

① 契诃夫的剧本《万尼亚舅舅》中的一个人物。

在我们自己的记忆中，许多城市的大街上到处闯荡着卖煤油的商贩，他们吹着铁皮制成的角笛，把许多手提煤油小桶的人招集到由栗色或暗褐色小马拉着的大桶旁边，而在我们的厨房里煤油炉闹哄哄地燃烧着，消耗掉可用于当今的“安泰”和“波音”的贵重燃料。“大型客机”这个词在契诃夫的词汇中尚不存在。

现在任何一个一年级学生都知道齐奥尔科夫斯基，而他所特别担心的事——一场星际大战的准备工作也正在逐渐开始。

十九世纪八十至九十年代的俄国科学是面向未来的并且酝酿着未来。很难想像会有一个天文学家、生物学家、物理学家，总之哪怕是一个稍许严肃一些的学者会把这个时代称为“沉滞时期”。

理解了这一点，就会更正确地理解沃伊尼茨基[①]和韦尔希宁[②]对生活的美妙憧憬以及幻想和宿愿（他们幻想，未来许多世纪的生活将是美好的），也就会更正确地理解契诃夫关于未来的论点，“让后代子子孙孙们得到幸福吧！但他们应该问问自己：他们的祖先是为了什么而活着的，又是为了什么而遭罪的……”。

未来取决于过去，但是如果未来仍然受到过去的东西支配的话，那就糟糕了：“……如果我们现在突然得到了我们谈得很多的自由……那么起初我们会不知道拿这自由干什么，因而我们可能会用它来在报纸上互相揭露对方搞密探活动……会用种种断言来恫吓社会，说什么我们没有人才、没有科学、没有文学，没有，什么都没有！而像我们现在所做的和将来要做的那样恫吓社会，那

① 《万尼亚舅舅》中的主人公。
② 剧本《三姊妹》中的一个人物。

就意味着打消它的锐气，也就是干脆自认：我们没有任何社会的意义，也没有任何政治的意义。”

聪明地和庄严地退出生活，为你所爱过的、抚育过的人们腾出地方——这是一件伟大的事，可能还是人们最重要的事情，但是如果这件事做得不好，那就糟糕：“我也想过，在新生活的朝霞发出光辉之前，我们会变成一些可恶的老太和老头，我们会首先怀着仇恨背弃这种朝霞并对之加以诽谤。”

契诃夫创作中的这种未来并不是阿谀的幻想，也不是空泛的憧憬，而是与往日相对立的必然；无论托尔斯泰和陀思妥耶夫斯基都说了些什么，真正的宝藏并没有丧失，但是也尚未被人类发现，无论通向宝藏的路途多么漫长，人类都不得不把它走完。“现在的文化——这是为了伟大未来而工作的开端，这工作也许将要延续几万年，以求人类哪怕是在遥远的将来认识到真正的上帝的真理，就是说，人类不会去猜测，也不会在陀思妥耶夫斯基的作品中寻找，而是清楚地认识到了这一真理，就像人类已经认识到二乘二等于四一样。”(1902 年 12 月 30 日致佳吉列夫的信)

认为契诃夫是无神论者——这样解决问题简单得多么诱人，然而这却是十分错误的。没有信仰、没有精神宝藏（人们总是把精神宝藏称为神圣的东西，因为没有别的更适合它们的词）、没有对过去的思考和对未来的希望、不心疼亲近的人们是不能生活的，就像没有良心是不能生活的一样，在这方面任何幻想是什么也改变不了的，因为没有良心，也就没有法则。“我本想给您写许多许多，但还是抑制一下为好，更何况现在的信件主要不是收信的人读的。我只想说，在使您感兴趣的问题上，重要的不是被遗忘了的词句和唯心主义，而是对自身的纯洁的认识，就是说您的心灵的完全自由，摆脱种种被遗忘了的和忘却不了的字眼、唯心主义以及其他莫名其妙的词句的自由。应该相信上帝，如果不信，那就不应该用喧嚷来代替信仰，而应该探索、探索，单独地进行探索，和自己的良心一起单独地进行探索……”（1901 年 12 月 17 日致 B.C.米罗柳博夫的信）

人们对契诃夫的同时代人——大科学家们在札记中所记下的契诃夫的话和他的名字总是很严肃的。“现代世界观全部都是以热力学的第二个原则为基础的……这第二个原则看来有着某种非常难解的奥秘，因为如果要问：那些带有离解物质和无数色彩能量储备的模糊斑点来自何方？要回答这一问题只能像契诃夫所说的那样：‘靠自己的智慧去理解世界的创造。’”

过去的批评界对契诃夫的言词作了十分平庸而单调的解释，但在契诃夫的这种说法里，在他的情绪中有着某种对列别杰夫来说是重要的东西，有着他在思考热力学的规律时所需要的东西；当年的科学家们是按照他们自己的方式理解契诃夫的，不同于文学界对契诃夫的理解——这可能是因为他们没有理由为“沉滞时期”悲伤，他们勤奋地工作，他们与“阴郁”的人们毫不相像。

“我想成为科学中的契诃夫。”K.Э.齐奥尔科夫斯基说。

应该指望，随着时间的推移这些话的意思将得到理解和解释。

“契诃夫难以捉摸”

约瑟夫·布拉兹所画的契诃夫肖像现在保存在特列嘉柯夫美术馆[①]的储备室里，只是偶尔在契诃夫的纪念日和庆祝日才展出。

这幅肖像是特列嘉柯夫预订的。布拉兹当时还是一位十分年轻的、刚刚开始创作的画家，刚从彼得堡艺术学院毕业不久，主修列宾[②]派艺术，契诃夫的肖像他画了两年。第一张画（1897年）被他自己否定了。第二张即售予特列嘉柯夫的那一张画并未得到契诃夫的喜爱：“我讨厌布拉兹所作的肖像……”“须知这是一幅不好的、很糟糕的肖像……似乎难于画出比它更无意趣的肖像了。我和布拉兹没有缘分。”

画家赋予绘画对象一种优雅的、稍许有些矫揉造作的姿势。契诃夫沉坐在一张古老的有着高高的天鹅绒靠背的圈椅之中。消瘦的、清雅的脸庞倚在一只苍白的手上；夹鼻眼镜的玻璃后面透出一双冷淡的、悲伤的眼睛。这幅油画以雾蒙蒙的淡蓝色为主色调。色彩十分冷，好像这幅肖像是直接从寒冷的户外搬进来的，在这个温暖的、人来人往的大厅里它马上蒙上了一层霜。只是面颊上透明的颜料斑点泛出一种淡淡的病态红晕。

一幅雅致的肖像。

“……我不觉得这幅肖像是有意趣的，其中有着某种不是属于我的东西，同时又缺少了某种属于我的东西。”

布拉兹是**世纪末**[3]的画家，他把契诃夫理解为自己圈子里的人。他画的是**世纪末**俄罗斯知识分子的概括性典型："我们将看到的天空中布满钻石……我们休息吧……"

这里是契诃夫笔下的一个人物所绘出的契诃夫肖像：

"如果我成了一个悲观主义者并撰写一些忧郁的小说，那么这其中的罪过就在于我的肖像。"

藏在特列嘉柯夫画廊中的这幅肖像被复制了无数份，于是它就像证件似的必不可少。人们对这幅肖像习惯了，而这一习惯的力量非常之强，以至一些关于契诃夫的真实的见证反而使人感到惊讶。例如，于一八七九年由塔甘罗格市民管理局所发的休假证中标明着契诃夫的身高：二俄尺九俄寸（高于 180 厘米），但人们总觉得，似乎契诃夫是个身材不高而娇弱的人，他的胸部不发达，由于严重的肺病嗓音不高而沙哑。

他的嗓音是"带着浓重金属声的低沉男低音；真正俄罗斯式的发音吐字，带有纯粹的大俄罗斯口音；他的语调柔韧，甚至抑扬婉转地形成某种轻轻的拖腔，但是一点也不带伤感情绪，当然丝毫也不矫揉造作"。

科罗温在回忆中写道："他是个美男子……他的整个身材、开朗的脸庞、宽挺的胸部都使人产生对他的特别信任……"

列宾在初次和他相识的时候（这是在 1887 年）想起了屠格涅

---

① 特列嘉柯夫美术馆在莫斯科，收藏的艺术珍品极为丰富。创办人是 П. М. 特列嘉柯夫（1832—1898）。

② 列宾（1844—1930），俄国著名画家，巡回展览派成员，名画《伏尔加河上的纤夫》的作者。

③ 原文为法语。下同。此处指十九世纪。

夫作品中的巴扎罗夫[1]，引人注目的是契诃夫的健康、清醒和体魄："他眼神里闪现的细致、严厉、地道俄罗斯式的分析力超越他所有面部表情。他对感伤主义和高傲自负深恶痛绝……在身体和精神上他似乎是一个坚不可摧的大力士。"

另一位与契诃夫于一九〇四年相识的画家 Н. П. 乌里扬诺夫也曾想为他作一幅肖像，他回忆说："我们的合作未能进行，但是我已经不能放弃为他画肖像的想法，因而我决定哪怕只描绘他的一些特征，哪怕绘出的只是他那难以理解的精神面貌的点滴迹象也好，因为他的精神面貌一直在激励着我。

"'契诃夫是难以捉摸的。他身上有着某种不可解释的温柔的东西。' В. А. 谢罗夫[2]看着我的画这么说，他也非常敬仰契诃夫，而且曾经画过一张他的肖像草图。我曾一度把这张草图作为支柱，虽然谢罗夫本人认为它并不十分成功。"

乌里扬诺夫和谢罗夫的这两幅作品现在都保存在莫斯科契诃夫纪念馆。

在想像生活中的契诃夫时，你不禁会相信一些善于内行地评判人的外表的人——艺术家、戏剧家——的眼睛和听觉，或者相信像 И. А. 蒲宁这样善于观察的、不轻信的人的眼睛和听觉。蒲宁写道："一八九五年在莫斯科我看到了一位中年人，戴着夹鼻眼镜，穿着朴素，但令人感到挺舒服，他个头相当高，并且身材非常匀称，动作十分轻盈。"蒲宁常常到契诃夫家去，他是在那里受到按家庭方式接待的为数不多的人之一。"我从未看到他穿着睡

① 屠格涅夫的长篇小说《父与子》中的主人公。
② В. А. 谢罗夫（1865—1911），俄国巡回展览派画家。

衣，他总是穿得整齐而干净。他对整洁有着一种学究式的爱好——这种爱好也像坚忍不拔的精神一样是遗传而来的……”

关于契诃夫有着另一种独特的评判，不过这评判迄今仍是独一无二的。“有一次安东·巴甫洛维奇[①]走在花园的小路上，那时身患重病的托尔斯泰坐在露台上的圈椅里，好像探身向着契诃夫，轻轻地说：‘啊，一个多么可爱、多么美好的人：谦虚、腼腆，好像是个娇小姐！走路也像个娇小姐。一句话——一个极妙的人！’”（高尔基语）

这是一种什么样的情绪控制了托尔斯泰老人啊？他对语言是敏感的，他并不乱用词。不错，“他对契诃夫的态度是温存爱恋的态度”，但不管怎么说契诃夫可是最最不像娇小姐的。别人都不认为他身上有这种“娇美”。“如果您看来并不是这样严肃，而是让人感到您哪怕稍许有点像一个浪漫主义作家，我就会向您讲一讲橡树林的故事，讲一讲库尔斯克的夜莺和两颗蔚蓝色星星的故事了。”剧作家和诗人 Ф. А.切尔温斯基[②]在一八九一年八月致契诃夫的信中这样写道。

随着高尔基回忆录的出现，契诃夫的面貌好像严实地蒙上了一层谦逊——别的特点都没有了，例如，丝毫没有 В.И.涅米罗维奇-丹钦科[③]所记得的那种随便，他与熟悉的文学家们或演员们见面问好时总是这样的。

蒲宁远不是一个多愁善感的人，他很了解文坛的内幕和作家

---

① 契诃夫的名字和父名。

② Ф. А.切尔温斯基（1864—1917），彼得堡律师和作家。

③ В.И.涅米罗维奇-丹钦科（1858—1943），小说家、戏剧家、导演，莫斯科艺术剧院的奠基人和领导者之一。

之间微妙的关系，他不认为契诃夫是一个寻常意义上的“谦逊的人”。

看来，Ф.И.夏里亚宾[①]比别人更充分地表达了大家对契诃夫的态度。

“我记得，例如，他非常想和契诃夫结识。他好几次对我说起过这点，”蒲宁在回忆他时写道，“我终于问他：‘什么妨碍了呢？’

“‘因为在哪儿也见不到契诃夫，一直没有机会向他作自我介绍。’

“‘瞧您，这需要什么机会呀！雇上一辆马车，去就是了。’

“‘但我完全不希望像个无赖汉似的出现在他面前！再说，我知道，我会在他面前胆怯，我还会完全像一个傻瓜。如果您能带我去就好啦……’

“我马上就做了这件事，我确实看到了他说的全是实话。一走进契诃夫的家门，他的脸就红到了耳朵根，嘟嘟哝哝地说着什么……而从契诃夫家出来的时候他高兴极了：‘你不会相信我是多么幸福，我终于认识了他，我真被他迷住了！这真是一个人！这真是一个作家！……’”

为了充分理解这一情景，需要想像一下当时正负盛名的夏里亚宾，他当时虽然非常年轻，但却备受赞扬；有多少人寻求和他交友，或者哪怕只是和他结识，他很少约束自己，在生活中，在和世人的交往中都是如此；胆怯、寻找结识的机会——这多么不符合他的性格……

---

① Ф.И.夏里亚宾（1873—1938），俄罗斯男低音歌唱家。

蒲宁撰写的关于契诃夫的书中有一个标记似乎特别值得注意。一九〇四年之后，蒲宁去过雅尔塔几次，在那里与契诃夫的亲人们一起分担因契诃夫逝世而产生的痛苦与悲伤。

“我问叶夫根尼娅·雅科夫列夫娜（契诃夫的母亲）和玛丽亚·巴甫洛夫娜[1]：

“‘请告诉我，安东·巴甫洛维奇哭过吗？’

“‘他一生中从未哭过。’两人坚定地回答说。

“这值得注意。”

人们写了许许多多回忆契诃夫的文章和书籍，单单列举这些作品的标题就会构成整整一本书，而要将它们全部出版则需要印刷厚厚的好几卷。从实质上说，这是整整一套回忆丛书，如果对书目做一番研究，就会不由自主地惊讶地问自己：穿过契诃夫一生的人有多少啊！他短暂的一生结交了多么众多的人，简直可以说是过多的人！

“他很好客，像古代的显贵一样。他款待客人丰盛之至。”К.И.楚科夫斯基[2]用这样的句子开始了他所撰写的关于契诃夫的中篇小说。他继而讲述了契诃夫的豪放，慷慨，“快乐、大胆、轻捷、机敏的”殷勤，也谈到了他总是“乐于与人交往”。

然而一八八八年契诃夫写信给 В.Г.柯罗连科[3]说：“……在我周围没有人需要我的真诚，也没有人有权听我倾诉这一番衷情。”在他的手记本中有这样一则短记：“就像我将一个人躺在坟墓中一样，我现在实际上是一个人孤独地生活着。”至于说他那

---

① 契诃夫的妹妹。

② К.И.楚科夫斯基（1882—1969），俄罗斯作家、文艺学家。

③ В.Г.柯罗连科（1853—1921），俄罗斯作家。

确实是慷慨的好客，那么这也有着一种非常深藏的、未必是“豪迈”的潜台词：“我在生活中绝对不能没有客人。如果我孤单一人，不知为什么我会感到害怕，好像我是只身一人乘着不结实的小帆船在大洋中航行。”

问题就在于：契诃夫虽然交往甚广，高朋满座，但是在外人看来他的生活仍然是封闭的，撰写回忆录的作者们不仅未能全面表述他的生活内容，甚至似乎都未能汲取那流过他生活的不可企及的深处的主要水流。

“不，真的，安东，当我感觉到你在疏远我，当我开始觉得我很少理解你时，某种不安、某种苦闷和绝望就占据了我的心，”O. Л. 克尼佩尔[①]写道，“我想了解……你的全部精神世界，我想知道那里在发生什么，或者也许我这话说得太大胆了，你的精神世界是禁止入内的？”

这独特的生活的“入口处”任何时候对任何人从未禁止过，然而根据许多回忆和书信判断，任何人，甚至是亲近的人在进入之后也未曾继续走下去。有这样的事情，例如，伊万 · 谢格洛夫[②]是一位在文学中长期沿着契诃夫的足迹前进的作家，在契诃夫死后他尚且写道：“我们什么也不知道……”

有时令人感到，与契诃夫一起生活的人们好像没有能力看到整个契诃夫，这可能是因为他们在他身上只是寻找可以共同理解的东西，就像画家布拉兹那样是以自己的眼光为他画肖像的。因此也就有了各种不同的肖像，而如果你仔细阅读昔日的回忆录，

---

① O. Л. 克尼佩尔（1868—1959），莫斯科艺术剧院演员，契诃夫的妻子。
② 谢格洛夫（1855—1911），小说家和戏剧家。

你会产生一种印象：有过许许多多的契诃夫——几乎是这种情况——有多少人撰写了关于契诃夫的回忆录，也就有多少个契诃夫。

然而从实质上说，在众多的回忆录中并没有蓄意编造的谎言，更没有出于个人目的而作的伪证。只有另一种情形：缩图不正确，独特的远景歪曲，就像人们在观望一种巨大和高耸的东西时不能升到这种高度，就会产生这种情况。只有像柯罗连科、蒲宁、高尔基或者涅米罗维奇-丹钦科这样的回忆录撰写者们才会有相符的或至少是相称的观点。涅米罗维奇-丹钦科关于契诃夫写道："……他——就好像是有才能的我。"

如果回忆录作者达不到那种高度，而是把它简化了，或者是把它降低了，那就糟糕，因为以"我与契诃夫"为题撰写的回忆录有突然成为自我揭露的危险。十九世纪八十年代文学界的一个小小的花絮人物——叶日尼、希特里尼伯爵、德沃伊尼科夫、仁爱君子、阿尔列金——这些名字都是属于一个人的，即 H.M.叶若夫，他是一个使用过六十六个笔名的幽默作家，他就是如此反映契诃夫的。

他是沿着契诃夫的足迹步入小型刊物的，并多年与契诃夫保持通信联系，模仿他，登门拜访他。不论他对别人是否了解，他对契诃夫似乎是了解的。一九〇九年发表的叶若夫的回忆录引起了一场强烈的、在报刊上久久不能平息的争吵。

人们把他叫做吹毛求疵者、诽谤者。而他则确信，他关于契诃夫写的是真实的东西——完全是真实的，除了真实以外，别无他物。他写的确实是真实，但不是写契诃夫，而是写了他自己。

怎么会这样呢？我们一起开始写作，一起发表作品，我们尚未来得及把送葬穿的鞋子穿坏，人们却把契诃夫归入了俄国文学的经典作家。差不多像是果戈理了，差不多像是普希金了——光想一想就会感到可怕，别说开口讲了。

“可惜！在我们这个愚昧的时代一切都搞乱了，”他写信给《历史导报》的出版者C.H.舒宾斯基说，“对中流作家契诃夫的不偏不倚的评价却被认为似乎是对普希金和果戈理的蓄意侵犯'……我认为，把契诃夫拔高到托尔斯泰并说他是天使的化身——这不是什么‘拔高’，而是一种拙劣的对公众的欺骗，特别是对我们的那些除了下流猥亵的小说之外什么也不读的青年人……”

叶若夫曾为真实而斗争并甘为真实而忍辱负重。“我将一直捍卫的观点是：我所写的关于契诃夫的真实情况是诚实的，我不害怕左派报刊的攻击。但是，”他预见性地补充说，“如果布列宁[1]就我对契诃夫的评价说几句话并以他强有力的文笔哪怕稍许为我辩解一下……那就好了。”

他写的所谓真实情况就是：契诃夫干什么都很轻松，轻松得不可思议，一点不费力气，写东西不作涂改。关于契诃夫写作的轻松顺当在花絮文学青年中流传过一些传说：目击者肯定地说，契诃夫为列伊金[2]写的短篇小说和小场景都是一挥而就的，而且他一般都好像是随意写来，甚至有客人在座的时候，他也会离开一两分钟，把脑子里刚刚出现的句子记下来。之后，你还来不及搞清楚是怎么一回事，《江鳕》发表了，《活的年代表》出版了，《小

① 布列宁（1841—1926），《新时报》的小品文作者，文艺评论家。
② 列伊金（1841—1906），幽默作家，《花絮》杂志的编辑和出版者。

笑话》见报了，《蠢货》也刊载了。付给他的稿酬比付给别人的多得多，这一点叶若夫记得十分清楚。就以叶若夫本人为例吧：只是一八九〇年才给他增加了一个戈比，这样一来他写一行字的报酬是八戈比。而契诃夫在《新时报》上从第一天起一行字的报酬就是十二戈比。这钱来得真容易……一八九三年三月十日媒介出版社发表《第六病室》时，叶若夫告知作者说："到处都陈列着您的《第六病室》。甚至在我们这儿的普柳希哈街和阿尔巴特街的文具店里也有。瞧，您的书是多么抢手。"

荣誉和成功得来全不费工夫！一些人曾说契诃夫是波将金[①]，幸运女神的宠儿、得势一时的人。大家都清楚，他的荣誉是不会长久的。文坛上这种流星还少吗？……

叶若夫本人写作很认真、勤奋。他在内心深处知道他的好光景会到来，他非常坚定地指望获得荣誉，就像一名官吏指望获得勋章、指望在服务期满之后获得养老金一样。他是否羡慕契诃夫呢？不，他写道并直截了当地强调：不，不羡慕。不。但是荣誉是不能这么无忧无虑地获得的。一生都被勤奋这根重锁链锁在自己写字台上的叶若夫觉得这似乎是亵渎神明。这是不对的。这令人感到委屈。如果他要为自己的回忆录选择卷头语，那么他当然要选普希金的：

……我才华出众，为的是
将他遏止——不然，我们大家都会没落，
我们大家，献身于艺术和音乐的人，

① 波将金（1739—1791），俄国女皇叶卡捷琳娜二世的宠臣和亲信。

不光是名声不响亮的我一人……

而关于契诃夫人们写出了什么样的回忆录啊！何等的赞誉！何等的夸大！这是一些不懂行的、旁观的人。是一些小市民！而他则知道契诃夫有一个情妇，法国人，演员，还有一些别的情妇。契诃夫在世时他对此保持了沉默，但是现在不行了，哪怕是现在让社会舆论知道真相也是好的，因为作为一个有家室的人，他从来就不赞成这种行为。

一八九二年契诃夫写信给叶若夫说："好了，严格的人，祝您健康，并希望您对我们的弱点采取宽容态度。"

这两个愿望只有第一个得到了无条件的实现：叶若夫死于一九四二年，比契诃夫多活了三十八年。但作为一个文学家，他完全被遗忘了——也是理所当然地被遗忘了。他为自己选择了萨利里[①]的角色，但是，由于叶若夫只是在重复，因此没有形成悲剧。他不是萨利里，而是一位仁人君子，但归根结底不是一滴毒汁，只是一匙柏油——这难道不是一样的吗？

……你将长眠不醒，莫扎特……

契诃夫在世时，不只叶若夫一个人有过忌妒的盘算。"一定要做一个像契诃夫那样的利己主义者——只有那样才能做出点成绩来！"谢格洛夫在他的日记中这样写道。也正是他为后代保存了苏沃林所说的那句狠毒的话："契诃夫是个刚愎自用的人和残酷的

① 维也纳的音乐家，传说他因嫉妒而毒死音乐天才莫扎特。

天才……他已被宠坏，自尊心强得不得了……他从来不曾是、将来也不会是一个大作家……”

看来，这能使他们得到安慰，使他们自己所遭受的挫折和命运带来的委屈显得不是十分可怕。但这种情况并不持久。还是那个谢格洛夫突然迸发出这样的话来，像是心灵的叫喊一样：“真是个天才，真是个富有同情心的人，真是个可爱的人，这该死的安托昂[①]！”

经过了许多许多年之后，已经是在一生的终点，他说：“不管怎样，尽管有许多损失，在契诃夫去世之前我不能认为我是孤独的……对于我来说他实在太高大了。全部的误会就在于此。”

---

① 契诃夫的名字“安东”的法语读法。

塔甘罗格

安东在巴维尔·叶戈罗维奇·契诃夫[①]的人丁兴旺的大家庭中是第三个儿子，他于一八六〇年一月十七日（公历一月二十九日）出生在塔甘罗格，那时他母亲二十五岁，而他父亲已经三十五岁。

契诃夫在讲到自己时非常拘谨和朴实："毫无成就……没有一点装模作样或自我欣赏。"他在生命的最后几年常常不得不按百科词典编辑部的请求或者应外国译者的要求提供一些自己的传略，而他总是写得平淡、简短，不加任何抒情细节。"自传？我有病：自传恐惧症。读到一些详细记载我自己的东西，尤其是为报刊来写自己——这对我来说是一种真正的折磨。"

这样的拘谨可能使同时代人感到失望。第一位为契诃夫立传的作者——A.伊斯梅洛夫惟恐陷入"过分理想化的偏差，当时在对这位美好的作家和富有魅力的人所作的一些描述中已有过这种过分理想化的情况"，因而他描述契诃夫的生平时掺入了传奇色彩。比如，在谈及作家的祖父是个农奴时，他又补充一笔说，关于其姓氏起源的资料未保存下来。

其实这个姓是有的，不过不是契诃夫，而是契赫。

作家的叔父米特罗凡·叶戈罗维奇讲述道：

"无疑，我们的祖先是捷克人，祖籍波希米亚，由于宗教迫害而逃到了俄罗斯。在这里他当然要寻找某个强有力的人的庇护，于是他被收为农奴，或者是他娶了一个女农奴为妻，这样他也就使与她生养的子女成了农奴，自愿地或者是根据法律的要求成了农奴。”

同时，有浪漫情调的叔父还补充说：

“我这样想，孩子，普通的农民没有必要从自己的家乡逃走，甚至几乎是不可能逃走的。大概他是一个特别显贵的人。”

显然，伊斯梅洛夫不仅遵循了家庭传说，而且还遵循了传记作家们的一种古老习俗：惯于以非寻常的遗传性之类的奇思异想来解释英才的出现。

一个接着一个都是这样：普希金——汉尼拔，莱蒙托夫——列尔曼特，果戈理——亚诺夫斯基，契诃夫——契赫。

契诃夫的家谱在沃罗涅日省奥斯特罗戈日斯克县奥尔霍瓦特卡村的纳税人口的花名册中。这些花名册一直保存至今，虽然是在比较晚的时候才发现的。这种花名册是一种名单，一种统计文件，每次在例行的人口普查之后将农民的姓名记录于其中；“死魂灵”[②]则标以十字。

这里面也载有安东·契诃夫直系祖先契诃夫一家的名字：叶夫斯塔菲，米哈伊尔，叶戈尔，阿夫罗西尼娅；也载有他家的旁系亲属：谢苗，安德烈，基里尔，多姆尼基娅，阿基林娜。

但花名册中没有契赫这个姓氏。

“在整个十七世纪中，安·巴·契诃夫祖先的故乡一直是沃罗涅日省奥斯特罗戈日斯克县奥尔霍瓦特卡村。

---

① 契诃夫父亲的名字。
② “死魂灵”是指已经死去的农奴。

“……第一个在这里落户的契诃夫是外来人，显然他是来自北方，而不是来自乌克兰，因为契诃夫一家人的口音在十九世纪和以前都是俄罗斯的……

“伊万、阿尔乔姆和谢苗以及他们的五代子孙总共一百六十多人，全部都是种田人。

“米哈伊尔·叶梅利亚诺维奇·契诃夫的小儿子——瓦西里没有从事农业。他是个圣像画家。”И.А.蒲宁在他的一本未完成的关于契诃夫的书中是这样写的。

契诃夫母系的先辈们也是画圣像的。一九〇一年，当契诃夫收到了考古学家 Н.П.孔达科夫院士赠送的《俄罗斯民间圣像绘制艺术的现状》一书时，他感谢作者说：“我怀着极大的兴趣，高兴地读完了这本书。顺便说说，我的母亲是舒伊斯克县人，五十年前她常到巴列霍和谢尔盖耶沃去……住在从事圣像绘制的亲戚们家中，那时他们的生活很富裕……带阁楼的两层楼房，房子很宽敞……根据她的记忆，那时生活过得很好，很富足；她在那里的时候，亲戚们就接受了许多来自莫斯科和彼得堡的大教堂的订货。”

十八世纪时，奥尔霍瓦特卡村连同其全部活着的和死去的农奴都属于伊万·捷维亚绍夫上校，之后又易主切尔特科夫家。奥尔霍瓦特卡的最后一个农奴主 В.Г.切尔特科夫曾与列夫·托尔斯泰密切合作过，一八九三年他与契诃夫进行了关于出版《第六病室》的谈判。就在那时契诃夫写信给 А.И.埃特尔说：“我们的家族源于沃罗涅日省内的奥斯特罗戈日斯克县。我的祖父和父亲曾是切尔特科夫的农奴，他就是现在出版书籍的那个切尔特科夫的父亲。”В.Г.切尔特科夫写给契诃夫的一封信也保存了下来，信中说："我为您高兴，为您现在所处的高度，为您宽广的眼界和深刻的观点而高兴……"

看来，处于农奴地位的契诃夫家族中第一个识字人是叶戈尔·米哈伊洛维奇，即安东的祖父。按为数不多的资料中所描绘的，他是一个意志坚强并在生活中不屈不挠的人。他是那些在通向知识的道路上能够让高山低头的普通俄罗斯老百姓中的一个。"我深深羡慕老爷们，"他说，"不仅羡慕他们自由自在，也羡慕他们会读书……"他克服了极大的障碍，常和地主庄园里的识字人藏在畜栏里或马厩里学习，终于他学会了读书写字……他很喜欢书，读了许许多多书，为此他常常挨打。由于叶戈尔·米哈伊洛维奇能读书写字并精通农业，所以他赎得了自由，又在距塔甘罗格不远的亚速海岸边的普拉托夫伯爵庄园里谋得了管家的职位，并将自己的几个儿子培养成人。契诃夫的祖父在永远脱离"农奴的从属地位"时带走了两大木箱书，这在当时来说已经是一个不小的图书馆了。

叶戈尔·米哈伊洛维奇是个有学识和重实干的人。一个同时代人记得，他的穿着也和别人不一样，"总是把背心和裤子用纽扣连成一个整体"，也就是说他穿的是最方便的一种工作服，可以说，这种工作服是在我们的时代才出现的。也许，甚至是他发明了工作服，但这意味着超越时代。一本老的回忆录的作者觉得，契诃夫的祖父似乎"是一尊移动的青铜雕像"。

"他把自己和自己的家庭从农奴制的桎梏下解救了出来，于是他就使自己的儿子巴维尔，之后又使孙子安东·巴甫洛维奇·契诃夫的天赋得到了自由发展的可能，而安东·巴甫洛维奇的天才又使他的家族名扬后世。"

契诃夫家族有着牢固的农民根基；契诃夫本人属于没有忘本的“来自人民”的第一代知识分子。“我身上流着农民的血。”契诃夫一直到自己生命的最后时日都记着这一点。家族的一些特征既明显而又深刻地刻在他的外貌上，也刻在他的生活方式中——柯罗连科和库普林在不同的时间里完全不约而同地发现了契诃夫身上的一个特殊的像农村小伙子那样的性格特点，在他的脸庞上，在话语和谈吐中有着某种纯朴的、非常俄罗斯的东西。П. А.谢尔盖延科[1]也看到了契诃夫身上的这个特点："很少在哪个乡村里遇不到长得像契诃夫、面带契诃夫的表情、含着契诃夫的微笑的农民……"

蒲宁写道："托尔斯泰……说：'喏，您就是俄罗斯人！是的，非常非常俄罗斯的人……'"

在 П. А.谢尔盖延科的话中仍然使人感觉到某种单调性，某种模拟性的东西，因为契诃夫的实际面貌更丰富、更多彩，另一些传记作者恰恰发现了他身上的贵族性，而不是农民性——手势、举止和习惯的贵族性。

契诃夫的童年和少年时代是在塔甘罗格度过的——这是一座位于俄国的草原边缘、在水浅和温暖的亚速海湾岸边的不大的城市。彼得大帝为了保卫南部边疆而建造的这座城市很快地发展了起来，并且长久处于“好机遇之中”。经营酒类和粮食的外国商人迁居到这里来了；希腊、意大利、英国在城里都设有领事馆。这里的生意几百万几千万地进进出出，有一段时间塔甘罗格曾与沿海的商业城市敖德萨不相上下。

---

① П. А.谢尔盖延科（1854—1930），俄国小说家，契诃夫的中学同学。

这个城市有自己的历史名胜、古迹、纪念地。有彼得大帝建造的海湾；有帕普科夫将军的宽敞的单层房屋，一八二〇年亚历山大·普希金在被押赴流放地的途中曾下榻在这里；与这座房子以一个不大的花园相隔的是一座宫殿，五年以后，流放普希金的沙皇亚历山大一世死于这座宫殿。由于情况不明，他的猝死引发出一个传说：人们说，沙皇并没有死，而是以费奥多尔·库兹米奇长老名义遁世了，入葬的不是他，而是身材与外貌和他有些相像的机要通信员。

那时，雅科夫·莫罗佐夫遗留下来的家属曾寄居在帕普科夫家里，雅科夫·莫罗佐夫曾在帕普科夫将军处做过“呢料商事代理人”。后来安东·契诃夫的母亲叶夫根尼娅·雅科夫列夫娜讲述道：“我父亲患伤寒病死于新切尔卡斯克……我们没有找到他的坟墓……于是我们决定到塔甘罗格去直接投奔帕普科夫将军本人。他在自己的宅院内向我们提供了住房，我们就在他家住下，一住就是几年。帕普科夫在塔甘罗格的房子位于亚历山大一世宫殿的后面……那时宫殿的看守是个叫拉戈夫斯基的人。他有一个女儿叫柳德米洛奇卡……为了让我们在一起玩得更快活一些，拉戈夫斯基让人在砖墙上开了一个小边门……因此有一种说法是不对的：似乎这个小边门是沃龙佐夫公爵奉亚历山大一世之命而开的，因为沃龙佐夫公爵当时住在帕普科夫家里，亚历山大一世绕道去他家做客不方便。我是在《历史导报》上读到这一点的。”

至于说到巴维尔·叶戈罗维奇，即契诃夫的父亲，那么他来到塔甘罗格并非偶然。他从少年时期起就选择了经商的道路，他自然要向往大商人聚集的和商业繁荣的城市。

一八四一年，当契诃夫一家获得自由的时候，他十六岁。他富有进取精神，热爱劳动，懂得簿记，能读会写，不久他就离开父亲，开始过独立的生活。

在塔甘罗格，巴维尔·叶戈罗维奇积蓄了为加入商业行会所必需的“资本”——两千多一点卢布；就在这里，于一八五四年他娶了叶夫根尼娅·雅科夫列夫娜·莫罗佐娃为妻，她是莫尔尚斯克地方的一个呢绒商的女儿，和契诃夫一家一样，呢绒商不久前也是一个农奴。

到六十年代初，塔甘罗格的荣耀已经暗淡下来。这个城市经过了自己的昌盛时期，已开始衰落。塔甘罗格海湾变浅了，载重物的大商船不得不停泊在远处的海上停泊处——这是很不合算的。现在货物都绕道经过罗斯托夫，通过铁路来运输——据说，这是由于塔甘罗格市的长官们缺乏机敏而造成的。

“您刊登了遭到受贿的工程师们欺骗的那些城市的殉难史，这件事您做得很好。”请看，著名作家契诃夫在他的中篇小说《我的一生》中是怎么写的：

“离城五俄里处建了一个火车站。据说，为了要让铁路从城下经过，工程师们索要五万卢布的贿赂，而城市当局只同意给四万，差距是一万卢布，现在城里的人们后悔了，因为现在只得修筑一条通往车站的公路，而按预算，建筑这条公路的费用更大。”(1900 年 1 月 8 日致 A. C.苏沃林的信)

城里没有工业，人烟明显地稀少了，沿海岸的街道长满了野草。

这座城市只能回忆它昔日的巨商们的百万产业，这些巨商都像马克·瓦里亚诺一样有着不干净的机缘，而有的还像独眼海盗瓦尔瓦兹一样有着血腥的经历。

金钱决定了该城居民的心理、习俗、精神面貌。“他们是一群小市民，也就是掌柜老爷们，他们的尾巴翘上了天，因为他们不是住在巴赫穆特，而是住在海港城市。”巴维尔·叶戈罗维奇不断写信教诲当时十七岁的安东说：“哪里有钱，哪里就有尊重、敬仰、情爱、友谊和一切福利；要是没有钱，那可真苦啊！……古书里讲得很对：我一旦穷困潦倒，连亲人也远离我而去。”

塔甘罗格最好的几个城区建满了石砌的独家住宅，它们的建筑风格成功地体现了城堡的思想，更确切一些说，体现了保险柜——钱柜的思想。装着栅栏的围墙和窗栅保护着独家住宅免受无礼貌的目光的窥测，免遭夜间的袭击；周围的人行道都铺着瓷砖，晚上路灯放着光芒——一切都安排得让邻近的人们离远一些。彼得大街、亚历山大大街、葛列奇大街都是这样。在阴雨连绵时期一片泥泞的鲍古道尼耶胡同和索巴切耶夫卡胡同里林立着土坯房和黏土房，间或有一些谈不上什么建筑艺术的砖瓦房，它们的四周也围着高高的篱笆；一到晚上，窗子都紧紧地关起来，狗也都从铁链上放开：“在塔甘罗格令人十分讨厌的就是这些一直关闭的百叶窗。”

契诃夫在回忆塔甘罗格年代时写道：“我是在一个金钱起着巨大无比的作用的环境中出生、成长、学习和开始写作的，这一点大大地损害了我。”

在塔甘罗格契诃夫度过了自己生命最初的、决定性的十九年，在那十九年里形成了他的基本性格，当时在生活的困苦和屈辱的压迫下，在平庸印象的日复一日的影响下，产生了他对生活的独特的观点，同时也萌生了他对自己的命运和才能的预感。

关于塔甘罗格契诃夫讲过许多，也写过许多，如果说他的议论前后不一致并有时还相互矛盾，那也是自然的，因为他在塔甘罗格的生活是非常复杂而又矛盾的。

然而关于契诃夫在塔甘罗格的生活人们常常写得非常单一，要么是选择黑色调，要么只选用白色调。例如，蒲宁是这样写的："契诃夫出生在水很浅的亚速海湾岸边的小县城里，当时这个小县城很闭塞，应该说，这个枯燥乏味的地方的特性大大促使了他天生的忧郁性情的发展。"

或者相反，如 A.罗斯金所写的那样："这是一个充满梦幻般财富和神秘宝藏的城市——是俄罗斯第二个演出意大利歌剧的城市，又是格林的短篇小说中所描绘的声名远扬的走私者们的城市，在它的港湾里飘扬着希腊、英国、西班牙和土耳其的国旗，全世界的海员对塔甘罗格的全景都是熟悉的。"

而在塔甘罗格的现实面貌中当然既有白色调，也有黑色调，但是在这两种极端的颜色中掺有许多其他的色调和色彩。曾经演出过意大利歌剧——人们甚至说，中学生安东·契诃夫戴的领带与歌剧女主角贝拉季的衣服是同一种颜色和格调。父亲开一个小铺子，双亲的家是简陋的：起初是住在格努托夫的房子里，后来是住在彼得大街特列季亚科夫的房子里，之后住在位于莫纳斯特尔大街和雅尔马尔胡同交叉口的莫伊谢耶夫家的两层小楼里，楼下是小铺子、厨房和饭厅，楼上是家里人的卧室。最后是住在自己建造的一座平房里，它位于叶卡捷琳娜二区，是建在祖父叶戈尔·米哈伊洛维奇赠送的土地上的。建造这座房子使家庭的经济状况受到极大影响。有人写过希腊人阿尔菲拉卡的童话般的财富和神话般的宝藏，关于这些都在短篇小说《幸福》中谈到了；也有人写了父亲的破产；还有人写了走私商人和中学教师，写契诃夫在学习上得了两分，写他捉过鸟儿，看到过外国的国旗，看到过草原；写过他第一次领到的工钱，还有初恋；最后，契诃夫在这个塔甘罗格引用了《婚礼》中的一句名言："在希腊什么都有……"

当然，契诃夫时代的塔甘罗格不是一个"文化和学术中心"，虽说四级文官涅斯托尔·库科利尼克——一个命运多变的人、戏剧家、金融家、诗人和经纪人，在塔甘罗格度过了生命的最后十年——虽说他曾向政府请求在这里建立一所南方帝国大学。

但是，塔甘罗格当然也不是什么"枯燥乏味的地方"，不像普斯托杰尔斯克或者格鲁波夫那样的无关紧要的小城，而且契诃夫少年时代所获得的印象也未必是单调郁闷的，恰恰相反，那时塔甘罗格的生活有着它独特的华丽色彩，契诃夫时代的塔甘罗格的真实面貌可能就在于它鲜明地、戏剧性地和独特生动地表现了过渡时期的特点。对契诃夫来说，塔甘罗格是俄罗斯的典型和鲜明的体现，就像莫斯科河南岸市区对 A.H.奥斯特罗夫斯基[①]和彼得堡对于陀思妥耶夫斯基那样。

在彼得大帝时代曾经是军事城堡的塔甘罗格，在契诃夫时代仍然是一个独特的城堡：城市居民坐在沉默的百叶窗后面，坐在高高的围墙后面，远离了俄罗斯的变革，它以自己的圣像壁与这些变革隔离开来，他们鞭笞自己的孩子们，打掉任何寻求变革的愿望和任何独立的向往。

在契诃夫曾经为其担任家庭教师的塔甘罗格的低年级中学生们中有一个名叫彼佳·克拉夫佐夫的，他以后给自己的家庭教师

① A.H.奥斯特罗夫斯基（1823—1886），俄国剧作家。

写过这样一封信："是的，塔甘罗格，塔甘罗格，这可恶的城市，我至今还全身心地痛恨它，回想起它的时候，我就像一个看着深渊的人，他差一点坠入其中，但他顺利地跨越了它，因而他体验到一种强烈的快乐。"

七岁时安东被送进一个希腊学校学习。"那时在塔甘罗格，社会精英里富有的希腊人，他们挥金如土，硬装成贵族的样子，"M.П.契诃夫[①]写道，"所以父亲就形成了一个坚定的信念：必须让孩子们沿着希腊路线走，甚至要让他们有可能在雅典大学完成学业。"

这是一个非常独特的教育实验，很难想像，如果安东·巴甫洛维奇"沿着希腊路线"走下去，那将会是一个什么样的结果……

在对希腊学校进行了不成功的实验之后，由于母亲的坚持，契诃夫被送进塔甘罗格古典中学的预备班。那时他已年满八岁。母亲给他缝制了一身纽扣亮晶晶的制服，把他送出了家门。他的第一次上课铃响了。

古典中学的制服是按国家设计的式样缝制的，这个式样后来又用于官吏、法院、军人的制服；这是遵守绝对严格形式的等级的制服。

"古典中学学生应该让人一眼看去就注意到他的外表的引人注目的整齐。我不喜欢一个青年人服饰华丽，但穿着马虎，不修边幅更使我反感，因此，为了保持中庸之道，你们要做到整齐体面。我要你们相信，这一点的意义比你们所想像的更重要。"

应该认为：契诃夫认真地聆听了，也正确地理解了校长的讲

---

① 即契诃夫的弟弟米哈伊尔·巴甫洛维奇·契诃夫。

话。库雷金[①]——玛莎·普罗佐罗娃[②]的丈夫、中学教师——在《三姊妹》中也作了这样的独白："我们的校长说：任何人的生活中主要就是它的形式……什么东西失去了它的形式，这东西也就完了——在我们平日的生活中也同样是这样。"

显然这个校长是教逻辑学的，他的三段论法是完全无可非议的，或者说他在使用他的学科术语中"按从属关系所作的直接推理"：从一般判断的真理性中总是可以推出部分判断的真理性的，但反之则并非如此。

全部问题就在于，契诃夫就某一点上说是惟一的，是独特的，是完全脱离规则的例外。在他这种情况下推理恰恰应该**倒过来**做，而且在早年就可以猜测到这一点。例如，当初已经觉察到，契诃夫一方面服从纪律，另一方面却执拗地、带着一种幽默的挑战性破坏着形式。他按规定穿着制服，但裤子却是某种人们料想不到的颜色。他经常由于不守规矩而受到学校领导的指责，但他还是我行我素。

"'契诃夫，你要坐禁闭室了！'有一次校长看到他穿方格长裤时威胁他说。"

这所外省中学就像塔甘罗格城本身一样成了历史纪念地，因为契诃夫曾在这里生活和学习过。但是形式逻辑之所以是逻辑正是因为它不包含例外，因此在关于中学时代的契诃夫的回忆录和文章中也就出现了许多矛盾。

例如，同班同学们并不记得契诃夫。于是关于他就有人这样写：他没有任何特殊的美德和才能。中不溜儿。之后这就被看成

---

①② 契诃夫的剧本《三姊妹》中的人物。

是成熟迟缓的特征，或者也许是发展迟缓的特征。

但在古典中学里有谁需要他这个天生矜持的、孤僻的、骄傲的穷孩子呢？商人、经纪人、律师、牙医的孩子——这些都是讲究实惠的父母们的讲究实惠的子女，他们干吗要和这个破产小店主的儿子交往呢？再说，如果他在回答有关未来这一普通的问题时不带一丝笑容地说："我将做一个神甫。"别人会理解他吗？会认真地对待他吗？如果能够预先知道，如果能够预见到他将成为一个什么样的人，那就完全是另一回事了，那样别人就要坐得靠他近一些，就会争着做他的朋友，就会记得他的第一首诗、第一部剧作的名称，就会记得与契诃夫共同度过的每一个小时、每一分钟。因为，正如在生命结束的时刻才弄清楚的那样，只有这段时间才是值得回忆的，只有这段时间才有历史价值。确实是："如果知道就好了……如果知道就好了！"

视察过这所中学的教育大臣对校长指示说："只有那些突出的、国家和社会所需要的青年人才应该进大学深造……而对那些平庸的人则设有另一种学校，这些学校也培养人从事有益的和诚实的工作，但只是在凡夫俗子的人生观的范围之内。"

大臣认为，塔甘罗格中学培养的毕业生太多了，高年级学生中有太多"平庸"的人。

如果把《套中人》的人物之一所说的话从文中抽出并将其用于说明现实生活，就会得到一种契诃夫本人并未经受过的单调而阴暗的印象："唉！先生们，你们怎么能在这里生活！你们这里的气氛令人窒息、作呕。难道你们是教师吗？是为人师表的吗？你们都是些官僚，你们这里不是什么科学殿堂，而是秩序督察所，像是警察岗楼一样发出一种酸溜溜的气味。"

然而人们却常常是这么写的，虽然大家也知道契诃夫有另外一些与他本人的经历有着直接关联的见解。

一八八八年契诃夫认识了一位莫斯科的教师，他姓科扎奇科夫，这是一个备受折磨、被各种通令吓坏了的人，他痛苦地抱怨领导把教师们变成了曹长。“我们两个都自由主义地发表见解，谈论了南方（原来我们还是同乡），无奈地叹息了一阵……当我向他说，在我们南方的古典中学里能够十分自由自在地呼吸！——他绝望地摆了摆手就走了。”他走是走了，但是他还是被契诃夫记住了，进入了《套中人》的几个原型的范围。

在南方的古典中学里的气氛也不是一直都轻松的，但是也应该公正地说：它未必扼杀了契诃夫的生气勃勃的心灵，而是让他成长了起来，使他以后在莫斯科的大学生和文学家之中不感到自己是一个外人。古典中学里的一些课程，例如古希腊语，马上就从他的记忆中消失了，但是文学、俄语和拉丁语语法、德语、神学及其古代词汇对他来说却远非多余。“我没有完全忘记德语。我能听懂德语，我说德语时，人们也能听懂我的话。”关于法语他同样也可以这么说。他到法国去的时候发现，他的法语知识足以使他在日常语言活动中不会手足无措，他能阅读法文报纸（当时报纸上正热烈地讨论着德莱福斯案件①），他在写给妹妹的一些信中津津有味地解释了俄国人的听觉难以分辨的法语语音的细微差

① 德莱福斯是犹太人，法国总参谋部的军官。1894 年法国反动军阀和教权派上层分子诬他为德国间谍，判处他终身服苦役。法国的进步力量奋起维护正义，同反动势力进行了针锋相对的斗争，在进步舆论的压力下，反动派被迫让步，德莱福斯在 1899 年获赦。著名作家左拉在为德莱福斯辩护的过程中起了积极作用。当时正在法国的契诃夫十分关心案件的发展，他在研究了大量材料后得出自己的观点鲜明的结论：德莱福斯是“无罪的”，左拉的行为是“崇高的”。

异。是的，他自己十分谦逊地评价自己的知识，他认为俄国人应该运用自如地掌握几种基本的欧洲语言。但是人们对他理解得太机械了，所以渐渐地形成了一种固定的意见，认为契诃夫完全不懂外语——这一意见根据的是，正如他有一次指出的那样："一些奇谈怪论。"

以后在回忆古典中学的老师们时，契诃夫没有任何痛苦，他有时幽默，有时还不乏温存。在他的书信中多次提到过 А.Ф.季亚科诺夫（在很久以前人们就认为他是别里科夫[1]的真正的原型）、绰号叫做"中国皇帝"的 И.Ф.克拉姆萨科夫、学监 Л.И.武科夫，而对神学教师 Ф.П.波克罗夫斯基，他直至生命的最后时日都保持着感激之情。据说，众所周知的笔名安东沙·契洪特就是波克罗夫斯基想出来的。他在叫契诃夫到黑板前回答问题时，一个音节一个音节地喊道："契——洪——特。"他所教的课程契诃夫在毕业考试中得了高分——五分。

"在波克罗夫斯基的课上，没有讲神学史，"在一本传略性的书中这么写道，"而是讲了莎士比亚、歌德和普希金。"是这么讲了莎士比亚、歌德和普希金，但并非不讲神学史。费奥多尔神甫当然要向自己的学生教授他应该教的东西：神学史和神学。只是对于他来说这是正义学和善行学，他在讲解时借助了莎士比亚和普希金，而在谈到违法行为时，他甚至还借助于谢德林……

年轻时波克罗夫斯基在军队中当神甫，他参与了整个俄土战争，在他的面貌和性格中留下了一种特殊的气质。关于这一点契

---

① 契诃夫的短篇小说《套中人》中的套中人。

诃夫于一八八三年问道："波克罗夫斯基神甫现在生活得怎样？他还没有成为一个骠骑兵吗？"十五年后，契诃夫为他谋求到了一枚保加利亚勋章——"以资奖励他在最近一次俄土战争中所建立的功绩"。勋章是颁发下来了，但波克罗夫斯基已经不在人世。"我在巴黎和您谈起过的波克罗夫斯基神甫几个星期之前去世了……我永远不会忘记您对我的请求所给予的关注，请您把我看成是欠着您的恩情的人。"契诃夫在给外交官和政论家 C.C.塔季谢夫的信中这样写道，以感谢他在谋求这枚勋章的过程中所作的努力。

现实中的人物和性格只以个别的、有着艺术性和真实性价值的特点和棱面反映到文学形象之中。此外，在优秀的文学中是不计个人恩怨的。例如，就在这位波克罗夫斯基的性格中远非一切都是崇高的，并非充满了温厚和善良。塔甘罗格古典中学这位神学教师未必接受达尔文主义，如果学生们向他证明人起源于猿猴，那么可想而知，他会像有学问的邻居[①]那样同学生谈话，他就不会引证歌德，而是引证《圣经》。恰恰相反，B.A.班达科夫司祭长根本不愿听到有关"天体力学"的话，在这方面他很像契诃夫笔下的瓦西里 · 谢苗 · 布拉托夫[②]，但他在揭露生活中的丑恶时却是无情和严厉的。关于他，契诃夫写过一篇亲切的悼词，其中有这样一些话："作为一个布道者，他热情、勇敢，甚至常常很激烈，但他总是公正的和不徇私的。他不怕讲实话，并且公开地讲，不拐弯抹角；但人们是不喜欢别人对他们讲实话的，因此这

---

① 契诃夫的短篇小说《致博学邻人书》中的人物。

② 契诃夫的短篇小说《致博学邻人书》中的人物，这是一个喜欢自吹自擂而实际上愚蠢无知的人。

位已经作古的人在他的一生中吃过不少苦头。”

在这个古典中学中有一些与国家以后的历史直接有关的人，但是也有一些恶棍，拉丁语教师乌尔班就是一个真正的奸细和迫害者。学生曾将炸药筒放在他家门前的台阶下面，差一点儿把他炸死。由于缺乏经验，炸药筒做得不好，未在预定的时刻爆炸。人们找到了这个炸药筒，于是关于谋杀教师的案子在城里轰动了一时。乌尔班命中注定不能正常死去，但这是很久以后的事了。一八八七年他仍然在教育界工作；契诃夫多次收到过关于他的险恶消息：“我们这里不断重复地发生学生自杀事件。昨天又有一个十七岁的年轻人开枪自杀了……他应该活呀，应该活。据说是乌尔班……侮辱了他。年轻的、血气方刚的性格忍受不了……”

契诃夫在作品中描写过中学生的自杀，描写过那些易冲动的和敏感的心灵（例如，在短篇小说《瓦洛佳》中），但是他未让拉丁语教师乌尔班进入他塑造的人物世界之中，这可能是因为艺术上经不起推敲和赤裸裸的丑陋。“难道生活中有这种事？”有一次有人就他晚期的一部悲惨的中篇小说向他提过这样的问题。他回答说，生活中有的还不只是这种事，但“不只是这种事”是不符合审美条件的。①

不过，所有这一切都是在许多年之后才说出来和写出来的，

---

① 这很可能指的是中篇小说《在峡谷里》。关于这部小说契诃夫说道：“我在这里描写的是俄罗斯中部一些省份里都可以见到的生活，我对这种生活比较了解，像赫里明一家子那样的商人也是现实生活中确实有的，只不过他们实际上更坏些，他们的孩子从八岁起就开始喝伏特加，而且小小年纪就开始淫乱，他们把梅毒传遍了周围一带。我在小说中没有说到这一点，因为我认为谈这种事情是不符合审美条件的。”

那时古典中学和塔甘罗格已成为遥远的记忆，只是偶尔在不安的梦境中这些遥远的记忆才回到契诃夫的头脑中。而对以后的作品加脚注会破坏传记叙述的和谐进程，而传记叙述就其本质来说要求顺序性、相应性和编年次序，不能超越事件的流程而跑到前面去。《瓦洛佳》《我的一生》《三年》《套中人》和《草原》以及所有在其中可以推测出古典中学的印象和塔甘罗格的回声和形象的作品都不是一个古典中学学生所写，而是出自一个经验丰富和态度严肃的作家之手，他已完成了大学教育并经历了多年的文学和医务实践，在这个人身上已不可能看出他是个南方人和塔甘罗格人——他已十足地成了莫斯科人。

而中学生毕竟只是个中学生，除了上课和家庭作业之外，除了迷恋文学和戏剧之外，还捕捉鸣禽、到海边游玩、钓鱼、远足草原、参加家庭戏剧演出。在这些演出中契诃夫主要扮演一些滑稽老太的角色，还有许许多多其他的快乐的、正当的和不正当的事，是的，也有不正当的。再说，古典中学本身并没有把他所需要的一切都给予他，不仅没有把一生所需要的东西给予他，就连升入大学所需要的东西也没有给予他。契诃夫所就学的中学有两个致命的缺点：它是一所古典中学和外省中学。在它的教学计划中既没有化学、生物学，也没有植物学——未开设任何为进入莫斯科大学医学系所需要的科目，而莫斯科大学招收的则是“出类拔萃的青年人”——全国古典中学和实科中学毕业生中的精华。在最初一段时间里契诃夫不得不加倍刻苦用功，他几乎没有时间进行文学活动。我们常常忘记这一点，于是就形成这样的印象，似乎他在大学里只是为《蜻蜓》《闹钟》和《花絮》……写一些幽默小品。

视察了塔甘罗格古典中学的大臣命令将教员休息室里的别林斯基[①]肖像取下；根据一切情况判断，本可到此为止了。但是，之后市图书馆又禁止了《现代人》[②]《祖国纪事》[③]和《俄罗斯语言》[④]全部期刊以及赫尔岑[⑤]的长篇小说《谁之罪？》和别林斯基的全部著作，这里已肯定地感觉到了一种“地方色彩”，感觉到了外省的那种过分的巴结，让它去祷告上帝，它却因过分卖力而碰伤了额头。

自然科学从古典中学的教学计划中删除了。而塔甘罗格当局则完全取消了任何自然科学。在《亚速导报》的书报检查卷宗中提到了一篇文章，题为《关于古典中学大礼堂中所举行的一些讲演，特别是关于卡缅斯基先生的一些讲演》，在这篇文章中一段反叛性的话被划了出来：“在先进的俄国文献中早已解决了自然科学的益处问题；以皮萨列夫[⑥]、舍尔古诺夫[⑦]……为代表的俄国优秀知识分子长期与国内大大小小的保守主义者们进行了斗争，以争取有用的自然科学在俄国的公民权……但是想来多么令人痛苦和悲伤，优秀人物的一切努力，他们在这个问题方面所撰写的所有优秀的文章在我们省里都化作了泡影，一些东西在首都已是老生

---

① 别林斯基（1811—1848），俄国文学批评家、革命民主主义者、唯物主义者。

② 《现代人》杂志宣传民主革命思想和现实主义美学。

③ 《祖国纪事》月刊在涅克拉索夫领导下（1868—1877）继承了《现代人》的传统。

④ 《俄罗斯语言》月刊在1859—1866年于彼得堡出版，宣传革命民主主义思想，主张平民艺术与现实主义。

⑤ 赫尔岑（1812—1870），俄国革命家、作家、哲学家。

⑥ 皮萨列夫（1840—1868），俄国文艺评论家和政论家、唯物主义哲学家、革命民主主义者。

⑦ 舍尔古诺夫（1824—1891），俄国革命民主主义者、政论家、文学评论家。1880—1884年任《事业》杂志编辑。

常谈的真理，再宣传它们就会被认为是落后，而在我们这里则几乎被认为……是难认的文字。”

当然，即便是在首都事情也并非那么顺利，因为在首都也有各自的偏僻地区。但是精神上的闭塞使坚定的智慧和健康的头脑也否定了生物学，人们把达尔文当成恶魔一样拒绝了，这一点文章的作者是正确地抓住了的。然而契诃夫却是热爱生物学的，他后来成了一名医生……

这个塔甘罗格的中学生命中注定要成为一个伟大的作家，但是他周围的环境中没有任何可以扶持他的天才、帮助他找到自我的东西；没有任何与普希金的命运相像的东西（而列夫·托尔斯泰后来却将他与普希金相提并论[①]）。而普希金当初的情况是：父亲书房里的书籍代替了玩具，他在卡拉姆津和茹科夫斯基这样的经验丰富和英明的导师的监护下一下子就走上了文学道路：“我们大家应该联合在一起帮助这个巨人成长起来。”

契诃夫在其中成长的那个环境的整个生活方式就是压制人的天赋的；在这里创作才华只是由于老师们看管不周方能秘密地发展，因为这被认为是戏谑和淘气，应该永远把它们从头脑中清除出去（契诃夫把他的第一本文集就叫做《戏谑集》，但这个集子没有问世）。在《初学写作者守则》中契诃夫写道：“对任何一个初生婴儿都应该……狠狠地打一顿，并且边打边说：‘你不能写作！不能写作！不能写作！你不要成为作家！’假使这个婴儿虽然遭受了这样的体罚却仍然表现出写作才能，那就应该试着施以抚爱。”

① 列夫·托尔斯泰曾称“契诃夫是用散文进行写作的普希金”。

不知道是否有什么人试着对契诃夫施过抚爱，但是关于体罚人们可说是知道一些的。

如果说作家的命运总是艰难的，那么应该承认，契诃夫的遭遇则是特别艰难的。这倒并非由于障碍太多，而是由于它们是单调无变的、让人失去锐意的平庸。“没有什么比那吮伤双翅的外省习气更可怕了。”他后来这样说过，这当然也是指自己的命运。

歌德说过：为了要创造出一些什么来，就应该成为一个人。而契诃夫在古典中学时就是契诃夫——他还能是个什么人呢？在为他所写的一些传记中通常也就在这里画上一个句号。人不是由于无事可做或者由于任性而要求成为作家的，而是由于有天性和才能，既然有了才能，那还需要什么呢？一些完全不赞同对生活持非理性观点的人们也时常提到“天才的神秘力量”，在一本谈契诃夫的少年时代的书[①]中有一章的标题就是这样的：《关于丑小鸭的童话》。人的天赋或者才能本身并不需要解释，传记作者在这里似乎只要做一件事，就是援引老童话。生下来是一只天鹅，那你就做天鹅吧，就这些。

糟糕的是，生活中没有这种童话般的明晰和单纯。双翅并没有折断，而是像契诃夫所说的那样——他说的是多么可怕啊！——双翅被“吮伤”了。这常常不是太疼痛，也可能不被发觉。契诃夫却发觉了这一点，因此蒲宁甚至略带羡慕地说“上帝给了他一双敏锐的眼睛”，因而他很早就觉醒了。

还有一些回忆录研究契诃夫时代塔甘罗格的戏剧演出。早就有着一种诱惑，它促使人们写下了关于中学生契诃夫的戏剧印象

---

① 指叶尔米洛夫的专著《契诃夫》。

的著作：将他的这些戏剧印象与他的作家机缘联系起来，并可说是对它“按剧目”进行解释。在塔甘罗格的剧院里演出了格里鲍耶陀夫[①]、席勒[②]、奥斯特罗夫斯基和莎士比亚的戏剧。是的，事情确实是这样的，但是从另一方面看，也不可能不是这样。难道契诃夫在少年时期（而少年时期恰恰是很重要的！）会不了解格里鲍耶陀夫和莎士比亚吗？他当然是了解的，他是以他自己的方式了解的，不同于别人。去剧院的最高层楼座看戏的不只是契诃夫一人。一代又一代的中学生，包括契诃夫之前和之后以及和他同时代的中学生，都上那儿看过戏。有些人迷恋戏剧比他更为强烈，有些人也喜爱过莎士比亚，但是他们成了官吏、律师、商人，还成了各种其他的人。多么难以想像，实质上多么不寻常：一群中学生观看了莎士比亚剧作的演出，在这一群人中谁都没有想到过，他们之中会有一个人的命运已经注定，关于这个人一位英国戏剧家和戏剧批评家在我们的时代写道，就连莎士比亚本人也没有享受契诃夫在英国所享有的如此深切的敬仰和崇拜。无论这是多么奇怪和多么遗憾，但是说这话的人不是俄国的契诃夫研究家，我们的专家想都不会想到这一点，这话出自一位当代英国人之口（“他和海丘巴有何相干？”[③]）。

总而言之，“有谁当初能想到，维什涅夫斯基这个被关在学校里不准回家吃午饭的差生会成为一个演员，他会在艺术剧院上演

① 格里鲍耶陀夫（1795—1829），俄国作家，著有诗体喜剧《智慧的痛苦》。

② 席勒（1759—1805），德国诗人，戏剧家，启蒙运动艺术理论家。

③ 这说法源自莎士比亚悲剧《哈姆雷特》。哈姆雷特看戏时，演员悲切地向他诉说特洛伊君王的妻子海丘巴国亡家破的痛苦。演员下场后，哈姆雷特在谈及他的演技后说了这句话：“他和海丘巴有何相干？”意思是：演员和海丘巴并不相干，他只是做戏罢了。

的另一个被关在学校的差生创作的剧本中扮演角色”。

塔甘罗格的剧院是不错的。后来契诃夫说过：“剧院曾经给我许多好东西。”但他还这样说过：“这剧本我是在戏院里身穿皮大衣坐在最高的楼座上写的。蹩脚的乐队和最高楼座使我想起了童年。”

一八七六年安东只身留在了父亲巴维尔·叶戈罗维奇未建成的家庭城堡的废墟上——父亲被认为是无偿还能力的债务人，被迫离开塔甘罗格，带着妻子和两个小孩——玛丽亚和米哈伊尔去了莫斯科，两个大孩子——亚历山大和尼古拉[1]已早一年去了莫斯科。亚历山大进了莫斯科大学数理系求学，并开始为幽默报刊撰稿。尼古拉决定要成为画家，他进入了绘画、雕塑、建筑学校学习。

伊万在塔甘罗格呆了一年，靠装帧书籍为生。但由于缺钱用，他不得不放弃在古典中学的学业而到莫斯科投奔父母。在这里他通过了教区教师考试并于一八七九年在莫斯科郊外的沃斯克列先斯克获得了职位。父亲确实是经历了一场悲剧性的事情，叶夫根尼娅·雅科夫列夫娜也深受折磨（她是俄国商人的女儿，她也被“贬为平民”，这个新的名称使她感到屈辱，她拒绝提出申请和在各种正式文件上签名，因为她只能这样签名：“平民契诃娃”），但安东却获得了解放。不能指望别人帮助。安东把堆满父亲家中储藏室的杂物拿到了市场上——几个做果酱用的已经烧坏了的盆子，已用坏的一只土耳其铜咖啡壶（他们日子过得很节俭，旧的家什没有扔掉，也许什么时候还用得上。可真是用上

① 两人都是契诃夫的兄长。

了！一切都具有了博物馆收藏价值，找遍了塔甘罗格的所有杂物棚和储藏室，其中有一些东西现在正点缀着纪念馆——不过人们没有任何把握说，这就是“那些”盆子和咖啡壶）。

但是，说来也真奇怪！家庭的不幸遭际不仅没有压弯契诃夫的腰，他没有气馁，没有灰心，恰恰相反，他很快地成长起来，坚强起来了，他开始有成效地、更好地学习；现在已经不可能有留级的事。他明显地变得快乐起来了，而这却使母亲深感难过：“我们收到了你两封充满玩笑话的信，而我们当时手头却只有四个戈比，又要买面包，又要买灯油。我们等着你是否会寄几个钱来，真痛苦啊……”

显然，安东当时甚至连四个戈比也没有，但是他有一个特性；命运也赋予了巴维尔·叶戈罗维奇和契诃夫家族其他所有成员这一特性：追求生活和心灵自由的意志，在为数不多的奇迹般保存下来的契诃夫的塔甘罗格时期的书信中可以找到出人意料的话：“……我生性宽厚，虽然妈妈说（求上帝赐予她想要的东西吧）我天性难改地凶狠。”还有一句奇怪的话，是在他预感到非凡的命运出现时的话：“如果我将来身居高位……”

契诃夫只身一人在塔甘罗格生活了三年，而结果却是：这三年——一生中的整整一段时间，几乎是整个少年时期——竟没有在他的传记中留下明显的痕迹。

于是有了伤感的题材：一个十六岁的少年，缺少生活费用，没有家庭，住在城里，在这里任何一个小孩子和市场上的任何一个女小贩都知道他是破产店主的儿子，他生活在“掌柜贵族”之中，他们在他面前趾高气扬——是的，这确实是一个诱人的题材，无可否认……

但是，没有或者说几乎没有可靠的证据和材料。写到这里，不得不脱离惯常的叙事体小说的常规，而在叙述契诃夫生活的外部状况时画上一个句号——无论人们怎样为它增光添彩，它仍然是相当平常的。

关于父亲的杂货铺、关于古典中学和它的教师们的故事到此就结束了，开始了最重要的引人入胜的东西：一位大作家的心灵历程，玄奥的少年时期，其痕迹需要在保存下来的早期手稿中寻找，在冗长的叙述中，在修辞缺陷和错误中，甚至在语法缺点和错误中寻找，这些错误使我们觉得真是平庸无才和令人气恼，对它们我们还是不能理解和原谅……

“人们不是由于写作而一头扎入地里。相反，他们是由于用鼻子扎地而又扎不下去才写作的。”很难想像出什么东西比契诃夫一家在塔甘罗格扎入的那个生活死胡同更绝望和更荒凉的了。这里让人回忆起来的不仅是早年就开始的劳动和早年饱受的痛苦、鞭笞，为了一块面包而遭受的责难，为了糊口而去做收入微薄的家教——这里让人联想起的不是狄更斯[①]，不是大卫·科波菲尔[②]，而是陀思妥耶夫斯基笔下的少年：“有这样一些孩子，他们从幼年时代起就思索自己的家庭，自幼就为自己的父亲和自己所处的环境的不体面而感受屈辱，而最主要的是他们在幼年时代就开始懂得他们整个生活基础的混乱和偶然性、缺乏确定的形式和家庭传统。”

① 狄更斯（1812—1870），英国小说家。

② 狄更斯的同名半自传体小说《大卫·科波菲尔》中的主人公，小说通过对孤儿大卫·科波菲尔的不幸所作的描绘，揭露了资产阶级社会的黑暗和不公正。

写作这事情就像有人曾说过的那样是一种不治之痼疾，因此最正确的办法是干脆听从它的支配。使我们感到惊奇的只是，契诃夫那么早就听从文学的支配，那么早就习惯于孤独，习惯于给自己安排的严格的、自我约束的、几乎是僧侣式的生活秩序，习惯于耐心的和集中精力的劳动，也习惯地认为必须大量地写作，丝毫不姑息自己——写，一直写，只要自己的手指没有写断……

人们长成大人了，而他们在其中度过童年的城市则似乎变小了。“曾经令人感到是座大城市的塔甘罗格原来却是一只微小的蜗牛……不存在什么距离，从大教堂犹如跨过一条沟似的可以一步跨到瞭望台，再从那里跨到墓地——这样整个城市就落在你的身后了。从前可不是这样呀！……你想怎么说就怎么说吧，兄弟，而童年和成年——这确实是不一样的。”一八八二年重新返回故里的契诃夫的哥哥这样写道。一八八七年契诃夫在南方之行中也回忆了童年、古典中学和自己不久前的一些事情：“塔甘罗格多么肮脏、空洞、懒散、无文化、枯燥乏味。没有一块写得正确的招牌，在一个酒馆门上甚至挂着俄拉西亚酒馆[①]的招牌……”“四周全是亚西亚[②]，我简直不相信我的眼睛。六万个居民干的事情只是吃吃喝喝，大量生育，别无其他兴趣——丝毫没有……既没有爱国主义者，也没有生意人，也没有诗人，甚至连像样的面包师也没有。”

如果放开想像力的话，可以想像得出在契诃夫记忆中的塔甘罗格是怎样改观的：无边无际的草原上一个小小的城郭，在这片草原上每逢春天野草和野花旺盛而又贪婪地生长着，冬季白雪皑

① 应该是“俄罗斯酒馆”。
② 在过去的俄国，“亚西亚”是落后和愚昧的代名词。

皑，夏季一片空旷，路旁有着稀稀拉拉的几个十字架，这条道路十分宽广，真令人费解，不知为谁修筑了这条路，现在谁还需要这条路。

塔甘罗格的古典中学学生怀着这种记忆（他长久地保存着这种记忆并珍藏着它）成了作家，但在一定意义上他也成了那部他将要创作并且是他在塔甘罗格就已开始酝酿的人间喜剧的主角，而当时古典中学的教师们努力要把他培养成“国家和社会所需要的”人，但有时却怀疑他能否有出息……

因此，“地方色彩”之说是多么无根据，而那些把“N 城”、“C 城”、《我的一生》中的城、《罗特希尔德的小提琴》中的城、《带狗的女人》中的城和《三姊妹》中的城都说成一定是塔甘罗格的注释也是非常勉强的。根本不是塔甘罗格！反映出来的现实城市只是有边缘局限的空间，只是一些房子、篱笆、百叶窗，在这些百叶窗后面流逝着许多人物的生活，这些人物类似叶戈鲁什卡、万卡、喀什丹卡、阿莉阿德娜、古罗夫、别里科夫保持着生活的面目。用果戈理的话说，这是“城市的观念”，是臆想出来的城市；这个臆想出来的城市是逐渐地、年复一年地产生出来的，在构筑这座城市的过程中，契诃夫已经看到过莫斯科、彼得堡、西伯利亚及欧洲的一些城市，还有萨哈林岛的一些苦役犯居住点。

父辈和子辈

才干来自父亲，心灵源于母亲。安东·契诃夫这样解释了自己的命运，显然，不可能有比这更恰当的解释了。无法说明在契诃夫身上有何种遗传回声反映了出来，为什么曾在父亲的杂货铺里卖肥皂、葡萄酒和沙丁鱼的这个男孩却有幸具有如此罕见的、如此高尚的天赋。

契诃夫生来就是为了要成为作家，这一点以一种不寻常的、谜一般的光辉照亮了他的家庭和他的家族。

关于契诃夫的童年和少年时代形成了两种相对立的传记性说法。一种说法是直接采取了安东关于自己的童年所说的话："专横和虚伪毁坏了我们的童年……我们的童年被恐惧毒害了……童年就是痛苦。"

另一种说法（М. П. 契诃娃[①]卫护这种说法）是：安东的回忆和亚历山大的回忆都不完全可靠。玛丽亚肯定地说，他们家里并没有滥用体罚，亚历山大和安东以及一些为作家写传记的作者把这个问题太夸大了。(米哈伊尔·契诃夫[②])

有控方证人，也有辩方证人，有时候两方面都正确，但是每人都是从自己方面来说是正确的。

玛丽亚·巴甫洛夫娜说的是对的：在他们家里没有滥用体罚。

但是殴打后颈、扇耳光和鞭打等这样的体罚是有的。只不过是玛丽亚·巴甫洛夫娜挨得少一些，或者是完全没有挨过，因为她是小妹妹，她开始上学时，已是在莫斯科了。父亲为人家当执事，住在仓库，很少回家。她显然也做过错事，但是没有人罚她。虽说有关玛丽亚·巴甫洛夫娜父亲也这样写过："……我们要尽一切力量让她进学校学习。"但是把她培养成人的却不是父亲，而是哥哥安东。

说到底，巴维尔·叶戈罗维奇本人也是正确的，不过也只是从他的立场来说是正确的。"如果教训一下傻瓜，"他开导叶夫根尼娅·雅科夫列夫娜说，"那是不会有任何坏处的，只有好处。"

所有这些词——"专横""恐惧""痛苦"并非轻松地就可以写入传记中去的。这些词显然取自另一个系列，它们标志着一定的概括，这种概括没有忽略巴维尔·叶戈罗维奇的真实肖像，当然也并不单单是对他的概括。事实上契诃夫的父亲并不是一个完完全全的、悲剧意义上的专横暴虐的人。恰恰相反："……我父亲直到自己生命的最后日子一直是他一生所固有的那个他——一个才智中等、难以展翅高飞的人……"

这里一切都简单得多，也更意味深长得多，因为这是两个世纪相交之时，在这时，父亲像所有的父亲一样按自己的面貌来培养儿子（"……我任何时候也不能原谅父亲在我童年时鞭打我。"），但是，就像父辈和子辈之间有时发生的情况那样，他培养出来的完全不是他想要培养的那种人。

巴维尔·叶戈罗维奇是烈性子，他墨守严格训条，按照家训

---

① 契诃夫的妹妹玛丽亚。
② 契诃夫的弟弟。

管教孩子们，要他们听话、劳动和祈祷。很自然，他希望孩子们获得“天堂和人间的一切幸福”，但是特别并且首先希望他们具有“温顺、忍耐和驯服的精神”。

契诃夫一家在严峻的约束之中，按照古老的温顺和虔敬规矩地生活，他们虔诚地祈祷，虔诚地尊重一家之长的威信和权力以及任何其他的威信和权力，亲吻长者给东西的手和惩罚的手，他们生活在一个独特的状态之中，关于这种状态有这样一种说法：“心里要惧怕上帝。”

“再见吧，童年！”尼古拉·契诃夫在回忆父亲的家时写道，“你睡得很安宁，虽然在入睡时你也感到痛苦，为你明天的似乎是大罪过准备好的一顿鞭笞。”

然而“罪过”并不曾有，因为在巴维尔·叶戈罗维奇的管教下孩子们都很温顺和安静。他们参加家庭祈祷仪式，在唱诗班唱诗，在杂货铺里从早到晚地劳动，上课——所有这一切消耗了他们的精力，打掉了他们淘气的心思。但是仍然“教训了”孩子们，也就是打了他们，鞭笞了他们——这完全不是由于父亲发怒，也不是由于他性格怪僻，而是某种信仰和深刻的信念。以前向来是这样的，显然巴维尔·叶戈罗维奇本人也是被这样抚养长大的，他当初读熟背会的那些书中也是这样写的：“……要从小惩戒你的孩子，他会使你年老时安宁……打孩子时不要手软，因为如果你用棒子打他，他不会死掉，反而会更健康……”

可以说，契诃夫一家是“像所有人一样”生活的，完全适应着环境的习俗和占统治地位的法律秩序。实际上情况就是这样，但除此之外也还有一些东西：有自己的规矩——家里有，杂货铺里也有——巴维尔·叶戈罗维奇过分认真地执行这些规矩，最小的儿子和家史作者米哈伊尔后来把这股认真劲叫做“形式主义”。这就使他自己的生活复杂化了，并常常造成一些错误，这些错误显然使他自己也很难过。

刚刚打开的植物油桶里掉进了一只老鼠。如果把油全部倒掉，那损失太大了；把老鼠捞出来，像什么事也没发生过似的把油卖掉——那是作孽。于是就搞了一个特殊的祈祷方式：当众将老鼠捞出来，神甫在油桶上面燃起香炉，祈祷仪式结束之后被请来的客人们入席，这样一来契氏家的老鼠在城里当然就成了众人议论的话题。所有这一切活动使巴维尔·叶戈罗维奇遭到的损失未必比一桶油本身的价值少些，但是他始终也没有搞明白，为什么顾客们对他的杂货铺都绕道而行？

巴维尔·叶戈罗维奇诚挚而又天真地相信祈祷的力量，他从字面上理解上帝的话，却忽视了净化祈祷毕竟不是消毒。直到生命的最后时刻他一直保持着这种天真的理智，不懂得有什么矛盾，也不了解会有什么疑惑——这是一种外省人的天真，甚至是独特的令人感动的天真。

巴维尔·叶戈罗维奇在破产之后到了莫斯科，在那里契河夫一家的生活很艰辛，几个孩子的学习都不很顺利。父亲在给安东的一封信中表示困惑地说：“我不知道为什么在莫斯科孩子们的学习进展得很慢，或者是由于天气太冷，在暖和的地方成熟得快，果实也好……”

一八九二年契河夫写信给哥哥说：“父亲很激动：科斯特罗马的主教维萨里昂获得了一级安娜勋章，而莫扎伊斯克的主教亚历山大比他还年长一些，却尚未获得勋章。”

“爸爸……一直读报，然后他告诉母亲说，彼得堡正在设立一个反对牛奶分级的协会，像所有的塔甘罗格人一样，除了点蜡烛以外，他别的任何工作都不会干。”

据说，巴维尔·叶戈罗维奇会画神像。有一张他画的神像保存了下来。画上是怀抱婴儿的圣母，画得非常仔细、耐心、准确、详尽，像是实物素描一样：画这幅神像的人是一个毫不怀疑圣母之实际存在的人。与其说这是充满了信仰和抒情的形象，不如说这是一张照片。

契诃夫的父亲是个信神的人，但在他的信仰中没有忍和善。他有着坚定的信念，这信念与其说是来自对永恒的公正和善良的信仰，不如说是来自对地狱惩罚的惧怕。孩子们确信：等着他们的不是天堂的天幕，而是火焰熊熊的地狱，教给他们的有关地狱火焰的观念十分具体和形象，以致他们失去了对天堂的信仰。在这个家庭里，父亲心目中的上帝是个可怕的上帝；孩子们都怕他，而且在可能的范围内仇恨他。

不断在家中安排祈祷仪式、组织家庭唱诗班以及教堂唱诗班的巴维尔·叶戈罗维奇有着一种信仰狂，总的来说他在教堂园地里付出了许多劳动，而教堂活动确实是要求纪律、坚毅和勤奋的——他的这种信仰狂实质上是一种平庸的心灵粗野，它表现在不断的叫喊、扇耳光、责骂和鞭笞之中，然而，他却是一个虔诚地、看来是深深地、磊落地信奉上帝的人。也许，这中间表现出了教会仪式的一种宿命的双重性：祈祷的抒情、心灵的真诚快乐，而同时是钱，不厌多的金钱，总的来说，是教会的利益。这就使人产生了一种困惑，这种困惑有着异端和异教的特征。

神像前的长明灯放射出斑斓的火光，幼稚的孩子们在抒情祈祷……父亲要求他们苦练，他们半夜就起床，在巴维尔·叶戈罗维奇办的业余教会唱诗班里排练，他们感到自己像是“小劳役犯”。他们唱的是高音，塔甘罗格的教友唱的是男低音，父亲拉小提琴给他们定音。他有音乐才能，听觉也很好。

古典中学的神学教师波克罗夫斯基神甫尖锐地训斥了他。

“由于我们父亲搞宗教形式主义，他对我们父亲产生了不满，他对我们父亲的不满转到了我们——他的孩子们身上。在已经成年之后，安东多次谈到波克罗夫斯基怎样在他——安东在场的时候同我们母亲谈话的情景，神甫说出了这样的意见：

“‘您的孩子们之中，叶夫根尼娅·雅科夫列夫娜，除了最大的一个——亚历山大之外，谁也不会有出息。’”

费奥多尔神甫错了，但也并不完全错，因为亚历山大、尼古拉和安东长大后都不信神了，从这个意义上说，他们之中确实谁也没有成器。当然，巴维尔·叶戈罗维奇是希望“更好些”的，但结果是：孩子们祈祷得过头了。

“我现在没有宗教信仰。”成年后契诃夫这样写道，但是他也未必是怀着对父亲的感激之情如此说的。

如果说巴维尔·叶戈罗维奇的教育意图经常落空，而他寄予儿子们——特别是安东身上的希望完完全全没有实现，那么从这中间不难看出一种有教益的规律性：他的教育体系压抑了孩子们身上的天资，而为了要按他自己的方式把他们培养成人，他需要的只是破坏这些天资。

他想让儿子们成为商人、买卖人，因为他自己就是个买卖人；只是在破产之后他才明白，商人的命运并不是最好的命运，或者至少说并不是人类各种命运中惟一可能的命运。

“但愿上帝不让任何人尝到贫穷的滋味，而这一切的原因就在于我除了经商以外什么东西都没有学……我现在认为任何一个手艺人——裁缝、皮匠、钳工、木匠和铁匠……都是幸福的，而我除了经商以外什么也不懂，而现在就连经商也不是我干得了的事，真正的商人不让我经商。”

巴维尔·叶戈罗维奇是按古老的方式生活和经商的，在他的杂货铺的价目表中有许多不必要的东西，简直可以说是应进博物馆的东西，什么乱七八糟的货色都有，例如回收的茶叶。这种茶叶是在酒馆里收集起来的，晒干后再卖给人家，一戈比一磅。

结果弄成了这样：当塔甘罗格的商人瓦里亚诺干着动辄百万的非法营利勾当时（以后首都所有的报纸都怀着敬仰的惊讶报道了他的勾当），塔甘罗格的另一个买卖人契诃夫却破了产，在全城内找不到五百卢布来挽救他免遭破产和耻辱。为了要生存下去，为了要经商获利或者哪怕是不亏本，需要的是另一种现代化的操作法，需要了解行情，需要有准备冒险的精神；在这里需要像俄罗斯人所说的那样：“把上帝忘掉。”巴维尔·叶戈罗维奇却不具备这些品质，因此，就像在正式文件中所说的那样，他“从商人变成了小市民”。

契诃夫家族的命运是十分典型的。

“……许多工业企业倒闭了，它们的主人们要么到别的地方去了，要么留在本地无事可做，忍受种种困苦……当时在其他城市里人们都抱怨缺少房子，抱怨房价太贵，而在我们的城市里却有许多住房空置着，银行找不到顾主来购买已抵押而未及时卖出的房子。已经好几年看不到任何新建的房屋，甚至已开始建造的房子也停建了……”一八八一年塔甘罗格的报纸上这样写道。

父亲从莫斯科寄来了一些不安的教诲性的信：“……你要看好

房子和庭院，要保持干净，别弄坏任何东西。你要尽力把家管好，把一切都弄得像我们在时一样好。”

然而房子已被收走抵债，里边几乎没有自己的东西了——只有“一个铜咖啡壶和两个铜盆”，还有一面镜子，叶夫根尼娅·雅科夫列夫娜要他把这面镜子带到莫斯科去，“不然我们这里就没有镜子，只好用水洼当镜子照了”。

巴维尔·叶戈罗维奇相信，他的事业有朝一日会奇迹般地好转起来，像一个溺水者一样抓住一根稻草：“主要的是你要把我杂货铺里的书都带走……否则一切就都完了。”

一项困难的任务落到了安东身上——“你要尽力把家管好……”

巴维尔·叶戈罗维奇的信与其说是以严厉的教训口吻写的，不如说他的信像是传教士的函件，充斥着众所周知的格言和警句。

“看在上帝的面上，”亚历山大在写给父亲的信中说道，“请您写得温和一些，贴心一些，否则，爸爸，您信中只有一些教诲性的话，这些话我们从小都会背了……在这里心情十分沉重，头脑一片昏暗，你渴求的是友好的安慰和同情的话语，而你收到的却是去教堂的命令……”

按照这些信件的内容，不难将巴维尔·叶戈罗维奇的教育体系分解成几个要点：

“要信仰宗教，它是真正的光明。”——这显然是第一点。其次：“别指靠自己的才能，而且任何时候也不要为自己有知识而骄傲。即使有大学问也必须谦逊。”还有：“我对每个凡人的信念的看法是：凡是遵循自己信念的人都在犯错误和误入歧途，遵循自己信念是可以的，但是也应该听别人的话，因为青年人看到的只是理论上的或者书本里的东西，而在实践中他并不懂事，阐明理由是可以的，但是任何时候都应该同有经验的老人商量。自己的信念并不会使我们有饭吃。”接下去是他关于高等教育的看法：“大学是任性的温床，没有任何严格的监督，大学生们想怎样生活就怎样生活，还需要道德干什么，只要知道听课的内容就可以了。卓越智慧的基础乃是怕上帝。”

还有一点，也是最主要的：“……我们特别为你担心的是，你会不会在我们不在的情况下败坏了自己的德性，没有人看管你，你是怎样生活的，自由自在会把一个人毁掉的……”

须知，这是一整套的人生观：“自己的信念并不会使我们有饭吃。”从其原始性来看，这又是多么完整的一套看法：“自由自在会把一个人毁掉的！”如果为了任何独立迈出的步伐、为了捉一次鸟、为了在戏院最高座位上或者在市立公园里度过一个晚上、为了任何一个鲜明的见解，总的来说为了任何一个与威严的父亲不协调的行动都要挨耳光或者鞭笞，那么追求行动的锐气就会逐渐消失，而胆怯和奇怪的懒惰——胆怯、懒惰、心灵上的奥勃洛莫夫[①]式的闭塞就会笼罩沮丧的心灵。

从塔甘罗格人的回忆中可以得知，安东曾是个寡言的、勤俭的孩子，他帮助母亲做家务，洗自己的衣领，缝坎肩儿和长裤，整天坐在杂货铺里，但是他学习不好——在古典中学的头五年里留过两次级（因为算术、地理和希腊语不及格）。他身上没有任何

① 俄国作家冈察洛夫的长篇小说《奥勃洛莫夫》中的主人公，他的性格特点是懒散无为、萎靡不振。

东西能使人预感到他将是一名大作家，或者是成为一个像样的地方自治局医生。

“您的孩子们之中，叶夫根尼娅·雅科夫列夫娜，……谁也不会有出息……”

但是契诃夫很早就懂得了父亲，并且很早就不再和父亲争吵。有一次他在写给亚历山大的信中说：“不知道你想要父亲怎么样，他反对吸烟，反对非法同居——你想让他成为另外一个人吗？……他像分离派教徒一样是个倔强的人……你没法推动他……无论你信写得多么甜蜜，他永远是要叹息的，总给你写一些同样的话，而最糟糕的是他总要受苦。”

童年。光辉的、美好的时光，诗情的宝库，生命之水的源泉——无论是在生活中、在文学中、在我们老的经典作家的作品中（“啊，幸福的，幸福的，一去不复返的童年时代！”），或者在最新派的作家们的作品里（“我从哪里来？我从我的童年中来，我是从童年来，就好像从一个国家来一样。”）都是这样。

需要多么深刻地动摇和颠倒生活的基础，才会怀着如此的痛苦来写他们的童年：“专横和虚伪非常严重地损害了我们的童年，所以一回忆起来就感到恶心和可怕。”

但是如果不考虑到这里谈及的是一个大人物、大作家这个重要的情况，那么关于契诃夫童年的故事听起来可能是令人伤感和悲哀的。

最好还是这么说：他的幼年是严酷的，而且不是没有留下自己的痕迹。

有人曾经问过埃内斯特·海明威：

“您认为对作家来说什么是最好的小学？”

"不幸的童年。"他回答说。

后来契诃夫写了许多关于父亲和孩子的短篇、中篇小说和剧本。

在他笔下，父亲和子女是家庭的环节，是家族的环节，这些环节彼此之间以难以想像的、复杂的、十分亲近的关系相连着，在别人面前人们通常将这种关系隐藏起来。在这中间考虑到了心理上的不相容性和遗传性这样一些几乎难以捉摸的东西，也考虑到了像为了一块面包而训斥、鞭笞以及父亲的威严、家训的威严、嫉妒、竞争……这样一些物质的和不文明的东西。这里谈不上某种狭义上的冲突；这里谈的是无法摆脱的冲突状况。

在契诃夫的叙述中有着一种将父辈和子辈分开来的清晰界限。这界限就是时间。

不同年龄的人们生活在不同的时代、时间的不同流程之中。关于"今天"这概念并非只有一个含义：对于小孩子来说今天就是未来；他还没有经验，没有那些青伤痕、肿块，没有那些心灵创伤和愈合的伤痕，这些东西都是性格在尖锐的生活棱角上"磨砺"时随着岁月的流逝不可避免地产生的。他不会支吾搪塞，不善于妥协让步，不会和蔼可亲地待人——而这些都是成熟年龄的人所固有的特点，因为"忍耐出爱情"，"熬着总有出头日"。

相反，对于成年人来说，"今天"——这是关于往日的记忆，这是长期积累下来的生活经验，这是痛苦、忍耐、与生活中的"套子"妥协或者完全与它融合而得的艰难经验。

不同的世代——时间的不同潮流——并不是平行地、以同样的速度运动的；这是相互遭遇的、相互撞击的潮流。它们之间不可避免地要产生矛盾，要产生独特的"心理旋风"。被卷入这种旋风的人们在激烈的口角中冲撞，在可怕的吵闹中相伤，感到自己深深不幸，并且弄不清楚谁对谁错。结果这里“已经不是规律，而是逻辑上的荒诞不经，因为无论是强者还是弱者都同样成了自己相互关系的牺牲品，他们不由自主地服从于一种未知的、与人不相干的控制力量”。（《行医一例》）

科学文献中对这种冲突是这样表述的：“在共存的和合作的两代人之间的职能分工是自然的，‘父辈’保持着陈旧的秩序，而‘子辈’则是打破传统的新事物的载体。‘父辈’和‘子辈’的冲突通常也表现了劳动和认识的两个组成部分——坚持传统和改造传统之间的脱节。这种脱节也就是老一代的传统主义和青年一代的虚无主义的基础。”

契诃夫作品中的时间辩证法表现在一种独特的、难以置信的事实之中：人在出世时不是进入未来，而是进入了过去。《格里沙》中的父亲的住宅、旧家具、有污点的地毯、固定的习俗；《瓦洛佳》中的母亲的老关系、社交界的习惯、古典中学——在这里传授着同祖父、祖母、父亲、母亲曾经学习过的一模一样的东西：顺从、勤勉、神学；《我的一生》中则是父亲所建造的城郭，儿子所痛恨的、充满了昔日生活的城郭。

过去哺育和抚养着现在，供给它衣食，向它灌输对自己的责任感，让它意识到那无法偿还的债务；过去向现在灌输自己的信仰、自己的生活方式；过去将自己的偶像和教条强加于现在——总而言之，过去按照自己的面貌铸造现在。而这正好是一种套子。生活的意义和目的就在于要冲出这种套子。

当一个人开始用悟性的眼光看待世界、迎接自己最初见到的黎明和晚霞的时候（而这一般是在三四岁的时候，也就是契诃夫的《格里沙》中的主人公所处的那个幸福年龄)，他觉得在他之前世界是不存在的；他不知道他将生活在他和他的同龄人的曾祖父和高祖父们的城市里，他不知道他不仅将继承自己先辈们的财产——他们的楼房或者各种日常生活器具，而且首先是继承他们从遥远的往昔流传下来的血统，他不可能拒绝这种遗传，他不知道这根本不是大地上的第一道霞光，正如之后在古典中学里将向他讲述的那样，他的祖先亚当和夏娃的第一个早晨在太古时代，也就是在他们被逐出天堂的时候就已消失，他不知道在世界上每年春天原罪[①]古老的种子都要萌芽，而原始的法律将继续生效：你将以自己的劳动养活自己。

在反复阅读《罗特希尔德的小提琴》的时候，不时地回头看看小说的最初几行（“城郭很小，还不如一个村庄……”）等等，这会有助于你觉察契诃夫所描绘的世界中存在的矛盾，存在于每个个人——或者更确切说，每个个人的心灵与这个城郭之间的矛盾，而这个城郭则体现了马尔发[②]、雅科夫[③]、一个有着亚麻色头发的小女孩[④]（这小女孩曾诞生在他们家，出世不久就死了）出世之前就在这里流传的历史。这与其说是生命和死亡之间的矛盾，不如说这是生命和关于生命的记忆（生命留给这座神话般小城的烙印和痕迹）之间的矛盾。雅科夫在临死前演奏的一首悲哀的曲调之所以使他的同胞们感动得流泪，就是因为这曲调使他们想起了心灵，而现在这心灵在他们身上已不复存在，这心灵与他们多么不相同，而现在他们却在怜惜它，就像怜惜自己的心灵一样，

---

① 基督教称人类始祖亚当和夏娃因违背上帝命令偷吃禁果犯下的罪为原罪，它传给后世子孙，绵延不绝。

②③④ 《罗特希尔德的小提琴》里的人物。

正是：在你活着的时候，不需要它，当你醒悟过来的时候，为时已晚。有人写过关于契诃夫散文中的“音乐”的著作，一些善于强烈和深刻地感受音乐的人很可能在阅读时会产生声音形象；虽然不难确信，在《罗特希尔德的小提琴》里并没有乐谱音符，但是，显然，没有音符也可以听到布罗兹的歌曲，因为这支歌是**心灵的倾吐**。

初次发表作品

契诃夫在古典中学读低年级时就迷恋文学和戏剧，这种迷恋也就决定了他的命运。

米哈伊尔·契诃夫写道："安·巴·契诃夫在读五年级时就睡在他自己栽种的野葡萄架下，并把自己称做'无花果树下的约伯'。那时他就常在那里写诗……一般来说，与散文相比安·巴·契诃夫这时更喜欢诗，就像任何一个处在他这种年龄的中学生一样。"

文学天赋，或者至少说是写作爱好，在俄罗斯并不罕见。俄国古典中学的学生中有谁不幻想成为普希金呢？他们这时不会想到普希金的每一行轻松的诗句要耗费多少精神力量、多少劳动和意志。

随着岁月的推移和经验的积累才能弄明白这一点。"激情勃发的时间已经过去。"哥哥亚历山大（他已成了一名报社记者）在写给契诃夫的信中这么说。

契诃夫的弟弟米哈伊尔也迷恋过文学，他后来办了一家儿童杂志，并以"米·博格姆斯基"为笔名发表过一些短篇小说。一八七九年他十五岁，当时他住在莫斯科。契诃夫从塔甘罗格写信给他："你现在在读书，你这样做很好，要养成读书的习惯。你会逐渐明白这种习惯的作用的。比切尔·斯托夫人[①]的作品使你流下了眼泪？我曾经读过她的作品，半年前我带着研究的目的又读了一遍，这次读后我产生了一种讨厌的感觉。一个人在过多地吃了葡萄干之后会有这种感觉……你要把下面的几本书读完：《堂吉诃德》（全书有七或八部）是一本好书，是塞万提斯的作品，大家几乎把他同莎士比亚相提并论；我建议弟兄们读一读屠格涅夫的《堂吉诃德和哈姆雷特》，如果他们还没有读过的话。这本书，弟弟，你是读不懂的。如果你想读一本有意思的游记，你就读一读冈察洛夫的《战舰巴拉达号》吧……”

差不多在每一本契诃夫传记中都引用过这封著名的信（瞧，这位未来的经典作家多么早就开始阅读严肃的书了），这封信值得注意的是，它对于弟弟来说是过分严肃了，这里既没有提到儒勒·凡尔纳[2]，也没有提到维克多·雨果（过了不久，契诃夫就写出了有关他们二人的讽刺仿作），也未提到其他的青少年读物，包括本国的和翻译的（而当时这种书是相当多的）。契诃夫的选择表现了很高的和严格的品位，了解这一点之所以特别重要，是因为他正好在此时正在成长为一个成熟的作家，他在通过卓越的古典文学范例吹毛求疵地研讨写作技巧的特点和精微之处，而普通的读者对这些范例并不总是感兴趣的。

在上面所提到的书籍中几乎最重要的一本当然就是《堂吉诃德·德·拉·曼却》，这是一本具有世界水平的仿作书，是契诃夫独特的仿作风格的渊源和原型，是一本关于读书热情、关于对文学疯狂般爱好的一本书。后来所有这些都成了契诃夫的一个特殊的艺术题材，但是溯本究源，这题材始于中学时代。

---

① 美国作家，著有长篇小说《汤姆叔叔的小屋》。
② 法国作家，专写科幻和冒险小说。

众所周知，契诃夫在世时就有人把他的创作发展构成了一个图式，后者曾引起他的讽刺妙语：“瞧，本来说没有什么阶段，而现在一下子竟分成了三个阶段。”

三个阶段——有时也将其中的第一阶段“花絮”阶段分成两个分阶段，而总的情景是平稳的、没有急剧转折的，从最简单到极其复杂的进化过程：十行到十五行字的幽默小品——“花絮”场景或者小小说——幽默短篇小说——严肃的短篇小说——中篇小说——剧作；并且所有这一切都是一个逐渐积累的过程，篇幅和艺术价值的逐渐积累过程，从在文学上微不足道的小东西，从“精巧的胡说八道”一直到《樱桃园》。

事实上确实是简单的，但没有任何激动人心和任何严肃内容的图景：没有任何运动——比方说，从少年热情的浪漫主义到现实主义；没有大艺术家们的命运中通常所经历的世界观的危机和转折——不过这在契诃夫本人的经历中，在他的表面看来确实非常平坦、稳当而又单纯的命运中似乎也是没有的。

即使没有决斗、没有流放、没有在全俄国被宣布革除教籍，但哪怕总得有一点什么事情能与关于俄国大作家命运的一般观念相称；这种观念特别由契诃夫的短篇小说《头等车乘客》中的一个人物表述了出来：“请您哪怕只给我指出一个俄国的文学大师，他是在死于决斗、神经失常或遭受流放……而誉满大地之前就成名的……”

大概是由于过分平淡，在研究契诃夫的文献中竟出现了一个关于“奇迹”的独特观念，而且这观念甚至获得了学术上的术语意义：“他并未冲破体裁的界限，却完成了改造体裁的奇迹。”（B.叶尔米洛夫）

有一个老的富有诗意的传记性轶事：母亲的命名日快到了，可是没有钱烘烤油煎包和买礼物。于是契诃夫就坐下来，写出了《致博学邻人书》，把它投寄给彼得堡一家幽默周刊《蜻蜓》，他用收到的稿费为母亲过了命名日。以后也就这么做下去了，而且越来越多……

在艺术中，奇怪的事和奇迹完全并非稀有的事，但是在这方面光凭数量积累是达不到任何目的的。深渊是不可能跳跃两下就越过的；不可能逐渐成为普希金、列夫·托尔斯泰、契诃夫或者陀思妥耶夫斯基。所以这就使人感到怀疑和困惑：一切难道就是这样简单……

一九〇〇年一月十五日，契诃夫在写给妹妹玛丽亚·巴甫洛夫娜的信中说："啊，这多么好呀，谁也不知道我何时开始写作。"

这句话在契诃夫的全部书信遗产中差不多是最令人猜测不透的一句话，它同时也说明，契诃夫本人未将他的创作道路的开端与众所周知的《致博学邻人书》联系在一起，而是和其他的什么东西联系在一起，关于这一点，也许，除了妹妹以外任何人丝毫也不知道。

契诃夫稳妥而审慎地堵住了一条通往他创作经历之源泉的途径。从研究者们和传记作者们的视野中滑掉的并不只是一篇最初发表的不知名的小东西，而是作家创作道路的整整一个阶段，也就是"皇村中学"[①]阶段，而没有这个阶段当然不可能勾画出比较正确的契诃夫创作发展的图景。

① 本书作者把中学阶段称为"皇村中学"，他认为这一阶段之于契诃夫有如在普希金的创作经历中的"皇村中学"。

在收集和整理了许多零星的有关契诃夫早期文学实践的材料，即在任何阶段之前的有关契诃夫创作的萌芽时期的材料之后，我们发现，契诃夫的早期诗作、几期中学手抄杂志（《闲暇》和《口吃者》）、至少三篇轻松喜剧、一个剧本、一些短篇小说（看来不少于十篇）都未能流传下来；他于一八七六年至一八七九年间从塔甘罗格寄给莫斯科家人的信件实际上也已全部散失（契诃夫喜欢写信，乐意写信；按最保守的约略的计算，这些信件的数目无论如何不会少于一百封）。

换句话说，就是失去了现在我们所拥有的契诃夫全集[①]第一卷之前的整整一卷，可称之为“起点”卷，而没有这一卷，现在的全集严格地说不能称之为全集；这一卷当然可以对契诃夫个人命运中和创作经历中的许多东西作出解释。

如果在这失去的一卷尚能收集齐的时候人们把它收集起来的话，那么在这一卷中就可以找到使契诃夫传记作者们为之伤透脑筋的所有不详、空白和秘密之处的答案。

但是这一卷未能收集起来，这其间也许最明显地表现了契诃夫对自己和对别人生活的不理智的、漫不经心的和马马虎虎的态度，关于这些契诃夫曾于一八八三年致兄长的信中谈到过。

在那些材料中想必可以发现比方说一些模仿性的作品。没有模仿性的东西，一个作家就没有少年时代，而现在我们在契诃夫作品中是找不到模仿性的东西的——似乎他根本从未模仿过任何人，而是直接从讽刺性的模拟作品开始的。模仿是文学习作的通

① 指1974—1980年间苏联科学院编纂的《安·巴·契诃夫作品和书信三十卷集》。

常途径，它通向独立和自由的创作。这是文学少年的体裁，是写作的独特学校，在所有国家和任何时代甚至最独特的艺术家们都曾经或多或少地经历过这个学校。少年时期的模仿有其独特的价值，特别是如果所谈论的艺术家确实是大师的话，他们少年时期的模仿会被作为创作的先导，作为文学传统的环节来研究。

当然也可能会发现一定的浪漫主义的原始材料——这些原始材料其实可以在契诃夫最初的艺术构思之一，不，也许是最初的一个构思中看得出来，这就是他想把果戈理的《塔拉斯·布尔巴》“改成悲剧”。

是的，契诃夫在构思这一悲剧的时候才十四岁，但是改编果戈理作品的想法——这想法产生得如此之早——不能不予以足够的重视，这一想法之所以显得如此重要，是因为这意味着要把果戈理的一部极著名的充满浪漫主义激情，有着民族历史的英雄主义画面，渗透了友谊、豪放和自由的中篇小说戏剧化、舞台化，或者用我们时代的话说“搬上银幕”。果戈理永远是契诃夫最“喜欢的”俄国作家，虽然关于契诃夫恰恰不能说他是从果戈理的《外套》中成长起来的[①]。这里重要的是某种更加深层的基础和本原，即在《塔拉斯·布尔巴》中极其鲜明生动地描写出的广阔草原和伟大而豪迈的原型中表现出来的民族性格，而不是只知道自己的办公室和“永远想着”有一件自己的外套的“小人物”。

在十九世纪九十年代，百科辞典的出版者们向契诃夫提出过一个问题：他何时何处首次发表作品？

“我于一八七九年开始从事文学活动，”他回答说，“最初在

① 陀思妥耶夫斯基曾说过：“我们都是从果戈理的《外套》中成长起来的。”

《蜻蜓》《闹钟》和其他一些幽默杂志及画报上发表作品。”

之后，在契诃夫文学活动二十五周年纪念日即将到来的时候，力图了解他发表文学处女作的确切日期的亲近朋友们、作家们、翻译者们、记者们向他提出了这个问题。

“您问我哪一年开始撰稿。真的，我不记得了。似乎是在一八八一年。”一八九九年二月十日他写信给 A. C. 拉扎列夫-格鲁津斯基说。

以后对类似的问题他总是回答得非常笼统，避免谈细节，而没有这些详细细节，就不可能找到他发表的第一篇作品：“在大学一年级时就开始在周刊和报纸上发表作品，八十年代这样的文学活动已具有经常的职业的性质。”

在对有关文学处女作问题的多次回答中，没有一处提出过稍许明确一些的日期，而且常常是一封信与另一封信相互矛盾。

“……我于一八八〇年开始写作。”（1888 年 6 月 26 日致拉扎列夫-格鲁津斯基）

“……我于一八七九年开始写作，在《蜻蜓》上发表。”（1892 年 2 月 22 日致 B. A. 吉洪诺夫）

根据一些可靠材料，契诃夫于一八七七年已经在首都的几家幽默杂志上发表作品。这一年十一月，哥哥亚历山大写信告诉他：“你的几则笑话可以发表。今天我把它们给《闹钟》寄去……你的两篇讽刺小品。其余几篇比较差劲。请寄一些比较短小的、尖锐的作品来。”

在这之前在《闹钟》杂志的“信箱”中有一个通知，这通知显然是写给契诃夫的：“克拉皮瓦的诗作……将不予发表。”（1877 年 3 月 4 日）在一八八三年六月四日致 H. A. 列伊金的信中写道：

“我有时在某些作品上署名‘克拉皮瓦’。”这个笔名在我们仔细研究过的一八七七年至一八八二年间的幽默期刊上只出现过一次，也就是在我们上面已经指出的《闹钟》杂志上拒绝发稿的答复中。

很早就撰写契诃夫传记的 A.伊斯梅洛夫在详实地研究了许多资料之后写道：“所有这一切显然会让人们认为，我们不知道少年契诃夫的第一篇处女作……要尊重历史事实的正确性，这就要求传记作者声称《一个地主的信》①可能已不是契诃夫的第一篇‘试笔’”。

在契诃夫的许多书信（包括最早期的一些书信）中都提到了彼得堡的幽默周刊《蜻蜓》：“……我在那里开始了自己的文学生涯。”（1883 年 6 月致 H. A.列伊金）这一点也就让人认为，契诃夫的文学处女作正是在一八七八年和一八八〇年间发表在《蜻蜓》上的。

在这方面有两封信是值得注意的。其中一封是写给《上帝的世界》杂志的出版者、著名的文学家和语言学家 Ф. Д. 巴秋什科夫的；一九〇四年，他特别执拗地对所推测的纪念日日期感兴趣。

“……第一篇小东西有十至十五行，在一八八〇年三月或四月发表在《蜻蜓》杂志上；如果不求全责备而正是把这篇小东西看成开端的话，那么我的纪念日应该不早于一九〇五年举行。”（1904 年 1 月 9 日）

这封信的惟一目的当然就在于避免任何铺张和喧闹的纪念活

① 即 1880 年 3 月 9 日登载在《蜻蜓》上的《致博学邻人书》。

动，这种事情是契诃夫毕生都不赞成的。在上面所提到的月份里，在《蜻蜓》杂志上出现了《顿河地主的信》[1]，但这完全不是什么小东西，在杂志中它占了并非十至十五行，而是一百五十三行；杂志编辑 И.瓦西列夫斯基称这篇东西为短篇小说。按照《蜻蜓》的篇幅规模来说，这已是十分大的作品，契诃夫不会把它与一篇不知名的小东西混同起来，因为他曾把修改过的《信》收进了他的第一本书，以后当然也曾提及过这篇作品（这本未问世的书样保存在他的档案之中）。

第二封信是致 П.И.库尔金的。契诃夫和他是在一八八二年结识的，那是契诃夫作为大学生在沃斯克列先斯克城地方自治医院进行实习的年代。从那时开始直到契诃夫生命的最后日子库尔金医生都是他的较亲密的朋友之一。他主要是搞医学统计的，他所编制的统计图在艺术剧院上演《万尼亚舅舅》时曾在舞台上使用。一八九九年十一月二日，契诃夫在给他的信中写道："我收到《万尼亚舅舅》的演员们从莫斯科寄来的信……他们期望得到的是热烈的赞扬，但令他们感到突然的是，取得的成功很一般，这使年轻的演员们感到不安。我已写作了二十一年，我知道，对作家和演员来说，一般的成功是最适宜的。"

契诃夫曾两次在信中提到了自己文学活动的所谓"逢整"日期。"我从事文学工作不久（五年）。"他在一八八四年一月二十二日致列伊金的信中说。"十二月二十四日，我将纪念我从事文学活动十周年。能够得到一个宫廷高级侍从的职务吗？"一八八九年十月二十三日致 A.C.苏沃林。

---

① 即《致博学邻人书》。

契诃夫在文学活动中用了一些笔名，除此之外，在亲戚和朋友之中还用过许多玩笑性的绰号。甚至有过这样一个非常特征性的绰号：长老。

童年时他受到了严格的宗教教育，祷词和教会书籍他都能背诵。在契诃夫家里《圣经》词汇是常用词。巴维尔·叶戈罗维奇寄往塔甘罗格的信中（契诃夫把这些信都保存了下来）充满了取自圣书的训诫箴言和警句。巴维尔·叶戈罗维奇是这样签名的："祝福着你的父亲。"

巴维尔·叶戈罗维奇教给安东的惟一能避免不幸和灾难的办法是听话、斋戒和祷告。而在塔甘罗格安东确实过的是像出家人一样的生活，迫不得已吃三年素食，这对于一个少年来说是太严酷和太长久了。他讽刺性地模仿父亲的宗教戒律，给自己想出了一个面具：隐居者、"无花果树下的约伯"、长老。

讽刺性的仿名产生于巴维尔·叶戈罗维奇的训诫："要信仰宗教，它是真正的光明，按年龄来说你还年轻，但是在理智上你要做一个老人，不要迷恋尘世的任何幻想，这不过是过眼烟云！"

"长老"这个仿名就是这样形成的。亚历山大在一八七六年至一八七九年之间的信中一直称他为"神甫"："啊，臭名昭著的神甫安东"，"深深尊敬的神甫安东"，"大智大慧……深深尊敬的……值得佩服的神甫"。

仿名归仿名。但是当年轻的契诃夫被称做"神甫""长老"甚至"爷爷"时，在这些绰号中别具一格地体现了他天性中确实存在的一个特点，后来他自己将这个特点称之为"人道的天才"，即对别人的痛苦特别敏感，天赋的崇高而善良的心灵的英明。

"虽然他年轻，甚至还是个少年，但是在他身上人们可以感觉到一个善良的爷爷，想要到他那里去寻求真理，诉说痛苦，并向他倾吐最最重要的东西，这种最最重要的东西在每一个人的心灵深处都是有的。”（K.A.科罗温）

“长老”是契诃夫常用的签名：“赠塔季扬娜·利沃夫娜·谢普金娜-库珀尔尼克——长老安东尼”（在《短篇小说集》一书上签名，1897 年 8 月 20 日），“隐士安东尼”（也是给她赠书的签名，1900 年 1 月 30 日），“往后要引以为戒的是：你要听长老—修士司祭的话”（1901 年 3 月 1 日致 О.Л.克尼佩尔的信）。也可以这样认为，“长老”这个词在这里出现是由于另一种原因，契诃夫已将近四十岁，虽然这样称自己长老尚嫌太早，可也并不太可笑，不管怎样还是说得通的：“老年时代已经不远了。”但是在更早得多的时候也就是在三十多一点的时候，他就一直这样说：“如果我在什么时候出家当修士（我有过隐居生活的倾向），我将为您祈祷。”（1892 年 5 月 19 日致 A.C.苏沃林）

他不是信教的人，但是他喜欢独处、沉思、缄默这种风格：“如果修道院接受不信教的人，而且如果能够不祷告，我就会去当修士了。”（1895 年 12 月 1 日致 A.C.苏沃林）从少年长老时代开始，契诃夫就有一个梦想：“做一个流浪汉、漂泊者，走遍各处的圣地，住进林中湖畔的修道院，在夏天晚上坐在修道院门旁的长凳上……”正如现代人所认为的那样，契诃夫在其优秀的短篇小说《主教》中写的就是他自己……

一八七八年，有人以“少年长老”为笔名在《蜻蜓》杂志上发表了两首短诗和一篇散文幽默小品《谁该付钱》。

“少年长老”是一个罕见的笔名。一八七八年它在《蜻蜓》上一闪便消失了，以后未曾再在俄国的幽默期刊上出现过。

在专门的文献中，这个笔名没有被破译过。为自己选择了如此别出心裁的文学假面的作者，至今将自己的真实姓名保持着秘密。

根据“少年长老”的两首短诗无法确定其作者。这些诗并非平庸的，也并非拙劣之作，但是没有表现出鲜明的个性和才能。按照经常刊登蹩脚和庸俗诗的《蜻蜓》杂志的标准来衡量，应该认为这两首诗是写得不错的。

致匠人——演员们

（即兴诗）

所谓的演员，
我在舞台上见过许多，
他们不可胜数，真的，
我顾不上对跑龙套的
进行统计。

致灰心失望的人

请你们相信，
我们中的每个人，
不止一次地在生活中
领略到幸福的时刻。
但这种幸福我们意识不到，
因而对我们来说，

珍贵的只是关于
这幸福的回忆。

契诃夫固执地否定自己曾涉足诗歌创作。“我从未写过诗歌。”在他的许多信件中多次重复过这一肯定的说法。

完全同样的情况是，契诃夫在写完《伊万诺夫》之后说：“我是第一次写剧本。”然而在《伊万诺夫》之前他已经写出过第一个剧本，轻歌剧《棋逢对手》《母鸡打鸣不枉然》《手持短枪刮光胡子的秘书》，话剧《老爷》（《在大路上》），戏剧《论烟草的危害》和剧评《卡尔哈斯》。

契诃夫确实不是“诗人”，也没有赋诗的天分，这是就该词的职业意义而言，但是他的早期剧本和早期诗作是众所周知的。

米哈伊尔说过，在中学五年级时“安·巴喜爱诗歌甚于散文”，他还引证了（根据记忆）安·巴的两首四行诗：

哎，穿裙子的围墙诗人，
擦干净你的薄唇，
你与其写诗，
还不如玩娃娃戏。

这首诗是献给一个小女孩的，她写诗并把诗用粉笔写在围墙上。

还有一首四行诗是一篇童话的开头：

哎，小伙子们，你们在哪里？

阿盖老头在走来，
他将给你们讲，
伊万和萨夫拉斯卡的故事。

契诃夫中学时代的另外一些诗没有流传下来。但是完全成熟的并已成为散文作家的安东·契诃夫写于一八八六年的一首诗的亲笔手稿却完好地保存下来了：

巴布金诺的明亮的星星！
青春像快板乐曲一样转瞬即逝，
鲜美的樱桃留下的是小核，
豪放的酒宴留下的是狂热的芥末。

附言中写道：这四行诗是在“痴迷的哲学情绪控制下”写的，也就是说，应该认为这诗是认认真真写出来的。如果人们不知道这首诗的作者是谁，那么任何人当然连想也不会想到这颗“明亮的星星”是属于契诃夫的。

如果幽默小剧本《谁该付钱》不是与“少年长老”的诗作同时刊登在一起，那就很难将这些诗与契诃夫的名字联系起来。

谁该付钱（照片）

在餐馆里。两个花花公子在享用了丰盛的晚餐之后要求结账。账单送上来了。两个花花公子准备付钱。茶房在一旁等着。

“别急！”第一个公子说，“我来付。”

“不，兄弟，这是我的义务。”

“别废话。吃晚饭的主意是我出的，因此该我付钱！”

“我不能吃了饭让你付钱！”

“那我怎能让你付钱呢？”

“上次是你付的钱，这次轮到我付了。”

“那次我们只喝了一瓶啤酒……”

“反正一样，我无论如何不能让你付……”

“你要让我生气了，萨沙！”

“你也让我生气了，科利亚！”

“好吧，如果你一定要这样……”

“那就这样吧！你付，你付。”

“我同意，你付。”

“我觉得我已经同意了。”

“喏，反正一样，你付吧。”

“就是说……你不想……”

“不，相反，但是你不是坚持要付嘛！”

“喏，是的，我愿意付！不过你要知道，兄弟，我把皮夹子忘在家里了。你先付吧，我随后付给你。”

“哎呀！我也完全是这种情况。我还指望着你呢！”

“你不是自己想要付钱的吗？我也指望着你呢。我连一个子儿都没有。”

“我手中的钱跟你的一样多。”

（茶房的脸拉长了。场景。）

这是一篇含有笑料情节的普通饭馆的小剧本。《蜻蜓》《闹钟》以及十九世纪末的其他幽默杂志都很乐意刊登此类滑稽而又不伤人的小剧本。

值得注意的是，在众多可以采用的名字中，“少年长老”为自己的两个人物恰恰选用了这两个名字：萨沙和科利亚①。

幽默作家们为“饭馆”场景往往选择比较有色彩的名字——这么说是不够的。例如，A.A.普列谢耶夫（《龇牙人》）在相近的情节场景中宁愿选用皮埃尔和沃尔德马尔这两个名字。

但是萨沙和科利亚是契诃夫的两个兄长——亚历山大和尼古拉。在对话中他们相互也是“称兄道弟”的。

当然也可以认为，这种名字的双重巧合纯属偶然。但是在“少年长老”所写的场景中相吻合的并不单是名字。《谁该付钱》中的喜剧情景与亚历山大和尼古拉的处境极其相似。

一八七八年他们两个都住在莫斯科，都经受着贫困的煎熬，两个人靠做家教糊口，或者在顺利时出售尼古拉所绘的图画。但是，使父母伤心的是，他们两人都放荡不羁。

亚历山大写信到塔甘罗格说：“这个冬天我和尼古拉尽情地饮酒作乐，到斯特列尔纳去了三四次。我想，你是知道什么是斯特列尔纳的。这是一家处于彼得公园里树林深处的豪华饭店。斯特列尔纳是纵酒狂饮的最佳去处。”

显然，安东知道斯特列尔纳是什么地方，因为一八七七年复活节假期他曾到莫斯科去过。

一八八六年亚历山大回忆道：“……我记得你第一次到莫斯科

① 契诃夫的大哥和二哥的名字的爱称。

来的情景……记得我们一起好像是（我记得不确切）沿着兹纳缅卡走。我戴了一顶圆柱形大礼帽，我作为一个大学生，尽量想在你的眼中占上风。以当时的年龄来说，对我至关重要的是要想办法在你面前表现一下自己。我直接对着一个老太太的脸打了个嗝。但是这并未对你产生我想要产生的印象。这一举动使你感到不快。你委婉地责备我说：‘你仍然和以前一样，是个流浪人。’我当时没有理解，还以为你这是在夸奖我。”

大学生年代的狂饮使亚历山大和尼古拉患上了不可治愈的酒精中毒症。

巴维尔·叶戈罗维奇显然是以萨沙和科利亚为戒，他教导安东要好好学习。“别涉足晚会、戏院和化装舞会，要把这些看成是多余的东西。朋友们可能会请你们到小酒馆里吃晚饭和喝酒……而对老爸来说，此类举动都只能带来凌辱。”

“少年长老”这个笔名有明显传记色调，这个笔名最确切不过的是契诃夫在家中的绰号；在《谁该付钱》这个小剧本中值得注意的是名字的相符，对亚历山大和尼古拉来说剧中的事是十分典型的场景情节，“少年长老”似乎就是照原型写下来的；这则“小玩意儿”[①]出现的时间（顺便说一下，这些“小玩意儿”恰恰都是十至十五行）；还有这则“小玩意儿”发表的地方是《蜻蜓》杂志——这一切都是偶然的吗？

安·巴·契诃夫第一次发表作品的确切日期，可能就是他于一八九九年二月十一日写给 П. И. 库尔金的信中所指出的时间：

---

① 契诃夫戏称他早期写的滑稽小品为“小玩意儿”，其篇幅总是在 10—15 行之间。

“我已经写作了二十一年……”这也就以年历般的准确性指出了一八七八年十一月二日这一天刊登《谁该付钱》这个小剧本的那期《蜻蜓》出版的日期。

现在似乎已经是毋庸置疑的了：在彼得堡幽默周刊《蜻蜓》上发表作品的“少年长老”就是安东·契诃夫。

在撰写此书的过程中，作者还在继续探求着有关早期契诃夫的文件和资料。

例如，已经了解到一九八七年 E.科普捷娃献给莫斯科文学博物馆一本尼古拉·契诃夫的袖珍画册。画册的首页有一个日期：“一八八〇年一月一日”。

在白色、黄色、蓝色的页面上有着各种草图和各种记录。其中有一条这样的记录：“纪念像揭幕仪式在热烈的进行之中。”就在这里还有一些图画，这是与一八八〇年六月六日在莫斯科举行的著名的普希金纪念像揭幕式相联系的一些图画。这是惟一的文献证明：当时青年画家尼古拉·契诃夫和他的弟弟安东——已开始为几家幽默杂志撰稿的医科大学生——即使不是在挤得满满的、屠格涅夫和陀思妥耶夫斯基在其中发言的大厅里，那也是在广场上，在民众和记者们之间。

在这些年里，安东和尼古拉两人很要好，常在一起合作。在一八八一年夏天的塔甘罗格之行以后，莫斯科杂志《目睹者》的版面上出现了幽默小品《结婚季节》，由安东沙·契[1]撰文，尼·契诃夫绘图。那些年兄弟俩的一些合影也保存了下来。尼古拉为安·契洪特的未能出版的第一本书《戏谑集》作了插图。在一八

① “安东沙·契”即契诃夫的笔名“安东沙·契洪特”。

八〇年的那本袖珍画册里与尼古拉的绘画并列的常有安东的亲笔题词，这是毫不奇怪的。

契诃夫的亲笔题词很有意思，因为它们反映出当年人们的情绪：

在第二十七页上安东·契诃夫亲手写道：

卡特科夫安睡在此，
他身旁是柳比莫夫。

对《莫斯科新闻》[①]和《俄国导报》[②]出版者兼编辑 M.H.卡特科夫及其助手 H.A.柳比莫夫的嘲讽——明显的和隐蔽的——是青年契诃夫所惯用的手法。一八八〇年，两个编辑都尚健在，但契诃夫已为他们准备了墓志铭。

就在这一页的背面有一首诗：

当整个欧洲号召
汉斯·布捷诺普献身艺术时，
我听到天空中一声叮咚，
这声响送来了古容，
整个欧洲猝然一抖，
天上的声响使它大吃一惊。

---

① 俄国较老的报纸之一。自 1863 年起成为反动报纸，由 M.H.卡特科夫和 П.M.列昂季耶夫任编辑。

② 1856 年起由 M.H.卡特科夫在莫斯科出版的月刊，自 1862 年起成为保守派的喉舌。

瞧，受雷声感召的温克勒，
瞧，不能忘怀的科利亚·契诃夫，
大家都急急忙忙，
奔向早已由罗马教皇统治的地方。

契诃夫的全部早期创作都充满对现实问题的暗示和嘲讽。布捷诺普兄弟俩是来自戈尔斯丁的德国人，他们定居在莫斯科并向俄国的农业供应机器。至于说到古容，他除了一些工厂之外，还在莫斯科开了一家商店“钢·铁·铸铁”。后来在梅里霍沃进行整修的时候，契诃夫建议过妹妹在古容的商店里买钉子。在罗戈施斯克关卡旁有古容开的一家工厂，一八九九年在 K.H.扎伊采夫的儿子——未来作家 Б.K.扎伊采夫来梅里霍沃洽谈可能收买该庄园之事以后，契诃夫就是按古容所开工厂的地址给 K.H.扎伊采夫写回信的。俄罗斯境内的资本家大多是外国人。对他们以及他们的俄国伙伴们，契诃夫无论是在青年时期还是成熟年代从来不抱任何敬意。

B.温克勒是动物园的园主和各种仿真蜡像陈列馆的老板。当年的许多报纸都为他的动物园及茨韦特诺伊大街的猴子戏院（我们现在的马戏院）做广告。在“安东沙·契广告办事处”[①]的一则有关展示“新旧大陆各国的荒唐事物”的温克勒陈列馆的广告中说：这儿有菲利波夫面包房烤制的白老鼠、“有耶稣会教徒齐托维奇身穿僧袍的画像”（П.П.齐托维奇当年在彼得堡出版反动报纸

① 这是安东沙·契洪特在当年的小报和幽默杂志上发表滑稽小品的一个栏目。

《岸》）……而稍后不久，在《诙谐广告和公告》一文中，契诃夫嘲讽了格瓦尔捷尔，把他说成是“温克勒动物园中的牙科医生”。

再翻下去，在画册中还有契诃夫的两处题词。在第三十二页反面上写着“斜眼对不成名的追求”。

“斜眼”是尼古拉·巴甫洛维奇在家中的绰号，哥哥对自己的天才所抱的轻浮态度以及他对“成名”一事的无所谓态度使契诃夫十分痛苦。

最后在第四十页上写着：

“你们不要被那诸般怪异的教训勾引了去。”

这句话引自使徒保罗对犹太人的行传（第十三章，第九节），这句话的迂回说法后来出现在契诃夫《草原》的主人公赫里斯托福尔神甫的话中。

И. А. 蒲宁在回忆契诃夫时写道：“一位作家向他抱怨说：‘我羞愧得流泪，因为我开始写作时写得非常差劲，十分不好！’‘哎，您说什么呀，说什么呀！’他感叹道，‘开始写作时写得不好，这太好啦！您要明白，如果一个开始写作的人一举成名，那他就到顶了，他肯定就完蛋了！’接着他开始热烈地证明起来，只有能干的人才会很早和很快地成熟起来，能干的人就是无独创性的、实质上是无天才的人，因为能干就等于善于适应并‘生活得轻松’，而天才要经受痛苦，要探讨如何表现自己。”

契诃夫常常说：哪里有错误，哪里也就有经验。我们在研究他的生平和创作时，应该时刻记住这些话。

《无父儿》

一

安东·契诃夫最初的一些作品中其实只有一部手稿保存了下来，正因为这部手稿是惟一的，它似乎马上该引起人们的特别兴趣。但事实上并非如此，许多年来从事契诃夫研究的文学工作者根本没有重视这部手稿，如果有人在文章中提到过它，也只是把它看成创作上的失败，应该予以最严厉的否定。现在因电影《一首未写完的钢琴乐曲》已经广为人知的这部手稿，第一次公开发表是在一九二三年，书名为：《安·巴·契诃夫的未出版的剧本。中央档案馆。文学和社会舆论史文件》第五期。新莫斯科出版社，一九二三年。H. Φ. 别利奇科夫对文本作了编辑、写序和注释。

手稿是在俄罗斯—亚速协会银行莫斯科分行的文件和公文之中发现的。它保存在契诃夫妹妹的私人保险柜里。这是惟一的作为具有严肃的历史文化意义的材料保存下来的手稿。契诃夫所有其他手稿——从最早的到最晚的——全部都是直接送印的，它们以后的命运既未引起作者本人的关注，也未引起他的亲人们的关注。草稿是不保存的。

H. Φ. 别利奇科夫所找到的笔记本没有扉页，因此无从知道这部剧作是何时创作的，它的剧名是什么。

“安东哥哥，”米哈伊尔·契诃夫在他的回忆录的第一稿中写道，“亲自将这部剧作……送给M.H.叶尔莫洛娃阅读，他很希望她能在她的纪念演出中上演这部戏。”

这番话令人再三思考。须知，契诃夫“亲自”去找叶尔莫洛娃，这做法似乎并非难以置信，因为在俄国文化史中他们两人的名字是可以比拟的，甚至是相互有联系的。但是这是从历史上、从生活的结局上来看的，而不是从生活的源头来看。让人感到的一个绝大秘密是：一个毫无名气、没有任何关系的年轻大学生怎么能够穿过一切屏障，突破世俗的惯例，越过环绕在俄国戏剧皇后周围的一大群崇拜者而来到她的面前呢？是的，十年之后，即在一八九〇年契诃夫确实与其他一些在当时比他更有名的作家和戏剧家一起参加了她的家庭宴会。“在明星家参加午宴之后，他有两天一直感到自己的头脑周围有光环……”但是，那时他也已经有了名气，他正在准备到萨哈林去旅行，他的《伊万诺夫》已经上演……

不过，米哈伊尔在不同的地方写法并不一样；他在一九二四年版的回忆录中说，契诃夫并未“亲自”去找叶尔莫洛娃，他是将自己的剧本寄给她审阅：“M.H.叶尔莫洛娃对这个剧本不满意，作者就对它进行了修改……”

不幸的是，这里就产生了一种混乱，它不是“谜”，也不是“秘密”，而是当文件证据不可靠，而同时代人的回忆又相互矛盾而且不确切时所产生的那种日期和名称上的混乱。

弟弟讲到的是契诃夫在少年时期所写的两部剧本。第一部名为《无父儿》，在一八七七年或一八七八年写于塔甘罗格，当时它的作者还在中学五年级学习，而他的弟弟，即以后的传记作者当时才十二岁或十三岁。后来在《在契诃夫周围》一书中他写道：“很遗憾，我在一八七六年到了莫斯科，与安东哥哥整整分离了三年，因而他生活中的这三年在他的传记中也就没有反映出来。”

第二部剧作是于一八八〇年或一八八一年在莫斯科写成的。它的名称已无人记得。

“来到莫斯科的第二年，安东·巴甫洛维奇又写了一部篇幅很长的剧本，里面有盗马人，有枪战，还有卧轨自杀的女人，等等。我誊写了这部剧本，由于激动，我的心都凉了。就我现在的理解来说，这是一部十分冗长累赘的东西，但那时作为一个中学生的我却觉得这是完美的顶峰。”当时安东·巴甫洛维奇是二年级大学生，他亲自把这部剧本送到 M. H.叶尔莫洛娃处，请她阅读。他很希望她能在她自己的纪念演出中上演这部戏……剧本被退回来了，作者把它撕成了碎片。这个剧本中只保留下来一个姓名，这就是沃伊尼茨基，后来它在《万尼亚舅舅》中再现了。

米哈伊尔·契诃夫在以后出版的几本回忆录中所纠正的自己记忆上的一个最主要错误，当然就是他确认安东·契诃夫销毁了自己在青少年时期所写的两个剧本：第一部剧本（《无父儿》）他撕成了“碎片”，第二部剧本的名称已不记得，也撕成了“碎片”。由于事情是在回忆录作者眼前发生的，因此他的话被看做是目击者的见证，似乎不该引起任何疑问。

然而疑问产生了，并且是在发现第一部剧作手稿之前很久就在刊物上提出疑问了，关于这部手稿米哈伊尔显然是不知道的。

其实，在研究契诃夫的创作中惯常引证的“弟弟的回忆”是不准确的。有许多在不同时期发表的东西，它们在事实方面明显地有差异。随着米哈伊尔·契诃夫所不了解的，或者被他遗忘的资料的发掘，回忆录的文本有所变化并得以确切起来。很自然，在最后的年代所进行的一些重要纠正是有关《无父儿》这部剧本的，作家的弟弟只是在少年时期看到过这部剧本，三十年之后，当他于一九〇七年撰写他的第一部回忆录时，他已经很少记得这部剧本了。

关于契诃夫少年时代的剧本有一个文件性的证明是无可争议的，它证实剧本的名称为《无父儿》。这就是契诃夫的兄长亚历山大·巴甫洛维奇的一封信，这部剧本正是在一八七八年从塔甘罗格寄给他的。信上写的日期是一八七八年十月十四日。

“你提起《无父儿》。我是有意沉默的。我知道作者对他的作品是多么珍重，因此……如果你想要听我的意见，在《无父儿》中有两场戏写得绝妙，但从整体上说它是不可饶恕的杜撰，虽说是无恶意的。之所以是无恶意的，是因为它出自尚未被搅浑的内心世界观的深处。至于说你的剧本是杜撰的东西，你自己也感觉到这一点，虽然只是不清楚地、无意识地感觉到。不过，你在这部剧本上花费了十分多的精力、能量、爱心和痛苦，因此你再也写不出另外的剧本了。创作和戏剧天才需要有（特别是你）更多的活动和更广的范围。如果你愿意的话，我找个时间更认真和更详细地谈一谈你的剧本。而现在请你原谅，我刚才所讲的意见太尖锐了。我知道你对此会感到不悦的；但是没有办法——你问我了，我就回答了，而写别的什么话我是做不到的，因为这里谈的是你心灵的最佳激情，我不能欺骗你。”

亚历山大·契诃夫把《无父儿》看成是不成功的，但却是复杂而繁重的创作，契诃夫为它耗费了心灵的最佳激情和“十分多的精力、能量、爱心和痛苦”，似乎此后他任何时候再也写不出什么别的东西了。然而他却将要成为一个新型戏剧的奠基人。因此，似乎没有必要去争论他早期能写出的不是一部剧本而是两部剧本。当然他是能够写出两部的。但恰好那些年几乎是他一生中最困难的时期。要通过中学毕业考试，随后又要通过大学入学考试。在一八七九年至一八八一年，他在医学系的低年级学习，在传统上对医学专业的历代大学生来说，低年级的学习是最艰苦的。因此，他在这个时期很少写作，也很少发表作品。

同样不必怀疑的是，M.H.叶尔莫洛娃根本就没有看到契诃夫的第一个剧本，不过因为这并非她的分内事。开始写作的剧作家们的手稿是由低一级的人员朗读的，这些人是专门被安排从事这项工作的，他们是导演们的助手，或者更确切地说，在我们的时代这些人叫做“文学顾问”。可以想像得出，某一个不知名的人翻阅了这部冗长的、不适于舞台演出的充满语法错误的手稿后，会怎么想，会对年轻的剧作者说些什么。因为如果从头至尾上演这出戏，必须把小剧院的整个剧团都搬上舞台，整场演出会延续八个小时以上（不包括幕间休息），而最令人失望的是，剧中所有的女角色都是主角，但其中却没有一个适合叶尔莫洛娃扮演的角色。

十年以后，当女演员已接近四十岁时，契诃夫写道：“我要求M.H.叶尔莫洛娃只演不超过二十一岁的妙龄少女。”（杂文《在莫斯科》）他这话是以莫斯科戏迷的口吻讲出来的，但是说这话时未必完全没有想到那些遥远的年代，当时一个医学系一年级大学生竟敢建议莫斯科头牌女演员扮演一个与奥菲丽娅[1]很少相似的

① 莎士比亚的悲剧《哈姆雷特》中的女主人公。

角色，与古老的小剧院天仙般的女主人公们很少相似的角色：将军之妻沃伊尼采娃。

看来，契诃夫受到了一次非常沉痛的侮辱；可能在他晚年即一九〇三年他向 B.C.米罗柳博夫讲的正是这一教训："我所遭到的这次侮辱是难以忘怀的……令人难过的事太多了……您可知道我是怎么开始写作的吗？而且至今还……"

现在已经很难想像得出，是谁向这个外省的男孩子许下了所有这一座座的金山：与叶尔莫洛娃结识，小剧院的善意接待，顺利的初次尝试。但是莫斯科的文学与戏剧的圈子并不大，他们好客，乐于慷慨许愿，完全可能是（而且也确实是这样）某个二流作家、某个有资历的滑稽作家或者某个地道的幽默作家、亚历山大和尼古拉周围的某个酒肉朋友在暗中指使了尚未失去外省人对首都的那种天真轻信的契诃夫。他相信了，过急地处理了自己的手稿，而接着他就失望了，痛苦了。这个例子很好地说明了亲笔手稿的价值：如果没有这张奇迹般地保存下来的四分之一开的纸，世上谁也不会知道契诃夫年轻时曾经亲笔给叶尔莫洛娃写过信，可能任何人连想都不会想到这点，因为以后契诃夫就没有什么事可去找她了。

我们暂且设想，剧本被采纳并在小剧院上演，由于剧中女主角是叶尔莫洛娃扮演的，所以演出获得了轰动一时的成功。那么在这种情况下什么可以被认为是契诃夫的"处女作"呢？是一八七八年至一八八一年创作的这部剧本呢？还是微型幽默短篇小说和小剧本呢？他的全部生活可能是另外一种样子，他的文学机遇也就可能会完全不同了……

但是人们会反驳说，既然在小剧院未被录用，为什么要去猜测呢?

对文学史和对契诃夫的创作经历来说，重要的是这部剧本是在安东沙·契洪特的幽默短篇小说和小剧本在“小型报刊”上出现之前写成的，重要的恰恰是少年时期的希望和憧憬在创作生涯的起点上破灭了。换句话说，人们习惯认为的那种渐渐的艺术演进图式是不正确的，不过关于这一点在以前也是可以想像得到的。大艺术家不可能有“渐渐的”机遇。不可能“渐渐地”成为格里鲍耶陀夫或者托尔斯泰。

不能说契诃夫的文学机遇不好——它不过是没有一蹴而就，它被延迟了，并且中断了一些时候，契诃夫在《蜻蜓》和《花絮》上发表作品期间，保持了某种严肃的，某种对他自己来说是非常重要的东西。

剧本手稿用了十一个练习本，这种练习本是自制的，是用线将一折为二的纸张装订而成的。

字写得相当大，字迹清楚，写得很认真。这是契诃夫早期的字迹，这是一个尚未脱离学生正字法习惯，竭力避免涂改、笔误和差错的人的手笔，不过中学生惯常所犯的一些错误在手稿中仍然是存在的。

保存下来的手稿是某一部未流传至今的原件的复写本，是作者誊写的拷贝。契诃夫在誊写剧本的时候，自然不是机械地抄写，而是对原来的文本作了修改和完善。

第一个练习本中散失了两张纸。

由于预见到戏剧书报检查局的干预，做过一系列的删节和改动，显然这是按照一些人的建议而做出的，对这些人的经验契诃夫是必须尊重的。当然，关于塞瓦斯托波尔战役的一些话，关于老普拉东诺夫“与其他一些‘爱国主义者’在当时无耻地掠夺了自己的祖国”的一些话，是任何一个书报检查员都不会放过的。不过，删减后的剧本也不符合书报检查的要求，也会不可避免地遭禁。

在对剧本进行加工的时候，契诃夫尽量使自己的剧本宜于舞台演出。他缩小了人物的范围。

要写出这种篇幅的剧本，厘清（或者也许是由于丝毫不考虑舞台的条件和假定性而设下的）如此多的情节线索、命运和倾轧，可真是需要很多时间的！二十个剧中人物，四幕话剧，一行一行地誊写数次——这是不可能一下子做到的，一个月做不到，一年也做不到。这不仅是因为契诃夫从来都不写多和写快；须知他当时还在上学，在解剖室里做作业，在临床医院值班。

二百二十六页手稿，须知这比 И. С. 屠格涅夫的《罗亭》和《贵族之家》还要长，篇幅仅次于《父与子》！还有许多添加和修改之处，这些显然不是一下子完成的——为此也需花去不少时间……

剧本有着不可饶恕的浪费笔墨的情形，这只是在写作早期才可能出现的。这剧本是话剧，同时是喜剧和轻歌剧，或者确切些说，三者都不是——但是，除此之外，这还是一团混沌的东西，与现实的俄国生活非常相像。

有经验的剧作家当然不会给剧院提出解决不了的问题，他会从这些材料中至少裁剪出一部正剧，一部喜剧外加几部轻歌剧。他会一下子提供一个舞台可以采纳的方案，就像当时许多剧作家所做的那样，而关于这种剧作家契诃夫后来是这样说的：“剧本需要写得下流和无耻。”

但是，十多张印刷页——这首先是一部需要韧性和意志才能完成的著作。契诃夫有足够的意志把这一工作进行到底，这是主要的。他做这件事的时候正处在这样的年龄，一般人在这种年龄最缺乏埋头苦干的精神和耐心，最富于常常是不可实现的憧憬和幻想。他怀着一种强烈的对自己力量的信心、对自己命运的坚定的信任把剧本寄给了小剧院，他多么希望他的手稿能够被朗读，被承认，被采纳，并在著名女演员的纪念演出中在俄国首屈一指的舞台上演。

命运惩罚了契诃夫，因为他太大胆，因为他冒了险；但是命运也对他表示了特别的好感，让他最终完成他的手稿，可说是让他把自己的第一杯酒饮完。而什么是文学？什么是写作天职？难道不就是终身从事的劳动吗？不是灵感的冲动，不是认真仔细的誊写，而是对连续不断精神劳动的一种爱好和习性，这是一种类似幸福的习性，也许对那些天生有这种习性的人来说它就代替了幸福。

这部剧本是作者处在那样的年龄时写的，人在这种年龄对生活的意义、良心和责任的思考特别尖锐并充满冲突；这剧本也是在父亲破产和他的威信扫地之后写的，契诃夫不再有父亲的家，没有生活资料，也没有道义上的依靠——他一无所有；从这个意义上讲，剧本的题目《无父儿》具有明显的自传色彩。

契诃夫也目睹了其他的家庭破灭的惨剧，关于这些家庭惨剧只能根据一些零星的材料和百余年前的报纸传闻猜到一些。

当契诃夫构思《无父儿》并创作第一个方案时，陀思妥耶夫斯基和屠格涅夫还健在；他们在当年新出的杂志上发表作品，对于他们的作品，人们进行了争论，就像在我们的年代人们为《大师和玛格丽特》或《日瓦戈医生》而争论一样。对于契诃夫来说陀思妥耶夫斯基是年长的同代人，而不是世界有名的老经典作家。记住这一点是重要的，否则整个历史和文学上的均衡就可能被歪曲。

不可能说清这部剧本誊写了几次（С.Д.巴卢哈特认为不少于三次），但是十分明显的是，契诃夫曾多次回到手稿上来，而且不只是在几个月之内，而是在几年之间。这也就让人有理由认为，保存下来的手稿是作者对一八七八年契诃夫的哥哥从塔甘罗格收到的《无父儿》多次进行加工而成的后几个文本之一，当时他哥哥把讨论剧本的事搁置一边，直到安·契诃夫来莫斯科。就在此地于一八七九年至一八八一年之间，对剧本的最初文本进行了不断修改。从手稿的第一张纸上写给 M.H.叶尔莫洛娃的信的铅笔草稿来看（“别担心。一半篇幅已经删掉。许多地方……还需要……”），寄给女演员的是一份作过许多涂改的手稿，它与保存至今的那份作者亲笔手稿是不同的。

二

剧本的内容把我们带到了契诃夫的少年时代。

剧中故事发生在“一个南方省份”；剧情与塔甘罗格及其近郊相关，与契诃夫早年印象和生活经验相关。

契诃夫了解普拉托夫伯爵在草原上的地主庄园，他的祖父曾在普拉托夫家当过管家，他了解克利尼奇卡、克列普卡雅、拉戈季纳峡谷等地的庄园。所有这一切都留在他的终生记忆之中。

在剧本中，契诃夫保留了一些塔甘罗格人的真实姓名——普拉东诺夫、格列科夫。普拉东诺夫将军确实有一个儿子，不过他不是教师，而是军官；他悲惨地死去了。据一八八三年《莫斯科小报》报道："有人从塔甘罗格给《南方边区》写信说：'我们社会上的严重动乱导致了六月九日夜间事件的发生，事情是这样的，修炉匠把普拉东诺夫将军的儿子普拉东诺夫军官打成重伤。'"

剧本的创作时间反映在它的内容之中，也许更确切地说是反映在它的语言之中。

当时契诃夫和所有的塔甘罗格人一样，他们都不怀疑"椅子"这个词是中性名词；契诃夫就是这样写的，"他在随便一把什么椅子上坐下""搬一把椅子给我"，他写的都是中性名词词尾。当年在塔甘罗格没有一个人会说"толкнуть"，他们都习惯说"пхнуть"①，"搡一下桌子""使全劲搡""搡他的肩膀"。当年那儿的人都不说"скрипеть"，而说"рипеть"②，"哎，别吱吱哑哑地拉了，尼古拉·伊万内奇！把小提琴放下吧！"

在莫斯科不能说"别搡我"。打着塔甘罗格年代的故乡烙印很快就被遗忘了。不过出现了另一种昙花一现的语病——夹杂外来语的词句。例如，在《迟开的花》（1882 年）一文中有"……他无视（игнорировал③）周围的人……""……不善于通俗化（популяризировать④）……"

剧中人提到了一些现实人物的名字，阅读了一些确实是在俄

---

① 在俄语中"толкнуть"是"推"的意思，"пхнуть"是粗俗的说法，意思是"推""搡"。

② 俄语中"скрипеть"的意思是"发出吱吱声"，但当年在塔甘罗格人们不说"скрипеть"，而说"рипеть"，意思相同。

③④ "игнорировал"（无视）和"популяризировать"（通俗化）二词都是外来语。

国出版的书籍。这清楚地说明了剧情发生的年代，并在某些场合让人能够相当确切地说出，契诃夫的这场戏或另一场戏指的是哪一个历史时刻，他创造出的是何种现实的弦外之音。

“……额头上写着致命的字眼：当众拍卖！”

“谢尔布克：这来自涅克拉索夫的作品……听说涅克拉索夫已经死了……”(涅克拉索夫死于1878年1月8日)

一八七八年之后在俄国发生的一些事件在《无父儿》中没有得到反映——应该认为，这是因为在创作这部剧本的时候这些事件尚未发生。剧中甚至未提到有着全俄历史意义的、契诃夫亲眼看到的盛大的普希金纪念活动（1880年6月）；没有C.Я.纳德松的名字，而这个名字在普拉东诺夫和文格罗维奇的对话中却是十分适宜的（第二幕，第二场，第五景）。在一八八一年至一八八二年间，纳德松是很时髦的人物。

至于谈到为数不多的“现实”日期（例如，提到了《俄国信使》报），那么它们只能让人判断那部保存至今的作者誊写的剧本复本的誊写时间，而不是它的最初的文本的创作时间。

对理解契诃夫正在形成中的社会立场来说，第一部剧本是重要的；也许以后这种立场从未像在这部剧本中所表达的那样：十分肯定和明了。

《无父儿》是一部作为关于俄国生活的现代剧而构思出来的，它同时含有深刻的历史潜台词。在第一幕中，老格拉戈利耶夫说：“我把不确定性理解为是我们社会的现代状况……一切都极其不确定，不可理解……一切都极端地给打乱了，弄混了……”这是关键性的话，不难看出，这些话几乎与托尔斯泰关于十九世纪七十年代的俄国所说的话是相同的：“我国现在……所有这一切都起了激变，都正在形成。”

老一代正在被新的一代所代替，旧的俄罗斯正在成为过去，契诃夫在《无父儿》这一标题之中反映了过渡时期充满冲突的生活状况。这是一部关于破产了的父辈和改革后成长起来的子辈的剧作。

“父亲们”——老格拉戈利耶夫、退伍陆军上校特里列茨基、两个地主彼得林和谢尔布克——是普拉东诺夫将军的好朋友和忠实随从。正是他们体现着已破灭的“父辈的理想”：“我不相信你们这些老头儿的自以为是的贤明！我不相信，我老父亲的朋友们，我深深地、十分真诚地不相信你们关于复杂事物的简单议论……”

在两个外省地主彼得林和谢尔布克的形象中，在他们的溜须拍马和奴颜婢膝的行为中，在将债权人和债务人联系起来的冲突中，可以清楚地看出奥斯特罗夫斯基戏剧的传统。此类材料在剧本《无父儿》中相当多，可以把这些材料划分出来并把它们组织在一个总的情节框架之内——这里一切都取决于演出的职业水准和品位以及导演的手法，但是显然不需要深入的改编和风格上的变动以求“效法奥斯特罗夫斯基”。

这种紧凑的、表演特殊的、有着一些喜剧情节和几个特色人物的话剧，即使在当今的小剧院舞台上演也不会不获成功。

在《无父儿》中令人十分强烈地感觉到十九世纪六十年代的揭露传统——这不仅表现在普拉东诺夫关于父亲的独白之中，这独白也许是“六十年代人”对契诃夫影响的最鲜明、最有说服力的见证，而且表现在关于父辈和子辈这个总的主题之中，在关于妇女解放的理想之中，在关于劳动必将很快成为所有人的必需并使所有人成为幸福的人的这一认识之中，也表现在贯穿于整个剧本的坚定的揭露性中。是的，契诃夫在这些最早期的年代就已经具有客观性的特点，所有上述特征和主旨让人更觉得是一种时代的色彩，是人物的思想倾向，而不是作者的立场，但是这中间“时代色彩”尤为珍贵和重要。

父辈和子辈这个主题在契诃夫前的俄国文学中——在大家都很熟悉的传统性的屠格涅夫的解释之中，在致命的、绝望的和更加复杂的哲学主旨之中，在莱蒙托夫悲剧性的被侮辱和被欺骗的希望的主旨之中（《受欺骗的儿子的苦笑……》）已体现得十分鲜明。父辈和子辈这个主题总的来说对理解契诃夫的构思是一个关键。诅咒父亲的普拉东诺夫（儿子）和拼死延续那个家族和那条生活路线的普拉东诺夫（父亲）（“作为一个人我是渺小的，作为一个父亲我将是伟大的。”等等）；特里列茨基父子；格拉戈利耶夫父子；文格罗维奇父子；沃伊尼采夫父子——遗产和遗产继承人（“喏，封建主……”），所有这些基本角色在这里都呈现在他们的家庭历史之中，这历史不仅现在存在着，而且还要长久地存在下去，直到生活的力量耗尽，直到子辈们无处播种也无可收获，而只有文格罗维奇家族仍将幸福地生活——他是俄国文学第一个，似乎也是惟一的夏洛克[1]……

在我们的意识中，《父与子》这个题目特别紧密地与屠格涅夫的名字联系在一起，也许太陈腐了，所以很难将这个名称用于这部不知名的剧本；但是既然如此，就让这个名称作为副标题吧，就让它与莱蒙托夫的题词在一起作为一个题词吧：“刚刚爬出摇

① 莎士比亚喜剧《威尼斯商人》中的犹太高利贷者。

篮，我们就拥有了父辈们的错误和晚熟的智慧。”因为更加确切的、更加与契诃夫以前的传统紧密适应的、更有内容和更能确定契诃夫第一部剧本（或者说，也许是喜剧——在这部剧作中体裁界线像在喜剧《海鸥》或《樱桃园》中一样也被冲淡和模糊）构思的措词看来是不存在的。

在《无父儿》的内容中，特别是在它的情绪中，有许多东西与莱蒙托夫的诗作趋同，莱氏的诗作好像是庇护着这部不完善的、冗长的，但同时又是深刻而复杂的文本，这文本则向着莱蒙托夫的诗作攀升，好像在向着自己的源泉、向着自己的诗情和意义的发源地攀升。

这里有着一种十分强烈的迫切性成分，这也是俄国戏剧的传统成分：它表现在普拉东诺夫关于到民间去的讲述中，关于他们怎样为“堕落者”赎身的讲述中，关于大学生生活的讲述中，而大学生生活充满着书本上的涅克拉索夫理想，充满着牺牲精神，充满着心灵上的勇敢，个人英雄主义，而这种个人英雄主义确定了普拉东诺夫的性格并永远留在这位“极其有意思的”外省教师身上；由此也就产生了他的吸引力，他的心灵博大和宽宏，还有他那引起十分强烈而相互矛盾的情感的魔力。

普拉东诺夫与整个一批民粹派大学生联系在一起，而关于民粹派大学生在俄国几乎尚未有人写过任何东西。大学生们以浪漫主义的激情充实了理论，大学生的牺牲精神、他们所作出的牺牲、他们在穷乡僻壤进行的耐心劳动（我们正是在那里遇到了普拉东诺夫）、他们随时准备遭受审判和镇压——也许该是理解这一切对俄国历史有过多么巨大的意义的时候了，是时候了，该理解这些秘密小组和群体，这些用无畏而又灵巧的纤手握着手枪的、与契诃夫笔下的索菲娅相像的青年女子对畏惧上帝的俄国道德观产生过多么了不得的影响。

这些历史材料在契诃夫的第一部剧作中并非主要的东西，但其中有这些材料，而且十分生动和鲜明；因此，可以从这些材料出发，编写一部反映十九世纪七十至八十年代俄国生活的、有着生动的生活场面和确凿的历史背景的历史剧。

在对手稿进行编辑加工时，契诃夫大大削减并简化了普拉东诺夫关于父亲的那段独白，而在初稿中这段独白贯穿着值得记忆的十九世纪六十年代的暴露激情："一个人死了，一个放荡到骨髓的放荡者只能这么死去，他活着是个富翁，死时是个乞丐……从他的眼睛里流着香槟酒，那是他昔日和他的食客们用那些衣不蔽体食不果腹的人们的血汗钱灌下的香槟酒……我要他忏悔……向他提起被鞭打、被侮辱、被强奸的人们，向他提起塞瓦斯托波尔战役，在那次战役中他与其他一些爱国主义者在当时无耻地掠夺了自己的祖国……"

需要有何等的、几乎孩子般的天真，需要有何等的无知才会指望这样的文字通过书报检查并从小剧院的舞台上听到这样的文字。许多年之后又回到这一文稿上来，这需要有多么好的记忆啊：在创作《樱桃园》时，从眼睛中涌出的香槟酒又被想起来了，在《樱桃园》中拉涅夫斯卡娅谈到自己过去的经历时说："我丈夫死于香槟酒……"

在契诃夫的创作中永远保持着父辈和子辈的冲突，而契诃夫总是站在子辈这一边："只有那样一种青年才可被认为是健康的，他们不与旧制度妥协，他们愚蠢地或聪明地与之斗争——大自然希望这样，进步奠基于此。"(1890 年 3 月 29 日，致 A.C.苏沃林)

《无父儿》中的下一代人物没有继承到庄园，没有继承到财产，也没有继承到信仰。在标题中反映的这种悲惨命运的主调——拍卖中的庄园、被非议的信仰、破灭的理想和受骗的希望——将同样保留在契诃夫的晚期创作之中，保留在最后一部剧作《樱桃园》的场景之中。

父辈的罪孽和过失像一块沉重的大石头压在“子辈”的良心上——从而产生了普拉东诺夫的愤怒的独白，沃伊尼采夫的悲伤，特里列茨基的具有讽刺意味的虚无主义和安娜·彼得罗夫娜出于绝望的鲁莽和放肆。从实质上说，彼佳·特罗菲莫夫[①]关于过去的著名讲话——他大声疾呼人们讲良心，要求赎罪，否则就无法生活在今天，也无望于未来——已预示在《无父儿》的冲突矛盾之中。

三

在第一部剧作中，有一种对俄国戏剧来说是崭新的冲突，之后，至少是在戏剧创作中，契诃夫没有再写过这种冲突。这里指的是普拉东诺夫—奥西普—文格罗维奇这个三角关系，实际上讲的是一个复杂的情节的结子，这一情节的结子可以作为一部严肃的、象征性预言的剧本之基础，虽然在其布景上和舞台道具上也完全是现实的剧本。这应该是一部单独的戏剧，因为在所有其他的导演处理中奥西普和文格罗维奇只是作为次要配角来考虑的，或者是完全不需要的人物。没有这两个角色普拉东诺夫也可以在

① 剧本《樱桃园》中的一个大学生。

舞台上存在（不过他也已经存在过——戴着“俄国唐璜”的面具），而他们没有了普拉东诺夫，没有了这个使他们产生仇恨和嫉妒的美妙缘由，他们的存在也就是无理由的和无关紧要的，那么干吗要把他们引上舞台呢?

关于普拉东诺夫的文章人们已写得相当多了，虽说远未完全阐释清楚。而关于奥西普这个奇怪的、由于其新颖和非传统性而特别复杂的形象，人们却写得很少。

契诃夫以后（大概除了短剧《在大路上》中的流浪汉叶戈尔·梅里克这个形象之外）没有再尝试在舞台上塑造“蛮勇人”的典型，塑造一种既不需要上帝、不需要老爷，也不需要头顶上方有一片瓦的强盗式的、无法无天的力量。这是一种愚蠢的但却巨大的力量，是否定任何服从、忍耐、秩序和劳动的凶暴的傲慢。这种典型的人当然是有其根源的。但是这些根源扎根于俄国历史的深处，它们源自斯坚卡·拉津①、源自普加乔夫②，而且——通过普希金的《上尉的女儿》——源自关于强盗、恶徒、野贼的骇人听闻的童话，当孩子们不听话时，保姆们就用这些童话吓唬他们。是的，奥西普是比较复杂的，也可以说是比较文雅的，不能用一把长刀一刀切——比方说，他爱上了将军夫人沃伊尼采娃，而且爱得多深啊！他丢了脑袋，他由于爱情而遭难，就像长篇小说中所描写的那样。

此外，他完全不认为自己是个强盗，他更认为自己是个法官，是个主宰别人命运的人；他不是要攫取，他体现了一种对自己昔日

---

① 1670—1671年间的俄国农民战争的领袖。
② 1773—1775年间的俄国农民战争的领袖。

主子们、对普拉东诺夫的审判权，契诃夫不让他思索和怀疑：“我曾经敬重您，普拉东诺夫先生，把您看成一个重要人物来敬重！而现在呢……杀您感到可怜，但是必须杀……您太可恶了……”

这里有一种难以捉摸的重要而困难的东西，这种东西很容易被忽略或者被错误地理解。对于我们在革命后成长起来的几代人来说，奥西普根本不是一个谜。只要回忆一下，比方说，无政府主义者们、“哥儿们”，或者，例如，马赫诺[①]老爷子就够了。这里有东西可以回忆，在这方面有文学作品，有电影，有戏剧，和这些人在一起，对导演和演员来说，奥西普虽然是难以处理的，但还是可以理解的，可以说是直观的。

但须知在创作这部手稿的时代，这类东西连一点儿影子也没有，任何幻想，甚至最大胆的幻想也勾画不出生活在俄罗斯大地上不断描绘的那种无限血腥的画面。在契诃夫的手记本中有这样一条：“俄罗斯——这是一片广袤的平原，一个勇猛之人在上面奔跑。”可能他是想起了奥西普，但是任何人，甚至契诃夫本人也想像不出这片交由“勇猛众生”支配的平原的未来。

奥西普是产生于一种非常大胆而又有远见的预感，一种先知的天分，而由于我们在上文中已指出的原因，这种先知的天分在契诃夫身上并非很明显，奥西普（像契诃夫塑造的其他一些形象一样，如携带地图的阿斯特罗夫[②]一样，如黑衣修士[③]和樱桃园[④]一样）从历史上看是可以被我们理解的并且也是完全可以

① 马赫诺（1889—1934），国内战争时期南乌克兰小资产阶级反革命首领之一，无政府主义者。1918—1921 年领导富农流寇运动，反对苏维埃政权。

②③ 分别参见契诃夫的剧本《万尼亚舅舅》、中篇小说《黑衣修士》。

④ 参见契诃夫的剧本《樱桃园》。

解释的，因为我们了解历史——我们也总有意忘记契诃夫没有活到这个历史时期，因此他只能预知它或者预见它，但是不能了解它。“契诃夫情绪”是否就是一种对苦难的预感、一种对不可避免的遭遇的模糊而严峻的预兆？如果奥西普杀掉了普拉东诺夫，这样一来他就结束了这出“戏”（相当平淡的结尾），这样奥西普也就成了一个情节上需要的人物，而在作者的构思中这个奥西普是否就是未来灾难和事件的预告者和报信者呢？因而与其说他是一个现实的人物，不如说他是一个象征性的人物。如果真是这样，那么应该穿什么样的戏装、勾什么样的脸谱来演这个角色呢？

奥西普的背后有文格罗维奇一家为靠山，他们愿意为审判普拉东诺夫和对其执行死刑提供所需的费用，是的，全区所有酒店的老板已经懂得，历史的天平在向什么倾斜，他们愿意出钱。老文格罗维奇甚至试图雇用奥西普将普拉东诺夫这个过分引人注目的、在他看来是过分幸运的英雄“轻微致残”。

契诃夫的精辟语句似乎是真正有预见性的。“歌德作为一个诗人，他给过哪怕一个德国无产者一块面包吗？”小文格罗维奇发问道。

这种语言，这种词汇完全不是十九世纪的文学所惯常使用的，而且也不是标准语言所惯常使用的。之后，文格罗维奇会这么说，我们也会听得到——我们已经听到了，已经听到了，不过是在晚得多的时候，是在发达的马克思主义时代，在无产阶级文化派的散文和诗歌之中听到了：在那里这是适时和适宜的。但是，在这里，在《无父儿》这个剧本中呢？……这种露骨的鼓动宣传，这种对纯朴的、有节奏的与普希金的源流、莱蒙托夫的强悍性以及《猎人笔记》尚十分接近的俄罗斯语言实施的强暴不是超前了一百年吗？也许，契诃夫之所以没有再重新采用这种严重的冲突和这种幻想式的语汇，是因为他懂得这么写太超前了，也可以说是太不适时。(当年人们大概就是这么说的：他还年轻，不了解生活，对舞台规律还不熟悉……)

就俄罗斯实际上已发生的不幸和灾难来说，普拉东诺夫和文格罗维奇一家之间的冲突几乎是十九世纪俄国文学所作的预见中之最深刻的和最可怕的预见。契诃夫没有再发展这种冲突——无论是在《泥沼》中，还是在短篇小说《风滚草》，或是在《伊万诺夫》中都没有再将它引申。他这么做当然是对的，因为在那个时代有谁能理会这种预见，有谁会认真地对待它呢？也许只有陀思妥耶夫斯基一个人除外，他心中充满不安，他预见未来，但不如此深远——有谁能在非常可怕的噩梦中预见到俄罗斯后来被卷入的那种不幸和灾难的惊涛骇浪呢？

四

契诃夫青年时代创作的这部剧本的主要角色当然是普拉东诺夫。所有其余角色的命运和所有爱情瓜葛都与他相连。当普拉东诺夫尚未在舞台上出现时，舞台上什么事情也没有发生，但只消他一出现，马上就产生尖锐的冲突，激情就迸发出来……

人物之中一些优秀者把普拉东诺夫看成一个不是为了忧郁而生的优秀而深刻的人，一个“非常有趣的”人。但是这个主人公越是优秀和高大，他就越痛切地感到现实的混乱无序，他也就越加严厉地责备自己无力找到一种他自己也尚不清楚的、普遍的、所有人都同样认可的和谐和公正。

根据剧本的文本来判断，普拉东诺夫在作者的构思中完全不是一个身披斗篷头戴面具的神秘而绝对不可理解的英雄。相反，契诃夫极力要把他解释清楚，或者至少说是让观众感觉到，普拉东诺夫是自己时代的儿子，是已流逝的世纪的后裔，从历史的、民族的、人文的意义上说，他虽然是复杂的，甚至是无限复杂的，但他还是可以被解释清楚的。由于在剧本中不可能有作者的抒情插话，普拉东诺夫是由他父亲的朋友格拉戈利耶夫来解释的：

“格拉戈利耶夫：我认为，普拉东诺夫是当代社会的不确定性的最佳表达者……这是一个最好的，可惜尚未写出来的当代长篇小说的主人公……我把混沌理解为我们社会的时代状况：俄罗斯小说家是能感觉到这种混沌的。他已走投无路，无所适从，不知道该选择什么，不理解……须知，很难理解这些先生！长篇小说都写得糟糕极了，牵强附会，微末琐碎……一切都极端地被打乱了，弄混了……我认为，我们最聪明的普拉东诺夫就是这种混沌的表达者。”

在舞台上，格拉戈利耶夫看起来应该是一个阅历丰富的、博览群书的人，他常常把书中的话当成自己的话。在他的独白中有许多文学暗示和一些对“老的，但尚未过时的歌曲的”转述，而这些“歌曲”对理解契诃夫早期和晚期的创作却是非常重要的。

下面是陀思妥耶夫斯基预示普拉东诺夫的特点（《自己祖先的后裔》）、他的古怪行为和他的命运的一席话：

“那张描绘一连三代均为中上阶层并与俄国历史相联系的俄罗斯家庭的图画中所刻画的英雄们的孙儿——这个自己祖辈们的后裔，在他当代的类型中已只能被描绘成有些厌世的、孤独的和无疑是悲伤的形象。他甚至应该以一种古怪人的形象出现，乍一看，读者可能会认为他是一个已退出战场的人，并确信战场已不属于他了。再往后——甚至这个厌世的孙儿也会消失；将出现一些新的、尚不可知的人物，会出现新的海市蜃楼；但这会是一些什么样的人物呢？如果是一些丑恶的人物，那么今后就不可能有俄国长篇小说了。但是呜呼！到那时只是不可能有长篇小说吗？”

契诃夫在创作第一部剧本时形成了一种崭新的对戏剧冲突本质的理解。从最简单的说起，可以这样说：普拉东诺夫没有自己的伊阿古[①]，没有一个人或者一伙人来迫害他，或者像《哈姆雷特》中父亲的影子一样擦亮他的眼睛，揭露背叛和虚伪，或者以一种什么方式在他的眼中体现出现实中的恶。相反，剧本中的人物不遗余力地争取减轻主人公的精神痛苦，赋予他幸福，冲淡他的遭遇。像他的第一个直接后代伊万诺夫一样，普拉东诺夫是很难扮演的，因为没有传统的舞台意义上的错综复杂的情节，甚至非常有经验的演员们也不理解伊万诺夫和普拉东诺夫，就因为这些形象在传统意义上说是不适宜于舞台表演的。

“您怎么像一个天使似的，您怎么不能像一个普通人一样生活、呼吸和坐立？”安娜·彼得罗夫娜·沃伊尼采娃懊丧地说，“您只消学会不议论，好好生活就是！”她完全正确地猜到了主人公痛苦的根源，也正是她痛苦地在被杀害的普拉东诺夫身边反复地说：“我的命根子啊！我的命根子！”

甚至在结尾时索菲娅开枪射击也不向观众说明任何东西：这

① 莎士比亚的悲剧《奥赛罗》中的阴谋人物。

只是一个收场，因为必须用一种方式结束过分拖长了的戏，而作为结局，它是偶然的（后来契诃夫会说：开枪并不是戏，而是一种偶然）。

问题在于普拉东诺夫的心灵状况是一种内在的冲突，而这种冲突并不取决于剧中人们的恶的或善的意志。

这个复杂的性格至少是以两种相互联系的戏剧冲突为基础的。第一种冲突是“过渡年代”这一现实的历史时期，关于“过渡年代”说得最好的是契诃夫的同时代人——过早地离开人世的作家 B.M.迦尔洵，他显然比别人能更好地理解普拉东诺夫，就像他比别人更早更好地理解了《草原》一样。

迦尔洵说：“一方面当局盯着你，不把你当人看，而把你看成牲畜；而另一方面是忙于干自己事情的社会，它怀着鄙视、几乎是怀着仇恨对待你……上哪里去？怎么办？卑鄙的人们阿谀巴结，愚蠢的人们成群地加入涅恰耶夫[①]的行列，等等，直到被流放去西伯利亚；聪明的人们沉默着，痛苦着，他们的日子最难过，经受着内外夹击的痛苦。”

契诃夫之前就有人预言的时代到来了，在这个时代“更有可能绘出苦于内心困惑的痛苦者的肖像”。陀思妥耶夫斯基在《作家日记》中就是这么写的，他当时正在考虑旧式的长篇小说的命运和正在来临的时代，这个时代不久就会被称为“契诃夫时代”。

第二种冲突就是世界戏剧史中最重要的冲突之一，即良心冲突。这种冲突在莎士比亚的悲剧中有，在契诃夫时代之前的俄国

① 涅恰耶夫（1847—1882），俄国革命运动的参加者，秘密团体“人民惩治会”的组织者，主张采取愚弄和挑拨的斗争方法。他的主张受到第一国际的谴责和俄国革命者的批驳。

悲剧和正剧中也有，当然，在契诃夫的剧作中也有这种冲突。契诃夫剧作的独特、别致和创新，即所有一切让人把契诃夫的戏剧称为世界戏剧史中的一个时代（古代——莎士比亚时代——契诃夫时代）的东西，也许通过他的第一部剧作中的材料最便于解释。

“罪恶充斥我的周围，污损着大地，吞噬着我的基督教友和祖国同胞，而我却束手空坐，好像刚刚干了沉重的活计一般……我这一生完了！”

这是一种高谈阔论的布局，在这种布局里没有契诃夫前的戏剧中的那种十分重要的忧郁的秘密，没有个人的罪过意识。“按老的技巧”扮演普拉东诺夫的演员不能理解他究竟有什么错，为什么他受到良心的责备？他不是违反誓约者，不是受贿者，不是诱惑者，也不是杀人犯——怎么使用习以为常的、几个世纪以来积累的演技呢？怎么向观众表现：“真可笑！不受贿，不偷不抢，不打老婆，思想正派，可……是一个坏蛋！可笑的坏蛋！不寻常的坏蛋！……”

在十九世纪末，在俄国文学中关于良心有三种基本的论述。第一种是传统的基督教论述，这种论述与列夫·托尔斯泰的名字联系在一起。它的基础是赎罪思想：要不倦地劳动，要用自己的双手创造所需要的一切（托尔斯泰自己缝补皮靴，这在语言中成了箴言）；不要以暴力抗恶。只要你这样做，你**个人**在良心面前和人们面前就是纯洁的。

必须强调“个人”这个词，因为在托尔斯泰的学说中没有诸如先天罪孽、历史过错之类的概念；总的来说，与契诃夫相比，在托尔斯泰的伦理学中社会—历史缘由表述得极其轻描淡写。这里保留的是宗教一个人的解释：罪孽可以赎买，过错可以抵偿。

陀思妥耶夫斯基也接受并同意对问题的传统——福音书式的态度，在他的作品里，这个问题甚至不像在列夫·托尔斯泰的著作中那么复杂（确切些说，这个问题呈现在难以知解的艺术形式之中，隐蔽在尖锐的，像《罪与罚》《白痴》《鬼》《卡拉马佐夫兄弟》这样一些长篇小说的几乎是侦探性的冲突之中，因此这问题似乎是极其复杂的）。在陀思妥耶夫斯基的艺术世界中，良心是在不清晰的"可以"和"不许"之间动摇，这条界线把以十条《圣经》戒律为法律的普通罪人与拿破仑区分开来，对后者是没有什么法律的，在这里良心是恶的价值，或者确切一些说，是作恶不受制裁的权力的价值；这是拉斯科尔尼科夫①的一条重大的抽象定理：杀了人以后我还能不能生活下去？或者这就等于自杀，因为我不是拿破仑。不难看到，拉斯科尔尼科夫在酝酿他的思想时，寻找着他的"我"的极限："我"是否仍然会是我自己，或者我的这个"我"将成为别的、连我自己也不知道的某种东西，但却是一种可怕的、"我"自己不能与之共存的、"我"注定不能与之妥协的东西。陀思妥耶夫斯基停留在基督教世界观的界限之内；他给了自己笔下的、被判处苦役的主人公一本《圣经》，向他提示了关于圣拉撒路复活的神话……

拉斯科尔尼科夫从老太太那里得到了一份可怕的遗产——毁坏了的良心，带着这颗毁坏了的良心，一个好的俄罗斯人最好不活，因为这无限地沉重，过分地痛苦。

陀思妥耶夫斯基的思想不久后就被弗里德里希·尼采重新作

---

① 陀思妥耶夫斯基的长篇小说《罪与罚》中的主人公。

了解释，后者将其按日耳曼种族主义的精神作了发挥和补充：讲良心是奴隶们的分内事，真正自由的人（“白种无赖”，或者“超人”）是不需要良心的，这种真正自由的人可以毫无畏惧地做出拉斯科尔尼科夫不能做的事：他可以越过界限，生活在“善与恶的彼岸”，在那里没有任何不允许做的事，在那里责任心被废止，因此一切事——甚至无法抵消的罪恶、可怕的让心灵遭受惊恐折磨的一切事都是允许做的，也是可能做的。尼采不仅让他的追随者们抛开为过去和现在的事应负的责任，而且抛开——毫无任何限制和界线——对他们在未来想要做的事应负的责任。

契诃夫在创作普拉东诺夫这个形象时，是从陀思妥耶夫斯基的纯俄罗斯思想出发的，尼采不知道或者是不可能知道这种思想，也许是他干脆抛弃了这种思想，因为它妨碍了他。

普拉东诺夫是涅克拉索夫和陀思妥耶夫斯基时代的一个俄国青年：“对于我来说，人是最珍贵的……我上过大学，有时在剧院广场上对堕落到烟花巷的人说过一些好话……为赖萨赎了身……向大学生们募集了三百卢布，为另一个烟花女赎了身……”他是七十年代的那种大学生中的一个，他们确实拯救了一些烟花女子，他们放弃了大学的学业，“走向民间”，并感到自己不是多余的人，而是英雄。

需要记住的一点是，第一部剧作的情节是在十九世纪七十年代的俄罗斯、在涅克拉索夫的祖国展开的；否则在评判普拉东诺夫时就不可避免地要出偏差。例如，人们会很容易把他看成一个失败者，因为他没有成为哥伦布，没有成为拜伦，也没有成为特殊事务部门的部长，而只不过是一个乡村教师。乡村教师——是涅克拉索夫描写的命运，是英雄的俄罗斯的命运。

小剧院可以由于许多原因不接受契诃夫的剧作。剧本确实是太冗长和“生涩”——像剧团里常说的那样，“不适宜舞台演出”；在剧本中有着太多的错误——由于年轻作者缺乏经验而产生的许多戏剧上的错误，还有许多十分普通的语法错误；还有一个原因：剧中没有适合 M.H.叶尔莫洛娃扮演的角色。仅这一点就已绰绰有余地使剧本遭到无条件的否决。但是，还有一个原因，显然人们已向契诃夫指出了这个原因，就是：剧本的主角是一名乡村教师。俄国舞台上尚未演过这样的人物。怎么给他设计服装？怎么给他化妆？到哪里去找扮演这一角色的演员？这不是哈姆雷特，不是弗朗茨·莫尔①，不是唐璜，不是格卢莫夫②，不是恰茨基③，而是一个最最普通的乡村教师……

应该把普拉东诺夫作为一个自己时代的人来扮演，作为“尚未创作出来的当代长篇小说的主人公”来扮演，而且作为一个在契诃夫之前在世界舞台上尚未有过的性格。他是由许多矛盾和极端组成的，他对自己毫不留情，他正直、无依无靠，对于所有爱他或者恨他的人（在剧中没有对他抱无所谓态度的人）他是难以理解的，首先对于自己他是难以理解的。

为了在舞台上体现普拉东诺夫的形象，所需要的不是一个，而是几个性格不同的演员：情夫—勇士、喜剧演员。契诃夫在晚些时候写道，《伊万诺夫》中的人物不是杜撰出来的，不是作者随便臆造出来的，不是偶然地从海水泡沫中产生出来的，而是产生于对生活的观察和研究。在普拉东诺夫身上可以清楚地看出当时

① 席勒的剧本《强盗》中的人物。
② 奥斯特罗夫斯基的剧本《智者千虑必有一失》中的人物。
③ 格里鲍耶陀夫的剧本《智慧的痛苦》中的主人公。

许多不安于现状的聪明人所具有的一些特点：在一定程度上他是个“多余的人”，是个忏悔的贵族，是彼佳·特罗菲莫夫式的永久的大学生，他是个民粹派。他身上也有唐璜的特点，关于这个唐璜，契诃夫后来写道：“在这块大石头上什么都有。”

在这个人物身上也有着整部剧本中所表现出的那种不善于算计的年轻人的慷慨：尽量多一些，尽量广泛一些，尽可能一下子一切都要。

剧院可以在自己的舞台上上演普拉东诺夫的任何一种身份：有相应的角色、服装、化妆、表演方式、布景，等等。但是旧式的剧院当然不能表现一个人物身上的全部特点；不过即使在我们的时代这也未必可能做到。

因此，重要的是要明白，普拉东诺夫在他的塑造者面前呈现出什么样子，这个复杂的性格有哪些方面契诃夫认为是基本的。

晚些时候，契诃夫在向 A.C.苏沃林解释《伊万诺夫》的构思时，他将俄国人与法国人、德国人作了比较，并在信中描绘了一幅正弦曲线图，好像现代的心电图似的：德国人的心脏跳动得如同节拍器一样均匀；法国人脉搏跳动的频率高，但也是均匀的（“法国人总是正常地兴奋”）；最后，典型的俄国人心脏状况的曲线图是起伏不定的，有着高峰顶（尖峰）和深谷底，有着长时间的低落和虚弱。

“当我写剧本的时候，我注意的只是需要的东西，即只是那些典型的俄国人的特点。例如，过分容易激动、罪责感、困倦等这些纯粹的俄国人的特点……”

当然不仅是容易激动、困倦，等等，而且还有心灵的勇敢、魅力、坚毅而又大胆的智慧。

因此，在普拉东诺夫身上重要的是普拉东诺夫本身；重要的是让观众一眼就清楚地看到，他眼前是一个自己时代的人，但在一定意义上又是一个永恒的同时代人——俄罗斯人，他曾经是和将来是这样的人，实际上他现在也就是这样的人。

普拉东诺夫将近三十岁；这是一个有着淡色的头发、明亮的眼睛和亚麻色胡须的人，他的步伐矫健轻快，他聪明、敏锐、文雅，善于一下子抓住事情的实质，因此他常因无休止的谈话、许多人的愚蠢和恶语而感到十分烦恼；他性情激烈得像沸水一样，他很久以来就恼火并习惯于恼火，他无法抑制气愤，常常会大叫大喊起来——叫喊一阵之后又感到自己错了，痛苦地承受着自己的过错。

契诃夫写道：俄罗斯人总感到自己在一切事情上都是有过错的——他是否有什么亲人死了，是否有人欺压了他或者是他欺压了别人，反正都一样；有过错或是没有过错，有意还是无意——反正他总是不对。妙极了。这一特点在契诃夫本人身上也有："我总是，你说得对，我总是不对，虽说我并不知道什么地方不对。"(1900 年 12 月 28 日致 О. Л. 克尼佩尔的信)

如果我们问自己，普拉东诺夫痛苦的原因何在？为什么这个主人公（他本人也感到自己是个不寻常的和奇怪的人）"不能像人似的生活得好、坐得住、睡得着"？为什么他那么多地责备自己？如果我们问一问自己，我们就会发现，竟然没有任何明显的原因。

普拉东诺夫经受着持续不断的、强烈的疼痛，关于这种疼痛是这样说的："普拉东诺夫在痛苦。"这是良心。换句话说就是，在我们面前是良心的一种体现，是"一口自己鸣响的大钟"。

普拉东诺夫知道自己痛苦的原因："天下有多少不幸的人、有多少忍饥挨饿的人、有多少借酒浇愁的人！"真是奇怪的原因，因为普拉东诺夫在这中间并没有过错，如果要寻找有罪过的人，那就要在开酒馆、有领地、有资金的人们中去寻找。

在契诃夫时代之前的文学和戏剧中，良心冲突表达得更加明显。例如在 A. C. 普希金的《鲍里斯·戈都诺夫》中：

如果良心有了一个污点，
一个污点，偶然沾上的，
那就糟啦！灵魂会腐烂，
像害上了传染病，心中将充满毒物；
我老是恶心头晕，耳际响着谴责声，
眼里总出现血淋淋的孩子们……
我乐于逃跑，但无处可逃……真可怕！
是啊，良心不干净的人真可怜①。

陀思妥耶夫斯基所有主要的长篇小说和中篇小说（《穷人》《被伤害与侮辱的人们》《罪与罚》《白痴》《鬼》《卡拉马佐夫兄弟》）都是以疼痛的、受震撼的良心冲突为基础的。按照作者的构思，长篇小说《白痴》中的梅什金公爵是良心的化身，他应该像基督一样代所有的人受苦和接受死刑。"陀思妥耶夫斯基是我们的使人悲痛的良心……"（M. 高尔基语）

但是在普希金、陀思妥耶夫斯基、托尔斯泰（在《安娜·卡

---

① 指鲍里斯·戈都诺夫为篡位而谋害王子。

列尼娜》中，或者，例如，在《克莱采奏鸣曲》中）的作品里，在契诃夫前的所有剧作和散文中，在高尔基的创作中（在《克里姆·萨姆金的一生》中）良心冲突不仅都各有其因，而且如果没有了这种冲突就不可能有情节内容。没有罪孽也就没有忏悔，而如果既没有罪，也没有忏悔，那么也就没有什么可写的了。既然没有犯罪，那怎么能被处以死刑呢?

不仅普通的批评界人士和一般的观众，甚至连 Л. Н. 托尔斯泰在契诃夫的剧作中也找不出题材内涵："堆砌了一些东西，而要说明什么——不得而知。"契诃夫笔下受苦人的无辜性（普拉东诺夫，而之后是伊万诺夫、特列勃列夫[①]、图森巴赫[②]）被看成是无情节性，或者至少是被看成艺术上的无意义的东西。（有一个老批评家由于同情三姊妹，甚至提出要为她们购买到莫斯科去的火车票。契诃夫指出："难道在俄罗斯这么缺少聪明人，甚至没有人写批评文章? "）

如果把契诃夫塑造的人物放到普希金的《鲍里斯·戈都诺夫》世界中或者陀思妥耶夫斯基的长篇小说中去，他们就会没有情节上的位置，因为这是一些没有任何罪过而良心无愧的人，这是一些良心无辜的人。因而在将契诃夫的剧本搬上舞台或搬上银幕时就产生了一些困难，因为导演和演员会不由自主地去寻找主人公痛苦的原因——可以说是去寻找"血淋淋的孩子们"[③]——并且常常会思索出来或者将"自己生活中遇到的卑鄙家伙"（或者像

---

① 契诃夫的剧本《海鸥》中的人物。
② 契诃夫的剧本《三姊妹》中的人物。
③ 普希金的《鲍里斯·戈都诺夫》中的台词："眼里总出现血淋淋的孩子们。"

《伊万诺夫》中所称的“绝妙的卑鄙家伙”）的特点引入人物形象中去，创造出与契诃夫的艺术世界格格不入的冲突性（有时甚至还搞出争吵不休的场面，因此舞台就像是一个公用住所），演得很疲沓，无精打采，完全不是契诃夫和我们所希望的那样。

在第一部剧作中形成了对良心的独特解释，这种解释对作者以后年代的创作具有极重要的作用和一定的哲学意义。按照契诃夫的意见，良心是心灵天生的能力。它不是抽象的概念或者信仰的象征，而是属于自己时代、社会阶层、自己命运的现实心灵的现实特性。这种能力将人和非人区别开来，使他成为社会的动物，使他能够将“别人的”痛苦、委屈或灾难作为他本人的痛苦和委屈来体验。“就这样整天在城里逛来逛去，却不见一个有良心的人。”契诃夫最后一部中篇小说中的这些话描述着每一个单独的人，当然也描述着“城市”作为“许多人”组成的社会的艺术形象。有意思的是，关于“城市”的观念本身也是在这第一部剧本中就出现了：“有一亿人——既不是有称号的人，也不是什么精英……”

人——这既是他的悲剧，也是他的幸福——不仅仅是一个人，一个“个体”，甚至也不是类似螺丝钉一样的可以用另一个部分来替代的整体的一部分；在一定的意义上，人也就是这个“整体”，因为他的心灵品质，首先是他的良心（这良心可能是被损害了的，或者已经丧失，也可能根本就没有）是由整体的品质决定的，也就是由“城市”来决定的，由人们组成的生活方式决定的，在人们的社会中的人都相互联系着，每一个人身上都承担着一份共同的罪过，因为我们不会在世界上不留痕迹地走过任何一步。

“在所有的人中间，在各式各样的人中间……有着一种肉眼看

不见的然而是有意义的必要的联系；在生活里，甚至在最荒凉的穷乡僻壤，没有什么是偶然的……”（《一次公差》）

契诃夫不是简单地改变了衡量罪过和罪过责任人的尺度（就是说，“罪与罚”的尺度），他改变了的不如说是对罪过的理解，须知罪过可能是无人称的。

如果要在契诃夫的这部剧作中寻找有罪的人，那就应该是老文格罗维奇，他拥有七十家酒馆和好几个拍卖的庄园，而完全不是普拉东诺夫，因为他除了良心以外什么也没有。从文学意义上说，他的话一点也不值得注意；这些话中没有艺术中历来都占主要位置的东西——形象，他的话是很容易忽略的。然而忽略这些话是不行的。契诃夫记得一句话，并会在以后的年代里多次重提这句话；最后这句话终于在《醋栗》中获得了自己完整的和最终的表述。

“我在思索：实际上有多少满足和幸福的人啊！这是一种多么强大的力量！请您看一看这种生活：强者们的厚颜无耻，好逸恶劳，弱者愚昧得如同牲畜，周围处处是极端的贫穷、拥挤、堕落、酗酒、伪善、撒谎……然而在所有的家中和街道上都是一片寂静、安宁；住在城里的五万人中竟没有一个人叫喊，大声表达愤慨。我们看到的那些人每天上市场买食品，他们白天吃喝，夜间睡觉，他们讲些胡说八道的话、结婚、衰老，心安理得地将自己已亡故的亲人们拖到墓地上去；但是我们看不见那些受苦的人，听不见他们的声音，而生活中可怕的事情正是在幕后什么地方发生着。一切都很平静、安宁，表示抗议的只有那无声的统计数字：有多少人发疯了，有多少桶酒被喝掉了，有多少孩子因饥饿而死去了。”

普拉东诺夫被当成英雄看待是因为他把罪过都揽到自己身上，而且不是只算自己那一份，不是一部分罪过，而是全部罪过，这就将他从剧本《无父儿》的人物群中区分出来；他也确实戴着无辜受难的光环。

可以这么说，对契诃夫来讲基本的问题——在第一部剧作、《伊万诺夫》和《万尼亚舅舅》中——是民族性格问题。这是事实，但是这里需要做许多解释。首先，这个问题本身在俄罗斯文学中远非新问题，但它在这里是以不寻常的方式提出来的。这不是普希金和莱蒙托夫笔下的浪漫个人主义（奥涅金、毕巧林），也不是Л.Н.托尔斯泰笔下的历史英雄主义（鲍尔康斯基公爵、罗斯托夫、别祖霍夫），也不是果戈理的《塔拉斯·布尔巴》中的勇士形象，也不是“自然派”的批判现实主义，而是从陀思妥耶夫斯基那里继承来的完全独立的现实历史观点：“我们这里几世纪以来形成了一种史无前例的、全世界都没有的崇高的文明典型——为全世界所有的人担忧的典型。这就是俄罗斯的典型……它蕴含着俄罗斯的未来。”（《少年》）

五

《无父儿》是一部关于俄罗斯生活的有关键意义的、转折时代的剧本，而不是关于个别事件或个别变故的剧本，也不是关于一个主人公（即便是卓越的主人公）的剧本，不是关于个别人命运的剧本。庸俗社会学留在我们意识中的可悲痕迹最明显地可能就是反映在我们把艺术看为自己时代的产物这一点上。我们大家都曾经同意，现实不以作者意志为转移地，“客观地”反映在小说或者剧本之中；结果我们认为无关紧要的是：现实的反映是否包含在作者的构思之中？或者作者是在解开一种特别的爱情纠葛的巧妙结子，他甚至丝毫也没有想到“包罗生活”。博学多识——是一种极重要的也可能是极少见的证明，它证明高超的和真正的艺术天职，即使在最初的时候失败多于成绩和成功，就像在契诃夫青年时期的这部剧作中一样。在力图尽可能多包罗人物、情节、冲突、事件、命运时，契诃夫好像对自己说：“这一切我是否喜欢，这并不重要；我对这一切抱什么态度，这也并不重要——要向人们展示人们，而不是展示我自己本人。”他以青年人的勇敢精神试图将一切一下子都推上舞台。剧中十分频繁地变换着侧幕、布景、服装、自然景观和生活景观，作者以包罗万象的态度对待材料，在材料的筛选方面他是不肯割爱的（不是个别的有趣的、打动人心的情节，不是一桩爱情故事，而是一下子包罗一切——既有不少贵族之家的破产，又有庄园田产的变卖，又有阅读最新书籍，又有为债务而出卖的幸福未来这一主题，又有虚无主义，又有许多地主，又有不少医生——还能再多吗？），因而毋庸置疑的是，他构思的正是俄国生活的一部百科全书——实质就在于此。年轻的契诃夫不偏重某一个人物，不推崇也不揭露，而是无畏地遵循着纯粹的普希金传统，而在俄国人的意识中与这一传统相联系着的首先是博学多识。

契诃夫的第一部剧作把我们带进了他的艺术世界，预示着他成熟时期的创作中——从九十年代的中篇小说和剧作到《樱桃园》——将要述说的许多东西。为了先辈们的债务和罪过而变卖家族庄园田产这一主题在第一部剧作中不只是简单地提出来，而是探讨得十分充分和详细，够他终生使用；关于一系列其他的主题、形象和题材也可以这样说。我们明白这一点，因为我们了解《我的一生》，也了解《万尼亚舅舅》，也了解《三姊妹》，我们并且看到了契诃夫创作的发源地和出海口。契诃夫也记得自己的本源——保存在家庭档案中的一大沓手稿，以便避开旁人的眼睛，甚至连米哈伊尔·契诃夫也没有关于这部手稿的任何可靠消息。

在第一次阅读这部剧作时，会由于它的许多不完善之处而感到失望，会被其过分庞大的篇幅和完全非契诃夫式的啰唆而吓住。但是耐心会得到百倍的报酬。经过一次又一次反复阅读，就会发现一些以前未引起注意的相关之处，会看到一些在以后的剧作和散文中得到呼应的场景、独白和一些鲜明的文字。

“哈姆雷特害怕做梦”——这句话在晚期短篇小说《恐惧》中得到重复。这里不单单是文字上的重复，而且还说明了契诃夫对莎士比亚的崇敬，十分寻常的“莎士比亚背景”，这对于仔细而严肃的读者来说却是重要的。

索菲娅关于劳动的几段独白在《三姊妹》伊琳娜的憧憬中得到再现。

最好把这部如此神秘地消失于契诃夫创作经历的起源之处的手稿称为“种植材料”，就像职业园艺家们对种子和秧苗的说法那样；这样我们也许就能明白：这第一个认真的创作构思是多么深刻和肥沃，而命运对它又是多么爱抚，让它幽静地、远离外人视线地成长。

一次，契诃夫在责难让人寻寻开心的生活音乐剧（它被当年批评界看成社会—问题现实主义；不过，在我们今天也常有这种情形）时说：“干吗需要这种东西——写什么某某人坐上潜水艇，向北极驶去，他要在那里死于冰中，因为他爱上了玛丽娅·伊万诺夫娜。现实中没有这种事情。生活中人们在吃饭，只是在吃饭，而他们的命运就在这时形成，他们的生活就在这时破灭。”按照旧式戏剧的尺度，在契诃夫的剧作中活动少，动作、行为和冲突都少——在舞台上几乎是无事可做，无戏可演。《海鸥》中的特列勃列夫开枪自杀，但是事件发生在幕后，而在舞台上说：一只装醚的玻璃药瓶打破了；《三姊妹》中的决斗也是在幕后发生的，樱桃园易主一事也是在舞台后面进行的。在契诃夫的第一部剧作中，整幕整幕戏中的人们下棋、读书或者谈论所读的东西、喝茶、吃饭……总之，“人们在吃饭”，而这时天在下雨、下雪，春、夏、秋、冬在交替。实质上，在契诃夫所有的剧作中和许多短篇小说及中篇小说中都是这样：大自然以猫头鹰夜间的叫喊、灰鹤的啼鸣、暴风雪的吼声、明亮的月光、闪耀的群星提醒人们意识到它的存在，因为契诃夫笔下的人物都被赋予独特的“第六感觉”——对祖国大地的感觉，并且他们自己也常常被感觉为俄国大自然的现象。请看，在第一部剧作中普拉东诺夫的对立面文格罗维奇是如何感觉到他自己与普拉东诺夫视之为亲切的世界有多么疏远：“树林沙沙作响不是为了我……明月看我不像看普拉东诺夫那样和蔼……她尽量冷漠地看我……她说，你不是我们的人……你走吧，离开这个天堂吧……”

有时，契诃夫笔下的主人公——还是那位普拉东诺夫或者伊万诺夫——并没有特殊的原因会对有的事情感到高兴，或者他们也会陷入无法自拔的忧郁之中，他们甚至没有觉察到，在他们寻找他们自己的或者为别人的错误而痛苦的原因、为爱或恨而痛苦的原因时，有何种强大的、古老的力量在影响着他们。他们生活在辽阔的、有着伟大历史的国家，在这伟大的历史中曾经有过许多悲剧篇章，许多可怕的、血腥的一页又一页的篇章，虽然他们各自都具有独特的个性，但是他们都获得了遗传记忆，这种记忆时而以玄妙的恐惧，时而又以突如其来的悲伤和心灵忧虑让人感到它的存在。

契诃夫在一八八八年二月五日写给 Д. В. 格里戈罗维奇的一封著名的信中说道："艺术家的全部精力应该用来写两种力量——人和大自然。"全部精力，必须强调和突出这几个字；这几个字也许就决定了契诃夫这位艺术家和这个人身上的最主要的东西。在俄罗斯性格的各种特点中契诃夫指出了烦扰人的分析、早熟、热切渴望生活和真理、渴望"像草原一样广阔"的活动，但同时他想到了严酷的气候、严峻的背负着沉重历史的人民、暴力统治、贫穷。在契诃夫笔下特别有意思的是，他对遥远过去的场景的描绘，作品中的人物会不由自主地想到这些场景，像想起往事一样想起这些场景，好像他们确实经历过或者可能经历过这些事："忽然，他仿佛听见一片可怕的嘈杂声、叮当声、喊叫声，那话语却听不懂，像是卡尔梅克人[①]的语言；有个什么村子整个被火焰包住，附近有一片披着白霜的树林，映着火光，现出柔和的粉红色，站在远处也可以看清楚，每棵小云杉都能辨得出来，有些骑马的和步行的野蛮人在村子里跑来跑去，他们的马和他们本人都像天空中的晚霞那样红彤彤的。

"'这是波洛韦茨人[②]……'亚尔采夫暗想。

---

① 西伯利亚之蒙古游牧民。
② 十一世纪至十三世纪欧洲东南部突厥游牧民族。

“其中有一个面目狰狞的老人，脸上沾满血迹，周身被火烧伤，把一个姑娘捆在他的马鞍上，那姑娘生着白皙的俄罗斯人的脸。老人疯狂地叫喊着，那个姑娘看样子忧郁而伶俐……

“……他上楼梯往自己的房间走去；可是他仍旧没有完全清醒过来，仿佛看见火焰蔓延到树林上，树林劈啪作响，冒起浓烟，一头庞大的野猪吓得发了疯，在林子里跑来跑去……那个被捆在马鞍上的姑娘一直呆望着。”（《三年》）

不具有遗传记忆的人，尽管他地道地掌握了俄语并阅读过契诃夫的作品，可能也会觉得这样的场景——闹腾一时的袭击掠夺、烧杀和战争的骤然回光——是偶然的。但是在契诃夫笔下，这些场景之所以是寻常的，是因为他指的完全是典型的俄罗斯特点；在他的第一部剧作中也有这些特点：“我们两人可制服勇士布阵的荒漠，我们两人可制服头戴一百普特重的铁盔、身穿刺鳞战袍呼啸而来的大力士们……”特殊的处世态度、对历史的感觉、对展现在心灵周围的无边无际的空间的感觉——这几乎是契诃夫笔下的主人公的最典型的东西。因此他们非常焦虑地想着自己祖国的树林、河流、草原、松林和树丛的命运，并且不把它们的命运和自己的命运分割开来：“就像阿斯特罗夫刚才所说的那样，你们大家都在轻率地毁坏树林，很快大地上就将一无所有。你们也在同样地糟蹋人，由于你们的缘故，很快人间将不会有什么忠诚、纯贞和牺牲自己的能力。”（《万尼亚舅舅》）

普拉东诺夫是俄国文学“契诃夫人物”中第一个具有独特的“忧郁感”、永久的责任感和罪过感、过分兴奋、易受伤害的人；就像伊万诺夫随他之后所说的：“我的良心日以继夜地在痛，我感到我深深地有罪。但我究竟有什么罪？我不知道。”但是这种神秘角色的实质和谜就在于：无论是普拉东诺夫、伊万诺夫，还是一般的“契诃夫人物”（或者在我们今天有人所说的：“契诃夫品牌的人”），个人都没有罪过，就好像草原是没有罪过的一样，“它没有罪过，但是仍然在向什么人请求原谅并肯定地说，它感到难忍的痛苦，它在悲伤，它在可怜自己……”总的来说，在契诃夫的世界里，良心的这种夸张是重要的，这良心不仅把父辈的罪过算到自己身上，而且把历史责任和无尽痛苦的过分重负都压在自己身上，就像在《樱桃园》中一样，在那里从每一棵樱桃树上，从每片树叶上都有一些人的脸庞在张望，他们都曾经在大地上生活过并把自己的心灵留在樱桃园中。

塑造普拉东诺夫形象的人是天生注定了要成为一名地方自治局医生的人，他要编写俄国历史上第一份俄罗斯苦役犯名单，要建立三所学校。他知道良心是心灵的特性，这一特性将我们中的每一个人与社会、城市和世界联系起来。良心可能是纯洁的，但不会是安宁的，良心的全部实质也就在于此。在经过几次革命和战争以后，在经过那些被称为全球性的震荡之后，我们懂得了这一点。在这些震荡中关于道义责任、良心和罪过的一切概念都从根本上遭到了破坏。没有罪人的事件真正是可怕的，甚至如果一个人能够说：我个人没有任何过错，共同过错中的一份仍然还会留在他身上，因为整整几代人都完全堕落为酒徒，因为有《醋栗》中谈到的那种“无声的统计表”，因为契诃夫曾经警告过的关于自然界的贫瘠化问题，因为在生态全面恶化中、在无声无息的辐射之中或者在原子火焰之中，罪过概念本身都将会消失，因为届时将不会有正确的人，也不会有犯罪的人。

在契诃夫的世界里，良心十分重要，就像在古代悲剧中的天命一样重要。良心时刻警惕着，良心无处不在，它知晓一切。在短篇小说《妻子》中，阿索林（有他一个就足以理解契诃夫的现实主义是多么丰富多面）听到了一个神秘的发自内心的预言真理的声音："您是少年侍从？很高兴！但您仍然是一个败类。"

六

在这部剧本的文字中有许多针对记忆良好并博览群书的人的文字暗示、直接的和隐蔽的引文、各种各样的评语——从"冯维辛的仪表威严的斯塔罗东们和甜蜜的米隆们[①]"到十二月党人和普希金时代的浪漫主义"小组和阿尔扎马斯社[②]"。这里有着阅读古代悲剧的痕迹："我理解挖去自己双眼的国王俄狄浦斯[③]！我多么卑鄙，我多么深深地认识到了自己的卑鄙！"还有涅克拉索夫的诗作，也大篇幅地引用了十九世纪七十年代末红极一时的马佐赫的作品《我们时代的理想》。也有关于文学的议论和争论，它们与其说是适合戏剧，不如说适合散文——这一直保留在契诃夫的创作中，只是在晚期的短篇和中篇小说中"典故性"多一些。而在经典性的剧作中，例如，在《三姊妹》中，只有一些个别的值得记忆的几乎是成语的话："现在我将要像果戈理笔下的疯子一样……沉默……沉默……"

---

① 俄国戏剧家 Д. И. 冯维辛（1744/1745—1792）的喜剧《纨绔子弟》中的人物。

② 阿尔扎马斯社（1815—1818）是十九世纪初俄罗斯文学中的一个组织，它反对保守的"俄罗斯语言爱好者座谈会"，主张感伤主义和浪漫主义。

③ 古希腊悲剧诗人索福克勒斯（前 496—前 406）所写的《俄狄浦斯》中的主人公。

在文格罗维奇的怪诞台词中才不重复关于普希金、莱蒙托夫、海涅、歌德和奥尔巴赫[1]的争论："有诗人——很好，没有诗人——更好！诗人作为有感情的人，大多数是吃白饭的人，是自私的人……"

在契诃夫这部剧作的年轻角色们的眼里，关于人类永恒理想和自由的不朽原则的书面言论没有丝毫价值；萨沙·普拉东诺夫在阅读《我们时代的理想》时，对"父辈们的指路明灯"感到十分困惑不解，这些明灯对剧本的年轻主人公们来说已经永远熄灭。

"萨沙：我读到哪儿了？（读）'还有一点，应该重新宣扬那些伟大的、永恒的人类理想，那些关于自由的不朽原则，这些理想和原则曾经是我们的父辈们的指路明灯，不幸的是我们背叛了它们。'这话是什么意思？（思考）不懂……为什么不写得让大家都明了易懂呢？"

引用马佐赫的书，把这本书中对子辈来说是不可理解的所有这些口号引进剧本，这对契诃夫来说有着重要的意义，这样产生了与马佐赫的名字相联系的独特的联想，而"父与子"这一主题本身就有了新的、与屠格涅夫的传统不相联系的解释。

这样就产生了契诃夫诗学的一个极其值得注意的手法："崇高的"书面的或者浪漫主义的词语在新的上下文联系中降低成为游戏诗文，获得了新意义并且失去了尊严。

在戏剧批评界和戏剧界本身提出了简化普拉东诺夫的办法，因为对于舞台来说他过分复杂了——这办法可称之为"导向唐璜"之途。如果愿意的话，在《无父儿》中可以找到适宜于这种

① 奥尔巴赫（1812—1882），德国作家。

解释的一些主题。（“人们的问题是世界性的，而我的问题是女人！全部生活——就是女人！恺撒率军跨越了卢比肯河，而我是要女人……”）

但普拉东诺夫是唐璜的对立面，在他身上重要的与其说是悲剧特性，不如说是抒情特性，他不引诱女人——他根本不掌握这门古老而困难的艺术，甚至也不谋求掌握它；但是同时他也让她们感到悲伤。这里也就产生了这第一部剧作的一个谜和秘密：女人们究竟为什么喜爱普拉东诺夫？须知，从屠格涅夫时代开始就形成了一种习惯——爱非得要有一定的目的，因为他是一个英雄，是一个特殊的人，是一个新人，因为他在斗争，比方说，在与压迫作斗争，或者在为保加利亚的解放而斗争[①]，或者是在钉板上睡觉[②]。而在契诃夫的作品里人们是因为爱才爱的，就像《三姊妹》中的玛莎所说的：我爱上了——就是说，我的命运是这样……

一个人如果有了爱，他就有了一切。契诃夫的剧作和中篇小说里常常是这样写的：在整个城里没有可以爱的人——没有聪明的、吸引人的人，除了那个惟一的像普拉东诺夫一样的人，他就其天性来说是个英雄：“你……你是一个人。”

恋爱、爱情是契诃夫第一部剧作中的标题性题目之一，总的来说也是契诃夫创作的总的标题性题目之一：“……应该让小说中有他也有她，让他们之间的关系发展起来并复杂起来。”契诃夫

① 屠格涅夫的长篇小说《前夜》中的主人公因萨罗夫就是为解放保加利亚而斗争的。

② 车尔尼雪夫斯基的长篇小说《怎么办？》中的主人公拉赫梅托夫为锻炼意志而睡在钉板上。

在文学中恢复了普希金对带有感伤的神秘性的爱情主题的理解："我们在热恋时所体验到的也许正是一种规范状态。恋爱这种感情向人指明，他应该成为怎样一个人。"（手记本）

说女人们诚恳地和忠实地爱普拉东诺夫，这还不够——所有的女人都爱他：好像刚从模拟屠格涅夫的长篇小说中走出来的生活优裕的索菲娅、安娜·沃伊尼采娃、丑姑娘格列科娃，特别是萨莎——所有这些女人都背着自己的幸福十字架，她们都沐浴在这一爱情的光辉之中，这当然是反射的光辉，但问题的实质就在于：这光辉产生了如此亮丽的反射，那么它在自己的原光体中又会是怎样的呢？就算第一部剧作中的每一个女主人公甚至都是宝贝儿[①]，反正一样："请看看恋爱着的人们！他们都很有才能。"

契诃夫似乎尽了一切努力让他的第一个主人公尽可能不与千篇一律的诱惑者雷同，在旧舞台上这种诱惑者的角色是传统性的，而且扮演起来也不太难。包围着普拉东诺夫的爱情既不充实生活，也不代替生活——他的爱情故事从一开始就被这种意识破坏了。其实，他没有引诱任何人，他身上不仅丝毫没有与唐璜相似的东西，而且也丝毫没有与毕巧林或者胸怀"温存情欲学问"的奥涅金相像的东西。女人们引诱他，爱他，而他只是笨拙地抵御女人们所采取的积极尝试，她们要将他的生活改变成一种新的、有理性的生活。剧中的女主人公们没有别人可爱。在《无父儿》里的爱情冲突中，普拉东诺夫是消极的，甚至是受苦的一方。

关于《伊万诺夫》，契诃夫写道：不能把这部戏的主人公演得

① 契诃夫的同名短篇小说《宝贝儿》中的女主人公。

很单调和无精打采，气馁和心灰意冷的时刻应该与精神振奋、热情和激昂相互交替。

把普拉东诺夫演得毫无光彩和单调也是不可能想像的。这里需要一个有讽刺意味的、细腻的、有着充分内在魅力的演员，他要善于表演嘲讽、绝望、狂暴。这里不允许惨白的风格、贫乏的外表、贫乏无志的气质；应该在舞台上使一颗非常博大的心灵的各种极端性汇合在一起并展现出来。

七

契诃夫的剧作在世界戏剧史上是崭新的一页，它在长达千年的历史中揭开了特殊的一章。《伊万诺夫》《海鸥》《三姊妹》《樱桃园》远远超越了自己的时代，动摇了传统舞台的基础，动摇了千百年来照耀在舞台上的美学信条。我们至今也不完全明白，为什么，比方说，《海鸥》中没有一个滑稽的场景、人物，甚至没有一句可笑的台词，为什么它却被称为喜剧；甚至连革新者们，那些被称为戏剧改革者的人，甚至斯坦尼斯拉夫斯基[1]本人当初也曾与契诃夫争论过，他论证说《樱桃园》不是喜剧，而是悲剧，无论它打开了何种通向新生活的光明出路。

只有不慎重的年轻人才会让自己以这种对戏剧程式的蔑视态度写出这第一部剧作，而这第一部剧作可以让人明白，契诃夫这位久久未获得理解的改革者在他的探索中追求的是什么，他最终

① K. C.斯坦尼斯拉夫斯基（1863—1938），原姓阿列克谢耶夫。苏联导演、演员、戏剧理论家。

对世界戏剧又贡献了什么。

应该从充斥于《无父儿》中的错误以及对舞台规律和规则的违背来开始谈论，关于这种种错误和违规，苏联的契诃夫研究者写了许多。例如，“在剧本中我们可以找到许多重大的艺术缺陷……剧本未经过仔细加工，形式也不完善，充满了种种格言，缺乏和谐的形象……剧本中充满了矫揉造作的效果……”甚至还有人说过：“契诃夫未能胜任他向自己提出的重大的、复杂的，且无疑对一个开始写作的作家来说是力不从心的任务……它（即《无父儿》——M.格罗莫夫注）显而易见是不成熟的，确实是非常冗长的，并且的确有着许多矫揉造作的效果。”

类似的在内容、风格和措词上一样的否定意见可以列举出不少；事实上，在很长的时间里文学界对契诃夫也未曾有过另外的意见。随着时间的推移，他学会了写一些旧式舞台上可以上演的剧本，戏文中也没有严重的错误，但是可以说，这些剧本形式上是可以在舞台上上演的，它们有着幕与幕之间的习惯性交替，有伏线，有高潮，有收场，但是就其实质来说，它们仍是与传统戏剧格格不入的。关于《无父儿》的缺陷可以用一句话来说：这不是剧本，而是为天才的、大胆的演出提供的材料。这部远不完善的少年人写的作品不仅需要导演，而且没有导演的大量工作不可能在舞台上演出（或者搬上银幕）。换句话说，契诃夫的第一部剧作就已预示了一种新的所谓“导演”派戏剧的诞生。斯坦尼斯拉夫斯基和涅米罗维奇-丹钦科是这个新派别的奠基人，而莫斯科艺术剧院则是它未来的雏形和不可超越的典范。当然，在旧派戏剧中也有导演，但是他们的作用与其说是创造性的，不如说是组织一技术性的。《海鸥》在莫斯科剧院上演之前，世界戏剧不曾有过大导演，在叶尔莫洛娃时代，“大导演”这个词组当然会使人感到奇怪。亚当·哈努什凯维奇所犯的错误是很有意思的：他在一九七四年在华沙人民剧院的舞台上上演了《无父儿》，他深信这不是一个“少年、即便天才少年”所创作的第一部剧本，而是一个成熟而有经验的大师写的严肃作品；亚当·哈努什凯维奇认为，契诃夫只能在创作了《伊万诺夫》和《万尼亚舅舅》之后，在萨哈林之行之后才能写出这样的剧本，即不早于一八九四年，在写《海鸥》的时期……

如此独特的见解不应该弃之不理；这位波兰导演不是像一些不了解当代戏剧的人那样来阅读《无父儿》的，无论这是多么奇怪，从他的角度来看他倒是正确的。

契诃夫的第一部剧作是他怀着关于舞台艺术的思想创作的，而舞台艺术迟早注定要成为他所想的那种艺术的，虽说在契诃夫的词汇中尚没有“导演戏剧”这个词语，但这部剧作预示了这种戏剧的出现。《契诃夫传》的撰写者法国人达尼埃尔·日列斯关于契诃夫的新派戏剧表达得最为成功：“这个昨天还是少年的青年人无疑是一个深刻的剧作家。在他的第一次尝试中他就试图推翻现存的戏剧规则并代之以自己的规则。他不仅丝毫不模仿自己的先辈，他还力图对自己时代的戏剧进行一次革命，创作出了没有情节的话剧、喜剧，用第三种尺度来衡量这话剧和喜剧时，它们的基础是极富戏剧性的。”而在俄国有些人在很长一段时间里，怀着纯朴的天真撰文谈论契诃夫的失误和缺乏经验，谈论他的《无父儿》的缺点，他们由于精神盲目而看不到它的价值。法国人日列斯则断言，“这个年轻人丝毫也不模仿自己的先辈”，而俄国的专家和内行们却把契诃夫降低到自己的智力水平，说契诃夫的第一部剧作是矫揉造作，甚至契诃夫的弟弟——为他写传记的米哈伊尔·契诃夫也认为应该炫耀一下自己的博学，说这部剧作是“按照法国的通俗剧的模式”写出来的！契诃夫是一个酷爱戏剧的人，他自己排演过一些喜剧并在其中扮演角色；他曾是一个年轻的剧作者，但不是当时所说的那种意义上的“开始试笔的”剧作者，更不是“没有经验的”剧作者。之后，当他积累了经验以后，他没有按旧派戏剧的风格创造一个角色，也没有按旧派风格创作一场戏——一切都不顾旧派戏剧的规则，都违背旧派戏剧的规范，因此，戏剧批评家们都不知道该怎么称呼他的剧作——有时称之为用于舞台演出的中篇小说，有时称之为供阅读用的喜剧。契诃夫以后所写的一切都是从《无父儿》中产生出来的。

“在第一部剧作中契诃夫还在寻找格调和亮点。然而他已找到了自己的人物和题材，”达尼埃尔·日列斯在他的著作《契诃夫》中这样写道，“甚至可以说，所有这些都被作者怀着青年人的热情慷慨集中在这第一次的实验之中……‘普拉东诺夫’是一道幕，从这道幕后将走出契诃夫在《伊万诺夫》《三姊妹》《樱桃园》中创造的典型。”

不，契诃夫的第一部剧作并不是一件文学上的小事，人们之所以记得它似乎只是因为它的作者后来成了契诃夫。它的世界是一个有许多复杂性格、深刻冲突和心灵痛苦的世界，这一切是怀着浓重的诗情和对真理的感受，以十分天真的又尚不熟练的天才重现出来的，因此这材料足够使用许多年。如果对这第一部剧作的作者是谁还存有怀疑的话，那么只消将它与契诃夫晚期的剧作和小说进行直接对照，就不难消除这种怀疑。至于说人们在评论中多次谈论的那些失误和缺点，那么在一定意义上它们——错误和缺点——对未来的创作是特别重要的。文学史家应该记得，在契诃夫写第一部剧作时的那个年龄，果戈理正在完成《汉斯·古谢加顿》[①]，屠格涅夫还在写传统的诗歌，根本未想到写小说的事，而涅克拉索夫还在准备出版诗集《幻想与声音》[②]。如果能够记住这些，那么，也许契诃夫的第一部剧作会得到正确的评价，契诃夫也不会再以他的许多错误和经验不足而使我们感到惊奇，不，他以极早表现出来的写作成熟性使我们惊奇。在俄国的文学史中也许没有第二个这样的实例。

① 这是果戈理在1829年发表的一首长诗，受到了批评，果戈理从书店买回全部存书加以烧毁。

② 此诗集于1840年出版，因缺乏独创性受到了别林斯基的批评。

在莫斯科

在十九世纪八十年代前夕，当契诃夫一家最终在莫斯科定居下来的时候，这座城市还框限在花园大街的环线之内，在这些大街之外散布着它的一些郊外村镇——克拉斯诺谢尔斯卡雅、鲁日尼吉、德米特罗夫卡、斯罗米亚特纳雅。列佛尔托沃、马林罗什霞、哈莫夫尼吉则被认为是比较远的郊区，而昆采沃、拉祖莫夫斯科耶甚至索科尔尼吉则都已经是莫斯科的郊外盛产蘑菇的别墅区了。

“五月间拉普捷夫一家到索科尔尼吉的别墅去了……”（《三年》）

与几何图形般匀称的彼得堡不同，年代更久的老首都则是从克里姆林宫开始一环又一环地展开来，像是围绕着树心的树干那样一年接一年地形成年轮。放射形的大街和小巷分枝发杈、相互交错、转入弯曲的接口和尽头——若不是莫斯科有一千六百个[①]大小教堂，老居民也会时常辨不清道路。“谁对它习惯了，谁就不会离它而去，”契诃夫于一八八一年这样写道，“我永远是莫斯科人了。”

离契诃夫一家最初居住的那座房子不远的地方，在格拉奇小丘上矗立着尼古拉小钟楼，因而这条街就被称为格拉奇夫卡。

老莫斯科的景观使那些目睹过许多城市和国家并难以使其感到惊叹的人们也赞叹不已。挪威作家克努特·加姆孙关于莫斯科这样写道："我到过世界五大洲中的四个大洲……但是莫斯科是个童话般的地方！……

"莫斯科有将近四百五十个教堂和礼拜堂，当所有教堂的钟都鸣响起来的时候，在这个拥有百万居民的城市中，空气也会由于声音的轰鸣而颤动。从克里姆林宫一眼望去，展现在眼前的是一片美的海洋。我从来没有想像过地球上会有这样一个城市：周围全部是闪耀着绿色、红色和金色的教堂圆顶及尖塔。在这大片的金色与鲜明的淡蓝色相间的景物面前，我以前曾经向往过的一切都显得惨淡无光。"

有一次——那是在生命即将终结的时候——契诃夫在莫罗佐夫[②]家做客，他从窗口遥望着莫斯科河南岸市区的金色圆顶，听着钟声在召唤人们去参加晚祷，他说："我喜欢听教堂的钟声。这是我身上仅存的来自宗教的东西了——我不能无动于衷地聆听钟声。"

当时莫斯科的居民已有八十多万，这座城市变化得很快，到处造满了房子。历史学家 И.扎别林发现，在古代它"比现在更美丽如画，而今在鹅卵石大马路下消失了那些田野、林边草地和田野边缘、沙地、湿地和黏土地、青苔地、赤杨林，甚至小丛林、林中空地、沼泽地和小丘、小草原、小峡谷、小盆地、小水沟、小山冈、小丘陵、松林和许许多多的花园和池塘。它们现在仅存于教堂景区的名称之中"。

红门、彼得门、铁匠桥——这些名称在那时就已是历史隐

---

① 指教堂数目众多，并非正好有一千六百个教堂。

② 莫罗佐夫（1862—1905），出身于俄国纺织业资本家莫罗佐夫家族，学过化学，是高尔基的朋友，艺术剧院的财东，同情并且帮助革命者。

喻，但是大学[①]的老校舍和现在一样矗立在克里姆林宫的对面，同样在那里和现在一样有一座小剧院，在莫斯科曾把它称为第二所大学。

在莫斯科生活的第一年几乎没有在契诃夫的传记中留下什么痕迹，虽说他显然是常常写信给他的堂兄弟们和叔父米特罗凡·叶戈罗维奇的，在最初一段时间里，他更多地感到自己是塔甘罗格人，而不是莫斯科人。这些信件没有保留到今天，但是也不能说我们对这一转折时期什么也不了解。例如，考试成绩都保存下来了。从这些成绩表中可以得出结论说，契诃夫第一学年顺利地通过了考试：植物学、动物学、化学、医学百科都是五分；物理学、矿物学、德语这三门课是四分；惟一的一个刚够及格分数的是解剖学。在大学学习期间，契诃夫得过一次三分，那就是在三年级时的理论外科学。在这些成绩表中五分比四分多得多；契诃夫学习很有成效。

一八八〇年夏初，他结束了医学系的第一个学年。开始了他的文学经历。意义重大的普希金纪念活动来临了，他写信到塔甘罗格，讲述了这些活动。

“今天我收到了亲爱的安东沙寄来的信，读着这封信我热泪盈眶。我自己热爱伟大的普希金，而安东沙描述了他一生中最令人惋惜的东西——他的不幸的死亡。”（米特罗凡·契诃夫[②]）

契诃夫亲眼看到了莫斯科永志不忘的事件。一八八〇年六月六日普希金纪念像揭幕了，那时这尊像矗立在特维尔林荫道上，

① 指莫斯科大学。
② 即契诃夫的叔父。

差不多是它现在所处位置的正对面。正像人们以后关于他所说的那样：我们都是过客，而他却矗立不动。在落叶和暴风雪下，在风吹雨打中和阳光照耀下——我们是过客，而他却矗立不动……

一八八〇年六月七日和八日，屠格涅夫和陀思妥耶夫斯基在贵族会议大厅（现在的圆柱大厅）发表了纪念普希金的讲话。这是契诃夫能够听到他们讲话并亲眼看到他们的仅有的两个夜晚。与其说他们两个是属于当时的俄国文学，不如说他们更是属于俄国文学史的，他们两人在不久后都离开了人世。"接连好几代人已从我们眼前走过，"那时屠格涅夫说，"在他们心目中普希金的名字一直仅是许多'注定要被遗忘的名字'中的一个……"

"陀思妥耶夫斯基准备发言时'安详地'坐在那里，躲在讲台和讲桌后面，在笔记本上写着什么……他讲得很纯朴，完全像是在和熟人们谈话，不提高声音，不高喊漂亮的词句，不摇头晃脑……毫无题外发挥和不必要的修饰，他向听众们说，他认为普希金就是此时此刻坐在大厅中聆听他发言的听众的追求、希望和愿望的表达者。可以说，他找到了将普希金引入这个大厅的方法，并以他的口吻向聚集在这里的人们解释了他现在的处境、他现在的忧虑和他现在的苦闷中的某些东西。在陀思妥耶夫斯基之前没有人这样做过，这就是他的发言获得不寻常效果的主要原因。"（乌斯宾斯基）

陀思妥耶夫斯基没有讲普希金作品的和谐，而是讲了他的心灵忧虑和良心的不倦探索："这里已经提示了按人民的信仰和人民的真理解决问题——'可诅咒的问题'——的俄罗斯方式，'顺服吧，骄傲的人。顺服吧，首先要打掉自己的傲气。顺服吧，悠闲的人，首先要在祖国田地上劳动'。这就是按人民的真理和人民的理智解决问题的办法。‘真理不是在你身外，而是在你自己身上。’你要在你自己身上找到你自己，让自己服从自己，要掌握住自己——这样你就能看到真理。这真理不在物质之中，不在你身外，也不在海外的什么地方，而首先是在于你自己要提高自己。你战胜了自己，驯服了自己——你就会像从未有过的那样、像从未想过的那样自由，你也就开创了一个伟大的事业，也让别人都成为自由的人们……你也就会最终理解自己的人民和他们的神圣真理。如果你自己首先有愧于真理、如果你凶恶而骄傲，并要求不劳而获的生活，甚至连想也没想到为了生活需要付出，那么，在茨冈人那里没有，任何地方也没有世界和谐。”

几天以后这篇发言登载在《莫斯科新闻》上。契诃夫是怎么阅读或者以后又是怎么反复阅读这篇最确切地说是历史性的发言呢？是这样呢？或者是另一种样子呢？但是从这时起他就开始受到普希金和陀思妥耶夫斯基的影响——同时的、双重的、在许多方面又是相互对立的影响。关于这一点我们考虑得很少，写得也很少，我们甚至宁肯说——甚至已有人追随着旧日的文学批评界说——没有这种影响，在走着另一条道路的契诃夫的文学经历中没有、也不可能有他们的影响，他是从小东西，从“有艺术性的无稽之谈”开始走，走向……什么呢？在过去和现在都说：契诃夫基本上和主要地与普希金、陀思妥耶夫斯基、托尔斯泰，甚至与屠格涅夫都没有联系，他只与二三流的作家有联系。但除了小范围内的一些专家之外，早已无人记得这些作家，也早已无人读他们的作品了。似乎不是普希金曾说过“天才是身不由己的”，他这么说指的是俄国文学的客观历史继承性；似乎稍许有些名声的名字可以与普希金不相干，没有他也可以在历史记忆中出现并在其中保留下来！

在这里重要的不是装饰性的引文，哪怕它们是非常鲜明的，也不是契诃夫关于皮萨列夫[①]的习气所发表的观点，这种习气长期地使俄罗斯看不到普希金。（“他不向任何人的心灵散发和平气氛，他使知者气愤，而对不知者他又灌输荒谬观念——仅此而已。”契诃夫于一八八九年论及皮萨列夫时这样写道）在这里，有意义的只是综合地从契诃夫的作品和书信中看到普希金的大量反响和对比。可以把这些反响和对比更确切地定义为“普希金的回声”——以及对个人的自由和个人对祖国文学及祖国的过去和未来所负的责任的认识。

自由和独立的思想，忍耐和希望是“不幸的忠实姐妹”——契诃夫的这些思想如果不是从普希金那里来的，那又是从哪里来的呢？“啊，自由，自由！甚至是对自由的暗示，甚至是对自由的可能性的微弱希望，也会给心灵添上翅膀，不是吗？”（《套中人》）

每当涉及普希金的时候都会唤起快乐，像在一篇十分短小的短篇小说《看戏以后》中一样：年轻的女主人公“分享着别人的快乐，分担着别人的悲伤”，闪烁发光，反射着普希金诗句的光芒。“我爱您，”她写道，“但是您不爱我，不爱！”她写好后笑了起来……在她的心中毫无原因地涌起一阵快乐；起初这快乐很小……之后这快乐扩大起来并像波涛一样冲了过来……她走到自己床前，坐下来，不知道该怎样处置自己的巨大快乐，这快乐使她陶醉，她看着挂在她床架上的圣像，说：

① 皮萨列夫写过一篇题为《普希金和别林斯基》的论文，文中他批评奥涅金和塔季扬娜。他的观点使契诃夫十分气愤。

“上帝啊！上帝啊！上帝啊！”

俄罗斯在一八八〇年仍然是普希金的国家，“他在这里埋葬了自己的心”，虽然农奴制已被废除，一八六一年[①]已是遥远的历史。但是漂泊生活的主题和漂泊者形象本身——普希金笔下的良心漂泊者的形象——在陀思妥耶夫斯基发言以前，人们好像完全没有在普希金的作品中发现这种形象；在短篇小说《风滚草》或《在途中》里，总的来说，在契诃夫的“严肃”短篇小说、中篇小说和剧本中，漂泊生活的主题和漂泊者的形象是从哪里来的呢？可能未必是从普希金直接走向契诃夫的；在文学史中和在我们的意识中，他们两个之间隔着陀思妥耶夫斯基以及他关于普希金的发言。契诃夫没有严肃的史前经历，没有关于普希金的追忆，也没有关于陀思妥耶夫斯基的观念——这种看法可能已成了人们的习惯，甚至已成了“学术界的惯常看法”，但这只是简单化的平淡无味的图式，应该毫无保留地摒弃这种图式，要看到它是滑稽可笑的。

随着“朝气蓬勃的、明朗的、并不难以理解的普希金”返回俄罗斯生活，也恢复了似乎已失去了的时间联系，与之同时也恢复了评价珍品的普希金标准——即首先是历史标准。波别多诺斯采夫时代是困难的，但尼古拉一世[②]时代更加可怕，那些在八十年代度过自己青年时期的人的命运是不轻松的，但是难道这能与十二月党人的命运、他们的自我牺牲的一生、他们几十年的苦役相比吗？而普希金的短促的一生——从少年时期到他生命的最后时

① 俄国1861年废除农奴制。

② 尼古拉一世在1825—1855年间为俄国的沙皇，他竭力巩固沙皇制度和农奴制，镇压了十二月党人起义。

刻——又何尝是轻松的呢?

随着普希金的回归，开始了文学新一代的时期；随着时间的推移，人们最终搞清楚了在这新一代中第一把交椅属于契诃夫。他将要继承普希金才能中的“客观性”，在这种客观性中“个人的主观性仅只表现为内在的火一般的热情”，他将成为更加自由的、更加俄罗斯式的人并“完全配得上民族的—全世界的诗人的称号”。“这个称号，”屠格涅夫在一八八〇年这么说，“我们还下不了决心给予普希金，虽然我们也不敢从他那里把这个称号夺走。”

一八八〇年这个普希金之年，对契诃夫来说有其独特的象征意义。从皇村中学的毕业生们建立的和全民整整二十年间积蓄下来的基金中，在支付了竖立纪念像的全部花费之后，设立了普希金文学奖。这项奖金由帝国科学院俄罗斯语文部负责颁发，虽然它并不属于沙皇或科学院的奖项之列。八年之后契诃夫获得了这个奖，当时他的感觉就好像是自己在中学和大学毕业时最后通过了主要科目的考试那样。在那些日子里他写道：“我在室内闲走，好像一个恋爱中的人一样，我不工作，只是想。”

一八八七年，当契诃夫的小说集《在黄昏》出版时（契诃夫在一年后因为这个小说集获得了普希金奖），发生了另一件值得注意的事。按照俄罗斯的法律，已故作家的作品的出版所有权在五十年内属于其家属；是的，普希金的家属几乎没有使用过这个权利，半个世纪之间普希金的作品在俄罗斯成了出版书目中的稀有品，他的作品只可能由他的家属出版。一八八七年一月二十九日，这五十年期满了，普希金的作品“在俄国读者面前一下子出现好几个版本”。在普及本出版的那一天“许多书店可说是遭到了强攻。拥挤情况难以想像。报纸上报道，有一个书店到十一点钟呈现出一派全面遭到破坏的景象；在墙角落里，在柜台后面，乱七八糟地堆着撕破了的、弄脏了的、脚乱踏过的各种各样的书籍，人们没有来得及把这些书从柜台上收起来，家具被破坏了，收银台被翻倒在地上……”

契诃夫的哥哥亚历山大从彼得堡给他写信说：“今天，由苏沃林出版的……《普希金文集》开始发行。书店遭到了强攻。拥挤不堪，工作人员毫无办法，一团混乱。”

这次出版的普及本，契诃夫未能订到一套，虽然这时他已为苏沃林做了许多工作，并与他本人熟识。亚历山大回答契诃夫请他帮助买书的要求说：“……关于普希金的著作，请你别着急……一天之内全部售罄。我是这个出版社的工作人员，预先订购了，却没有得到满足，印了一万五千套，我是第一万五千二百三十四个订购者——一无所获。”

契诃夫本人向苏沃林提出请求，不过也毫无结果：“苏沃林对我说，他不打算给你回信。‘我没有普希金的书了，我怎么回答他呢？’”

作为经验丰富的大师和修辞家，契诃夫非常了解艺术形象是怎样创造出来的，但是他却保持了独特的读者般的纯朴，这种纯朴使他的关于文学的见解具有非常的魅力。例如，他十分鲜明而生动地（比我们这些一般的读者鲜明得多）想像出普希金笔下的女主人公们，他有机会和她们相见，在瞬间相遇的陌生女士们的特点中认出普希金笔下的女主人公们的特点。例如，一次他从罗马写信说：“我在旅馆里吃包饭。您可以想像得出，在我的对面坐着两个荷兰女士，其中一个像普希金的塔季扬娜，而另一个像她的妹妹奥莉加。”不应该认为契诃夫在这里不过是说笑话。有一次他十分认真地说，他倒是可以把安德烈[①]治好的——不是作为一个作家要再创造出另一部自己的《战争与和平》，而是道道地地地作为一个医生，因为鲍尔康斯基和罗斯托夫[②]时代的医学是十分落后的……

但是这一切都是在几年之后发生和表现出来的。

一八八〇年他曾幻想在莫斯科小剧院上演自己的、还是在塔甘罗格写出的严肃的正剧[③]，同时他在彼得堡的幽默杂志《蜻蜓》和严肃杂志《瞬息》上发表了十二篇短篇小说和幽默小品：《致博学邻人书》《在长篇小说和中篇小说等作品里最常遇见的是什么？》《同时追两兔，到头一场空》《贵族女子中学学生娜坚卡的假期作业》《爸爸》《我的纪念日》《一千零一种激情，或恐怖之夜》《吃苹果》《婚前》《按美国方式》《艺术家的妻子》《蚊子和苍蝇》。

在莫斯科，契诃夫安排了新的生活，他应该改变自己身上的许多东西，正如他不久后在给哥哥的信中所说的，“以便不低于我已进入的这个圈子里的人们的水平”。一开始当然是要改变莫斯科人所不习惯的塔甘罗格口音和浓重的南方方言。塔甘罗格的方言在很长时间里掺杂在契诃夫的书信和手稿里，显然也掺杂在他的口语中，为此他大概忍受了不少耻笑，也有过不少尴尬和委屈……

终于一切都改变了：生活方式、习惯、口音改变得完全无法辨认了：“真正的莫斯科口音，带有纯正俄罗斯语音的色彩。”完

① 《战争与和平》中的鲍尔康斯基公爵。
② 《战争与和平》中的两个大家族。
③ 前文中谈及的《无父儿》。

全是另一个人了。什么样的命运啊，付出了多少严酷的劳动，发生了多么大的变化！一个站柜台的男孩，中学里的二分生和吃午饭时受罚的孩子——变成了契诃夫。

一八八三年契诃夫开始担任《花絮》杂志在莫斯科的通讯员。不是像他的好友、多次帮助过他的吉利亚罗夫斯基那样，他并不是一个无所不在的采访记者。但是为了给“莫斯科生活花絮”这栏目寻求材料，他还是走遍了莫斯科的东西南北，普通的莫斯科人没有特殊原因或者未受召唤就不去的地方他都去过了。他到过警察分局、法院、律师事务所、救济所、面包坊和小酒馆；他写过关于莫斯科的建筑、医院和药房的情况，自来水管的状况，古迹遭破坏的情况；写过新建筑，报道过诉讼审判事宜；写过盗用公款和受贿——他什么都写过，在这些事情中都有着在列伊金的心目中是非常重要的现实迫切问题，从这些事情中可以提取哪怕一丁点儿的幽默也好——不过不涉及问题的根源，在根源中是没有丝毫幽默可言的。在这些年中（1883—1885）他写出了整整一卷杂文和几个小剧本，这些作品在他的文集中完全不是多余的（例如《在莫斯科的特鲁勃纳亚广场上》）。对莫斯科的生活他当然也并非全部了解（当他没有题材时，他在一封信中写过：“我去找‘莫斯科通’吉利亚罗夫斯基。”），但是比起莫斯科的居民，甚至老莫斯科人来，他对莫斯科的了解要多得多。三姊妹所向往的、她们只能在想像中和梦境中回去的这座城市的诗意形象并非一下子形成的，它在契诃夫的意识中很早就萌芽了，看来是在《花絮》杂志工作的年代就已萌芽。无论是《神经错乱》所描写的那些小胡同的肮脏和吓人的气味，还是医院里令人悲伤的日子，都遮不住他眼中的这个形象。

曾经有过一个莫斯科——它是有着众多古迹的永恒的城市，它有着克里姆林宫，有着莫斯科南岸市区的景色，这景色曾几何时使克努特·加姆孙从心灵深处感到惊叹不已（“啊，我要是能有一天再次看到莫斯科多好啊！”），有着波克洛纳亚山，这座山在我们的记忆中几乎已被夷为平地。

曾经有过一个莫斯科，在它的“清水塘”边，普希金成长起来；过了一些年他的不幸的塔尼娅[1]在这里嫁人。

曾经有过莱蒙托夫的伟大而可畏的王国和红门旁的教会会馆，在这里莱蒙托夫来到了人间：

莫斯科，莫斯科，我像儿子一般地爱着你……

这里有过法穆索夫[2]的房子，有过他的那些独裁老太和讲实惠的快嘴小姐，在这所房子里，人们的心很容易也很疼痛地破碎。

在这些莫斯科中间最终也产生了契诃夫的莫斯科，就像在《带狗的女人》中那样，古罗夫从雅尔塔回来，穿着暖和的冬装，沿着彼得罗夫卡大街走过，听着晚间的钟声。冬天，莫斯科覆盖着洁净的白雪，一片寂静，人影难见，大小胡同里的炉烟如柱一般地冲向天空，窗子里很早就有了煤油灯和蜡烛的微弱亮光。在

---

① 普希金的诗体长篇小说《叶甫盖尼·奥涅金》中的女主人公塔季扬娜·拉林娜。

② 俄国剧作家格里鲍耶陀夫（1795—1829）的喜剧《智慧的痛苦》中的莫斯科大贵族法穆索夫。

主显节，人们还要占卜，就像茹科夫斯基[①]时代那样；还在一八八六年契诃夫就写信给格里戈罗维奇说：“向您祝贺圣诞节——一个富有诗意的节日。遗憾的只是，现在俄罗斯人民还很贫穷，还在忍饥挨饿，否则这个有着白雪、白树和严寒的节日就会是……一年中最美丽的时光。这是一个似乎上帝也乘坐在雪橇上的时光。”

契诃夫在莫斯科定居下来了。一八八五年一月，他向“亲爱的叔叔”米特罗凡·叶戈罗维奇承认说：“我相信，如果我在塔甘罗格任职的话，我可能会更安宁、更快活、更健康，但是我的‘命运’该是如此，它让我永远留在莫斯科……这里有我的家和我的前途……我的职务是双重的。作为一名医生，在塔甘罗格我可能马虎起来并忘掉自己的科学，而在莫斯科，医生是没有时间上俱乐部和玩牌的。作为一个写作者，只有在首都我才能有意义。”

逐步地形成着对俄国文学来说是一种新的、诗意的莫斯科形象，这一形象升华到了某种神秘象征的意义——不可达到的同时也已永远失去的幸福的象征。而关于塔甘罗格的记忆——似乎只能从这个小城市离去并开始新的、有意义的、可能是美好的生活——这种记忆还长久地保留着，一直保留到《三姊妹》和《未婚妻》时期，这种记忆已和契诃夫的名字不可分离，并且似乎是永远不忘的：“到莫斯科去，到莫斯科去……”[②]

---

① 茹科夫斯基（1783—1852），俄国浪漫主义诗人。他的叙事诗《柳德米拉》和《斯维特兰娜》中的女主人公都占卜。

② 剧本《三姊妹》中的台词。

《戏谑集》

这个集子终于未能问世。

只保留下来两份，而且两份都没有扉页，没有最后几页，也没有目录。

其中的一份可以在萨多沃-库德林斯克大街的契诃夫故居纪念馆的玻璃陈列柜中看到。它装在自制的封面内。封面上写着："安·巴·第一部未出版的短篇小说集中保存下来的篇页（八十年代初《梅尔柏密尼的故事》之前）。伊万·契诃夫。一九一三年三月三十一日。亡兄尼古拉插图。"

关于这本书米哈伊尔·巴甫洛维奇写得非常慎重："我不知道为什么正是这本书未能出版，也不知道总的来说它以后的命运又是怎样的。"

关于自己的第一本书，契诃夫本人对谁也未曾说过什么，也未在信中谈起过，这本书的命运甚至对他的十分亲近的人——对妹妹、对妻子、对几个兄弟——都是一个秘密。

时光荏苒。秘密没有揭开，但是围绕着这一秘密产生了许多猜测。由于这些猜测与有名望的名字联系在一起，所以猜测获得了事实的假象。

一些人毫无保留地写道，契诃夫在一八八三年下半年打算在莫斯科出版他的第一个短篇小说和杂文集子，书名是《在闲暇时分》，以此来强调收入这本集子的作品的性质，即让人读来觉得轻松和有趣。

把这本书的出版时间测定为一八八三年，是因为这本书中按年代来说最后的一篇作品——《飞行的岛屿》——是一八八三年五月发表在《闹钟》杂志上的。由于契诃夫通常是先在杂志上或者报纸上发表自己的短篇小说，只是在以后才对它们进行修改以便出版文集，所以一般都认为这本书是在五月之后形成的，即在一八八三年下半年，虽然收入该书的其余十一篇小说是在早得多的时间里，即在一八八二年四月之前在各种定期刊物上发表过的。

在一八八二年四月和一八八三年五月之间，契诃夫创作了许多短篇小说，但这些小说中没有一篇被选入这个集子。

如何来解释这个奇怪的空白呢？而《飞行的岛屿》就其内容和风格特点来判断，是属于文学习作时期的作品，并且与一八八三年写的小说的题材和风格完全不吻合。

只可能有一个解释：这篇作品不是从杂志上选出收入集子的，相反，是从一本暂停出版的书中选出而登在杂志上的。换句话说：该书的出版年份不应该是一八八三年，而是一八八二年。

也不能接受人们惯常给该书的那个固定名称《在闲暇时分》。这个名称的形成是因为尼古拉·契诃夫所绘制的封面草图《在闲暇时分》，安东沙·契洪特，尼古拉·契诃夫插图（由M.M.久科夫斯基的女儿献给莫斯科 A.П.契诃夫纪念馆）保存下来了。

如果这插图确实是为契诃夫的第一本书所作，那么他就该把它否定掉，因为在书市上已有过一本叫做《在闲暇时分》的集子（圣彼得堡，1878 年）。而契诃夫当然不能给自己的第一本书取一个流行的而且庸俗不堪的名称。想必这本书有着另外一个标题——一个我们不知道的、显然也是料想不到的标题。

最后一个猜测也经不起推敲：出版之所以搁浅是因为契诃夫无法向印刷厂偿付费用。

根据《梅尔柏密尼的故事》来判断，该书出版费用在一百五十到二百卢布之间，费用是大的，但考虑到书的销售，契诃夫是有能力支付这笔费用的。关于《梅尔柏密尼的故事》，他写信给列伊金说："出版费用是二百卢布。如果这笔钱全部损失了——也不在乎……人们在喝酒和风流艳事上耗费的钱更多，为何不可在文学享受上耗费一些呢？"

在这里可以不相信契诃夫说的话，因为他从来没有多余的钱，因为他不喜欢也不会"放荡"。但是出版商花了钱排版、买纸等等，他是不会把钱白白扔掉的。他会自己把书卖掉的。《梅尔柏密尼的故事》的出版者利文森就是这样做的。他向作者提供了图书出版业中广泛采用的贷款方式。"我以贷款方式把书出版了，"契诃夫在一八八四年六月二十五日写信给列伊金说，"出书后四个月还清贷款。"书在半年中全部售罄。

十九世纪八十年代初期搞幽默作品是有利可图的事。幽默周刊、"轻松快乐文集"和作品集，成打成打地出现在图书市场上，封面都很漂亮，标题醒目。这些东西的出版费用低，读者乐意购买。书报检查局也纵容政治上老实的幽默作品。A.M.帕祖欣一年就出两本集子。

在一八八二年至一八八三年间，出版了自己第一本书的有 B.B.比利宾（《爱情与笑》，快乐文集，И.格列克作，圣彼得堡，1882 年）和 A.A.普列谢耶夫（《彼得堡的苍蝇故事》，圣彼得堡，1883 年）——他们都是与契诃夫同一时期开始写作的青年作家，但是其才能和写作技巧远比契诃夫逊色。甚至是 A.佩德罗（А.П.波杜罗夫）也出版了他的《欧洲人》（圣彼得堡，1882年）。波杜罗夫住在萨马拉，他出一本书当然要比在首都的笔友们困难得多。

契诃夫的第一本书应该陈列在博物馆中，放在许许多多的幽默作品集和小册子之中，放在那些匆匆忙忙写就的、马马虎虎出版的“一日小书”之中，以便人们可以亲眼看到契诃夫兄弟们创作了一本多么欢快和多么有才智的书，这本书超过了八十年代图书产品的中等水平。

这本书以大开本、好铅字印刷，由尼古拉 · 契诃夫天才地配了插图（每篇作品的卷首和结尾的插图，水笔图——这可能是尼古拉 · 契诃夫所作的最好的书籍插图），它应该受到已熟悉安东沙 · 契洪特的快乐天才的俄罗斯读者的欢迎。

“我的小说不庸俗，人们说就形式和内容来看，它都比别人的书好，”契诃夫在一八八三年五月十三日写信给亚历山大说，“而安德留什卡 · 德米特里耶夫们把我誉为一流的幽默作家，誉为优秀的甚至最优秀的幽默作家；在文学晚会上，人们常常讲述我的短篇小说……”

该书的销售成绩是不容置疑的。

之后契诃夫说：“我的书一定能够畅销，光从像《梅尔柏密尼的故事》这样拙劣的书也已售罄就可以看出。”（1885 年 4 月 1 日致列伊金）

而契诃夫的第一本书比那本《梅尔柏密尼的故事》好——它更鲜明、更尖锐、更雅致。

这就是那第一本书——已在印刷厂印好，书内配有精良的插图，它已完全准备好面世。

如果将人们已知的关于该书的不甚多的无可争议的材料按逻辑顺序收集起来，并将它们同关于该书的一些猜测和在研究过程中所产生的反驳意见进行对照，那么就可以得出以下意见：

该书是于八十年代（正如伊万·契诃夫所指出的那样，是在《梅尔柏密尼的故事》之前，即在1884年之前）在莫斯科的一家印刷厂排版的。

应该认为最可能的日期不是如关于契诃夫的资料中惯常所说的那样在一八八三年，而是在一八八二年。

书名不为人知。假设的名称《在闲暇时分》是不能接受的，应该有另一个书名。

书的出版被中止了，但是为什么被中止了？没有文献资料是无法说明的。

首要的是，应当找到这些资料。

这些资料在该书的文本中发现了。

这本书中有十二则短篇小说：《艺术家们的妻子》《爸爸》《圣彼得节》《同时追两兔，到头一场空》《自由，或奥莉娅、叶尼娅、卓娅》《托来多的罪人》《气质》《飞行的岛屿》《婚前》《致博学邻人书》《在车厢里》《一千零一种激情，或恐怖之夜》。

所有这些短篇小说，除《飞行的岛屿》之外，都在一八八二年四月之前在各种定期刊物上发表过。为了出版这本书，契诃夫对它们进行了加工——充实、订正和润色。例如，他把一个很长的在杂志上发表时用的标题《顿河流域的地主斯捷潘·弗拉基米罗维奇·И致有学问的邻居弗里德里希博士的信》改成了简短而精确的标题：《致博学邻人书》；把斯捷潘·弗拉基米罗维奇·И

换成了“退役下士、贵族瓦西里·谢苗·布拉托夫”。这是契诃夫所进行的改动，其意思一清二楚。

但是要对一系列删节和改正作出解释就更难得多。

例如，在《致博学邻人书》中删掉了一个人物——格拉西姆神甫，就是那个“怀着他所固有的宗教狂热辱骂和否定关于人类起源的思想和观念”的人。代替他的是“邻居格拉西莫夫”。

为什么？

须知，否定人类“起源于猿猴”的神甫是一个典型的人物，是十九世纪八十年代的人们所熟悉的人物。在这个时期当局激烈地反对达尔文，而书报检查局则不允许刊物上发表任何“包含有粗鲁唯物主义的、不承认上帝在创造世界中的作用和参与的文章”。

只要指出这里谈的是一个神甫，就足以自然而然地说明他对物种起源理论的态度了。

而“邻居格拉西莫夫”则是一个中立人物，不作特别的解释读者便不会理解，为什么他“以他所固有的宗教狂热”反对达尔文呢？为什么当他知道“太阳上有黑点”时他会那么恼怒呢？

但是书中没有任何解释，只提到他是“邻居格拉西莫夫”。

人物的这种替换实质上歪曲了《致博学邻人书》的意义，而此类的替换和更动在书中却多得很。

在短篇小说《托来多的罪人》中可以读到这样的一句话：“‘但是，’玛丽娅多次想道，‘不爱人的人能不能爱耶稣呢？’”

在这句话中体现了篇幅不大的关于愚蠢的西班牙人和他年轻美貌的妻子的中篇小说的意义：这个西班牙人必须做出选择：是爱人呢，还是爱耶稣？为了耶稣他向宗教裁判者们出卖了玛丽娅。

"没有比西班牙人更愚蠢的人民了！……要鄙视西班牙人，不要信仰他们所信仰的东西！"

而在书出版的时候，玛丽娅的这些话被删掉了。

为什么呢？须知删掉这些话就等于将这部中篇小说一笔勾销。契诃夫看重玛丽娅的异教思想。晚些时候，在一八九四年，他在《老园丁的故事》中这样表达了这一思想："信神是不难的。宗教裁判者们信神，比伦[1]也信神，阿拉克切耶夫[2]也信神。不，您信仰人吧！"在《老园丁的故事》的手稿中惟一的改动是这句话被抹去了。正如契诃夫所说的，"是为了犹大的恐惧心"把这句话抹去了。

在第一本书的文本中还删去了其他与教会、僧侣和基督教有关的所有提示和暗示——所有的，一个也未留，就连最不显眼的、最小的也都删掉了。例如这样一个句子"在有一百四十六个以上的殉教者的钟楼上敲过了午夜的钟声"改印成了"在钟楼上敲过了午夜的钟声"。从短篇小说《在车厢里》中消失了一个无邪的配角人物——正在睡觉的辅祭。还有一个"俄国辅祭"从短篇小说《艺术家们的妻子》中被删除了。

使人形成一种印象：某个人猜透了契诃夫的"葡萄牙神话"和"从西班牙文翻译过来的作品"中的伊索语言[3]，并以警惕性的红色铅笔在书中勾画了一番。

---

① 比伦（1690—1772），伯爵，女皇安娜·伊万诺夫娜的宠臣，反动制度"比伦苛政"的创始人。

② 阿拉克切耶夫（1769—1834），伯爵，亚历山大一世时权势极大的专横残暴的宠臣。

③ 此说由古希腊寓言家伊索的名字而来，意思是：用暗示、隐喻来表达思想的寓意方法。

阿玛兰塔（《艺术家们的妻子》）说："嘿，这书报检查局！从我成了你的人以后我就恨透了这书报检查局！"

而在书中她讲的却是另一句话："我恨透了那些编辑！"

编辑们校订书籍，而书报检查局则禁止书籍。

关于书报检查局禁止了这本书的猜测似乎是完全自然的。不错，在编入书以前契诃夫的短篇小说是在书报检查局所控制的幽默杂志上发表过的；但是一八八〇年至一八八一年间允许发表的东西，在晚些时候则被禁止了，因为一八八一年三月一日亚历山大①被刺身亡。

波别多诺斯采夫要求"停止人们都在进行的难以想像的空谈，以便少一些无聊的空话"，因为正如他给年轻的沙皇的信中所说，"只要报纸和杂志拥有完全的肆无忌惮的自由……就不可能采取任何稳固的和本质性的措施来确立秩序"。

十九世纪八十年代初担任"出版事业管理总局代理局长"职务的维亚泽姆斯基伯爵发挥了这一思想，他在一八八一年十二月二十五日的通令信中指出："……预先的书报检查不仅应该消除一切直接有害或者有倾向性的东西，而且应该消除一切可能引起不体面的解释的东西。"

如果反复阅读莫斯科书报检查委员会的记录，就可以看到，对我国印刷品的检查是如何日复一日地在加强。

莫斯科总督根据沙皇一八七九年的指令，要求书报检查委员会将稍许不甚可靠的东西都呈报给他本人。该指令授权总督越过任何书报检查机关禁止和中止任何书报刊物。

---

① 指民意党人刺杀了俄国沙皇亚历山大二世。

此时特别吹毛求疵地检查的是幽默和讽刺出版物，在书报检查方面曾宣布："出版事业管理总局局长总的来说是反对讽刺杂志的，他不认为它们对读者来说是需要的。"

莫斯科一位书报检查员尼科金因自由主义而被解职。其余的人都勤奋和警觉地积极干了起来。

"可怕的雷鸣响彻云霄，"H. A.列伊金写信给契诃夫说，"我已收到命令：每周将全部备用材料送交书报检查委员会作新的审查，他们这样做的理由是由于一周前可以允许发表的东西，一周后根据某一指令已经不允许发表。"

不经过预先的书报检查，任何一部讽刺出版物都不能出版（别的出版物也是这样）。

莫斯科书报检查委员会的卷宗保存在莫斯科中央国家档案馆。鼓鼓囊囊的卷宗夹和堆积如山的记录页用牢固的线装订成册，上面写满了书记员的清晰字迹。在每册的封面上都记录着"此卷共有……页"。许多文件上盖有印章："必须守密"，"秘密"。

这里完全没有档案灰尘；卷宗保存得十分完好。

我们来看一卷一八八二年的档案。

申请书卷宗，这是一些印刷厂、出版社、个人在申请书上预先贴好了印有国徽的邮票以后，向书报检查委员会呈交的申请书。

许多八开本上盖有"大学印刷厂。M. H.卡特科夫"印章；有些是另外一些有名的出版者的文件，根据不正确的、歪歪扭扭的字迹判断，有一些申请书是臭名昭著的书商列武欣提交的。列武欣勉勉强强能写几个字。

还有请求"票证"的申请书，即请求允许预先将书和小册子进行排版，以便书报检查机构读它们的清样。

如果契诃夫的书不是在一八八三年排版的，而是像我们所猜测的那样是在一八八二年排版的，那么关于此书的资料就应该保存在这个卷宗内。

注明是一八八二年四月的一些文件。

五月份呈交的申请书。

六月：八十八页、八十九页、九十一页。

最后九十五页。

通常用来写批示的左上角被撕掉了。只留下两个写得清清楚楚的小字："拒绝"。

在这张仔仔细细附贴上去并展平了的纸上写着：

呈莫斯科书报检查委员会

科季印刷厂

申请书

恭请莫斯科书报检查委员会授予科季印刷厂许可证，允许将《游手好闲的人和宽宏大量的人》一书以清样的形式呈阅。安东沙·契洪特文集，契诃夫插图，该书共七个印张。

K.亚洪托夫，代科季先生签字

一八八二年六月十九日

契诃夫第一本书的名称竟是完全出人意料的：《游手好闲的人

和宽宏大量的人》。

现在这本书已经不是什么猜测，而是事实，它不是在一八八三年排版的，而是在一八八二年，就是在那个印刷《观众》[①]的印刷厂排的版。

但申请书卷宗夹里发现的文件是不全的，在被撕掉的左上角上只留下了两个字“拒绝”，还写过一些别的什么呢？

在保存着各种记录的卷宗中，在一八八二年六月十九日这个日期下面记着：

> 听取了：
>
> 3. ……科季印刷厂呈交的关于请求允许它预先排印《游手好闲的人和宽宏大量的人》一书的清样的申请书。安东沙·契洪特的文集并有插图。七个印张。决定：拒绝。因为没有批准该申请书的法规。

决定是以一种典型的官吏语言写出来的，因此不能一下子吃透其含意。大概申请书写得不符合格式，破坏了书报检查文牍的字面上的意义。

但如果是这样，科季印刷厂应该重新呈交一份申请书，把它写得让书报检查委员会的官员们无可挑剔。

我们再往下翻阅申请书卷宗夹。

第一百五十五页。

---

① 《观众》是当年相当流行的幽默杂志。

H.科季印刷厂

申请书

恭请莫斯科书报检查委员会授予许可证，允许将安·契洪特撰写并由尼古拉·契诃夫插图的《戏谑集》一书以清样形式呈阅；这本书中收入了于不同时期已在受书报检查监督的各种出版物上发表过的作品。而未曾发表过的作品将以手稿形式呈阅。全书将有五至七个印张。

K.亚洪托夫，代科季先生签字

一八八二年六月三十日

在新的申请书中绕过了所有的潜在障碍：改动了书名；审慎地指出书中的短篇小说已曾通过书报检查，最后还允诺将编此书前未曾发表过的作品以手稿的形式呈上。其实需要以手稿形式呈上的只有《飞行的岛屿》，这是一篇模拟凡尔纳的滑稽作品。

申请书是契诃夫执笔的，这是他的一份不具名的手稿。

在保存各种记录的卷宗中，一八八二年六月三十日有以下记录：

听取了：

2. ……科季印刷厂申请允许它将安·契洪特的带有插图的书《戏谑集》以清样形式呈交书报检查员（达六个印张）。决定：允许，发许可证，由书报检查员费奥多罗夫负责。

申请书上有两点批示：“发放已决定的许可证”和“一八八二

年六月三十日发，九百五十八号，书报检查员费奥多罗夫”。

根据委员会的卷宗判断，书报检查员费奥多罗夫是个严厉的检查员和有影响的官吏。由于费奥多罗夫有着四级文官的官衔，在同事中他是首席检查员。一八八二年他被任命为莫斯科书报检查委员会主席。一八八三年十一月九日，在他的主持下举行了委员会会议，在此次会议上，书报检查员列昂季耶夫十分尖锐地抨击了契诃夫的短篇小说《在海上》：“根据尼扎列夫斯基先生的报告，最近一个时期，普什卡廖夫出版的不经书报检查委员会审查的周刊《人世闲谈》愈来愈严重地表现出它的有害倾向。最近两期（第 40 期和第 41 期）上的文章或多或少都具有违禁思潮……我提请委员会注意……

“《在海上》译自英语，是一篇糟糕透顶的关于一个牧师的短篇小说，他将自己新婚妻子的第一夜卖给了一个富有的银行家，在小说中还有两个海员——父亲和儿子，他们两人在船舱壁上挖了个小洞眼，一起观看这一夜的事情。”

契诃夫的书被送交莫斯科书报检查委员会的头目处。

该书后来的命运在档案文件中没有反映。无论是在委员会的会议记录中，还是在一八八二年至一八八三年允许出版的书目中，还是在书报检查员的汇报手稿中间，关于安·契洪特的《游手好闲的人和宽宏大量的人》或者《戏谑集》都没有提到一个字。

因此只能援引最后一个文件，这就是安·巴·契诃夫本人的见证。

在与列伊金就出版《形形色色的故事》进行谈判时，契诃夫写道：“在莫斯科是可以找到出版者、印刷者的，但是莫斯科的书

报检查不会放过这本书，因为根据莫斯科的理解，所有我筛选出来的小说都在破坏基础……”（1885 年 4 月 1 日）

由于《梅尔柏密尼的故事》并未遭到书报检查的阻碍，只能把契诃夫上述这番话与第一本书的命运联系起来。

契诃夫与“小型刊物”

“小型刊物”是形成于十九世纪七十年代俄国杂志业的独特潮流。这是一些幽默杂志：《蜻蜓》《闹钟》《观众》《娱乐》《蟋蟀》《花絮》；一些供家庭阅读消遣的杂志：《明亮与阴暗》《人世闲谈》《莫斯科》《田地》；帕斯图霍夫主办的低级小报《莫斯科小报》，约西波夫主办的轻佻杂志《小丑》。

这里只列举了安东沙·契洪特曾为之撰稿或者在他的杂文中提及过的那些刊物。事实上属于小型刊物范围的报刊还要广得多。除了首都出版的包括像《善良人》（B. П. 梅谢尔斯基[①]公爵主办的报纸《公民》的幽默副刊）和莫斯科举办工业展览会期间由帕斯图霍夫于一八八二年出版的《铃铛》这样的稀有刊物以外，在外省的一些大城市中也出版了一些幽默杂志：第比利斯的《方阵》和《竖琴》，敖德萨的《蜜蜂》和许多别的刊物。此外，在十九世纪七十年代和八十年代，图书市场上还出现了大量的各种各样的幽默丛刊和集子，供人们茶余饭后或旅途阅读：《饶舌者》《消遣丛书》《快活的人》《生活享受的刺激物》和许许多多别的集子。在这些集子中有时翻印一些借用杂志上的安东沙·契洪特的幽默作品。

小型刊物的报纸、杂志和各种各样的丛刊和集子的出版者（有时还是编辑者）都是商人、工厂主。例如，帕斯图霍夫就是一个商人，他熟谙莫斯科商界的全部底细；在每一期《莫斯科小报》上一定有一段什么谣言："致拉里翁·阿加福诺维奇，寄捷列日纳亚街。别和漂亮的小寡妇一起喝酒这么久。你嘴巴里连一颗牙也没有了，还算什么寻花问柳的人。"

在小型刊物之间进行着竞争：拉订户，争印数。在这里有才能的作家是罕见的。帕斯图霍夫为了劝说契诃夫为《莫斯科小报》撰稿，邀请他到捷斯托夫（老莫斯科的最有名的餐馆）去，允诺付他一行字六戈比——比《闹钟》和《蜻蜓》多付一戈比。一八八三年五月十三日，契诃夫给哥哥写信说："要是我为他工作，我一个月不是挣一百卢布，而是二百卢布，但是你自己也知道，宁愿不穿长裤，光着出去做客，也比为他工作好。"

当年的通俗幽默杂志《蜻蜓》的出版者格尔曼·科恩菲尔德是一个工厂主，是橡皮图章、招牌和墓碑工厂的老板。在《蜻蜓》杂志的最后几页可以看到他工厂产品的广告：图章、用大理石和金属制作的锭和招牌的样品、墓碑和石板的图片并标明尺码和价格——这种广告对于幽默杂志来说是非常奇怪的。

最后还有一个列伊金，这位小型刊物的立法者和头目本人就是一个商人，契诃夫很清楚地感觉到他本性的这一面。关于他，契诃夫在一八八八年写道："一个彻头彻尾的资产者。"

幽默杂志通常每周出版一期。它们的开本是四开本（现代的通俗周刊的开本也是这样）。每一期的篇幅通常是八页。杂志有固定的栏目："每周杂文"（在《蜻蜓》和《闹钟》里这个栏目叫做"日历"）"幽默小品选登"（在《花絮》里这个栏目叫做"小花絮'，在《蜻蜓》里叫做"蚊子和苍蝇"），还有"邮箱"——这个

① 梅谢尔斯基（1839—1914），俄国政论家，出版反动刊物《公民》。

栏目里刊登的是对读者来信的答复和对他们寄来的手稿的简短评语。有时“邮箱”中的答复和意见是很俏皮和可笑的，但通常是粗暴和没有分寸的，例如，《蜻蜓》对契诃夫的答复。杂志的其余篇幅则刊登些短剧、“实物写生画”、笑话、诗歌、漫画和图画等。插图是各种各样的：在《蜻蜓》《娱乐》中，在《明亮与阴暗》中，插图是用轻笔勾画的图画；在《花絮》《闹钟》和《小丑》中，插图鲜明华丽；《莫斯科》则印有大幅的可以展开来装饰墙壁的插图。有一大批画家为小型刊物做画；在《花絮》《闹钟》和《莫斯科》上不时出现尼古拉·契诃夫的画作，他是一个天才的、细致的人。他英年早逝，未能在艺术上开辟自己的道路。

著名的俄罗斯作家不在这些刊物上发表作品；有名的作家为小型刊物撰稿这一事实本身就被认为是可耻的。不错，А.И.帕尔姆曾在特霍热夫斯基所办的《竖琴》上发表过几页东西，但是这次合作是以一封《致编辑的信》告终的：“文学上的名声是十分不容易建立的；不珍重这种名声就意味着不珍重自己。不管我的名声是多么微不足道，但迄今为止尚无人认为它是一只可以搭在肩上的布袋，可以随便带到什么地方去……”

只有《花絮》是个例外，在这本杂志上不时刊载（不过也很少）乌斯宾斯基、捷尔皮戈列夫、巴兰采维奇的特写和短小的短篇小说。

《花絮》上偶尔会出现列斯科夫的作品。列伊金的花絮风格对他是格格不入的，他发表的不是小剧本，确切地说是一些幽默摘录或片段，可能是他的初稿或草稿中的几页。这也就美化了这本杂志并提高了它的声誉。但是，除此之外，在当时的大作家中列斯科夫是惟一的在其语汇和风格中可以找到与小型刊物接近的特点。在这中间重要的不是列斯科夫的华美的俄语，而是它的某些特点，昔日的批评界把这特点称为“高贵的语言食品”。对于严肃的散文来说有时这种“语言食品”显得太多和太繁杂。列斯科夫的新词自然马上就被接收了过去，转入了小型刊物，在《花絮》《蜻蜓》和《闹钟》的低级风格中，它们已经成了真正的逗乐语言材料，真正的“习语”，一位昔日的批评家就是这样称呼列斯科夫的文字上的新发明的，这位批评家当然是把这些发明与 A.帕祖欣、A.佩德罗或者列伊金本人的散文进行了对比的。这些名字在我们的心目中并不说明任何问题，但是却使列斯科夫的同时代人听来生厌。应该记住这一点，才能避免不准确的评价，避免对昔日批评界的苛责。

经常为小型刊物撰稿的有一些二流幽默作家、一些爱好文学并在任职之余进行写作的人（例如，《花絮》编辑部秘书比利宾，他在邮政局供职，是一个相当受人尊敬的官员），或者是一些年轻人——在文学中试试笔的大学生和中学生。这也给他们提供了少量的额外收入。在开始阶段契诃夫也是这样对待幽默杂志的，他那时很少（只是偶尔）发表作品（在 1880 年发表过十二次，1881 年也是这样）。为小型杂志专职写作开始得晚一些——在一八八二年到一八八三年间。从这时开始，每年出现的契诃夫的作品达一百篇或者更多一些。

小型刊物的一个典型惯例是，作者在这里不以自己的真名发表作品，只有很少的例外。大家都隐藏在笔名后面，所有的人都戴着假面具。经常在这里发表作品的作家们都有整整一组笔名。例如，列伊金的笔名有：退休执事、鸭子、阿列克托尔、阿普拉克辛过去的执事卡西安·亚马诺夫、编年史作者—揭露者……二十多个笔名。契诃夫的笔名更多一些，将近五十个：我自己哥哥的弟弟、鲁韦尔、好叔叔、没有病人的医生、没有脾脏的人，等等。

所有这些杂志支付的稿酬是一样的，每行字五至七戈比，糟糕的不在于付酬少（照当时的算法这已不算太少），而在于五戈比铜板[①]是令人难以忍受的屈辱。因为那些在小型刊物上耗费了自己青春年华的文学人通常有一种未得应得之份的感觉。在这里是没有前途的，无可期待，甚至像比利宾和亚历山大·契诃夫这样的远非无才的人随着岁月的推移也形成了毫无成就的一生与白白浪费的才能相结合的命运："我是那个……契诃夫的哥哥……墨涅拉奥斯[②]是王后的丈夫，而我是你的哥哥……"

虽然每家幽默杂志都力图"有自己的面貌"，而且也可以在选择作者方面、在对待材料的态度方面、在阐述题材的语气方面看到它们的某些区别：《莫斯科小报》以露骨的粗俗为特色，《小丑》有着华丽的封面和插图。在这些插图上画着彼此相像的半裸女人和往游泳更衣室门缝里张望的老头，这些当然都是夸张，但是总的来说，小型刊物在题材上都是一致的。《闹钟》刊登的关于商人的幽默作品与《莫斯科小报》上的下流玩笑也相去不远，列伊金本人也写过一些粗俗得令人吃惊的幽默信。如：

化装舞会邀请信

好朋友阿尔方斯[③]，虽然你不是阿尔方斯，而是波塔

---

① 在俄文中另外的意思是猪、熊的嘴巴。
② 古希腊神话中的斯巴达王，特洛伊战争中的希腊领袖。
③ 在俄语中，"阿尔方斯"是人名，但它还有一个意思：面首。

普·谢苗内奇……而我在夜间和午饭后的梦中梦见你好像是爱神，并且你那种样子我不能说，因为女士们是不谈这个的。全身一丝不挂……我自己怎么也不敢走近你，因为男人们总是要引诱女士们的，而女士们则完全相反，我写了这封信，因为你是没有感情的，而我至死爱你，我不能拒绝爱情。

在谈到小型刊物时，文学研究方面的术语（方法、文体、体裁、情节、形象等等）就失去了任何意义。这里的艺术水平非常低下，所以像“创作方法”这样的概念是根本不适宜的，因为无法使用它。只能谈庸俗自然主义、庸俗假浪漫主义、庸俗伤感主义等等。关于现实主义根本就不能想，因为在小型刊物中严肃文学的价值被换成了分文不值的东西，丧失了一切尊严。如果文学研究者们自信地谈论契诃夫青年时期创作中的现实主义并且在分析他的早期创作时并不体验到运用术语方面的困难，那么仅此一点他们就把契诃夫提高到高于小型刊物的水平之上，也许，他们并未清楚地意识到这一点……

小型刊物就其天性来讲就是杂文性的，它的题材特点总是目前大众所关注的。在重读旧杂志时不难看出，它们都是适应一年的四季、节日、俄罗斯老城市的生活日历的。冬天出版的几期杂志中刊登圣诞节的故事（契诃夫的作品有《万卡》《男孩子们》《严寒》，基督诞生故事和谢肉节小剧本，等等）。春天，杂志上就出现了别墅题材，年轻的契诃夫也为此题材奉献过自己的贡品，他写过几十篇“别墅”故事，其中有这样一些不朽的作品：《理想主义者的回忆》和《发现》。

与季节题材相呼应的是生活题材：《婚礼》《失踪的新郎》《女骗子们》——这样的标题在《蜻蜓》《闹钟》和《花絮》杂志上是常有的（契诃夫的作品有：《不走运》《婚礼》《图好处的婚姻》，等等）。在这些杂志上，医院、药店、医生也占有自己的一席之地。像《奥尔洛夫城的药房散文和诗歌》《司药员的日记》之类的小剧本和短小说在小型刊物上是常有的，特别是在季节交替的时候。契诃夫所写的这种题材的一些短篇小说成了文选作品（例如《外科医生》）。

幽默杂志以自己的方式启蒙读者，刊登一些关于图书馆、新书、戏剧的短评。这些杂志上开辟了戏剧专栏："舞台与幕后""戏剧纪事""戏剧概述"，此外还登载许多关于演员、剧团经理人、外来名演员巡回演出、绘画和漫画、讽刺评论和幽默小品。早年的契诃夫也写过相当多的此类短篇小说和小剧本；不错，它们绝非总是令人发笑的（例如《演员之死》）。

所有这一切当然都是以一定的观点表露出来的。在幽默杂志中不可能有严肃的戏剧评论或者关于城市和乡村的医疗服务问题的文章。一切都变成了玩笑、讽刺性的暗示、庸俗的讥讽性的刺人的话；是的，幽默杂志上类似的刺人的话多得不可胜数……

如果能够谈谈小型刊物的某种思想纲领的话，那么这当然不是讥讽，不是鞭挞社会弊端，不是透过眼泪的笑声，而是消遣，是粗俗的奇闻，常常还是并不引人发笑的和淫猥的奇闻；或是毫无意义的消磨时光，在《蜻蜓》的纲领中就是这么写的：

"我们的杂志是品行端正的和心地善良的。它谈论美酒、女人、歌曲，总的来说是适合那些长期热衷于进步因而决定'变得持重'的现代市民的口味的，因为我们的杂志深信，在戏院后台坐着一个真正的鬼，它在为所有的人企盼肥壮的乳牛和天赐食物，它在坚定地预示人们要提防以理智为自豪的柏拉图[①]们，它令人愉快地、率直地消遣并教导人们如何生活，以便一定把白昼与黑夜组成的昼夜打发过去。”

完全不一样的人，就像《蟋蟀》的出版者韦尔纳这种在文学界完全无足轻重的人，而列伊金在文学界还总算是个人物，他们都完全持有同样的观点。

“《蟋蟀》首先是一本幽默杂志，它根本不奢望进行讽刺和鞭挞社会弊端，”韦尔纳在写给契诃夫的信中这样说，“在这方面我们将与其他杂志完全相反。我们将刊登轻松的和可笑的作品，我们关心的只是一件事——迫使读者发笑……”

这实质上是多么奇怪的条件——“迫使发笑”！须知，如果是迫使，那就是说本来并不可笑……

但是列伊金也认为：“《花絮》的订户是专门的订户，他要求幽默作品、欢乐的小剧本、讽刺的或者玩笑和轻佻的诗歌。我们就是唱那个调子。人们甚至抱怨太严肃了。”（1886 年 10 月 12 日或 13 日给契诃夫的信）

契诃夫和列伊金，他们的通信和多年的关系有一定意义，需要作一番解释。列伊金对契诃夫始终摆出一副教师的姿态，并懂得这个学生十分有才华，想让他顺从听话；契诃夫则对列伊金看得很透，他以自己的不顺从而使他恼怒，并且逗弄他。

① 柏拉图（前 428/427—前 348/347），古希腊唯心主义哲学家，主张对理念的爱。

在十九世纪八十年代的小型刊物中，尼古拉·亚历山德罗维奇·列伊金是头号人物，不仅如此，他还是小型刊物的立法者。

列伊金生长在商人家庭，他自己也曾长期经商，他曾在其父于彼得堡中心商场开设的铺子里当伙计。

和契诃夫一家一样，列伊金的祖先曾是农奴，但是他们比较早一些成了自由人，比较早一些积累了资本，总的来说，根据一切情况判断，他们比契诃夫一家顺利一些。

一八六三年，列伊金开始为《火星》周刊撰稿，这是一家著名的、与农民革命政党“土地和自由社”有联系的讽刺杂志。这家杂志由库罗奇金[①]编辑，他是一位有声望的讽刺诗人，他以翻译贝朗瑞[②]的诗而闻名。列伊金与库罗奇金本人相识，也与他哥哥——一位医生，有渊博知识的人——相识，列伊金在自己的回忆录中说，他给予列伊金“巨大”影响。但是很难说，列伊金是否知道这两个人的真正作用和《火星》杂志的革命背景，虽然为该杂志撰稿这一事实本身当然是极其重要的，正如列伊金所认为的那样，是决定了他的整个命运的事情。

“……在《火星》杂志中我开始了自己的文学生涯并且做了许多工作，但更多的是我学习、掌握了我现在在《花絮》中奉行的那些原则。”一八八五年他在致契诃夫的信中这样写道。

一八六三年《读书文库》发表了他的长篇小说《阿普拉克辛们》，这是一部反映首都商界生活和风尚的作品。这部长篇小说

① 库罗奇金（1831—1875），俄国诗人，“土地和自由社”领导人之一，出版讽刺杂志《火星》，从革命民主主义立场嘲笑专制制度和反动刊物。

② 贝朗瑞（1780—1857），法国诗人，他的歌谣充满革命激情、贫民的幽默和乐观主义。

引起了人们的注意；涅克拉索夫和萨尔蒂科夫-谢德林决定将其作者吸收到《现代人》中来。

“在和我告别的时候，”列伊金这样回忆他与涅克拉索夫的会见，“他用一只手抓住了我的一只手，又用另一只手盖住我的这只手，他用虽然嘶哑但却温和的声音说：

“‘再见……我们还会见面的，您还要把手稿的结尾部分送来的。您要写作，要写作……您会写好的。您了解您所写的那种生活。但是我可以对您提一点建议……您写的一切都很和善。而您，我的老兄，要多一些愤怒……现在是这样的时代……要多一些愤怒……’

“他摇了摇我的手，当我已走到门口的时候，他又向我喊道：

“‘记住，老兄，要多一些愤怒！’”

列伊金并未遵循涅克拉索夫的建议。他确实很好地、全面地了解俄国商界的生活，他一生都把这一题材作为金矿脉进行探讨，但是在俄国生活中这种生活方式只是一个局部；列伊金未能提高到高度的概括，未能提高到，比方说奥斯特罗夫斯基所特有的那种戏剧性。直到自己一生的最后时日，他都是一个描述生活风情的作家和杂文作者，他有独特的色彩，但不深刻，实质上是一个温顺的作者。

列伊金的特点是异常多产。一八七一年他已出版了自己作品的两卷集，之后几乎每年都有他的小剧本集子出版，这些小剧本有时扩展成了中篇小说或者甚至是长篇小说。在图书索引中登记着他的五十七部书，而他在报纸上和幽默杂志上发表的杂文和小剧本的数量甚至无法作一个大致的统计。有好几千篇，这样说大概也并不夸张。例如，众所周知，在许多年间列伊金的小剧本每天（星期一除外）都出现在《彼得堡日报》上。

然而无可怀疑的是，如果不是列伊金有幸在安东·契诃夫的命运中起了作用，他的名字就会完完全全地——也是十分公正地——被遗忘。

列伊金看来比别人更早地看出了契诃夫的天才（确切些说，仅仅是这天才的一个方面，但却是少有的和光辉的方面——幽默），并按他的理解，不光是从商业角度重视了契诃夫的天才。在《花絮》中付给契诃夫的稿酬相当高，一行字八戈比；列伊金觉得这甚至太多了，他曾责备他的撰稿人[①]浪费："您写信说，没有钱。天哪！您把钱花到哪里去了！似乎我甚至比您用得还少些。"

列伊金是十分认真地这样写的，丝毫不是想要追求幽默，但是这却是他最好的幽默小品。

在《花絮》上安东沙·契洪特的名字不仅意味着订阅的数量、发行的份数，而且还说明了杂志的独一无二性，列伊金力求让他的杂志"在撰稿人的成分上、在其他什么方面都不同于另外的幽默杂志……哪怕只是在某些撰稿人方面，他的杂志处于不受竞争的地位也好"，列伊金对这一点是很清楚的。

他督促契诃夫，尽自己所能地教育契诃夫："我只给您说一点，要多写。要把一个懒汉从自己身上赶出去，要鞭挞自己。须知我也鞭挞自己的。

"您说，您要看书，要钻研科学。没关系。我也看书，也钻研科学，我甚至在医学杂志上追踪医学新成就，我也不放弃注意我

① 契诃夫。

所喜爱的考古学的成就，但是我仍然鞭挞自己，每天都在写作。”（1885 年 10 月 17 日或 18 日）

如果在研究契诃夫的著作中通常出现的“列伊金学校”这个说法有一定意义的话，那么其意义当然就在于《花絮》的出版者善于启发并教会自己的年轻撰稿人不倦地从事写作活动，正如在这封信中所说的，促使他将一个懒汉从自己身上永远赶了出去。这位讲究实效和崇尚实际的、把工作能力和勤奋看得高于任何天才的文人，看重契诃夫身上的不仅是——甚至可以说并非——天才，而是那种典型的职业特点，他把这种特点称之为多产：“……由于我知道我有安东·契诃夫这样一个多产的撰稿者，我对其他的……小说家和短篇小说作者就不那么客气，我淘汰了他们的作品，不再与他们往来……”（1884 年 3 月 1 日）他不喜欢，也不理解契诃夫的“严肃”创作，直到离开人世时他都抱着一种看法，认为契诃夫如果一抛开幽默文学，他就毁了自己。他们之间的多年通信联系一次也未因误会而发生纠葛，虽然列伊金——他比契诃夫年长得多，在文学事业上也有经验得多——有时会发出抱怨之声，并在整张整张的信纸上责备发生的过失，责备发来的信未注明日期，责备花销太大，特别是责备在与之竞争的杂志上发表作品：“您在《闹钟》和《娱乐》上发表作品……这么做使得我在一八八五年与一八八四年相比失去了将近四百个订户……”（1885 年 11 月 20 日或 21 日）

列伊金比任何人都懂得读者的精神需求和鉴赏力，并善于迎合和顺应他们，而契诃夫无论如何当然是做不到的。关于这些读者——关于小型刊物的享用者的观念，可以从契诃夫晚期，即在已完成了萨哈林之行并已创作了《第六病室》《黑衣修士》《罗特希尔德的小提琴》《海鸥》之后所写的一封信中的独特幽默中看出："我母亲向卖肉者订购肉的时候说，要好一些的肉，因为从彼得堡来的列伊金在我们家做客。'哪一个列伊金？'卖肉者惊讶地问，'是那个写书的吗？'于是他就送来了一块上等的肉。就是说，卖肉者不知道我也在写书，因为他每次给我送来的全都是筋。"（1895 年 3 月 16 日）

为《花絮》写东西必须写得快、写得短。可以借用别人的作品："……您从一个什么地方偷一点好啦！我对文学上的小偷小摸是眼开眼闭的。"一八八六年五月二十七日列伊金这样指教契诃夫说。

在另一封信中他又写道："我们都是人，都是凡人，都是生来就有罪的，因此我们也偷外国杂志上的东西。"（1883 年 8 月 10 日）

有时列伊金会不由自主地、天真地暴露自己。他写信给契诃夫说："瞧，比方说，您的许多时间都花在什么上去啦？您要誊清您的小说。现在还有谁这样做？直接写清楚就可以了。我写好了，再读一遍，有些地方改一改后就寄出了……"

是的，也真奇怪。为什么契诃夫要认真思考自己小说的每一行字？为什么有时他将自己的小说酝酿好几年？既然可以做得简单得多：不花多少时间，直接写清，稍许改动一下就寄出，那么，为什么列夫·托尔斯泰要几次改写《战争与和平》？在想到列伊金的这些指教时，契诃夫不由自主地会回忆起："他也真太露骨了……"

契诃夫与他在所有方面都有分歧。分歧几乎马上（即在 1883 年）就表现出来了，分歧的原因比吝啬要更加复杂和深刻得多，并不像所说的那样是由于列伊金的吝啬（他的确手很紧，就像契诃夫在一封信中所说的那样，他“抓住自己的撰稿者的双腿”），也不是由于他在编辑上的吹毛求疵，对此契诃夫常常不在意。列伊金是个天生的杂文家，他是小型刊物不伤人的幽默方向的制定者，他是一个朴实的、枯燥无味的、实质上是无才的写作者。他不理解契诃夫这个天生的作家，他具有就力量、高尚和美这些方面而言罕见的天赋，而他的这种天赋是小型刊物所不需要的，甚至是不太合适的，因为在小型刊物中这种天才当然是真正多余之物。例如，列伊金觉得《普利希别耶夫军士》是一篇不伤人的作品，并且是一篇不太可笑的写一个吹毛求疵者的杂文，当这篇小说被禁的时候，他困惑地说：“书报检查机构看到了它里面有什么非常危险的东西？我简直莫名其妙。莫非它（书报检查委员会）把您描绘的军士理解为被派遣于这一职务的乡村间谍？但须知这一点也不像。我认为这里写的不过是一个吹毛求疵者 *con amare*[①]……”

经验丰富的文人列伊金在读到的不是契诃夫的小剧本、幽默小品，而是严肃的小说时，他的评价总是错误的。例如，他未能把《草原》读完：“把那些建议您写长篇东西的人都绞死也还嫌不够。不过，我连二十五页也没读完。我的意见是，在您写短小的幽默作品时，您是更大的行家。”

就是这样毫不胆怯、毫无疑惑地写着：“我连二十五页（即全文的四分之一）也没读完……”

其实，像《普利希别耶夫军士》这样的篇幅相对比较长的短

① 拉丁文，意为：就精神趋向来说。

篇小说，列伊金也并不需要，因为“不能单用小说排满整个一期杂志”。他的杂志一直需要“小东西”；需要引人发笑的图画解说词、十行到十五行字的笑话、漫画材料，等等。一八八四年至一八八六年间，列伊金几乎在每封信中都提醒契诃夫需要这样的东西，但恰恰是这种似乎并不需要花很大力气的工作对契诃夫来说是力所不及的和不乐意做的。“您自己知道，找十个短篇小说的题材要比找一个像样的图画解说容易，”一八八四年十一月四日他写信给列伊金说，“难道您真以为我有这些东西而不寄给您吗？好像是我把它们卖给别的杂志了！……我甚至在莫斯科发出过号召，我为每一篇过得去的题材付半卢布银币。”

契诃夫的短篇小说在《花絮》的普通商品之中看起来是真正的珍品，几乎不引起编辑的意见，不做修改就采用了，极少例外（列伊金有时会划掉几行字、增写上几行字，但他这样做是预防书报检查可能干预，他要为杂志保留契诃夫的作品）。但是契诃夫的采访作品和通讯作品——他的杂文、“花絮式的”图画解说词、小东西——却受到了责备和非难。在这里，契诃夫这位说到做到的人有时会赶不上趟，来不及按时交稿，常常做的不是他自己想要做的，也不是列伊金要求他做的，无论《花絮》的老板怎样对他进行再教育，都不奏效。这是一件幸事：契诃夫依然故我。

显然，把契诃夫与列伊金以及一般小型刊物分开来的分界线也就在这里。他是另一种命运的人，在《花絮》中他鹤立鸡群，这里只需要他所拥有的能力的微不足道的一部分，而这一小部分也消耗在鸡毛蒜皮的事情上了。

一八八四年二月十九日，列伊金给契诃夫写了一封信，在这封信中似乎一切都得到了恰当的解释，一切都各就其位：“您责备我，说我赋予了《花絮》杂文的性质。我对这种责备感到惊讶！如果我做得到，我会将《花絮》一行不漏地全部搞成杂文，但是没有人手。您忘了《花絮》是杂志，是周刊，而不是文集。杂志应该对一切迫切问题都作出反应，大小问题都一样。须知，这也就是我们杂志的任务……不，我看看您，您不是办杂志的人。”这里一切都讲得很对，所说的契诃夫不是办杂志的人，是对的；所说的《花絮》不是文集，也是对的。但是还有这么一句话——“没有人手”——而且这是对契诃夫讲契诃夫！

契诃夫多次嘲弄列伊金（他当然是故意地告诉他说，他克服不了自己的懒惰，每次都以此吓唬《花絮》的编辑并引起对方报以一连串的责备和教训），但是总的来说，他的信——从最早期的开始——都表露出心灵的坦诚和独立的见解，这种心灵的坦诚和独立的见解表现在他与别人的通信中，也是他性格中具有非常魅力之处。具体地说，他于一八八四年一月二十二日所写的一封信就是这样写的：“我勤奋地阅读《花絮》……这本杂志是好的，甚至比所有的幽默杂志都好……但是您是否感觉到《花絮》有些枯燥？我认为是太多的杂文使杂志显得枯燥……”矛盾就是这样开始表现出来的，契诃夫和列伊金两人都曾多次回顾这种矛盾，逐步弄清楚了他们的文学命运和道路是多么不同：一个是倾向于概括、抒情和富于诗意的内心剖析力的作家——契诃夫使他的第一位编辑觉得他是这样一个作家，而在一定意义上他也的确是这样的作家；而另一个则是文学企业家，他确信，在杂志事业上只有写日常迫切问题的杂文才能使杂志收入丰厚。

现在还能让人把契诃夫与“花絮式”小说联系起来的极少量

的东西，在他的文集中好像自然而然地分别列在“图画解说词”和“杂文”这两个栏目之中，依列伊金的看法，在这些作品中许多东西仍然是太文学化了，因为这些东西的迫切性不够，“花絮式的‘盐味’”不够。

多年为小型刊物撰稿——不用真名，戴着安东沙·契洪特的假面，没有脾脏的人的假面——这导致的结果是，文学界不知道有契诃夫这样一位作家。第一个赏识契诃夫并以尊重的口吻谈起他的是严肃的批评家 Л. Е.奥博连斯基。一八八六年十二月他写道：“……他出现在，可以说，驴食槽中，或者直截了当地说，出现在幽默杂志中，他出现在畜粪之间，这些倒霉的纸页用这畜粪掩盖着自己的篇幅，被欺瞒的丈夫们和凶恶的丈母娘的漫画，裸体女人画。在这样的环境中要发现契诃夫先生是困难的。”

奥博连斯基是根据《形形色色的故事》（这本书于 1886 年由《花絮》杂志社出版，之后在苏沃林的出版社又出了 13 版）与契诃夫相识的。事实上，在老的幽默杂志上是很容易“发现”早期契诃夫的作品的，在这里它们一下子就会跃入人们的眼帘。这位老批评家找到了很中肯的隐喻——在这些“倒霉的纸页”上，在小型刊物的“驴食槽”中，契诃夫的文章在发光、在闪耀。然而严肃的文学家们和批评家们对这些纸页抱着嫌恶态度，没有特殊需要是不会浏览它们的。关于契诃夫，蒲宁这样写道：“‘有思想的’人们总的来说对他很少感兴趣，他们承认他的天才，但是并不认真地看待他，我记得，当我敢于把他与迦尔洵、柯罗连科相比较时，他们之中的某些人率直地笑话了我这个年轻人；还有这样的一些人，他们说任何时候也不会去读那个以契洪特为笔名开始写作的人所写的作品。‘不能想像，’他们说，‘托尔斯泰或者屠格涅夫会愿意以这样的庸俗绰号代替自己的名字。'"

似乎是一个奇迹——之后也以奇迹来说明一个事实——一个大作家在俄国杂志界的后院，在小型刊物中诞生了，在这里既无传统，也无学派，因而也无通向经典文学的途径、通向名人历史系列的途径：普希金——果戈理——莱蒙托夫——屠格涅夫——陀思妥耶夫斯基——托尔斯泰，而契诃夫完成了这个系列。但是在奥博连斯基的话中仍有其独特的重要意义，他想像到了正在产生着的奇迹的疑难和神秘之处，可是以后契诃夫的早期创作则被完全勾销，好像是这样："花絮"年代的艰难经历没有给他任何东西，在他的文学生涯中毫无意义可言。

"人们想要割去艺术家的青年时期，以便虔敬地研究他的成熟时期；在对艺术家的态度中没有比这更虚假的东西了。"

至今仍未获得答案的问题是：在"花絮"环境中如何造就出了一个伟大的作家，对于他来说为了创作首先需要过去和未来。契诃夫是怎样成长起来的？关于他，一位俄国老批评家写道："在现今的俄国小说界没有比得上他的人。在三四年间，从我国幽默杂志这个穷乡僻壤中冲到前沿的一个天才，但当他还在这些穷乡僻壤时他就已经引起了人们的注意。"

契诃夫本人恰恰是非常痛切地感到了小型刊物的无根基性，感到了"花絮式"创作的短暂性、瞬间即逝性。

"我本人跻身散文作家的圈子只有五六年，不会再多，然而你们当中四分之三的人，比我年轻的同行们都尊称我为老同仁。一个不赖的老头儿，他还没有像样的胡子，他还正处于旺盛的青年时期！杂志都不是永久性的，写东西的人们更加是匆匆过客……《闹钟》只存在了二十年，可是已进入了老年，并且差不多已经历了二十代撰稿人……我不去解释这种短暂性，但是我要以这种短暂性来……说明……它缺少已形成的和已确定起来的一批天才……缺少学派和有指导性的传统。”（《散文作家们的祝酒词》）

在严肃的文学中，没有任何东西是无根基的，没有任何东西是可以凭空产生的。在这里发挥着作用的同样是那些在自然界中发挥作用的规律。

契诃夫即便在早期也曾是契诃夫——这大概就是在这个问题上所应知道的一切。要理解，他怎样在幽默杂志的暗流中、在与他格格不入的相对立的风格环境中保存了自己？要理解这一点就更加复杂了。这里需要仔细地、一行一行地反复阅读他早期创作的小剧本、短篇小说和中篇小说：《不必要的胜利》《瑞典火柴》《在敞篷马车上》，有文选价值的著名短篇小说《一个官员之死》《胖子和瘦子》，其他一些早期的显然可与陀思妥耶夫斯基和果戈理相对照的短篇小说。这样就可以发现许多直接的和隐晦的词句、讽喻、暗示和提示，这一切都贯穿于契诃夫的全部作品之中。

契诃夫确实是沉浸在严肃文学之中的，他不断地让人想起歌德、莎士比亚、果戈理、普希金、陀思妥耶夫斯基、屠格涅夫，不断地让人想起老的悲剧和长篇小说，想起那对他来说是天然原质的伟大文学。他对小型刊物注入了宝贵的、旁征博引的语言，而实质上这种语言对小型刊物是格格不入的，是完全不需要的，他把这种旁征博引写成完全是他自己的语言，所以在行文中很难看得出并把它们区分出来：“谁正确地运用了成语，他就重新创造了这个成语。”实质上，他在最早的年代就意识到了自己的特殊地位和自己的命运，因为非同寻常的天资本身实际上就是历史性的命运，就是文学先驱者们所创造的、留存在世世代代的人们记忆中的一个特殊东西，它是按照不成文的法律、依天赋和命运的权利继承下去的。

关于这一点，善于深思的人们是非常清楚的。“假如你试着像契诃夫那样写，”在小型刊物中代替了契诃夫并力图向他学习的拉扎列夫-格鲁津斯基在写给叶若夫的信中说，“你（我，等等）**会什么也写不出来。**”

契诃夫与列伊金的通信，在书报检查档案中所寻得的文件以及一些老的文件和见证材料实质上只在一个方面是有意义的，即它们让我们可以确定契诃夫开始从事文学职业活动时所处的条件和环境。但这一工作的真正意义只有在与十九世纪八十年代小型刊物的其他幽默作家的作品进行对照之后才能展现出来；这些幽默作家的名字早已被人忘记，如果有时它们还会浮现出来，那只是由于在对契诃夫的作品作注释和加按语时需要提及它们，因为他们是契诃夫无意中的同路人。当你在老杂志里遇到契诃夫的幽默作品和短篇小说，它们会使你产生一种独特的和奇怪的印象，完全不同于你在他的文集中读到它们时所得到的那种印象。

青年契诃夫走过初涉文坛的作家通常走过的道路，没有任何特权和呵护，而是通过《蜻蜓》和《闹钟》的信箱走过来的。在最初阶段，他远非一切都顺利。他从《蜻蜓》得到的一些答复似乎可以永远打消他从事幽默作品写作的任何愿望：“几句俏皮话不能补救极其空洞无味的嚼舌。”（1880 年 5 月 4 日）“太冗长，毫无色彩，好像一个中国人从口中拖出来的白色纸条①似的什么东西。”

① 想必是指玩一种魔术或把戏。

(1880年11月3日)“您还没有盛开就凋谢了。很遗憾。”(1880年12月21日)为了掌握幽默杂志的体裁和独特的风格，契诃夫花了三年时间(1880—1882)。

产生了一种奇特的难以置信的状况：生来具有非凡天资的、在严肃创作中试验过自己能力的年轻人，竟然得用“花絮式的”风格写一些小东西，他时时刻刻都意识到自己与这种风格和这种环境有着悲剧性的差异：“我是个吃报馆饭的人，因为我写得很多，但这是暂时的，”他在一八八三年五月十三日给亚历山大的信中这样写道，“我不会到死都一直这样。既然我要写作，我一定要从远处写，透过夹缝写，让他们见鬼去吧！我们要等一等，我们等着瞧吧，目前我们穿穿灰色礼服吧。”

契诃夫早期短篇和中篇小说的相对逊色不仅仅是由于一些完全自然的原因(缺少经验、要迅速交稿和按订货写作等等)，而首先是由于任务本身的困难。的确是需要拟定情节内容，勾出肖像、景致、环境、背景——所有这一切都是在篇幅为一百到一百五十行的“花絮”场景的有限范围之内，而且还要有幽默的主调，要在一定的体裁框框之内。

在小型刊物不断使用的体裁中，固定的体裁有以下几种：

1. 品种纷繁的杂文(每周性的、戏剧性的、别墅生活的、圣诞节的等等)。契诃夫在一八八三年至一八八五年在列伊金的杂志上负责杂文评述栏“莫斯科生活花絮”。

2. 滑稽模拟文。这显然是幽默杂志常用的体裁之一。这里对一切都做讽刺性的模拟：戏剧首演、检察官和律师在闹哄哄的庭审过程中的发言、书商广告和戏剧海报、俄罗斯流行的日历指南和菜谱。契诃夫写过文学性的滑稽模拟文，但也正是因为它们是文学性的，所以遭到过非难，而且编辑部很不情愿采用它们。

3. 幽默散文。小剧本、篇幅在二百行之内的短篇小说和所谓的“小东西”（俏皮话、笑话、图画解说词等等）。

幽默散文也具有一种独特的“舞台戏剧性”。例如，小剧本（小型杂志上小剧本的数量是极多的）是以两人对话的形式和几个人物交谈而作者在一旁窃听的形式撰写的。作者插话往往可以看成是两三处导演说明，因此小剧本是可以演出的。

4. 通俗喜剧。在小型刊物上不时可以看到一些以话剧形式写的幽默小品。有时是剧本仿作，有时是独立作品。

5. 最后是那些可以姑且称为“严肃”散文的东西：短篇小说，中篇小说，有着刑事、冒险或者伤感悲哀情节内容的长篇小说，它们常常是长篇连载，有时连载整整一年。H.帕斯图霍夫的长篇小说《大盗丘尔金》，A.帕祖欣和A.索科洛娃（《蓝色的多米若[1]》）的长篇和中篇小说以及许多其他此类作品显然在一定的读者圈内是颇受欢迎的。实质上这是有惊险内容的俄国连环画，契诃夫在“莫斯科生活花絮”栏中对之进行过非常中肯的表述。

“在这个世界上现在有、过去也有一些可怕的东西，从波吕斐摩斯[2]开始，到警察分署为止，但是如此可怕的东西（我说的是现在我们莫斯科的墨客们献给读者们的那些长篇小说，类似凶恶的妖精，形形色色的多米诺等的东西）任何时候还都未曾有过……你读它们，就会感到惊慌失措。使人感到恐惧的是，竟会有这样一些头脑，从这些头脑中冒出来十分可怕的‘弑父者’、‘惨剧’

① 跳化装舞时穿的带风帽和袖子的斗篷；穿着这种斗篷的人。
② 古希腊神话中的独目巨人。

等等。凶杀、食人、千百万赌输的钱、幽灵、假伯爵、城堡废墟、猫头鹰、骷髅、梦游者……鬼知道，在这些刺激性的迷惑人的思想中什么东西没有啊！一个作者笔下的主人公无缘无故地打生身父亲的面孔（显然是为了产生效果）；另一个作者描写'莫斯科郊外的'湖上飞着蚊子、信天翁，湖岸上驰骋着疯狂的骑士，湖上蒸腾着热带酷暑；第三个作者笔下的主人公每天早上用无辜女孩们的热血沐浴……情节可怕，人物可怕，逻辑和结构可怕，但最可怕的是作者对生活的了解……"

在契诃夫的早期文学实践中可以明显地感到讽刺模拟因素。除了纯粹的文学、风格上的模拟之外——《一千零一种激情，或恐怖之夜》（1880 年）和《飞行的岛屿》（1882 年）——契诃夫还写下了许多仿效的短篇小说和幽默作品，在这些作品中，对某个榜样（不一定是文学性的）的模拟只是一个完全独立的作品的基础（《致博学邻人书》和《艺术家们的妻子》，1880 年；《托来多的罪人》，1881 年；《不必要的胜利》，1882 年；《瑞典火柴》，1883 年）。他发表在《蜻蜓》上的第一篇幽默作品《在长篇小说和中篇小说等作品里最常遇见的是什么？》，从模拟主调来看也是地道的。

青年契诃夫具有十分发达和细致的文体感；如果谈的是音乐，就可以说他有绝对听觉。

在进行模拟时，契诃夫注意的并不是某一本具体的书，而是力图捕捉到风格上的特点和色彩，例如，雨果的浪漫主义风格。

如果说通常的文学模拟是对原著的一种诙谐模仿，那么契诃夫则完全是独立的：情节内容、人物等等——所有这一切都不是借用来的，而是构思出来的，重新创造出来的；能看出的只是雨果或者凡尔纳的诗体的最一般的但却是最典型的特点。因此契诃夫的模拟没有一个确切的对象（比方说，某一部长篇小说，某一章，某一页，等等）。这是一般地模拟雨果，仿凡尔纳，他的仿作几乎可以与他们所写的任何一部长篇小说相比美。

契诃夫的早期仿作也就因此而具有高度的价值，但也正因为这一点，列伊金多次否定了它们。“我反复斟酌，但仍然不能不将您的《飞行的岛屿》退还给您。第一，这作品不是别的什么东西，它只是凡尔纳的写作风格的仿效。第二……对《花絮》来说它太长了……如果您什么时候试着用二百行的篇幅写几篇模拟四五个作家的讽刺仿作，那就另当别论。倒是可以取博博雷金[①]、卡拉津、丹钦科、列斯科夫、阿夫谢延科、马尔克维奇[②]为对象，而且，不言而喻，可以极度夸张。”（1883 年 3 月 1 日）

换句话说，列伊金需要的不是讽刺模拟作品本身，而是一种以模拟为形式的文学杂文。

《致博学邻人书》的意义和价值只有在与小型刊物普通幽默作家们写的许多“信”相对照的时候才展现出来。不在这一背景之上，这篇作品就会被看成是一篇通常那种成功的幽默小品，而这样的作品契诃夫有好几百篇。

以下是几篇模拟书信，我们认为这是小型刊物非常典型的东西。它们的作者是十九世纪七十至八十年代有名的幽默作家 A. A. 普列谢耶夫，他是俄国著名的诗人——彼得拉舍夫斯基小组[③]成员的儿子，他常以陆军上校斯卡洛祖勃为笔名发表作品。

---

① 博博雷金（1836—1921），俄国自然主义作家。

② 马尔克维奇（1822—1884），俄国作家。

③ 指由俄罗斯革命家，空想社会主义者彼得拉舍夫斯基组织的一个社团，成员中多半是空想社会主义者和民主主义者。1849 年 4 月 23 日小组成员被捕，遭流放。

在 A. A. 普列谢耶夫的这篇幽默小品中被模拟的是一个恋爱中的伙计与东家女儿的通信：

引自商人女儿马特廖娜·特里福诺夫娜与伙计乌斯京·卡利诺维奇的通信。

1

我心上的天司[①]
梅好和保贵的乌斯京·卡利内奇

我害怕爸爸发怒，胆站心京地写出这几行我的感情。昨天发生了巨大的不愉快；在天上的月亮跳出来时，我在窗前幻想，拉出了一曲罗曼史——《你为什么揪心》，爸爸俏俏走近，用一只大手拍了一下我的左脸蛋。面夹鼓起来了，强迫我包扎起来，这些天什么地方多不去。无聊得怕人，由于无事可做，给你编了一首小小的诗函，你读吧！

我爱你非常厉害，
甚至十分入迷。
难道是我白白地
爱你梅好的。

① 信中有许多类似的别字。

这就是我给你亲爱的奇士我的真诚礼品，你口头学会此诗，常常发发音。在此附上一罐一级香膏依资纪念。

为了你失混落魄的一级商人的女儿
马特廖娜·特里福诺夫娜·六只指头娃

2

饱满的爱情的蔚蓝云彩
我的心的迷人的有魅力的女人
马特廖娜·特里福诺夫娜!

充满响亮动听的甜味的诗我牢牢记住了，为香膏我热烈地吻脸夹。只是您看在上帝面上想一想，发生了一件什么样的意外事。就是这瓶香膏，作为我的恋爱对象赠品，我放在心脏附近，突然它溶化了，就像我在你身旁溶解一模一样。老板前天在店里做了一次检查，发现了我的吸烟用具，把我耳朵拉长达一俄尺。就是说我们之间有同情：打您的脸夹，拉我耳朵。从我自己这方面给您送去一磅黑李子干和三磅基辅水果软糕（23 戈比 1 磅）。我也编了一首诗，但比您的诗小，因为音节不够了；请看诗：

世上没有比您更好的
我情愿为您上吊。

请您接受和诸如此类的

不知欢乐、不睡觉和老痛苦的人中之一，卡利生的乌斯京[1]·茶壶奥夫老大。商人赊购洛夫及儿子的食品杂货贸易伙计长。

契诃夫更加聪明、机敏、细致和文雅，但这显然不是主要的东西。这只是把作家和非作家区分开来的那种有机区别所造成的结果。对于一个人来说，重要的是性格、典型、用自己的语言讲话、有自己的错误的活生生的人物；而另一个人则在做形状似人的洋娃娃，这洋娃娃过分鲜艳耀眼，它是以简单的戏谑语言弹簧作为它的动力的。

《贵族女子中学学生娜坚卡的假期作业》——就其题材和体裁来说是一篇寻常的幽默作品，它的特点不在于形式，而在于典型，在于独特的心理性，虽然在短小的幽默作品中似乎简直没有心理描写的余地。在契诃夫所举的那些“例子”中没有任何不寻常的、过分可笑的东西，但是这里有许多日常生活的详情、确切的细节暗示，在这些字里行间中生动地透露出娜坚卡本人的形象！事实上也是这样，契诃夫顺便向读者讲述了几乎是应该了解的有关娜坚卡的一切：她的年龄、她内心所关心的事情、她的父亲和母亲、家庭状况、她的朋友们——总而言之，她的一切；只是没有肖像，但是很容易想像得出她的肖像来。

这篇作品的真正规模在与同类体裁的幽默作品相比较时就显现出来了。例如，与 A.佩德罗（A. Л.波杜罗夫）的《叶尼娅、

① 俄国人的名字由三部分组成：本人的名字、父亲的名字和姓。这个伙计名叫乌斯京，他的父亲的名字是卡利。

图奇金娜的假期作业》相比："我连一个熟人也没有。和神甫的儿子——大学生，我们是相识的。他是一个身材匀称的高个子青年，有点儿像巨人。他深刻、聪明，因为他为妈妈发明了一只自己设计的捕鼠夹。他的名字叫拉利亚，虽然如此，他是一个白面金发碧眼的人。"

常常在《蜻蜓》《闹钟》《小丑》和《花絮》上发表幽默作品、小剧本和杂文的波杜罗夫，正像我们已经指出的那样，是列伊金派的一个典型的、不错的幽默作家。他是人们称之为中等作家的文人；他选用的题材，他所使用的写作手段和方式完全体现了小型刊物的中等水平。

像列伊金一样，也像十九世纪八十年代许多其他的幽默作家一样，波杜罗夫在商界吸取自己的题材、情节，把它们加以夸张，形成怪诞，笑话。例如，在《错误悄悄而来》这个小剧本中情节是这样的：帕拉蒙·佩里亚耶夫——一个富商的儿子——偷了钱，从家里出逃。

父亲收到了一封信——

最亲爱的双亲：

今天晚上我将回家。爹爹，如果您以拳头来迎接我，抓我的头发，命运就会将我们分离。您得害怕执行委员会，我现在在其中任职。您得温存一点接待我，否则我就到瑞士去，那时您会后悔的。您的儿子，以前的商人，而现在他是头等的社会主义者。

帕拉蒙·佩里亚耶夫

晚上父亲等待帕拉蒙，他打算好好教训教训他（“以拳头来迎接他，抓他的头发”），不让开灯。律师来了。在黑暗中商人没有看清楚，就打了律师——小剧本到此结束。

波杜罗夫所写的人物都像小丑，像流浪杂耍团中的“红头发”；越荒谬，越可笑。在《艺术鉴赏者》中，一个到戏院看了戏的商人家庭在交流对《李尔王》的印象。父亲米海·罗吉奥诺维奇·大脑门奥夫说：

“两个大女儿出嫁了，开始主宰一切，处处对父亲表现出不尊重。喏，老头子，事情很清楚，毫无办法……大家都知道，现在的人都是什么样的，你施恩于他，他也不会说声谢谢……如果那时有律师，李尔洛夫就会雇个律师，就会把自己的王国夺回来。这对他来说像吐口痰那样不费力气。老头子伤心起来，由于伤心他就喝起酒来……”

如果说父亲从这部悲剧中吸取的是所谓教育性的训诫，那么儿子对事情则有着另一种理解：

“最后一幕：李尔临死躺在病床上。小女儿守在他身旁悲痛欲绝，还有一个医司，大概也是在给他拔罐子……李尔对自己忠诚的小女儿说，在他的晚年小女儿安慰了他。‘唉！’他说，‘玛特廖莎！要是我更好地了解你，我就不会委屈你了。’他搔了一下后脑壳，死了。”

波杜罗夫在《花絮》上发表的小剧本中人物的语言比较纯正一些。而在另外一些杂志上，比方说在《小丑》和《闹钟》上波杜罗夫所施展的戏谑语言达到了无以复加的程度，这在小型刊物中是习以为常的：“波尔杰科夫文集中一本有意义的书……我们生意人阶层中的未婚男子——双重意义的无知……我听到男子汉在挖苦自己……把小酒杯砰地一摔，就没事了。是啊，我像人类一样可怜你，因为人道主义。”这种粗鄙的俚语就是这个样子，它是被歪曲了的语言，失去了任何典型意义的语言。

契诃夫的幽默作品——甚至是最早期的作品中的语言和风格从根本上区别于通用的幽默俚语。

在契诃夫的作品里像“砰地一摔”或者“双重意义的无知”这样的“珍品”当然是不曾有过的。在这里，问题并不单单在于他的天才和优异的审美观，而且在于青年契诃夫在有意识地脱离使他反感而人们公认的那些标准。“你要谨防对语言精雕细琢。语言应当是朴素和精练的。仆人的笑话要朴素，别用土俗语。”他在一八八九年五月八日写给哥哥亚历山大的信中这样说，这也是他的信条，他永远告别了幽默杂志，而他的哥哥则留在了小型刊物，而且是永远留在了那里。

安东沙·契洪特的幽默小品就其体裁和形式来说都与那些不时发表在《蜻蜓》《闹钟》和《花絮》上的东西相像。但是他的早期短篇小说——《一个官员之死》《胖子和瘦子》《变色龙》《普利希别耶夫军士》《假面》和几十篇其他的小说——简直是无法与什么相比的。这里要说的已经不是什么契诃夫比列伊金、波杜罗夫、普列谢耶夫、帕祖欣，或者比他本人的兄长写得好。这里已是另一码事：题材、创造形象的方式、风格、语言——一切都是另一个样子。这已经不是小型刊物，这是严肃文学，只是由于偶然性，由于戏剧性的巧合，这种严肃文学才与波杜罗夫和列伊金，才与小型刊物的无性格和无名状的元素相毗邻。

只有在某些局部才能把契诃夫与列伊金以及其他几个文人相对比；而在总的方面契诃夫明显地与幽默杂志的背景相左，它的思想、题材和风格的框框都容纳不下契诃夫。

契诃夫在评述一部作品[①]时写道："其余几个人物都是微不足道的，散发着列伊金气味，写得粗枝大叶，一半是杜撰出来的。"（1889 年 5 月初，致苏沃林）

托马斯 · 曼[②]在他的《谈谈契诃夫》一书中不客气地问道："谁知道德米特里 · 瓦西里耶维奇 · 格里戈罗维奇？我不知道他。我应该承认，在我决定详细了解契诃夫的经历之前，我没有听说过这个作家。"但是这个格里戈罗维奇在历史上占有一席地位，众所周知，他与陀思妥耶夫斯基有着深厚友谊，他给契诃夫写过一系列的信，并一度支持和鼓励过他。关于列伊金，很自然，托马斯 · 曼一无所知，而且丝毫不感到有必要去了解他的创作。

谁能想到，列伊金比契诃夫活得时间长，在世时曾出版了五十多本书，在许多年的时间里他每天（星期一除外）在《彼得堡日报》上发表小剧本。列伊金还是《花絮》的出版者。可是，现在人们提到他只是因为他有幸刊登过契诃夫的作品。

"为《花絮》撰稿，"契诃夫于一八八三年在写给哥哥的信中说，"这意味着有了一张证书……我有资格傲视《闹钟》，现在我未必会为了五个戈比去为什么刊物撰稿……"

从一本书到另一本书不断述说关于这些五戈比铜币的感人故事，这些五戈比铜币是当年为《蜻蜓》《闹钟》和小型刊物的其他一些杂志写幽默小作品所得到的报酬，也不断述说当年为了几个卢布的稿费必须跑上好几个月的感人故事……在更晚得多的时

① 指冈察洛夫的长篇小说《奥勃洛莫夫》。

② 托马斯 · 曼（1875—1955），德国小说家、散文家。

候，也就是当《伊万诺夫》已经写就，《草原》也已构思完毕，人们已经丝毫不怀疑“严肃”短篇小说的巨大成功时，当有关方面正在讨论授予契诃夫以普希金奖时，他写信给列伊金说：“看在上帝面上，请别把我在为您撰稿时所表现出的行动迟钝看成居心不良，别认为我要躲避《花絮》，绝对不会，《花絮》杂志是我的圣水盆，而您则是我的教父。”(1887 年 12 月 27 日)

但是，在阅读契诃夫关于他从小型刊物铺设通向大杂志的道路的一番话时必须十分谨慎。还有一段话乃是他说他本人很快就将被忘却，而他铺设的道路却将一直保留！无论是在契诃夫之前还是在其以后，谁也不曾走过和走通这条道路——这只是因为大作家们都有各自的道路，其中没有一条道路是可以走上两次的。

在彼得堡的几次会见

契诃夫第一次看到北方首都是在一八八五年十二月，他是与经常到莫斯科办理各种事情并与撰稿人们晤面的列伊金一道去的。他住在列伊金家。"……我忍受了在《圣经》中说过的所有痛苦，'到了极点'……他为我提供的膳食好极了，但是，畜生，他差一点儿以他的虚伪把我压死。"契诃夫回家后写信给亚历山大说。在另一封信中说，在列伊金家他住着"富丽堂皇的"房子，"有两匹马，吃的是美酒佳肴，还有去所有剧院免费看戏的票子"。

在彼得堡发生了几次对他整个一生有着极重要意义的相会——与格里戈罗维奇和苏沃林的会见。"苏沃林、格里戈罗维奇、布列宁……所有这些人都邀请我，都赞扬我……我感到很难受，因为我写东西很草率，很马虎。"

就是在几个月之后格里戈罗维奇给契诃夫写了那封著名的信[①]："您有着真正的天才——把您远远抬出新一代文学家圈子的天才。"

这封信使契诃夫非常感动，在他的一生中没有任何其他的信使他这样感动过。"我的慈祥和我所热爱的佳音使者，您的信像闪电一样使我惊愕万分……但愿上帝安慰您的晚年，就像您爱抚我的青春一样……"从一八八六年三月二十八日写下的这番话里流露出某种非契诃夫式的坦率，他动了感情；通常他的信比较拘谨，有一种嘲讽味儿。可能，他复信中的语气最明白地证明：格里戈罗维奇的信在他心目中有何等的价值。他期待了很久，已经不再等了——最后却终于等到了：“在莫斯科我有数百个熟人，其中一二十人是从事写作的，而我想不起来有谁读过我的作品并认为我是一个艺术家。”

在那个时代格里戈罗维奇是真正的文学族长，他是已经过去的、处于俄国古典文学源头的那一代人的最后一些人中的一个。他认识别林斯基、涅克拉索夫和屠格涅夫，与陀思妥耶夫斯基是朋友，他在《现代人》中发表过作品。在他丰富的文学遗产中主要的东西是发表在四十和五十年代，一八八三年他写了中篇小说《橡皮孩子》，以此他为时短暂地又回到了文学界。收到这样一位作家的信，这确实该使契诃夫惊愕万分，并在他的心中留下深刻的痕迹。

但是另一方面契诃夫也以他纯朴的和光耀夺目的才能感动了格里戈罗维奇，他的才能在那一代文学家中是非同寻常的，而对于那一代文人老作家显然是不曾抱任何重大期望的。在一八八五年至一八八六年的《彼得堡日报》上，格里戈罗维奇发现了安东沙·契洪特的几个短篇小说（其中有《猎人》，他觉得这篇作品像屠格涅夫的《猎人笔记》），他记下了这个名字，把它与许多没有什么可以期望的名字区分开来。

契诃夫还在中学时代就在三卷集巨著《当代俄国活动家》中看到过格里戈罗维奇的肖像，他在给格里戈罗维奇的信中谈到了他感到自己处在十字路口，或者更确切地说，处在死胡同中。

① 指格里戈罗维奇在 1886 年 3 月 28 日写给契诃夫的一封信，信中他高度评价契诃夫的才华，并要他珍惜自己的才能。

在契诃夫的心目中，格里戈罗维奇之后还有普列谢耶夫和波隆斯基，体现了一个可纪念的时代，在这个时代里，文学创造了永远留在历史上的一切最优秀的东西。他们记得别林斯基，认识屠格涅夫和陀思妥耶夫斯基；在他们生活的年代不仅形成了长篇小说，而且形成了从属于长篇小说的俄国散文的整个体裁等级。对于他们来说，契诃夫不仅是年轻于他们的——他还十分年轻——同代人，而且写的也是“小字号”体裁的作品，也就是说，按普列谢耶夫，特别是按格里戈罗维奇的观点，他是在白白消耗自己的才干。因此，他们力求不仅帮助契诃夫冲向“大”杂志（他们能够做到这一点，因为他们有名望，影响大），而且主要是要将他引上正道，通向严肃的长篇小说。格里戈罗维奇在这方面特别坚定，他信中向契诃夫说，归根结底，长篇小说和十到十五则短篇小说是一回事，全部的劳动就在于将它们“以共同关心的事情，共同的人物”联系起来……以后的章节就自然而然地出来了——而结尾总是顺顺利利地一气呵成的……

四十年代——这是果戈理的晚期和陀思妥耶夫斯基的早期年代——就这样影响了“八十年代的人”契诃夫的命运，在他身上培养了传统感，保持了以半个世纪为界线的几代文学家的继承性。波隆斯基可能比别人更清楚地理解这种联系，他在给契诃夫的一封信中说：“您……给我写了赞扬不已的信，我要把它作为遗产留给我的后代——也许我的某个孙子读了这封信会说——嘿！甚至契诃夫也以某种方式承认我祖父的天才！”

在这几次相会中有着某种历史的必然。契诃夫晚期塑造的一个人物打算在镶宝石的戒指上刻出这样的题词：“什么也不会一过了之。”人们反复地说：契诃夫是在“停滞时期”突现出来的，那时屠格涅夫、陀思妥耶夫斯基、奥斯特罗夫斯基、皮谢姆斯基[①]都已过世——好像是这样：作家一死，他在地球上的存在一结束，实际上也就是他的一切的结束，而不是他的生命、他的荣耀（如果这荣耀不是瞬间的，那么自然是死后的）、他的历史命运在社会意识中的开始。

契诃夫向格里戈罗维奇允诺抛开赶时间性的写作，要“从事严肃的事情”，同时他也说：他不能一下子就做到这样，因为他“还不可能超出已经陷入的常轨”。

必须整顿好日常的事情，摆脱经常的忙碌。在这段时间里他受着许多契约的约束，整日按各种计划写作。他继续为《花絮》撰稿，在这本杂志上仍然不断出现安东沙·契洪特的幽默小品和小剧本；一八八六年在这本杂志上，在许多其他作品之间，《复仇》《演说家》《艺术作品》问世。同时他也在为《彼得堡日报》撰稿，在该报上契诃夫每周一次（有时一周两次）以广大读者所熟悉的笔名发表作品。在这家报纸上，在选择情节和题材方面比较自由（1886年年底《万卡》问世），但和任何报纸一样，这家报纸也需要写目前大众所关心的东西。

这时契诃夫从莫斯科大学医学院毕业了，他来到距离沃斯克列先斯克不远的奇吉诺庄园当医生。也就在一八八四年发生了第一次肺出血。这事发生在莫斯科法院审判庭，契诃夫在这里一连两周为《彼得堡日报》记录雷科夫案件[②]的审判过程。一八八八年疾病也有过一次严重的发作，但是，正如他弟弟米哈伊尔所写

① A. Ф. 皮谢姆斯基（1821—1881），俄国作家。
② 雷科夫是莫斯科斯科平银行的经理，他因为盗窃而受审判和法办。

的："他没有让医生们为他听诊并作出准确诊断。"

医务工作占去了他不少的时间。看来，契诃夫尚处在选择医务或是职业写作的十字路口："……医学是我的发妻，而文学则是我的情妇。"这也是一句很好的笑话，但是在这句笑话背后有着矛盾。回到莫斯科之后契诃夫写信给列伊金，彼得堡之行和圣诞节的节日"狂欢"，"完全把我弄糊涂了"："事情多得不得了，但是坐下来写作呢，又写不出来，动不动就得划掉；还得去看病人，不然会睡过头或坐下来写东西……"

关于在《彼得堡日报》上刊登的几则短篇小说取得的成功，契诃夫是不久后从《花絮》编辑部秘书比利宾处得知的，他和他也是在彼得堡认识的："……在苏沃林举行的晚会上，文学—音乐界和演员—学者界的精英都出席了。格里戈罗维奇又夸奖了您，还责备了波隆斯基，因为他没有读过您的那些小说。"

随着第一次重大成功而来的是第一次批评，起先是在写给契诃夫的一些信中进行批评，但之后不久，在一些杂志上出现了批评；争论开始了，在争论过程中契诃夫作了阐明，逐渐形成了他的美学纲领，这纲领远远超前于他的时代："总的说来，谁敢于首先走上一条新路，谁就不会有好日子过的。先锋人物总是困难的。"

至于说苏沃林的报纸[1]，那里总希望看到契诃夫在他们的经常撰稿人之列。当时，即在一八八五年十二月他们就向他提出了建议。十二月二十五日契诃夫从彼得堡返回，他在那里待了两个星期。

一八八六年一月四日，像通常一样，他以诙谐的口吻在信中

① 即《新时报》。

对兄长亚历山大说："我尚未结婚，也没有孩子，日子过得不容易。夏天大概会有钱的。啊，真是！"这时亚历山大·巴甫洛维奇得了一个儿子，取名安东。契诃夫又开玩笑说："为了你将自己的儿子命名为安东，我送你一个轻蔑的微笑。多么勇敢啊！你倒是还可以给他取名莎士比亚！须知在这个世界上只有两个安东：我和鲁宾斯坦[①]。"

回到莫斯科之后，他马上开始了出版短篇小说集的准备工作，关于此事他已和列伊金谈妥。不久他就进入了《新时报》的作者圈子，在这里发表的小说完全是另一种风格：《巫婆》《阿加菲亚》《复活节之夜》《宿愿》，这些都是进入俄国文学宝库中的经典作品。这些短篇小说中的拟人法和象征法已经预示了《草原》的诞生。

与苏沃林之间的多年关系开始了，关于这种关系柯罗连科后来十分中肯地说："……他的一切都处理得很好，就连他同苏沃林的关系也是这样。起初他同苏沃林友好往来，以后又分道扬镳。一切清楚得透明：为什么他同苏沃林友好，为什么又同苏沃林绝交——这一切都明明白白，清澈如镜。"

有影响的报纸出版者，俄国最大的书籍出版企业的拥有者，杂文作家、散文作家和剧作家，具有非同寻常而又多面才能的人——八十年代的苏沃林就是这样一个人。青年时期他曾在一个县的实科中学任教师，工资是十四卢布带零，他是一个有着民主情绪的作家，曾在《现代人》《祖国纪事》和 Л.Н.托尔斯泰办的《雅斯纳雅·波利雅纳》上发表中篇和短篇小说。他曾以"陌生

① 鲁宾斯坦（1829—1894），俄国著名钢琴家、作曲家、指挥家。

人”的笔名在彼得堡的一些报纸上发表文章，杂文《一周随笔和写照》在民主知识分子圈内很受欢迎。在这个时期苏沃林发表了一些政治论文，揭露了梅谢尔斯基、卡特科夫[①]、斯卡里亚金等这样一些反动巨头，因而受到书报检查的追究，而一八六六年由于出版了文集《各种各样的人》甚至遭法院审判。一八七六年苏沃林开始主办《新时报》以后，他赋予这份报纸以温和自由主义的性质。该报的成功（仅在1876年一年报纸的发行份数就从三千提高到一万六千，而以后的几年则保持在两万五千到三万份的水平）取决于广大读者对俄土战争局势的关心，苏沃林的报纸详细而全面地以斯拉夫爱国主义的精神报道了战争的进程。

根据书报检查局的结论，到七十年代末，《新时报》变成了“彼得堡的报纸中最温和、政治上忠实的一家报纸”，而其主要的目的变成了将俄罗斯从革命中拯救出来。它的纲领性的思想之一是：革命运动就其发源和性质来说不是俄国的运动。不过，到了生命的最后时期这位聪明和敏感的人清楚地看到了高层人物的败行，十分坦率地在自己的日记中写到了这些，他对沙皇俄国禁止的书籍很感兴趣，并将它们寄给契诃夫。

在《新时报》发表作品后，契诃夫就有了相对可靠的稿费收入，也有了不受行数的限制以自己真名发表短篇小说的可能，不必为《花絮》和《彼得堡日报》急急忙忙地赶写杂文。“我感到自己身处加利福尼亚。”“是个优秀的大人物”，——关于苏沃林他于一八八八年这样写道。从一八八七年开始几乎所有契诃夫的书

① 卡特科夫（1818—1887），反动政论家，《俄国导报》杂志和报纸《莫斯科新闻》的编者。

都是在苏沃林处出版的：《在黄昏》《短篇小说集》《阴郁的人们》《形形色色的故事》《第六病室》《孩子们》《卡什坦卡》《剧本集》……像当时通常所做的那样，发行量都不是太大，它们出版之后几乎每年都再版。小型、方便的开本，优良的纸张——这一切都保证了需求。俄罗斯正是依据这些不大的书认识了契诃夫。

契诃夫由于小说集《在黄昏》获得了普希金奖，苏沃林在其中起了不小的作用。

起初苏沃林力图使契诃夫从属于自己，为他在《新时报》中安排了固定的位置，建议他移居彼得堡。一八八八年八月二十九日，契诃夫回信说："我将成为一个对您无用的人。""无论为几千卢布我都不愿固定在一家报纸上，哪怕您把我宰了。"

由于苏沃林博览群书，所以他是一个极有趣的交谈者和通讯者。契诃夫乐于和他通信，并珍重和他的谈话：他们两个对文学和戏剧生活、对创作的哲学和心理学问题都有着共同的兴趣。

晚些时候罗扎诺夫回忆说："苏沃林对契诃夫的一种温存的爱完全是绝无仅有的。对其他的一些人他是感兴趣的，因为他认为他们是有益于俄罗斯的人，等等。从所有这些复杂的关系中突出了他对作为一个**人**的契诃夫的爱——仅此而已；更多的是作为一个**人**，而不是作为一个作家，虽然他也很爱作为一个作家的契诃夫。我记得他是如何在彼得堡迎接契诃夫的灵柩的：他拄着拐杖，像是在奔跑一样（他走得非常之快），还咒骂着道路不好走，不便于停车……看着他的脸，听着他断断续续的话语，我如同看到了一位父亲——人们给这位父亲运送来了他夭折了的孩子的尸体，或者说运送来了一个很有前途但却英年早逝的年轻人的尸体……

“真令人惊奇。我觉得，如果安东·巴甫洛维奇向他说：‘时候到了，我需要住房、皮靴、安宁和妻子。’——苏沃林会对他说：‘把一切都包在我身上吧。’真会是这样……

“在文学界，以前和新近的文学界，他最喜欢契诃夫。”

契诃夫在彼得堡时就住在苏沃林家，到费奥多西亚别墅做过客。他曾和苏沃林一起去欧洲旅游，虽然这中间也有不便和困难，首先是物质上的困难（需要住高价的旅馆，苏沃林在那里租了讲究的房间，结果契诃夫欠了他的债，回国后只好用稿费偿付，这稿费是苏沃林的图书出版社为再版他的书而加算给他的）。在这种“友谊”中长者并不总是很善良，并不总是很有分寸的，年轻者则任何时候也不允许有哪怕是一丁点儿的不平等或者依赖性。

契诃夫给苏沃林的信——信非常多——贯穿着深刻的主题系统和逻辑性。在整整十年之间，他力图影响苏沃林，以那种严酷而含蓄的决定了契诃夫自己命运的反抗精神教育他。在给他的信中，契诃夫坦率地、坚定地维护自己的世界观和自己的真理。在这里要说他在《新时报》中处于一种特殊的、由他的天才和名望所保证的状况，那还不够；不，他的要求高得多，他希望改变报纸的性质，而不光是改变出版者的性格。

“为了保持平衡，需要有一批人，”他写信给当年正在苏沃林处任采访记者的哥哥亚历山大说，“一批年轻的、清醒的、独立的人……我认为，假如编辑部里有两三个能够把荒唐事直截了当地叫做荒唐事的清醒的人，埃尔佩[1]先生就不敢去伤害达尔文，布列

① 埃尔佩（1851—？），波波夫的笔名，记者，《新时报》的撰稿人，主持“科学杂文”栏目。

宁也就不敢反复敲打纳德松了。我每次与苏沃林相见时都坦率地同他谈话，我想这种坦率并不是毫无用处的。‘我不喜欢！’——这一句话就足以说明自己的独立性，因此也就是有用的。”（1887年9月7日或8日）

随着时间的推移，契诃夫明白了：在编辑部里是不会允许任何“平衡”的，《新时报》并不是由布列宁或者罗扎诺夫负责编的，虽然他们两个在报社里是非常有影响的人物，但毕竟是次要人物。“《新时报》将随苏沃林一起死去，要振兴《新时报》是办不到的。想要提高《新时报》的声誉，就是对俄国社会毫不了解。”这话是在一九〇一年说的。

苏沃林不仅是一个独特的、以坦诚和相互好感与契诃夫联系在一起的复杂人物；他还是一个企业的头目，是《新时报》的思想纲领与俄国时评界和社会生活中整整一个阵营的思想纲领的制定者。契诃夫曾把他和《新时报》报人们区分开来，如果这么说是可能的话：“热烈地拥抱您和您的全家，”从萨哈林回来后他这样写道，“但是居民[①]和布列宁除外，早就该把他们发配到萨哈林了。”但是《新时报》是怎样的一份报纸，它在社会舆论中有着何等价值？——这一点他从为该报撰稿的最初日子开始就十分清楚：“应该预见到，第一次在《新时报》上刊登我的作品之后，现在人们未必会允许我在某家大杂志上发表作品……您认为怎样？或者是我想错了？”（1886年2月28日，致比利宾）契诃夫是想错了，人们约请他为《俄国思想》和《北方通报》撰稿（在《北方通报》上刊登了《草原》），而且从另外一个阵营普列谢耶夫和柯罗

① 居民是俄国反动记者、《新时报》撰稿人佳科夫的笔名。

连科也发来了约稿信。

苏沃林在九十年代上半期之前，将他个人的观点同《新时报》的纲领思想分开，没有堕落成公开的忠君保皇，在这一点上契诃夫以其独立的精神和人身自由的感情所发挥的作用绝非微不足道。但是在九十年代末，当该报及其出版者对大学生风潮和德莱福斯事件采取了公开反动的立场时，契诃夫和苏沃林彻底分道扬镳了。“……形成了一种信念，就是《新时报》得到政府和法国总参谋部的资助……”契诃夫在致苏沃林的最后几封信中的一封里这样写道。(1899 年 4 月 24 日)

在发生重大变化并获得巨大成就的一八八八年，契诃夫形成了自己的美学观点体系，之后他从未偏离过这一观点体系。实质上这是他的创作哲学，这种创作哲学与一般人们所持的文学是生活教科书的观念很少相像之处。

“您想让我在描绘偷马人时说：偷马是一种恶事。但是要知道，没有我的描绘人们也早已知道这一点。”一八九〇年四月一日，契诃夫在写给苏沃林的信中这样说，当时他们仍在继续争论。糟糕的是，苏沃林是一个天生的杂文作家和职业报人，正好在这一点上他特别不能理解契诃夫：偷盗是坏事——关于这一点报纸应该一期复一期地写，今天揭露昨天的偷盗，是为了明天鞭打今天发生的偷盗。报纸上的杂文没有也不可能有别的意义，因为他要保证对报纸的需求和报纸的名声，从而也就此达到自己的目的。显然，契诃夫没有从苏沃林处听到任何对他来说是特别新的东西；关于杂文性、关于揭露弊端、关于文学的道德影响和道德规律，他还在创作早年，当他还在列伊金的杂志上发表作品的时候，他就考虑了：“官吏们继续在受贿，虽然他们也都读过果戈理的书……"

契诃夫有一段关于杂志批评的札记：一个批评家写了一篇文章，想让另一个批评家反对他，而第三个批评家则把他们之间的分歧调和起来；您在这里有什么作用？他非常厌恶平庸的政论时评，厌恶报界的小圈子习气、厌恶任何人竭尽全力地确立自己的真理或者否定"敌人"的观点，因而有一些同时代人——例如，对他公开抱敌对态度的舍斯托夫——就撰文说他"没有思想性"："甚至在托尔斯泰那里——托尔斯泰也不太重视哲学体系——您也不会遇到像契诃夫那样对一切世界观和思想如此尖锐地表现出来的厌恶。"

他是感到厌恶，这是事实，但他不是对思想的厌恶，而是对思想上的偏执性和狭隘性、对充斥于一些报纸和杂志编辑部的那种"闷气"的厌恶，他们无休止地带着狂热的怨恨相互揭露。他不能接受并且完全不能容忍的，正是这种充满冤仇的狂热，无论所谈的是《新时报》同仁或是像戈利采夫[①]这样的自由主义杂志人："慢着，《俄国思想》将会玩出的还不只是这种惊人的把戏！在科学、艺术和被压制的自由思想的旗帜下，在我们俄罗斯将由一些癞蛤蟆和鳄鱼来统治，这种癞蛤蟆和鳄鱼即使在宗教裁判所的年代的西班牙也不曾有过。您会看到的！狭隘、狂妄自负、过分的自尊以及完全缺乏文学的和社会的良心——什么都做得出来。所有这些戈利采夫之流制造了这样的闷气，以至于文学界会嫌厌任何一个新人……而任何一个骗子和披着羊皮的狼都会有地方撒谎、欺骗并且'光荣地'死去……"（致普列谢耶夫，1888 年

① 戈利采夫（1850—1906），政论家、文学家，《俄国思想》杂志的编者。

8月27日）

契诃夫所描绘的真正对象不是某一种观点，某一种社会立场或者纲领——正义的或者非正义的，进步的或者倒退的，而是许许多多的观点——变动着的和矛盾着的，它们在自己的不断发展中形成了在总体上使契诃夫关心的东西，即上世纪最后二十五年——十九世纪末二十世纪初——的俄国社会意识。人很难超脱日常生活的各种细节，很难超脱个人的痛苦和烦心事、个人的遭遇，很难毫无怨言地接受自己在大地上的应得之份，因此契诃夫也是被人怀着不理解的委屈来接受的。

十分自然，苏沃林这位政论家、有影响的日报的出版者不同意契诃夫的看法：怎么能说谁也不知道真正的真理呢？采访记者们、检察官们、法官们、医生们，甚至最普通的收集传闻的市民们不是都了解真理吗？从每日报纸新闻的范围来看，从他自己的角度来说，他是正确的。不过契诃夫所着眼的不是一些生活中的细节，而是整个社会，也不是一天，不是一个世纪，而是如短篇小说《大学生》中所说的是好几个相互联系着的世纪，就像一条铁链上的各个环节一样，只要一触动它的一端，另一端立刻就会有所反应。

这里隐藏着一个不太明显的，但在契诃夫的心目中也许是极其重要的思想：真理是社会的财富，它不可能属于任何个别的人，无论他是单个的人还是一群人，是一个小组还是一个政党。在一切时代都有一些篡夺真理的人、先知者、预言者——契诃夫在世时，"领袖"这个词尚未成为常用词——而每次他们的死亡都是人类普遍真理的胜利。

如果真理从生活中退出，冷漠、饱食终日、万马齐喑、"普遍昏睡"就会乘虚而入，人们就会十足地浸透在虚伪之中，甚至他们面孔上的皮肤，犹如契诃夫晚期的一篇短篇小说中所说的那样，也变成了某种特殊的、欺诈性的皮肤。

如果反复阅读契诃夫致苏沃林的信，就不难看出这些信是尖锐争论的信，契诃夫远不是一直和他个人争论，更常见的是他在和纲领争论，和当期杂志或者和《新时报》上的某篇文章争论。由于苏沃林的信已流失，这种极其复杂的弦外之音就明显地打了折扣。为了把它弄清楚，需要查阅报纸和其他的资料，这些资料在通信中常常不经详细解释和说明就可以弄清楚。

片断地引证可能导致严重的错误，而要纠正这样的错误有时是不容易的。例如，一八九八年二月六日致苏沃林的信中有这样一些话："……大作家们和大艺术家们应该只是这样来关心政治，因为他们需要防范政治。"这些话好像是证实了在那个时代广泛流传的一种意见，即关于契诃夫的非政治性或者"对政治抱冷漠态度"的意见。然而事情恰恰相反：这是对《新时报》所作的驳斥，因为当时该报刊登了攻击左拉的文章，同时显然也是对苏沃林本人的驳斥："就算德莱福斯有罪——但左拉仍然是正确的[①]，因为作家的责任不是起诉，不是追究，而是卫护，甚至是卫护有罪的人，既然他们已被判决并受到惩处。人们会说：那么政治呢？国家利益呢？但是大作家们和大艺术家们应该只是这样来关心政治，因为他需要防范政治。即使没有他们，公诉人、检察官、宪兵本来就已经很多了，不管怎么说，保罗的角色比扫罗[②]的

① 在"德莱福斯案件"中，法国作家左拉曾积极为受诬的德莱福斯辩护。契诃夫认为：左拉的行为是"崇高的"。

② 使徒保罗在皈依耶稣前原名扫罗，曾搜捕基督徒。

角色更适合他们。”

作为一个天生的杂文家，苏沃林需要论战，需要斗争和争论。对他提出的一个令人困惑的问题：为什么 B．B．巴里亚京斯基[1]的自由主义的《北方信使》会受欢迎？契诃夫回答道：“因为我们的社会困乏了，由于仇恨我们的社会像沼泽中的草一样腐朽了，发酵变酸了，它想有某种新鲜的、自由的、轻松的东西，想得要死！”（1900 年 1 月 8 日）

没有苏沃林的信[2]，很难理解契诃夫的信；而在他的这些信的基础上却形成了整整一系列关于他的文学和社会立场的论说和论断。几十年来，他的一些信被人们不加任何评判分析地从一篇文章转引到另一篇文章，从一本书转引到另一本书：“正如在一封人所共知的致苏沃林的信中契诃夫承认……”

这里指的是契诃夫写于一八九二年十一月二十五日的信，常常从这封信中引证整整一页：

“……请您说一句良心话，在我们的同龄人中，也就是说年龄在三十至四十五岁的人中，有谁向世界提供了哪怕一滴酒精呢？难道柯罗连科、纳德松以及所有当代的戏剧家不全是柠檬汽水？难道列宾或希什金[3]的画卷使您为之昏眩了吗？它们动人，有才气，您对它们大加赞赏，但您同时又无论怎样都忘不了：您真想抽烟……我们自己也是抑郁和枯燥，只会生养一些橡皮孩子[4]，而对这一点视而不见的只有斯塔索夫[5]一人，他生来就有一种难得的

① B．B．巴里亚京斯基，文学家，报纸《北方信使》的编者和出版者。
② 契诃夫死后，苏沃林向契诃夫的家属索要了他写给契诃夫的全部信件。
③ 希什金（1832—1898），俄国巡回展览派画家。
④ 这是暗示格里戈罗维奇写的短篇小说《橡皮孩子》。
⑤ 斯塔索夫（1824—1906），美术和音乐评论家。

才能：喝泔水也会喝醉。原因并不像布列宁所想的那样在于我们愚蠢、无能和厚颜，而在于一种疾病，对于艺术家来说这种疾病比梅毒和阳痿还要坏。我们缺少'一点儿什么'正确，这就是说，您一提起我们缪斯的裙裾，您就会看到那个地方是平平的……我们没有最近的目标，也没有遥远的目标……我至少在这些方面是聪明的：我不向自己隐瞒我的病，不向自己撒谎，不用诸如六十年代思想这类别人的破烂来掩盖自己的空虚……"从而就有了我们通常所产生的疑问：既然契诃夫本人这样谈论他的著作，那么我们还有什么可说的呢？……

可以说的东西还有许多。例如，评价一下这封信的极端复杂性，它与契诃夫关于自己和他自己的创作、关于九十年代俄国文学的其他论述是处于极为可悲的矛盾之中的；需要哪怕只是提及一种情况，即苏沃林的信依然无人知晓，我们不了解促使契诃夫如此尖锐地谈论"自己"的理由和原因（在他的经历中这种自我鞭打的情况是绝无仅有的）。最后还有一点，需要看一看这封信开始的几句话，这是黑字写在白纸上的："把《第六病室》和我本人撇在一旁，我们来一般地谈谈，因为这更有意思一些。"

苏沃林作为一个戏剧评论家和文学批评家，常在自己的报纸上发表意见，他于一八八九年二月发表了一篇关于《伊万诺夫》的文章。这部剧作的上演引起了一场激烈的争论，产生了许许多多的曲解和极其相互矛盾的评价，苏沃林在自己的文章中将契诃夫于一八八八年十二月三十日写给苏沃林的信转述了出来，但没有从原始材料中引证在这种情况下所必须引证的引文。这种对剧本的构思和主人公的性格作广泛而又认真的自我阐释，在契诃夫的书函遗产中是罕见的；契诃夫在信中详细谈了剧本主人公的新意。苏沃林以其报人的职业才能巧妙地根据契诃夫的回信，按照《新时报》的平淡格调曲解了《伊万诺夫》极为复杂的构思，他说契诃夫“想要说，应该像大家一样简朴地生活，并将自己最好的力量、最好的意图汇入这种简朴的、寻常的生活的发展中去……”

在他们的通信中显然也有着完全是谈个人感情的、充满着独特的抒情和心灵温存的篇页。在契诃夫的一些信中有着对童年的回忆。关于他身上流着奴隶的血的那封精彩的信就是写给苏沃林的（这封信一直被当作自传性的自白，虽然它实际上可能是有着争论的性质）。在这封信中讨论了未来的几篇短篇小说和剧本的构思和情节，其中有一些他们曾打算共同撰写：契诃夫可以寄来剧本的一场戏，苏沃林将它续写下去并把它寄回去，等待契诃夫寄来下一场戏——他们曾打算这样来撰写《林妖》。契诃夫模拟着苏沃林的风格对《塔季扬娜·列平娜》[①]补写了结尾。

几乎在每一封信中，特别是在八十年代末和九十年代上半叶，都有着一些独特的对古典诗歌和散文的套用、细致的模拟和出人意料的引证，如“莫斯科降了初雪，我现在的心情就像普希金所描写的那样，‘第一场雪下在十一月二日的夜间……塔季扬娜从窗户里看到……’等等。”(1889 年 11 月 7 日)

苏沃林作为一个人的形象，当然，鲜明地、不带任何成见地反映在契诃夫的一些信中。但是，这个形象并不是自画肖像，在这个形象中没有苏沃林的书信中通常所有的那种复杂的主观的文体、细节和意味。因此契诃夫对苏沃林态度的演变呈现得比较清

① 这是苏沃林写的一个剧本。

楚：在相识之初他似乎是“我们时代的一个卓越的人”（致 A. C. 拉扎列夫-格鲁津斯基，1888 年 3 月 22 日），在九十年代下半叶的书信中，占大多数的是否定的、有时是非常尖锐的品评。但是，关于苏沃林本人的演变，关于他对契诃夫的态度，只能根据一些不完全的并且是从第二手获得的并不太可靠的资料来判断。而这是一个严重的空白，不仅仅是因为苏沃林在成了一个巨大事业的主人、大老板和富豪之后很快衰老了，失去了他年轻时的、契诃夫特别看重并珍爱的特点。

自然科学家和诗人

一

关于自己，契诃夫任何时候也不会说："我是一个好作家。"但是他曾多次说过："我是一个好医生。"不是所有的人都相信他的话，虽然他是一个非常严谨的学派的自然科学家和医生，而经常的医务实践对他的创作有着决定性的意义："如果我不搞医学……我未必会把我的闲暇时间和思想献给文学。"

他日复一日、年复一年地从事的实际医务活动，是他掌握和系统积累材料的惯常方法，这些材料以后都在他的创作之中定型。他常常是局外人的眼睛完全看不见的许多生活冲突和惨剧的见证人。不知苏沃林是如何答复契诃夫以下这封信的："医生不好做……耳朵里长蛆的小女孩，泻肚子，呕吐，梅毒——呸！！甜蜜的声音和诗意，你们在哪里？"

"自然科学知识，"契诃夫于一八九五年写道，"会给文字工作者们打上一种烙印，这种烙印在他们的工作方法上、下定义的风格上，甚至在他们的面貌上都感觉得到。"（《三年》，发表在《俄国思想》上的文本）

作为有医生证书的莫斯科大学毕业生，契诃夫可以在以后谋求学术上或行政上的前程（契诃夫的一位同班同学成了沙皇宫廷御医，另外一些同学成了有医学教授学衔的人），或者私人开业，或者尽义务地工作——契诃夫为自己选择了最后一种不安宁的、费力不讨好的命运。一八九三年他写信给列伊金说：“我又在当地区医生了，又在治霍乱病了，治疗门诊病人，到医疗站去诊病……甚至没有办法抽两天时间离家外出。”

契诃夫整个一生都在当地区医生——在青年时期，那时他在文学界还是安东沙·契洪特；在成熟时期，那时他在文学创作上已盛名远扬。医务和治病没有给他带来任何收入，像医学系的诺言中所说的那样，他属于“医生阶层”，但是他没有任何行政级别。他在这个阶层中占据一个完全特殊的、惟一的空额，这个空额就以“契诃夫大夫”这几个字定名。

年复一年填写着诊病所诊病日志，填写着病历卡，这一切契诃夫都是怀着职业性的认真精神细心地做的，以他喜欢有条有理的习惯做的，蒲宁觉得这种习惯似乎是一种遗传而来的性格特点，而其实这的确是一个良好的俄国医生的特点。根据现有的资料判断，作为一个医生的契诃夫，一年内诊治的病人不下一千人（而在有些年份他一年诊治三千人左右）。

“如果我是个医生，我就需要有病人和医院；如果我是个作家，我就需要生活在人民中间……需要有一点儿社会生活和政治生活，哪怕很少一点也好。”他在一八九一年十月二十日致苏沃林的信中这样说。很难说出一个作家能像他一样对生活有如此真正的了解；对俄国文学中最复杂的一个问题——人民问题——他不是像，举例来说，不是像托尔斯泰那样解决的。而且他在与百姓中的人交往时丝毫不需要托尔斯泰主义。“我不常去乡下，婆娘们看到我都很礼貌，很温柔，就像见到一个疯修士[①]一样。每个人都争先恐后地为我送行，提醒我前面有条沟，抱怨村子里肮脏或者把狗赶走。”

在契诃夫的同时代人中很少有人懂得，契诃夫首先是一个知识渊博的自然科学工作者，是个善于分析的人，他有着一双尖锐得如同显微镜一样的眼睛。

“做一个医生并懂得他所写的东西——这可真不赖。”一八八八年十一月十五日契诃夫在给苏沃林的信中这样写道。像《死尸》《枯燥乏味的故事》《第六病室》《黑衣修士》《出诊》《姚尼奇》这样一些短篇小说和中篇小说只有医生才能写；只有医生才能塑造出利沃夫、拉京、德莫夫、斯塔尔采夫、索博利这些形象。医务实践——而他的医务实践是每日不断的，和写作一样是经常的——决定了他特别地、非常深刻地了解俄国生活，同时也决定了他对俄国生活的特殊态度、特殊理解和阐释，即那个契诃夫称之为“方法”的东西——“方法是天才的一半”。

自然科学对待资料的方法是，在与它第一次接触的时候，在最初掌握它的时候，显然就有着创造性意义。不间断地观察和统计排除了空白以及任何主观的选择：医生没有可能选择病人，他不能宁愿要这一个病人而不要另一个。疾病是突然发生的，人生活在惯常的劳动或者悠闲的常规之中，而疾病是突然生的，似乎是无缘无故的。在日常的观念中，疾病确实是无缘由的，它发生了，突然闯来了，无论一个人多么幸福。“生活迟早要向他伸出魔爪，祸患——疾病会突然地闯来……”（《醋栗》）

① 在当年的俄国，尤其是在农村，疯修士往往被当作先知。

但是，对于医生来说，与病人相遇也是偶然的；他不知道早上、白天或者夜间、今天或者明天会有几个人生病，谁请他出诊或者上他这里来就医。“教授接到李亚里科夫工厂发来的一封电报，请他赶快去。从那封条理不清的长电报中，只能看懂这一点：有个李亚里科娃太太，大概就是工厂的厂主，她的女儿病了。”

对医生来说，每遇见一个病人都是一个情节，一种偶然，就像在上文引证的短篇小说《出诊》中所标示的那样：《行医一例》。但是医生的思维之所以是科学的，正好是因为在一再重复的偶然性的积累中思维得到了发展和完善；它们的众多的统计数字在经验中、在对人的生理和心理的系统了解中得到概括。我们觉得，如果从表面上和形式上看，契诃夫的叙述结构是片断性的和零散的，但实质上这结构却是统一和完整的，它是由研究工作者和医生所特有的思维方法所决定的。

契诃夫的同时代人不理解，举例说，他为什么去萨哈林，他为什么在未受正式委托的情况下个人进行了萨哈林居民的人口普查，在没有明显目的的情况下填写了一万张统计表。关于这一工作在《萨哈林岛》这本书中只占几乎不多于十行的篇幅，但是没有这一巨大的工作，也就不会有这本书，因为分析统计的方法是严格科学的方法，它排除主观主义和偶然性，它与创作方法有直接的关系。

在契诃夫在世时的批评中产生了一种正统性的不理解，之后这种不理解又成了传统，这种不理解可能是由于对自然科学领域的真正无知，文学批评把艺术与科学、科学方法与创作方法对立了起来，而契诃夫则是将它们在完全特殊的思维体系中兼容并蓄而且加以综合；换句话说，在这种“不理解”中表现出了两种思维方法的差异，确切地说，表现出了它们在方法论上的相互抵触。

对于艺术家来说必须的只是“正确地提出问题”——契诃夫的论点就是这样，这一论点在批评界引起了不满的埋怨和多年的争论，这种争论在我们的时代也尚未停息。存在的只是艺术文本，问题的提出，示威性地拒绝任何对问题的解决。难以把契诃夫的书信看作是解释性的、伴随着创作的一种体裁，因为在书信中他不解决所提出的问题，甚至也不力求解决它们。

契诃夫说他该做的事情是正确地提出问题；为此人们就责备他有局限性。然而，为了要正确提出问题，必须排除错误地提出问题的一切可能性，或者（意思也是这样）必须向人表明问题要么只能这样解决，要么根本不能解决。“导致一目了然”原则是契诃夫创作思维的一种建设性原则。

对于一个医生来说，生和死是以他的图章和签字证明的事实：“由于我给民众治病，我已习惯于看到一些行将死亡的人……当那些已临近死亡的人们在我面前说话、微笑或者哭泣的时候，我总有一种奇怪的感觉。”（1888 年 5 月 30 日致苏沃林）

这种意识点点滴滴体现在契诃夫笔下的所有人物身上，如果仔细观察，他们自我感觉都“有些怪”，不像契诃夫之前的古典文学中的人物的自我感觉那样。契诃夫未写出并且显然也不能写出任何像托尔斯泰的《伊万·伊里奇之死》之类的东西，因为按照他的话说，“死不是惨剧，而是偶然”。永生和英雄个人主义的浪漫题材、作为情节的死在他的艺术中是被排除的；它们展开在不断诞生和经常死亡的生命形象之中，在不断交替的一代又一代的冲突之中，在“父辈”和“子辈”的题材之中。永生的不是个别的人，而是人类——这就是契诃夫思想的公式定则，是的，这里表达得相当近似，因为就其真正的和完整的意义讲，它是自然科学知识的定则，它包括遗传、遗传的病态变异、在反自然的环境中人种的退化和灭绝等等这样一些范畴。

契诃夫认真接受并肯定的惟一的责任形式就是对人类明天的责任。显然，契诃夫只承认两种偶然性：人的出生和他的死亡。至于说到生命，那么在它正在延续之中时，它与责任和义务的意识联系在一起，它产生着未来的生命，它是历史性的并且在最精确的意义上说是继承性的。按照契诃夫的看法，只有“个人”生命的具体的一段时间是偶然性的，而不是生活本身，在生活中“没有一件事情是偶然的，一切事情都充满一个共同的思想，一切事情都有同一个灵魂，同一个目标，要理解这一点，光是思考还不够，光是推断也不够，大概还需要有一种洞察生活的能力，而这种能力显然不是人人都有的”。（《一次公差》）

作为一个医生，契诃夫确实知道，人的内心世界紧密而又敏感地与环境和日常生活联系在一起。作为作家，他创造了一个以夸张日常生活为基础的艺术世界，这种日常生活会吞没精神：“……人们在吃饭，只是在吃饭，而在这时他们的命运在形成着，他们的生活在破灭着。”直接的、赤裸的外部描写被一整套手法体系所替代，这些手法强调心灵活动的玄奥矜持；疼痛、苦楚、欲望在外部世界中都渐渐地感觉不到，都避开旁人的眼睛，因而不应该觉得奇怪的是，契诃夫非常多地写到人的沉默不语。通常他只指出产生心灵痛苦或疾病的客观原因、外部（日常生活的）前提，而把那些对“心理”小说来说是十分重要的叙述性布局留作潜台词。因此，在契诃夫的作品里“外部”形象（人物一直看到的东西，他一直听到的东西）特别突出，具有充分的现实性，含义更深——比陀思妥耶夫斯基作品中的“外部”形象更现实，比契诃夫之前的文学中的“外部”形象含义更深。实质上，实物形象、日常生活细节与其说是在描写或反映痛苦，不如说是招致痛苦的原因。

一些老在眼前萦回不息的篱笆的形象，一直响个不停的声音，如短篇小说《行医一例》中科罗廖夫医生所听到的类似“得尔……得尔……得尔”或“扎克……扎克……扎克”的声音——这些形象、这些声音的真正意义就在于，它们不仅是艺术形象，因为它们有能让人生病的性能，它们刺激和压抑读者，文学分析应该顾及契诃夫这种对实物形象体系、对刺耳的声音、惹人的色彩、单调的印象等体系的特殊理解，因为这些东西在契诃夫的叙述中就形成了人的生活形象。“缺乏文化素养，华丽的陈设也是偶然凑成，并不是精心安排的，令人感到不舒适，地板亮得刺眼，枝形吊灯也刺眼，因此不知什么缘故，他想起一段故事，讲的是一个商人去洗澡的时候，脖子上挂着一个奖章。”——这是一段典型的契诃夫式的行文，在这段行文中一切都是“偶然的”，但是一切都刺激着人的心灵并导致疾病的发生——正如科罗廖夫所理解的那样，这疾病远非偶然：

“‘您常常这样吗？’他问。

“‘常这样。我几乎每夜都难受。’

“这当口守夜人开始在院子里报时，两点钟了。他们听见‘坚儿……坚儿……’，她打了个冷战。

“‘打更的声音搅得您心神不定吗？’他问。

“‘我不知道。这儿样样事情都搅得我心神不定，’她回答说，沉思起来，‘样样事情都搅得我心神不定……’”

契诃夫在谈论到他认为自己在其中不是专家的那些事物时显得极其委婉和谨慎。这特别清楚地表现在他对待一种哲学的态度上，在这种哲学中严肃的“总的观念”轻轻松松地成了老生常谈，成了日常生活词汇中的一个普通词儿。正如《第六病室》的一个主人公所指出的：“在俄罗斯所有的人都在谈论哲学，甚至小孩子也在谈论。”

在契诃夫在世的时候是这样，在以后的很长时间里也是这样，批评界都肯定地说，契诃夫根本不是一个思想家，然而他（这也许就是问题实质之所在）却是本能地厌恶那种在精确的科学知识领域中的一知半解。

然而契诃夫对哲学问题是极感兴趣的。就散见于他书信中的片断见解来看，至少有一种见解对他来说是特别重要的，这种见解恰恰是涉及一般哲学的双关论法的，它与艺术和自然科学的历史命运联系在一起，契诃夫认为，艺术和自然科学有着统一的本质和共同的目的。“……也许，随着时间的推移，在方法完善起来的时候它们注定要融合起来，成为我们现在难以想像的巨大而惊人的力量……我乐意相信巴克尔①，他在哈姆雷特的议论中看到：莎士比亚了解当时尚不为人知的物质新陈代谢的法则，也就是说艺术家有能力超越科学家。”（1887 年 2 月 12 日致格里戈罗维奇的信）

完全可以理解，契诃夫并没有想像出：这对艺术和科学是共

① 巴克尔（1821—1862），英国历史学家，实证论社会学家。

同的通用方法将是什么样的？按照统一的、同时既是艺术的又是科学的构思建立起来的世界将获得一个什么样的面貌？即使在我们今天，在过了整整一百年后的今天，也未必有哪个艺术家看到了这一点。

重要得多的倒是另一点：契诃夫非常清楚，如果人们找不到这种通用的方法，而自然科学在它的发展过程中又偏离人文道路，这世界将会怎么样？

在契诃夫的想像中，文明和文化的未来乃是对生活的人文知识和自然科学知识的谐调统一。

力求了解生活、研究和剖析生活——这曾是十九世纪大作家们创作的动力，并形成了“果戈理派”和俄国现实主义派。这种追求在契诃夫的创作中得到了最全面的、看来也是最完美的体现。契诃夫是一名医生，这很重要；但是更重要的是，像契诃夫这样的医生对俄罗斯文学是历史的需要。他的写作才能和天赋的科学才干当然是一种特殊的、在这方面是惟一的现象——这是稀有的、宝贵的天赋，是“空前的”，关于这一点勃洛克[①]曾写到过。但是他的文学命运似乎是由俄国思想（艺术的和科学的、抽象的和形象的思想）发展的整个进程历史性地预定和预言到了的。契诃夫不仅未看到艺术和科学之间的区别，他原则上是否定这种区别的，他认为这种区别是次要的和非本质的；在他心目中，公式和词语、形象和抽象是同等的，就像一般知识的各种形式一样，它们之间绝对没有什么必要相互争斗。

---

① 勃洛克（1880—1921），俄国诗人。

二

契诃夫没有继承他父亲家中占统治地位的因循保守的、令人难以忍受的上帝信仰。从这个意义上说，正像他所说的那样，他的确没有宗教信仰。有的则是某种更深刻的、内容丰富和复杂的东西，这种东西应该称为基督教的文明——它对祖国历史和总的历史有特殊态度；它相信历史在自己的运动中是前进的和有继承性的。从契诃夫在他所喜爱的短篇小说《大学生》中所谈到的那种最初的精神努力开始："大学生又想，既然瓦西里萨哭，她的女儿也难过，那么显然，刚才他所讲的一千九百年前所发生过的事就在现在，跟这两个女人，大概也跟这个荒凉的村子有关系，而且跟他自己，跟一切人都有关系……真理和美过去在花园里和大司祭的院子里指导过人的生活，而且至今一直连续不断地指导着生活，看来会永远成为人类生活中以及整个人世间的主要东西。"

由此也就有了对古老的俄国书籍及其独特的语汇、总的说对古代俄国语言的热爱——这在《复活节之夜》这样的完善的短篇小说中，在许许多多其他的不像《复活节之夜》那么鲜明的短篇小说和中篇小说中都可以看出，例如"修士大司祭安东尼"，或者"要听从长老-司祭"。人们会说：这是他在开玩笑。显然是开玩笑，但这不是简单的开玩笑，而是有着特殊的、对作家来说并非十分寻常的奥秘。我们想不起来，在俄国的作家中还有谁曾这样开过玩笑？……

如果可以这样表述的话，契诃夫的艺术世界是完全脱离教会和国家的，就像这个艺术世界的创造者并不精忠保皇一样："我不是为种种责任和神圣义务而生的。”他不像托尔斯泰在《我不能沉默》和《我的信仰是什么？》两篇作品中那样反对俄罗斯国家和教会，他也不像陀思妥耶夫斯基那样维护东正教和泛斯拉夫主义思想。在他的创作中，一切主要的东西都是以历史，尤其是俄罗斯历史的全部内容和经验来说明的——从而也就特别产生了他对各种时髦的思潮、对各种各样的集团和阵营的深深的不信任。

契诃夫之前的俄罗斯赖之为“柱石”的几千年宗法制度的瓦解——这同时也就是信仰崩溃和对东正教教理的疑惑和丧失信心，这些都展示在果戈理的预言中，在列夫·托尔斯泰的极端性和矛盾中，在陀思妥耶夫斯基的深渊中，也展示在契诃夫的讥讽性的清醒和悲伤中。

陀思妥耶夫斯基关于自己曾说过，他是“信仰和无信仰的孩子”，他和托尔斯泰一样是布道者；在他的心目中东正教教会仍然是俄罗斯的象征，是它在世界历史中的全宇宙作用的象征。“全部道德都来自宗教，因为宗教也只是道德的公式。”这就是他一八七六年在《作家日记》中记下的主要论点。而契诃夫则属于“少年”一代，正如陀思妥耶夫斯基预言的那样，这一代人要和自己祖先和父辈的信仰决裂，也确实是决裂了：“……经过严酷的分析以后，以前的神圣东西在当今世界的学者们那儿已完全不留任何踪影。”契诃夫在他的手记本中讽刺地说：“当你想要喝水的时候，你觉得你会把整个大海都喝下去——这是信仰；而当你喝起水来的时候，你总共才能喝下一两杯水——这是科学。”

医学几乎是自然科学诸学科中最无神主义的一门科学。契诃夫做过生理解剖。“你不由自主地就会思索，”他写道，“灵魂在哪里呢？”

生活离开旧信仰及其神圣东西愈来愈远；人们不再祈祷了，他们想要获得知识。宗教意识的危机到来了，这一危机在时间上与对世界抱自然科学的观点的盛行，与化学、数学、物理、医学的突飞猛进相一致。陀思妥耶夫斯基是预感到了这种危机，而契诃夫则经受了这种危机。

但是契诃夫感兴趣的不是宗教迷信的地狱深渊，不是战斗性的无神论，而是随着信仰的丧失而产生的心灵孤独：父辈的上帝已失去威望，“信仰是一种偏见，是保守的人们想要将那已经不再有用并……正在走下舞台的东西继续下去的徒劳无益的尝试”，过去已经没有了，而未来是否就要到来呢？它将带来什么呢？——“要是能知道就好了，要是能知道就好了……”①

契诃夫青年时期创作的鲜明的主人公之一利哈廖夫②领悟到：“信仰是精神的能力。这种能力也就是才能，这才能应是生来就具有的。”利哈廖夫和短篇小说《神经错乱》中的一个年轻人一样，有着一种特殊的人的才能，即对别人痛苦的敏感，但是他没有信仰的才能。

陀思妥耶夫斯基笔下的主人公还正在与过去分离，而契诃夫的主人公们则已经与过去告别了。在陀思妥耶夫斯基的那些长篇小说中，“观念”连同其独特的辩证法产生于对信仰的真理的怀疑，并把主人公引向《圣经》，就像拉斯科尔尼科夫一样，或者恰恰相反，把主人公引向革命是有可能的思想，像在《卡拉马佐夫兄弟》中那样。组成长篇小说的情节发展就是这样支撑下来的：

① 剧本《三姊妹》的最后一句由奥尔加说出来的台词。
② 短篇小说《在途中》的主人公。

“瞧，比方说这里的一个散发臭腥气的小酒馆，瞧，他们来了，一起在角落里坐下。他们以前素昧平生，走出小酒馆后又会四十年不再相互了解。那又怎么样呢？他们在有时间在小酒馆相聚的时候谈论着什么呢？谈世界性的问题，不会有别的话题：有上帝吗？有永生吗？而那些不信上帝的人呢，他们就谈起社会主义和无政府主义来，谈起按新原则改造整个人类，而须知这还是那同一个鬼题，同是那些问题，只是从另一端来谈罢了。许许多多、许许多多的最出奇的俄国男孩子就只知道在我们这个国家在我们这个时代谈论那些永久性的问题。难道不是这样吗？

“是的，对于真正的俄罗斯人来说，有没有上帝和有没有永生这样一些问题，或者如你所说的从另一端提出的问题，对他们来说当然是头等的首要的问题，应该是这样。”阿廖沙说道。

在契诃夫笔下信仰的丧失不是在论战中表现出来的，不表现在与那些按另一种方式信仰的人们的争论之中，而更多的是表现在心灵的折磨之中，表现在特殊的“契诃夫式的”情绪之中。这总是表现为抒情的感受、心灵的慌乱、痛苦和不安。

“在‘有神’和‘无神’之间隔着整整一大片广阔的田野，一个真正的贤人要费很大力气才能走过这片田野。而俄罗斯人呢，他们只知道这两个极端之中的一个，他们对处于这两个极端之间的中庸之道不感兴趣，他通常什么也不知道或者知道得很少。”(手记本)

契诃夫笔下的人物，甚至是在神学院学习的人，例如短篇小说《大学生》中的伊万·韦利科波利斯基，或者身居高级神职的人，例如《主教》中的至圣彼得，都感到自己被弃于这两个极端之间，而“中庸之道”则被描写为一个空间，一片广阔的田野。在《大学生》中必须跨过这片广阔田野，才能在篝火旁取暖。而在《主教》中——为了摆脱心灵的疲惫：“……只觉得自己好像成了一个普通的、平常的人，在田野上兴高采烈而且很快地走着，手里的拐杖敲打着地面，头顶上广阔的天空，阳光普照，他现在自由了，像鸟一样爱到哪儿去就可以到哪儿去了！”

契诃夫是为数极少的那样一些作家中的一个，他们在八十年代中叶就觉察到了僧侣威信的丧失，令人怜悯的穷困，例如《巫婆》中的教堂小执事萨韦利·格金或者短篇小说《骇人听闻的事》(1886 年) ——一篇让许多人感到不安的小说——中的神甫雅科夫。这里所写的一切都是事实——食不果腹的农村牧师的贫穷，教堂和他的住所的破旧。但是在契诃夫之前人们没有这样描写过神甫们；似乎谁也没有发觉神甫的形象在这里失去了以前那种艺术威严：“雅科夫神甫的脸带着很多‘女人气’，例如那翘起的鼻子，绯红的脸颊，蓝灰色的大眼睛和稀疏得几乎看不见的眉毛。他那棕红色长头发干枯而平顺，垂在两肩像笔直的棍子似的。他的唇髭刚刚开始变成真正的男性唇髭。他的胡子长得不像样子，不知什么缘故，宗教学校的学生称之为‘搔痒器’……这一撮寥寥可数的胡子生得不平整，纠结成一个个小团，倒好像雅科夫有意乔装成教士，正把胡子粘到脸上去，不料半中腰让人打断了似的。他身上穿着法衣，是那种掺了菊苣的淡咖啡的颜色，两个胳膊肘都有大块的补丁。”

这个漫画般的人物好像确实是化装而成的神甫似的，他伤害了“农务厅常务委员”库宁心灵中残留的一点儿宗教感情，而这感情正在同他对保姆所讲童话的回忆一起暗淡下去……

而且契诃夫所塑造的所有其他的神职人物（在契诃夫的 И 城活动或这样或那样被提到过的神职人物共有二百六十多人）都被赋予某种“憨态”，像短篇小说《在峡谷里》中的老辅祭，他在工厂老板家的悼念宴席上把鱼子全部吃完，舒坦得发呆了，而罐头里的鱼子有四磅左右；“在讲到乌克列耶沃村时，别的任何事也都不讲了，就只讲老辅祭在葬礼宴席上把全部鱼子都吃光了”。再举一个例子，《草原》中的赫里斯托福尔，也是一个老头，做医生的长子建议他用压缩空气医治肺病：“而我跟他说，‘愿上帝保佑它吧，保佑这压缩空气！’他笑着挥动双手——愿上帝保佑它，保佑这压缩空气吧！”

甚至《主教》中至圣彼得本人——他身上是否还有很多佐西玛长老[①]身上的东西？是否还有《鬼》中聪明寡言的季洪[②]和列斯科夫笔下的图别罗佐夫[③]身上的东西？这些人“不是来自这个世界”，但是他们身上都有一种威严，这种威严让读者胆怯和佩服。

在契诃夫的短篇小说中信仰本身被展示为一种纯朴，展示为引人发笑和同情的天真和幼稚。这里描绘的细节完全不是圣像般的细节：百万富翁商人叶拉金家在试验电力照明系统，电灯在闪闪烁烁，周围挤满了村民；若把叶拉金这个姓本身与描绘复活节前的星期日，描绘珍贵、沉重的大钟的欢快悦耳的钟声的语汇放在一起，就让人感到不好发音。[④]还有那主教彼得对童年的回忆，还有他在临终前在想像中返回自己的故乡列索波尔耶。“啊，想起

---

① 陀思妥耶夫斯基的长篇小说《卡拉马佐夫兄弟》中的人物。
② 陀思妥耶夫斯基的长篇小说《鬼》中的人物。
③ 列斯科夫的史事记述《神职人员》中的主人公。
④ 见契诃夫的短篇小说《主教》。

这些，心里是多么甜蜜啊！他不由得想起列索波尔耶村的司祭西美昂神甫，这人温和，安分，心好，他本人长得倒不高，很瘦，可是他的儿子，一个宗教学校学生，却身材魁伟，用恶狠狠的低音讲话。有一回这个教士的儿子对家里的厨娘发脾气，骂她道：'哼，你这条耶户①的母驴！'而西美昂神甫听了这话却什么也没说，只是暗自羞愧，因为他记不得《圣经》上什么地方提到了这条母驴。"

无论早期契诃夫的《无聊琐事》多么滑稽可笑，但是它的调子在《主教》中又重现了出来，在小说的第一章提到了神甫的聋耳的侄子，他在奉献祈祷上朗读小字条和圣饼上写的"永祝健康"和"永久安息"的词句："伊拉利昂就念，有时候因此得到五个戈比或者十个戈比，直到他头发白了，头顶秃了，一辈子过去了，他才忽然看到一张纸条上写着：'你是个大傻瓜，伊拉利昂！'"

契诃夫于其中生活的莫斯科钟声还在响着，契诃夫也喜欢那古老沉重的钟声，但是有什么办法呢，这是沉没了的大钟的响声……

"现在的文化——这是工作的开端，而我们谈到过的宗教运动则是一种遗毒，已经几乎是那个过时了的或正在过时的东西的终结。"(致佳吉列夫的信，1902 年 12 月 30 日)

陀思妥耶夫斯基的最后一部长篇小说《卡拉马佐夫兄弟》成了一宗了不起的事件。"到处都在读这部长篇小说，人们给我写

① 指公元前九世纪以色列国王，以驾车迅猛出名，见《圣经 · 旧约 · 列王纪下》。

信，青年人读，上等社会的人也读……从小说在周围人们中产生的印象来看，我从未获得过如此的成功。”陀思妥耶夫斯基于一八七九年十二月八日在信中这样说。他死（1881 年）后，这部小说被当作艺术的和宗教的遗训反复阅读，其中充满了惊慌不安的预感和预言。“在他们那里是科学，而在科学中只有那从属于感情的东西。而世界则是精神的，人类的最崇高的那一半完全被摒弃了……因而在世界上关于为人类服务的思想，关于博爱和人类是一个整体的思想越来越暗淡了，人们已真正是带着讥笑来看待这一思想，因为他们怎么能摆脱自己的习惯呢？如果这个奴隶已习惯于排遣他自己想出来的无数需求，那么他往哪里去呢？他处于孤独的状态，整体与他有什么相干。结果人们达到了这样一种状况：东西积累得越多，快乐就越少。”

在这部长篇小说中关于人类道路和世界命运的精神探索、反省和争论的中心点，是修道院、佐西玛、派西和费拉蓬特的住所，人们在这里寻求安慰和希望，老卡拉马佐夫在这里盛气凌人，人们到这里来，是想要确信心灵在这里依然活着，最后，陀思妥耶夫斯基在这里借心灵教师和长老们之口讲出他自己关于国家和教会的未来的内心想法：“……按照一些理论，也就是在我们十九世纪已被非常清楚地阐明了的理论，教会应该蜕变成国家……似乎这是从低级的转变成高级的类型，以便日后消失在其中，让位于科学、时代精神和文明。如果教会不愿意这样并进行反抗，那就为此在国家中仅仅给它留出那么一个角落，而且是在监督之下——在我们这个时代欧洲国家中到处已都是这样。按照俄国人的理解和愿望应该这样：不是让教会蜕变成国家，像是从低级的转变成高级的类型，而是相反，国家最后的结局应该是它有幸惟一地只成为教会，别无其他。就应该是这样，是这样！”

一八八八年是一个在各方面都有着重要意义的年份，在这一年，《草原》问世了，契诃夫步入了“大”文学，这年的一月一日他发表了短篇小说《无标题》。这篇小说看来是早些时候写成的，就其性质来说它是惟一的一篇独特作品，这是一种历史讽喻，契诃夫再也没有写过此类作品。

如果撇开关于科学和宗教的论战，撇开关于陀思妥耶夫斯基这位布道师和预言者的争论，就难以解释这则短篇小说的出现。《无标题》是一篇关于第五世纪的修道院的短篇小说，它的院长胸怀纯洁的信仰，并有着真正的纯朴，他以激烈的雄辩语言揭露城市的腐败生活，但僧侣们听了都心向神往：“老头儿描绘了城市的所有美妙之处、邪恶的美丽和可憎的女人身体那令人陶醉的娇媚，他把恶魔诅咒了一通……说完他就消失在自己房门后面了……第二天早上当他从禅房出来的时候，修道院里一个僧人也没有了。所有的修士全都跑到城里去了。”

契诃夫笔下的修道院都处在城市范围之外，在那荒芜的郊外，而且它们也是那处在所叙述的情节视界之外的精神边缘；区别于陀思妥耶夫斯基作品中的世界的是，这里不仅不会发生任何重要的事，不会发生任何需要用巨大篇幅并热情地加以叙述的事，而且也不可能发生任何事情；这里是破灭了的生活、困乏和失望栖居之地：“那边和这边，在靠近圆柱和侧边小祭坛的地方，一动不动地站着一些黑衣人。‘就是说，他们现在这样站着，一直到早上他们也不会离开。’索菲娅·利沃夫娜想，而且她觉得这里黑暗，寒冷，枯燥——比在墓地上还要枯燥乏味……”

这里住着那些已经受尽了苦、哭干了眼泪的人的影子：“这辆三套马的雪橇往城门那边跑去，大家都默不作声，只是极力让她坐得舒服点，暖和点，每个人都暗想她从前是什么样子。现在她的脸缺乏热情，很少表情，冷淡而苍白，而且透明，好像她的血管里流着的是水而不是血。不过两三年前，她却长得丰满，脸颊绯红，常常谈论那些追求她的男人，为一丁点儿小事而扬声大笑……”（《大瓦洛佳和小瓦洛佳》）

《复活节之夜》是由莫斯科文字协会以单行本出版的一则短篇小说，这篇小说在为授予契诃夫以普希金奖而准备的材料中曾被提到。柯罗连科对契诃夫的早期小说是不太欣赏的，但是他写道：“《复活节之夜》这篇特写……是一幅美妙的图画，它渗透着深深感人的、令人心醉神往的忧伤……它是健康的，它让人和解，好像天空远离地球一样地远离《形形色色的故事》中大多数短篇小说里无的放矢的滑稽可笑情绪。”

契诃夫笔下的修道院是“充满令人窒息的烟雾、折射光线和嘈杂声音的妖邪王国”。在用焦油桶燃起的一些巨大的火堆和在天空闪烁的火箭的光照下产生一种特殊的心灵不安：“人们从这个地方跑到那个地方，到处走动，好像在找什么东西……讲到聚精会神的祈祷，那是根本办不到的。而且这儿根本就没有人祈祷，所有的只是一种连绵不断而又天真无邪的欢乐，它正寻找机会，竭力要表现出来，化为某种行动，哪怕变成横冲直撞、推推搡搡也好……我打量一下大家的脸，所有的脸都现出活泼的高兴神情，然而没有一个人细听那首歌，谁也没有认真揣摩歌里唱的是什么，谁也没有‘听得透不过气来’。”

在这篇小说中，俄国文学中的最后一个用古俄罗斯语作诗的人离开了人世，他在修道院的同道中早已是一个孤独的人，他为自己——“为心灵”写下了赞美诗，写下了特别复杂而感人的韵文祷词：“处处都要写得合乎分寸，简练，细致。每一行都要柔和、亲切、温存，没有一个字粗野、生硬，或者不妥帖。应该写得让祈祷的人们心里欢畅，不住落泪，浮想联翩，浑身战栗……‘你快活吧，结满光明之果的大树，信徒们靠着你的果实延续生命！你快活吧，张开仁慈的华盖的大树，多少人受到你的庇荫！’……为了简练，他一个字里装进很多的字和很多的思想，而且写得多么流畅、细致……除了明白晓畅和善于辞令之外，先生，还要给每一行歌词加上种种装饰，要有鲜花，有闪电，有风，有太阳，有人间万物。每句赞叹的话都要写得自然，听着悦耳。”

晚些时候，契诃夫在驳斥批评家们的意见时，拒绝承认叶罗尼姆是个不幸的人。在小说中关于他是这样说的：“我想像得出，如果这个叶罗尼姆来到此地，他就会在墙边一个地方温顺地站着，躬起身子，如饥似渴地体会这首圣歌的美妙歌词。现在站在我身旁的人充耳不闻的东西，他却会凭敏感的灵魂一古脑儿吞进去，陶醉得神魂飘荡，透不过气来，整个教堂里再也不会有一个人比他更幸福。可是现在呢，他却在那乌黑的河面上游过来游过去，怀念他去世的弟兄和朋友……”

总的来说，科学，特别是自然科学，是在与宗教意识和信仰的冲突中发展的；托尔斯泰和陀思妥耶夫斯基对这一点的理解和契诃夫理解得同样清楚。“……既然永恒的上帝是没有的，那也就没有任何善行，而且也就完全不需要善行……只要宗教稍许让一下步，科学马上就钻进来了。”陀思妥耶夫斯基说。

达尔文主义被教会看成是反上帝的学说，也不可能不这样；契诃夫最初塑造的幽默人物之一格拉西姆神甫连想也不容许想：

人不是上帝创造的，而是起源于“猴类长尾猿、猩猩”……

陀思妥耶夫斯基和契诃夫不是同代人。年长的一位以为，如果节制需求并给人以引导和时间，让他们回到关于灵魂的思想上来，那么还是可以防止技术时代的到来的：“其实单单是铁路还是不会搅浑生活的泉源的，而所有这一切放在一起才是可恶的，我们最近几个世纪的整个这种情绪，从科学和实践的总体来说可能确实是可恶的。”

这是妄想将**圣像前**的长明灯火和蜡烛火焰包在手掌之中的企图，但是在这些话中也包含着对现代技术文明的骇人听闻的火刑的洞察，无论这是氢气火还是中子火，反正都一样。但是，须知契诃夫也并不以为科学将带来全面和平与和谐，他说过，自然科学“将像鞑靼将军一样对社会发生作用”……

艺术意义是随着时间的推移而明确的，由于自由主义的小说家、民粹派或者保守派的剧作家从人们记忆中消失，大作家们就出现在显要的地位：“科学和艺术，如果是真正的科学和艺术，那就不是致力暂时的目标，不是致力局部的目标，而是致力永恒而普遍的目标。它们寻求真理和生活意义，探索上帝和灵魂。如果把它们同当代的贫困和眼前大家关注的事情结合在一起，同药房和图书室结合在一起，那它们反而会使生活复杂化，加重生活负担。”（《带阁楼的房子》）

契诃夫对陀思妥耶夫斯基的许多观点——首先是对待他那包含着伟大小说家的“总的观念”、救世观念在内的战斗性的东正教抱着一种矜持的反对态度，有时还带着一丝微笑。

“他谈论‘俄罗斯灵魂’。这灵魂的特点是最高级的唯心主义。让西方派不相信奇迹吧……但是他不应该贸然打破俄罗斯灵魂中的信仰，因为这是注定了要拯救欧洲的唯心主义。

“但是你在这里没有写，要拯救欧洲脱离什么？

“那是不言而喻的。”（手记本）

但是他和陀思妥耶夫斯基同样感觉到那条将过去和未来联系起来的锁链的牢固性。未来在进攻的时候，遇到的不是原始的世界，而只是其中所保存的从过去留传下来的东西。不管迟早，它总有一天会遇到一片荒漠。

契诃夫在这方面既不是第一个，甚至也不是第二个。这是一种古老的思想，在他之前几百年，人们就已经想到这点了：“宇宙中的大森林的很大一部分将落在地球上……在地面上或者在地下和水下，那不曾被征服、不曾被移动或者不曾被毁坏的东西，都将完全不会留下……”（列奥纳多·达·芬奇[①]）

所不同的是，契诃夫是医生，是自然科学家；他的确是第一个注意到了技术文明的悲剧性的片面性。

在俄语中有一些成语，任何人都知道这些成语起源于契诃夫的作品，例如，有这样的话：我们每一个人都应在大地上哪怕只种上一棵树。就意思来说是这样的，逐字逐句来说这话是属于陀思妥耶夫斯基的：“……我倒是主张要纳入法律或者定为义务：让每一个农夫在自己有生之年哪怕只种植一棵树，以补偿俄罗斯的滥伐树木；不过种一棵树还嫌少，可以下命令每年种一棵。”

契诃夫生活在晚一些的时代，这时阿斯特罗夫[②]医生已将自己的一半地图染上了颜色，这时技术文明的时代已经到来，他这

① 列奥纳多·达·芬奇（1452—1519），意大利画家、雕塑家、建筑家、科学家、工程师。
② 契诃夫的剧作《万尼亚舅舅》中的一个医生。

个自然科学家和医生并不是那么难以想像得出：事物的进程导致了伴随有各种创新、伴随有心灵和机器的各种冲突的科技革命，而这种事物的进程将会产生何种结果。

走在伟大的古道上

一

文学上的发现，近乎伟大的地理发现：新的题材渐渐延伸和扩展，就像人们一步一步地住满新发现的大陆并习惯于在那里生活一样；新鲜的未经探索过的活动余地足够用很长时间，有时够用上五十年、一百年，够好几代人用。其实，契诃夫本人在谈及《草原》时所指的也正是这种情形，他写道："也许，它将打开我的同时代人的眼界并向他们展示，尚有多少美的资源和蕴藏未被发掘动用，而可供俄国艺术家走的路子毫不狭窄。如果我这部中篇小说能使我的同行们想起被遗忘了的草原，如果在我约略而又枯燥地勾勒的图案中哪怕只有一个能促成某个诗人深思，那我也就该心满意足了。"（致 Д. В.格里戈罗维奇，1888年1月12日）

一百年过去了。文学史从容不迫地庄重地在大量作品中择取艺术精品，它发现了《草原》，这部作品的质朴诗意以及表面上的明白易懂有着深刻的内涵，充满着与俄罗斯诗歌和文学的发展远景的隐秘关联。

《伊万诺夫》发表后，紧接着是《草原》问世和荣获普希金奖——这带给契诃夫的还不是荣誉，只是一种成功，初步的，当然，也是巨大的成功，而他觉得这成功是相当不牢靠的。他在一八八八年十月二十日写给 A.C.拉扎列夫-格鲁津斯基的信中说：“就连大作家也都会有才思枯竭、令人生厌……的危险。而我个人最易于经受这种危险。”

这时契诃夫才二十九岁，相对于苏沃林、普列谢耶夫和格里戈罗维奇这些文学界的长者来说，他像是一个新作家，但他已有了不可轻视的经验和经历；他已经在莫斯科和彼得堡的报刊上发表了数百篇幽默小品、小剧本和短篇小说。他本人对他在《花絮》等报刊上发表作品的那个阶段的评价不高，他赞同“大家认为他在文学界微不足道的看法”；他在写给柯罗连科的信中说他曾常常把诗神带到她不该去的地方，也许，他是十分认真地说这种话的。不过，大作家们对自己以往创作的看法中总透露出一种怀疑和不满，而在契诃夫的许多信件中这种情绪尤为突出。实际上，他对在《花絮》时期得之不易的经验所持的态度远非悲观主义的。他乐于“因无用”而丢弃在这期间写下的东西中的一半，但他并不为早年写的任何一行文字感到害臊。

契诃夫动笔写《草原》的时候，他的头几部小说集都已经问世，而《形形色色的故事》则受到了读者的欢迎。蒲宁回忆说：“这本书我是在火车上读完的，我在叶列茨火车站上买了这本书，一口气就把它读完了，感到异常高兴，当时我十六岁。”

契诃夫的文学前途似乎已经十分明确，因而当他转向一种生疏的体裁，写严肃、冗长而且意兴索然的（对此当年文学批评界很快就表露了少有的一致的意见）中篇小说《草原》时，这做法使人觉得似乎是异想天开；列伊金甚至深信不疑：是有人在使他所喜爱的这位撰稿者误入歧途。

虽说《花絮》时期的工作有时间紧迫和题材微不足道的特点，但其间有一些对日后的创作来说是十分重要的东西却保留下来了：“我写呀写，尽量不把我所珍惜的形象和画面耗费在短篇小说上，也只有上帝才知道这是为什么，我珍惜和藏匿了这些形象和画面。”在一八八六年三月二十八日写给 Д. В.格里戈罗维奇的信中说的这几句话通常被认为与《草原》有关，虽说契诃夫着眼的当然可能是一种尚不十分明确的创作远景。

在这个阶段契诃夫更乐于与老一辈作家交往。与一些同时代人相比，和他们在一起更容易找到共同语言。而能够理解他的一些秘藏于内心的珍贵构思——其中也包括《草原》的构思——的也只有老作家，这些老作家记得并珍惜的不仅有《猎人笔记》，而且还有普希金时代和果戈理时代的浪漫主义诗歌和小说。

契诃夫在一八八八年一月十二日写信给格里戈罗维奇说：“我深信，只要在俄罗斯还存在森林、峡谷、夏夜，只要鹬鸟还在鸣叫，而田凫还在哭泣，人们就不会把您忘记，也不会把屠格涅夫和托尔斯泰忘记，就像他们绝不会忘记果戈理一样。您描绘过的人们会死去，会被忘却，但您依然会完整无恙。这就是您的力量，也就是您的幸福。”《草原》使 Н. К.米哈伊洛夫斯基感到不合时宜和意兴索然，这是不足为奇的。有这种感觉的也不只是他一人，因为人们已经习惯于阅读关于妇女解放、虚无主义或到民间去的书籍，而草原、旅途、霞光和雷鸣的诗意——这一切都早已不再流行，不再讨人喜欢。事实也确实如此：格里戈罗维奇读了《猎人》喜出望外，这是因为他在这个作品里认出了屠格涅夫的手笔；而评论家 В. К.斯图卡利奇（韦涅维奇）斥骂《草原》，这是因为这部中篇小说不像列维托夫的草原特写……

显然，陀思妥耶夫斯基会比其他人更理解契诃夫，理解他在草原上的“骑马旅行”。他写道：“对于昔日的旅途，对于‘骑马旅行’（不久前一个庄稼汉这么说过），我们这些住在大城市的居民已经开始遗忘。现在进行这种旅行的话，可以遇上许多不同于昔日惯例的新东西，至少我从一些人处听到了不少有趣的事情。由于我毕竟还不完全相信有关强盗到处肆虐的说法，所以我几乎每年夏天都要到深远一些的地方去旅行，使自己获得教益。”（《在途中 · 几个小场景》）

而在另一个地方他写道：“如果你们要了解我的全部想法，那么我要说，孩子，名副其实的孩子，人们生育的孩子，应该在大地上诞生，而不是在马路上。日后可以在马路上生活，但是一个民族，它的大多数应该在大地上、在粮食和树木生长的土壤上生根发芽。”

在不久前才公布的陀思妥耶夫斯基妻子的札记中有这样的话：“他热爱森林。他说，让人家去出卖森林吧，我绝不会卖，我遵循一个原则，绝不能使俄罗斯没有森林。让他们分给我树林，我会培植它，而在孩子们成年时它将成为一大片森林。”

关于森林和泉源的枯竭、关于溪流的干涸、关于熊穴和鸟巢——野兽、禽鸟和昆虫的“天赐窝穴”——遭毁坏，在八十年代中期，人们写过许多文章。很清楚，在不久的将来，野生动物将成为罕见的珍品，其中有一些将完全从地球上消失，只能在自然史上留下一点儿遗迹。人们也写到了有害的生活急遽增长的速度，写到了工业和铁路不受任何控制和局限的发展：电力世纪和航游世纪就在眼前。

契诃夫看到了一些变化的发生和加强，这些变化最终导致了当今的科技革命。但并非只他一人看到了这一切，而且也不是他第一个看到了这一切。他的先驱者陀思妥耶夫斯基在长篇小说《少年》中写道："现在有人要伐尽俄罗斯的森林，使它的土壤贫瘠，把它变成供卡尔梅克游牧民族使用的荒原。如果来了一个满怀希望的人，如果他种下一棵树，大家就都会笑起来说：'难道你能活到它长大的那一天？'而另一方面，一些希望幸福的人却在谈论着一千年之后将会有的事情。已经没有一个可以联结一切的观念。"契诃夫创作中的许多东西萌芽于这颗艺术种子，萌芽于这一言简意赅的提纲。在这里有着阿斯特罗夫医生画的那幅生态图，有着契诃夫戏剧和小说中谈到的一切：遭到砍伐的树林和正在干涸的河流，顽强地单独种植小桦树的怪人以及有气魄将樱桃园连根砍伐的人。这里也有着阿斯特罗夫、韦尔希宁和图津巴赫的有关二百年或者三百年，乃至一千年之后的美好生活的幻想，还有对失去了的"总观念"的怀恋。这并非单纯意义上的近似，不，措词上的相近就十分引人注目，使读者不至于怀疑这一切的来源，而且也不必问自己：契诃夫是否知道《作家日记》？契诃夫是否读过《少年》？因为在当年的俄罗斯，除非是十足不学无术的人才会不知道陀思妥耶夫斯基。

《草原》在契诃夫的创作中占有特殊的地位。大约没有一部研究著作会不提及这一点。这部中篇小说把安东沙·契洪特的早期《花絮》阶段的创作同安·契诃夫的精美小说区别开来，它一直被看成是一部独特的作品，一部未写成的长篇小说的一个断片，一种独特的"过渡"形式，对它的不足之处应该予以理解和宽恕；一句话，万事开头难……

关于契诃夫创作中的“转折”这一观念，起源于旧日的俄罗斯文学批评，它同一些早已令人厌烦的老生常谈，诸如无情节性、风俗性和“地方特色”等一直保留到了今天。从那时起，《草原》未获得过详细的阐释，似乎它同早期创作毫无一致之处，而在早期创作中似乎对这部内容丰富并与幽默无缘的中篇小说的出现未作任何预报；根本没有把《草原》同契诃夫晚年的严肃短篇小说和剧本进行对比，似乎《草原》中的主题没有一个在这些作品里得到发挥；还有一点，也未曾把《草原》同八十年代杂志上的小说进行过任何对照，虽说这部中篇小说的作者和许多批评家都曾作过这种比较。

当年谁都不敢把契诃夫的这个中篇归入俄罗斯文学的精品之列。这倒并非只因为许多“大型杂志”上逐月发表一些现在理应被忘记而在当年却被看成更有内容，更符合时代精神和读者口味的长、中篇小说。问题在于这个时代本身被认为是一个沉滞的时代。在一些同时代人看来，八十年代没有提供任何有历史价值的、可以稍许与记忆犹新的六十年代（当年人们很少想到更远一些的年代、俄罗斯文学的普希金时期）的遗产相比拟的东西。以前通常把八十年代叫做（现在也因循着这么叫）“社会萧条、文化停滞的时期”。而这种时期可不是历史，宁可说它是历史上的一种空白，而填补这种空白的则是对往昔的伤感和对未来的陶醉。这种不满情绪在契诃夫的一些人物的独白中表现得最为充分，它甚至作为一种“契诃夫情绪”进入了社会舆论。

也许，正好是它，这种“契诃夫情绪”妨碍了同时代人理解和评价《草原》，评价这部写儿童眼中的祖国的中篇。

二

一八八七年春天，契诃夫在亚速海附近地区旅行。他到过塔甘罗格、新切尔卡斯克、拉哥津纳亚山沟、卢干斯克、圣山等地方。一八八七年二月十日他给 A.C.苏沃林的信中说道："为了不让人憔悴下去，我将在三月末去南方，去顿河地区，去沃罗涅日省……在那里迎接春天，并在记忆中更新那已经开始黯淡的东西。到那时，我在想，工作起来会更有劲……"

他在给亲人们的信中写道："散发着草原的气息，听得见鸟儿在歌唱。我见到了老朋友——飞翔在草原上空的老鹰……小山冈，水塔，各种楼房——一切都是熟悉的，记忆犹新的……乌克兰人，犍牛，白色的农舍，南方的小溪，顿涅茨克铁路的支线——所有这一切全像梦一般地忽隐忽现……"

契诃夫为人活泼和敏捷；他完全不同于深居简出的作家，不同于脱离现实生活的书呆子。酷爱旅行，或者说得更确切一些，酷爱漂泊生活——这是他的禀性。不久他就实现了一次千里迢迢的旅行，骑马坐车到萨哈林，以后又越洋经印度返回莫斯科。而且他从来不带多余的东西，无论是衣服还是日常用品："我的全部东西都随身带。"

旅途，旅行情节，途中邂逅和印象在契诃夫的创作中是十分重要的（而且是经常出现的），而这一切又都产生于经常的运动之中，产生于不断接触俄罗斯幅员广大的过程之中。

"您什么时候见过大道吗？"在结束《草原》时契诃夫问普列谢耶夫道，"我们该上那种地方去！道路旁的大小十字架迄今完整无损，但它已经不像从前那么宽阔了；邻近造起了铁路，因此在大道上已经没有什么行人，渐渐地将会野草丛生……”

在许多信件中反映有契诃夫在亚速海附近地区的春天之行。这些信就像一本详尽的日记，旅途速写和童年回忆交织在一起，而且新印象与记忆中所保留的极少相似之处，这也是理所当然的。使他感到高兴的只有草原、小山丘、草原上的大道和“老朋友——老鹰”。

随着时日的推移，契诃夫对塔甘罗格的态度变得宽容、温和一些了。契诃夫认真地考虑过在故乡治疗的事情，而且在这个城市需要一个建造庭园的人时，他几乎是认真地请求人家别把他忘了。只因为误会或者只由于幼稚天真才会说对塔甘罗格的描写是“直接写生”，带有种种细微的“地方色彩”。关于这个城市契诃夫在他的戏剧和小说中，在《草原》之前、在它之后以及在它本身之中讲过许多。

然而，体裁问题却是与“地方色彩”有关的，《草原》是一部什么样的作品？是一篇人种学的特写抑或是一种艺术性的叙述？是一个自传性的报告抑或是文艺创作性的寓言？这个问题从旧日的文学批评界起一直保留到今天。在《安东·契诃夫新传》一书中，对俄国人写的论述契诃夫的文章和研究著作持一定怀疑态度的英国人罗纳尔德·欣格利毫不含蓄地几乎是逐字逐句地重复了百余年前的批评意见：“严格地说，《草原》未必可称之为短篇小说，其中没有情节，它只是游历乌克兰草原所得的一些旅途印象，一个九岁男孩可能会有的那种印象……与一些更成熟的作品比较起来，这篇早期特写至多只是一连串令人神往的素描。”

听这口气，“至多只是”令人神往而已！

而契诃夫却是怀着大胆的希望要向这个男孩子展现他的严峻和美好的故乡，古老的传奇般的草原的。

每个时代都有当代社会所关切的问题。在八十年代末的俄国，谁会对偏僻的草原和一个外省小男孩的心情感兴趣呢？当时有不少更加令人关心的“伤脑筋”的问题和题材，契诃夫是知道这一点的，正和他知道他这部中篇不会得到人们的正确理解一样，尤其是在大城市里，那儿的人们都挤在一起，他们不知道辽阔的草原，也不了解那有着独特诗意和悲哀的荒无人烟的孤寂。

“幸福的一个首要的并为人们所公认的条件是要在生活中不破坏人与自然的联系，就是说要生活在露天，要有阳光普照大地，要有新鲜的空气，并与土地、植物和动物打交道。”（列夫·托尔斯泰语）

很久以来是在众多的书信联系中理解《草原》的，在这些信中也确实有着童年的回忆，自传性的细节、旋律和“地方色彩”。有时契诃夫显然是故意把事情简单化，力求直观。例如，他在写给Г.М.契诃夫（堂兄，米特罗凡·叶戈罗维奇的儿子，在一家商店旦当伙计）的信中说：“我的作品的主角叫叶戈鲁什卡，事情发生在南方，离塔甘罗格不远。”

由此也就有了一条地理上确实可靠的路线，很自然，叶戈鲁什卡是从塔甘罗格去罗斯托夫的。“前方，在河的那一边是一座闪现五光十色的大山，山上分布着许多房屋和教堂；山脚旁，在一些货车厢附近有一辆机车在奔跑……”这情景真像昔日的罗斯托夫：叶戈鲁什卡生平第一次看见的大河正是顿河。

但是，要像在中篇小说里所说的那样看到罗斯托夫，就应该从巴泰斯克这边向它移动，沿着浮桥过河，从左岸到达右岸。大车呢，它遵照着现实的地理情况，从相反的方向移动，因此如果契诃夫遵循的正是这条路线，叶戈鲁什卡在走近城市时就不会看到大山，也不会见到河流和有机车在奔跑的铁路。在这平坦的草原上，在他眼前会出现罗斯托夫的市郊，大车就得过小河卡缅卡，接着就走上那条昔日叫做塔甘罗格斯克的铺着鹅卵石的大街。

《草原》中的地理是概括地杜撰出来的，它服从于作品的基本构思，讲述一个初次面对“严峻和美好的故乡”的人的体验。

在契诃夫的作品中有直接提及现实的城市、区域和地方的，但并不是在《草原》中：“我记得，当我还是五年级或六年级的中学生时，我和祖父一起离开顿河地区的博利沙亚-克利普卡亚村，去顿河畔罗斯托夫。那是八月的一天，炎热，无聊得令人心烦。由于炎热，由于向我们吹来阵阵尘雾干燥的热风，睁不开眼睛，口中直发干；不想看，不想说，也不想思考，因此在瞌睡着的赶车人——乌克兰人卡尔波向马扬鞭打着我的制帽时，我没有抗议，我一声不吭，只是从迷迷糊糊的状态中醒过来，无精打采地温顺地眺望远方，能不能透过尘土看到一个村庄？”（《美女》，1888年）

还在《草原》发表在杂志上时，批评家们就发现了一种“地方色彩”。他们说，这里讲的是伏尔加河沿岸的一个省城和伏尔加河流域的草原。这种看法当然使契诃夫惊奇，也许，还使他感到好笑。他对《草原》中的第一行作了改动，不用俄文字母表示城市和省的名称，而用了一个拉丁字母。结果就像在果戈理的作品中一样——N城。

在谈论文学时多么容易犯错误，而要纠正错误又常常是多么困难，要么是无心的迷误，要么就是我们的一种天真信念，认为生活和对生活所作的描绘是一种性质的现象！更何况契诃夫从来不“直接写生式地”写任何作品。他需要时间，使记忆能将情节过滤，使过滤器上只剩下重要的和典型的东西。

在一些伴随中篇小说《草原》的信件中确实有着童年时代的回忆，有着自传性的细节和旋律。

“在一八七七年，我有一次在旅途中患了腹膜炎，在莫伊谢伊·莫伊谢伊奇的客店里度过了痛苦的一夜。这个犹太人彻夜给我敷芥子膏和上压布。”——契诃夫在一八八八年二月九日给普列谢耶夫写信说。这些信都是有所指的，都有它们自己的情节、文体和语气，它们确实告诉我们，作家从草原上获得了鲜明的印象并将它们反映在《草原》中。A. A.波捷布尼亚曾经指出：“显然，在真诚的诗人的作品中，一个偶然的形象也会有其个人生活中的深刻根据。”但信件中只字未提创作记忆的工作情况，未提及它是怎样从一些印象中选择并写成了一个完全独特的富有诗意的整体的，这整体后来被命名为《草原》。

本来的“草原”和契诃夫笔下的《草原》是两种不同的东西，这该是十分明白的事情，正如另一件事是清清楚楚的一样，即在进行叙述时，在作品的创作过程中，移动着的不是大车，不是驿道上的轻便半篷四轮马车，不是头顶上方的老鹰，而是笔头在一张布满了契诃夫的蝇头小字的纸上移动。应该是一个艺术家和诗人，才会把夜晚远处的反光现象写成“黑夜眨了一下眼睑”。关于这种事情契诃夫是如此说的：这都是“想像出来的和做出来的”。

谁在顿河—亚速海附近地区的草原上长大，谁哪怕是到过这些地方，谁在酷热的七月看到过风把黑色的粉末似的尘土撒在村道边的小山丘上，到处没有一株灌木，没有一朵鲜花，没有一根绿草，谁就会知道在盛夏里真正的——“契诃夫描写之前的”——草原是十分凄凉的，不惹人依恋的。在中篇小说《草原》中很少谈人文的问题；它的富有诗意的内容，青草的哀诉，白杨的孤寂，它在夜晚的闪光，雷雨，道路和巨人——所有这一切都来自远古时代，来自文学的永恒源泉，来自民间故事、传奇故事和神话。从这个意义上可以说，契诃夫还创造了草原本身，也许，只是在我们从远古时代传下来的几乎已被遗忘的文献中，才有这种生气勃勃、神秘而又美好的草原。

契诃夫写这部中篇小说也正是抱着一种希望，希望它能使读者注意到某种重要的不该忘却的东西。

亚历山大是契氏兄弟中的老大，虽说他同安东一样在草原上长大，但他根本没有想到过什么“地方色彩”。他在打算购买一块土地时写道：“也可以在塔甘罗格附近买，只是那里太凄凉，光秃秃的。‘草原’只是在你的书中才是美好的，而在这个养育了我们的城市附近它却是令人厌恶的。”（1903 年 11 月 25 日）

契诃夫本人在童年时代见过草原、草原上的庄园、道路和莫伊谢伊 · 莫伊谢伊奇的小酒店，但他未曾坐过大车，也没有在雷雨之夜遇见过巨人……

Д. С. 利哈乔夫透彻地指出：在俄国人心目中，“自由”这个概念同“宽敞”的概念不可分，自由自在——就是与宽敞联在一起的自由。

有一个文学上的联想，一个虽说是迥异的但却是重要的可资借鉴的文学上的联想——《活尸》中的费佳 · 普罗塔索夫在听茨冈人演唱时激动地叫道：“这是草原，是十世纪，这不是自由，而是自由自在……”

三

契诃夫产生在“大型”杂志上发表一部中篇小说的想法大概在一八八六年春天，当时他收到了格里戈罗维奇的一封信：“您的毋庸置疑的天才的特性是不单调，您进行内心分析的感觉是正确的，您有高超的描写技巧，您善于塑造形象，寥寥数笔，就有了丰满的画面——根据这一切我确信不疑，您的天职就是要写出几部精美的真正的艺术作品。如果您辜负了这种期待，您就会犯下巨大的道义上的过失……别再做那种赶时间的工作了……宁可饿肚子，就像我们当初曾挨过饿一样，您也得珍惜您的印象，写出一部深思熟虑的作品……一部这样的著作的价值将比百余篇美好的在不同时期散见于报端的短篇高出一百倍，您会马上获奖，您将在敏感的人们的心目中、而后又在整个读者层中占据显要的位置。”(1886年3月25日)

也是在这一年，《俄国思想》的编者之一M.H.列梅佐夫也写信给契诃夫：“安东·巴甫洛维奇阁下……凭我们是知交，我胆敢向您建议，通过我的中介给《俄国思想》编辑部一个短篇，或者不是一个，而是几个……我想，您该及时进入优秀文学家的行列，您无疑能占据显著的一席。”

一八八七年十二月有了写《草原》的机会，柯罗连科向契诃夫转达了H.K.米哈伊洛夫斯基[①]的请求，即为《北方通报》写一

① H.K.米哈伊洛夫斯基（1842—1904），民粹派思想家、文学批评家和政论家。

部大型的中篇小说。一八八八年一月九日，契诃夫在给柯罗连科的信中说起《草原》已在后者的友好建议下开始写作，他还说："我虽然没有征求您的同意，却已在内心里和您结成了同盟。"

柯罗连科回忆这段时间时说："在彼得堡，在《北方通报》的圈子里我讲了造访契诃夫的情形以及他给我留下的印象，这介绍引发了许多谈话……米哈伊洛夫斯基的《北方通报》有意于在自己的刊物上见到契诃夫的作品，因此我受到了指责，在拜访契诃夫时，我（当时在杂志界尚属新手的我）居然未想到约请他撰稿。

"在下一次拜访契诃夫时，我同他谈起这件'事'，但在我之前，A.H.普列谢耶夫已经同他谈过了……

"我们相约在彼得堡《花絮》编辑部见面，我果真在约定的时间在《花絮》的编者列伊金先生的办公室里找到了契诃夫……

"过不多久，安·巴·契诃夫写好了他在大型刊物上发表的第一个作品。它的题目是《草原》。"

柯罗连科所回忆的那次会见显然是在一八八七年十二月一日。第二天，契诃夫见到了米哈伊洛夫斯基："昨天……从十点半钟起一直到下午三点钟我在米哈伊洛夫斯基处度过，作陪的有格列布·乌斯宾斯基和柯罗连科，在一起吃饭，喝酒，友好地闲谈。"

写《草原》的时候，契诃夫不受时间和篇幅的限制，好像这是他多年来第一次可以不慌不忙地自由自在地写东西。这就更令人惊奇，这部罕见的庞大和复杂的中篇花了不到五个礼拜的时间就写完了，一八八七年契诃夫动笔写，一八八八年二月三日他就把它寄往彼得堡，三月，它就刊登在《北方通报》上了。

在《花絮》时期，契诃夫得常常写许多许多，彻夜不离书桌。现在他平平静静地写作，有时间进行思考，有时间写信，对《草原》的构思、加工以及新创造的叙述形式作注解。但是不是写得仓促了？是不是毕竟太快了？一个月多一些时间，竟写下了几乎六个印张！不错，此刻契诃夫处于精神高涨时期，但毕竟似乎太紧了，写这么宽广的中篇，当然需要有一定的时间余地。

在标题、题词和引用语中看惯了的那些关于“宝贵的形象和画面”的话语似乎人人都明白，似乎是不需要作任何解释的。这是指童年时代的回忆，几乎被遗忘了的抒情形象和在《花絮》中用不上的情节：草原，神话般的古道，石像，山丘以及歌唱着的青草——即后来与叶戈鲁什卡的形象有关的并被写入了中篇小说《草原》的一切。

在《草原》问世后不久，契诃夫写道：“车轮的咯吱声，犍牛的懒洋洋的步伐，密密层层的尘土，五十来张黑黑的汗脸——所有这一切就像‘我们在天上的父亲’[①]似的铭刻在我的记忆之中。”（1888 年 8 月 29 日致 A.C.苏沃林书）记忆，成年累月地积累印象并使形象体现为词句的记忆，这也正是契诃夫的创作活动的基础。

实质上，关于《草原》契诃夫也应该说，他为它花去的时间远远少于一个月，因为有许多天他是用来做别的事情或者写信的。如果我们把写作理解为完成手稿，这么讲倒是千真万确的，当契诃夫有东西可写时，他查着手记本写得很快。实际上他的全部严肃文学构思都延伸进一些远非总能探索得到的生活和记忆的

① 东正教“主祷文”中的第一句话。

深处。

这样，一些信件就更显得重要，幸好它们的数量相当多，并且很详细；而早年作品中的那些“草原的”旋律和形象也就显得更有意思。

在创作《草原》期间契诃夫写了二十多封信，它们在一定程度上揭示出这部中篇的创作过程。

当然，他是十分清楚的，他的新作的构思多么不寻常，“它有点儿古怪”。

不得不克服已经习惯的笔法：“作为开端，我着手描写草原、草原上的人们，也描写我在草原上的感受。是一个好题材，写来十分欢畅。但不幸的是，由于我不习惯于写长篇，由于我担心会写下多余的东西，我就陷入了极端，每一页都写得很紧凑，像一则小的短篇，画面壅塞拥挤，互相妨碍，这就破坏了总的印象。结果是画面不成其为画面，因为这画面上的细节不像天空的星星那样融为一个总体，它倒像是一份提纲，干巴巴地罗列了各种印象。”(致 В.Г.柯罗连科书，1888 年 1 月 9 日)

主要的困难看来并不在于叙述的规模，而在于“无情节性”。单个的一章又一章联系在一起所靠的只是统一的富有诗意的情绪、总的语调和内在的旋律。正因为这样，在一些与《草原》有关的信件中才谈了许多关于语调、关于草原题材的音乐性、关于干草的香味和关于散文诗的东西：“情节是有诗意的，如果我不走调的话，那么我会写出一个不同凡响的作品来的”；“总的说来它不能使我感到满足，虽说其中有些地方像‘散文诗’”；“在我写的时候，我感到了在身旁有夏天和草原的气息”。

草原主题源于契诃夫创作之始；它远在诗意盎然并使格里戈

罗维奇陶醉的《猎人》之前就出现了，也早于作为《草原》的先兆的《幸福》。早在反映契诃夫中学年代印象的第一部剧本中就有了“宝贵的形象和画面”，也有了对开阔如草原的活动的向往：“让我和你都遇上有勇士的荒漠吧！让我们遇上头颅有一百普特重的、口发嚎声和呼啸的壮士吧！”就在这个剧本里有关于强盗的传奇故事，有地主，有商人，有金钱的势力，有小旅店老板（不错，是已经发了大财的小旅店老板），也有在《草原》的构思中是十分重要的别致的亚速海附近地区的色彩。

格里戈罗维奇特别注意到了契诃夫的风景描写：“凭您在描写自然时所流露的美妙情感来看，您还是一位诗人。这是一种十分宝贵的品性，在如今的新思想文学家身上少见的品性，它将使您如虎添翼。”画家 И. И. 列维坦是契诃夫的友人，他在一八九一年仔细反复阅读了《形形色色的故事》和《在黄昏》之后写信给契诃夫说：“……作为一个善于描写风景的作家，你使我惊讶。我讲的不是大量的非常有意义的思想，而是其中的风景描写，真是至美尽善，例如，短篇小说《幸福》中描写草原、土冈和绵羊的画面令人惊异。”

在一八八五年至一八八七年间写的短篇小说中，契诃夫认真地致力于心理写景。这些小说中的一些鲜明细节在《草原》中得到了展开。例如，这部中篇小说的基本“音乐”旋律之一在《猎人》（1885 年）中就已初具轮廓：“是一个炎热窒闷的中午。天上万里无云……被太阳晒枯了的草儿露出沮丧和绝望的神情，即便是下一场雨，它也绿不起来了……从收割过的田地上传来低微的歌声，但它刚开头就中断了。连唱歌也感到热……”

在整个第一章里伴随着叶戈鲁什卡的风车已经在短篇小说

《风滚草》(1887 年) 里出现过了:“……我看到了新的东西,平坦的田野,淡褐色的远方,路旁的小丛林,在它的后面有一个风车,停在那儿一动也不动,似乎正在纳闷,因为这天是节日,不让它转动翅膀。”

不过,就连最生动的风景描写也只是一种修辞装饰,如果它们在情节之中和在叙述的内容方面没有基础的话,情节呢,契诃夫说过,“它应该是有新意的”。在早期的短篇小说里,这种风景描绘常常伴随着一些有崇高精神的特别热爱自然的人物,他们手持猎枪或钓鱼竿,独自同大自然在一起:“主啊,这有多快活啊!如果捉到了一条江鳕或者诸如鲦鱼什么的,那简直像是见到了亲兄弟!”(《宿愿》,1886 年)

这些人特别有魅力,因为他们不贪婪。举例说,在短篇小说《阿加菲亚》的主人公的心目中重要的不是捕鱼的数量本身,重要的是以巧计胜过大自然,甚至是胜过他本人,他用大鱼钩钓到了一条小鱼,或者更好的是不用套索、赤手空拳地捉到一只夜莺。契诃夫在写这些短篇时,他眼前想必出现过各种各样有才干的人。比如,那个钓鱼的人原来还是一个酷爱读书的人:“别人的乐趣只是喝喝酒和说说脏话,而我呢,如果有时间的话,我就在墙角落里坐下,读书,我一边读书,一边哭,哭……”(《宿愿》)

这是一些完全不同的人(短篇《在途中》的利哈廖夫同《阿加菲亚》里的萨夫卡以及《巫婆》中的美女——诵经士的妻子毫无共同之处),但有一个共同点把他们连在一起,不管他们个人的或者他们在地球上生存的社会情况如何,他们都不能脱离土地,离不开春天和冬日,离不开河流和草原上的道路,而要理解他们,就必须读一页又一页的风景描写。《在途中》和《巫婆》里描写的深夜里掩盖了道路的暴风雪是同样重要的。

文学中有一些规律在起作用，它们像物理世界中物质和能量不灭的规律一样。在文学中没有一样东西是无根据的，任何东西都不能从乌有中产生或者化为乌有。契诃夫的《草原》也是如此。它不只源于早期的几个短篇、塔甘罗格市的近郊以及童年时代和中学时代的富有诗意的印象，它还来自生活的历史根源，来自一些最初的艺术原型和传统，后者是代代相传的，是那些在文学中占重要地位的人所离不开的。

四

应该同《草原》的构思连在一起考虑的是，契诃夫在一八八四年即读大学的最后一年里津津有味地做了一项工作，后来在八十至九十年代他又不止一次地重新拾起这一工作。对一个年轻的医生来说，这是一件有点儿出乎意料的事：契诃夫熟悉大量的历史文献资料和著作，并且做了内容丰富的摘录。各种文献资料和著作的名称有一百五十多个。契诃夫得以看到的专门版本的编年史有《拉夫连季耶夫编年史》《普斯科夫编年史》《索菲娅编年史》《尼古拉·吉洪拉沃夫出版的俄国文学和古代编年史》，第一至五卷，莫斯科，一八五九年至一八六三年版；《俄国编年史全集》，第一卷，第五卷，圣彼得堡，一八四六年，一八五一年；《往年纪事》《治家格言》《弗拉基米尔·莫诺马赫箴言》《俄罗斯教会简史》，总主教普拉东著，莫斯科，一八〇五年；《关于莫斯科大公国、俄罗斯诸大公的出生、不久前由三个假德米特里惹起的骚乱的历史》，关于莫斯科的法律、风尚、管理、信仰和礼仪的历史，由彼得·彼得列伊·戴·叶尔列祖特收集并于一六二〇年公布，A.H.舍米亚金译自德文，莫斯科，一八六七年，等等。

这些书目和材料摘要都保存在一个标有《俄罗斯的医疗事业。一八八四年，一八八五年》字样的一个集子里。通常都把它们同契诃夫撰写关于俄罗斯医学史的学位论文联系在一起，虽说契诃夫在一八八四年十一月四日的一封信中讲到的是一次“博士考试”。如果讲到的果真是一篇学位论文，那么应该承认它的构思是相当特殊的，因为契诃夫所收集的资料是从世上既没有医疗业，也没有医生，甚至连俄罗斯本身也并不存在的时代开始的。这就未必符合医学史这种学术著作的要求，但它却是研究古俄罗斯书籍的一个良好机会。

H.Φ.别利奇科夫当年公布这批材料时写道：“‘自然科学家和诗人在歌德身上是极好地并存的。’契诃夫在一封信中顺口这么说过。契诃夫在他丰富多彩的创作中不也是同样兼有注重实践的硕儒、大胆的分析家和精致细腻的艺术家的特点吗？莫非契诃夫设想中的完美的艺术家正是这样的？”

在当代的许多研究著作中，特别是在科学院编的《契诃夫全集》的注释中一成不变地（而且似乎是严肃地）指出：契诃夫不是一个职业的历史学家。这是不言而喻的。但不该忘记的是：即便在对历史表现出浓厚兴趣时，他仍是一个职业的作家，古俄罗斯语文材料的丰富内容和美在他心目中首先具有的是艺术意义。虽说结果只是出现了短篇《复活节之夜》里的精彩词汇和修辞或是《大学生》中的历史隐喻，他在这方面所付出的劳动也算获得了百倍的褒奖。但正如契诃夫有一次所指出的那样，读米勒、卡拉姆津和克柳切夫斯基的书，宽广的历史视野使他能够在需要专门知识的地方不感到自己是个外行，而能鲜明地、几乎是电影般绘声绘色地想像出古代灾难重重的俄罗斯。

不只是在契诃夫的同时代人中，而且在整个俄罗斯文学中，难以找出另一个作家这般年轻就如此博学多识，如此爱好研究历史文献资料和祖国的古代。

契诃夫没有收藏手稿、书籍和整套整套物品的嗜好，但在他的私人图书馆里却有着《伊戈尔远征记》的第一个版本，即穆辛-普希金的版本，它同《弗拉基米尔·莫诺马赫箴言》一书装订在一起。他向苏沃林提出过建议："出版《弗拉基米尔·莫诺马赫箴言》吧！出一卷《廉价丛书》，印两种文本，斯拉夫语本和俄语本，而在书的末尾附上注释。也请您出版《伊戈尔远征记》……出版《治家格言》。"

这一系列读物，其中收集俄罗斯民间文学的经典集子（П. В.基列耶夫斯基，А.Н.阿法纳西耶夫，И.М.斯涅吉廖夫，П. А.别松诺夫，М.扎贝林）占有显著的地位——这一系列读物该在《草原》的富有诗意的主题和形象上有所反映。契诃夫在这些书中找到的不仅有与他的构思相适应的情绪，而且还常有必须的知识、旋律和色彩。例如，他在《关于一些古迹、关于发现的墓地之说明》(《1764年年鉴》)中读到了有关草原上的坟墓、关于不知何时何人竖起的石像的描述："在俄罗斯南部地区和西伯利亚发现的古墓是各式各样的，虽说其中的大部分出于一个民族……这种坟墓在平坦的草原上最多，过去有一个似乎是靠畜牧和狩猎为生的民族住在这一带……"也是在这本书中提及一个女人塑像，"用洞穴石头做成，做工粗糙，头被打掉了，未找到……这类塑像常常在顿河、顿涅茨、乌克兰防线和亚速海之间这一带发现”——就是说正是在装着羊毛的大车和叶戈鲁什卡走过的那一带地方和那一条大道。

Д. С.利哈乔夫在他的《古俄罗斯文学的诗学》一书中指出："古俄罗斯文学的体裁'组织'得很好，它们通常都是宣言式地表明在作品的名称中。"接着他就非常详细地举例说明这个论断："体裁的名称在作品的标题上就显示出来了……显然，这是受了古俄罗斯文学的艺术方法本身的一些特点之影响……一些传统的定义、体裁、题材、主题、情节都是为读者制造一定情绪的信号……《非常好的中篇小说》《令人喜爱的中篇小说》《有益的中篇小说》《十分有益的中篇不说》《大有教益的中篇小说》《非常有益的中篇小说》《美妙的中篇小说》《美妙的和可怕的中篇小说》《可观的中篇不说》《著名的中篇小说》《著名的和值得惊奇的中篇小说》《可怕的中篇小说》《神奇的中篇小说》《安慰人的中篇小说》《感伤的中篇小说》……"

显然，在古代"中篇小说"一词本身并不具有它在后来才获得的那种意义，由于在古代文学中既没有长篇小说，也没有短篇小说，这个词就意义上讲大致相当于现代俄语中的"故事"。

阿法纳西·尼基京的《三海游记》当然是一部纪实性的故事，就像《亚速包围记》《拔都毁灭梁赞记》《商人记》一样，还有古已有之的"**弟兄们，现在该用古老的格调来咏唱伊戈尔远征的悲惨故事**……"[①]尽管形式和内容各不相同，讲的总是历史上确实可靠的事实，并给它们串上了旅途或者去遥远的异乡历险航游的

① 原文为古俄语。这是《伊戈尔远征记》开头的一句话。译文参照：《伊戈尔远征记》，魏荒弩译，人民文学出版社，1983年。

情节线索。

这个原则也就成为契诃夫的《草原》的基础。关于这部作品确实说不出它是什么，是长篇小说的一个片断呢，还是“游记”或“旅行散记”的开头？由于确实说不出，我们姑且把《草原》叫做故事。

尽管在古俄罗斯文学中故事的体裁特性并不明确，它却保存着某种艺术哲理的完整性和有理性、某种统一性和内在的目的性，而这一切又都同它的内容和艺术材料有关系。在这方面应该注意到**道路**这个主题思想，它展现在“比任何其他土地更为辽阔的”俄罗斯大地的许多画面之中。这种情形在每一部古代中篇小说里都有，甚至在《磨刀工丹尼尔的祈祷》中也有，后者讲的是一种倒霉的、不幸的或“亏损”的生活——契诃夫倒是会这么说的……

“啊，光明和美丽的俄罗斯大地！你的美使我们惊异：你有许多湖泊、河流和名泉，有峻峭的群山、高高的山冈、稠密的丛林、奇妙的田野，有各种野兽和许多鸟禽，有宏伟的城市、美丽的村庄、修道院一般寂静的花园、教堂一般庄严的神殿……”（《关于俄罗斯大地毁灭的故事》）

在古俄罗斯文学中体裁是由目的指定的，为什么而写？是为宗教性的训导而写呢，还是为忏悔、为“语言”（即为言语）而写？所以，这种写出来的东西的任务就是体裁的基础，就是“体裁的决定物”或“组成体裁的因素”。在新文学中形象才是组成体裁的因素，或者说得更加确切一些，才是列夫·托尔斯泰所讲的那种联结体的复杂配置。换句话说，体裁——这是一种布局，它包藏在叙述的复杂配置之中，包藏在它的各个分支、插笔、冲突和情景之中。

这种复杂配置可能是篇幅很大的，有许多卷，或者是相对小一些的；它可能是简单的或者是非常复杂的；还有一点，它可能是有出口处的或者会把我们引进没有出路的死胡同。长篇小说、中篇小说、短篇小说——这是一些相近的体裁；这是复杂配置的或大或小的分叉。

它们中最复杂的当然是长篇小说，而最简单的显然是短篇小说，当然，这么说指的是那些在历史和文学的以及艺术的方面可以对比的作品。长篇小说尽管复杂，它始终倾向于有一个结局，所以说，这是一种有出口的复杂配置。不管在导向结局的路上读者会遇到什么样的复杂情形，如果一部长篇小说写完了，总该有一个结局，最常见的正是这种情况。

契诃夫的短篇小说比较复杂一些，虽说它们并不十分费解，它们常把读者引上尽头线，中断在某个得不到答案的问题上（“这生活又会是个什么样子？”“米休斯，你在哪里？”“两个人都清楚：离结局还很远很远，而最复杂和困难的事情还不过刚刚开始”）。一个短篇小说同另一个短篇小说相呼应，早期作品的主题在晚年的作品中有反响，结果就产生一种印象，契诃夫所有的短篇、中篇和剧本相互间全是有联系的，数量众多的它们组成一个统一的体裁系统：一个复杂的和分叉极多的配置，它没有结局，而在这个意义上它又与生活本身相类似。

米哈伊洛夫斯基在初读契诃夫的《草原》时产生了一种无意的，但当然远非偶然的形象联想，他说：“我读着的时候，好像看到了一个大力士，他走在大路上，自己并不清楚上哪儿去和去干什么，就这么活动活动筋骨，他并未意识到自己有着巨大的力量，干脆就不想到这一点，一会儿折断树苗，一会儿把树连根拔起……”这一联想似乎是特别有意思的。

契诃夫称他的这部中篇小说为“草原百科全书”；可以说，它还具有一种独特的体裁方面的包罗性。像在古代文献中常见的那样，它的体裁在它的题目中就确定了：《草原》——这是“一次旅行的故事”，不过，这次旅行的速度十分缓慢，对它所作的叙述也非常徐缓，因此用“步行”一词似乎是完全合适的。（显然，在这个讲述草原旅途的故事中所指的正是“步行”这个词，一路上有不少的过路人，有许多次邂逅，而且有几句话犹如副歌似的时时重复出现：“啊呀，我的脚呀，有病的受了凉的脚呀！”）

《草原》中有许多古代的源自神话、壮士歌、民歌和民间故事的形象和情节。如果契诃夫当真下决心要续写“叶戈鲁什卡的故事”，《草原》是可以成为一部长篇小说的第一部分的。С.Д.巴卢哈特在苏联时代写道：“作者在《草原》中的真实思想立场尚未为批评家们所识透。确实如此，在已经付梓成书的部分中……契诃夫尚未来得及或者说尚未想要突出他这部作品的中心指导思想并强化读者的注意。但是，就契诃夫的构思来看，《草原》只该是一个序奏曲，是一部关于当代俄罗斯生活的宏大史诗中的第一部分。”

一种关于未完成的长篇小说（“史诗”）的主张就这样形成了。尽管在契诃夫的一些信件中有着提出这一主张的一定的现实根据，更正确一些的做法倒还是把这种主张叫做文学研究中的臆说。

在同普列谢耶夫和格里戈罗维奇的通信中，契诃夫谈到过续写“叶戈鲁什卡的故事”之可行性：“顺便说一句，我在信中谈过您提出的一个题材——一个十七岁的男孩自杀。我做过一次使用这种题材的拙劣尝试。在我的《草原》中，我把一个九岁的男孩引入了小说的全部八章之中。这孩子将来到了彼得堡或莫斯科后一定不会有好的结局。如果《草原》会受到哪怕是一般的欢迎，我就会把它续写下去。我是有意把它写成这样的，给读者一个印象——这部作品没有写完。您自己会看到，它好像是一个大型中篇小说的头一部分。”

这里还是说“史诗”更为恰当一些，因为叶戈鲁什卡的故事有可能会铺开到数十个印张，如果契诃夫续写起来仍如开始写时的速度和详尽的话，结果该会写成某种与柯罗连科的《我的同时代人的故事》相似的东西。正因为这样，契诃夫才没有用“长篇小说”这个词。这个词有约束性，同时又不明确。

有过一部什么长篇小说，契诃夫在一八八八年二月九日写给普列谢耶夫的信中提到过它。在《草原》之前，显然，远在《草原》之前，也在一八八七年的故乡之行以前，契诃夫就写起来了，之后就把它搁置一旁了：“啊，您可知道，在我的脑瓜子里有一个多么好的长篇题材啊！多么美妙的女人！什么样的葬仪，什么样的婚礼啊！如果有钱的话，我就会去克里米亚躲藏起来，坐在那儿的柏树下，花上一两个月把长篇小说写好。您想像一下吧，我这里已经写好了三个印张！”

后来这个材料大概被契诃夫用上了，也许，已经写进了萨哈林之行后的一个中篇小说，如果它并未融解在几个短篇和中篇里的话；我们在这里只消指出一点就够了：它同《草原》没有关系。“至于说到叶戈鲁什卡，那么我会继续把它写下去的，但不是在现在。”在上面提及的同一封信中他这么写道。

在契诃夫和格里戈罗维奇通信中讨论过的关于一个十七岁的中学生自杀的题材有其前史；这前史本身是有趣的，它能使人理解，在看待文学和生活的问题上，“今世纪与前世纪”的区别有多深刻。

格里戈罗维奇的题材，正如这位老作家本人所觉得的那样，远非新的题材，而且一如既往仍是俄国社会生活中的迫切问题。契诃夫在给他的信中就这么说：“对一个把大家折磨到了极点的问题应该作出一个强烈得使人痛苦的回答，而我们对此有足够的内在力量吗？没有。您预言这题材会受到人们欢迎，您这是根据自己的情况作出的判断，但你们这一代人除了有才能以外，还有渊博的学识，有阅历，有磷和铁，而当代的才子们身上却没有这一切东西，因此可以坦率地说，他们不去触及严肃问题倒是一件应该为之高兴的事情。如果您把十七岁自杀的男孩交给他们，那么我有把握说，某甲会不知不觉地虔诚地去进行中伤、诽谤和诬蔑，某乙会提出毫无生气可言的浅薄意图，而某丙则会用精神病来解释自杀。您提及的那个男孩有纯洁和可爱的气质，他寻求上帝，他爱，他的心灵敏感，受过深深的凌辱。要把握住这样一个人物，就必须自己能够经受住苦难，而当代的诗人们却只会唉声叹气和抱怨诉苦。至于说到我自己，那么除了已经提及的那些特点外，我还倦怠和懒惰。”

很快契诃夫会给 A. C. 苏沃林写去一些类似的话，而随着时日的推移，他这封信将被用来说明他软弱，或者，无论如何将被用来说明他缺乏信心和发生动摇，说明未完成的使命和机缘。

由于确实曾经有过缺乏信心和发生过动摇，因而从起源上对之进行考察就很为重要。

格里戈罗维奇所建议的题材源自陀思妥耶夫斯基的《作家日记》："我的那位自杀者正是一个热烈地表达自己的思想——自杀是必须的这一思想——的人……他确实在受苦受难……糟就糟在失去了对永生的信仰。

"一个人只有在他信仰永生的时候才能理解他生活在大地上的合理目的，人没有了对自己永生的信仰，他同大地的关系……就会越来越脆弱，越来越衰朽，乃至丧失生活的至高意义（哪怕只是在一种无意识的苦恼中感觉到这一点），它无疑会导致自杀。

"痛苦是显而易见的，因此他必然是遭受了许多痛苦之后死于精神苦恼。他才十七岁，为什么他受尽了折磨？这正好就是本世纪的一个可怕的问题……"

全部问题正是产生于一八七六年的《作家日记》，产生于陀思妥耶夫斯基的札记《谈谈青年一代》《谈自杀与高傲》《儿童生活中的一则奇闻》，甚至连主人公的年龄（正好是十七岁）这样的细节和文字上的近似都源自陀思妥耶夫斯基。

因此，在一部讲少年自杀者的长篇小说中应该有俄国社会生活的宽阔画面、风尚画面和丧失了生活信念及生活愿望的年轻俄国人的形象，而主要的是（至少这对陀思妥耶夫斯基来说是主要的）他们丧失了父辈的信仰、陀思妥耶夫斯基本人的信仰以及他在教堂和祈祷中找到的支柱。为了避免一些重大的错误（不幸得很，它们还是一些因袭的错误），不该忘记的是：在老一辈俄国文学家的心目中，如果没有宗教信仰作为它的基础的话，任何思想原则性都是毫无意义的；然而，在契诃夫看来，世界观和信教——不仅是不同的东西，而且未必是能完全相容的。

在《草原》问世前不久，契诃夫写道："俄国生活是不停顿的一系列信仰和迷恋，至于说到无信仰和否定，如果您想了解的话，它还根本没有这种事。如果一个俄国人不信仰神，这就是说他信仰着某种别的什么东西。”（《在途中》，1886 年）

契诃夫在一八八八年二月五日写给格里戈罗维奇的信中对这一老题材作出了他自己的解释。这封信因各种缘由在不同的上下文中被大量地引用。对这封信人们已经习惯，因此为了弄明白这位年轻作家多么不同于他的前辈们，就该特别细心地反复阅读信文。问题的实质在于：格里戈罗维奇捕捉到了类同，但他忽视了差别。契诃夫对事物的理解与老一代的长篇小说家并不一样。

“我认为，您所说的俄国少年自杀是一种欧洲并不了解的现象……这是一种只在俄国才可能有的可怕斗争的结果。”（契诃夫把整个问题移到了纯粹俄国的民族历史的基础上来，光是这一做法就使老作家格里戈罗维奇为难，后者是在涅克拉索夫的《现代人》中、在斯拉夫派和西欧派时代开始创作生涯的）“艺术家的全部精力应该放在两种力量上：人与自然。”（这几句话完全可以作为契诃夫全部创作的题词，但不适用于任何一部俄罗斯古典长篇小说：它们的传统矛盾和习以为常的戏剧冲突是主人公与社会，是主人公与环境；“人与自然”至多只是一种抒情插叙或长篇小说的结局，但无论如何不会是主调）“一方面是体力上的软弱，神经质，性早熟，渴望生活和真理，向往像草原一般宽广的活动，不知宁静地分析，贫乏的知识与奔放的思想并存；另一方面则是辽阔广袤的原野，恶劣的气候，粗陋和严峻的人民及其沉重而又惨淡的历史。”（在这里几乎句句话都是对题材的崭新解释，这种解释或是与俄国长篇小说不相干，或是根本格格不入）“鞑靼式的暴力统治，官僚阶层，贫穷，野蛮，两个不成熟的首都，斯拉夫人的冷漠……俄国的生活击打俄国人，就像压着千斤石似的，打得他们彻底完蛋。在西欧，人们因为拥挤和窒闷而陷入困境，而在我们这里则是由于生活得太宽敞……天地太宽广了，以致无法判定方位。”（契诃夫有一种特殊的，也许，只是他一个人独有的对伟大的俄罗斯幅员的感情，而且还有一种为俄国人少有的对旅行的酷爱，“乐于更换地方”，有一种体现和描绘这幅员的独一无二的才能，把整页整页的篇章献给青草、树木、花朵以及那赋予拉赫马尼诺夫以灵感的不寻常的暴风雪。拉赫马尼诺夫依据《在途中》这个短篇创作了一部交响幻想曲，而《在途中》本身就被人们理解为暴风雪交响乐。契诃夫多么不同于屠格涅夫，后者描写的只是狩猎的夏季，似乎他正是把双筒枪瞄准着风景）“关于俄国的自杀者我想到的就是这些……我是否正确地理解了您的意思？不过，这个问题在信中不可能谈，因为篇幅所限。这是一个进行交谈的好题目。”

这样，契诃夫在给格里戈罗维奇的信中谈的是广泛的心理谱，谈到了一系列原因的综合，社会原因在其中当然也占着一定的位置，然而对老作家格里戈罗维奇来说，对俄国古典长篇小说来说，甚至对契诃夫以前的整个文学来说，社会生活却是一个最为重要的方面。信中关于无信仰、不信神等只字未提，结果是这封信还使契诃夫被宣布为无神论者，虽说这同真实情形相距甚远。

格里戈罗维奇显然是想要创作一部传统的、在当年已经是写得很熟了的社会心理情调的长篇小说。而契诃夫呢，他的纲领无可比拟地更宽广：在他所列举的许多原因中，有最平常的隐秘的个人原因；也有遥远的历史回顾；有起源性的记忆，因遭契诃夫称之为鞑靼式暴力统治而备受压制的记忆；有无穷无尽的俄罗斯冬天和天气恶劣的秋日。包含在这种种原因之中的不只是一部，尽管是多卷的长篇小说，而是一部精确意义上的“俄国生活大百科全书”，其中有着普希金式的诗情，浪漫主义的对生活的失望，还有那种后来由扎列奇娜娅[①]说出来的“粗野生活”，还有许多许多别的东西……

这个契诃夫理解中的年轻人，这个已成年的叶戈鲁什卡，他该与之发生冲突的倒不是哪怕就像别里科夫[②]一样可怕的中学教师或现实生活中的教师乌尔班（И. В.叶列梅耶夫医生在1887年曾在信中向契诃夫讲过这位教师），甚至也不是同俄罗斯现实的条件或同那个习常所说的“环境压迫”中的环境发生冲突，而是首先同他自身、同他心灵中承继的矛盾、同人们所说的“他的命就是这样”“命该如此，没啥可说的”那种情况发生冲突。可能是这样，契诃夫想到的不是个别情节或某一本书，而是一种本质上崭新的包罗万象的讲述生活的构想，其中甚至有这样一些出人意料的方面和主题，例如：那断送人的一望无际的广阔幅员，在这种地方人十分容易被埋没，难于施展自己的才干。显然，这里谈的还不光是俄罗斯大地上的现实活动范围，也包括了俄罗斯历史的隐喻性空间，契诃夫后期创作中的一些著名人物就徘徊于其中，如伊万 · 韦利科波利斯基（《大学生》）、至圣彼得（《主教》）、图森巴赫男爵（《三姊妹》）。还可以引出早期和晚期作品中的其他一些人的名字来，他们都保存有与叶戈鲁什卡明显类似之处，叶戈鲁什卡是第一个与草原接触，与许多在他之前就体验

① 契诃夫的剧本《海鸥》中的女主人公。
② 短篇小说《套中人》中的“套中人”。

过的神秘模糊的心情接触，与我们每个人身上的一种生来就有的东西接触，这东西可以称之为“心灵的起源性天地”。

这既是普希金的、莱蒙托夫的形象，屠格涅夫的声调，也是许多已被遗忘的哀诗的旋律。深夜的大雷雨使人想起“既聋又哑的恶魔”，而关于在“久久眺望深邃的天空时”出现悲观和忧郁的思想的说法又令人联想到丘特切夫①的诗：

一切都会无踪无影——十分容易不复存在！
有我抑或无我——这又有什么关系？
一切都仍将存在——暴风雪仍将照样哀号，
黑暗仍是黑暗，而周围的草原仍是草原。

这会是一部完全两样的长篇小说，格里戈罗维奇未必会理解，而作为它的冲突的基础的会是俄罗斯历史和俄罗斯良心的神话，会是赎不清的严重罪过的神话。

不管契诃夫在写《草原》时以及在想写它的续篇时有过一些什么样的方案，他已经写下了他要写的东西，一部以悬念为结局的中篇小说，而对这个结局也很难再加上一些什么：

“这生活又会是什么样子？”②

五

也许，契诃夫曾把自己生活中的重大期待和希望同《草原》

---

① 丘特切夫（1803—1873），俄国诗人。
② 中篇小说《草原》的结束语。

联系在一起。这部中篇小说出现在《北方通报》这家驰名的杂志上并受到了读者的欢迎——这改变了作家的命运，“转折”的岁月结束了，由安东沙·契洪特早年的带有许多缺陷的“花絮”时期的创作转向安·契诃夫的戏剧和小说。他在信中对 A.C.拉扎列夫-格鲁津斯基说：“我不知道这部小说写得是否成功，但不管怎么说它是我的一部杰作，我不能写得更好了。”根本就谈不上什么“我会走下坡路”的关于失败的想法。

契诃夫在一封信中说：他和他的《草原》闯进了果戈理的领地，因为“在我们的文学中果戈理是草原之王”。

《草原》的第一页同《死魂灵》的开头部分之间的对比关系十分明显，根本不必去想什么这是偶然的巧合。无疑，契诃夫力图把承继性和传统强调出来，他好像是用《草原》来纪念果戈理的。

“一辆相当漂亮的轻便半篷四轮马车驶进了 N 省城的一家旅馆的大门，乘这种马车的是单身汉，退休的中校、上尉，有百把个农奴的地主，总之，是那些中等水平的老爷。

“七月里一天清早，一辆没有弹簧的破旧的有篷马车驶出 Z 省的 N 县城，顺着驿路轰隆隆地滚动着，现在在俄罗斯只有商人的伙计、牲口贩子、不富有的神甫才乘这种非常古老的马车。”(契诃夫)

草原之路——这是完整意义上的一个历史情节，无头又无尾的情节，有可供“珍贵的形象与画面”使用的广阔天地，有可对性格、风情和邂逅人物作详细描绘的间断：“天哪！你多好啊，遥遥的道路！我，陷入困境和不能自拔的我曾多次向你求援，你每次都大度地忍受我，救援我！”

在向果戈理的语言求教或在作品中提及他的名字时，契诃夫总指明时间上的关联和对照：“果戈理的彼得鲁什卡早就读书了。”——后来《带阁楼的房子》中的主人公会这么说。

在《草原》中以及在与之有关的一些短篇小说中出现了一些崭新的人物，随之而来的是新的生活的特点、声调和形象：矿地上掉落下来的吊桶发出的轰隆声，瓦尔拉莫夫的羊群以及出现在地平线上的过路火车的烟雾，而在果戈理的作品里地平线上却是：“在略带淡蓝色的昏暗的天空潦草地画出一些宽阔的令人惬意的线条。”

还有一点就是草原本身，荒野，宽广，无拘无束的草原：“……这儿有过鹅，有过仙鹤、鸭子和山鸡——黑压压的，多极了……鹰也好，隼也好，鸥鹗也好，全都化为乌有了……而新的又未成长起来。”（《芦笛》）

与果戈理——在契诃夫的心目中，他首先是一位大师、诗人和文体家——的联系与对照在对草原王国所作的描绘中可以感觉到：在《塔拉斯·布尔巴》中，这描绘是庄严的画一般的，而在《草原》中则是抒情的沉郁的。

果戈理作品中的草原景色是宽广多彩的，他笔下的草原是千万种花迸放的多彩的海洋；就连花草的名称也是经过精心挑选的，鲜明而美丽如画。

果戈理的词语具有十分丰富和强烈的色彩对照，他的句子时时给人以一种闪光的印象：有时在远处草原和河滩上燃烧的干芦苇的火光照耀着夜空的不同角落，本是昏暗的一群飞向北方的天鹅，突然间发出银白—粉红的光泽，以致使人感觉到昏暗的天空中有许多红头巾在飘飞。

对契诃夫来说，更重要的是词的音响、声律和调式，在他所作的描绘中色彩鲜艳的名称较少：“已收割的黑麦、杂草、大戟、野麻——一切都由于酷热而变成了暗褐色……”但其中却有着更多的拟人手法和音响。

果戈理的作品中一切都美丽如画，而在心理方面却是中性的，但在契诃夫笔下一切都拟人化了。

“从草丛中有节奏地拍打着翅膀飞起一只鸥，它惬意地沐浴在天空的蓝色波浪中。”（《塔拉斯·布尔巴》）

“老鹰在大地上空飞翔，匀和地拍打着翅膀，突然它在空中停下，好像是想起了生活的无聊……”（《草原》）

在《草原》中，秧鸡“不理解出了什么事”，而受惊的田凫在哭泣，在埋怨自己的命运：“它们在为谁鸣叫，在这平原大地上有谁在听它们的啼叫，只有上帝知道它们，但在它们的鸣叫声中有许多忧愁和抱怨……”

在《塔拉斯·布尔巴》中，篝火引起了殷红与黑暗的复杂的闪变，而在《草原》中它几乎变成了一个有生命的东西：“从篝火中留下了……两只红红的小眼睛……”

契诃夫只保留了果戈理的一种叙述手法：夸张的远视，它能推开空间，清楚地认出并描绘出现实视觉所不及的一些细节。

在《塔拉斯·布尔巴》中，在一个闪现于地平线上的“黑点”中，清晰地显现出一个鞑靼人的相貌：“长着胡髭的小脑袋从远处用两只小眼睛紧盯着他们……”而《草原》中的叶戈鲁什卡从同样的黑点中认出了两棵风滚草，它们“在蓝色的高处相遇，彼此揪住不放，好像是在决斗似的”。即便是在这里，果戈理笔下是一幅肖像，而在契诃夫的作品里则是拟人化和隐喻，散发着同草原本身一般古老的壮士歌和民间故事的味道。

有一个批评家曾断言，契诃夫的全部大型中篇小说的缺点是“全都没有实质的完整性，常常只是一组组的短篇小说”，从这层意义上说，契诃夫“几乎是一个无可救药的人”。这位批评家用一句似乎是无意中想起的老话来结束他对契诃夫的评述：“你们都见鬼去吧，草原！你们在契诃夫笔下可真美好。”

不像在许多其他的作品里那样，在《草原》中没有许多向果戈理及其语言坦率求教的地方，《草原》的文体与其说是同《塔拉斯·布尔巴》中绘声绘色的史诗般的文体相关联，倒不如说是形成对照。但博览群书并具有良好记忆力的读者总会无误地想到果戈理的草原王国，而契诃夫所指望的正好是这一点。

只有那种完全缺乏诗感的书评家才会把《草原》当作一部人种志性质的（后来甚至把它看成一部地方志性质的！）中篇小说。

“一种非常宽广、辽阔和雄壮的东西延伸在草原上，它替代了道路。它广阔得使叶戈鲁什卡感到惊讶，使他产生了一些神奇古怪的想法。是谁在这里行走？是谁需要这般辽阔的天地？这令人不解和奇怪。”

中篇小说开头时是一辆破烂的马车从N县城驶出，行走在一条办事用的驿路上，现在出现了一条富于隐喻性的古道，它横贯辽阔的草原，供个子高步子阔的壮士们行走：“如果真有这样的人，他们才配得上这草原和道路哪！”这样就产生了一种强烈的富有诗意的对照，产生了一种对契诃夫的创作来说是很主要的内容又丰富的矛盾，这矛盾将在成熟时期的戏剧和小说中继续发展，直至《樱桃园》中的那个象征性对照：“上帝啊，您赐予我们巨大的森林，无边无际的原野，广阔的疆界，我们生活在这种地方，我们自己就应该真正是巨人……”

把完全相反的事物进行比较，具有艺术性的矛盾和对照——这是中篇小说《草原》的一个有决定性意义的特点。

在神话般的草原道路的两旁，竖起了电线杆，“像一枝枝插入土地的铅笔”。这道路能够并排容纳下六辆战车，这种战车叶戈鲁什卡曾在《创世记》书中见到过。

在《草原》的人物形象中，伟大的和渺小的构成对照：显然，体现着空旷和自由的草原并不归属于任何人，它没有主人，也不该有主人。然而，在它的视界的这一边，正如诺兹德辽夫[①]当初展示过的一样，在那一边的一切都属于瓦尔拉莫夫，这人原来不是在可怕的故事中常见的骇人的统治者，而是“一个矮小而又愚昧无知的人”。

叶戈鲁什卡在雷雨之夜想像到的那些离奇的神话般的勇士形象同一些车夫和过路人的肖像形成对照：“两只红红的耳朵……竖着，像两张牛蒡叶子，而且看上去似乎它们自己也感到长得不是地方。”“他脸上扎着一块破布，头上戴着一个类似修士戴的小法帽般的东西。他身上穿一件短短的打满了补丁的乌克兰人穿的常礼服和一条蓝色灯笼裤，裤管未塞入靴筒，脚上是一双树皮鞋。”

在《草原》的肖像速写中，似乎可以捉摸到《米尔戈罗德》中的隐喻式肖像的零星特点。例如，教堂里的一位先生使人想起伊万·伊万诺维奇[②]：“由于过分自尊……下颌有力地向上翘起，以致他的头好像随时准备掉下来，飞去。”

① 果戈理的长篇小说《死魂灵》中的一个人物。
② 果戈理的中篇小说《两个伊万的争吵》中的一个人物。

还有一点，在无边无际的不受时间限制的草原空间里，童年这一抒情主题也有其矛盾之处。

在《草原》中有一首钻心的忧愁的歌曲，叶戈鲁什卡觉得，这是草原本身在歌唱。这首歌曲有没有尚未被我们发现的文学源头?

“叶戈鲁什卡环顾四周，他弄不清楚这古怪的歌声来自何方；后来他仔细倾听，觉得这是草儿在歌唱；它，这半死不活的已经有些枯萎的草儿，在它的无词歌中悲戚而真挚地要人相信它是没有任何过错的，而太阳平白无故地把它晒枯；它要使人相信：它非常想活，它还年轻，如果不是酷暑和干旱，它会是美丽的；它没有过错，但它依然求人原谅并发誓说，它痛苦得难以忍受，它感到难过，它可怜自己……”

这是果戈理的老主题：“我直到现在都受不了我们的歌曲的凄怆和撕心裂肺的声音，这歌飞向广袤的天地……有谁会目睹这荒芜和迄今不见人烟的地方而不感到苦闷，有谁会在我们的歌曲的凄怆声音中听不出痛苦的对他本人的责备，正是对他本人的责备，这个人若不是已经无可指责地完成了自己的全部职责，那他从心灵上来说就不是一个俄罗斯人。”

契诃夫常求教于先驱们的经验，而且不只是在他尚未成熟、尝试靠自己的力量形成方向并在早期仿作的独特体裁中确立自己的风格的年代里求教。在他创作的成熟和兴盛时期，这种与昔日文学相关的情形变得更加细腻和复杂，但承继性更强，而对他的创作来说也更为重要。文学的生活材料，文学的人物原型、冲突和主题，尤其是它的语言是慢慢地变化的，以其历史的保存状态转到新的一代，结果就是：一个艺术家越是不模仿和独特，他就越深沉，而他同先驱们的艺术经验以及古典文学传统的联系就越无可争议。

六

关于《草原》的结构契诃夫说过这样的话：它的个别部分——各个章节——是互相联系的，好像是卡德里尔舞中的五种步型。他指的是复杂的重叠形式，是那种对早先已说过的、在前几章中已有的并已成为过去的东西的有节奏地回归。

这种节奏在提及风车时最为清楚。起初它在叙述范围中隐约可见：它在远处“像一个挥舞双手的小矮人”。再往下读两页，叶戈鲁什卡仍觉得它像那小矮人。再读下去，又过了两页：“摇动着翼片的风车接近了。它越来越大，变得十分高大，它的两张翼片已经可以看得一清二楚。”这一页是如此结束的：“……风车还是没有落到后面去，它的发亮的翼片瞧着叶戈鲁什卡，它摇动着。可真是一个魔法师！”

如果仔细地读，就会感觉到这个受强有力的艺术意志支配的时间节奏，它缓慢地不可逆转地在巨大的草原空间中转动，在漫漫的没有尽头的道路上转动。

“文学作品中的时间是由事件的关系来感知的，这种关系是因果的，或者是心理的、联想的，”Д. С.利哈乔夫这样写道，“这不只是，也不主要是日历般的计数，而是事件的相应关系……事件在情节发展中是互为前后的，它们形成复杂的一串，由于它，读者就能在文艺作品中发现时间，即使在作品中并没有专门谈时间问题的只言片语。”

大车在一步又一步地移动，风车向地平线退去，从视野中消失；终于来到了城里，围住叶戈鲁什卡以及读者的已经完全是另一些情景，在这里似乎已经不可能再谈到风车，但事实却并非如此："季特移动细细的双脚来到床边，他挥舞起双手来，过后他长高了，触及了天花板，变成了风车。"

再翻过两页，这已经是中篇小说的结尾部分，我们又读到："他刚闭上眼，就又看见了季特和风车。"

在读《草原》时产生的极为强烈的印象之一当然是对逝去的时光的感受。在这个作品里时光一页接着一页地流逝，就像古钟的分针似的，像那个把时间化作某种可捉摸物质的钟摆，也像古代太阳钟字盘上的阴影："好像是这样：从早晨起已经过了一百年……莫非是上帝要叫叶戈鲁什卡、大车和马儿呆在这空气里，变成石头，永远留在一个地方，就像一些山冈似的？"

叶戈鲁什卡的童年不知不觉地、一页接着一页地过去了，这部中篇小说之所以打动我们的心，是因为当初我们的和您的，读者，您的童年也是这样一步又一步地过去的。

形象投下影子，分为两个，而影子又变成某种世上没有的东西："跟阴影混合在一起的冷笑，两只发光的含讥笑意味的眼睛，傲慢的表情，还有他那像拔净了羽毛的鸟儿一般的小身躯，都化为两个，并在叶戈鲁什卡的眼中闪动，使他现在并不像什么小丑，而是像某种显然是偶尔梦见的恶魔。"

在肖像描绘中，高层次的修饰语和几乎是浪漫主义的词藻交替使用，形成强烈的对照：傲慢和轻蔑同漫画式的鼻子和像拔净了羽毛的鸟儿一般的小身躯相对照："在他的姿态中有着一种挑衅、傲慢和轻蔑的、同时又是极为可怜和可笑的东西，这是因为他越要做出一副威严的姿态，他的短裤子、短上衣、漫画式的鼻子以及像拔净了羽毛的鸟儿似的身躯就越惹眼。”

还有好的一点，那就是在契诃夫作品里用了直接条件式，这样至少可以把叙述者同主人公区分开来：“从油腻腻的被子下又探出一个长在瘦脖子上的鬈发小脑袋，接着是第三个，第四个……如果叶戈鲁什卡有丰富的想像力，那么他准会想：躺在被子底下的是一个长有一百个头的怪物。”

在力图转达瞬息间的难以捉摸的而同时又是不易忘怀的印象时，契诃夫常能找到出人意料的词组和短语，例如，与一个陌生妇女在莫伊谢伊·莫伊谢伊奇的客栈里相见那一场就是这么写的：“……一股清风向叶戈鲁什卡袭来，他觉得，有一只什么大黑鸟从旁飞过，而且就在靠近他的脸的地方振了振翅膀。”

这是一个向读者提要求的好例子：印象本身是转瞬即逝的，鸟儿振振翅膀就飞走了，但“还在叶戈鲁什卡看清它的相貌之前，不知为什么他就想到了白天在山冈上看见的那棵孤零零的挺拔的白杨”。

而白杨是在二十多页书以前描写的，是叶戈鲁什卡在第一章中就见到的，这样读者就得将这些零星和分散的描绘串联起来，形成一个形象，而这形象严格地说在《草原》的文本中并不存在。契诃夫并不给予读者任何帮助，他只提供一些修饰语，这些修饰语“不知为什么”会出现在他的主人公的记忆之中。所以在读《草原》时不能分心，不能放过任何一行，必须记住每一个词；如果能做到这一点，还必须有相当强的想像力和诗感，才能在远处的白杨、黑鸟和陌生女人的魅力之间找到一些共同的东西，并把它在关于生活和美的总印象联系起来。

《草原》中有许多词和词组的重叠，它们具有象征的意义。这些重叠形成一种独特的结构：拟人化的笔法和形象系列互相交替，构成作品中一个特殊的与被蓄意淡化了的情节无关的流向，它把作品的几章连贯起来。草儿在哭泣，老鹰在草原上空飞过后又重新回来，风车在挥舞翼片，篝火在夜间发光的红眼睛，还有老车夫反复唱的副歌。

契诃夫在《草原》问世的那一年写给苏沃林的一封信中，明确地谈了他的美学信念（关于他这一信念以往有过许多争论，当然，将来也还会有争论）："您要求艺术家自觉地对待工作，这是对的，但您混淆了解决问题和正确地提出问题这两个概念。对艺术家来说，只有第二个概念才是必不可少的。在《安娜·卡列尼娜》和《叶甫盖尼·奥涅金》中，并未解决任何一个问题，但它们却使您感到十分满足，只因为所有的问题都在这两部作品中正确地提出来了。法官有责任正确地提出问题，至于解决问题，那就让陪审员们各按所好去解决好了。"

苏沃林的回信无人知晓，但从契诃夫的其他一些信中的大量争论意见来看，苏沃林对契诃夫的这种立场并未表示赞成。不错，从《叶甫盖尼·奥涅金》和《安娜·卡列尼娜》问世时起，在俄国未必能找到两个对话者——不管他们是文学批评家、语文学家、中学生还是一般读者——会一致理解这两部长篇小说，一致理解安娜的命运和叶甫盖尼的命运。问题在于心灵和理智的复杂矛盾，在于必须对生与死、对人的命运进行思考，互相思考和思考自己。

这两个人的名字——普希金和列夫·托尔斯泰——确定了契诃夫在创作《草原》时力求达到的艺术水平。

正确地提出问题——它是真理——会导致对真理的探求，对道路这一艺术观念的探求，这道路延伸于远古的往昔和遥远的未来之间，因为真理就实质而言就是探求，是不断地产生和不时地一步一步地解决着的问题。或者用诗的形象语言来说的话，这是始祖们走过的路，重要的是在童年就把它找到，以便在青少年时代和成年时代不误入歧途。

契诃夫对《草原》的态度是他寻常的那种十分苛求的态度，他甚至认为《草原》的四分之三是写得不成功的，但他确信，在这个极其复杂的艺术构思中主要的事情他已经做到：他把某种古老的世代相传的东西归还给了俄国的读者，关于这种东西也许可以一度忘记，但它不应该也不可能永远丧失。个人对童年和少年时代和对亚速海附近草原的抒情回忆固然很重要，但更为重要的是对“草原王国”的共同记忆，没有了它，作家就没有过去，没有未来，没有传统，也没有严肃的读者。

契诃夫放弃了小品性和劝谕性，他把形象和形象性归还给文学——这可是诗的原生始祖的言语，是他的同时代人已经开始忘记的“语言”，这些同时代人对一些复杂的问题进行过探求而且得到过（例如，在列夫·托尔斯泰的说教中）简单的回答。

在俄国未必会有一部著作在提及《草原》时不引用以下一段文字：“如果你看着深邃的天空并且久久不移开你的眼睛，那么不知什么缘故思想和感情会融合成一种孤独的意识。你会感到自己孤独得难以补救，而且一切你原先认为是合意和亲近的东西会变得无限疏远和没有价值。那些从天空俯视大地已经千万年的星星，那对短暂的人生冷漠无情的不可理解的天空本身和雾气，当你单独地同它们在一起并力求理解它们的意义时，它们却寂静缄默，压抑你的心灵；在这种时候就会想到那种在坟墓中等待我们每个人的孤独，而生活的实质也就使人觉得是无望的、可怕的……”

每次都会产生一个问题：这话是谁说的？这是谁的想法？真的——是谁的想法？

七

契诃夫写完《草原》之后说：“在大型杂志上早已没有这样的中篇小说了；我写得独特，但为这独特的写法我将会吃苦头，就像当初为《伊万诺夫》吃过苦头一样。会有许多议论。”他并非简单地把他的《草原》同“大型”杂志上的小说相比较。这是一次决定命运的尝试。关于《伊万诺夫》，契诃夫说过：“整部戏的情节我安排得平平静静，但在结尾时我给了观众一个嘴巴。”在《草原》中当然也有类似的东西。《草原》一问世，他比任何时候（在创作的早期或晚期）都更清楚他的使命，而且也意识到他自己是孤独的：“现在写出来的一切东西我都不喜欢，令人生厌。而一切存在于我头脑中的东西却使我感兴趣，使我动心——由此我得出结论：大家都在做着不该做的事情，只有我一个人才知道该怎么做的秘密。”（致 A. C.苏沃林，1888 年 10 月 27 日）

《草原》确实引发了大量的反响：九种较大的报纸和杂志立即在各自的文学述评栏对它作出了反应。契诃夫还收到了多封关于《草原》的信，其中有 H. K.米哈伊洛夫斯基和 П. H.奥斯特罗夫斯基的信。后来在所有稍微严肃一些的谈论契诃夫的著作和文章中一直都要提及《草原》。“议论”确实是很多的。

但却未曾有过意见分歧、论战和争辩。各种不同的社会流派和集团，从最反动的到非常自由主义的、相互间从未在任何问题上意见一致过的，甚至从未寻求过一致的流派和集团（例如，很难想像米哈伊洛夫斯基会赞同哪怕只是一行由布列宁署名的文字）居然都完全一致起来，都作出这样的表示：是，不错，相当好，也许，甚至是非常好，但没有内容。“没有，就无可责难。”米哈伊洛夫斯基写道。但他承认我们评论界从未哪怕是抽象地允许过：在文学中可能存在美好的、但无内容的形式。

作出热情洋溢的反应的只有诗人普列谢耶夫：“我聚精会神地读完了它。我一读开就不忍释手。柯罗连科也是这样……简直妙极了，无穷无尽的诗意，我不能对您说任何其他的话，也提不出任何意见。我真是欣喜若狂。这是一部引人入胜的作品，因而我预言您前途无量。”

契诃夫并未期望《草原》会产生轰动的“小说”效应，他是为一个人数不太多的读者群写这部作品的，在每一代人中这些读者通常被叫做“严肃的”“善于深思的”读者，但从未被命名为“当代的”。契诃夫在一八八八年一月十八日写给 Я. П. 波隆斯基的信中说：“在当代读者的心目中，诸如草原以及草原上的风光和人们这类题材是过于专门了，意义不大。”

可是，这部中篇小说却出现在一本如期出版的月刊上，关于这本杂志，那时的当代人就像我们在今天一样，总要问一句：“他们这一期上有什么新东西？”

由此也就产生了批评界的全部疑惑：没有任何新鲜东西，或者，说得确切一些，新东西是有的，它提及了美好的过去的时代——也许是普希金的时代，也许是果戈理的时代——而这种时代似乎是早已一去不复返了。

至于说到读者群，那么契诃夫在这个时期对他们是很了解的。就在《草原》问世前几个月，同样是以“草原”为题材的短篇《幸福》发表了。亚历山大·契诃夫在一八八七年六月十四日给弟弟的信中说：“我的朋友，你最近一篇写‘草原’的小说引起了轰动。这作品妙极了。大家都在谈论它，都赞不绝口。大夫们把一份份都已翻烂了的登着这篇作品的报纸带给病人，当作镇静剂……在涅瓦大街上的多诺和久索酒家里，报纸是每天更新的，但登载着你的短篇的那份旧报却至今仍有人在翻读……你作品中写的阳光，日出时分在大地上和草叶上透亮的阳光，唤起人们的阵阵喜悦……”

契诃夫说的那句话（“在大型杂志上早已没有这样的中篇小说了”）实质上只有下面一层意思：在期刊上早已没有什么经典性的作品，因此所短缺的只是小东西了，而一旦这“小东西”终于出现，批评界却不知该说什么好了。

从历史和文学的角度来看，《草原》绝非例外：《科洛姆诺的小屋》[①]和《米尔戈罗德》[②]问世时也遇到过这种情形。在文学界向来是如此的。别林斯基当初就说过：“新的天才为世界开辟艺术中的新天地，把占着统治地位的批评界远远抛在后面，并给以致命的打击……”

虽说当年的所有主要杂志和报纸都评述过《草原》，但意见单调得令人吃惊。评论界确实是错过了一次难得的大显身手的机

---

① 普希金的作品。
② 果戈理的作品。

会，一次对复杂而又富有诗意的材料进行分析和评价的机会，而契诃夫的《草原》是为它提供了这种材料的。在这里不能只说什么契诃夫没有找到自己的别林斯基，当时的评论界没有大名鼎鼎的杰出人物，除了声名狼藉的“不理解的悲剧”这种说法之外一无所有。而“不理解的悲剧”这种说法竟也成了一种传统：我们一直在举行一种特殊的周年纪念活动：从一九一六年写下了“不理解的悲剧”这句话的 A.伊斯梅洛夫开始，到 K.丘科夫斯基（他说过“不理解已经有四分之一个世纪”），等等，一直到我们今天，这种不理解已达一百年。

显然，还有着深层的原因，它就在《草原》的、契诃夫小说以及契诃夫创作的特点之中，在于事物的本质之中。毫无疑问，契诃夫常使同时代人困惑不解，在他们心目中他是一个生疏的难以理解的作家。一切都是难以理解的：体裁，既是革新的又是旧式的体裁；奇怪地与简练结合在一起的从容不迫的编年史般的笔法；还有一点，显然，也是主要的一点：完全没有作者的说明和注释。然而，当年的批评界以及读者已经养成习惯，要作家自己解释自己的构思，关心自己的作品能得到正确理解，在艺术文本中引进数页说明性的文字（“作者插笔”），写一篇前言和后记，写答批评界问，写公开信或文章。更有甚者，评论家们已习惯于同陀思妥耶夫斯基、屠格涅夫、列夫·托尔斯泰进行争论，每个月要他们解释清楚，在刊物上公开说明情形。

契诃夫不为争论提供口实：他只管写作品，对自己的创作不发表意见，这样他就使评论家们没有了提出论点和进行概括的根据。由此也就招来了种种不满和指责，指责他对社会问题态度冷漠，等等。

产生了一种富有特色的十分戏剧性的冲突：契诃夫——当然是不无讥嘲地——使批评家们处于绝境，他要求他们有独立性，努力思考和想像，要求他们具有以前他们并不掌握的分析和概括能力，这种能力看来也是他们不能掌握的。契诃夫对读者的态度也是同样复杂的：契诃夫小说的结构本身，它的不连贯性，它那种被我们的一位老批评家恰当地称作"空白"的意义上的省略——这一切都要求读者具有罕见的独立性和胆量，不让读者的思想停滞和偷懒，唤醒一些积极的创造性的因素。很自然，这种能力并非每个人都具有，人们并未料到这种情形。

那些说什么契诃夫毕竟没有把第一张油饼煎好[①]的不确定和模棱两可的评价，使人们不能理解作家的意图，有人甚至怀疑过这种意图的存在。这种思想混乱一直到今天仍使《草原》的轮廓模糊不清，而在这部作品里，俄国生活中的新旧道路（荒芜的杂草丛生的巨人们走过的神话式道路和在远方的铁路）彼此碰触，为的是今后永远分道扬镳；在《草原》中有一些果戈理时代未曾有过的人物（德莫夫，尤其是所罗门，他们生来"干脆就是搞革命的"），他们刚刚产生于俄国生活的深层，而一般发表在杂志上的长篇小说是从不探视这种生活的；在《草原》的主人公的意识中涌现出关于祖国的思想、关于尚未开发的美的蕴藏以及俄国艺术家在大地上尚大有可为的想法。构思独特的《草原》是用地道的罕见手法写成的；在十九世纪八十年代末期是没有人这么写过的。

契诃夫打算在"大型"杂志上初次发表作品时，当然，他仔

① 俄国成语"第一张油饼未煎好"有"凡事开头难"的意思，而这里指的则是：契诃夫未把第一部中篇小说写好。

细地看过《北方通报》和《俄国思想》。在一八八七年一月《俄国思想》上发表了Д.В.格里戈罗维奇的长篇小说《昔日的彼得堡》的片断（关于这部作品契诃夫在一八八七年一月十二日给格里戈罗维奇写过一封长信）。在这些杂志上一期又一期地发表的是探讨问题的情节紧张的长篇小说，契诃夫得把他的新的“草原”构思以及他的已经形成的文体同这种小说相衡量。

契诃夫喜欢格里戈罗维奇的小说，这是不足怪的。冬日彼得堡的街道和广场，染了霜的彼得大帝铜像，涅瓦大街（不错，对所有这一切的描写有时会变得像陀思妥耶夫斯基的写法，但没有后者的那种凝思、神经质和力量）——这一切写得略嫌冗长，但毕竟是严肃的。同契诃夫的话语不多、明朗简朴的短篇相比，《卡列林的梦》[①]似乎是一片大面积的文体平原，呆板而又冗长。

也就在登载格里戈罗维奇的长篇的《俄国思想》上，发表了И.А.萨洛夫的《赤足女子》。这部作品中有一个小人物，上了年纪的谢顶的官员博布里科夫。可怕的小酒店老板乌瓦尔的女儿——“赤足女子”爱上了他。在小说的结尾部分，他们两人结婚了，但乌瓦尔并非简单地让女儿出嫁，而是“为五张一百卢布面值的钞票”把她卖了。结尾是血淋淋的：乌瓦尔残暴地惩罚同一个商人通奸的妻子，“听到了一种砍骨头的声音”。

在写《草原》时，契诃夫读了一八八七年《北方通报》的最后几期，其中登载了Д.Н.马明-西比利亚克写剧院幕后生活的中篇小说《必须鼓励艺术》，写了变心和离异，有已故女演员的未婚生子马利亚科，有绰号叫做马克-马贡的凶恶的岳母，有逐渐堕落

① 格里戈罗维奇的一部作品。

为酒徒的医生。这部中篇小说低于马明-西比利亚克的才分，它不仅大大低于《跳来跳去的女人》[①]或《姚尼奇》[②]，甚至还比不上《迟开的花朵》[③]，后者发表于五年之前，而写就的时间显然还更早一些……

在杂志上的确是许久未有像《草原》这样观察细致并与当年占统治地位的文艺口味进行争辩的中篇小说了。

《草原》的最初读者和评论家们认为，书中没有丝毫引人入胜的使他们感兴趣的东西，只有缓慢冗长的对自然景色的描绘。不错，这描绘具有抒情的特色，有一种沉郁的味道，但它没有情节，内容贫乏。“不管您对自然景色的描绘有多好，这毕竟只是一种描绘。”一个与契诃夫通信的女人这么说。她同大多数人一样，看重的是有紧张情节和当年称作“思想”的故事。

Ф.Д.巴秋什科夫曾预言：在我们的文学中未必会有人决定再来上一次类似的旅行。

А.И.埃特尔[④]在一八九三年三月二十五日写给契诃夫的信中说：“……我在好长时间里并不知道您，因而也就没有珍惜您这么一个作家。我第一次读完的您的作品是《草原》，但这是各种描绘的过度堆砌——不错，有一些描绘是十分细腻的——它们使我疲劳并叫我对您不感兴趣。”

埃特尔是在萨哈林之行以及《第六病室》问世后才承认契诃夫的；同大多数批评家和读者一样，他不了解契诃夫的早期创

---

①②③ 契诃夫的作品。

④ А.И.埃特尔（1855—1908），小说家，曾参与革命运动。

作，一切，写于《草原》之前的一切他都不知道。而《草原》被他（他也像大多数人一样）看成是一部描绘性的、也就是说没有内容的中篇小说，长篇小说确实是“吞没了一切”，描绘性小说的时代似乎是一去不复返了。

在十九世纪末专门研究俄国长篇小说和俄国社会的 K. Φ. 戈洛温写道：“在这个‘短篇小说’[①]里，情节的毫无内容同许多异常细致微小的似乎是匆忙中捡来的景色描绘结合在一起。全部情节只是：一个神甫领着一个小男孩离城后整日行走在草原上，途中偶遇的印象接二连三地闪现在他们眼前，这许多单独捡来的印象写得十分巧妙，但糟糕的是它们全是偶然的……惟一的一条线索，把这些零星的旅途邂逅串连起来并使之具有完整性的线索是草原，无边无际的单调而又荒凉的草原。也许，这中间包含着一个哲理，一种对生活的认识：生活本身就是某种无内容的东西，是一系列渺小事情和无目的的偶然邂逅，一个串着一个，没有内在的联系……”

契诃夫对自己所处的时代有清醒的认识，他预见到了：《草原》不会为批评界和广大读者所理解，他们一向读的是更具趣味性和迫切性的东西，例如，Γ. A. 马奇捷特[②]写的那种小说：“我们所属的阶层是文明和有文化的阶层……是科学的发源地，就是说，是进步的发源地，人类幸福的发源地……生活和工作于其中并为之生活与工作——这就是为大家生活与工作……当然，不该当寄生虫，应该诚实地工作，牢记着我们是进步的开路先锋，我

① 指中篇小说《草原》。

② Γ. A. 马奇捷特（1852—1901），作家。

们的责任是不满足于已取得的成就……”

虽说在这段文字中没有一个生气勃勃的字眼，而在全部长篇小说中——没有一行不落俗套的文字，没有出人意料的情节转折或未曾见过的人物——这全都无关紧要，因为一切“符合常规”，一切都迎合读者的口味。这种读者要求不高，他不精于鉴赏，他已习惯于杂志上常见的长篇小说中平庸乏味、黑白分明的高调……

在伴同《草原》而写的一些契诃夫书信中，最令人惊奇的是他的预言和远见确切无误。关于这部中篇小说确实有许多议论。正如 Ф.Д.巴秋什科夫指出的那样，“它的内容不使心灵感到欢悦”，看来，未能彻底读懂这部作品的还不只是那个惯于读短小的短篇和幽默小品的列伊金。H.K.米哈伊洛夫斯基说：在这个作品里，作者的才华本身是“令人讨厌的疲乏”之根源，“走在这草原上，只觉得它没有尽头”。

自然，也有过一些赞许的评论，但在所有的评论（从最激情洋溢的到最尖锐的评论）中都流露出一种困惑：艺术高超，才华出众，但丝毫感觉不到“总观念”。比如，那种十分坦露而幼稚地表现在谢勒-米哈伊洛夫[①]的长篇小说（一般说，表现在当年所有“有迫切性的长篇小说”）之中的“总观念”，也感觉不到任何目的和“艺术完整性”（这完整性指的是陈腐的情节连贯性：以开端经过高潮到达结局）。《草原》是由一些写生画面，由一些故意引人注意的零星的片断组成的。契诃夫似乎是在试图创造一种非常不平常的东西，与传统的叙事方式割断了一切联系，而在当年的批评界中没有可以对之作出说明的定义和词语。曾经闪现过一个

① 谢勒（1838—1900），笔名米哈伊洛夫，作家。

词“泛神主义”，这个词曾引起契诃夫的嘲讽，但在“泛神主义”这个概念中也没有任何当代的东西，它使人想到某种史前时期，想到原始的艺术意识。

著文论述《草原》的职业记者和文学评论家中有一些属于契诃夫很熟悉但并不喜欢的那类人，在短篇小说《好人》(1886年)中提及过这种人：“这是摇笔杆子的人，如果他说：‘我们这种人为数不多！’或‘没有斗争的生活算什么生活？向前冲！’这种说法对他十分合适，虽说他从未同什么人斗争过，也从未向前冲过。”这类评论家把全副精力放在当前公众所关注的问题上。这么做倒也是很自然的，如果这并不无可救药地限制他们的视野，也不使他们失去评价过去和预见未来的能力的话。

迫切的现实性是文学借以存在和发展的必不可少的前提和条件，在文学的历史上，每一个十年都会给后来的岁月留下它自己的、虽说有时是极微小的一点儿影响。迫切的现实性本身无所谓是好还是坏，这是历来如此的情形；但如果它把自己同过去因而也同未来相对立，它就成为一种绝对不好的东西。“只有野蛮无知的人才会不尊重过去而一味地膜拜今天。”——普希金曾这么说过，他提醒人们：被错误理解的迫切现实性会取代文学的真正内容，而文学没有了这种真正的内容的话，就不能以其历史上富有含义的形式而存在。关于这一点契诃夫也曾常常提醒他的同时代人，他是从普希金理解的这层意义上提醒的，而在初期这种提醒同样是徒劳无益的。

如果要想对当年文学的风气有一个足够完整和确实的概念，甚至不必去翻寻旧日的杂志，只消重读契诃夫的作品。比如说，《在途中》，在那里列举了当年有思想的俄国青年的种种追求，从民粹运动到“小事情论”和托尔斯泰主义。不然的话可以读一读《好人》，或《带阁楼的房子》，或《第六病室》，还有《黑衣修士》，不也是这样的吗？那里有多少当时迫切的令人担心的烦恼，有多少刻不容缓的思想和激动人心的事！——“全都是空虚的幻影”，但它们一度曾是多么厉害，多么可怕，虽说都不过是昙花一现。

在那些年代里，真正具有迫切现实性的倒是契诃夫的历史主义，他同它一起进入了严肃文学：无论从作者的构思看，还是从《草原》的实质看，它是一种回忆，个人的和全俄罗斯的回忆，是一种提示——这就是为什么比起契诃夫的其他中篇小说和十九世纪后十年文学中的一切作品来，《草原》不愧被称为“文学纪念碑”的原因所在。

八

《草原》的语言朴实无华，没有任何模拟和修饰；似乎是契诃夫在写作中没有遇到任何困难，这部中篇小说是一气呵成的。

然而，无论是在《草原》问世之前还是之后，契诃夫都未曾解决过如此复杂的文学任务，未曾如此认真地字斟句酌过。他不只是写他的第一部严肃作品，他是在为他本人、也为读者创造一种新的艺术形式，它充满富有诗意的内容和细腻的词汇色彩。所有在信件中讲到的一切：诗意、音乐性、声调、一些场景以及相互间如同五种卡德里尔舞步联系着的篇章——所有这一切归根结底是对《草原》的词汇色彩所作的隐喻说明。

同时，在这部中篇小说里又没有任何过度做作的东西：没有色彩浓厚的古词，没有当时契诃夫十分不赞成的土语，也没有使他讨厌的“随它去”和“眼下”之类的字眼儿。

《草原》出自经典作家的手笔，这是和谐、朴素和明快的散文；即便在现在它也不会令人感到陈旧，除非是那辆马车和它的出色的修饰语（“破烂的”），但这也并非因为它古色古香，倒是因为它使人想起了《死魂灵》和果戈理。

但词汇越是朴素简练，其中的修饰语和各种解释性修辞短语越少，单词以及它的遥远的几乎已被遗忘的、在口语中不用的意义就具有越高的价值。

在这部与“大型”杂志上的啰唆小说极不相同的中篇小说里，可以捉摸到一种隐蔽和复杂的意图。在《草原》中不仅没有稍加展开的吸引人的情节，而且即使是它的情节流程中仅有的那一点儿东西也会时时缓慢和停顿下来。在为时不短的情节停顿中，在人物们不干事和保持沉默的时候，在世界沉浸于黑暗之中和万籁俱寂的时候，实际上也没有什么是可以描绘（就这个词的通常意义来说）的：既没有冲突，又没有供讲故事的借口。叙述的空间腾出来了，占领它的是各种古怪的声音、吓人的形象、含混的回忆、一系列的拟人化和象征——这一切东西在那些有迫切现实性的小说中是看不到的。

拟人化和象征——这是古老的隐喻方式；要想在当代中篇小说里使用这种隐喻，必须变换的不仅是它的情节和结构布局，而且最终还得改变体裁特点。如果说契诃夫之所以需要童年主题和叶戈鲁什卡这个形象是为了让读者能借助于主人公看到草原象征，并同他一起深思这些象征的神秘意义，那么反过来说，之所以需要象征，是为了唤醒读者对童年的回忆，而童年是保持着对原始的形象性和古老的艺术真理的直觉爱好的。

在《草原》这部中篇小说里，彼此相关和形成对照的是两大平面图：第一张平面图是一条没有诗意的供办事用的大道，马车以及“成年人”谈话的一切话题：羊毛、金钱、生意周转、教堂、小店、客栈、百万富翁瓦尔拉莫夫、一贫如洗的所罗门、大羊群等。在中篇小说里有着这一条“当代的”线索，但它丝毫也不吸引人，正如昔日批评界所说的，它“苍白和虚线化”。第二张平面图在契诃夫心目中是主要的，与之相连的不是省里几个生意人乘着马车进城走的那条大道，不是客栈，不是衰老的神甫所进行的教诲，也不是瓦尔拉莫夫，而是一条已被遗忘的“现今”已没有什么人行走的古道，是缓慢行动的主题，说得确切些，是沿着这一古老的风俗画对角线行进，它横贯草原，并使叙述具有一种独特的完整性。一切有意义的重要的东西，一切为契诃夫所珍惜并要求他进行创造性劳动的东西就在这张主要的平面图上展开：草原苏醒过来，草儿在歌唱，巨人们行走在他们的古道上。正是在这张平面图上集中了所有的拟人手法和象征，集中了古代的、祖国的和命运的全部标志。而且这并不是什么昔日的批评界擅长并乐于谈论的“抒情旁白”，说实在话，作品中情节很少，也没有什么“旁白”可写的。这就是《草原》的主要布局。评论家们对它并不理解，这是由于他们特有的盲目无知和对一切非长篇小说的东西抱冷漠态度。“这是因为契诃夫先生没有进入叶戈鲁什卡的心灵，他观赏着辽阔的但是单调的草原景色，不过是匆匆瞥了叶戈鲁什卡一眼。”

对契诃夫的创作来说，《草原》同《海鸥》和《樱桃园》一样具有象征性。这部抒情中篇小说唤起一种怜悯心和过失感。对什么有过失呢？对草原？对祖国？对自己本人？一种奇怪的感情，一种为迦尔洵、列宾和谢德林怀着同样的痛苦体验过的感情。它是一种与日常的忙碌格格不入的感情，它使人痛苦，它好像是在提醒你有一种未经饶恕的过错，它好像是一种对良心的诉说。

在我们的历史性的象征中，未必还有什么是比草原更为古老的，因此如果要寻找什么相似的东西并进行对照，那么不是同十九世纪八十年代的文学对照，而是同我们的古老得多的文学意识的境界对照。

在《草原》中，自然景物的拟人化和古老象征占着主要的地位，这并非什么装饰图案，而是它的本质，是它的极为复杂的诗体中的主要东西。诗体，如果它确实是诗体的话，一向是而且首先是历史性的。缄默不语的山冈——老头，天知道是谁在什么时候放上去的石头——村婆，渐渐地同保姆讲过的民间故事一起给回忆起来的草原传奇——这一切为什么都回想起来了？为什么这些抒情意味极浓的呼吁会流露出这么强烈的热情？这种呼吁在当年的男女读者中引起的显然只是一种故作大度的微笑，因为这些读者就像莉达·沃尔恰尼诺娃[①]一样，关心的只是地方自治会的选举，“小药房和小图书馆”。

似乎人们会听到：“草原意识到它是孤独的，它知道，对这个世界来说它的资源和灵感是白白地浪费了，没有任何人歌颂它们，没有任何人需要它们……”实际上，当初又有谁需要它们呢？为什么要歌颂它们，歌颂这些山冈、道路和石像？——昔日

---

① 契诃夫的短篇小说《带阁楼的房子》中的人物。

的批评界曾以各种方式提出过这个问题，尽管这问题的答案早在中学时代就已尽人皆知："但须知这石头是上帝……"

契诃夫使文学重又获得了历史感，首先是肉体上能觉察到的感觉，如心灵的痛苦。往后他的一个主人公还将说出这样的话来："好像是我第一次才发现：除去构成我的生活本质的种种任务，还有一个广袤无限的外在世界，它有自己千百年的历史，它永无止境，在过去和现在拥有无数生命。"（《无名氏的故事》，发表在《俄国思想》上的文本）

作品的诗体、"新形式"的叙述技巧也与历史感有关。最容易不过的做法是把它说成"完全被忘却的旧东西"，但是在文学中单纯地回归古风是办不到的。契诃夫写《草原》时是具有这种独特和创新的意识的，在这部作品中确实有许多东西使人觉得古怪：草儿在歌唱和哀诉，雷雨的电光在忽闪着眼睑，篝火中行将熄灭的炭块像两只火红的眼睛从深夜的黑暗中张望。正如亚里士多德早就说过的那样："在诗作中，比起那种虽属可能但难以置信的东西来，可以设想的不可能的东西倒更加好一些……"

《草原》中的草儿哭泣并不比雅罗斯拉夫娜[1]的哭泣少为人知，它诉诸诗歌意识的深层，它有悠久的过去，有光荣的历史家谱。哭泣——在文学中这绝非新鲜事物，而在民歌中则尤为如此。但不管怎么说，我们最后一次听到草儿哭泣是在什么时候？

《草原》是一部讲俄罗斯大地的中篇小说，在某种意义上说，是一种隐喻，是恢复原状、回归历史的大道，回到那横贯草原的古道，它的开端在发源地，而它的终点在一个遥远的地方，生活

① 俄罗斯古典文学名著《伊戈尔远征记》中的人物。

已经从古道转上了窄轨铁路。

在《草原》中，开始时运动迅速，似乎是契诃夫都来不及描写，城堡，熏满烟黑的铁匠铺，砖厂，樱桃树丛中的墓地——一切都在眼前闪过，后来速度逐渐放慢，到最后变成了地地道道的步行："我走着的时候似乎觉得轻松一些，而当我躺下暖一暖身子的时候，那真是活受罪……"就在这里开始了"慢"时间，读者同叶戈鲁什卡一起来到了一个生疏的世界：这里的"一切都同实际上不一样"，这里的一切，不管你朝哪个方向看，同一天前、一年前，甚至一个世纪以前完全一样：山冈，老鹰，石像，被太阳烤得焦黄的草儿。

在叙述中出现了时间象征，随之发生了历史和时间关系的意识：不知是谁撒下的山冈，不知在什么时候竖起的石像，永远飞翔着的老鹰，而这一切又都融合为祖国意识，叶戈鲁什卡本人根本不认为死是可能的，他觉得，他永远不会死。

产生了时间主题：日与夜互相交替，现今的与已逝的互相比较，而且每次都发现："在过去，在尚未有铁路的过去"，大家都感到很好，而现在，"路途缩短了；一切都极度变小和收缩了……只有斯乔普卡一人默不作声，但从他那张没有髭须的脸也可以看出：从前他的生活比现在好得多"。

读者该看到的一切以及他同叶戈鲁什卡一起听到的一切——"噼啪声，呼啸声，抓挠声，草原上的低音、中音和高音——一切都混合为一种不间断的单调的嗡嗡声，回忆往昔和忧伤纳闷时倾听这种声音是挺舒适的"。

在整个叙述空间里，许多形象和画面互相交替出现，其中有现实的，其修辞是寻常的叙述性的，对事物和肖像的描绘也不使读者感到困难，后者从果戈理的作品中已习惯于读这种小说：“在墙的一面挂着一个画有双头鹰的灰色木框，框子里装着一些规章，另一面墙上，在同样的木框里装着一幅版画，题词是‘人类的冷漠’。人类对什么抱冷漠态度？——不可能搞清楚，因为那幅版画已经由于年代久远而暗淡，而且画面上尽是苍蝇。”

在这一组形象和画面中偶尔才出现出人意料的比喻，例如，赫里斯托福尔神甫不穿长袍时竟像鲁滨孙·克鲁佐[①]，但在总体上看这是平稳和现实的散文，甚至在草原地带惯于发号施令的瓦尔拉莫夫竟是一个口齿不清的小个儿，根本引不起叶戈鲁什卡的任何尊敬。但是，就在这乡村小店和教堂后面；在全部旅伴和相遇者后面；在基留赫的狂放恣肆的喊叫（他喊叫起来似乎是愚蠢本身坐在巨大的车子上从草原上驶过）后面；在所罗门后面，这个所罗门已经明白：瓦尔拉莫夫是个奴仆，是他自己的金钱的奴隶；这个所罗门把父亲留给他的钱付之一炬（“真可惜啊，真可惜！为什么要烧呢？你不要钱，那就给我，何必烧呢？”），这个所罗门在不久的将来还会明白许多事情；在德莫夫（那个有力不知往何处使的、在精力耗尽前还将把许多东西倒腾和连根拔起的德莫夫）后面——总而言之，在这部中篇小说所有的人物之后都有着一个以草原形象、拟人化和象征出现的永恒，而这一切无论在当时的刊物或古书里都是读者前所未见的。

“漆黑的天空张开了嘴，吐出一团火来……左边的黑色碎云已经在向上移动，其中一片粗糙和笨拙的云像爪子似的向月亮伸去……眼睛又偶然睁开，叶戈鲁什卡看到一种新的危险情形：车后走着三

① 英国作家 Д.笛福（1660？—1731）写的《鲁滨孙漂流记》中的主人公。

个高大的手执长矛的巨人……也许，他们走在车后并非有意伤害什么人，但他们离得这么近，这毕竟令人感到有点儿可怕……”

叙述手法同作品的整个诗体一样具有历史性；契诃夫在使用拟人化手法时，又使我们的记忆回到了早已逝去的年代。其实，《草原》的艺术构思正好就在于此：把寻常的和永恒的东西、把日常生活与生命作鲜明对比；可以认为前者较后者好，也可以对两者都不理解，但必须清楚的是：契诃夫的意图就在于对比；必须记住富于隐喻的二位一体的叙述手法并进入其中，正如“形象进入形象，物体与物体相切一样”。不然就难免犯错误，犯大得不可信的、几乎是讽刺性的错误。

当年 B. B.叶尔米洛夫在谈及最激烈和疯狂地揭露“停滞时代”的 H.纳扎连科写的文章时说，他在对待契诃夫的态度上有“一个始终不渝的方针：取消诗意”。“如果说在我们已经分析过的那篇文章中他创造了‘一幢有反抗阁楼的反抗房子’的话，那么在《十月》杂志的第八期上他又毫不逊色地塑造出了一个‘反抗草原’……契诃夫‘特别强调他对月色美景的极端讥嘲态度，甚至对之作出讽刺性模拟的描述’。对月亮、夜色、草原作讽刺性模拟——这就是契诃夫所做的事情，这就是他对十九世纪八十年代末期的现实发出的尖锐讽刺。在亚历山大三世的统治下可能有月色美景吗？”

一度有过“诗的世纪”——从十九世纪前半期，到屠格涅夫，包括他的早期诗篇《迷雾的早晨，灰蒙蒙的早晨》，还有他晚期的《Senilia》[①]《老年人的》和散文诗，但巴秋什科夫、茹科夫

① 拉丁语：老年人的话。

斯基、普希金、莱蒙托夫的时代大都是短促的，也许，这是一种对诗的童年返祖性酷爱：“诗是无可比拟的友人……”

随之而来的是散文世纪——十九世纪的下半期，契诃夫完全属于这个时期，但结束这一时期的并不是他，而是列夫·托尔斯泰，后者的一生本身就是一部历史史诗。

托尔斯泰说过：契诃夫是散文中的普希金。在《草原》的写作期间，契诃夫书信中谈及诗和散文有着亲密关系的看法，正好道出了这一崭新现象的本质：诗和散文的结合，古老的神话形象与形式同新时代的形式在体裁上相融合？童年时代所特有的直觉隐喻性同成熟时期的包含讽刺的合理性相融合？

《草原》，不管你怎么说，不管你怎么读，它毕竟不是中篇小说，更不是十九世纪末的杂志上刊登的那种中篇小说；它是富有诗意但已遭破坏的祖国的自然资源保护区。不然的话，这些好像在进行决斗似的相互交叉的风滚草，那种名叫红角鸮的鸟儿，那种叫谁都不知所措、使大家都体验到不安和痛苦的大雷雨前的惊慌——所有这一切都是从哪儿来的？又为什么要这些东西？

不过，我们对古俄罗斯文学和我们的新文学之间的关系尚知之甚少，而且提一个古怪的问题看来也不足为奇：在它们之间有什么共同的东西？怎么有什么？它们都是俄罗斯的！

再说，这条只有巨人（如果真有这种人的话）才与之相配的古道，我国文学的这条巨大的体裁对角线，它又是打哪儿来横贯契诃夫这部中篇小说的？……

读者的记忆回归到极其古老的形象性，它均衡着诗和散文的诗学价值，并使中篇小说成为叙事长诗。古道将人引进故事一般的境界，在这里没有用年历测量的时间，这里的草儿永远在歌唱，在使人激动的全部问题中，只有这里一个问题尚保留有它的意义：这就是关于生活本质的问题。

在《草原》中情节的运动为拟人手法和象征的连贯性所替代，后者转向艺术意识和记忆的遥远天地，也为那似乎已是不时兴的描绘手法的缓慢节奏所代替：这种情形在艺术中也许曾经有过，但那是在很久很久以前，几乎是史前时期的事情。

对我们这些生活在二十世纪末的人来说，带篷马车、载重的马车队、草原——这一切确实是遥远的过去。但是即使是昔日的读者，他在翻阅刚出版的《北方通报》时，在契诃夫的中篇小说里也找不到任何现代的东西：作品中散发出一种古老的有一半已被遗忘的东西的味道。当时铁路时代已经来到，必须习惯作息制度，必须珍惜时间。再说，契诃夫本人也曾长期写过小品文，写过铁路上发生的杂乱和车祸，写过银行里盗用公款和破产，写过烦琐的文牍倾向，写过贿赂和诉讼——所有他写过的这一切都刊载在"莫斯科生活花絮"栏上，其价值是瞬间即逝的。契诃夫比评论家们更清楚：他的《草原》，这富有诗意的散文，没有一个合适的体裁定义（中篇小说？长篇小说？散文诗？）的《草原》，既十分详细又十分朴素的《草原》距迫切的现实性有多远！

《草原》的诗体在下述意义上是有历史性的：它唤醒关于"美好和艰辛的祖国"的记忆——关于民间故事的童年记忆，关于主人公和读者"本人得以目睹和心领"的一切的记忆，它还唤醒那"从遥远的自由自在的先祖们那儿连同血肉一起"获得，但一旦成年后就丧失的最初记忆。

只因为《草原》的主人公太幼小、尚谈不上他本人的昔日生活就认定他没有什么可供回忆的想法是错误的。在童年时代，故事比真理更为重要，壮士歌的内容更显正确，而想像和拟人化的东西比现实更可靠——因而真正历史性的和富有诗意的过去也只是在童年时代才有。

整个叙述是这样安排的：似乎草原、山冈、夜间的雷雨、恐惧和远处的火光与其说是叶戈鲁什卡首次体验到的，不如说是他重新想起的，似乎是叶戈鲁什卡目睹过这一切，而且把它们保存在脑海之中，他的祖先自特穆塔拉坎①和夜莺强盗②的时代起就见到过这一切。“成年人”语言中的一些已经失去了表现力的隐喻重又获得最初的意义，因而天空在这个中篇里真是头部上方的屋顶：“可以听到：在很远一个什么地方有人在铁皮屋顶上走过。显然是光着脚板在屋顶上走，因为铁皮发出了沉闷的声音。”在主人公的隐喻性目光中还有着同样的过去和现在的鲜明对照，“……似乎是有人在空中划了一根火柴，一条苍白的磷光似的细带一闪就熄灭了”，但“远方……闪烁着白光，像是眼皮在一眨一眨”。“风滚草在黑黑的雨云旁飞舞，它们一定是感到非常害怕！”

词的诗意内容和价值远非一直由上下文和完整句子来确定。“草原”一词作为契诃夫中篇小说的标题，它本身就是一整个艺术世界，它保留着在这部作品之前的读法和写法所具有的细微色彩和修辞遗痕。

波捷布尼亚说过：“形象在人间之流传，犹如宾语在寻找着自己的主语。”而契诃夫则指出：“并非思想产生形象，恰恰相反，是生动的形象产生思想。”他们俩所指的正是后来的瑞士哲学家

---

① 十世纪至十二世纪塔曼半岛古罗斯城。
② 夜莺强盗是俄罗斯古代传说中半人半妖的怪物。

和心理学家 K. Г. 荣格（1875—1961）所称的词的原型。

举《草原》中几个最常见的原型例子：

“他的昏昏欲睡的脑子已经完全不接受那些寻常的想法，它模模糊糊，保留的只是一些神奇和荒诞的形象，这些形象有一个方便之处，那就是它们自己在脑海中出现，不需要在思索着的人做任何努力，而且只消使劲摇一下头，它们就会无影无踪地消失……”

“巨大的阴影在平原上游动，就像云朵在天空漂游一样，而在那莫名其妙的远方，如果久久凝视它的话，耸立和互相重叠着一些模糊古怪的形象……”

原型（“最初形态”）本身并不向读者提供任何“现成的”内容、任何日常生活的训诫，甚至也不提供什么特别的意义；倒是它在读者中“寻求”自己的内容，就好像磁铁在脉石中“寻求”金属一样，它当然也能找到，如果在脉石内有金属的话。原型在作品的文本中不过是一个词，它经常是单打一的，或者甚至只是词的声响，这种声响能使人具有所需的心情并赋予这情绪以一种形式。

十分重要的是应该记住：契诃夫不仅是一个艺术家，而且是一个懂得生物学和遗传学的医生。他十分清楚：这种形象是从十分遥远的祖先那里世代相传下来的，正如在短篇小说《宿愿》中所说的那样：“两个乡警描绘起他们从未过过的自由生活的情景；是他们模糊地想起了很久前听说过的形象呢，还是他们从遥远的过自由自在生活的祖先处连同血肉继承到了这种自由生活的概念？——只有上帝知道！”

有些原型同一定的词或它们所固有或特具的词组联系在一

起。在这层意义上可以谈词和词组的特性。举例说，契诃夫的中篇小说的标题词“草原”没有任何一个可与之相适应的现代意义，因为既不能创造，也不能想像一个“新的”草原，草原——新建筑，而那些由于生态灾难而产生的干脆就叫做“荒地”“空地”……我们在童年或求学时代留在记忆中的和我们亲身在短促的一生中体验过的全部形象和词汇都将成为历史的东西（确切一些说，都将成为古词：草原——这就是“佩彻涅格人”、“波洛伏齐人”、山冈、石婆、老鹰、博物馆的陈列品；这就是《伊戈尔远征记》《弗拉基米尔·莫诺马赫箴言》）。

“用词的原型说话的人，”荣格写道，“把由他描绘的东西从短暂易逝的世界提高到永恒的范围；而且把自己个人的遭遇提高为全人类的遭遇，并借此将我们身上起良好作用的力量解放出来，这种力量历来都使人类能经受住一切灾难并度过最长久的黑夜。艺术感化作用的秘密正在于此。”

也许，蒲宁，正在写《阿尔谢尼耶夫的一生》的蒲宁对《草原》的历史内容的感受是最强烈、最富悲剧性的。

下面是蒲宁写的感受，这一页文字应该全部读完：

“那一天我离开了卡缅卡，但并不知道我这是永远离开了这个地方。送我上中学，走的是一条对我来说是新的切尔纳夫斯克大道。这时我才生平第一次感受到了被遗忘的大道的诗意以及已经成为传说的俄罗斯古风。大道已落伍于时代，切尔纳夫斯克大道也一样。它昔日的辙迹已经长满野草，宽敞和荒芜的路面两旁有些地方长着古老的白杨，它们的样子是孤独的，使人感到凄凉。我记得特别清楚的是一棵白杨的残骸，树身上有雷击后留下的窟窿。树上栖着一头渡鸦，黑黑的，像焦木一样。父亲说，渡鸦可活上数百年，也许，这只渡鸦早在鞑靼人统治时期就已经存在了……父亲的话使我大吃一惊。他的话里有什么令人迷醉的东西？我当时又感受到了什么？我感受到了俄罗斯？感受到了它是我的祖国？感受到了与以往的遥远的共同东西的联系？这种东西向来能开阔人的心胸，拓宽我们个人的存在，使我们想到自己与这共同的东西有着联系。

“父亲说，从前马迈就是在这一带从下游地区直奔莫斯科，途中把我们的城市洗劫一空。他接着又说，我们马上将经过大村斯坦诺沃，不久前它还是一个有名的强盗窝，特别使它有名气的是米季卡——一个杀人不眨眼的家伙，后来终于将他捕住，而且不是一般地处死，而是处以分尸极刑。我记得，就在说话的当口，在斯坦诺沃村和我们当时所处的地方之间，在大道的左方驶过一列我前所未见的火车。在我们身后是行将落山的太阳，它迎面照耀着这列飞快追上我们奔向城市的列车，列车似乎是一个上足了发条的玩具。一个勇敢无畏的小火车头，它那大头烟囱里冒着烟，向后飘去，形成一条烟尾，还有一些下方装有急促滚动着的车轮的小房子，绿色的、黄色的和蓝色的小房子。火车头，令人很想在其中住一阵子的小房子，小房子上向着太阳闪光的小窗户，车轮迅速而又无表情地奔跑——所有这一切真令人感到奇怪和有趣；但我记得十分清楚，更吸引我的倒是另一种东西，是显现在我想像中的东西，它在铁路的那一边，在神秘可怕的斯坦诺沃村的隐约可见的柳枝那一边。鞑靼人，马迈，米季卡……毋庸置疑的是：正是在这个傍晚，我平生第一次意识到我是一个俄罗斯人，我生活在俄罗斯，而不只是在卡缅卡，不只是在一个什么县城的什么乡里。我突然感受到了这个俄罗斯，感受到了它的过去和现在，它的一些怪异可怕但又迷人的特点，也感受到了自己同它的血肉联系……”

这一页，讲伟大草原上的古道的一页，讲男孩子坐马车进城的一页，讲出现在其视野中的小小铁路的一页——这一切固然都发自那不平静的抚今追昔的痛苦心情，但也缘自俄国故事的传统，缘自契诃夫。

内心的自由

托马斯·曼有一次指出："如果可以这样表达的话，作家乃是一种教育工作者，他本人受到一种不寻常的教育，而他的教育又总是同自我斗争携手并进的；这是内心的东西同外界的东西的一种相互渗透，是一种同时与'自我'和世界进行的斗争。"

契诃夫的情况正是如此：同世界斗，同自己斗，还有不寻常的教育，还有其他的一切——关于这种情况在他的书信中讲了许多，不错，语气十分平静，毫无哗众取宠之意。从第一个剧本到《花絮》，一直到为他的一生画上句号的十卷集——这是一条延续了四分之一个世纪的道路。像所有的大作家一样，契诃夫有过幸运的时候，但他也有过他们之中谁都未曾有过的不顺的日子。他并非生活在有教养的有自己的传统和规矩的德国，而是在正处于过渡时期的俄国——一个尚未从农奴制度苏醒过来的俄国，他生活在那种被陀思妥耶夫斯基称作"偶合家庭"的一个家庭之中，生活在受屈辱的为命运之神所疏漏的人们之中。

"我不喜欢的只有一点：为什么你称自己是'一个渺小的微不足道的弟弟'呢？你意识到自己渺小？弟弟，并非所有的米沙都应该是一模一样的。你知道吗，应该在什么地方意识到自己渺小？那应该是在神面前……在智慧、美和自然面前，而不是在人们面前。在人们之中你应该意识到自己的尊严。你不是骗子，你是一个诚实的人，不是吗？那就好了，你就尊重你这个诚实的小伙子吧！而且你要记住：诚实的小伙子可不是渺小和微不足道的。你别把‘依顺’和‘意识到自己渺小’这二者混为一谈。”这一番话还是在一八七九年在塔甘罗格写下的。

契诃夫写给弟弟的这封信通常都被作为一种证明来引用。证明正在步入人生的契诃夫的精神独立性和已在他身上苏醒的爱好自由的精神。确实是如此，在这段话中，甚至在它的用语和文体中都充满着对自由的预感和渴望，这种“精神渴望”从普希金的浪漫主义世界转到了一个平淡无奇的外省世界，在这个世界里自由似乎在梦中也是不可企及时，在这个世界里是不允许浪漫主义幻想的。但问题的实质正好在于：契诃夫所说的自由——无论是在他的创作中或生活中——并非是一种抒情的理想，也不是一种受赞扬或被哀悼的幽灵，而是一种应予以解决的构思和任务。这封写给弟弟的信是一部心灵史的引言，是一种主题的开端，它像一根红线贯串他的一生。它的高潮正好是契诃夫在一八八九年一月七日写给苏沃林的那封著名的信：“贵族作家们天生免费得到的东西，平民知识分子们却要以青春的代价去购买……”由这几句话开头的一段信文无数次地被引用，有时引用得恰当，有时则引用得不合适；关于应该从自己身上一点一滴地挤走奴隶的血的那几句话则已进入了语言，融化在套用的词句和同义词语反复之中了。信的含义失去了，而正是这封信却标明着道路的顶点，标明着认识的充分清晰、心灵的十分和谐。结果是只留下一种富有诗意的隐喻，不错，这是一个美妙的隐喻，但在俄国文学和世界文学中它远非崭新的隐喻……

契诃夫出生在废除农奴制的前一年，所以他这一代人——契诃夫这一代的俄罗斯人——的遭际是严酷的。农奴制的俄罗斯解体了，古老的生活法规、它的风习和制度也随之解体。这一代人没有获得什么遗产，但却受到了遗传。“要知道，我的祖父就信念来说是一个厉害的农奴主。”步入人生的青少年们很清楚农奴制是什么玩意儿，但他们尚不明白自由是什么东西，也不善于利用“解放”[①]，而关于这次“解放”说过的大话却不少。关于自由这概念本身尚有待于阐释和掌握，有待于将它变为生活的基础并传给后来人。其实，契诃夫作为一个作家和作为一个人，他所完成的正是这件事情。

人民问题是当年的一个最难解决的问题，人们研究人民，到民间去，像是发现未知的大陆似的去发现人民。契诃夫是这样为自己阐明这一问题的：“……我们都是人民，因而我们所做的一切最好的工作都是人民的事业。”

既然在俄国没有一官半职或者如契诃夫所说“没有一个谁也不需要的官职”就根本不能生活，所以契诃夫也有过一个官职，好像是从他自己的短篇小说中借用来的官职：退职的编外低级医务官。

关于赏赐世袭贵族契诃夫以三等斯坦尼斯拉夫勋章的沙皇命令是用一种怪诞做作的文字写就的，当年在俄罗斯这种语言只用来书写沙皇的命令，奇巧而又花哨：

奉天承运

尼古拉二世

致世袭贵族

① 指 1861 年在俄国取消农奴制，“解放”农奴。

谢尔普霍夫县

塔列日乡村学校督学

安东·契诃夫

据人民教育部证明，您工作尽心竭力，为此朕于一八九九年十二月六日命令勋赏局奖予您皇家圣斯坦尼斯拉夫三级勋章。

于圣彼得堡

一八九九年十二月二十八日

在谢尔普霍夫县——在梅里霍沃[1]、塔列日和诺沃肖尔基——契诃夫造了三所示范学校。这些学校的“建成……主要靠安东·巴甫洛维奇的不倦关怀”，在地方自治局代表大会致契诃夫的贺词中如此写道。他曾是塔列日学校的督学，校务委员会成员，也是首席贵族在监督人民学校方面的助理。这就是他“工作尽心竭力”的正式表现。

但最高奖赏显然还有着另一层非正式的意义。

十九世纪九十年代，契诃夫的作品在沙皇的家庭图书馆里有了地位。据一些传记作者证明，亚历山大三世曾朗读过契诃夫的短篇小说，而当一八八九年他在皇宫剧院的舞台上看了《求婚》后“笑得很厉害”，并请人转达他对契诃夫的特殊赏识。后来，就皇宫剧院院长 B.A.捷利亚科夫斯基的日记看，沙皇全家观看过上演的契诃夫全部剧作，从《万尼亚舅舅》到《樱桃园》。应该这么认为：在奖励“世袭贵族”安东·契诃夫时，所有这一切也都

① 梅里霍沃：契诃夫的庄园。

考虑到了。

有可能，皇室曾有意接待契诃夫并在他们的小圈子里听他朗读，就像不久前亚历山大二世一家听过 Ф. М. 陀思妥耶夫斯基朗读一样。至少曾有过这样一件事：一九〇一年四月二十六日 О. Л. 克尼佩尔曾写信给契诃夫说："前天在斯特罗加诺夫学校的招待会上，母亲应亲王夫人之意唱了歌，亲王夫人亲自点唱了一些抒情歌曲。晚会结束后，她和谢尔日[①]一起走到妈妈身旁，亲王夫人提的第一个问题是：'您的女儿在莫斯科吗？她什么时候结婚？'亲王夫人很详细地问及你的情况：'他身体好吗？'"

Ю. 索博列夫找到了湮没在旧文件中的沙皇命令后在一九三〇年写道："看来这是契诃夫的任何一个传记作者所不知晓的事实。"

世袭贵族并未成为契诃夫生平的一个事实。他干脆就未曾接受过这个称号。关于这件事在书信中尤其是在正式文件中都只字未提。如果他接受了，想像一个在颈上挂着斯坦尼斯拉夫勋章的契诃夫，那倒会是一件怪事：难道这会是可能的吗？他把皇帝颁发的许多奖章分赠给了他作品中的人物："许多金光闪闪的泛出珐琅光泽的"弗拉基米尔、斯坦尼斯拉夫和安娜勋章。

一份被置之不理的并且毫无结果可言的沙皇命令——这才是一个真正的生平事实。而且还不只是一个事实，它是一种行为方针，是一种纯粹的生活态度，是高于并胜过一切表面影响的东西，它使契诃夫的劳动所表述的无条件的和正派的实情摆脱"暴

① 指莫斯科总督谢尔盖 · 亚历山大罗维奇。——原注

力与虚伪，不管这暴力与虚伪以什么方式表现出来”。（1888 年 10 月 4 日致 A.H.普列谢耶夫的信）

他坚忍不拔地贯彻这一方针，无论是大事还是小事，态度都同样地明确。他是皇家科学院的名誉院士，但他在 О.Л.克尼佩尔-契诃娃的出国护照上写的是：医生的妻子。他在给妻子的信中说：“我本想叫你做一个‘名誉院士’的妻子，但后来我决定了：做一个医生的妻子要舒服得多。”

他的生活方针是一种稳重、严肃、充满着内心嘲讽的反抗，一种对有权势的官场的反抗，后者对它所需要的人许愿和赞扬时使之承担责任，直至捆住其手脚。

“至于说到亲王夫人，”契诃夫在写给奥莉加·列昂纳德夫娜的信中说，“请你转告她，就说我不能去她家，她永远也见不到我。”

也许，这种做法令人难解，也许，这令人难以置信，但是，在一百多年前，安·巴·契诃夫，这个俄国农奴的子孙，在生活的顶峰谈及他自己时说：“我终于自由了。”

从萨哈林回来后，他对精神专制主义的抗议从未间断过。

“当今世上一些伟大人物的哲学真是见鬼！所有的伟大贤哲都像将军们一样专横，都像将军们一样粗暴和生硬，因为他们都相信自己不会受到惩罚。第欧根尼[①]朝着人家的胡子吐痰，因为他知道，他不会为此受到任何惩罚；托尔斯泰[②]骂医生们是坏蛋，并且在一些大问题上行动鲁莽，因为他和第欧根尼是一样的，你总不

① 第欧根尼（锡诺帕的）（约公元前 404 年—约公元前 323 年），古希腊哲学家。

② 指托尔斯泰的《克莱采奏鸣曲》的后记。

能把第欧根尼扭送到警察分局去，也不能在报上骂他一通。所以就让这世上的大人物们的哲学都见鬼去吧！所有这种哲学连同一切愚不可及的后记以及致省长太太的信[1]，所有这一切东西的价值都抵不上《霍尔斯托美尔》[2]中的一匹牝马。”(1891 年 9 月 8 日致 A.C.苏沃林)

“我从小就信仰进步，而且也不能不信仰，因为在打我和不再打我这两个时代之间，存在着巨大的差别。我喜爱聪明的人，喜爱礼貌、机智和神经过敏。对于一些人挖老茧，而他们的包脚布散发出臭气——对于这一切我是抱无所谓态度的，就同我对小姐们早上戴着卷发纸走来走去毫不在乎一样。但托尔斯泰的哲学曾强烈地感动过我，它控制了我六七年，而且对我起作用的并非一些基本论点，因为这些论点我以前也知道，而是托尔斯泰的表达方式，是他的审慎明智，可能还有他那种独特的魅力。现在呢，我心中有一种东西在抗议；算计性和公正感告诉我：对人的爱，在电力和蒸汽中比在贞节和吃素的做法中多一些。战争是罪恶，法院是罪恶，但由此并不能得出结论说，我应当穿树皮鞋，应当跟长工和他的老婆一起睡在炉台上，等等。但问题不在这里，并不在于‘赞成和反对’，而在于对我来说，不管怎样，托尔斯泰已经消失，我心灵中已经没有他了，而他在从我心中走出时说：我把您的空房子留下了。现在没有什么人留宿在我的心灵中了。”(1894 年 3 月 27 日致 A.C.苏沃林)

在下一年，契诃夫同托尔斯泰相遇并为他所迷醉，后来契诃

---

① 指反映了果戈理的落后、保守思想的《致友人书信选》中的第 21 封信。
② 指托尔斯泰的短篇小说及其中描绘的一匹牝马。

夫又写了一些热情洋溢的有关托尔斯泰的信。他害怕托尔斯泰死去，认为这对俄国的生活和文学来说是一种最可怕的灾难。但他对精神自由的理解却一直是他自己的理解，契诃夫式的理解。高尔基看清楚了契诃夫的实质："您好像是我遇到的第一个独立不羁和对什么都不顶礼膜拜的人。"

从不间断的精神努力——这是契诃夫全部生平的内在含意。这种努力在战胜自己方面获得越来越多的勇气和自由，他执拗地单枪匹马地不仅对抗环境的影响，而且似乎也对抗自然的法则："我本人甚至连失明和死亡都不害怕。"在这里可以感觉到的不是温顺和服从，而是一种自豪感。如果不是已经十分清楚和平静地证明了在这个人身上鞑靼习俗、农奴制气息、奴隶的血液和市侩的肉体并不如自由感、劳动和才华那般强烈，那么，很自然，人们会认为这种自豪是过分的。

不屈从于命运，不让自己消耗在单调乏味的日常生活之中，不做一天和尚撞一天钟；这个人不管做什么，也不管他创造什么，他总是在创造着他的命运和他自己。

契诃夫尽善尽美地掌握了一种艺术，在俄国这种艺术几乎比任何一种其他的艺术更难于掌握：他能掌握自己，他善于生活，能施展其所长，不灰心丧气，能毫不懈怠地工作。在他为时不长的一生中没有尖锐的危机和"转折"，而这种危机和转折在一些大作家的生平中是十分普遍的。他不仅有才华，而且天赋有一个非常好的性格，他不走极端，不喜怒无常，也没有极端的痛苦。对契诃夫受到的考验和犯过的错误，我们不很了解，但还是那天生的性格使他从考验和错误中学会了勇敢和忍耐。大自然没有白白地给过他任何东西，哪怕是一个小时或者是一行文字。О.Л.克尼佩尔对他的安排得稳定和平静的生活感到惊奇。他写信对她说：“你在信中羡慕我的性格。我应当告诉你：我天生脾气暴躁，易动肝火……但我已习惯于约束自己，因为一个品行端正的人不应该放纵自己。”

我们值得回过头去谈谈契诃夫对待兄弟们的态度，尽管这么做会打乱传记性叙述的时间顺序。

契诃夫在写给苏沃林的一封信中说：很难同亚历山大相处，因为他酗酒；他喝醉时难以相处，是因为他醉了；而在他清醒时难以相处则是因为他对自己酒醉时的作为感到害臊。在写给尼古拉的信中也谈到了同样的事情：“表现出一种小市民性，它是在鞭笞下在酒窖旁靠布施养成的，要克服它并不容易……”

在同两个兄长的交往中，契诃夫总希望他们能控制好自己，能像他本人一样地生活和工作。他不认为自己是一个特别好的人。但他觉得，比起那种半醉半醒的生存、几乎每天都得喝解酒汤、把一切事情都拖到下星期一去做的生活来，过一种有条有理和头脑清醒的生活要单纯得多，没有精神沮丧，没有幻想破灭，也没有不断发生的令人难过的事情。

重读昔日的信时应该记住：契诃夫爱并且看重亚历山大和尼古拉，尤其是尼古拉，温厚、随和、胸怀开阔的尼古拉。“你天赋有其他人所没有的东西：你有才华。这才华使你高于千百万其他人，因为在地球上，在二百万人中间才有一个画家……天才使你处于一种独特的地位……”

还应该记住的一点是：契诃夫知道他的两个兄长根本不是有劣迹的人。从各方面看，他们只是生活上没有条理的人，幼稚的人，也许，是一种有着“被欺凌和被侮辱的”人的味道的幻想家

（关于亚历山大尤其可以这么说）。这种人期待着生活对他们更慷慨一些、更仁慈一些。“你倒并非在铤而走险，而是好像在阿谀奉承……”

就在这封信里，关于尼古拉是这么说的：“……一个优秀的有专长的俄国天才正在毁灭。”这句话竟成了尼古拉·契诃夫的悲怆的墓志铭。但在这里特别需要把握正确的分寸：压倒尼古拉的并不是力不胜任的劳动（他很少干事），也不是舍身忘己的行为，不是崇高的激情，而只是一种在俄罗斯十分普通的对无忧无虑生活的偏爱，对萍水相逢的女友的迷恋。他幻想着画出伟大的作品，但把它搁置到灵感来临的时刻、能获得幸运成功的时刻，而这种时刻，很自然，是不会到来的。“要来的话也不是排山倒海似的，而只是点点滴滴地……”

契诃夫非常了解画家们的生活，而且曾多次（在《艺术家们的妻子》中，在《安纽黛》中，稍后在《跳来跳去的女人》中，列维坦感到这个短篇小说使他难受）描写过这种生活。他在给尼古拉写信时找不到有力的字眼，以致写得使我们现在迫不得已作一些删削：“有教养的人……不会和衣而睡，他们不能容忍墙缝里有臭虫，不能呼吸糟糕的空气，不能在到处是痰的地板上走动，也不能靠煤油炉过日子。他们竭力约束和陶冶性本能。同婆娘一起睡觉，朝着她的嘴呼吸，搬弄她的逻辑，跟着她寸步不离——而所有这一切又都是为了什么！有教养的人在这方面并不太庸俗。他们需要于女人的不是一张床，不是像马汗一般的汗水，不是解手时发出的声音，不是善于以假孕骗人和不断撒谎的那种聪明……他们，特别是艺术家们，所需要的是清新、优雅和人情味，不是当一个小孔的本领而是要当母亲……他们不边走边喝伏特加，不嗅闻衣橱，因为他们知道他们不是猪。应该抛弃毫不中用的虚荣心……快三十岁了！该明白了！”

契诃夫写给兄长们的信的意义远非私人性质的，它们具有广泛的普遍意义；从这层意义上说，这些信是重要的，显然它们正是为了这种意义才写就的。要“从自我开始”，或者说内容也是一样的“要认识自己”——这句话意味着什么！而且还谈到了为此该做什么，该刻不容缓和毫不懈怠地做什么，因为真正的悲剧并不发生在舞台上……

“对于我个人来说，你并不是一个谜。要了解这样一个人并不难，如果你同他一起分享过鞑靼皮帽、吴契纳[1]、拉丁文以及莫斯科生活的恬适。何况你的生活并不是什么心理很复杂的东西，连未上过神学校的人也是能理解得了的。”

换句话说，首先别把生活复杂化，这样也许才能弄明白这生活要你付出多大力气，才能搞懂它实际上有多么复杂。

“你常常向我诉苦，说什么‘人家不理解’你。这种苦就连歌德和牛顿也未曾诉过……只有基督诉过苦，但他讲的不是他自己的‘我’，而是讲他的学说……大家对你是非常了解的……”

需要整洁，不管这说来有多奇怪，这整洁还得之不易。干净的空气、清新的房间的整洁，饭桌、写字台、卧室、衣服、干净的双手的整洁，同妇女关系方面的整洁，还有女人气质本身的整洁。“在一个睡在清洁床单上的女人和一个在肮脏的床单上睡懒觉、而当情夫玩她时哈哈大笑的女人之间存在着差异，就像在客

① 吴契纳是塔甘罗格的一所希腊中学的希腊语教师，契诃夫曾在那里学习过。

厅和小酒馆之间存在着差异一样。”

需要心灵的整洁，在与人打交道时需要安静和平稳的风度，特别是在家庭里，在自己人中间。在这种地方我们性格中的极端性——我们的骄纵放荡和喜怒无常——表现得特别明显，在这种地方无辜受苦的是妻子和儿女，在他们身上我们发泄激烈的情绪、苦闷和恼恨。《尘世小事》《心绪不佳》《难以相处的人们》——这类短篇小说契诃夫写了好几十篇。为了写这些小说，不必上远处去寻找材料，找那些赫赫有名的“小情节”（“微型情节”是一个很时髦的术语，它曲解了契诃夫创作的分寸和发展远景；还有什么“微型题材”，“微型人物”——还可以说“微型文学研究”呢！）：“我当真生你气了，我气愤地离开了，现在我为此向你认错……使我离开的是你对娜塔莉娅·亚历山大罗夫娜[①]和厨娘的恶劣无理的态度。请你宽大地原谅我，但不管是什么样的女人，你这种态度是同一个正派的爱着的人不相配的。苍天和大地给了你什么权利把她们变成你的奴隶？”

契诃夫写给兄长们的信是有教育意义的，有朝气的。他渴望帮助亚历山大和尼古拉，要他们从一旁观察一下自己，摆脱琐事的泥潭，跳出方便、舒适和温暖的平庸生活这个沼泽，它会不知不觉地迅速地磨损人的锐气，不消几年——一个人就完了。也许有人会觉得，契诃夫在这里写的是“他自己称之为琐事”的东西，通常人们就是这么看的。的确，他是称之为琐事，但赋予了另一层意思：实质并不在于偶然地做一件说到底是情有可原的错事，而是在于无端糟蹋了的一生和毁灭了的前途。“一个尊重女

① 指亚历山大的妻子。这里引用的是契诃夫写给哥哥的一封信。

人、有教养的爱着的人不会放肆地让女仆看到自己未穿长裤，扯开嗓门大喊：‘卡季卡，拿便壶来！……’夜间丈夫们和妻子一起睡觉，在声调和举止上都彬彬有礼，而一到早晨他们就急于给自己佩上领带，不让自己有失体面的样子使妇女受到侮辱。我这是在拘泥细节，但其中却有着某种是你该明白并记住的东西：在人的生活中环境和琐事有非常大的教育作用。”

什么是亚历山大该记住的呢？在塔甘罗格的父亲的家？抑或是他自己写的人物粗鲁、文笔草率的戏剧小场景和日常生活故事？契诃夫所说的这些“琐事”，我们生活中的短促悲剧的这些微小种子确实是吓人的。我们自己播下这些种子，却并未意识到它们将如何在我们身后发芽，如何在我们的后代中产生影响。在日常生活的词汇中，诸如“暴君”“刽子手”“牺牲品”等这些字眼听来是很怪的。总觉得，暴君，举例说，这是麦克白，而刽子手则是 И.Е.列宾的画面上的那个杀子的伊万雷帝，或是 Ф.И.夏里亚宾扮演的鲍里斯 · 戈都诺夫，或是……这样的人有的是。不过，所有这些都是在舞台上，在特列嘉柯夫画廊，而不是在我们普通的日常生活中，不是在契诃夫的作品里。竟会有一个姓土里土气的别里科夫的暴君，这甚至是难以想像的！但更令人难以想像的是姓契诃夫的暴君。

“我要你记住：专横霸道和虚伪断送了你妈妈的青春。专横霸道非常厉害地摧残了我们的童年，以致想来都令人厌恶和害怕。你回想一下当年我们所感受的恐惧和憎恶：父亲会在吃饭时因为汤过咸而大发雷霆，辱骂母亲是傻瓜。父亲现在怎么也不能原谅自己做过的这一切……”

可以是一个有大学学历的人，亚历山大就是这样的人；也可以庄重地信仰上帝，履行各种斋戒，进行各种祈祷，就像巴维尔·叶戈罗维奇一样，但同时却又虐待亲人，以恐惧去毒害孩子们的心灵。专横霸道理应受到谴责，但是，除此之外，它还像遗传疾病似的代代相传。正因为这样，体验和经受过这种毛病的契诃夫为孩子想得很多，未必不更多于他们的父亲。

“孩子们是神圣和纯洁的。甚至在强盗和残忍的人家里他们也都有一个天使头衔。我们自己可以落入不管是什么样的泥坑，但我们应该使孩子们处于适合其头衔的氛围之中。不能不受惩罚地当着他们的面干下流无耻的勾当，侮辱女佣或恶狠狠地对娜塔莉娅·亚历山大罗夫娜说：‘你给我滚开，去见鬼吧！我不留你！’不能将孩子们变成你的情绪的玩具：一会儿温柔地亲吻，一会儿疯狂地用脚踩他们。不爱倒比专横地爱更好些……不能无缘无故地提及孩子们的名字，而你却有一种作风：你把给别人的或者打算给别人的每一个戈比叫做‘从孩子们那儿抢来的’……

“吃得饱饱的，穿得好好的，而且每天都醉醺醺的，同时却说什么全部工资用到了孩子们身上，只有不尊重孩子、不尊重他们的纯洁的人才会这么做！够啦！”

亚历山大和尼古拉常常制订一些庞大的计划，同时却又以酒浇愁，把工作推延到未来，他们指望中彩而借债，可是孩子们长大了，过去的生活使他们的良心感到沉重，似乎是一种可怕的纠正不了的错误。于是就开始了常有的为契诃夫所憎恶的诉苦，诉生活的苦，诉“环境”的苦，似乎是它夺走了青春，夺走了健康和精力。“问题在于你自己，作为一个正派人，你对自己却持有一种错误的立场。谁以为自己有过错，谁就准会从外面为自己寻找使人谅解的理由，比如说，酒鬼总要托辞说他痛苦……如果我现在把家庭抛弃，让它听天由命，我就会竭力在母亲的性格上找到原谅自己的原因，以我在咯血的借口来原谅自己……人的天性就是如此。一旦失去了正派性，那就是另一码事了：你就会顺应，就再也不会觉察虚伪……”

使人谅解的理由总是容易找到的，远比尽自己的责任、耐心地不慌不忙地做自己的事要容易。有一整套哲学——从各个地方拼凑起来的，但又有其独特逻辑的哲学：俄国人的无所事事、精神无聊和思想懒惰的哲学，就像《第六病室》中的拉金医生和《黑衣修士》中的科夫林的哲学一样。所有这些作品中的主人公，不管他们在契诃夫的作品中有多少，都使人想起俄罗斯的那些有才华的放荡的不幸者，包括契诃夫的两个兄长在内。他写给他们的信是非常有效的清醒剂，它能治好一些最没有条理的、早就不注意自己的、已经失却了希望和不可救药的人，使他们站起来。

“困难的处境，女人们（你不得不同她们生活在一起的女人们）的糟糕性格，厨娘们的愚蠢举动，苦役般的工作，糟糕透顶的生活，等等。这一切都不能成为替你的专横霸道进行辩解的理由。做牺牲品比当刽子手更好。”

是的，应该从自我做起。别空发议论，别自作聪明，别把任何事情都推迟到明天。古人说：我们延搁生活，生活就会逝去……

也许，生命确实是大自然的无价恩赐，但是，不管怎么说，这不是无偿的恩赐：“在这方面需要的是，日以继夜地劳动，持之以恒地读书，钻研，意志……在这里每个小时都是珍贵的……”

萨哈林之旅

一

一八九〇年年初，契诃夫整装待发去萨哈林，以便写一部有关俄国苦役的书，归途中去一下印度和锡兰。“轰动一时的新闻，”《每日新闻》报在一八九〇年一月报道说，“安·巴·契诃夫在着手进行一次西伯利亚旅行，旨在研究苦役犯的生活。这在我国是一种崭新的做法……这是第一个去西伯利亚并从西伯利亚返回的俄国作家。”

A.C.苏沃林认为这次旅行是“一个荒谬的打算”。他在写给契诃夫的信中说，任何人都不需要萨哈林，任何人都对它不感兴趣。在《新时报》编辑部同仁中流传着 B.布列宁写的一首讽刺短诗：

天才作家契诃夫，
动身前去萨哈林，
他在山崖间徘徊，
把灵感寻求。
在那里他找不到灵感，
就把归期提前……

找灵感不必远途跋涉——

这则寓言的平凡意思就在于此。

这首短诗也有着它自己的逻辑：这就是一些人的庸俗和嫉妒的逻辑，在这些人心目中，英勇的精神和建立功勋的意向始终似乎是一种可疑的怪事。

现在来读契诃夫在一八九一年一月十四日写给妹妹的信，它的内容就明白易懂了："一种浓重的、不明确的、令我莫名其妙的恶意包围着我。许多人请我吃饭，庸俗地为我唱赞歌，但同时又准备着要把我一口吃掉。为什么？鬼才知道他们安的是什么心。如果说我开枪自杀了，这倒会使我的十分之九的朋友和崇拜者感到高兴。他们是多么低劣地表达自己的卑鄙心情啊！……这不是人，而是一层霉菌。"

一八九〇年四月，契诃夫启程了，出发前他花了整整一个冬天攻读他在图书馆里能找到的历史、民族学、监狱研究方面的全部著作。"在俄罗斯实实在在的东西太少，各式各样的议论却多得不得了——我现在在努力阅读有关萨哈林的文献时对此十分确信。"契诃夫在给苏沃林的信中如此写道。在这个说法中不难看出一种针对政论家们而发的具有论争性的暗示，这些政论家不时地攻讦严肃科学，他们早就使契诃夫生气了。

"我确实要去萨哈林，但不只是为了那些囚犯，不过是非常想从生命中勾销那么一年或一年半的时光。"（2 月 2 日致 C.H.菲利波夫的信）"在我写萨哈林的那本书中，我将是一个地道的畜生，您只会惊讶得双手一摊，毫无办法。我从别人的书中偷窃了许多思想和知识，将把它们冒充为我自己的。"（大约 2 月 20 日致苏沃林的信）“我可怜的缪斯听任诡秘命运的安排，戴上了蓝色眼镜，丢弃了弦琴，研究起民族学和地质学来了。”（3 月 16 日致 И.Л.列昂捷夫-谢格洛夫的信）

这时，契诃夫说的笑话已经不能使亲近的人开心了，大家已经知道不久前他肺部出血，他的病无法治愈了。他们忧心忡忡地思考着沿乌拉尔和西伯利亚崎岖难走的道路、穿越整个国家的漫长旅行（还有一段笑话：“把我这个上帝的奴隶装进了一只柳条筐，乘上双套马车带走了。我坐在筐里，像一只小黄雀，望着大千世界……”）。这次旅行是艰苦的，就连契诃夫有时也快活不起来：“……泥泞，雨水，暴风，寒冷……脚上穿着一双毡靴。你们可知道，潮湿的毡靴是什么玩意儿？这是用凝胶做成的长统皮靴。”“一路上我饥肠辘辘……甚至幻想起荞麦稀饭来。一想就想上好几个小时。”

后来，第一部严肃的契诃夫传的作者 A.伊斯梅洛夫写道：“也许，不能说正是因为这次旅行契诃夫才英年早逝，而许多人却是这么想的；不过，毫无疑问，这次旅行使契诃夫感到很辛苦，它是他生平中一个绝对不利的而且未必是必要的细节。”这可能是最后一次旅行，也许，就连契诃夫在认真的时刻也是这么想的：“再见吧，请勿念我旧恶。我们将在十二月会面。也许，永远也不会再见面。”

动身前不久，契诃夫在《俄国思想》读到了一篇谈“一些献身于写无原则东西的人”的小文章，是一个在文学界周围转的女士写的。契诃夫一反他不同报刊争论的习惯，给杂志主编 B.M.拉夫罗夫发了一封强硬的信：“我从来就不是一个无原则的作家，或者换个意思完全一样的说法，一个无赖……本来我对诽谤也不会进行答复，但日内我将离开俄罗斯很久，也可能一去就不复回，因此我没有力量克制住不作答复。”

在一封信中有一份遗嘱，这信是以开玩笑的语气写的，但它具有法律的效力：“我有一种这样的感觉，好像我是去打仗似的。如果我淹死了或者发生了什么类似的事情，那么请注意，我现在所有的以及我在将来所能有的一切全部属于我的妹妹；她将偿还我的债务。”

萨哈林之行的意义没有得到阐明，因而就像在类似情况下常见的那样，提出了直到今天我们还有人在提出的种种臆测和猜想。

当年彼得堡的报纸《星期周报》的撰稿人 M.O.梅尼希科夫回忆道：“大家都感到吃惊。上哪儿去？为什么要去？年轻的小说家，受到读者喜爱，他的才华天生就是‘为了灵感，为了甜蜜的声音和祈祷’——突然他出发去服苦役的地方！这是令人奇怪的……”

米哈伊尔·契诃夫在解释萨哈林之行的主意时引出了一些偶然原因：“他突然出人意料地整理起行装来，所以家里的人一开始都弄不明白：他这是当真呢还是在开玩笑。我在一八八九年结束了大学的学习，正在准备国家委员会举行的考试……我得复习刑法和监狱引论课程的讲义，这些讲义也引起了哥哥的兴趣。他读完了这些讲义，突然就准备起行装来了。”

恩斯特·西蒙斯，美国的契诃夫传的作者提出了这样一种猜想：契诃夫爱上了 Л.阿维洛娃，他明知没有成功的希望，就跑到了世界的另一方，以期把她忘却，也忘却他自己的不幸。还有人写道：萨哈林对他来说是“独特的意大利”，他渴望在那里完成他对俄国生活的理解。也有人回想到了文学传统：卡拉姆津写了《一个俄国旅行家的书信》，冈察洛夫写了《战舰巴拉达号》。但十分清楚的是：契诃夫的传统是另一种传统，在意大利和萨哈林之间没有任何共同的东西，就连上面刚提及的旅行家们去过的也是另一些地方和岛屿。

萨哈林之行可能会令人感觉到（实际上也已经有人感觉到）只不过是一个被成功和荣誉宠坏了的天才作家的任性表现。在十九世纪八十年代末契诃夫首次获得了巨大成功：他荣获普希金奖，《枯燥乏味的故事》受到严肃的文学批评家的好评，《蠢货》和《伊万诺夫》在俄国许多城市里演出成功，到处满座，因而笔友们都称他为波将金，他们赋予这个绰号以相应的潜台词。契诃夫在一八八八年三月二十五日写给 M. B.基谢廖娃的信中说："不知为什么在彼得堡给我起了一个绰号：波将金，虽说我根本就没有什么叶卡捷琳娜。显然，他们认为我是缪斯的宠臣。"

只有为数不多的文坛朋友才为他担心。K. C.巴兰采维奇因未能在彼得堡与当时为去萨哈林一事而逗留该地的契诃夫谋面而感到遗憾。他在一封信中写道："现在只有上帝知道我们何时能会面，能否再会面？只要一想到您将去那么遥远的地方旅行，就令人不寒而栗。但愿上帝保佑您来去顺利！"列昂捷夫-谢格洛夫建议契诃夫恳求母亲抄一遍《圣经》中大卫的诗[①]，并让他把护身符装在香囊中挂在脖子上。

从彼得堡返回莫斯科时，契诃夫对同路人——文学家 B. H.拉德任斯基说到了苦役："应该看一看这苦役，一定要看看，要亲自研究一番。也许，苦役是对生活和真理抱有空洞概念

① "住在至高者隐秘处的，必住在全能者的荫下。"见《圣经 · 旧约 · 诗篇》，第九十一章，第一节。

的人所能想出来的许多十分可怕的荒唐事之一。”

他在莫斯科开始整理行装：买了一件短皮袄，一件皮制的军官用的不透水大衣，一双大皮靴，一支转轮手枪，一把“供切香肠和猎虎用的”芬兰刀。他“武装到了牙齿”。

Л. С.米济诺娃，即美好的莉卡，不久前才同契诃夫一家相识，同玛丽亚 · 巴甫洛夫娜一起在鲁缅采夫博物馆抄写需要的材料，她的亲人们感到了不安：“……莫非莉久莎[1]对他有了兴趣?似乎有点儿这种意思。”

一大群人集合在雅罗斯拉夫尔火车站。米哈伊尔 · 契诃夫回忆道：“除了我们家的人以外，到车站送行的还有：列维坦，谢马什科，伊万年科，库达索娃，米济诺娃，库夫申尼科夫伉俪等人。”库夫申尼科夫大夫带来了一个旅行用的背壶，里面装着白兰地酒，要契诃夫在太平洋岸上把酒喝完。已经成了契诃夫朋友的演员们也来送行：连斯基，孙巴托夫（尤任）。有几个送行者同出门远行的人一起走，伴送到特罗伊采-谢尔吉耶夫月桂树。连斯基在当晚写给妻子的信中说：“他坐的是三等车，挤得厉害。”

接下来是乘轮船，沿着伏尔加河和卡马河，从雅罗斯拉夫尔到下诺夫哥罗德和彼尔姆，再转乘火车到叶卡捷琳堡、秋明，接下来是在西伯利亚“骑马旅行”：伊希姆，托木斯克，鄂木斯克，渡河，阿钦斯克，克拉斯诺亚尔斯克，坎斯克，伊尔库茨克，贝加尔湖岸，重又乘上轮船，骑马，涅尔琴斯克，斯列坚斯克，沿着石勒喀河和阿穆尔河到布拉戈维申斯克和尼古拉耶夫斯克。“我的心情是这样的：似乎我通过了一场考试。”（致 Н. А.列伊金，6 月

---

① 即 Л. С.米济诺娃的爱称。

20日，乌斯季-卡拉）在航行在阿穆尔河的轮船上有一个戴着脚镣的杀妻囚犯，他随身带着一个六岁的女儿。后来契诃夫常常讲到这个女孩儿："夜间女孩儿同一堆囚犯和大兵睡在一起。"

就在这些日子里，列昂捷夫-谢格洛夫在他的日记本里写道："契诃夫的成功得来容易，而我每前进一步都要战斗……"

不过，并非所有的人都如此想。另一个文学家，一八八八年秋天在彼得堡与契诃夫相识的 B. A. 吉洪诺夫也在日记中写道："安东 · 契诃夫是一种多么强劲的力量，是一种纯自然的力量……现在他到萨哈林去了，在途中写他的通讯报道……我们并没有衰退，我们有一个天才作家，他可以使任何一个时代增光。"一八九〇年三月，还是这个吉洪诺夫，他在契诃夫动身去萨哈林之前坚定地说出了自己的一种看法："有一次您在给我的信中说，与 H. Л. 瓦格纳[①]的意见相反，您不认为自己是俄罗斯文学中的一头大象，也不是什么别的玩意儿，您把自己纳入了一个名叫'八十年代'或'十九世纪末'的作家组合，同时把柯罗连科、巴兰采维奇、亚欣斯基、谢格洛夫，还有我这个问心有愧的人……也列入了这个组合……不，安东 · 巴甫洛维奇，您进这个组合不合适：'不能把骏马和无精打采的乌龟套在一辆大车上！'别说作为一个力量相等的成员，即便是作为这个组合的领导者或带头人，也不能把您列入，因为根据组合的原则，带头人一定得从这个组合的成员中选举产生。以苦役犯人组合（您在途中将见到这种组合）来说吧，领班是从苦役犯人中选出的，谁都无权把一个自由的人安置在这个岗位上，即使他本人也不能这样任命自己。而您在我

① H. Л. 瓦格纳是动物学家和小说家，笔名是：雄猫摩尔留卡。——原注

们中间是惟一的一个自由人，彻底自由的哥萨克。我们全都‘被**陈规陋习**束缚住了，我们挣脱不了桎梏’……而且不只受陈规陋习束缚，还在许多其他方面，在更渺小的事情上受束缚。”

七月十日傍晚，贝加尔湖号轮船在杜伊卡河河口的亚历山德罗夫斯克停泊场抛下了锚。

“在岸上，萨哈林原始森林有五处燃烧着大篝火……一幅令人害怕的景象：它粗野地由黑暗、影形、群山、烟雾、火焰和火星构成，好像是在神话中似的……所有的东西都在烟雾之中，像在地狱里似的。”

在经历了几乎三个月之久的穿过整个俄罗斯的旅行后，契诃夫面临的是在苦役岛上工作三个月。

七月三十日，岛上的长官科诺诺维奇少将签发了一份证明书：“萨哈林岛长官准许医生安东·巴甫洛维奇·契诃夫收集为写作有关苦役岛萨哈林的制度所必需的各种统计资料，我建议各地区长官给契诃夫先生以合法的配合，使他能为上述目的而参观监狱和居民点，必要时为契诃夫先生提供可能摘录官方文件。特此以签字和公章为证。”

契诃夫在《萨哈林岛》一书中写道：“一个押解兵士的军官得知我来到萨哈林的目的后感到十分惊奇，他力图使我确信：我没有任何权利对苦役犯和移民区作深入了解，因为我没有担任公务。我知道，当然，他说的并不对，但我听后很感不快，而且我担心，也许在萨哈林我会遇到与此完全一样的观点。”[①]契诃夫在

① 引自《萨哈林岛》一书的文字的译文，参考了刁绍华、姜长斌译的《萨哈林旅行记》，黑龙江人民出版社，1980年版。

岛上遇到的几乎正是这种观点，虽说他并不了解个中情况，因为有关指令上都印有“密件”字样。

科诺诺维奇就在七月三十日当天给亚历山德罗夫斯克和特莫夫斯科耶地区的长官发出了下述指令：

“已给医生安东·巴甫洛维奇·契诃夫发出证明……现在责成阁下毫不松懈地进行观察，别让契诃夫同那些因犯国事罪而遭流放的苦役犯和正受着警察监视的行政流放人员有任何往来。”

既然这次旅行与任何官方使命没有联系（就如同并非“天才的任性行为”一样），既然当局对此行持怀疑态度，而讲述这次旅行的书又引起书报检查机关的非难，那么这次旅行对契诃夫本人又有什么意思？

在这里引用一段他写于一八八八年的文字是合适的，这段文字是他为纪念伟大的俄国旅行家 H.M.普尔热瓦利斯基[①]、纪念一切建功立业的人以及俄罗斯科学和文化的英雄人物而写下的：“他们的思想性，以祖国的荣誉和科学为基础的崇高的功名心，他们的顽强精神，任何困难、危险、个人幸福的诱惑都征服不了的对确定目标的追求……使他们在人民的心目中成为一些体现着最崇高的道德力量的忘我奋斗的人。哪里这种力量不再是抽象的概念，而是由一个或十个活生生的人体现出来，哪里就会有强大的学派。

“……他们的个性是生动的文献，它们向社会指明：还有着另外一种人，一种建功立业、信心坚定、明确意识到自己的目标的人。”

---

① H.M.普尔热瓦利斯基（1839—1888），俄国旅行家、中亚考察家。

在去服苦役的萨哈林一行中，契诃夫是一个建功立业和对目标有着明确意识的人，虽说他永远不会把如此崇高和庄严的字眼用到自己身上来。萨哈林之行是他的文学和社会活动的顶峰，它体现着一种崇高的对生活进行的道德裁判，它不依赖政权，也不依赖任何倾向性，因而它是最公道和正派的裁判。

“我每天早上五点钟起身，很晚才睡下……我跑遍了所有的居民点，走进了所有的小木屋，同每个人谈过话……我已经记下了近万人的情况……换句话说，在萨哈林没有一个苦役犯或移民是我未曾同他交谈过的。”（1890 年 9 月 11 日致 A. C.苏沃林书）

根据旅行期间收集到的材料写下的特写《寄自西伯利亚》和一本书《萨哈林岛》在契诃夫的文集中、同样也在十九世纪最后几年的俄罗斯文学中占有特殊的独立的地位。至于说到书信，契诃夫在途中只给亲人们和苏沃林（极少例外）写信，而他收到的回复是电报，有时是信，寄往叶卡捷琳堡、托木斯克和克拉斯诺亚尔斯克的信。似乎是这样：他从未像在谈论萨哈林的信中如此激烈地同苏沃林争论过，从未如此尖锐地把他的生活方针同《新时报》的纲领对立过。“我们在监狱里折磨死了千百万人，平白无故地、不容分辩地、野蛮地折磨死了；我们在寒冷中驱赶着戴镣铐的人们跑上几万俄里……光荣的六十年代没有为病人和犯人做任何事情……”

写完《萨哈林岛》一书后，契诃夫在一封信中对苏沃林说：“我感到高兴的是，我的散文衣橱里将挂上这件硬撅撅的囚衣。让它挂着吧！”

他本可以跟着柯罗连科说：西伯利亚是“俄罗斯悲剧的真正堆栈”。但是关于俄罗斯和它的人们的最振奋和最乐观的话也是在萨哈林旅行期间说出的，他在一八九〇年五月十四日至十七日写给亲人们的信中就说："我的上帝，俄罗斯有许多好人！"而在同年六月二十七日写给苏沃林的信中说："真的，我见到了这么多的富源，获得这么多的喜悦，即便现在死去也不感到害怕。"

二

本来打算把《萨哈林岛》写成一部学术著作。契诃夫在一八九〇年三月五日给 H. M. 林特瓦列娃的信中写道："它将是枯燥的，专门性的，只由一些数字组成。"

但同时《萨哈林岛》又是一个文学现象。即便是最枯燥的学术著作，如果它出自一个伟大的语言艺术家之手，它就带有它的创作者的心灵烙印，何况契诃夫除了学术任务外还向自己提出了纯艺术的任务："昨日我为萨哈林的气候折腾了一整天。这种玩意儿真不好写，但我毕竟还是取得了可喜的成绩。我给那儿的天气勾勒了这样一幅画面，谁读了都会觉得冷。"

书中所描绘的景色使人产生一种被遗弃了的感觉，一种绝望的孤独感觉——这种感觉同苦役概念是分不开的。

"看来是冰凉混浊的大海在咆哮，高高的白浪涌过来，撞在沙石上，仿佛在绝望地叫喊：'上帝呀，你为何把我们创造？'……周围没有一个人影，也没有飞鸟和苍蝇。使人不解的是，这里大海的波涛在为谁而咆哮？在这里，每天夜间有谁能听到它们？它们需要的又是什么？最后还有一个疑问：我离开这个地方后，它们又将为谁咆哮？我站在这海岸上，在脑际萦绕的不是清晰的思想，而是沉重的忧虑，令人感到恐怖……"

在描写萨哈林的自然景色时，契诃夫阐释该书的一个十分重要的思想——关于生命的思想。这生命被人为地强制地安排在不适宜于生存的地方，因而它冻坏了，衰败了，长不出根子来："一些凋零枯槁的病树从高高的海岸上朝下看；在这里，在空旷的地方，每棵树都在孤军作战，同严寒和冷风进行苦斗，在秋天，在冬日，在可怕的深夜，每棵树都无休止地东摇西摆，弯曲到地面，凄婉地发出令人不快的声音——可是没有一个人听得见它们的诉苦。"

契诃夫在全书中坚持了一种平稳的表面上冷淡的声调，虽说情节所要求的是一种特别阴沉的调子和悲剧性的激情，就像在但丁或莎士比亚的作品中那样。契诃夫三次引用了莎士比亚，他比奥赛罗更有资格讲那些"不毛的荒漠，可怕的深渊，不可攀登的峭壁"，但他本人却依然遵循着在一八八九年十二月三日给M. B.基谢廖娃的信中简明地表达的规则："应当像作记录那样写，不用凄惨和怜悯的字眼……而如果您要洒下几滴眼泪，那您会使这个题材失去它的严峻性以及一切值得注意的东西……"这种严峻的几乎是记录式的简朴语调赋予《萨哈林岛》一书以特殊的激情——日复一日地延续着的俄国悲剧的激情。

"杜伊卡河一向破败、肮脏、河岸光秃。如今两岸都装饰起五彩缤纷的灯笼和火花，火光倒映在河水里，把杜伊卡装点得分外美丽、庄严。但是这显得十分可笑，就像为了试衣给厨娘的女儿穿上小姐的礼服一样。还鸣了炮，把炮都炸坏了。尽管如此热闹，街上仍觉烦闷无聊，没有歌声，没有手风琴声，连一个醉汉也没有。人们像幽灵似的游荡着，像幽灵一样缄默不语。尽管火花五彩缤纷，苦役地仍然还是苦役地，而音乐，一个永远回不了祖国的人从远处听到音乐，只能使人产生绝望的愁闷。"

但契诃夫依然发现了长在稀疏的小块土地上的绿色庄稼，移民们的小小的家园，艰辛地细心照料在萨哈林培育出来的花朵。因为即便是终身服苦役，它也根绝不了人身上的积极精神，根绝不了对美与善的信仰以及对美好生活的希望。

“假如哪位风景画家有机会到萨哈林来，那么我建议他留心一下阿尔科伊河谷。这个地方除了环境优美以外，景物的色调也绚丽斑斓。葱茏茂密的草丛中，有几棵高大的牛蒡，刚被雨水洗濯过，显得生意盎然。距离此地不过两三俄丈远的平野上，黑麦泛着翠绿。接着是一小块大麦地，而那边又有一棵牛蒡，后面是一小块燕麦地。再过去是一垄垄的马铃薯，两棵没有长成的向日葵垂着头，最后是一块楔形的麻田。漫山遍野，随处都长着伞形科植物，好像是一个个枝形烛台倨傲于群芳之上。在这五颜六色的世界里，漫布着罂粟花玫瑰色和鲜红色的斑点。路上走来几个妇女，头上顶着牛蒡的大叶子挡雨，好像是一些绿色的甲虫。而周围群山环抱，这些山尽管不是高加索的山，但毕竟是山！”

契诃夫对犯人世界中的“明星”少感兴趣。例如，关于著名骗子、全俄国的报刊都讲过其罪行的松卡-金子般的小手，契诃夫是这么写的：“这是一个瘦小的头发已经花白的女人，一张精神萎靡的老太婆脸，戴着手铐……她在她的囚房里来回走动，似乎一直在嗅闻空气，活像一只捕鼠笼中的耗子，就连她脸部的表情也是像老鼠一样的。”

判处无期徒刑的苦役犯皮希科夫也是一个轰动一时的人物，Г.И.乌斯宾斯基曾献给他一大篇特写《一对一》。但在《萨哈林岛》一书中关于他也只是三言两语，一带而过。似乎是这样：苦役地的轰动一时的人物本该唤起一种特别的兴趣，因为他们会赋予这本讲萨哈林的书以侦探小说的成分，而这无疑会保证此书受到读者的欢迎。

然而在这本书中恰恰没有“侦探小说”的气息，毋庸置疑的是：对这情况契诃夫是有意识忽略的。这倒并非因为契诃夫一般就不喜好侦探题材，因为在去萨哈林之前曾写过这样的短篇和中篇小说（《游猎惨剧》就是一个鲜明的例子）。但在萨哈林之行以后契诃夫写的人物中没有丝毫类似索菲娅·布柳夫施泰因（即“金子般的小手”）、捷列霍夫或皮希科夫的东西。

在契诃夫的心目中人的问题是基本的问题，说得确切一些，是受奴役的状态，是从历史和社会的角度提出的“罪与罚”问题。这使我们有可能不仅把直接反映萨哈林的题材（《古谢夫》《在途中》《凶杀》）与苦役岛之行联系起来，而且可以将一些就内容来说更远一些的，从《第六病室》到《套中人》等十九世纪九十年代的中、短篇小说与苦役岛之行联系起来。

使契诃夫特别感兴趣的是：在服苦役的条件下一些道德准则是否还保留着？是哪些力量在支撑着人的人格、支撑着对公正和善的信仰？或者与此相反，是哪些力量起着破坏作用、扭曲人身上的一切有朝气的光明的东西，使之堕落到不能再低的地步：“其实一个苦役犯，不管他受毒害有多深，不管他多么不公平，他最喜欢的还是正义。如果在一些比他地位高的人身上没有公正，那么他的愤怒和极端缺乏信心就会与日俱增。正因为这样，在苦役地有许多悲观主义者和忧闷的老头儿，他们严肃地面带怒色地无休止地谈论着人们、长官和美好的生活，狱中的人听着哈哈大笑，因为也真的是令人好笑。”

《萨哈林岛》一书提出的道德问题很广泛，这里有许多东西与十九世纪九十年代的创作直接相关。首先是情节—题材的主调：爱情，母爱，女人气质，童年，期待“新的美好的生活”；最后，还有一个主题：自由，它在《萨哈林岛》一书中以及在契诃夫的小说中表现得都很强烈。

童年和苦役。甚至在以萨哈林为素材时，契诃夫也以其特有的诚实和朴素展示童年主题；在他的创作经验中已经有过类似的作品：《万卡》（1886 年）和《渴睡》（1888 年），这些短篇小说都已经写就。

“但毕竟是，不管人们说了些什么，也不管人们如何哭诉，在萨哈林最有益、最需要和最令人感到欣悦的是孩子们——这一点就连流放者们自己也十分清楚，所以他们都非常珍惜孩子。”

契诃夫的同时代人写过许多文章，也说过许多，他们认为萨哈林之行把契诃夫引向了悲观主义，引向“黄昏”和“忧闷的人们”。这种看法未必公正：《萨哈林岛》一书中的沉重和阴郁的篇章以及场景（它们为数不少）读来丝毫不比萨哈林之行前的一些短篇更阴沉。

期待“新的美好的生活”这一主题在早期小说中，甚至就连在《作弄》（1886 年）这样的短篇小说中也可以找到。但在萨哈林之行后这主题清晰了，定型了。情况有可能是这样的：定型过程始于“萨哈林的格列特亨”给他的瞬息印象，契诃夫晚期的小说和戏剧中一系列苦恼的女主人公都起源于她：离开，出走，抛弃旧的东西，改变生活——不管怎样和不顾一切地要改变生活。也许，在一八九〇年契诃夫确实尚不知道那个被弄到萨哈林来的普斯科夫省的丹娘在幻想着什么，但是在《未婚妻》（1903 年）中我们读到：“……在她面前出现了宽广、辽阔的新生活，这生活还不明朗，充满神秘，然而它在吸引她，召唤她。”

“看着大洋的彼岸，不禁觉得，如果我是一个苦役犯，那我一定会不顾一切地从这儿逃跑”——这是契诃夫在讲他自己。

如果能够把契诃夫对萨哈林的描绘看成一幅画或者示意图，搬上纸面或油画布，那么就会看到：在苦役岛上，在它的许多监狱、囚室、矿场和移民点的上方耸立起一座巨大的行政建筑，它的人口稠密度也许并不低于萨哈林岛本身。苦役地的行政机构，从阿穆尔河附近地区的总督科尔夫男爵和萨哈林岛长官科诺诺维奇少将起，到那许许多多的看守、狱吏、兵士和刽子手——这个行政机构就会像一个多眼物体出现在我们面前，它统治着萨哈林岛，同时又隶属于彼得堡的权力之下。契诃夫很注意这些凌驾于苦役地之上并又管理着它的人，因为他们的使命就是要维护法律之精神及其字面意义，要确定岛上的制度，使萨哈林成为萨哈林，使苦役地成为苦役地。契诃夫已经搞清楚了那些注定终身服苦役的人的情况；他还得弄明白另一种在影响着人的管辖和奴役形式：制服。

在《萨哈林岛》一书中没有关于萨哈林行政机构的资料，显然，也不可能有：“只凭一张护照”护身的契诃夫不可能接触有关公务情况的材料。有几次他谈到，而且只是简洁地谈到：在岛上，军官、医生、狱吏以及其他行政人员太多了。

《萨哈林岛》一书自一八九三年十月到一八九四年七月逐章发表在《俄国思想》杂志上，因此评论界在评述这本书时有可能将它与《第六病室》比较，与短篇小说《古谢夫》《在流放中》和《恐惧》相对照，与中篇小说《三年》以及十九世纪九十年代的一系列其他中、短篇相比较。对这本书的性质和意义，批评界的意见不一，如：A.波格丹诺维奇认为它是一部杰出的文艺作品，而A.斯卡比切夫斯基则认为它是一部杰出的、但狭隘专业化的、与艺术创作无关的著作。但在下述结论上批评家们的意见却是一致的：萨哈林之行在契诃夫的文学活动上的反映比人们所期待的要弱，它只提供了两三个新的题材。即使是现在也还有一定的局限这本书题材的说法："这本小册子（指《萨哈林岛》一书）没有任何用处……它并未引起任何共鸣。"

然而，契诃夫却说：他的一切都"萨哈林化了"。换句话说，萨哈林之行留下的不只是直接的题材及主题痕迹，它还在整体上影响了契诃夫的创作。问题并不在于苦役岛之行后在作家的创作中出现了萨哈林之行前未曾有过的材料或题材。从一八九〇年到一九〇四年，除了《萨哈林岛》，他总共发表了四十四部中、短篇小说和全部主要的剧本（《万尼亚舅舅》《海鸥》《三姊妹》《樱桃园》）。但同萨哈林有联系的作品极少。而且如果说在《古谢夫》《在途中》和《凶杀》这些短篇中的联系是一目了然的话，那么在《第六病室》中表面上根本没有反映萨哈林之行所得的印象，更不必说中篇《三年》和《我的一生》以及短篇《大学生》《爱情》和《姚尼奇》了。

为什么又说一切都"萨哈林化了"呢?

无可争议的是：由于苦役岛之行，他对俄国生活的理解更清楚了。一些题材、主题和形象原先在去萨哈林之前的年代里只是不完整地在创作中勾勒出来，现在它们围绕着几个主导的主题合在一起了；抗议以及同"暴力与虚伪"的斗争方针鲜明地加强了，"不管后者是如何表现出来的"。

欧洲旅途

契诃夫多次去过欧洲。一八九一年春天同苏沃林一起到了奥地利，后来到过意大利、尼斯和巴黎。他回国后，传闻沸扬，说他在欧洲感到不舒适，甚至连意大利他也并不喜欢。这种传闻使他惊奇："是谁在宇宙间广播，说我不喜欢外国？我的上帝啊，在这件事情上我没对任何人说过一句话……我该做什么呢？我得高兴地大声叫嚷？去敲人家的玻璃窗？去同法国人拥抱？"

然而，有过错的看来还是他自己。写到欧洲的生活他十分兴奋，维也纳的街道；威尼斯和佛罗伦萨以及罗马的宫殿、教堂、雕塑和绘画都使他万分欣喜，而且所有这一切在他的信中都有反映。但是光阴荏苒，天气变了，心情也就不一样了：原来俄国远非在各方面都不如欧洲。契诃夫在外国开始感到无聊，无所事事使他苦恼，于是有一次他写下了这样的话："罗马很像哈尔科夫，那不勒斯非常脏。"或者他说，还是在罗马说：他很想在郊外"在青草上躺一会儿"。这些话并非秘密，于是一切就由此而来了。对他从欧洲寄来的、心情激奋的信人们已经习惯：既然一个人到了意大利，很自然，他会感到惊奇和欣喜。而"罗马很像哈尔科夫"这种话太新鲜，一下子就记住了，而且就互相传说起来，有人就说了：契诃夫不喜欢欧洲……

"你是一个坐不住的人，安东沙！"玛丽亚·巴甫洛夫娜在莫斯科火车站上为哥哥送行时说。

上路时他带了手记本，第一本，就是传到我们今天的那一本，其中有一条记事："三月十七日启程。收到检察长送的一瓶伏特加。"接下来交替着出现的是旅途札记和为中篇小说《三年》作的素描："要学会在车厢里写东西，我尝试了一下。挺不错，可以写，虽说写不好。"在可以工作的时候工作在继续着，在国外时也是如此。

在他的信件中有关欧洲的印象讲得最好。

一封寄自维也纳的信中写道："啊，我的朋友们，我的通古斯人，如果你们能知道，维也纳有多好！无法将它同我一生中所见到的任何一个城市相比较。宽阔的路面、铺砌得十分雅致的街道，大量的林荫道和街心公园，所有的房屋都是六层和七层的，而商店——这不是什么商店，它们令人头晕眼花，简直是做梦也见不到的好东西！橱窗里光领带就有许许多多！那些青铜器、瓷器和皮件简直令人惊叹不已！教堂非常之大，但并不因其大而使人感到压抑，它们赏心悦目，因为它们似乎是用花边编织而成的。特别好的是圣斯特凡大礼拜堂和还愿礼拜堂[①]。这不是建筑物，而是饮茶用的饼干。国会，杜马，大学——全都富丽堂皇……一切都非常富丽堂皇。我只是到了昨天和今天才明白：建筑学确实是一种艺术。而且在维也纳，不像在我们那里，这艺术不是零零星星地落入眼帘，它们是成排成行地一连就是好几俄里。纪念碑很多。每一条胡同里总有一家书店。在书店的橱窗里还可以看到俄文书，但十分可惜，这不是阿尔博夫的文集，不是巴兰采维奇的，也不是契诃夫的，而是一些在国外写作并

① 原文为德语。

出版的各种匿名作者的作品。我看到过的书有：《雷纳娜》《冬宫秘闻》，等等。令人奇怪的是：这里什么都可以读，你想讲什么都可以讲。”

一封寄自威尼斯的信中说：“我整天坐在游船里沿街漂荡，或者在著名的圣马克广场上散步。广场平坦和清洁，像镶木地板一样。圣马克大礼拜堂就在此地，这是一种无法描述的东西；共和总督们的宫殿，这种房子，我感到，看着它们好像是看乐谱唱歌似的，我领略到一种惊人的美，我在欣赏和享受。

“晚景啊！我的上帝啊！傍晚不习惯得要死。你坐在游船上……暖和寂静，天上星星闪耀……在威尼斯没有马，因而这里像在田野上一般寂静。周围游船穿梭往来……瞧，一艘挂满了小灯的游船在漂荡，船上坐着一个低音提琴手，几个小提琴手，一个玩吉他的，一个弹曼德琳的，一个吹角笛的，两三位小姐，几个男士——你听到了歌声和音乐。唱的是歌剧。多好的嗓子！你才游不多远，又是一艘坐着歌手的小船，之后又是一艘，就这样，一直到半夜，空中飘荡着一种由男高音、小提琴声和各种扣人心弦的声音混合而成的音响。

“梅列日科夫斯基兴奋得发疯了，我在这儿遇见了他。俄国人，贫穷和屈辱的俄国人，在这里，在这个美妙、富有和自由的世界里是容易发疯的。真想在这里一直呆下去，而当你站在大教堂里并听着大风琴的琴声，你就真想信奉天主教。

“卡诺瓦①和提香②的陵园真是富丽堂皇。在这里，在教堂

---

① 卡诺瓦（1757—1822），意大利雕塑家。
② 提香（约 1476/1477 或 1489/1490—1576），意大利画家。

里，像安葬帝王们一样，安葬伟大的艺术家们；这里不像我们那儿那样鄙视艺术；教堂为塑像和画卷提供栖身之处，不管它们有多裸。

“总的说来，没有一处是不动人的，是不会引起你回忆的。比方说，苔丝德蒙娜[①]住过的小屋就给人一种难以摆脱的印象。”

从罗马的来信中说：“我感到奇怪：列维坦竟会不喜欢意大利。这是一个令人神往的国家。如果我是一个有钱的独身画家，我就会在这里过冬。要知道，意大利是绝无仅有的，且不说它的自然景色和四季温暖如春，在这个国家里你会确信不疑：艺术真是一切的主宰，而这种信念可以使人精神焕发。”

在巴黎他有机会观察了五一游行（历史上的第二次）：“星期五早晨我来到了巴黎，马上就去展览会。的确，埃菲尔铁塔非常非常之高。另外几个展览建筑我只是从外部见到了，因为里面有正在准备应付骚动的骑兵。星期五那天预料要发生骚动。人们一群一群地在街上走着，叫喊着，吹着口哨，情绪激动，而警察要驱散他们。在此地只消有十来个警察就可以把一大群人驱散。警察们步调一致地猛攻，人群就像发了疯似的奔跑。我有幸也碰上了一次猛攻：一个警察一把抓住我的肩胛骨并开始把我推到他的前面。

“大量的运动。街道被挖掘，人声鼎沸。每条街都是奔腾的捷列克河。喧闹声，吵嚷声，人行道都由小桌子占据了，小桌子后面站着法国人，他们在街上感到像在家里一样。非常好的人民。不过，巴黎是描写不完的，我把这件事放到我回国后再做……

① 莎士比亚的悲剧《奥赛罗》中的女主人公。

“我去参观了画展（Salon），由于近视我有一半作品未看。顺便提一笔：俄国的画家远比法国的严肃。与这里的风景画家们相比（昨天我看了他们的作品），列维坦是大王。”

在威尼斯时，契诃夫同 В. И. 涅米罗维奇-丹钦科谈及俄罗斯。他说：“我们什么都有：有鲜艳的，有暗淡的。不知为什么把我们叫做灰溜溜的大自然中的灰溜溜的人，可你瞧，我们有多宽广。我们会有丰富的色彩，会有你们的意大利远远赶不上的艺术效果。”

也是在威尼斯，同苏沃林有过一次坦诚的谈话。据 А. В. 阿姆菲捷阿特罗夫回忆，苏沃林“清楚地理解了这个非凡的人，他的雄伟严正，他的全部悲剧式的深刻性”。

契诃夫同梅列日科夫斯基谈过自己的一个意图：以威尼斯的元首马里诺·法尔耶里的生平为材料写一部剧本。在《无名氏的故事》中主人公回忆说：“我在卡诺瓦的坟墓旁站了很久，盯着那头悲哀的石狮看。而在总督宫殿里，我总要朝一个墙角走去，看那幅被抹黑了的不幸的马里诺·法尔耶里肖像。”老法尔耶里在一三五五年被处死，因为他想要在威尼斯建立一个民主共和国。当年拜伦曾为他写过一部悲剧，而霍夫曼[①]则写了一个短篇小说《总督和总督夫人》。

很快在契诃夫和梅列日科夫斯基伉俪之间互相有了戒心，甚至可以说是产生了一种恶感。后来，梅列日科夫斯基不甚友善地写到一八九一年的这几次会晤：“总是略微有一点儿颓丧，好像是心灰意懒的样子，暗淡的眼睛，暗淡的小胡子，一张俄国人的

① 霍夫曼（1776—1822），德国作家。

脸，宗教家庭出身的知识分子的脸，聪明，中肯，灵巧和无心，由一贯的讪笑掩饰的他在陷入不果敢的幻想时与人格格不入——这个人就是契诃夫，就是今日俄国的儿子。”

梅列日科夫斯基的妻子和终身伴侣季娜伊达·吉皮乌斯也在意大利同契诃夫相识，并在巴黎同他在一起，她厌恶他身上的健全，厌恶一种与她格格不入的“正常”。蒲宁在自己的书中引用了她的这个说法：“用在契诃夫身上的‘正常’一词想得很确切。就连他的外表也是‘正常的’……一个正常的小地方医生……在礼节所允许的界限内，他具有细致的观察力和略为粗鲁的举止，而这同样是正常的。”

吉皮乌斯把契诃夫同陀思妥耶夫斯基、果戈理和梅什金公爵对立起来；她的说法引起了蒲宁的嘲讽式的驳斥：“吉皮乌斯说，‘甚至他的病也是某种“正常的”病。没有人能想像得出，契诃夫会像陀思妥耶夫斯基或梅什金公爵一样在癫痫发作时跪倒在未婚妻面前，把一只贵重的花瓶打翻在地……或者契诃夫会像果戈理一样，吃上十天素食，把《海鸥》《樱桃园》《三姊妹》付之一炬，随后就死去。’可是，要知道，不只是契诃夫一人未焚烧自己的作品，普希金也没有烧过，即便是其他一些作家直到吉皮乌斯也都没有烧过。还有一点，因为契诃夫没有生过癫痫病，因为他没有心理毛病而责怪他，这种做法，说得温和一些，未免太奇怪了……显然，在梅列日科夫斯基夫妇在场时他是故意不露声色，尽扯淡。他们两人的狂热使他生气，尤其是‘梅列日科夫斯卡娅夫人’的狂热。显然，契诃夫并不喜欢她，因而她才不原谅他，她不原谅的不是他对意大利的冷淡，而是对她本人。”

有一次在讲到颓废派作家时契诃夫说：“他们是一些身体魁梧

的男子汉，倒可以把他们全都打发到苦役连去……”蒲宁比契诃夫更了解这个圈子里的人，他对契诃夫的这番话作了解释：“确实，几乎全都是‘滑头’和‘身体魁梧的男子汉’，但不能说他们是健全的、正常的。契诃夫时代的‘颓废派作家’的力量（还有他们的文学才干），那些扩展了颓废派的数量并且受到了颂扬的人，他们已不叫做颓废派和象征主义者，而叫做未来主义者，神秘的无政府主义者，寻求金羊毛的勇士们的力量；还有其他一些人——高尔基，安德列耶夫，再晚一些，例如，孱弱的、病得像瘦鬼似的阿尔齐巴舍夫或头顶半秃、脸像死人一般的，浓妆艳抹得像卖淫女的尸体似的库兹明——所有这些人的力量（还有文学才干）确实是很大的，但这是歇斯底里病患者、白痴和疯子所具有的力量。从健康一词的通常含义来说，试问他们中有谁是可以称作健康的人呢？他们都是颇有心计的，他们非常清楚：为吸引人们对自己的注意需要的是什么。但大多数歇斯底里病患者、白痴和疯子都具有这些品质。瞧，不健全和不正常者还在契诃夫生前就已有十分令人惊奇的不同形式不同程度的聚集，而在后来的年代里这情况又获得了多么大的发展！害肺痨病的并非随便以男子名义写作的吉皮乌斯，患自大狂病的勃留索夫[1]，呆板不好动而且沉默寡言的索洛古布，按罗扎诺夫下的定义是‘常礼服里的一块砖’、无拘无束的‘神秘的无政府主义者’丘尔科夫，气愤若狂的沃伦斯基，长着令人害怕的大头和呆滞的眼睛的小个子明斯基……”

梅列日科夫斯基和吉皮乌斯在颓废派肇始时就研究颓废派的

---

① B.勃留索夫（1873—1924），俄国诗人。

美学和哲学了。当时关于 Φ.尼采有许多议论：不久前发生的不幸事件（传说他发疯了）使他的名字几乎成了最时髦的名字。欧洲感到自己是处在善与恶的边缘。天才和疾病，伟大和平庸——是在十九世纪八十至九十年代之际的寻常主题，很快它们也反映到俄国的报刊上了。

契诃夫是从个人方面对尼采感兴趣，也许是作为一个良心泯灭了的人，是作为一个达到了荒谬绝伦地步的拉斯科尔尼科夫典型，后者因得胜的谋杀思想而精神错乱（不错，这时的代价已经不是一个老太婆，在契诃夫时代尼采哲学还不过是一种时兴；但他看透了它的涵义，这就更为重要，更为了不起）。“我倒愿意在列车车厢里或者在轮船上遇见尼采这样的哲学家，并同他畅谈一宿。不过，我认为他的哲学是寿命不长的，它自吹自擂，但不十分令人信服。”

离开了这些与梅里霍沃和梅里霍沃的梦境相距甚远的印象，离开了契诃夫对之远非漠不关心的美学和哲学方面的探索，要理解《黑衣修士》的构思是没有任何希望的。很快尼采将在俄国风行，契诃夫笔下的人物也将用他们独特的语言讲到尼采：“尼采……哲学家……最伟大的，最著名的……一个非常聪明的人，他在自己的文章中讲，假钞票似乎是可以造的。”

在契诃夫的理解中，健全的人并非平庸的“中等”的人，而治愈他的疾病并使他恢复健康也不是使他陷入“卑俗—寻常”的生活方式，陷入那已经没有庄严而只存在于狂热者的梦想之中的生活状态。

契诃夫关于人的理想十分接近于崇高的文艺复兴时代的准则：这首先是健康、稳重和聪明的人，“头脑清楚、道德高尚和身体整洁的人”。

“超人疾病”这些观念在两个世纪的交合点上流传很广，但主要是在颓废派圈子里流传，在梅列日科夫斯基夫妇这样的“俄国欧洲人”的小圈子里，在精致的赶时髦读尼采上瘾的读者群里。它越过了当年的一些艺术大家，而且遭到了后者的敌视，比如说，遭到了A.勃洛克的敌视。在文化堕落的时代，在契诃夫称之为“患病的”时代，契诃夫本人依然是主张严格规则的古典派。在世界的和俄国的艺术史上他绝非例外；古希腊、罗马的文化是健康的，整个文艺复兴时代是健康的；怎么能把病态观念同列奥纳多·达·芬奇、但丁、拉斐尔、莎士比亚连在一起？

《黑衣修士》一书中对科夫林的提示绝非偶然：“古人所说的一切并不全是真理。”

俄国文学在普希金这个源头上的特点是欢乐和健康；契诃夫的年长的同时代人是列夫·托尔斯泰，他十分鄙视艺术中的任何堕落现象，他尤其鄙视的是尼采哲学的“缺乏审美能力的狂妄”。

献身“公共福利”

契诃夫是一个有突出的社会热情的人，他积极、俭省、善于分配时间和精力。“笔友们”保守的也好，自由主义的也好，用各种不同的口气同他对话。这些文学界的人士，好抬杠的和善辩的人，他们只认为政论性发言是一种严肃的社会事业，而事情本身并非他们该做的。契诃夫呢，他不喜欢也不善于“发言”，他受不了杂志上展开的争论。但要把他独自一人既不争论又不空谈而做的事情：造学校、治病人、建霍乱病房，穿过西伯利亚去萨哈林，关心塔甘罗格图书馆和雅尔塔疗养院——要把所有这些事情都做好，需要把多少个米哈伊洛夫斯基①、叶夫列伊诺夫②、戈利采夫③集中起来并作出多大的努力啊！除了上述一切之外，还得写作，要像他那么写！可上帝并未把这种才能赋予每个人。

在任何一本契诃夫传记甚至是最简略的传记中，在所有关于他的演讲中，在游览契诃夫博物馆和纪念地时都一定要讲到：契诃夫造了三所学校。在塔列日、诺沃肖尔基和梅里霍沃（1892 年向画家 Н.П.索罗赫金买下了这个位于图拉省谢尔普霍夫县的庄园）。当拥有资本已达四百多万卢布的苏沃林打算盖一所学校时，契诃夫在给他的信中说：“我已经造好了三所学校，而且它们都被认为是模范学校。它们都是用最好的材料建成的，房间的高度是五俄尺，壁炉是荷兰式的，教师的住室不小，有三四个房间，有壁炉。两所学校的造价分别是三千卢布，而造第三所学

校，最小的一所学校，花了两千卢布多一些。”（1899 年 6 月 26 日）

五俄尺——这比三米半还略高一些呢！

造一所学校，随后又造第二所，第三所——这意味着什么？要知道契诃夫并不是富翁，甚至不是一个有财产的人。在他晚年的一封信里有这么一句话：“我从未有过一件价格超过五十卢布的冬大衣。”这句话里没有任何夸张，也没有什么苦恼，因为实际上一切就是如此。他是靠写作为生的，写作在当年并不是收入很多的，为了生活，他得天天工作：“我的钱像野鸟似的从我这里飞走了……”“要积攒大笔钱只有一个办法：一个不道德的办法。同一个什么有钱的女人结婚，或者把《安娜·卡列尼娜》冒充为自己的作品。”（1891 年 7 月 24 日致 A.C.苏沃林的信）笑话固然有助于克服缺钱的苦恼，但它们并不能增加收入。要赡养家庭，要自己花费，要上萨哈林，还要造三所学校——这钱从哪儿来呢？“我又在造学校了。我家来了一个农民代表团，他们恳求我，所以我没有足够的勇气拒绝他们。地方自治局给一千卢布，农民们筹集了三百——就这么一点儿钱，而造一所学校要花的钱不下三千。就是说，我又得整个夏天想着钱的事情，并且时而在这儿搞一点，时而在那里弄一点。”（1897 年 2 月 8 日致 A. C. 苏沃林的信）

实际上，这里谈的不是钱本身，而是谈预算，谈银行账目。但即便在这方面契诃夫也是勉强才能维持：“诺沃肖尔基的农民，柳托雷茨基的农民，还有其他一些地方的农民打算为造学校付钱

①②③ 当年很活跃的批评家和政论家。

吗？劳您驾。请您同村长们碰一次头，坚决地对他们说明：如果他们不付，我就要把他们签了字的双方共同议定的契约送交法院，我要同他们打官司。要知道，这不是我个人的事情，而是公众的事。如果他们不遵守契约，就会妨碍事情的进展，就会推迟梅里霍沃学校的建造。这所学校也是在同样的基础上造的，即从各方面一部分一部分地筹集资金，而且没有地方自治会给的补助。请您说一说，出于礼貌，他们可以哪怕只付一些钱，我又不逼迫他们。如果村社，所有的村社哪怕每月只付五个卢布，那么全部债务也就早已差不多还清了……”（致 И. И. 扎巴温的信，1898 年 11 月 16 日）

这样，就不关地方自治会的事了，契诃夫，当然，宁可行乞，他也不会去同农民打官司，得用别的办法集资。例如：“您会同意再去一次谢尔普霍夫，为学校举行一次义演。不是这样吗？我这儿又在造一所学校（在我造的学校中这是第三所），需要二千五百卢布，真要命啊！演出后我们可以在谢尔普霍夫车站共进晚餐……不是这样吗？唉！四月前我不会去莫斯科；何况我不是去莫斯科，我要去农村，去穷乡僻壤，去正在造学校的地方。”（写给 E.M.沙夫罗娃的信，1898 年 11 月 28 日）她，一个业余演员，能募集到许多钱吗？她是契诃夫的好友，写作方面的女学生。对她、对上层社会中一个非常美好的女人来说，在谢尔普霍夫车站吃一顿晚饭，这又算得了什么可喜的事情？而在对她提出的请求中，在重复了两次的问话（“不是这样吗？”）中可以感觉到的又是多么大的困窘！

可是要知道，富有的慈善家是有一些的，如那个 A. C.苏沃林，或是契诃夫认识的图书出版者 И. Д.瑟京，或者甚至还有莫罗佐夫家族，也是契诃夫的熟人，同姓的人（叶夫根尼娅·雅科夫列夫娜[①]是莫罗佐夫家族出身的，不错，她出身的那个家并不十分富有和著名）。

契诃夫有时也求助于富翁。例如，当 H. B.斯克利福索夫斯基出版的一本杂志（《外科年鉴》，这是一本具有欧洲水平但资金不足的杂志）遇到了困难时，契诃夫给苏沃林写信说："要不是我正在筹建一个学校，要花费我一千五百卢布左右，我会用自己的钱来出版这个杂志，因为我是多么痛苦，多么难以容忍这种明显的蠢事。"（1895 年 10 月 21 日）但是苏沃林居然没有不在用着的钱；他从来就没有不用的钱，他把所有的钱都"用在事业上"了。

契诃夫也向 И. Д.瑟京求助过，但他同瑟京谈判的结果对他来说几乎是悲剧式的："请您回忆一下，我可不是要把《外科年鉴》强加于您，我只是请求您在您乐意的条件下出版这本杂志。您口头上对我的建议表示过同情，在火车站上您甚至向我表示了感谢，感谢我给了您这么一件'好事情'，但是您没有提前把您有关《外科年鉴》的打算已经改变的情况通知我。我让教授放下他的工作，把他领到了瓦洛瓦亚街，我充分相信一切均已办妥。但您迎接我们时表现出一副踌躇的样子，您开始同我们就'预算'进行谈判，似乎要谈的是建造营房，似乎并非一切都已经很清楚……教授已经把我看成一个轻率的人，而我感到害臊，正像是我撒了谎似的……当然，季亚科诺夫教授是会原谅我的，而杂志的事情也是会办好的，但要把我为了您而经受的心情忘却，这一

① 指契诃夫的母亲。

点我已经做不到了。”（1895 年 10 月 4 日左右致 И. Д. 瑟京的信）

这样，结果就正如契诃夫在晚年写给 И. И. 奥尔洛夫的信中所说的：“不要把希望寄托在恶魔和人类的儿子们身上。”富有的慈善家也好，地方自治会也好，农民也好——什么也没有给，要不就是给得不及时，给一点点。不过，苏沃林倒是捐献了二百卢布造学校的。契诃夫为此事写信给他：“我的学校被认为是模范学校——我这么说是要您别以为我把您的二百卢布花到不值一提的小事上去了。”（1898 年 8 月 24 日）农民们非常清楚，值得向什么人和不值得向什么人求助，他们向契诃夫而不向梅里霍沃昔日的主人求助。关于这个人，契诃夫在给苏沃林的信中说：“我每天都有新发现。同说谎的人打交道太可怕！……大家都写惯和说惯了：只有商人们才少给尺寸和克扣分量，倒是可以看一看贵族们！令人憎恶！”

钱就是这么像野鸟似的飞走了，契诃夫从来就没有什么钱，因为什么钱都要他自己付。他从稿酬中挤出一些钱来，从家庭开支中节省出一些钱来，不购买贵重的东西，就连一件还可将就的冬大衣也不买，不留出钱来防困难的日子，不存银行，甚至在最顺遂的岁月里也约束自己。“《海鸥》的稿酬用来造学校。”（1898 年 11 月 13 日致玛丽亚 · 契诃娃的信）“在财务方面情况不妙，因而我不得不吝啬。从书上已经不会有什么进款。按合同马科斯还不会很快付钱给我，而已经得到的钱早就花完了。我的情况不会由于我吝啬而有所好转，而且好像是在我头的上方有一根高高的工厂烟囱，我的全部财富从这根烟囱里飞走了。我用在自己身上的花费不多……现在我在工作。如果工作情绪能延续到三月份，那我就能挣到二三千卢布……”（致玛丽亚 · 契诃娃的信，1899 年

12月3日）

一八九九年契诃夫以七万五千卢布的价格把文集的出版权卖给了 А.Ф.马科斯的出版公司。而在一九〇三年马科斯已经获得了纯收入二十万卢布。后来事情清楚了：这合同是不公平的。但正如契诃夫在写给妻子的信中所指出的，“当时现在的这种（高尔基开的）稿酬”还没有。高尔基在一九〇一年试图重新考虑这个合同，以合算得多的条件把契诃夫的文集交给知识书籍出版社出版。“……我代表知识书籍出版公司、但也为我自己向您建议：取消与马科斯订的合同，把您拿他的钱悉数退还给他……您要多少钱，我们都能搞到。然后您把书交给我们出版……”

醉心于自己的出版意图的高尔基写信给 К.П.皮亚特尼茨基说：“把他的小说给知识书籍出版社来出版的想法使我心神不定……我们即便是把妻子和女儿典押掉，也要使契诃夫摆脱马科斯的奴役！”

但契诃夫表现出了一种不合时宜的不讲求实利的态度，他不同书籍出版社打官司。正如在一封信中提及的，后者把他的书像商品一样庸俗化：“……不想做这件事，不想吵闹和找麻烦，既没有这种愿望，没有精力，也不相信当真需要这么做。”

契诃夫并非单纯“出钱”，他还参与学校的建造；他同承包人打交道，检查账目，关注工作的进展情况——为此他耗费的已经不是金钱，而是时间……造三所学校——这是麻烦、破费和困难的事情，但这毕竟还只是繁忙的事务。要知道，除去无止无休的萨哈林式的劳动，他还参与人口普查，耐心地挨家挨户地跑：“我们这儿在进行人口调查……在一个农家有个九岁的小女孩，她是儿童收容所领来的养女。她哭得很伤心，因为这农家的所有女孩的父名都叫米哈伊洛夫娜，而她，按教父的说法，是利沃夫娜。我对她说：‘你就叫米哈伊洛夫娜吧。’大家都非常高兴，向我道谢。这叫做以不正当的钱财来结交朋友。”（致苏沃林的信，1897年1月11日）

除了这些事情外，还有许多印刷品邮件、包裹、整箱整箱的书籍——他从莫斯科、从彼得堡、从国外把它们发出。这是他在关心萨哈林：给那里寄书。

“我恳请著名教育家Д.И.季霍米罗夫去识字委员会求情，为萨哈林搜集并发走一整个图书馆的书……总的说来，书已经发出了许多。按账单光为教科书就得付给苏沃林六百六十六卢布。昨天在百万女财主莫罗佐娃家吃午饭，我本想请她按这份账单付钱，但舌头不听我的使唤……”（致伊万·契诃夫的信，1891年2月初）

应契诃夫的要求，许多有当年俄国作家亲笔签名的书寄给了塔甘罗格图书馆，那里怎么也找不到一个精明能干的图书管理员，为了省钱把两三本书硬是装订在一起。“您说得对，目录十分糟糕……混乱透了！瓦格纳的书有五本，尼科利斯基的书有四本，普列谢耶夫的有两本，但它们被混成了一堆，类别给搞错了；在我出国前寄出的书中有许多已经短缺了。短缺的书太多了，我甚至想向您建议：我们可否等到更合适的时候再买书？要知道，如果书籍仍将如此大量地丢失，如果图书管理员仍一如既往地把五六个作家的书装订为一卷，那么最终搞成的将不是一个图书馆，而是一个塞满了库存书的地方，人家会把这种库存书扔掉。在我所知道的全部图书馆中，任何一个图书馆都没有我们图书馆里的这种目录。虽说任何一个图书馆的图书管理员都没有如

此好的居住条件和这么多的空闲时间。”（致П.Ф.约尔丹诺夫的信，1898年6月25日）

约尔丹诺夫是塔甘罗格市的疗养院医生和市参议会成员，后来是市长。他竭力要振兴已经衰落的城市，他要靠契诃夫的帮助办一个图书馆和一个画廊，他要建立一个彼得大帝的纪念碑。他为此事同M.M.安托科利斯基进行了谈判，后者当时正在创作彼得的塑像，而且已给这个城市送了几个作品。“……我收到了安托科利斯基为我们未来的博物馆塑的《最后一声叹息》，这是一个由石膏做成的椭圆形，是一个尽善尽美的艺术作品。钉在十字架上的耶稣的头和双肩、奇妙的表情使我深受感动。”约尔丹诺夫指望着名家们的帮助，而后者，正如契诃夫在给他的信中所说的，已被众多的请求者搞得不耐烦了。“一切可从泰斗们那儿得到的东西都已经拿走了，所以他们现在对文集、博物馆和阅览室等甚感恼火，因为动不动他们就得把自己的作品白送[①]给人家。您别去造访什么泰斗，您去拜见一些塔甘罗格人吧，使他们产生热爱故乡的感情。比如，诺托维奇这个富得流油的畜生，他本可为塔甘罗格做一些您我都做不到的事情，因为我们没有自己办的报纸，在彼得堡也没有自己的房子。”（致П.Ф.约尔丹诺夫的信，1897年10月31日）

说契诃夫，说那个为人民教育和保健、为人民的灾难和痛苦献出了这么多的时间、资财和力量的契诃夫没有社会立场，这说法当然是十分不公正的，是极大的谎言；至于认为他不了解这种情况，“无所谓地接受诽谤”，这种看法也不对。但现在也仍时常

① 原文为法语。

在恢复旧日的老生常谈，说什么契诃夫的“偶然性的性质”以及社会冷淡主义，藏在这些假学术性的难读的字眼后面的正是旧日误解和委屈的阴影……

约翰·普利斯特列[①]在《安东·契诃夫》(1970 年）一书中写道：“在我们面前的，一方面是一个具有科学的态度和方法论的人物，另一方面又是一个在所有俄国作家中最敏感的人。他每天早上给农民治病（免费），白天忙碌于果园、图书馆，而晚间他就写他的杰作。这一切做来又不带教条主义，不空发议论，也没有强加的意识形态。这一切都做得十分委婉，带着一种淡淡的幽默和怜悯。因而，我还要重复说上一句：在我们面前的是一种新人的模型……安东·契诃夫只有一个。”

为什么？为什么要做这种与创作很少有共同之处的事情：造学校？耗费如此之多，实质是一种力不胜任的支出，又有这许多麻烦。这一生中本来就已很少安宁。为什么？给一向求助于他的老百姓治病、买药，把自己家庭药箱中的药送给他们，为他们花钱，造霍乱病房——一生中分文不取地做这种不轻松的事情。是的，情况就是这样的，医生的事业是一种社会性的事业，而不该忘记的一点是：契诃夫是无私的俄国医学的奠基人。遇到这种情况人们说这是慈善事业（已经是在我们的时代，《文学报》上透露过一则消息，讲的是一个学者用他在海外获得的稿酬买了三台学校用的计算机；此举被称作“慈善事业的复兴”）。但搞慈善事业不是契诃夫的作风，也是他财力所不能及的。契诃夫也不像那种易冲动的古怪人，这种人的行动纯粹出于兴奋和热情，而他们在

① 普利斯特列（1894—？），英国小说家、批评家、戏剧家。

建筑这类事情上是尤为不合适的，在建筑方面重要的是预算、方案和计算。

“为公共福利尽力的愿望应当不可或缺地成为心灵的需要和个人幸福的条件；如果它不是出于心灵，而是由于理论上的或其他的想法，那就不行了。”

这就是契诃夫所盘算的：个人幸福。不是官衔，不是奖励，不是称号，而是个人幸福；后者，正如在他一封晚年的信中所说的，不是**“就在于此”**，而是**“这才是”**个人幸福。

契诃夫的社会立场捉摸不到，显然，这是因为它没有得到应有的表述。记得普希金有一句话：“诗人的诗就是他的事业。”但忘记了普希金说这句话的缘由：他是一个宫廷低级侍从，他多次不到宫廷，不在宫廷露面，因而，有关人员就对他说了这样的话：不能规避职责，不该游手好闲。对此普希金就作了回答，而他的答语也就被世人记住了：“诗人的诗就是他的事业。”

在俄国也就形成了习俗：诗人的高尚的诗或演说家的演讲，政论家的锋利话语，冗长的像词典一般的多卷小说——这都是事业。“他面前放着两本厚厚的刚刚裁开的书。他贪婪地翻阅这两本书，在其中寻找‘生活’。他只会在他的书桌上发现‘生活’，而他身旁发生的一切以及在他自己身上发生的一切却奇怪地被他忽视了。”（《好人》）至于“事业”——契诃夫造的那些学校，医院，人口调查，萨哈林之行——这一切是另一种不完全为我们所理解的与我们不同源的天地。“是该从说转到干的时候了”——多少个世纪多少代人过去了，但是这个时候始终没有到来。话说得越来越多，实事做得越来越少，结果剩下的只是一些空话。

看来，契诃夫的意义（它尚未完全被我们所理解）就在于：他在文学中把说与做这两个冲突的、本质上是敌对的要素相提并论，一改俄国人把说话看成社会立场、社会行动和事业的全权体现的传统态度。一种来自外国语的政治词汇曾使他发窘和惹他发笑："'一切优秀的知识分子都欢迎您从泛神论转到人类中心说。'人类中心说是什么玩意儿？我生来从未听说过这个字眼儿。"（致 A. C.苏沃林的信，1893 年 2 月 5 日）一场报纸上展开的关于当时霍乱流传的争论深深刺痛了他，因为他当时为预防瘟疫正忙于建造霍乱病房和培训护理员及医士："如果我们的社会主义者当真要利用霍乱来达到自己的目的，那我就要鄙视他们。用恶劣的手段达到美好的目的，这会使目的本身也成为恶劣的。让他们去凭借医生和医士为自己牟利，但为什么要对人民撒谎？为什么要他相信愚昧无知是对的？为什么要他相信不文明偏见是神圣的真理？难道美好的未来就能抵消这卑鄙的谎言？如果我是一个政治家，我绝不敢为了未来而羞辱自己的今天，尽管有人允诺为一个佐洛特尼克①卑鄙的谎言给我一百普特②幸福。"（致 A. C.苏沃林的信，1892 年 8 月 1 日）

契诃夫的许多有关俄国知识分子的看法都源自这一独特的对言与行的理解，当初一些人是怀着一股子怨气接受这种看法的。"小甲虫，软骨头"——这么说确实是生硬和令人感到委屈的。不过，契诃夫在书信中（还有在创作中，在一些人物形象中，如利沃夫、拉金、拉耶夫斯基、科夫林、伏尔恰尼诺娃，还有别里科夫

---

①② 佐洛特尼克和普特都是旧俄之重量单位，前者相当于 4.266 克，而后者等于 16.38 千克。

和加耶夫等人物形象中）有关知识分子所讲过的一切只是在他去世后才显示出它们的全部意义。在他死后一些年的环境中，在С.Н.布尔加科夫同Л.舍斯托夫以及М.涅韦多姆斯基的争论（关于契诃夫是不是一个思想家的争论）中，在《路标》[1]时代，甚至在我们的时代，在人们重又把俄国历史划分为正确的人和有过错的人的时代，重又在我们伟大的文学中寻找“导师”（依然是那几个：果戈理，托尔斯泰和陀思妥耶夫斯基）并回忆起古代的一条行为准则：“causasui”——原因在自己身上，即“从自己做起”的时代——在这样的环境中，契诃夫所说的有关知识分子的一切意见才显示出它们的全部意义。但人们错误地以为“从自己做起”这话是果戈理说的。这不是果戈理说的，这是中学时代就学过的一句拉丁格言，它就像“mens sana in corpore sano”[2]一样是一句熟悉的拉丁格言。类似的名言在俄国十分流行，就像我们自古以来就说的一句话一样：“我从星期一开始做！”（在后一种说法里毕竟还讲到了一种从日历角度看无可置疑的东西：指明了一个日期。虽说大家凭长期的经验知道：如此开始做的事情准在星期一就结束，不会有错；可是，在星期一之前这段时间里多么自由和无所事事，多么幸福！）“从自己做起！”——不过应该知道这一变数是有波动范围的，是有情绪波动的，且不说应该有这个“我”并意识到其极限。怎么办？谁之过？从何开始？契诃夫取消了这些传统的文学问题，这一点他在写给奥尔洛夫的信中说得尤为清楚。

---

① 1909年在莫斯科出版的《俄国知识分子文集》。列宁称《路标》文集为“自由派变节行为的百科辞典”。

② 拉丁文：“健全的精神寓于健全的体魄之中。”——原注

И.И.奥尔洛夫是一个由地方自治局派任的医生，是契诃夫的好朋友。他在莫斯科郊区工作，他决心建立一个“索尔涅奇诺戈尔地方关心居民的卫生与经济需求协会”，他拟订了协会章程，并通过省长（他在信中把“省长”一词写成了“家庭教师”）求助于内务部部长，但后者不接受他的呈文。奥尔洛夫在一封信中讲了这件事，一八九九年二月二十二日契诃夫给他写回信说：“对您就省长以及种种挫折所发出的牢骚，我也用您的话来回答您：‘不要把希望寄托在王侯和人类的儿子们身上……’我还要提醒您一个说法，一个涉及人类的儿子们，即那些十分妨碍您生活的人们的说法：时代的儿子。有过错的不是省长，而是整个知识界，我的先生，是整个知识界。当他们还是一些男女大学生的时候，他们是一些正派的好人，是我们的希望，是俄国的未来。可是一旦这些男女大学生们长大成人，走上独立生活的道路，那我们的希望和俄国的未来也就烟消云散，过滤后剩下的只是一些医生、别墅主、半饥不饱的官吏、行窃的工程师。请您回想一下，卡特科夫、维什涅格拉茨基——这些人都是大学培养出来的，是我们的教授，根本不是粗野的人，而是教授，名人……我不相信我们的知识界，伪善的、作假的、狂热的、无礼的、懒散的知识界，就连他们在痛苦和抱怨的时候我也不相信，因为他们的压迫者就产生于他们的内部。”

这段信文在许多不同的文章、专著、政论文章和论战文章中被作为“契诃夫谈俄国知识分子的一封信”加以引用。虽说这里谈的并不是门捷列夫、列夫·托尔斯泰、斯克利福索夫斯基、奥斯特罗乌莫夫、柴可夫斯基、拉赫马尼诺夫或列宾，而是谈的财政大臣，神圣的东正教最高会议的正教院总监，《莫斯科新闻》的编辑。

在契诃夫常用的词汇中没有“官僚们”这个词，但他在这封信中所指的毕竟不是整个“俄国知识界”，不是他自己，不是奥尔洛夫，甚至也不是苏沃林，而是俄国的官僚们——一个有特权的社会阶层。它有种种思想意识方面的荒谬，有旁人不知晓的种种矛盾；它封闭在一个狭隘的等级关系的圈子里，并与一切可能损害它或更有甚者对它的本质和生存构成威胁的相对立。在这封信中，像在契诃夫的全部戏剧和小说中一样，官僚们是一种渗透整个社会机体的转移体系，它由制度和传统支撑着，它从国家的种种苛捐杂税中抽取相当大的一部分并占为己有。

契诃夫在给奥尔洛夫的信中继续写道：“我信仰个别的人，我在个别人身上看到了生路。他们分散在俄国各地，他们是知识分子或者是农民，力量就在他们身上，虽然他们人数甚少。在自己的祖国没有一个公正的先知先觉者；因而我说到的那些个别人在社会上起着不显眼的作用，他们不占优势，但他们的工作是出众的。不管怎么说，科学一直在向前发展，社会自觉在成长，道德问题具有了令人不安的性质，等等。而且所有这一切都是不管那些检察官、工程师、省长们而做的，不管整个知识界，也不顾其他一切。”

正如在谈论契诃夫的文献中已经不止一次地指出的那样，在当年的俄国没有他能与之合作的社会力量、集团或政党。可以指望的只是自己以及一些与自己类似的人，没有了这些人就没有俄罗斯本身，就像是没有了酵母不会有面包一样。

再说，属于自己良心的和个人天职的事业，不管这事业多么难以完成，不容许把它转托给任何一个社会组织，不管这组织是多么有权威和人数众多。

而那所学校，供给教师的住室有四个房间和一个壁炉（在秋天和冬天坐在它旁边思考问题是很惬意的壁炉）的那所学校，依契诃夫的短篇小说（《语文教师》《在大车上》）来看，在整个俄国是绝无仅有的一所。它成了一座独特的纪念碑：纯洁的良心的纪念碑，履行了天职的纪念碑。这座人工纪念碑永远留在人民的历史中，在人民的历史中有它们真正的地位，它们在人民的历史中是合适的，是需要的。

关于爱情和一些人物原型

关于一部契诃夫写了多年的长篇小说的材料保存下来了。在作了种种删减后，在这部长篇中只剩下了惟一的句子："他和她相爱了，结婚了，两人都不幸。"

长篇小说《关于爱情》就是如此开始和结束的。

在手记本里，在一九〇一年写下的杂记中有这么一段："爱情。这要么是一度曾是重大的而现在正在退化中的东西的残剩物，要么是将来要发展成某种重大东西的一部分，而在现在它不能令人满意，它给予的远比你期待的少。"作为未在任何一个短篇、中篇和剧本中使用过的这段杂记，契诃夫把它转写进了另一个手记本。后来这段杂记也就一直这样留在手记本中。

在研究人物原型的著作中不断反复出现一个有代表性的错误，可以把这种错误叫做"退到局部性的水平"。

"女人们，"契诃夫写道，"喜欢从一般概念中抽出一些鲜明的、抢眼的局部性东西。"这一随便表达出来的思想竟成了具有先见之明的预言：不久，库夫申尼科娃在《跳来跳去的女人》身上认出了她自己，而米济诺娃和阿维洛娃则在《海鸥》《阿莉阿德娜》和《关于爱情》中发现了她们各自的特点。

在一八九二年四月二十九日写给阿维洛娃的信中，契诃夫吃惊地指出："您可以想一想，一个我认识的女人，四十二岁，她认为我在《跳来跳去的女人》中写的二十岁的女主人公就是她。"

Ю.索博列夫在一篇题为《〈跳来跳去的女人〉是怎样写成的?》文章中详细地研究了这个在契诃夫的创作实践中罕见的事例。索博列夫用尽了与契诃夫的作品文本无关的材料后得出一个特别的矛盾结论：库夫申尼科娃是一个跳来跳去的女人，但跳来跳去的女人无论如何不是库夫申尼科娃。“至于说到索菲娅·彼得罗夫娜·库夫申尼科娃在奥莉加·伊万诺夫娜·德莫娃身上得到了描绘——这是毋庸置疑的。至于说到索菲娅·彼得罗夫娜‘并不漂亮，有一张地道的由白人和黑人所生的混血儿的脸，头发是黑色的、卷曲的，但不像黑人的头发那么硬’，而奥莉加·伊万诺夫娜‘一头亚麻色的头发，身材像一棵挺秀的樱桃树’，等等——这并不重要。”

Ю.索博列夫把注意力集中于这件事情的日常生活内情上，他力图解开那个环绕着《跳来跳去的女人》展开的一场纠葛。他分析的不是短篇小说的情节，而是那桩并不复杂的丑事，这件事把С.П.库夫申尼科娃、И.И.列维坦和Д.П.库夫申尼科夫捆绑在一起了。一般说，契诃夫也可能知道这件事，如果我们考虑到那些诽谤性的窃窃私语也传到了他的耳中，而且也引起过他的好奇心，就像它后来引起了一些研究者的好奇心一样。正是为了这桩事情Ю.索博列夫竟牺牲了《跳来跳去的女人》短篇小说的风格，尤其是肖像细节和比喻——“这并不重要”。不过，就在文章的下一页上他纠正了自己的明显错误：契诃夫“多次摒弃模特儿，其目的是要把模特儿改变成一个概括的象征……这不是一个现实中的人。这不是库夫申尼科娃，也不是任何一个为契诃夫当过或者有可能为他当‘模特儿’的别的什么人”。

契诃夫怎样使用叙述的诸种形式来“摒弃模特儿”？“模特

儿”又怎样在小说的艺术文本中面目一新，成为“一个概括的象征”？——这一点Ю.索博列夫未能说明。

当然，С.П.库夫申尼科娃、Л.С.米济诺娃、Л.Б.亚沃尔斯卡娅和Л.А.阿维洛娃等人的一些实际特点在《跳来跳去的女人》《阿莉阿德娜》以及契诃夫塑造的其他一些妇女形象中保留下来了，就像她们保留了其他一些，也许，所有的他的同时代妇女的特点。这指的并非某一个现实的人，而是一种共同的性格特征。这种性格特征可用“女性气质”一词来最确切地加以说明。这是阿莉阿德娜的凶狠和刺人的那种“女性气质”，也是与之截然相反的由宝贝儿代表的女始祖的起源性特征，是许许多多在现实生活中稀释和融合了的特点的综合。陀思妥耶夫斯基指出过：“人物的典型性在现实中似乎被水稀释了，所有乔治·当丹[①]们和波德科列辛[②]们确实是存在的，每天在我们眼前穿梭似的来来往往，但似乎是稍稍经过了稀释。”库夫申尼科娃、米济诺娃、阿维洛娃和亚沃尔斯卡娅等人的不幸——或者说，也许是她们的运气和幸福——就在于她们身临其境，在于时间上的一致：她们的有终结的尘世生活同《跳来跳去的女人》《阿莉阿德娜》和《宝贝儿》的无穷无尽的艺术生命相吻合了……托尔斯泰的女儿塔季扬娜·利沃夫娜怎么说也不属于契诃夫的人物原型，但她却在一八九九年三月三十日写道：“在《宝贝儿》中我确实看到了自己，我甚至觉得害臊。但这毕竟不像在《阿莉阿德娜》中认出自己时感到那么可耻。”

① 法国剧作家莫里哀（1622—1673）的喜剧《乔治·当丹》中的主角。
② 果戈理的喜剧《婚事》中的一个人物。

契诃夫在不同的年代里与一些女人有过友好和亲近的关系。这些女人的信都保存下来了，有：Л.И.奥泽罗娃的信，К.А.卡拉特金娜的信，Л.А.阿维洛娃的信，Л.Б.亚沃尔斯卡娅的信。关于后者 Л.С.米济诺娃曾不无醋意地在一八九五年一月二日讥嘲说："您很快将同利季亚·鲍里索夫娜结婚吗？届时请关照我一声，我要大闹教堂，把婚礼搅乱了。"

Л.Б.亚沃尔斯卡娅成了布良金斯卡娅公爵夫人，显然，她不好意思回忆自己一度献给契诃夫的诗。但诗完整地保存下来了，就像 Е.М.沙夫罗娃写的那些聪明细腻的信一样，它们似乎一直到现在还散发着古老的香水味；还有莉卡·米济诺娃的激情洋溢的信，信中充满隐晦的半吞半吐的话，它们使人猜测那曾经有过的、未曾有过的和根本不可能有的事情。

关于自己契诃夫曾说"我从来不躲躲闪闪"，"我从来不撒谎"。他信中写的有关他生活的一切都是真的，但同时其中也没有任何为他人所不需要的既坦白又直爽的私房话。他在信中很少谈及他的心情和委屈以及他个人生活的细节，而后者是会引起市侩们强烈兴趣的。不过，他在写给兄长的信中说过"出于对别人耳朵的尊重……"有教养的人保持沉默。

每次在危及个人的——他自己的或别人的——隐私时，契诃夫是不说话的。

在一八九九年四月二十七日写给 М.О.梅尼希科夫的信中有这样的话："塔季扬娜·利沃夫娜在我这里一直呆到吃午饭的时候，她没有遇上我妹妹。"

Л.Н.托尔斯泰心爱的长女 Т.Л.托尔斯泰娅的日记摘录公布了："契诃夫——这是一个我会疯狂地依恋的人。从未有人如此使我一见倾心的。”

T.阿尔贝尔金娜（苏霍京娜），即 Л. Н.托尔斯泰的外孙女的说法也是众所周知的：“妈妈对契诃夫十分迷恋，甚至打算嫁给他。她把这件事告诉了外祖母，外祖母激动地说：‘他对你不是相宜的配偶！……’妈妈就不再提到契诃夫了……她嫁给了苏霍京。”

在谈及契诃夫时，人物原型问题要么根本就不能以传统的形式提出，要么只在很少的特殊情况下才发生。如果是后者的话，那么对它也不是以传统的方式来处理的。问题显然并不在于研究者因生平材料（“实际事物”）不足而不能说出“真”人来，这真人在契诃夫写作时是他意想中的或是出现在他眼前的，比如说，《带狗的女人》，而是因为这种实际事物向来就不存在。

在契诃夫塑造的典型中所体现的并非那种根本的、长期定型的、有时甚至构成好几代人的东西，关于这种东西 И. А.冈察洛夫当初曾经谈到过。而是对目前生活的感受，生活的冲突性，不同的人、许许多多的人对生活的体验，也许还是在一定的历史时期、社会阶层、状况或人们中生活过的人所有的体验。契诃夫的艺术形象具有一种晶体的特性：在它们的结构中，一些未定型的融化在生活之流中的特点综合在一起了。体现在别里科夫这个形象中的、极端夸张了的恐惧不可能贬到季亚科诺夫的水平，就像阿莉阿德娜、安娜·谢尔盖耶夫娜和宝贝儿不能被归结为阿维洛娃或托尔斯泰娅一样。这些形象是对生活的高度抽象化，是共同的法则，就对后者的关系来说每个个别的现实的人总是一个例外。

在这方面与契诃夫最接近的前人显然是果戈理：“不过，这些渺小的人完全不是一些渺小的人的写照……他们身上聚集了那些自以为比别人好的人的特点……在这里，除了我本人的特点外，还有我的许多朋友们的特点，也有你的特点。”果戈理正是在这层意义上称他塑造的形象为“虚构出来的东西”，就像契诃夫谈到自己创造的形象时说它们是“虚构的和创作的”一样。

利季娅·阿列克谢耶夫娜·阿维洛娃（娘家姓斯特拉霍娃，1864—1943）是一个在一八九〇年至一九〇〇年间颇有名气的女作家。她出版了好几本书，而短篇小说《第一次灾难》受到了托尔斯泰的重视，修改后被收入他编的《阅读丛书》。

一八八九年阿维洛娃在她的姐夫家里与契诃夫相遇，她的姐夫 C.H.胡杰科夫是《彼得堡日报》的出版者。在这里形成了她广泛的文学关系和熟人圈子：A.H.普列谢耶夫，H.K.米哈伊洛夫斯基，H.A.列伊金，И.H.波塔片科，Д.H.马明-西比利亚克，B.A.吉洪诺夫。后来蒲宁怀着强烈的感情写到了她：“她身上的一切都令人神往：声音，微有腼腆的神情，美丽的灰蓝色的眼睛……”

B.穆罗姆采娃在讲到蒲宁同他的第一个家庭的关系时说：“伊万·阿列克谢耶维奇[1]在去世前不久转告我说：有一次安东·巴甫洛维奇同他十分委婉地谈及他生活的这一方面并指出：儿子将因父母亲关系的破裂而十分痛苦。伊万·阿列克谢耶维奇把这件事讲给我听时微笑着说：‘据我现在的了解，他这是受了阿维洛娃的影响，她曾对他说过：要知道一定会有牺牲品，首先是孩子们，应该为牺牲品想想，而不是为自己。’”

① 即蒲宁。

蒲宁对利季娅·阿列克谢耶夫娜[1]的态度十分温柔，而且非常信任。他事先就把有关她的“爱情关系”的真实性的种种怀疑推翻了：“阿维洛娃的回忆写得十分出色，非常动人，显出少有的才华，又异常有分寸，这回忆对我来说简直就是一种发现……我压根儿未曾想过他们之间存在过那种关系……她生前关于自己的爱情连一句暗示性的话都没有说过（要知道我同她是常见面的）。”

蒲宁和契诃夫及其家里人的关系都很好；对他来说契诃夫同克尼佩尔的关系从一开始就不是什么秘密。何况在当年的文学界未必有什么事能够隐瞒住或不让人猜疑（高尔基在婚礼前就知道了克尼佩尔）。

阿维洛娃同契诃夫的书信往来断断续续，一直维持到他生命结束的时候。众所周知，有三十一封信是契诃夫写的，三封信是阿维洛娃写的（因她的要求，她的三封信已还给了她）。

在阿维洛娃写的回忆录（草稿）中可以读到这样的话：“安东·巴甫洛维奇去世后，隔了几年他妹妹玛丽亚·巴甫洛夫娜把我写给他的信交给了我。这些信完整无缺。‘这些信是用一条小带子仔细地扎在一起的，’玛丽亚·巴甫洛夫娜对我说，‘就放在他的书桌里。’我没有重读这些信就把它们扔进了炉子，现在我非常懊悔。我不能不多次问我自己：为什么他要收集并珍藏这些信件？”（这材料由 H.C.阿维洛娃[2]提供）

回答这个问题并不难，因为在这张书桌里保存着契诃夫收到

① 即阿维洛娃。
② Л.А.阿维洛娃的亲戚。

的全部信件，都是这么一套套地整理好了的。当初他在每年的年终要重新整理收到的东西，而且按字母次序放好——从这个意义上说，阿维洛娃的信绝非特殊例外。显然，传到了我们今天的她的三封信之所以保存了下来，只是因为它们是在一九〇四年契诃夫逝世前不久寄出的，因而他尚未来得及把它们归入相应的——阿维洛娃的——套信中去。

阿维洛娃在一九〇四年写信给玛丽亚·巴甫洛夫娜说："我根本不想谮言中伤，说什么我非常了解他，我在他心目中总还算得上的，等等。不，我对他大概是很不了解……我这儿有许多他写的信，但我现在却不清楚他对我态度怎么样。这使我感到十分难过。"

从那时起玛·巴·契诃娃和 Л.阿维洛娃之间的关系就中断了。

"我感到难过：我与您志趣不同，也许，我还使您讨厌。有一次在一个问题上我同您意见不一，您伤心得掉了眼泪。从那时起我认为：您不愿再同我有什么联系了。"(1939 年 4 月 14 日信)

契诃夫写的信的原稿没有传到我们今天：一九一九年它们在阿维洛娃家被抢走了（我们现在所知道的信的内容是玛丽亚·契诃娃为第一套六卷本契诃夫书信集准备的打印复本）。

应该相信：还有一封署名为阿廖欣的信。当年这封信未给玛丽亚·契诃娃过目，因而没有留下复本。这封信也在一九一九年遗失了，但阿维洛娃对信的内容记得十分清楚，她逐字逐句地把它记下来了。

据阿维洛娃回忆，"阿廖欣"是答复她对他结婚的祝贺。她了解到他一个人在雅尔塔，而克尼佩尔在莫斯科，她就写了一封信："我们的爱是否真正的爱情？但不管它是怎样的，是真正的还是假想的，我为它而十分感谢您！有了它，我的整个青年时代好像是洒上了耀眼和芳香的露水。如果我善于祈祷，我会为您祈祷。我会这样祈祷：'上帝啊！但愿他能懂得：他多么优秀，多么崇高，多么不可缺少，多么受人爱戴。'如果他懂得了这一点，他就不可能是不幸福的人。"

她把契诃夫的回信写在回忆录中了，后来这封回信发表在《文学遗产》的契诃夫卷上，以后又被收入科学院出版的他的作品和书信全集，但附有一条补充说明：信文是"根据记忆"恢复起来的：

"我深深地向您鞠躬，并为您的来信表示感谢。您想知道：我是否幸福？首先，我有病在身。而且我现在知道病情严重。这就是我要对您说的。您自己想想吧，愿意怎么想全由您。我再说一遍，我非常感谢您这封信。非常。

"您写到了芳香的露水，而我要说的是：这露水只是在芬芳和美丽的花朵上时才是芳香和耀眼的。

"我一直希望您幸福，而且，如果我能为您的幸福做一点儿什么，我会高兴地去做。但是我未能。

"什么是幸福？有谁知道这一点？至少我个人是这样：我回想自己的生活，我清楚地感觉到，正是当初我以为最不幸的时刻，倒是真正幸福的。年轻时我是乐观愉快的——这是另一回事。"

一九三九年十一月二十七日阿维洛娃在日记中写道："今天我销毁了阿廖欣那封信的复本。可惜。我是在正本毁坏后做了这个复本。我记得每一个词，甚至每行文字的长度我也记得。我一字不差地写下来，甚至还模仿了安东·巴甫洛维奇的细小的笔迹。

非常之像，这使我感到安慰。这个复本我保存了很长时间，而今天把它毁了。为什么？因为：我死后人们会发现它，当然，也会了解到这是一个伪造品，是一个赝品。有谁会理解这复本是为了什么而做的？会不会引起怀疑？会不会抱着不信任的态度看待我的手稿？一次谎言会把一切都破坏掉。如果这欺骗是如此地明显和幼稚，那又怎么能相信我说的话？说什么安东·巴甫洛维奇对我讲过要'纯洁和虔诚地'爱我——为什么这话就不会是谎言？说什么他在医院里不能掩盖自己的爱情——为什么这话就不会是谎言？'一天……为了我。'一次欺骗——就会什么都是欺骗，什么都是谎言，什么都是赝品，就像这封信一样。"

这段日记写于一九三九年，当时 Л. А.阿维洛娃已经七十五岁，正在完成回忆录的写作，后来以"我生活中的契诃夫"为题出版（起初的题目是《我生活中的浪漫史》和《关于爱情》）。

时光流逝了，留在记忆中的只是最重要的东西。在手稿的页边上 Л.阿维洛娃写道："活得很累。我对生活已经腻烦，生活已经使我感到厌恶。我已经不再生活了……但我越来越喜欢孤独，喜欢寂静，喜欢安宁。我还喜欢幻想。而我幻想的是安东·巴甫洛维奇，在幻想中我们俩都年轻，我们在一起。在这个手稿本中我试图解开缠乱了的丝团……我们俩是否都曾爱过？他？我？……我解不开这个丝团。"

在这番话中不仅没有，而且也不可能有任何谎言和假话的影子。

阿维洛娃在一九一〇年发表的最初的传记论文集中未提及这种问题，也未涉及爱情主题。这只是简要的语调枯燥的叙述，讲她同契诃夫的相识：引用了一些信文，简要地讲了初次相遇的情景，讲了《海鸥》的首次公演，讲了她在一八九七年春天去奥斯特罗乌莫夫医院探望契诃夫。短文《在条约的基础上》中，讲的是她协助为契诃夫全集收集材料，在这篇短文中也没有任何“个人的东西”。后来，在一九一八年的日记中，阿维洛娃并未把契诃夫列为文学界的第一位，在她的个人生活中则更是如此。

她认为：占第一位的是 Л.Н.托尔斯泰，在他之后是高尔基，而关于契诃夫她是这么写的：“关于契诃夫我并不会说他是一个伟大的人和伟大的作家。当然，我不会这么说！”

《传记长篇小说》一书（米哈伊尔·契诃夫和蒲宁都写到过这本书）引起了大量不同意见和争论，它还使阿维洛娃的名字重新出现在谈论契诃夫的小说作品里。尤其令人感兴趣的是契诃夫写给她的信，人们反复阅读，从中寻找过（不言而喻，以后还将寻找）抒情题材。比起这两个人生前的文学上和日常生活中的消息以及烦恼来，这题材更为重要。

由于信文在这方面并不提供任何东西，需要有潜台词。从文体和语调来看，契诃夫写给阿维洛娃的信十分稳重和平静，根本不能同他写给沙夫罗娃的信相比，那些信的语调是自由和轻松的，更不必谈写给米济诺娃的信了。契诃夫写给阿维洛娃的信中的基本主题是文学劳动，是对短篇小说的文体和语言进行思想集中的精细和耐心的工作：“女作家应该做的不是在纸上写字，而是绣花，要进行耐心的和需时较多的劳动。”

一般说，契诃夫乐于同 E.M.沙夫罗娃，M.B.基谢廖娃，A.皮萨列娃交流文学见解和经验，而且怀着一种欢乐和苛求的心情批评她们写的短篇小说。但在写给阿维洛娃的信中，他批评时较有节制，提建议时较慎重。显然，即便他提出的是十分友好的意见，对方接受时也感到委屈，而且会引起反击：“您是彼得堡人，您不会赞同我的任何意见——我的命就是如此。”

阿维洛娃写的保存下来的那些信主要是与她的短篇小说集有关，当时她准备这个集子是为了慈善目的（正进行着俄日战争）。这里有几句话，它们的意思不能解释清楚：“我一直在担心，一旦我闭上双目来不及告诉您：我是一向深深地敬仰着您的，认为您是众人中最好的一个。还有一点也是我怕来不及告诉您的：我在您对我的看法中诋毁了我自己……”

阿维洛娃写回忆录时说了她是怎样遵循着契诃夫的语调、词汇和清晰精细笔迹把那封遗失了的信的信文恢复过来的。不过，正如当代法国语文学家罗兰·巴特所说的：“一个人由于自己的言语而任人识透，语言形式的真实性本身会使他露出马脚，它并不依他本人撒谎的愿望——自私的抑或是崇高的——为转移。”

在《我生活中的契诃夫》的最初文本中，有取自屠格涅夫和勃洛克作品的卷首题词，还有引自陀思妥耶夫斯基作品的：“不能把有关女人的事情告诉第三者。受信任的人并不会理解。天使，即便是天使，他也理解不了。如果你尊重女人——你就别找什么受信任的人；如果你尊重自己——你就别找什么受信任的人。”

契诃夫的长篇小说的人物原型群就这样获得了补充。“他和她相爱了……”这不是一句简单的玩笑话，不是讽刺模拟，而是地地道道的长篇小说，内容丰富的、独特完美的长篇小说；是一条囊括一切由生活不断形成并提供的无数情节变体的影响巨大的公式。在这条公式中当事人永远是“他”和“她”，至于按姓名来说他们是谁——那是机缘、时间和命运的事了……

罗兰·巴特把这种内涵非常丰富同时又十分简练的文学形式

叫做“写作的零点阶段”。“形象沿着人们移动”，它找到有意于当人物典型的我们，有意于当惟一的自己、有意于超越契诃夫这一长篇小说的神秘公式并以“我”的种种内容来充实“他”和“她”的我们。在这里没有任何蓄意的谎言：“诗的语言不可能是虚假的，因为它是包罗万象的，其中闪烁着无限的自由，随时都可能使大量不清晰的潜在的句法关系全部生辉……词语便成为一个没有直接的过去和语言环境的举动，但它浓缩着对于导致它产生的各种根源的记忆。”

至于说到“真正的”实情，那就连阿维洛娃本人也并不清楚。一生就这么过去了，回忆的时候来到了。在十九世纪三十年代的她的日记中有那么一页，讲的是逝去的青春、凋萎的美貌和冷漠的过往行人：为什么他们不看，不回顾？他们怎么啦，莫非把眼睛给丢失了？……

她到过作家协会，见到了高尔基，但没有决心找他；他也没有认出她来。文学界许多有权威的名字被遗忘了——现在不会有人去读 И.波塔片科、B.И.涅米罗维奇-丹钦科、K.巴兰采维奇的作品了，更不必说 H.A.列伊金了；可是以前给他们中有的人的评价还高于契诃夫，因为他们写了长篇小说。阿维洛娃的整个文学圈子被遗忘了，她的平凡的名字也给忘记了。而契诃夫的作品却在继续出新的版本、选集和多卷集；出现了一大批论述他的文献，开始是在他的祖国，以后在美洲和欧洲。莫斯科艺术剧院在国外巡回演出时获得非常惊人的成功；在莫斯科上演了《三姊妹》，还有 O.Л.契诃娃（克尼佩尔）参与演出的《樱桃园》。

但是，随着“传记长篇小说”问世，阿维洛娃的名字又从虚无之中回来了。

实质上，她写了她自己的一部关于爱情的长篇小说，人们将继续写这书，一直到世纪结束；这本书不仅不差，而且在许多方面比无数其他的书更有内容。它问世后，在契诃夫的一清二楚的少有突出事件的生平中出现了一些神秘的爱情秘密的色彩，而与此同时也就有了不同观点和论争的借口，看来，不同的观点和论争将是无休止的。

这正是阿维洛娃有理的地方，她的回忆录的真正道理也就在于此。

笑是他的天地

一

在生命的最后几年，契诃夫在手记本上标出："数百年来我们俄国人遭受奴役、凌辱，害怕自由，权威在任何地方都不像在我们这里如此压抑人……奴颜婢膝，口是心非——这使我们疲惫不堪。"

不言而喻，契诃夫是清楚的：金钱、官衔、权威、权势——这一切都不过是奴役的外部标志物；奴役的真正手段，其细微的、不可抗拒的手段则是恐惧。

一个小官员切尔维亚科夫在剧院里听轻歌剧，上演的是《科尔涅维利的钟声》。切尔维亚科夫打了一个喷嚏。坐在他前面的将军擦了一下秃顶。这就是实际上所发生的一切。但是，"切尔维亚科夫吓得胆战心惊。他什么也看不见，什么也听不见，一步一步退到了门口。他来到街上，拖着沉重的脚步蹒跚地走了起来……他无意识地走到了家，连制服也不脱就在沙发上躺下……他死了"。

在契诃夫描写的一个城市里，女零工和百万富翁一样都是畏畏缩缩的：出于恐惧女零工的手和腿一直打哆嗦，她的脸颊也在哆嗦；百万富翁则说："我每走一步路都害怕，仿佛人家会痛揍我一顿。我在一些废物、蠢材和畜生面前总显得胆怯，虽说这些人在智力和道德上都无比地低于我；我害怕扫院人、守门人、警察和宪兵，我什么人都怕，因为我是一个受尽折磨的母亲生的，我自幼就给打傻了，给吓坏了。”（《三年》）

在一则早期的幽默小品中，一个庸人疑心病大发作，他自己抄了自己的家，虽然没有找到什么可指责的东西，他还是把自己带进了警察局。

契诃夫对恐惧心理研究得非常周详，也许，这在俄国和世界的文学家中是绝无仅有的。

要分析恐惧题材，就得逐一翻阅他的大量幽默小品、短篇小说、中篇小说和剧本；就得追忆《一位有思想的去年因害怕致死的十四品文官的手记》《假面》、在一八九二年与《第六病室》同时写完的《恐惧》，还有《主教》。在《主教》里至圣彼得怎么也习惯不了的是：他在人们心中唤起了恐惧，虽说他本人并无意这么做。“当他瞧着这个省里的人们时，他觉得他们都显得矮小，脸上露出惊惶和有罪的神色……不久前来过一个请求他帮助的女人，这是乡村教士年老的妻子，她出于恐惧什么话都没说，一无所获就走了。”

面对并未彻底遭禁，但也并非获准的生活，一种恐惧癖也完全控制了套中人别里科夫的心灵，但是，这个愚蠢渺小的人物居然会使全城的人胆怯怕事：“我们教师们都怕他，甚至连校长也怕。说来也真怪：我们的教师都是有思想的人，十分正派，读的是屠格涅夫和谢德林的书，然而这个人……却把整个中学控制了十五年之久！一个中学又算得了什么？全城都受他控制！”

在契诃夫写的人物中有影响的人很多：将军、省长、三级文官、百万富翁，数都数不清。但契诃夫描写的控制这个城市的人却只有一个：套中人。哪里恐惧占着统治地位，哪里就由渺小人物支配。契诃夫要使人们懂得这个令人忧郁的逻辑，这个恐惧的辩证法。

“在别里科夫这样的人的影响下，在最近这十到十五年间，我们全城的人变得什么都怕。他们怕大声说话，怕寄信，怕交朋友，怕读书，怕帮助穷人，怕教人识字……有思想的人，正派人，既读谢德林，也读屠格涅夫，还读那些巴克尔等人的书，但他们都屈服了，忍受了……问题就在这儿。”

暴君权力是一个古老的主题，在旧文学中它体现在诸如莎士比亚的麦克白这种气魄的形象之中，但在别里科夫身上它显得简单了，没有了尊严。不言而喻，根本不能想像麦克白会有“一张小脸——一张像黄鼠狼的脸一般的小脸”。但是，与别里科夫不同的是：麦克白与现实生活和日常生活相比难以想像。契诃夫使这个悲剧形象没有了尊严，甚至连一点儿高贵的影子也没有了，因为暴君只是在奴隶的眼里才是伟大的，而在自由人的心目中暴君只是微不足道的人物。

“把别里科夫埋葬了，可是还留下的这种套中人何其多啊！将来会还有多少啊！

“‘问题就在这里！’伊万·伊万内奇说，他开始吸烟。

“‘将来这种人又还会有多少啊！’——布尔金又说了一句。”

小人物主题，果戈理和陀思妥耶夫斯基的感人肺腑的主题！他们把卑微和受凌辱的人提到了悲剧性的高度。但在契诃夫的短篇小说中，小人物主题结束了。契诃夫说出了关于人的妙语：人身上应该一切都是美好的，脸庞、衣着、心灵和思想。所以在契诃夫心目中人们不可能是“小人物”。也许，奥秘全在于：契诃夫描绘的不是“小”人物，而是那妨碍他们成为大人物的东西——他描绘和概括了人们身上的渺小的东西。

因此，时间是有本质意义的，在时间的流程中把最初的印象搞清楚并产生作品的文本。在契诃夫的创作中，这时间的流程不慌不忙，从人物的现实原型到艺术形象的时间回溯过程非常大。对此足以证明的是经典性例子《套中人》。

举凡记得塔甘罗格时期的契诃夫的同时代人都不会怀疑：在别里科夫身后有一个现实的人，这就是塔甘罗格中学的学监季亚科诺夫。曾和契诃夫在一起学习过的 В.Г.博戈拉兹（塔恩）就是这么想的。米哈伊尔·契诃夫也是这么写的：“这是一架会走路会说话会做事会执行种种通令的机器。后来这机器坏了，不能用了。他一生都穿套鞋，即使在天气很好的日子里也穿，而且还带着雨伞。”

П.П.菲列夫斯基（契诃夫的同窗，他比契诃夫早毕业两年，毕业后就留在母校教书）表述了一种相反的意见，他的看法是众所周知的：“我要肯定地说，在套中人和 А.Ф.季亚科诺夫之间没有任何共同点，而且在契诃夫这个作品里找不出任何地方色彩。”塔甘罗格中学的学监确实是一个认真的照章办事的人（例如，巴维尔·叶戈罗维奇破产后他拒绝了 Е.Я.契诃娃提出的请求：给伊万免去学费），但他为人正派和慷慨，从不拒绝需要他本人以经济上给予帮助的人，他立下遗嘱把自己的房子交给初级学校，而储蓄——将近七万卢布——用做每年发给教师们的补贴。外表上——这在菲列夫斯基心目中是主要的——季亚科诺夫根本不像别里科夫：“……他的穿着是斯巴达式的：冬天不穿皮袄，只穿一件薄薄的大衣。”他不穿套鞋，不带雨伞，也没有套中人所有的那许多刺眼的实物。

在分析菲列夫斯基的回忆时，Ю.索博列夫指出：除了季亚科诺夫之外，别里科夫的“活模型”还可能是M.O.梅尼希科夫。而在契诃夫的一八九六年的日记中关于梅尼希科夫也有一段话：“为了不致死于中暑，梅尼希科夫在天气干燥的日子里也穿套鞋，带雨伞。他害怕用冷水洗脸，他抱怨心口发慌。”

梅尼希科夫不是中学教师，他是一个航海家、水文地理学家、政论家，他编过《海洋地图阅读指南》（圣彼得堡，1891年），《奥布和奥兰岩岛群东部水路图志》（圣彼得堡，1898年）。正好是在一八九六年（契诃夫记下这一页日记的日期），有一个地方自治局的长官因受辱于梅尼希科夫发表在《星期周报》上的一篇杂文而向他近身开枪，将他打伤（不错，别里科夫被人家从楼梯上推下，但毕竟是出于完全不同的原因）。除去实物——套鞋和雨伞——在梅尼希科夫和别里科夫之间显然没有任何共同点。

原型问题不能受具体实物支配，也不能将它归之于日常生活，但在这里整个原型问题依然被纳入别里科夫的雨伞和套鞋之中，以致给人一种印象：在一些研究家的心目中重要的不是这个丑陋奇怪的人物形象的心理内容，不是果戈理称之为“心灵状况”的东西，而只是一些实物。因此，“按图索骥”，对实物线索、对给契诃夫作注释的“引路线索”作一考察是有意义的，看一看这条“引路线索”延向何方，又中断在谁的身上。

在手记本和书信中保存有一系列记载，讲到一些在晴朗日子里穿套鞋和打雨伞的人，睡觉时盖两条被子和关护窗板的人，总之，讲到了一些套中人。在一八八八年十月十四日写给苏沃林的信中说："从中学来了一位级任教员……这是一个闭塞的被种种通令吓坏了的人，他智力有限，孩子们恨他太严厉。（他有一个习惯：抓住孩子的肩膀打。请您设想一下：一个您所痛恨的人用双手揪住了您的肩膀，这是什么味道！）在这个原型人物身上有一种别里科夫所特有的东西：他……老是控告自己的上级，后者把他们这些教员都改造成了上士……"

在考察实物时不该放过一封谈到了 И. П. 契诃夫的信："他，就是说伊万，已经有一些白发了，他仍像从前一样买便宜和上算的东西，他甚至在天气好时也带伞。"（致亚历山大·契诃夫，1895 年 9 月 22 或 23 日）

在别里科夫的原型中还有一个人，在写给伊万·契诃夫的信中谈及此人时是这样写的："苏沃林同儿子阿列克谢一起来过了。他们两个人已决定解雇克柳金。阿列克谢生克柳金的气是因为后者脸小，像黄鼠狼的脸。"（1894 年 6 月。在短篇小说《套中人》里有："一张小脸，像黄鼠狼的脸一样。"）

逐个地考察实物锁链到最后一个环节，还应该提及一封信，它写于一八九九年十一月十九日，这已是在短篇小说《套中人》问世之后的事："十一月的寒风发狂地刮着，呼啸着，掀动着屋顶。我戴着帽子睡觉，穿着便鞋，盖着两条被子，关上了护窗板——一个套中人。"

这样，在短篇小说的框架之外，在所谓的"文本之外的范围"里，一些普通的物件显露出来了，一些普通的事人人都得做：关上护窗板，贴窗纸，盖着两条被子睡觉。

形象的实质（《套中人》里因恐惧引起的狂躁的挑衅性折磨，《跳来跳去的女人》中对羞耻和虚伪的体验）——一切不能归之为物体的东西，一切为肉眼所看不见的东西——就留在了“文本范围”之内，而在一些研究原型问题的著作中则未得到阐释。

不过，就算米哈伊尔·契诃夫是对的，我们也不妨假设，А.Ф.季亚科诺夫确实是“一生都穿着套鞋”，确实是别里科夫的惟一原型。但契诃夫在一八七九年就同这位学监分别了，短篇小说《套中人》则是在二十年后写成的。这段时间里生活变化巨大。如果契诃夫回想起了当时已经去世的学监季亚科诺夫，那当然是在已度过的生活和时间的衬托之下回想的，是在记忆的深层回想的，这记忆中保留的只是重要的和典型的东西，后者不仅与季亚科诺夫有关，而且不是只同他一个人有关。在套中人后面的是许许多多各不相同的人，是大量的原型人物，不用说，这与传统的小说意义上的“原型”不同；这是一种记忆现象，它形成于生活进程及其终结；而从“文本外的范围”最终进入短篇小说的只是套鞋和雨伞。

有人在谈及契诃夫时说：残酷的天才。但如果认为他只用反面的真理说明世界，未曾给人们任何其他替换的东西，那就不对了。反面的真理只是一半真理。如果忘记了一些崇高的英雄的形象，忘记了俄罗斯大地的主题，忘记了契诃夫的抒情和笑，那么契诃夫留下的不会多于一半。

二

笑是契诃夫得其所哉的天地，它与胆怯、病态性的拘谨和恐惧相对立。许多短篇小说和幽默小品，尤其是早期的，都是就当时的迫切问题而写的，因此，如果在“书刊介绍”栏里说，有下列新书问世和出售："《取消由中国出口的竹筷的税收》，小册子，四十戈比一本。《人工繁殖刺猬，生产刺猬手套者必读》，退休准尉击溃洛夫著，十五戈比一本，普及本。《观察宇宙的方法》，小册子，仁爱君子-捉拿托夫警察著，六十戈比一本。"——如果有这种书刊介绍，那么同时代人，那些生活在波别多诺斯采夫时代的人就会明白这指的是什么，就像他们都懂得《致博学邻人书》《审判》和《民心骚动》这些作品一样。如果追根溯源的话，契诃夫的许多讽刺形象来自果戈理：《一个官员之死》《胖子和瘦子》以及许多其他的作品，当然，这都是果戈理的文字变异，这些文字早在契诃夫首次读完果戈理的全部作品并开始重新阅读的时候就印入了记忆，也许，他当时已像想到一个作家似的想到了他自己。

契诃夫的许多揭露性短篇小说和小剧本是与萨尔蒂科夫-谢德林的传统相联的。这类作品有：《凶犯》或《英国女子》（高尔基在后面这个作品中看到了一种对人格的粗暴嘲弄）。但也有许多只是逗人发笑的作品：《外科手术》或《活的年代表》《皮靴》《江鳕》《马姓》《不法行为》《理想主义者的回忆》《意见簿》……这些作品也都是著名的不朽的短篇。

俄罗斯长篇小说，契诃夫以前的俄罗斯文学，总的来说，充满了责任感和社会职责意识，它是严肃的有教育性的。契诃夫那种明顺通达的淘气好像是一种顽皮，是一个后辈和继承人在对待他的严肃、贤明、头戴桂冠的祖先们的态度上敢于表明出来的一种顽皮。契诃夫不是简单地继续俄罗斯文学中已有的东西，他还给了我们在他之前未曾有过的东西：一种笑，笑的修养，它使过于严肃和忧郁的对生活的看法变得欢快、明朗。

契诃夫在生活中很看重恰到好处的笑话，他喜欢淘气，也善于淘气，不受忧郁心情的影响。他想使欢乐成为一种生活（俄罗斯总的生活以及他个人的生活）作风，虽说他的生活从来就不曾是轻松和欢乐的。“我看见契诃夫经常精神振作和面带笑容，虽说我也知道在病中的他的情况。契诃夫在哪里，哪里就有逗乐，有笑声，甚至有顽皮和淘气。”蒲宁这样写道。

契诃夫是一个医生，而在严肃的医生心目中，苦闷忧郁和心情沉重是身体不健康的征兆，首要的和确凿的征兆。从希波克拉底那时起，医学中就存在一种笑的哲学，不用说，无论是在临床实践中还是作为科学医学的总观念之一，俄国医学流派对它是很熟悉的。欢乐是精神健康的条件和可靠标志，它同苦恼、沮丧、忧郁等发病症状相对立。小说家和戏剧家 П. П. 格涅季奇与契诃夫在彼得堡相遇，他记住了契诃夫的话：“轻松喜剧叫人发笑，而谁笑，谁就健康。”

在契诃夫的艺术世界里聪明的医生有许多，他们一遇到苦恼和惊慌不安的人就会警惕起来；他们知道，不幸是内心痛苦的表现，对它能够习惯起来，能够长年累月地忍受它，就像背着一种慢性病似的。在这方面似乎只有一个医生是例外，那就是《伊万诺夫》中的利沃夫大夫。常言道，如果上帝欲使人灭亡，必先使其疯狂。契诃夫对利沃夫也这么做了，他使利沃夫完全失去了洞察力：在看到一个人在为疾病而苦恼时，这位医生竟会认为他是“一个反面人物”……

在一个好医生的心目中，笑是一种治病的药用实体。请看契诃夫平常对妻子提出的一些劝告：“别生病，别闷闷不乐，要常笑”；“别忧郁，别，你笑笑吧”；“你要快快乐乐，别忧郁，不然，至少也得做出快乐的样子来”；“愿你健康，你要笑”。他写于不同年代（从早期到晚期）的信都充满了幽默，许多人把它们当成治病的手段。在契诃夫心目中，与心灵的困倦和暮气相对立的笑不单是一种迟早要过去的精神状态，而且是一种行为素养，是生命的支柱之一。“如果一个人不懂得开玩笑，那他就完了。”说这话的人主要不是一个作家，而是一个医生。人们对黑暗下的定义是无光。契诃夫作品中的愁眉苦脸的人们——这首先是一些闷闷不乐的人，还有那一般称为契诃夫式的“悲观主义”——这实质上是他对郁郁寡欢的生活所持的客观态度，是他在述说：如果生活中的欢乐和笑声消耗殆尽，那么生活将会变成一种什么样的东西。也许，契诃夫的“愁眉苦脸”和他的悲观主义（关于这一点人们已经固执地写了许多）是一种乔装的改头换面的幽默，是一种有负号的幽默。

契诃夫的“逗乐”短篇小说远非十分简单。它们不光是逗我们发笑，其中有着更多的内容、意思、劳动和各种精彩的语言。例如，在《马姓》中，将近半百个姓围绕着一个想不起来的姓——奥夫索夫——转。而且寻找一个被遗忘了的名字这件事也有其情节意义：借此可以描写古老庄园里的生活，可以再现将军夫人的即兴回答，再现从儿童室内作出的奸诈暗示。从各方面看，这是一个娇弱的多愁善感的迷信的女人：“特罗伊金？乌兹杰契金？”最后，还有一层类似医学训诫性的意思：与其忍着牙疼在记忆中逐字翻动词典，倒不如立刻找医生更为爽快。丰富的语言，丰富的词汇！……

在这些短篇小说里总有一种给人深刻印象的意外。这或者是出人意料的措词，例如：“货物列车的翻船事故”（《致采访记者的信》），或者是：“您烂醉如泥，处于您这种有趣的境地现在最好是坐在家里。”（《急救》）或者是意外的情节：例如在《皮靴》中，一个人物在寻找皮靴时无意中发现了一个爱情秘密，“您在离开他的夫人时穿上了我的……”

在《瑞典火柴》的众多人物中有一个阿库尔卡，许多犯罪线索之一是通向她的：“丘比科夫开始审讯阿库尔卡。阿库尔卡声称她什么也不知道。‘我只同您姘居，没有再跟任何人在一起。’她说。”

短篇小说《理想主义者的回忆》中的开头是屠格涅夫式的写景，还有一个罕见的，也许，甚至是恋人们十分丰富的词汇中绝无仅有的名字：杜多奇卡。这篇作品中的一个恋人的失望多么朴实、浪漫，实质上，又是多么难以补偿!

自拉伯雷[①]那时起，世界文学中的笑像火星一样在荒诞话语互相碰撞时产生。契诃夫在写《低音提琴师的风流韵事》时是记着这一点的。在这个作品里，公爵小姐藏身在低音提琴盒子里。低音提琴师在河岸上看到了公爵小姐，她像屠格涅夫笔下的姑娘，要不就像一首已被遗忘的故事诗中的幻影。低音提琴师把一束水莲花挂在她的钓鱼钩上，这束花就成了后来的一连串倒霉事情的缘由：“明智，自然规律以及我的主人公的社会地位都要求这件风流韵事到此结束，但是——呜呼！”的确是“呜呼！”——在小说的结尾处出现了一个幽灵：一个光着身子、遍体毛发、头戴大礼帽的人，而农民们在夜间能听到来自桥下的低音提琴声……

在俄国，契诃夫不是惟一的，甚至也说不上是最受欢迎的幽

---

① Ф.拉伯雷（1494—1553），法国小说家，《巨人传》的作者。

默作家。比他年长的同时代人 И.Ф.戈尔布诺夫（1831—1895），文学家和演员，讽刺形象季佳金的塑造者，他当年曾几乎与科齐马·普鲁特科夫齐名，他曾是一个更受欢迎的幽默作家。人们记忆犹新的是：在挤得满满的大厅里人们看着他写的场景都笑得要死。现在看来，他的语言似乎是过分雕琢，矫揉造作，华而不实。一切都被忘却了：戈尔布诺夫本人以及他的崇拜者们所嘲笑的一切被忘却了，没有了以前供嘲笑的口实，这笑已经失去了妙味。

“我的小说，”契诃夫写道，“像许多俄国小说一样，开头总是这句话：‘我喝醉了……’”这种动因，这种供嘲笑的口实，这种对无数灾祸和不幸的首要原因所作的解释——契诃夫自《瑞典火柴》起使用过许多次。这种口实就其本质而言根本不可笑，对此他理解得并不比我们差，他比我们更清楚：笑是一种强效药，“笑能打动一个无论用什么东西都打动不了的人”。

在他那许多被我们称为“简直可笑的”短篇小说里，在欢乐的外表背后包含有多少辛酸的真理，多少可供嘲笑的口实！一八八六年他写道：“亚历山大·马其顿王是个了不起的人物，但他不该损坏椅子；俄国人民也是伟大的人民，但不该由此作出结论说：不能对他当面讲真话。不可把人民变成一只哈巴狗。”《不法行为》也许是契诃夫写的许多“简直可笑的”短篇小说中最可笑的一篇，但它也远非十分简单。作为它的情节基础的是怪诞，是荒谬的巧合，谈到这种事人们总说：这种事情绝对想不到。这里有着多少转折和题材，似乎是十分合适的幽默小说题材。这是一种什么样的忏悔，又是一种什么样的骄傲！“睡着呢——他小声说。——瞧你，鼻子是鹰钩鼻，正是父亲的那种鼻子，他睡着，不觉得亲生父亲在看着他。凄惨，兄弟！有什么办法，对不起！请原谅，兄弟！就是说，你这是命中注定的……”契诃夫作品中的这个主人公有一个谦恭的姓：米古耶夫，八等文官。他现在的心情是多么激昂！他的良心在揪他，这良心随同一种温柔、暖和、忧郁而又大胆的感情一起苏醒了。这种大胆在契诃夫以前的文学里在“小人物”身上是不可能有的：向妻子承认，在台阶上发现的弃婴实际上是他的儿子……在这种情况下表现出来的勇气应该特别予以肯定，如果我们还记得契诃夫的幽默小说中的女主人公们的性格和语言的话。不，这孩子原来是人家的，契诃夫把米古耶夫从悲剧性人物的高度推下来，他不让米古耶夫升到受上帝惩罚的高度。这样的情节构思将永远是绝无仅有的。

列夫·托尔斯泰完全不喜爱令人乐呵呵的东西，亲近的人们都称他为“不苟言笑的公主”，但他读契诃夫小说却笑得流眼泪。

从我们求学的年代起就有名言和警句同一个大家的名字联在一起。但少有这种情况：在很早发表的作品里就有名言和警句永远留在语言之中。而在《致博学邻人书》（1880 年 3 月，彼得堡幽默周刊《蜻蜓》）里却有着这种警句：“这种事不可能有，因为绝对不可能有这种事！”这就是警句，这就是格言，人人都记得它，然而比别人引用得更多的却是自然科学工作者、物理学家和天文学家。第一个这样引用的人就是比契诃夫年轻的他的同时代人列别杰夫（“正如契诃夫说过的那样，得靠自己钻研去弄懂世界的创造过程”）。一直引用到今天，到我们今天出版的定期刊物上发表的科普论文。

契诃夫所提供的是比警句更为重要的东西，他确定了无知的精确程度，确定了已经没有任何东西会比之更为低下的草包和饭桶：思想没有逻辑，言语没有意义。

是哪个著名的智者、哲学家和爱说俏皮话的人说了这样的话，例如："女人找许多丈夫比找一个来得容易一些？"又如，下面一句话莫非是科齐马·普鲁特科夫才会说的："教育的好处尚有疑问，而它带来的害处却已有目共睹。"或者是还有一句讲电力照明的警句："你得给我一种自然的东西，而不是这种深奥费解的东西……"

契诃夫天生好说俏皮话，他喜欢而且善于构造一些深深印入记忆的句子："男人们，你们是霸主，是暴君，不过你们多么狡猾和美好！""不认识的女人就像一个装有不明不白的液体的紧闭的瓶子——真想试一试，但又感到害怕：万一那里面是毒药呢？""如果你妻子对你变了心，你要高兴，因为她背叛的是你，而不是祖国。"

契诃夫的小说里有许多名言和警句，因而一些有严肃文学素养的人总是对它们评价很高，例如，蒲宁指出：如果契诃夫哪怕除了《暴死》或《低音提琴师的风流韵事》之外什么东西都未写过，那么事情也会是很清楚的：一个有鲜明才力的人在俄罗斯文学中闪现一下就泯灭了。是的，说一句恰到好处的荒诞话，这种本事只是一些聪明人才会有的。蒲宁这话说得对；但须知要理解一句好的荒诞话——情况也是这样的。

在摘录契诃夫的俏皮话和警句（它们中已有许多留在我们的语言中了）时必须记住：它们是同一些场景和幽默短篇小说的文本相联系的，比如："我心灵上的葡萄根瘤蚜"或"你们瞧，他穿了一件斗篷，心里在想：他是一个聪明人"——这种话本身也许是令人好笑的，但它们只是在整体中、在上下文中才是非常重要的。不然的话，就可能陷入一种极端，这种极端已经在许多论述契诃夫的著作中出现，例如，在一页书上就收集了契诃夫早期小说中的全部幽默姓名。这么做读者难以理解，而且它们可以告诉读者的有关契诃夫的东西也很少。

有一些契诃夫写的句子会令人忍俊不禁，如："淫乱的金丝鸟比虔诚的狼好"；"噢，女人啊，女人——莎士比亚这么说过，因而现在在我的心目中他的内心状态是清楚的"；"母亲的乳房是婴孩的小吃部"。

最后一句话是最滑稽可笑的话，但是，读者，请别笑，它与幽默毫无关系，它摘自短篇小说《凶杀》(1895 年)，也许这是契诃夫在成熟时期写下的短篇小说中最为可怕的一篇。它下面是凶杀场面，还有一句话："没有什么东西会像血泊中的一个煮熟了的土豆如此可怕……"

契诃夫对蒲宁说过："没有幽默天赋的智慧不是真正的智慧。"契诃夫的这种天赋一直保持到他生命的终结，在十九世纪九十年代和二十世纪初他写的手记本里还可以找到一些幽默小品，它们没有用到晚年的小说中去。它们似乎是从青年时代写的场景和幽默短篇小说中借来的，虽说把它们写下来是打算在将来供寡欢的晚年用的。

晚年的手记本中有一些话是找不到与之相适应的短篇小说的。它们似乎是自顾自存在的，是纯粹的幽默小品，如："H 夫人出卖肉体，她见到每个人便说：'我爱你是因为你不像所有的人那样。'"

不难发现，手记"男孩—仆人。'你给我去死，不幸的女人'"——这条手记是导致短篇小说《姚尼奇》的创作的源头（在这篇小说中十四岁的仆人帕夫卢沙扮演悲剧角色），但这句话是从一八八三年的短篇小说《胜利者的胜利》转入手记本的，在那里一个官员也扮演了这种悲剧角色，不过它是“花絮式”的罢了。

套中人，甚至不敢为他本人持有“观点”的那个套中人，同一篇幽默小说中自己抄自己的家的那个官员出奇地相似。“我是勋章获得者，因为我脖子上有安娜。”——这句幽默话预示着后期的一篇著名小说[①]。

三

在体裁问题上有一种公式，它形成于革命前的文学批评界，却太太平平地保留到了今天，从一部著作漂泊到另一部著作。这种公式是：契诃夫只是早年在《花絮》时期写过幽默小品和各种笑话，在晚期的短篇小说和剧本中它们就不存在了。同一切公式一样，这种公式以其逻辑性和简洁收揽人心，但它显然是有简单化的毛病。实际上，幽默小品一直保存到了晚期，在“严肃的”经典短篇小说和戏剧——一直到《樱桃园》中保存下来了。“顶黄球下角袋！”这说法是从哪儿来的？来自最后一部剧本吗？不是，这在《问号和惊叹号里的生活》中就有了。只是在晚些时候幽默小品不常是显而易见的，因为它存在于一种陌生的上下文中，而且还融化于其中。短篇小说《凶杀》中小吃部售货员说的那几句话（如果像读《花絮》年代的俏皮话和名言那样只读这两

① 指《挂在脖子上的安娜》。

行文字），当然，是令人感到好笑的。然而，当这些话处在可怕的细节以及模拟的书面词汇之中时，它们却使人恐惧。

在晚期的戏剧和小说里，契诃夫所保留的不只有从上下文中突出来的一两行文字，而且还有它的情节基础、它之所以出现的缘由以及为创造它而使用的手法。例如，在《姚尼奇》（它写于1898年，相隔《蜻蜓》与《花絮》将近二十年）中保留了人物的言语错误，在早期的小说中一切不掌握俄语的人物说话时都犯这类错误。“伊万·彼得罗维奇看出客人有心事，在纳闷，他就从坎肩袋里掏出一封可笑的信来，这信是一个管理田庄的德国人写的，说是‘在庄园上所有的开关已经毁坏，粘在墙上的东西都塌下来了’。”伊万·彼得罗维奇说的另一些俏皮话也都来自早期的《花絮》年代：“您没有任何罗马法不吃晚饭就走。”“我在地毯上走，你在说谎时走，他在说谎时走。”还有对伊万·彼得罗维奇的特性所作的全部描述也是如此，“他只用眼睛笑着谈趣闻，说俏皮话，提出一些可笑的问题而自己予以解答。他一直用他的不寻常的语言说话，这种语言是他在长期说俏皮话的过程中练就的，而且已经成了他说话的习惯：‘伟乎其大的’，‘真不赖’，‘一百二十万分地感谢您’”，等等。不错，这一切并不像契诃夫本人在年轻时写的那么鲜明和可笑，但它们却符合人物的精神状态：如果这城里最有才华的人尚且是这样，那关于其他人还有什么可说的！怎么能知道呢，也许，在早年契诃夫的手记本上这一切就是如此，但当年并未派上用场。

在《姚尼奇》中也有一些明显属于晚期的幽默小品，显然，是他在写小说的那一年创造的，把它们放在《闹钟》和《蜻蜓》上会是不恰当的。简单一些说，如果把它们从极为复杂和谐的上下文中挖出来，它们就不会令人感到好笑："后来，大家坐在客厅里，脸色很严肃。薇拉·约瑟福夫娜就朗读起她写的长篇小说来。她是这样开始的：'寒气重了……'窗户都敞开着，从厨房里传来用菜刀的声音和煎洋葱的气味……"不知是怎么奇妙地一来，小说的开头（"寒气重了……"）竟成了令人发笑的了，也许，这是由于它毫无新意。

就像在早期小说中那样，一个幽默人物在谈到姑娘时会说："康普莱奈·奥莱乌阿尔·康索美[①]式的姑娘"（《乌鸦》，1885年），在晚期的短篇小说中也有这种情况：一些法文字或拉丁字会故意地或由于滑稽可笑的错误而出现在不该出现的地方，结果就显得可笑。如：《罗特希尔德的小提琴》中的一个医生说："好，再见，бонжур[②]。"又如：《姚尼奇》中的图尔金在迎接客人时说："你们好，бонжурте[③]。"

契诃夫用这些拉丁文、法文和德文，一般说，用语言和词汇创造出真正的奇迹。他对待词汇就好比画家对待调色板、雕塑家对待大理石一样："要知道在大理石上刻出人脸来，无非是把这块石头上不是脸的地方都剔除罢了。"举例说，在"игумен"和"гименей"这两个词之间有什么共同的东西？怎能把它们联在一起并"体现为一个完整的形象"？"гименей"在罗马神话里是灶神和婚姻之神，"игумен"则是男修道院的院长，在必要时他也可以主持结婚礼仪。在短篇小说《美妙的结局》（1887年）里

① 法语的俄语译音："您明白吗，再见，肉汤。"
② 法语"您好！"一词的俄语译音。
③ 在法语"您好"的俄语译音后又加上一个俄语中的动词第二人称复数（你们）的字尾"-те"，成了一个非俄非法的词。

一个人物把这两个词合并了起来，提出了一个迄今无人知晓的东西，一个词汇丑八怪，他说："我十分想用 игуменей 的亲密关系结合起来。"这样一来出现在契诃夫作品里的不只是一个有趣的新词，而且还有一个空前未有的很难想像得出来的人：他头戴桂冠，双手举着喝祝福酒用的大樽，身上穿着一件俄国的长襟内长衣……

不恰当地说出的话或者摆得不是地方的词、幽默词组、喜剧式的措辞造句——在早期和晚期的小说中都有，而且很多。"我是一个活人，有生命名词！"——短篇小说《审判》(1881 年）中一个人物讲到自己时这么说。在《樱桃园》中，叶皮霍多夫似乎是随声附和这个人物，他说："我是一个有修养的人，读过许多有价值的书，但我怎么也弄不明白我的生活方针：我想要什么？我是要活呢，说穿了讲，还是要开枪自杀？可是不管怎样，我一直随身带着手枪。"

安东沙·契洪特的幽默人物一般说来总喜欢炫耀他们自己博学多识——从他开始写幽默小说起就是如此，从《致博学邻人书》开始。例如，有一个幽默人物，他在讲到女儿的未婚夫时说："这坏蛋，他来了，很阔绰。地地道道的瓦尔特·司各特[1]。"另外一些人物则提及巴克尔，不知为什么最常提到的是巴克尔，而且总是提得不恰当，像许多年之后的叶皮霍多夫一样："说实在的，姑且不谈其他话题，我顺便谈一下自己：命运待我毫不怜惜，就像暴风雨对一条小船似的。您读过巴克尔的书吗？"

---

① 瓦尔特·司各特（1771—1832），英国作家。

在契诃夫的早期和晚期小说中，幽默小品的一贯来源是荒诞话，是毫无意义的新构成的词；而电报则是它们取之不尽的源泉："伊万·彼得罗维奇今日突然去世星期二应如何殡葬请告示下。"①

如果提出一个专门的目标，就可以收集到一整套使用对比和重叠手法的资料卡片。例如，有个警句"如果妻子对你变了心……"的异文是："先生们，我没有雄辩的才分，但请你们容许我不用华丽词藻讲讲心里话……先生们，谁对妻子或丈夫变心，谁就是不可靠的人，谁也就有可能背叛祖国！"（《林妖》，1889—1890年）"我忏悔，我有时会稍稍欺骗女人，但是就对俄国政府的态度来说我一向是个正人君子。"（《三年》，1895年）

在早年的一则场景《在莫斯科的特鲁勃纳亚广场上》中有一名教师，鸟市的常客，大家都管他叫"代名词老爷"。在短篇小说《主教》（1902年）中，也有一个教师："一个善良的不笨的人。他从来不体罚学生，但不知为什么在他的墙上总挂着一束桦树条，而在它下面写着一段完全没有意思的拉丁文题词：诊治儿童的抽打用的桦树枝②。他养了一只毛发蓬松的狗，他把它叫做：句法。"

在《樱桃园》中，西梅奥诺夫-皮希克讲他们的家族起源于一匹马，卡里古拉把这匹马带进了罗马元老院。这个西梅奥诺夫-皮希克，当然，很像契诃夫早期作品里的一些幽默人物，他们喜欢把自己的家谱溯源到始祖亚当和夏娃："亚当·鲁别茨-奥特卡恰

① 这句话引自短篇小说《宝贝儿》。原文为电报，故无标点。
② 原文为拉丁语。

洛夫和夏娃·鲁别茨-奥特卡恰洛娃。”

幽默小品一直保留在契诃夫的艺术实践中，保留在他的记忆之中。在晚期的小说中，幽默小品依然是幽默小品，虽说它反映出契诃夫的艺术发展，反映出发生在俄罗斯生活和语言中的变端。例如，在早期作品的人物中未必会有人像《在峡谷里》（1900 年）的包工头叶里扎洛夫那样说话：“她呀，处处都合格，处处都光溜溜的，没一点杂音，整个机器都没毛病，螺丝钉多得很。”之所以是这样，只是因为在十九世纪八十年代初“机械装置”尚未像在两个世纪交接之际那样进入人们的日常生活。又如，在《樱桃园》之前也不可能出现夏洛达这个忧郁的有生命的幽默小品。

许多情节，甚至像《主教》《套中人》这样的著名小说，一些个别的形象，个别的鲜明话语，尖锐和中肯的字眼——它们都曾在契诃夫的创作记忆中保存了许多年，因而晚期创作中有许多东西源自《花絮》年代的艰苦实践的经验。例如：“……她太迷人了. 有时候惹得米申卡十分喜欢，可是，依他看来，这样的女人不宜于结婚，只宜于私姘。”（《女人的王国》，1894 年）

“从您这方面来说，这是勇敢的功劳，因为女人的心是沙米尔[①]。”（《三年》，1895 年）

“……我的第一个妻子年纪轻轻就死了。

“为什么？

“因为一桩蠢事。”（《我的一生》，1896 年）

---

① 沙米尔（1799—1871），高加索山民反对沙皇殖民者和当地封建主的解放斗争的领导人。

但是，会有人反驳我们的这种看法，因为契诃夫本人并不喜欢他的早期创作，并对它们持否定态度。的确，如果翻阅他的信件，可以收集到（K.丘科夫斯基就收集过）大量关于早期创作的（不过，也有关于晚期创作的）侮辱性的说法，因而一些本来零星地存在的话只会令人发笑或者干脆就不惹人注意，但一旦它们集中在一页谈论契诃夫的书上，那就会成为一个污点。契诃夫曾十分尖锐地评述过《蠢货》《伊万诺夫》《樱桃园》《语文教师》以及许多许多作品，就像他评述过当初的幽默小品似的。不过，不管他如何评价自己的创作——早期的还是晚期的——这些评价，如同对这种评价所承担的责任一样，全都只属于他一人。

契诃夫的笑……这远非总是嘲笑一件事或一个人，就如同在荒诞的但却是惯常的讽刺暴露形式中常有的情形那样。契诃夫的笑常常体现着一种追求，对欢乐和喜悦的追求，这种追求是有生之物所固有的特点，或者说至少是我们身上尚留存的有生命力的东西所固有的特点。这种笑还使人嘲笑自己，理解自己，也许还会使人原谅自己。“你们在笑什么？”

问题的实质不仅在于契诃夫嘲笑了一些具体的弊端，旧日残余的弊端：官场规矩，贪污，虚伪。笑是同套子一般的生活不相容的，是同一切命令、通报、说教和报刊文章所具有的那种不容分说的语调不相容的。契诃夫一面在笑，一面在模拟讽刺，把那种伪善的激愤、那种令人受不了的一本正经的文体和语气（有权势的人正是如此同下属谈话的）贬低到分文不值的地步，因为“权势、暴力和权威从来不用笑的语言说话”。

契诃夫的笑具有非常的民主性，因为只有相互平等的人才相互说笑：“在教堂里，在宫殿上，在前线，在办公厅主任面前，在警察分局局长面前，在德国人—管家面前是没有人笑的……如果下级胆敢在上级面前笑，或者是他们忍不住笑，那么官场规矩也就完了……”（赫尔岑语）

快乐和欢笑——这是心灵纯洁、健康和自由的标志：

> 假如生活欺骗了你，
> 不要忧郁，也不要愤慨，
> 不顺心的时候要容忍，
> 相信吧，快乐的日子一定会来到。①

契诃夫是追随普希金和果戈理的。

问题并不在于题材，他常在果戈理的中篇小说和剧本里汲取题材；问题甚至也不在那个著名的公式："世人听得见的笑声透过世人看不见的眼泪"，虽说契诃夫的幽默中确实有着深深的忧虑。问题在于对笑这个作为英雄主义元素的态度本身：果戈理的《钦差大臣》中的主人公②就是笑。果戈理在写完这个剧本后说："现在我来到了户外。生活中需要这种心神清爽，就像鲜花需要雨水滋润一样，也像在书房里坐久了的人需要散步走动一样。笑，笑吧，现在要多笑。万岁，喜剧！"

笑的元素——也许，这是契诃夫给予俄国的最需要的东西，他使俄国摆脱了心理上的农奴制，摆脱了对往昔权威的十足恐惧，摆脱了对他人思想的崇拜。他从未开过现成幸福生活的方

① 这是普希金的一首诗。
② 俄语中，"герой"一词有"主人公"的意思，也有"英雄"的意思。

子，因为他重视在读者自己身上培养独立性、意志和头脑，同时他在读者身上加以否定的只有一样东西：奥勃洛莫夫式的癖性，那种即便是感情上也需有导师的癖性。

艺术剧院

一

“我感谢苍天：我在尘世漂游，最后总算碰上了像艺术剧院这样的一座仙岛。”契诃夫在给他的中学同学、后来成为艺术剧院的演员 A. Л. 维什涅夫斯基的信中这么写道。

契诃夫还在中学读书的年代就对戏剧感兴趣，后来他在有机会到省城剧院看戏时还回忆塔甘罗格剧院的最高楼座和他自己的青少年时代。当年他不仅听意大利歌剧上了瘾，而且不放过每一场由俄国和外国的在塔甘罗格作巡回演出的优秀话剧演员参与演出的戏。他还在家庭剧院里演戏，自编轻松喜剧和话剧。“以前对我来说没有比坐在剧场里看戏更大的享受了。”（1898 年 3 月 13 日或 25 日，致 A. C. 苏沃林的信）

在莫斯科和彼得堡上演了几部轻松喜剧和《伊万诺夫》之后契诃夫明白了：传统剧院连同其舞台场面设计、演员的千篇一律的表现模式和老式的导演艺术已经十分陈旧。一八八八年他在写给列昂捷夫-谢格洛夫的信中说：“当代的戏院——这是斑疹，是城市花柳病。应该用扫帚把这种病驱逐掉，如果喜欢它——那就有害于身体健康。您会同我争论，而且会说出那句老话：戏院是学校，它有教育作用，等等，为此我要对您说一说我目睹的情形：现在的戏院并不比普通人高雅，相反，普通人的生活比戏院高雅，比戏院有理智；就是说，戏院不是学校，而是一种别的什么东西……”

《海鸥》初演失败后，契诃夫给他的许多朋友写了信，口气有时略带幽默，更多的时候是认真严肃。他说他在舞台上不走运，成不了戏剧家："在戏院里我非常不走运，非常不走运，如果我娶一个女演员为妻的话，那我们一定会生下一只猩猩或者一只豪猪。"（致 E.M.沙夫罗娃的信，1898 年 12 月 26 日）戏院已经不是学校，也不是"第二所莫斯科大学"，而当初却是这么称呼小剧院的；小剧院已成了一个规格不很高的游艺场。苏沃林认为，在俄罗斯戏院退化这件事上有过错的是观众。契诃夫反驳道："我们的戏院很糟糕，在这件事上有过错的不是观众。观众在任何时候和任何地方都是一样的：他们既聪明又愚蠢，既亲切又无情——根据情绪。"有时契诃夫还打算永远抛弃剧院。一八九八年三月他在写给苏沃林的信中说："您醉心于戏院，而我却在离开它，看来是越离越远……这些演员我也不喜欢。"

就在这时，K. C.斯坦尼斯拉夫斯基和 Вл. И.涅米罗维奇-丹钦科在莫斯科已经集齐了一个戏班子的青年演员，打算建立一个新的剧院。一开始就决定把它叫做"艺术—普及"剧院，但契诃夫表示反对："艺术剧院——这是一个很好的名称，似乎该保留它。而艺术—普及——这不好听，有一点儿木讷。"

新剧院以严肃的现实主义和契诃夫戏剧的独特的民族—俄罗斯象征为基础，而契诃夫本人则以为这是一个反映当前重大问题的剧院，不会偏离到历史以及有特色的古代去："……你们的戏院应当只演那些写当代生活的剧本……知识分子过的就是这种生活，而且这种生活在别的剧院里得不到表演，因为这些剧场完全没有知识分子气质，部分地也是因为它们平庸无才。”（致О.Л.克尼佩尔的信，1900年9月28日）正因为这样，契诃夫才十分看重戏剧中有现实意义的东西，才一直坚持建议上演M.高尔基的剧本。

契诃夫一眼就看出了新剧院的演出所具有的艺术意义。“小剧院黯然失色了……即使是迈宁根剧团[①]，它也比艺术剧院差得远呢！”他在一八九九年五月十五日回忆迈宁根公爵著名的戏班子很久前在俄国巡回演出的情况时这样写道。更有意思的是：导演们对他本人的剧本所作的解释还常常引起他的困惑和不满，但困惑和分歧即便再严重，他也不会改变对剧院的态度。对剧院里的纠纷和疏漏契诃夫非常关心，他十分令人信服地说，艺术“是一个领域，在这里走路要不绊脚是不可能的”。他认为，经常性的成功倒会把人惯坏，会使人陶醉，应当对“巨大的失望”有所准备，“而且应当，不管怎么样，顽强和狂热地坚持自己的一套”。（致О.Л.克尼佩尔的信，1899年10月4日）

契诃夫肯定艺术领域必须有新的形式，但他十分重视艺术剧院演出的现实性、物质性和高度朴实性：他未必会接受梅耶霍德[②]所阐释的“新形式”，后者“力图推翻现实主义的戏院，并在抽象的象征主义基础上建立他的剧院”。一位当代研究者认为，В.Э.梅耶霍德演出了《33次昏厥》，他把一种“沉重的并非契诃夫的轻松喜剧所固有的仇恨精神”加进了契诃夫的轻松

① 德国的一个话剧团，十九世纪六十至九十年代以其高度的戏剧修养和演员的协调配合而著称。

② В.Э.梅耶霍德（1874—1940），演员、导演。

喜剧。

契诃夫与艺术剧院的导演和演员们之间的书信往来——这是剧院的历史，是它的第一阶段——契诃夫阶段——的历史。

没有契诃夫的作品就不可能排出戏院的剧目单；不管其他作家，国内的和国外的，取得多大的成功，情况依然是："啊呀，安东，如果现在有你的剧本就好啦！为什么总是要等这么久！……大家都在等，没完没了地在等，只听见周围有人在说，啊呀，如果现在有契诃夫的剧本就好了！"

一般是从两个方面研究契诃夫的戏剧创作的。（一）从文艺学角度研究，下述方面就是重要的：剧本的创作过程，文本分析，传统问题，与世界戏剧中最新流派的关系，等等。（二）从戏剧学角度研究：在舞台上演出的过程，导演艺术，演员间的相互配合，舞台布置，等等。文艺学家们谈论的问题：契诃夫戏剧的体裁特色，《海鸥》《三姊妹》和《樱桃园》的象征或它们的现实意义；戏剧学专家们则指出与传统戏剧相比契诃夫剧本的一些特点：没有鲜明的错综复杂的情节，却能赋予舞台动作以有序性和意义；十分独特的戏剧构思，因为他的剧本主人公没有自己的伊阿古，没有个人仇敌，也没有跟踪着他并在他心目中体现着罪恶的悲惨阴影。这就导致一种情况：冲突把全部人物都纳入自己的范围；而罪恶之源，正如 А. П. 斯卡夫特莫夫当初透彻地指出的那样，并不是个别人（或一些人）的恶毒意志，而是整体上的"生活制度"。因此，旧剧院的一些传统角色在这里就用不着了，而老派的演员们以及一切契诃夫前的戏剧工作者都不知所措，他们从未感到过如此需要导演，他会解除所有的困惑和问题，并使大家都各就各位。在 К. С. 斯坦尼斯拉夫斯基和 Вл. И. 涅米罗维奇-

丹钦科创建了艺术剧院后这问题就解决了。

“同这个剧团相比，小剧院粗糙得惊人。他们全都是一些非常聪明和富有学识的人，他们的艺术感多强啊！……总之，这个剧院给我的印象是：它是一桩扎实严肃的事业，了不起的事业。”高尔基在一九〇〇年一月二十一日或二十二日写信给契诃夫说。他的话尤其值得注意，因为他本人也是新剧院的创建人之一，对它的历史意义比其他人更为清楚。

在这些年代里，高尔基酝酿着办平民读物，办平民剧院，契诃夫并不赞成他的这个思想：“……平民剧院也好，平民文学也好——这一切全是蠢话，这一切都是平民糖果。应该做的不是把果戈理下降到平民的水平，而是要把平民朝果戈理的水平提高。”

在艺术剧院的剧目单中契诃夫和高尔基的剧本几乎是同时出现的，因此在他们的书信往来中莫斯科艺术剧院占有重要的地位。契诃夫在许多信中对高尔基剧本的排练情况表示关心：“在这个演出季将上演高尔基的剧本吗？”“你们将上演《小市民》吗？什么时候上演？在这个演出季还是在下个演出季？”（1901 年 12 月 26 日和 29 日）契诃夫有关导演《小市民》的意见以及他就书报检查机关对高尔基的态度而写的那封愤慨的信是众所周知的：“在《在底层》中没有任何意义上的有害的东西……瞧，苏沃林的《问题》倒可以在彼得堡上演，由萨温娜领衔主演，大受欢迎。没话可说，这城市真怪！”（致 О. Л. 克尼佩尔，1903 年 2 月 5 日）契诃夫大约记得 О. Л. 克尼佩尔在一九〇一年二月二十一日的信中谈及高尔基的一些话：“高尔基问起了你。他……神色不佳，一直在骂彼得堡活见鬼。他说：‘这里的人有一半是骗子，而另一半则简直是（请原谅[1]）下流坯！有些人是好的，但就连他们也是密探。'"

有一些话是写给契诃夫的，后来这些话成了许多论述艺术剧院的著作的扉页题词："艺术剧院太好和太有意义了，它就像特列嘉柯夫美术馆、瓦西里圣徒[2]以及莫斯科所有最好的东西一样。不爱它——不可能，不为它而工作——是犯罪，真的！"（1900 年 9 月上半月）。但是，高尔基居然也会同意在当年几乎是普遍的一种意见：对《樱桃园》不理解，他说："我听了契诃夫的剧本——在朗读中，它没有给人留下大作的印象。新东西——一点儿也没有。所有的一切——情绪、思想（如果还有思想可谈的话）、人物——所有这一切在他以前的几个剧本里都已经有过了。当然，写得挺美，而且，不言而喻，有一种令人难堪的苦闷从舞台上向观众吹送过来。至于为什么苦闷——我不清楚。"

二

马克西姆·高尔基早在写作生涯初期就已读过契诃夫的一些书，这是在十九世纪八十年代下半期。当他还不甚自信地摸索着开辟他的生活道路、刚刚开始试笔时，他既相信又不相信：文学——这就是他的未来。

当时契诃夫才开始在首都大型杂志上发表作品，只有为数不多的文学评论家才在《花絮》和《蜻蜓》的这个幽默作家身上看

① 原文为法语。
② 莫斯科红场上的教堂名。

到了俄罗斯文学的希望和未来的荣誉。

Г.叶夫列伊诺夫，就是那个当年帮助高尔基（当时的佩什科夫）进喀山大学的大学生，后来他回忆说：“佩什科夫给我看了安东·契诃夫发表在幽默杂志上的一个短篇，这本杂志是他偶然获得的。他对这篇小说赞赏不已，并表示了一种愿望：要自己也学会这样写作。”

高尔基在一八八九年写道：“有些人在讲到契诃夫时大声嚷嚷，毫无敬意，这几乎使我心痛。在读了《神经错乱》后我认为，契诃夫是一个完全具有‘人的才能、对痛苦以及对凌辱人有着细腻和出色嗅觉的’作家。虽说我也感到奇怪：他没有对生活欢乐的嗅觉。”

过了差不多十年。一八九八年十月，已经扬名全俄的作家高尔基写信给《大众杂志》的编辑 В.С.米罗柳博夫说：“听说契诃夫在雅尔塔。如果您知道并且见到他的话，请代我向他问候。我非常看重他的才华，我期待着他写出震撼人心、优美而有力的作品。”正是在这本杂志上发表了契诃夫最后的短篇小说《主教》和《未婚妻》。

后来高尔基寄了自己的两卷短篇小说去雅尔塔并写道：“说实在话，我真想向您表达真诚和热烈的爱，我自幼便单恋似的对您怀着这种爱。我真想向您表达我的欣喜之情，您的惊人才华、忧郁的揪心的悲剧性的优雅才华使我陶醉，这才华一直是如此地美妙，细腻……读着您的书，我度过了多少美妙的时光，我哭泣过多少次，我像一头落入笼子的狼似的发过脾气，我也忧郁地笑过，每次都笑很长时间。”契诃夫友好地作了答复：“昨天我睡前读了您的《戈尔特瓦的集市》——非常喜欢……我非常非常高兴我们能相识，我也非常感谢您和米罗夫[①]，是他写信给您讲起了我。”

契诃夫和高尔基两人的首次会晤是在第二年，即一八九九年三月，当时高尔基同米罗柳博夫一起来到了雅尔塔。

十九世纪已经过去，契诃夫的创作被看成俄罗斯古典文学的最后一章；在题为《谈 A. П. 契诃夫的新短篇〈在峡谷里〉》的论文中高尔基指出：普希金、屠格涅夫和契诃夫创造了俄罗斯文学语言。新的时代开始了，在高尔基的创作中契诃夫看到了崭新的尚未有任何人触及的典型和形象，前一个世纪未曾有过的新题材。

“我读《小市民》时，尼尔这个角色在我看来是中心人物。这不是农民，不是作坊工人，而是一个新人……”（致 K. C. 斯坦尼斯拉夫斯基的信，1902 年 1 月 20 日）

在通信中契诃夫最乐于同高尔基讨论俄国社会生活中的事件，这种事件在两个世纪交接之际变得越来越紧迫和激烈。在“科学院事件”[②]中，契诃夫为了反对宪兵干涉科学院的事务而辞去了自己的荣誉称号。这是对契诃夫的独立性和人格胆量的令人信服的明证，但远非惟一的明证。

在这个阶段，契诃夫经常思考并讲到青年和大学生骚动，关于这些事情他部分地是从高尔基处得知的，后者在写给他的一封信中说：“这些小小的大学生，他们是一些可爱的人，非常好的

---

① 即 B. C. 米罗柳博夫。

② 1902 年 2 月高尔基被推选为俄国皇家科学院名誉院士。但事隔不久，又因在推选时不了解高尔基曾因政治嫌疑而受过审判，重新决定这次选举无效。契诃夫和柯罗连科分别发表声明，辞去他们的名誉院士的称号。

人，是现在最好的人，因为他们在无畏地行动：要么胜利，要么牺牲。是牺牲还是胜利——这并不重要，重要的是搏斗，因为搏斗就是生活。活着真有意思！”

契诃夫的政治观点在他生命的晚期变得越发明确了，他关切地认真考虑着俄国的明天，他明白了：变动是不可逆转的。也许，这方面不无高尔基的造反精神给他的影响。一九〇一年高尔基写信给 B.A.波谢说：“A.П.契诃夫对我讲：‘我感到，现在应该不那么写了，不写那些东西了，应该有另一种写法，写一些别的东西，为另外的人写，为严肃和正直的人。’他认为：在俄国每年，往后是每月，再往后则是每周将在街头搏斗，过上十至十五年，定将斗出一部宪法来。这条路并不是速达之路，但却是惟一可靠和正当的路。总的说来，安·巴谈宪法谈得很多，所以你，你是了解他的，不言而喻，你会明白这证明着什么。”契诃夫企图“为另外的人写，为严肃和正直的人”写作，当然，这种企图同他对青年人、对那一代该在这个阶段有所作为的俄国人的思考有关。

高尔基写给契诃夫的信，尤其是一八九八年至一八九九年间写的信出自一个尚很年轻的人之手，这个人喜欢明朗地表达自己的爱与憎：“……有这样的时刻，我会可怜自己——现在这种时刻已经来临，我就向我所喜欢的人讲我自己。我把这一类交谈叫做用沉默的泪水来洗刷心灵，因为，您能明白吗，虽说你话讲得很多，但讲得傻里傻气，总也说不出心灵为之哭泣的东西……”

契诃夫以严肃、理解和有分寸的态度接受了表露爱心的这种特殊方式，一年后他还是抱着这种态度读了以下一段话：“我脚下没有路轨，我的感觉是清醒的，而且不弱，但思考——我却不会，在前面等待着我的是翻车……”这时契诃夫写了一封回信，在信中他明确指出创作的起源，它的主要动因——探索生活的道路：“您所说的关于火车、路轨、一头栽到土里的那一番话很动人，但是不公允，人们并非因为写作而一头栽到土里的，恰恰相反，人们正是由于一头栽到土里和无路可走才写作的。”

由于看到高尔基是新生的年轻一代的作家（“高尔基比我们年轻，他有他自己的生活”，契诃夫在一九〇三年十一月二日写给Вл.И.涅米罗维奇-丹钦科的信中这么说），契诃夫对高尔基写的几乎是在每封信中都有的文学批评见解非常感兴趣。在同时代的批评家中他没有找到自己的别林斯基，因而在这层意义上说他感到自己是一个被遗漏了的人（“我读了二十年来评论我的短篇小说的文章，我记不得任何一条宝贵的指示，也没听到过任何一点善意的建议。”有一次他对高尔基这么说）；高尔基则很少只讲一些局部性的意见和赞扬的话，他力求提出文学批评的概括性的会保存在俄国文学史中的说法：“……《万尼亚舅舅》和《海鸥》是一种崭新的戏剧艺术，其中的现实主义升华为充满崇高精神的经过深思熟虑的象征……”

显然，高尔基信件中的浪漫主义昂扬情调使契诃夫有点儿困惑，契诃夫自己写得更拘谨一些；有一些信文契诃夫大约是带着微笑读的，如：“我按本性是一个好幻想的人。我一度把您想像成一个高高地超越生活的人。您的脸像法官的脸一般地冷淡，而在巨大的双眼中一切都得到反映：整个田地，田地上的坑洼，坑洼中闪光的太阳，还有人们的心灵。后来我看到了您的肖像……我久久地看着它，一点儿也弄不懂。”

要看出高尔基和契诃夫两人在文体上的差别，只消把高尔基的关于丹柯的浪漫主义故事和契诃夫的短篇小说《带阁楼的房子》中的几行文字作一对比："我不满意自己，心情苦恼，为我的生活惋惜，它过去得那么快，那么没有意思。我老是想把我的心从胸膛中挖出来，因为它变得十分沉重。"

有一种词汇上的难处，它使我们不能称契诃夫为高尔基的"老师"——他一点也不把自己的批评意见强加于人，虽说这些意见是相当严肃的。如果说契诃夫常同高尔基交流"创作经验"，这种说法也不完全正确。一八九九年一月三日，他写道："自然描写中的鲜明和传情只有靠朴素才能达到，要靠这样朴实无华的句子，如：'太阳下山了''天黑了''下起雨来了'。"但所有这些修饰语都体现着契诃夫小说的异常朴素的文体，它们只有用在这种小说的上下文中才是合适的，而对其他作家——文体鲜艳昂扬或使用浪漫主义文体的作家就不适用了，尤其是对高尔基不适用，后者在一八九八年十一月写道："要喜欢、可怜和帮助像我们这样的草包，糟糕的里面装着肠子的草包，要帮助他们生活，可真得成为道德高尚的折磨者才行。但毕竟还为人们感到可怜。例如，我远不是一个有善德的人，然而看到万尼亚[①]时我嚎啕大哭……您可知道，我觉得，在这部剧本中您对人们的态度比鬼还冷酷。您对他们冷漠无情，像雪，像暴风雪。"

三

《海鸥》问世和莫斯科艺术剧院的建立——这是两件在时间

① 指契诃夫剧本《万尼亚舅舅》中的万尼亚舅舅。

上相距很近（1895—1898）的事情，它们标志着传统舞台和二十世纪剧院的分界线。与新的不便于旧舞台采用的戏剧材料一起出现的还有：有原则的导演艺术，新的装饰，新的演员表演风格。这一切在《海鸥》的舞台演出史上表现得最清楚。据同时代人见证，在《海鸥》首演的晚上发生了很少发生的事情：舞台上在演戏，一部超越了时代的戏，而坐在大厅里看戏的人却不理解它，领会不了。早些时候《伊万诺夫》和《草原》也遇到过类似的情形：这些本质上是创新的作品被理解为不成功的作品。

要理解在亚历山德林剧院发生的事情，就得设想自己是当天晚上坐在正厅里的一名观众，他怀着惯常的兴趣注视剧情的发展。他从戏报和剧目上看到说《海鸥》是一部喜剧，因而他同所有的观众一样，心情并不严肃。面临的是一个走红的女演员列夫凯耶娃举行纪念演出（实际上她并未在《海鸥》中出场，她后来在“收场”时参与了轻松喜剧《幸福的日子》的演出）。当然，谁都不会想到，一部并不可笑的深刻剧本竟可叫做喜剧，其中没有任何一个轻佻的角色，没有任何一场欢乐的戏或一个逗人的人物——没有当年戏院常客所习惯的并期待从喜剧中得到的东西。因此，观众们笑了，或者说得更确切一些，他们竭力要笑，在没有什么可笑的地方笑。

“在第一场中，玛莎建议梅德韦杰科嗅嗅鼻烟……大厅里的观众哈哈大笑起来。很难阻止情绪欢乐的观众。他们抓住每一个口实报之以笑……扮演尼娜的科米萨尔热夫斯卡娅像个初次登台的人一样紧张而又胆怯地读起她的独白来：‘人们，狮子，鹧鸪和苍鹰，长角的鹿……’——观众发出遏制不住的大笑……科米萨尔热夫斯卡娅提高了嗓门讲话，她讲得诚挚感人，真切，坚毅而又激动……观众安静下来了，勉强地听着。感觉得到：女演员把观众吸引住了。但阿尔卡季娜提出一个问题：‘有硫磺气味。需要这么做吗？’——又引起一阵狂笑……第三幕给观众带来了许多欢乐。特列普列夫上场，头部扎着绷带——场子里响起了短促的笑声。阿尔卡季娜给特列普列夫裹伤——又是遏制不住地哈哈大笑……大厅里吵吵闹闹。要求作者和演员们登台谢幕……一片嘘嘘声。”

《海鸥》初演失败。这并不是戏院里以前发生过和将来也会发生的那种平平常常的失败（如：演员不掌握角色；舞台调度乱套；表演呆板、单调、枯燥；要不就是在舞台上发生了什么忙乱和出丑的事：杂乱无章，粗枝大叶，布景轰隆一声倒下，等等）。在这个晚上一切都是不正确的：从戏报到舞台装饰，从演员的脸部化妆到观众的嘘声。发生了一场巨大的误会，而且很少有人理解它的真正意义。在契诃夫的手记本里有一条注：“舞台只在未来才能成为艺术，现在它只是为未来而进行的斗争。”

《海鸥》在一八九八年十二月十七日获得巨大成功的那天契诃夫不在艺术剧院。A.Л.维什涅夫斯基兴高采烈地给他写信去雅尔塔：“我在舞台上干了十一年，从未见过这种激动和欢悦！！！”这句话中的三个惊叹号正确地反映了当时笼罩剧院的“热烈”气氛。另一位老友A.C.拉扎列夫-格鲁津斯基也写信给契诃夫说：“从第一幕起就开始出现一种特别的——如果可以这么表达的话——昂扬情绪，而且这种情绪逐步高涨。大多数人在厅里和走廊上来回走动，一个个满面春风，而到最后（真的，我不是说笑话）甚至可以走近一个完全不相识的妇女对她说：‘啊？这剧本怎么样？’”谢尔普霍夫县的一个医生И.Г.维特在一八九九年年初写信给契诃夫说："关于《海鸥》讲得很多，比如说，讲到《海鸥》开始了一个戏剧新纪元，在这种戏剧中错综复杂的情节让位给了时代的生活和问题。"

有时人们把"导演戏剧"称作"情绪戏剧"，说的是一种印象主义和艺术上的任性，每当主要人物不是剧作家而是导演时，就产生这种艺术上的任性。莫斯科艺术剧院确实为动作感强的演出开辟了道路，使语调和色彩变化多端，与小剧院不同，在那里占统治地位的是内容丰富而深刻的传统：如遗传一般相似的形象，一代又一代的演员——十年又十年地交接，一个世纪又一个世纪地交接。契诃夫考虑过的未来舞台——这是演出的现代化和导演变体的及时性，因为剧院是沉浸在观众们的生活之中，每次演出都在观众们的崭新感情和期待潮峰上进行。不是导演的任性，而是反映最高楼座和正厅里的情绪的时代精神——正是这种时代精神给了"导演戏剧"以力度和生命。而要适应这一点，戏剧材料就应该包含有许多可能性，从中可以选择某种今日的东西，被剧院理解为需要的东西，理解为"它自己的"东西。换句话说，戏剧材料中应该有某种永恒的，可说是"源泉性的"内容：泉在喷涌时人们才向它跑来。而在契诃夫的创作里，这就是祖国、良心和命运等主题思想。

“生命的最后一页”

“您好，我生命的最后一页，俄罗斯大地的伟大女演员。”契诃夫在一八九九年六月写给时年二十九岁的奥莉加·克尼佩尔的信中说。

一八九七年一次严重的肺出血迫使他住进了医院，显然，这次出血永远损害了他。不久，父亲去世，没有父亲在，梅里霍沃庄园就荒芜了，被卖掉了。根据医生们的建议，契诃夫迁居雅尔塔。他一生的最后阶段开始了；这个阶段不可能延续太久——这一点他很清楚，但他的心情是平静的。

在雅尔塔的家里，契诃夫经历了病态的孤独生活的袭击，这种袭击来势凶猛，以致他有时会失去幽默的镇静，他甚至在一封信中说：“我感到，在这里我不是在生活，而是在入睡，或者说我是在去一个什么地方，没有停靠站，一去不复返，好似一只气球。”（致 В.Ф.科米萨尔热夫斯卡娅，1900 年 8 月 25 日）就在这个时期新建的艺术剧院的演员奥莉加·克尼佩尔进入了他的生活。一八九八年秋，他第一次见到她是在她排演《沙皇费奥多尔·约安诺维契》的时候，她扮演的角色是伊琳娜。他从雅尔塔写信给苏沃林说：“我觉得，伊琳娜太好啦！她的声音和高尚气度都感人肺腑——太好啦，我甚至咽喉里都发痒……如果我留在莫斯科的话，我准会爱上这个伊琳娜。”他甚至对扮演主要角色的И.М.莫斯克温不喜欢了，在他写给涅米罗维奇-丹钦科的信中可以感觉到一种忌妒的责备：为什么评论家们更多赞扬的是费奥多尔，而不是伊琳娜。

第二年春天，契诃夫又像往常一样来到了莫斯科。克尼佩尔回忆说："复活节的第一天契诃夫突然来访，而他是从来不到任何地方做客的……"他和她一起去参观了列维坦的画展。他只是现在第一次看到了他们的《海鸥》：像在首演时一样，克尼佩尔扮演了阿尔卡季娜。五月五日他送给她一张梅里霍沃庄园的厢房的照片，题词是："我的家，《海鸥》就是在这里写成的。赠奥莉加·列昂纳德夫娜·克尼佩尔，作为美好的纪念。"之后，他又同参与《海鸥》演出的艺术剧院演员们一起合影。他还邀请奥莉加·列昂纳德夫娜去梅里霍沃，她在那里做客三天。

六月十六日寄出了写给她的第一封信：寄到高加索。他们之间的通信就这样开始了，只在短暂的见面期间才中断。在契诃夫的书信遗产中这是内容最丰富的书信往来：他写的信和电报有四百三十三封，她的有四百多封。

他在七月一日写道："是的，您说得对：作家契诃夫并没有忘记女演员奥莉加·克尼佩尔。不仅如此，他觉得您的一起从巴统上雅尔塔的建议是令人神往的。"后来这个计划有所变动：契诃夫去塔甘罗格，在新罗西斯克与奥莉加·克尼佩尔会见，从那里他们乘轮船上雅尔塔。契诃夫在那里正建造着一幢房子。他住进了海滨大街上的"马里诺旅馆"，而她住在医生 Л. В. 斯列金家里。他们在雅尔塔附近地区游玩，到八月二日两人一起上莫斯科。

М. 高尔基十分了解艺术剧院的幕后生活。在一九〇〇年年初，他写信到雅尔塔："是啊，听说您要娶一个姓外国姓的女演员为妻。”在下一封信中他说得更确切了：“奥莉加·克尼佩尔是一个妙不可言的演员，一个非常可爱的女人和十分聪明的人。”

当时契诃夫未必认真考虑了结婚的事情，而且他对自己的未来也不抱什么光明的希望。但人们在传说中已把他的名字同克尼佩尔的名字紧紧连在一起了，她在一九〇〇年八月二十七日给他写信说：“不知为什么维什涅夫斯基把我叫做‘可怜的未婚妻’，而且他在说这话时有所暗示地哈哈大笑……萨宁则允许我少认购一些股票，因为‘这姑娘现在需要钱’，他这么说。你不明白吗，他们这是在暗示什么？”

《海鸥》获得了辉煌成功（“海鸥”成了新剧院的象征，成了十九世纪末俄国艺术中一切有生气的“离经叛道-天才的”东西的象征），这导致剧院经常等待契诃夫的新剧本，并且通过О.Л.克尼佩尔打听契诃夫的写作计划，催促他：“弗拉基米尔·伊万诺维奇在问你什么时候能寄剧本来？大家都在起劲地问，都以为我能带来准确的消息。但我难道能从安东·契诃夫那里搞清楚一点儿什么？你倒自己说说。”(1900年8月7日)

当时契诃夫在酝酿《三姊妹》，在写一个给О.Л.克尼佩尔扮演的角色。正如在一封信中所谈到的那样：她演玛莎时整个儿陶醉于这个角色了，不仅如此，在这个角色中她还发现了她的演员性格中的一些新特点：“我自己把自己了解透彻了。”当然，她少不了契诃夫的帮助，他向她解释在《三姊妹》中沉默有多重要，或者说得更确切些，在演这个角色时一句话也不说，这个角色的失意的一生的全部悲剧都转入了潜台词：“啊，你要记住！别愁眉苦脸，在任何一幕中都别这样。要气冲冲地，对，但别愁眉苦脸。那些心中久藏痛苦而且对之已经习惯的人，他们只是常常轻声地吹口哨和沉思默想，因此你在舞台上，在交谈中也要常常想得出神。你明白吗？”

一九〇一年五月二十五日，他们举行了婚礼，在奥夫拉什卡的圣十字架教堂，在普柳希赫的沃兹德维任斯基胡同。在结婚前一个月契诃夫从雅尔塔写信说：“如果你能答应，在莫斯科没有一个人会在我们的婚礼举行之前知道我们结婚，那么我一定同你举行婚礼，哪怕是在我到达莫斯科的当天。我不知为什么十分害怕婚礼和祝贺，也害怕香槟酒，这酒我得一直拿在手中，而且同时还得做出无所表示的微笑。”在举行婚礼的那一天他给母亲发了电报：“亲爱的妈妈，请您祝福我们吧，我结婚了。一切都仍将照旧。我去用马乳酒治病。通讯地址是：阿克肖诺沃，萨马洛—兹拉托乌斯特车站。我的身体好一些了。”在阿克肖诺沃当时有一个疗养院。

八月三日，在雅尔塔，契诃夫又感到身体非常不好，他立下了一份遗嘱。一张纸交给了奥莉加·列昂纳德夫娜保存，纸上的遗嘱是写给妹妹玛丽亚·巴甫洛夫娜的。遗嘱的结尾是这样写的：“要帮助穷人。要爱护母亲。安宁地生活。”八月二十日，妻子离开他去莫斯科，他把她送到塞瓦斯托波尔。

又继续书信往来，而他和母亲一起留在雅尔塔。

在这两个人的信件中剧院生活占着主要地位，当时剧院正处在肯定自己、经历着上升和日益进步的时期。克尼佩尔把发生在舞台上和幕后的一切都告诉契诃夫，告诉他每次重演《海鸥》《三姊妹》《万尼亚舅舅》和《樱桃园》时观众的接受情况，也告诉他怎样排练高尔基的《在底层》的情况，告诉他斯坦尼斯拉夫斯基和涅米罗维奇-丹钦科的导演工作以及许多琐碎的舞台纠纷和可笑轶闻，还有许多许多事情，缺少了这些情况就未必能设想艺术剧院的历史。

在这些信件中有一种独特的戏剧性的东西，它有深刻和复杂的潜台词。“虽说你的信十分亲切，每封信我都反复阅读多次，但不知为什么我会发抖……总的说来，我们的生活结果是荒唐。”她有一次这么说。

戏剧家和女演员的书信往来（《三姊妹》和《樱桃园》就是为这位女演员而创作的），这些信很少像通常夫妇间的书信往来，不易在其中区分出某种抒情的“家庭生活”情节，这倒不是因为在信中完全没有这种情节，而是因为这些信分散成许多片断，就好像一个剧本分为好几幕一样，它们许多次被一些匆匆的相会和见面所中断，而后又为整个别离的演出所挤满，在这样的演出季里契诃夫住在雅尔塔，而他的妻子在莫斯科演戏：“……我收到了你的信，你说你将在斋戒期的第一周之前来到这里。这么做就是为了在这一周的星期三离开我而去彼得堡？噢，别折磨我了，我的心爱的，我的亲人，别吓唬我！涅米罗维奇不会放你走，即便是他放你走，他也会在一件什么事情上搞点儿花样，让你离不开莫斯科，否则，他一定会说，戏院只好关门。也许，是我想的不对——我不知道！”（1902 年 1 月 23 日）

克尼佩尔太习惯于她的舞台形象、面具和布景了，以致有时她希望借助剧院道具来冲淡契诃夫在雅尔塔的孤独，她倒是非常认真地这么想的。她在一九〇一年十二月三十日写的信中曾建议在雅尔塔家的窗外挂上一些莫斯科布景：“你喜欢的地方的布景，这样你就可以愉快地眺望窗外了。”

契诃夫和他的妻子是为数不多的特殊的人，他们的命运是少有的，是美好的。这讲的倒不是他们的天赋，而是他们两人在俄国艺术的历史中注定了要占据的地位。这里重要的是他们对事业的热衷，这种态度决定了这两个人的性格和生活方式：契诃夫过的生活是写作劳动的孤独生活，而克尼佩尔看重的是舞台、帷幕、演出和排练。“我有时非常恨剧院，而有时又疯狂地爱剧院，”她在信中对契诃夫说，“要知道，剧院给了我生命，给了我许多痛苦和欢乐，给了你，也是剧院把我变成了人。”

这些差异契诃夫当然是清楚地看到了，早在举行婚礼前他在一封写给自己未来的妻子的信中引述了各种解释性的谈话和冗长的议论——“脸色认真、后果严重的谈话和议论……如果说我们现在不在一起，那么在这件事情上有过错的不是我，也不是你，而是魔鬼，是它把结核杆菌注入了我的身体，而把对艺术的爱注入了你的身体。”

因此，一些对克尼佩尔的事后指责（如，指责她为什么不离开舞台）以及整篇整篇为她辩白的文章都使人产生奇怪的印象。我们应记住：除去种种情况以外，契诃夫在这时已病入膏肓，而且他对此十分清楚，就像他知道此病对他周围的人也是不无危险的一样。克尼佩尔这位大演员，她能在某部戏中扮演一个助理护士的角色，而且也许会演得非常出色，但是她，这位女演员，习惯于戏服和化妆，习惯于假定性的舞台上的生与死，她未必能够连年累月地当助理护士，而且不是在舞台上，也不是在看戏的大厅里。契诃夫，对普通生活和富有诗意的舞台上的生活之间的差异十分清楚的契诃夫，他会同意这么做吗？他会让妻子抛弃剧院吗？……

"就是说，你很快将成为一个名演员，成为萨拉·伯恩哈特[①]？就是说，你将把我赶走？要不你会把我带上当一名出纳员？我的心肝儿，再也没有什么会比坐在绿油油的河岸上钓鱼或在田野上散步更好的了。"(1902 年 3 月 17 日)

克尼佩尔同契诃夫的关系持续的时间并不长，五年左右，而他们的夫妇生活则为时更短：三年。他们的信是两个非常两样的人写的十分不同的信。"你是一个强人，而我则是一个微不足道的弱者。你能默默地承担一切，你永远不需要同别人谈心。"(1902 年 8 月 28 日)

但她有这种需要，她要谈心，要排解愁闷，要寻找娱乐，契诃夫看重的则是沉思，他话语不多，比起说话来，他更乐于写，而关于自己的工作，他根本就谈不来。"我忧郁，我难过。你是幸福的人。你一直很平和，很安详，有时我甚至觉得：任何离别、感情和变化对你都不起任何作用……在你身上有一种什么东西，它不让你注意……我们每天的生活。"(1902 年 8 月 29 日) 在一封较早写的信中则说："你想看到我吗？还是说没有了我你也觉得挺好？你可真是一个冷静的未来人！"(1900 年 8 月 23 日)

写过数十部，关于家庭生活的中、短篇小说——早期的幽默作品，它们该让读者发笑，但仍不知为什么使他产生不快的想法；还有晚期的作品，如《妻子》《黑衣修士》《三年》《带狗的女人》，契诃夫当然预见到了：如此别致的家庭生活将会导致怎样的心情不安，他不愿意看到这种不安，对他自己，尤其是对奥莉加·列昂纳德夫娜——都不愿意。可她有时却产生过不安的预感

① 萨拉·伯恩哈特 (1844—1923)，法国女演员，当年在俄国巡回演出过。

和痛苦的想法："如果我一旦用另一种眼光看看我自己以及我的生活，我会处死我自己……"(1902年1月12日)

关于自己她曾写过这样的话："神话式的妻子"；一九〇三年她经受了一次激烈到病态程度的内心冲突，这内心冲突反映在她那些充满懊悔以及面对未来而产生的困惑的信中，这种心情在结婚后似乎没有一天消失过。"在你面前我是一个下流坯。对你来说我算是个什么妻子……我既然已经嫁了人，就应该把个人生活忘记……在对你、在对像你这样的人的态度上我的做法很轻率。既然我在舞台上，我就应该过独身生活，不去使别人痛苦。"(1903年3月13日)

在一九〇三年上半年里，这类信件相当多，内心的不满情绪和惊慌一直纠缠着她。

契诃夫却一直忍着，常常用说笑话来敷衍。例如，二月五日他写道："就是说，你已经把我抛弃？已经不爱我？如果是这样，那么你写封信来，我给你把衬裙寄去，现在它们都放在我的柜子里，而你把我的深筒套鞋寄来。如果你仍然爱着我，那么就让一切都照旧。"

一九〇三年一月二十四日，契诃夫在写给妻子的信中讲到了青春，再过两三年即将逝去的青春（"如果只要还能称之为青春的话"），讲到了要抓紧，以便有一个结果。这封信中的一句话（"我和你一起生活的时间不多了"）竟成了预言，因为实际上契诃夫还能活着的时间也不过是一年多一点儿了。

“新的形式”

一

列夫·托尔斯泰读契诃夫的作品时指出：“无论是陀思妥耶夫斯基还是屠格涅夫，无论是冈察洛夫还是我，谁都不会这么写。”是不会写得这么简练？不是，这里谈的是一种新的、对全世界来说是崭新的写作形式，类似的形式他“在任何地方都未见过……”要正确理解这些话的意思，我们得想一想：列夫·托尔斯泰一生中读过多少种用多少种语言写成的书。

显然，不能把关于“新的形式”这个问题归结为契诃夫的短篇小说、圆周句和句子与古典长篇小说的篇章、圆周句和句子之间的形式差异，因为契诃夫写的一页书丝毫也不比屠格涅夫写的一页书短，连一个字母也不少。《贵族之家》《卡拉马佐夫兄弟》《战争与和平》——它们都是特别简练。文学中的新形式指的是契诃夫称之为“思维方式”的东西：他不仅只是按另一种方式（更简练地）造句子，而且按另一种方式想像由句子描绘的形象。

“您是按老办法来处理您的人物——演员的，就像近百年来所有写过演员的人已经对他们做过的处理一样，没有任何新意。您在第一章里描写了人物的外表，又是用老的办法，用描写的办法，其实没有这种描写也行。”①

在契诃夫的作品里——这里谈的不是个别的短篇小说，而是他的小说的整体——传统的肖像描绘由许多符号细节和隐喻的体系代替了，它们使读者有可能想像人物的面貌，但不像在长篇小说中那样向他提供许多清晰和确切的肖像形式。在这里，正如契诃夫的一个主人公所说的，“相貌的外表并非重要的对象”，显然，契诃夫所致力的是他要让读者并不“看见”形象，而是生活于形象之中，可以更准确地把这种形象叫做“心灵的空间”。

然而，读者已习惯于生动地接受长篇小说的形象，他的这种幼稚也有道理：古典长篇小说的主人公们在一定意义上说是历史的“活的”人物。列夫·托尔斯泰把鲍尔康斯基、罗斯托夫、杰尼索夫这些名字（更不用说一些现实的人名了）给自己的主人公，他这么做是求助于读者的记忆；确实性也属于创作构思的范围之中。在俄国的现实主义长篇小说里，在“典型”和“原型”之间存在有一定的联系和相互关系，尽管作家的劳动并不归结于简单地复制活人和现实的原型，托尔斯泰讲过这层道理。不仅如此，在俄国长篇小说家们看来，“典型”这个概念本身把一定的具体的历史的内容包括在内，“这是某种根本性的要许久才形成的东西，有时则是构成好几代人的东西”。说这番话的 И.А.冈察洛夫在一八七四年二月十一日写信给 Ф.М.陀思妥耶夫斯基说：“您说，‘这种典型正在萌发’。请您原谅，允许我胆敢指出这里的矛盾：如果是正在萌发，那么它还不是典型。您比我更清楚，典型是由人物和现象的长期和多次重复或积累而成的，随着时间的流逝类似物出现的次数增多，到最后稳定和凝结下来，成为一种对

① 摘自契诃夫在1902年11月1日写给俄国作家 А.И.库普林的信。

观察者来说是熟悉的东西。创造只是在生活定了型后才可能出现；它同新的正在发生中的生活是不协调的：对于这种生活需要另一种有才干的人……”

正在流动的、未稳定下来的、“偶然的生活”——就在这条界线前陀思妥耶夫斯基本人也伫立不前了：“那么，不愿只写历史性的东西而对现今的东西着了迷的作家该怎么办呢？只能猜测和……犯错误。”

在历史性的叙述中原型不用加注释就认得出来（《战争与和平》）。更常见的情形是：他们在相应的材料——信件、回忆录和草稿中显现出来。例如，在屠格涅夫的一些写作纲要中有：“萨宾娜……身材细柔、匀称，双腿的线条像 M 的一样，而嘴唇则像季佳的一样”；“一个美好的俄罗斯小姐（脸部借用公爵小姐叶·利沃娃的）”；“面貌像那个同我一起进午餐的大夫……借用科拉什”；“描摹谢尔班”。在现代的一些出版物中有时使用照相般的描绘原型的方法以证明主人公们的身份：“库捷普-瓦西里耶夫斯克的砌炉匠……短篇小说《快乐的农家》中的叶戈尔的原型。”

这类插图性的材料在契诃夫的遗产中一般说是没有的，因而在这一层次上研究他的艺术的可能性本身显然是完全不存在的。

关于思维的主观性和客观性、关于“总的观念”的内容，契诃夫想过和讲过许多，严肃的创作思想要运用这些“总的观念”，而一般的判断则常常把它们降到局部性，降到熟悉的对象、人物之日常具体性。例如，“我同您是主观的”。——契诃夫在信中对苏沃林说，他力图向苏沃林解释清楚：动物学家怎样把鳄鱼、夜莺、狼、狍全都包含在总的观念“动物”或“动物世界”之内，而对一般人的智力来说，“动物”则根本不是一个概念，而只是一头狍或一条鳄鱼。“那些只会理解细节的人垮台了……在小说写作方面情况也是这样。”(1888 年 10 月 18 日) 契诃夫是一个思路十分开阔的人，因而要想揭示他的思想的话，就得熟悉这一思想的规模和等级。不然的话，错误难以避免——很容易在细节上纠缠，以致最终正如契诃夫已经警告过的那样垮台。

在这里需要的是另一种对生活材料的角度。显然，应该这样来探求契诃夫革新的涵义：他依靠古典长篇小说的艺术经验创造了一种像生活本身一般流动的叙述体系，他发现了把日常生活中瞬息即逝的特点典型化的方法，而长篇小说面对这些特点猜测着，犯着错误，最终还是驻足不前。

契诃夫时代的读者已习惯于长时间的静观的阅读；俄国的古典长篇小说培养了他们对史诗般的空间的爱好，对写生般的肖像的爱好，对作家本人的哲学、历史和抒情插叙的爱好。“都要求我写长篇小说，否则就算不上是一个作家。”契诃夫在生命的后期对蒲宁说。

大家都劝过他，要求过他这么做，确实是大家：兄长亚历山大·巴甫洛维奇，文学界的长老格里戈罗维奇，经验丰富的苏沃林，祝贺他在大型杂志上初次发表作品的普列谢耶夫，契诃夫本人心目中的权威柯罗连科，类似比利宾为小型报刊写东西的哥儿们，还有文学批评家们。总而言之，大家都劝他……

到了契诃夫的生命的后期，批评界为“小三部曲”、《未婚妻》和晚期剧本的美所折服，已经乐于接受他的写法，但长篇小说问题依然存在。

这问题是两个世纪交界上的世界文学中的共同问题。十九世纪中叶，长篇小说成了主导的文学体裁。别林斯基早在一八三四年就写道："今天，我们的整个文学都变成了长、中篇小说……是什么书在记述着人类生活、道德规范和哲学课题？总而言之，是什么书在记述着一切学问？——是长篇小说和中篇小说。造成这种现象的原因何在？……原因在于时代精神，在于一种普遍的可说是全世界的倾向。"[①]（《谈俄国中篇小说和果戈理先生的几个中篇》）

有什么样的思想，就有什么样的时代形式——这种形成于别林斯基时代对文学形式和体裁的历史性观点在俄国一直保留下来了。

到了契诃夫时代，长篇小说似乎是过时了，它离开了文学，把位置让给了别的一些体裁。列夫·托尔斯泰在一八九三年七月十八日的日记中写道："长篇小说的形式不仅不是永恒的，而且它会过时。"而在一九〇六年九月二十五日写给 И.Ф.纳日温的信中他又说："我早就认为，作为一种重要的东西，这形式已经过时……"

长篇小说作为一种主导的文学形式过时了，它不仅让位给文学中众所周知的短篇小说，而且还让位给一些更短小的体裁：小剧本、警句、片断，一种短得只消瞅上一眼就可以把它从头到尾抓住，一口气读完的文章。

"如果现在在我们的时代长篇小说连读都没有时间读，手头有着可写……长篇小说的材料还值得等吗？"一八九〇年十二月三十日 И.Л.列昂捷夫（谢格洛夫）写信给契诃夫说。

个中原因在于时代精神，这原因似乎是明显的："我们越来越匆忙了，我们的精神在要求满足，在要求有短促震动的情感；我

① 译文参考了满涛翻译的《别林斯基选集》，上海译文出版社，1979 年版。

们需要紧凑的长篇小说，如果做得到的话，要不就给一部缩节了的长篇小说，如果不能提供好一些的东西的话。各家报纸已经嗅到了这一点，悟到了要在自己的报纸上发表短篇小说。”

一八八四年，当时契诃夫已写过数十篇小剧本和短篇，乔治·久伊斯曼斯在《长篇小说的反面》中对新艺术的任务下了定义：由几个片断组成的长篇小说。克努特·加姆孙在十九世纪九十年代创作了《在温柔的夏天·小小的长篇小说》，契诃夫会说这是类似长篇的东西。

莫泊桑在论文《长篇小说在十九世纪的进化》（1889年）中谈到了法国长篇小说的古典传统的退化现象，谈到了已经出现未加工的事实过多的自然主义叙述：作家们“十分顽强地收集这种事实，他们观察、寻找、到处跑，肩上挂着一个袋子，像收买破烂的人”；莫泊桑还谈到了假心理主义的长篇小说，它们的作者“借助于人为地引发并研究各种神经疾病，力图制造出罕见的不寻常的怪诞难解的心理，并用少见的生动而又雅致的语言把它们表达出来”。

当时，在一八八九年莫泊桑表达了一种希望：最终一定会出现的艺术家，他的禀赋“可以掌握最最多样的品质，并……随着时代而变化，但……他的方面越多，他就能越多地反映生活现象、场面、物体、各种思想和人，他也就会更有影响、更有意思和更加新颖”。

美国作家亨利·詹姆斯（1843—1916）写过二十五部长篇小说，他在一八八九年（在这一年里契诃夫已在亚历山大剧院演出《伊万诺夫》，已写下《枯燥乏味的故事》，正准备远途旅行）的五月十九日在手记本上写道：“我真希望能这样，在我留下的文学遗产——不管它多么贫乏——中有大量无可指责的短作品，短篇小说和中篇小说，它们以形象说明生活的诸多方面，说明我见过、我知道和感受过的那种生活——一切都深刻、温柔——有伦敦，有艺术，还有一切别的；但愿它们是细腻、独特、有力和英明的，也许，总有一天它们会赢得好评。”

换句话说，这位长篇小说家（他受过俄罗斯文学的强烈影响，尤其是已写了《女人的肖像》和《阿斯捷尔恩的文稿》等名作的屠格涅夫的影响）想做一个契诃夫式的短篇小说家，或者，如果他能知道契诃夫的话，他会更确切和简练地说：他要成为契诃夫。

也不只是他一个。法国人茹尔·雷纳尔留下了多卷《日记》，好几卷体裁模糊的短小的文学写生，这种文学写生同时像小剧本和短篇小说，就是这个茹尔·雷纳尔也追求过这个高度，但他未能达到。

这已经是在我们的时代，尤里·奥廖沙在《没有一天不动笔》一书中写道：“当代的散文作品，如果它们是一下子写成的，才能具有与当代心理相适应的价值。二十行或三十行的思考或回忆，最多，比方说，一百行——这就是当代的长篇小说。”

契诃夫本人说过，文学界未曾有过任何急剧变革，只是莫泊桑和他——契诃夫，开始了短小的短篇小说的写作，就这么一回事。

在这场关于长篇小说的论战中，两个世纪面对面地相逢了：旧世纪卫护它自己的文学传统、爱好和文学形式，新世纪则探求着它自己的。

一八九二年一月二十日，格里戈罗维奇写信给苏沃林说：“我常想到契诃夫，我还想到：是时候了，正是时候了！他该写出一部大部头的出色的作品。他不该忘记：读者的记性不好，为使它能记着自己，他必须用鞭子时时抽打它。”

在所有的时代都争论过关于长篇小说的问题，一直感到似乎它已经过时，它在退出，在结束。在肖洛霍夫创作《静静的顿河》和布尔加科夫创作《大师和玛格丽特》的时代，在列夫·托尔斯泰的时代，在他一方面否定长篇小说一方面又准备写《复活》的时代，还有在很久以前的时代，当时他在论文《关于长篇小说开端的历史思索》中说：“以前归入长篇小说名下的不仅是用散文写的那些作品，而且还有用诗写成的……但现在……专门叫做长篇小说的东西只是十分艺术地用散文写就的、用以逗乐和教育读者的、虚构的情爱冒险故事。长篇小说的主要意图……是教育读者，应该永远让读者看到：善有善报，恶有恶报。但由于人的头脑就其本性说不乐于学习，而且他的自尊心煽动他反对教导，所以应当用喜悦和逗乐的魅力来蒙骗他，用愉快的榜样使严厉的规矩变得温和并改正他的缺点，使他们转向另一个人。”

关于长篇小说的劝谕性，或者讲得更广泛一些，关于它的教导性观念在俄国文学中是一向都有的。H.C.列斯科夫在一八七七年六月一日写信给Ф.И.布斯拉耶夫说：“在我们的时代，在作家们本身对其作品形式存在着危机性的不理解时代，笼罩着一片难以想像的混乱。‘我想叫它长篇小说，我想叫它中篇小说——将来也会是这样。’而且他们认为就是这样，像他们所叫的那样。然而，情况当然不是这样……一个作家，如果他真正懂得长篇同中篇、特写或短篇的区别，他也就会懂得，在后面三种形式中他可以**只是**一个素描画家，有一定的素养、本领和知识就行，然而，如果他想写长篇小说，他就还应该是个思想家，应该展示他的生动的幻想创造物同现时的关系，同环境、科学和艺术状况的关系，还有同政治状况的关系，后者也是相当经常的。换句话说……从长篇小说中不可能不被剥夺某种意义，我且不说是‘大有教益的’意义，而是有理智的阐明内涵的意义。”

十分清楚，反映在长篇小说里的科学、艺术、政治和时代本身不是停滞不前的，它们在运动中变换着自己的内容和形式。会有这样的时刻，反映生活、科学、艺术、政治、伦理和思想状况的长篇小说像过量充电的蓄电池一样饱满了，这时就开始使人觉得，似乎长篇小说的时代已经过去，一去不复返。

在一定意义上长篇小说确实成了正在结束的时代的纪念物——这一点冈察洛夫在他写给陀思妥耶夫斯基的一些信中已经十分令人信服地指出过。长篇大论的极限已经来临：似乎是什么话都已说过，应当讲得简练一些。开始了一种独特的体裁减值：“一切都可以用说话来证明和推翻，很快……就将数字一般正确地来证明……”（《灯火》）

在这个阶段常常谈及长篇小说的死亡。然而，实际情况并非如此，它只是暂时让位给动作感更强的体裁，这些体裁本身不会被废除，不会消失，因为它们与长篇小说有亲属关系，在人们觉得长篇小说是过时了的形式的年代里它们拯救并维持它的体裁传统。

历史诗学的创始人 A. H. 韦谢洛夫斯基懂得体裁框架的相对性，他避免了对文学持纯形式的态度：“……当代文学中不仅是长篇小说泛滥成灾，还有许许多多的‘中篇小说’‘短篇小说’‘传奇故事’，而且有的传奇故事就好像是长篇小说，与此同时有些长篇小说还是叫做传奇故事或中篇小说更好一些。”

一九一四年，批评家 В.塔拉金在《契诃夫是俄罗斯语言的改革者》一文中写道：“在俄罗斯文学中，契诃夫第一个撇开各种借用物，仅仅以幽默传统、本人的风格与爱好，力求以哲学上和近期文学上的警句化为指导，推翻了冗长的长篇小说和详细的中篇小说-传奇故事，而采用了短小的滑稽小说、逗乐的笑话，并将它们提升到文学主宰的宝座。在契诃夫之后我们已经不会读大部头作品了。”但这并不影响他认为“契诃夫先生完全缺乏综合能力”，而同时他却又写道，“契诃夫是这种体裁的主要大师，甚至可以说是它的创始人”，还称契诃夫为“俄国的薄伽丘”。

“不知怎么一来长篇小说在杂志上突然好似一风吹地消失了，而在它的禁地上占了统治地位的是雅致的微型作品。”

有许多困难问题与契诃夫的创作联系在一起，其中最难的可以说是传统问题。在契诃夫的作品里，人们看不到传统。契诃夫生前的批评界不知道该把他归入俄罗斯文学的哪个流派，因而在种种极端之间摇摆，或者说得确切一些，在两个相反的阵营之间摇摆：在以 Л.Н.托尔斯泰为首的现实主义流派和在十九世纪九十年代中叶时髦起来的象征主义之间摇摆。

一九〇四年 Н.卡尔波夫写了一篇题为《契诃夫及其创作》的文章，其中写道：“在契诃夫开始活动的时期，我们的文学泰斗们——屠格涅夫、陀思妥耶夫斯基、奥斯特罗夫斯基、皮谢姆斯基——的创作结束了，只剩下了一个托尔斯泰，就连他在写了《安娜·卡列尼娜》之后也几乎结束了文学活动，着手解决起神学和哲学上的问题来。”

由于契诃夫没有写过长篇小说，使人觉得明显的是他同陀思妥耶夫斯基、屠格涅夫和冈察洛夫都没有关系。在十九世纪就有人表达过的这种思想一直传到了我们今天。

重读一下契诃夫的作品，就可以发现：陀思妥耶夫斯基——并非在书信中，而是在小说和剧本里——被数十次地提及，托尔斯泰也像陀思妥耶夫斯基一样经常被提到。在契诃夫的世界中，许多东西是以向普希金请教为基础的，比如，在《语文教师》中就有一场争论："普希金又算得上什么心理大师？"契诃夫也请教过莱蒙托夫（在《决斗》和《三姊妹》中）；请教过屠格涅夫（在《无名氏的故事》和《猎人》中，还在许多早期和晚期的短、中篇小说中）。在契诃夫的作品里，数十次、数百次地提及莎士比亚和歌德，这里有许多东西源自俄罗斯的和世界的文学。

长篇小说具有巨大的社会威望，在它的影响下形成了两三代俄罗斯人，现在他们作为人物原型进入了契诃夫的艺术世界。他之所以没有写长篇小说，是因为在文学中已经存在过长篇小说。产生了另外一种冲突——充满浪漫主义的幻想与远非饱含浪漫激情的悲剧性的无诗意的生活之间的冲突："是啊，我的亲爱的，屠格涅夫写写，而我现在得为他来清理这一团乱糟糟的玩意儿。"

只消一提及莱蒙托夫或者陀思妥耶夫斯基，只消有"屠格涅夫笔下的妇女"这么一个词组——在读者心中马上就会产生整整一连串联想：有意识的或不由自主的回想（这后者也许更为重要）！昔日的俄罗斯长篇小说在契诃夫的一些最早的短篇小说中就引起了反响："廖利娅确信：只消一走出学校，她必然会遇上屠格涅夫式的或者别的英雄人物，为真理和进步而斗争的战士，所有的长篇小说都争先恐后地阐释这些人物，甚至所有的历史教科书——古代史、中世纪史和近代史的教科书也都这么做……"

(《避暑的女人》，1884 年)

作家总是追随他最乐于回忆的那些人的。“所有的话都散发着流派、党派、一定的作品、一定的人、一定的一代人、一定的年龄、日子和钟点的气息。每一句话都有其上下文和许多上下文的气息，在这些上下文中，它过着社会的紧张的生活；一切话语和形式都有各种意图。在每一个词里都不可避免地有语言环境的陪伴音（体裁的，流派的，个人的）。”（巴赫金）

一个大作家就是一部文学，常常是在他出现之前就已存在了的全部文学。

在妨碍契诃夫写出“大作品”的许多原因中指出过、直到现在仍指出着客观的原因：当年的社会停滞，十九世纪八十至九十年代的俄国生活条件不提供长篇小说的材料。有一种思想在契诃夫生前就表述出来了：俄国作家与之打交道的是“渺小的人们，渺小的情感，渺小的思想”。这种看法太太平平地一直传到了今天。

同样常常提及的原因是契诃夫的简练，“简练是天才的姊妹”——这句话进入了成语，这就使它更为难忘。这个影响极大的公式有助于避开难题，但并不能解开难题。应该把它归到一八八九年四月十一日写的那封信的上下文中去，契诃夫在这封信里建议他的兄长说：“你不要过分雕琢和润色，你尽管显得粗笨和果敢。题材要新颖，而情节倒是可以没有的。简练是天才的姊妹。”

因此，这里谈的是新的文学形式，后来人们把它们叫做无情节小说（这已经是二十世纪的事）；而在当初谁也不知道这是什么，正如没有人想像得出那在信文开头时讲到的“粗笨”和“果敢”一样。旧日的批评界更倾向于把这叫做无形式性，而不是新形式。因此，如果没有情节，但有新的文体，“粗笨”而又果敢——如果这一切都具备，那简练就是天才的姊妹。这个有关简练的公式比一眼看去所觉着的更复杂些……

契诃夫以前的“情节”文学是在日常生活结束的地方开始的。要写一部悲剧或者长篇小说，就得有伊阿古把手帕掷给苔丝德蒙娜[①]，就得有奥涅金开枪打死连斯基[②]，就得有尼娜·阿尔别宁娜在舞会上丢失手镯，而男爵夫人施特赖尔把它拣起送给兹韦兹季奇公爵[③]，就得有科瓦廖夫少校丢了鼻子[④]，或者就得有拉斯科尔尼科夫杀死老太婆[⑤]，要不就得有奥博隆斯基一家全都乱了套[⑥]。就在生活越出了日常生活的轨道的当口，情节产生了，行动也就开始了：“噢，可怕，可怕，可怕！”（《哈姆雷特》）

我们说短篇小说是一种传统体裁，它起源于远古。但人们在近代忽视了它。托马斯·曼承认道：“我在一定程度上轻视了这种文学体裁，我没有意识到：简短和精练由于天才竟能具有如此之大的内在容量，这种小作品竟能概括生活的全部内容，达到史诗般的宏伟；竟能如此紧凑，值得我们赞赏万分，而且就其艺术感受力来说甚至能超过大作品，后者有时不可避免地会走味，使我们感到非常没趣。”

正如在昔日的文学批评界已经指出的那样，大多数契诃夫短篇小说没有传统的结局；它们结束时不是打上最后一个句号，或

① 指莎士比亚的《奥赛罗》。
② 指普希金的《叶甫盖尼·奥涅金》。
③ 指莱蒙托夫的《假面舞会》。
④ 指果戈理的《鼻子》。
⑤ 指陀思妥耶夫斯基的《罪与罚》。
⑥ 指托尔斯泰的《安娜·卡列尼娜》。

者就是模模糊糊地结束，就像《带阁楼的房子》一样。它们是开放的，以便在别的短篇小说中继续下去或在现实生活中无数次地具体化。也许，契诃夫是我们的第一个遇到了结局问题的作者："可诅咒的结局总是写不好，主人公不是娶妻子，就是开枪自杀——没有第三种写法。"他的艺术的这一特点在同时代人心目中是很难把握的，但它却是新时代艺术所需要的。米开朗琪罗·安东尼奥尼谈到他的创作时写道："我总问自己：是否必定要给所有的——文学的、戏剧的或电影的——故事以一个结局？只消用明确的框子把故事局限起来，如果不给以一个别的量度，如果不让它的内在时间有一个进到外在时间的出路，即不让它到我们——一切故事的主人公——所在的地方去，到一切都没有结局的地方去——那它就会在这些框子中完蛋。"

"如果给我新颖的结局，契诃夫曾说过，我就一定给你们改写全部文学。"

这种话契诃夫倒是并未说过，但他的中、短篇小说确实被看成许多未完成的容许继续下去的片断，它们由共同的内容、意思和情感联系在一起。

因此，契诃夫所创造的不是短篇小说，不是一般的"简练"；他创造了一种没有长篇小说的文学：大量的短篇小说，一个巨大和完整的叙述体系，它们都献给一个总题材：俄罗斯题材，俄罗斯大地题材，它的基础是祖国观念。

革命前的契诃夫的俄罗斯已经一去不复返，事情也已经清楚：契诃夫用大量的短篇小说、用这些美学世界的"小砖块"建起了一个巨大的整体——它不是长篇小说，不是房子，而是一个独特的世界。

在读者眼前展现俄罗斯城市的景色，许多大街、管理局、市郊，过去则是通向小镇和乡村的土道，再过去是河流、森林，一直伸展到萨哈林的大道，多得可怕的活生生的人群动了起来，读者会情不自禁地问自己，像在契诃夫的一篇早期杂文中所写的那样："我的老天爷，难道在俄国真有这么多的人！"

在契诃夫的小说中竟有差不多八千个人物在生活和运动着[①]，在写于一八八〇年至一九〇四年间的五百部中、短篇小说和剧本中有八千个人物。在这里契诃夫以史诗般的丰满无一例外地展现了俄国社会的几乎全部阶层，他们生活在古老的生存方式中出现残酷进展的时代，这时国家的法律、父辈的权威、教会的陈腐道德说教都失去了对人们的支配力量，而在生活的混乱动荡中难以理解明天将会是什么样子。

面对变化着的现实，人们显得张皇失措，而这种惘然若失的状态反映在列夫·托尔斯泰许多主人公的无休止的道德探索之中，反映在陀思妥耶夫斯基的一些人物的激烈心理冲动之中："好好地讲一讲：我们俄罗斯人大家在近十年里自己的精神发展中所体验到的东西——难道那些现实主义者就会不大声叫嚷说这是臆造！然而这却是自古以来的真正现实主义！这才是现实主义……"

但现实生活变得越荒诞，对真理的探索和对新的文学道路的探索就会越顽强，因为以前的道路——比如说，以前曾对之进行过许多争论的古典长篇小说——似乎是已经过时，已经不可能再

① 显然，契诃夫是世界文学中"作品人物"最"众多"的一位作家，据法国文学家的资料，在巴尔扎克的《人间喜剧》中有将近三千个人物。——原作者注

将它们用之于旧的已遭破坏的生活，也不能用之于新的刚发生的生活。

在契诃夫之前，文学并不知道那种既可分析当前生活的瞬息特点又能提供丰富的史诗般的生活画面的方法。契诃夫所创造的现实主义体系实质上是一个反映难以想像的众多细节的体系，这些细节从各种角度用各种体裁得到阐释，融合为一个庞大的归纳；这不是生活“之后”的，而是生活进程本身之中的现实主义；这是一个审美的“集合”，它替代了昔日长篇小说的史诗性叙述的复杂形式。

研究契诃夫——这个课题就是要求领会艺术体系的一种富有诗意的集合，把它当成一种重复出现的形象和主题的和声来领会：事件的地点是城市、它的近郊和修道院。或者是一群人物，他们被赋予了具有概括意义的独白。或者是一些具有低痛阈的人物：从普拉托诺夫到特罗菲莫夫。

新的叙述形式当然要求有它自己的诗体，而契诃夫的诗体十分不寻常，在他的同时代人中只有为数不多最有远见的人认清了它对世界艺术的意义以及它的异常新颖之处：“我丝毫不假作谦逊地肯定说，在技术方面，契诃夫远比我高明。”（列夫·托尔斯泰语）

一八九九年至一九〇二年契诃夫文集出版，这是两个世纪之交发生的十分重大的事件。契诃夫作为一位有影响的大作家出现在俄国读者面前。零零碎碎地在杂志和文集上发表偶然的短篇小说的作家作为一个巨大艺术整体的创造者出现了。就其内容和形式而言，这个艺术整体都是崭新的，从这个时刻起任何一部研究十九世纪末最新艺术流派的著作都不能绕过契诃夫。

最先问世的著作之一是 Д. С. 梅列日科夫斯基写的。他同现实主义发生了冲突，并推翻了现实主义概念本身。特里勃列夫[1]和他关于新形式的思想以及他那句令人厌烦的尾白“需要新形式”——以继承角度看，这可能与梅列日科夫斯基的著作《论衰落的原因，兼论当代俄罗斯文学的新流派》（1893）有联系。在把契诃夫同迦尔洵比较时，梅列日科夫斯基指出了《草原》的作者精神健全，他还引进了一个新术语“印象主义”，并以此对契诃夫的创作方法下定义。而契诃夫则称他的文章为古风，说他“一个劲儿地鼓吹守旧趋向”。

托尔斯泰的论文《艺术是什么？》顶住了新美学理论的强攻。已经年迈的托尔斯泰同自己的过去以及他自己本人发生了冲突，他得出了一个简单的使人不知所措的结论：不仅是新的美学用不着，就连老的美学也不需要。托尔斯泰建立了一个独特的美学乌托邦，他想复活那已经一去不复返的训诫形式，旨在使每个人都能享受艺术。托尔斯泰非常喜欢契诃夫，但对他的态度却是非历史主义的，而且对他这个不再听话的晚辈感到不满。

象征主义者们——安德烈 · 别雷[2]，亚历山大 · 勃洛克——都喜欢契诃夫。他们不在西方的而在俄罗斯的艺术中寻找自己的传统。在他们心目中语言是一个有决定性意义的因素。安德烈 · 别雷十分清楚，文学的反映本性是非常复杂的，因为在世界和书本之间有着语言这个实体，他对词的象征意义作过许多研究。他在文章《契诃夫》中作了首次尝试，确定契诃夫在俄罗斯文学史上

---

① 契诃夫的剧本《海鸥》中的一个人物。

② 安德烈 · 别雷（1880—1934），俄罗斯作家。

的地位："契诃夫是一个真正的艺术家……在他身上屠格涅夫和托尔斯泰同梅特林克[1]和加姆孙相接触。由于创作的率直性，他同老的和新的东西同样有着内在联系：永恒的东西在他的形象中反映得太强了。他是父辈与子辈之间的一个不断的环节，把人人都理解的形式同革新者的勇敢大胆结合在一起。"

此外，尽管别雷没有读过契诃夫的信，他十分清楚："契诃夫对什么都不作解释——他只是看和见。"还有一点是：别雷第一个讲到了契诃夫的象征："真正的象征主义同真正的现实主义相吻合。"因此，在别雷的心目中契诃夫是一个开辟了新的艺术天地——"象征主义的现实主义或现实主义的象征主义"——的作家："尽管契诃夫的主人公们在闲扯淡、在吃喝和睡觉，生活在四堵墙的范围之内，在灰蒙蒙的小道上徘徊——但在某个地方，在深处，你会感到，就连这些灰蒙蒙的小道也是永恒生活的小道，因而在有着永恒的未经探索的空间的地方是不存在什么四堵墙的。"

勃洛克在《论现实主义者们》(1907 年) 一文中鲜明地把契诃夫突出出来，他强调：契诃夫是俄罗斯文学的经典作家。"契诃夫向往……'清醒的反驳精神'……契诃夫'不是我们的人，他只是上帝的人'，他的清新精神和轻快躯体从未片刻把这个'上帝的人'推入过深渊，而他却在俄罗斯艺术和俄罗斯生活的深渊之上徘徊过许久。"

一九〇六年 C. H. 布尔加科夫的著作《契诃夫作为思想家》问世了，布尔加科夫说，要正确地肯定作为俄罗斯文学经典作家

① 莫 · 梅特林克 (1862—1949)，用法语写作的比利时剧作家、诗人。

的契诃夫的意义并不容易，因为他没有写长篇小说，也没有大量的注释文字，而经典作家们却总是以它们伴随自己的伟大著作的。布尔加科夫说，契诃夫没有用自己的才干去为任何一个现存的流派效劳，他创建了他自己的流派。布尔加科夫把契诃夫同有世界意义的艺术家果戈理和拜伦相并列，认为前者是他在俄国文学中最接近的先驱，而后者则是在“世界悲伤”[①]范围内的先驱。契诃夫最关心的是：人的道德败坏，人精神上的内在弱点，人不能以其所有而感到幸福，人的惋惜的无指望，人的无穷尽的企求以及把生命白费在无效用的对瞬息逝去的片刻之不满。

Л.舍斯托夫的《开端与结局》（1908 年）一书中包含有他对别雷、勃洛克和布尔加科夫的批驳。舍斯托夫未能把契诃夫同当年任何一个思想流派联系起来，因而他责备契诃夫无思想，他称契诃夫是“人类希望的杀手”。这部著作清楚地表明：契诃夫唤起了和唤起着怎样强烈的感情，这是一种多么有力的精神健康和心灵坚定的准则。

举凡大作家总是向着某个一直远远离去的天地运动，这天地一直在前方，甚至要接近它都是不可能的。在他的私章上刻着的字样是：“孤独者到处是荒漠。”

在十九世纪末的文学中，在许多流派、艺术的和哲学的学派与团体的徘徊和对抗中，在这个有着许多极端的局面中，契诃夫占据什么地位？极端之一是：契诃夫是在列夫·尼古拉耶维奇·托尔斯泰尚在俄国生活和工作的时候开始并完成他的文学道路的。他体现了传统，体现了一切源自普希金、莱蒙托夫和世纪中

---

① 指十八至十九世纪欧洲文学史上的一种悲观绝望的文艺流派。

叶的伟大长篇小说家们的东西。但就在契诃夫的时代托尔斯泰毁坏了一切旧传统，这就是肯定一些极端形式之中的现实主义，有时甚至是一些人人都能明白和理解的形式。

世纪末期文学的第二极端则是存在着好几个与现代主义和颓废派有联系的学派和流派。这是梅列日科夫斯基、安德烈·别雷、B.勃留索夫、亚历山大·勃洛克以及许多许多其他人。古典现实主义没有了对未来的希望就不能生存，因此托尔斯泰把希望寄托在契诃夫身上，他为他的不信神和垮了的心灵可惜；而颓废派则是没有过去就不能生存，因而他们把契诃夫称作象征主义者和印象主义者。

最后，还有第三种力量，即契诃夫。这是黄金分割[①]，是理想的匀称性，是在建筑和绘画中十分重要的二分点。契诃夫的创作就是艺术中的黄金律，如果这创作要生存，它就不该中断与自己的过去之关系，也不该切断与有关未来的思想的联系。

契诃夫是十九世纪经典作家中的殿后者。这意味着，他那个时代的俄国是这样一个国家，那儿人们的意识、精神和语言中保存着契诃夫之前的一些文学书中的富有诗意的冲突和形象，从茹科夫斯基和普希金的作品一直到陀思妥耶夫斯基到托尔斯泰的作品。契诃夫依靠着他的一些前辈，并不向他们借用任何东西，这只是因为长篇小说尚存在于俄罗斯全部读者的意识和语言之中。

在契诃夫的创作中革新形式是如何产生的？传统又是怎样保存下来的？任何过去都只是一种神话，因为它是已经过去的东

① 由达·芬奇引入的黄金分割原理常常应用于建筑学和造型艺术。

西。波米亚洛夫斯基[1]、斯列普佐夫[2]、皮谢姆斯基、政论家们、传道士们、小说家们——他们都受到了自己时代的局限，他们没有历史意识，他们没有发现也不可能懂得他们的时代多么短暂易逝，因而就有了把小市民幸福理想化的做法，有了日常生活诗派. 这种事现在还有许多人在干着。似乎是拉斯捷里耶瓦[3]街上的这些小屋和窗台上的这些海棠将世世代代地存在下去，然而这一切都早已化为乌有，但樱桃园一定会留存下来。契诃夫也绝不会发生什么意外。

二

理解契诃夫并不容易，是因为这位“俄罗斯经典作家中最小的”作家（A. 法捷耶夫有一次这么说过）的文集之容量重不可举：短篇小说非常之多，而且是各式各样的，除了短篇之外，还有数十部中篇小说，其中有分量重得像《第六病室》一样的，还有《萨哈林旅行记》一书，有杂文集，还有好几卷书信……

但如果认真地读一读，深入地找一找的话，会发现其中有许多重要的在契诃夫心目中是极为宝贵的东西，而有些文字对契诃夫的全部创作来说则是关键性的。

例如，在《带阁楼的房子》中，莉季雅[4]·沃尔恰尼诺娃的心

---

① Н. Г. 波米亚洛夫斯基（1835—1863），俄国作家。

② В. А. 斯列普佐夫（1836—1878），俄国作家。

③ 也译作“遗失街”，俄国作家 Гл · 乌斯宾斯基写《遗失街习气》，批评小市民的卑怯渺小。

④ 莉季雅是莉达的小名。

目里地方自治会选举、农家孩子的学校、村镇医院、药房、图书馆和百姓是主要的。契诃夫本人造过学校，因而可以这么想：莉季雅·沃尔恰尼诺娃是代他在说话。有人这样想过，也这样写过文章，时而把契诃夫算为自由主义者，时而算为渐进论者，时而算为立宪民主派。

与莉季雅·沃尔恰尼诺娃相反，讲述这个故事的艺术家则认为，小药房和小图书馆改变不了人民的命运，需要走别的路，快速和勇敢的路，他认为："问题不在于悲观主义和乐观主义，而在于百分之九十九的人没有头脑……"

《第六病室》里的格罗莫夫深信：愤怒的良心应该起来造不公正和罪恶现象的反，应该大声疾呼，而他的一贯论敌拉金大夫却抱着苦乐无动于衷者的冷漠态度看待事物：如果助理护士们邋遢，医生们酗酒，如果他们同医生们都把病人和医院撇在一边，那有什么办法……在俄国所有的医院里一向都有小偷小摸，一向肮脏不堪，这里一向都令人闻到果戈理描写过的那种燕麦汤的气味。单枪匹马又能干得了什么呢？既然如此，那就什么也不必干。

《醋栗》中的契木沙-希马拉依斯基[①]有他自己的哲学，《套中人》中的别里科夫也有他的哲学。这样，不管我们把契诃夫的小说反复阅读多少遍，总能找到一种似乎足以明确反映契诃夫"本人"观点的论点和与他相左的反论点，而且一种明确而又热烈表达出来的意见总要同另一种意见相对立。因此在一些十分简单和似乎是一目了然的情况下也会发生争论，这种争论甚至会延续几

① 《醋栗》中的一个人物。

十年，例如，在《黑衣修士》中究竟是谁对？是科夫林连同他荒诞的幻景、思想和话语还是十分热爱劳动的有着一个在全国是独一无二的果园的佩索茨基？

契诃夫不让我们找到一个在大家心目中是共同的真理而一劳永逸。不，他有意刺激我们的神经，唤醒和惊扰我们的良心和思想："要认为人的话语和逻辑有决定性的意义，那得是一个十分幼稚的人。"（《灯火》）或者是在《决斗》中所写的："谁都不知道真正的真理。"这些话又引发出多年的累赘的争论：这些话是契诃夫说的抑或不过是他的一个人物说的？如果是契诃夫说的，那么他有过世界观吗？……

这是一个就其本质来说相当复杂的问题，而那种独特的幼稚地机械地处理这个问题的方法又使它无限地复杂起来，这种处理方法在契诃夫生前就已经有了：把"形式"同"内容"分开，把诗学同世界观分开，最后竟有人开始断言：这位复杂而又细腻的艺术家根本就不是一个思想家，虽说从事物的本质来看这是不可能的事，是一眼就可看出其谬误的。有人就是这么写的："契诃夫有美学才华，他身处俄罗斯的现实之中——这是一种对立，同他作品中也存在着的对立一样的一种对立：似乎是自从有了文学语言以来如此吓人的生活材料从未由如此馥郁和迷人的形式来体现过……"

各种谬误见解的根源显然在于：人们把契诃夫的思想下降到了普通的杂志水平甚至降到了平庸的日常生活水平，而这里所需要的恰恰是另一种处理问题的方法，深刻的重要的方法，就如契诃夫书信中所提示的一样："是从事写作的人们，尤其是艺术家们该意识到在这个世界上没有一件事情弄得明白的时候了，就好比苏格拉底[1]和伏尔泰[2]当初意识到了一样。群众以为，他们什么都知道，什么都明白；他们越是愚蠢，就越觉得自己的视野宽广。如果群众所相信的艺术家敢于声明说他虽然看见了种种事情却什么也不明白，那么单是这个声明就是思想领域里的巨大认识，是向前跨了一大步。”（致 A.C.苏沃林，1888 年 5 月 30 日）

如果认为，契诃夫是“偶然”想到了苏格拉底和伏尔泰的名字，那是非常幼稚的，他当然是要依靠英明的古代的，并在其中找到支持；如果看不出契诃夫信中的“群众”一词的意义相当于普希金的“чернь”[3]一词，那也是极大的幼稚。谁都不知道真正的真理——这是一条哲学真理，事情本来就是这样，因为人类历史的目标和意义就在于探求真理，在于不知困倦地一代人又一代人地向着真理运动。契诃夫作品里的真理观念并非是为了好听才说的，它是一个十分历史性的观念，是与时代一致性观念，与草原、道路和探索等形象十分密切相连的，像在短篇小说《在途中》里一样，它的主人公在追求真理的过程中遭到了挫折，他好比是一艘横渡大洋的小轮船；也像在契诃夫本人所心爱的短篇小说中一样：“在他心中忽然扬起一阵喜悦，他甚至稍稍停止脚步，以便喘一口气。‘过去，’他想，‘同现在是由一连串不断由一个产生出另一个的事件联结的。’”（《大学生》）

另外一码事则是：**真理**非常吸引人，它有巨大的力量，人类在追求真理的过程中不止一次，甚至不止一百次地失望：十分想快一些、顽强一些、跳上一两步就想达到并抓住这盏永远在历史

① 苏格拉底（公元前 470/469—公元前 399），古希腊哲学家。
② 伏尔泰（1694—1778），法国作家，启蒙运动哲学家。
③ 普希金的诗《无知的人们》。

地平线上发光的明灯——是啊，快一些，但害己又害后代。“吹嘘我们的谎言会使我们觉得比无数平凡的真理更宝贵。”不管这有多么奇怪，人类最易上当的恰恰是在向他许诺——或者甚至是昧着良心地残酷无情地向他强加——真理的时候：“人们多么乐于上当，他们多么喜欢神意代言人和预言家，这可真是一群乌合之众啊！”

中篇小说《我的一生》(1896 年) 中的一段话可作为对所谓的“作者立场”或“作者声音”的正确解释：“姑且假定你干了很长时间工作，干了一辈子，而且终于得到了一些实际效果，可是，你的这些实际效果有什么用，它们挡得住普遍的愚昧、饥饿、寒冷、退化之类的自发力量吗？这不过是大海中的一滴水！需要的是别的斗争方法，强大、勇敢、迅速的方法！如果你真想成为有用的人，那你就走出狭隘的一般活动圈子，努力一下子就影响广大群众！为此需要的首先是轰轰烈烈的有力的鼓动。”这段独白中的一切都使人感到记忆犹新，一切都充满着革命来临前的战斗与风潮的热情，不禁想说这是“契诃夫本人”在召唤，要向“群众”作有力和勇敢的呼吁。(可不是吗，在稍晚一些时候写下的小三部曲和晚期的几个剧本中不是也将出现类似的话？怎么会不是契诃夫呢？) 可是，说这番话的是玛丽亚 · 维克托罗夫娜，是富翁多尔日科夫的女儿；很自然，她可以让自己享用来自巴黎的时髦服装，也可以让自己使用一些时髦的政治词汇，反正它们无论在最近或在遥远的将来对她本人都不会产生什么威胁性的后果。在这里契诃夫只是一如既往地坚持了历史的事实。至于一旦那自发的势力，那些愚昧、饥饿和酗酒的人们当真苏醒过来，这位有魅力的淘气女人发出的这种聒噪有力的说教又会导致什么——这是不消作任何暗示都一清二楚的事情，因而不需要任何作者的解释。

在契诃夫的作品里没有序言，没有后记，也没有进行说教和劝谕的趋向。显然，在我们这个世界上的作家中他是最不多说话和最不把自己的意见强加于人的。可不是吗，且不说那些伟大的作家，就连那些最小的作家在说教上都是孜孜不倦的，而在维护他们自己的真理上则是毫不留情的。可是，契诃夫笔下的人物多么能言善辩！他们怀着多么疯狂的激情凑到一起进行争论，似乎真理当真在这些争论中产生！而且他们还不只是互相争论，如《带阁楼的房子》中的莉季雅·沃尔恰尼诺娃同画家争论那样，也不只自己同自己争论，如短篇小说《在途中》的利哈廖夫那样，而且还同古代和近代的哲学家们争论（《黑衣修士》），同地下斗争的思想进行争论（《无名氏的故事》），同列夫·托尔斯泰的当年最新思想进行争论："人们常常说：人只需要三俄尺的土地。然而要知道，需要三俄尺土地的是死尸，而不是人。人所需要的不是三俄尺土地，不是一个庄园，而是整个地球，整个自然界，在那广阔的天地中人可以展现他的自由精神的全部品质和特点。"（《醋栗》）

有时还引用了一些真实的姓名和确切的日期，这就更为清楚，"时代潮流"和人们称之为精神生活的东西使契诃夫感兴趣，这种生活在他笔下总是内容丰富和复杂的："……寂静和海水的呜呜声渐渐把我引到我们刚才谈及的那种思想上去。当时，在七十年代末，那种思想正开始在社会人士中盛行，后来，到八十年代初，它又从社会人士中渐渐转到了文学、科学和政治。"（《灯火》）这里讲到的是叔本华的哲学，是悲观主义，所以十分清楚的是：在这里重要的是时代的真理，而不是个别人的谁是谁非。（虽说这些文字不止一次地被引用来证明：这正是契诃夫的，"本人

的”，出自契诃夫的悲观主义）

在契诃夫的世界里，虽说外界事件不多，但它内容丰富深刻，这里的人们兴致勃勃地谈及许多书，进行热烈地争论，同时却过着不自由的、笨拙的、闲逸无聊的生活。希望之光使这个契诃夫的世界生辉，任何一个活人都不该丧失希望。在这个世界里几乎每个人都抱着希望，在现实生活的每个瞬息中都融有哪怕只是一丝的希望，这一丝希望却把这瞬息同未来联系了起来。而人的精神生活充满了对真理、对生活的信任，不管这生活在每个具体情况下是多么不顺利和不幸福，它甚至是可怕的和悲哀的；这种人的精神生活里包含着契诃夫“自己的”哲学观点的实质，大约还包含着“他本人的”真理。

三

文学的文本是面向读者的，它正是为了读者而写出来的；文本是通向读者的道路，但这是一条一去不复返的和无尽无休的道路。契诃夫已经不会向我们作任何解释。正如在许多场合有人向他打听——还不只是打听，是拷问——他所写的东西的意义时一样：由读者去解决吧。

“作者的声音”或“作者的立场”——对作家的同时代人来说并非无意义的东西，因为一些当前迫切的问题使他们激动，他们要在书中寻找答案，他们想知道：契诃夫在嘲笑什么，在揭露什么，或者与此相反，他在自己的创作中肯定着什么，信仰着什么和遵循着什么：遵循着托尔斯泰主义、“小事情论”、自由主义？要不他是一个不超越日常生活的法制拥护者？总而言之，就像在俄国从前已经有过的情况一样：

无知的人们

不，如果你是天之骄子，
是上天的使者，你该施展
你的才华为我们造福：
感化同胞们的内心。
我们懦弱，我们狡诈，
我们无耻，凶恶和无情义；
我们是铁石心肠的人，
是诽谤者，是奴才，是蠢人；
我们身上窝藏着大量恶习。
你爱同胞，你可以
给我们大胆的训诫，
我们一定听从。

（《诗人与芸芸众生》，1828 年）

“作者的声音”问题——这远非一个新问题，而且它对注释者、文学史家，对所有不得不像普希金或契诃夫的同时代人一样读他们的作品的人来说仍将保留它的意义。这些人在他们的作品中已看不到时代迫切性（在普希金时代这种情况叫做有神论，后来叫做冷淡主义）。在这层意义上说，“作者的声音”问题又是创作的杂文意义问题。这种杂文意义在大艺术家的创作里并不多，它们在消失，在失去对新的一代又一代人的意义，不作注释就会读不懂。

“‘倾向性’这个术语的基本意义正是人们不善于超越局部性。”契诃夫在一八八八年十月十八日致 A.C.苏沃林的信中这么说。

我们重读一些旧书，就看它们在多大程度上超越了局部性，看它们在多大程度上对现代意义是开放的，看我们能在多大程度上把这种现代意义纳入它们的内容和语言，而这种语言已经有了崭新的——我们的生活。

也许，我们最难于理解的是契诃夫的客观性：“要把人们，而不是把你自己写给人们看”——这句话的实际意义是什么？但契诃夫确实是避免“个人因素”的，他把一切在创作过程中由瞬息情绪、内心的变化多端的偶然状态所引起的东西都排除掉。

多年内契诃夫在写给兄长亚历山大、Л.阿维洛娃、E.沙夫罗娃的信中多次不甚指望得到理解地谈到过：“为小说可以哭泣，也可以呻吟，可以和自己作品的主人公一起痛苦，但是，我认为，这一点要做得让读者看不出来。越是客观，产生的印象就越强烈。这就是我所要说的话。”

“作者的声音”问题不会得到解决，因为问题本身提得显然不对。契诃夫排除了在他的叙述中突出某一个占主导地位的声音的各种可能，更不用说突出一个惟一的声音。这就像在太阳光里不可能只突出一种绿的或者蓝的、红的、紫的颜色一样。在太阳光里这些颜色全都有，正因为其中有这些颜色，它才是光。如果哪怕只除去其中的一种颜色，它就会不再是透明的。但是，这种透明性曾使批评家们困惑，后来则使契诃夫小说和戏剧的研究者们困惑。

光阴荏苒，读者一代又一代地更换着，但这种困惑却未解除。正如在一个世纪前讲到契诃夫时说他不偏重任何一种色调一样，现在仍在讲他摇摆不定，不指出明确的意义。这里反映出一种习惯：习惯于阅读杂文性的长篇和“花絮式”的文学作品，正是在这种背景下《草原》就被看成富有诗意的无聊废话。

在绘画和音乐中也是如此：色盲者不仅看到的“不是那个东西”或“不是那样地”看，而且他分辨不出色彩及其细微差别，他看不出画作，就像一个没有音乐听觉的人领会不了音乐，尤其是复杂严肃的音乐一样，不管这音乐是新的还是旧的。

不禁要问，在严肃艺术中有什么东西是彻底明了的呢？在以往的伟大艺术家中，有谁的“时针不摇摆”？是在莎士比亚的《哈姆雷特》中？还是在列奥纳多 · 达 · 芬奇的《蒙娜丽莎》连同她的无言微笑所具有的永恒宁静的秘密中？再说我们是否都彻底了解《叶甫盖尼 · 奥涅金》《当代英雄》《鼻子》《鬼》《安娜 · 卡列尼娜》《三年》和《大学生》呢？

在我们的全部文学中清清楚楚的只是一些临时性的为文学史所遗忘了的作家。在这座被遗忘了名字的墓碑上没有契诃夫存在的余地。

如果那个深深隐藏在上下文中的、不具备特殊的复杂和细腻的方法就无法理解的东西能够找到，那有多好啊！不过要知道我们这是在寻找那不存在的东西！契诃夫不仅不愿意成为思想传声筒，而且他实在不知道谁在借他的口气说话，更何况他还不认为艺术家理应知道这一点：“如果我们这儿有文学批评，那么我就会知道，我是一种材料（是好材料还是坏材料，这无关紧要），而那些致力于研究生活的人是需要我的，就好比天文学家需要星星一样。如果是这样，那么我就会努力工作，而且我也会知道工作的目的。”

契诃夫属于这样一类艺术家，他们没有坦率的雄辩似的劝谕性，他们的评价、思想和见解全都表现于形象之中。在俄国文学中他并不是惟一的那种“年轻天才，他完全不愿意重复人人皆知的思想，不愿意骑着时代的木马炫耀自己……去追逐什么明确性和‘方向性’，而后者在最次的书本和杂志中就可以得到，或者从任何一个生活教师处就可以租到”。

从类型和气质说，Н.Г.车尔尼雪夫斯基与契诃夫少有相像之处，但就连他也想过要“……写一部纯客观的长篇小说，其中会没有丝毫我的个人关系，甚至会没有丝毫我的个人好感……像莎士比亚所写的那样：他描绘人们和生活，同时他并不表述自己对他的主人公们正解决着的问题是怎么想的……奥赛罗说‘是’，伊阿古说‘不’——而莎士比亚什么也不说……我要写一部纯客观的作品。你们去找吧：我所同情的是谁？……你们去找：一种观点怎样转为另一种与之根本不相同的观点。你们去想每一个人物，你们要怎么想就怎么想，你们去判断互相冲突着的图谋。我不作评论”。

对契诃夫的研究别说在同世界文学作比较中来进行，就连同严肃的俄罗斯文学也未曾进行什么对照。也许，正是由于这一层原因，也许，是由于评论他的批评家们的某些天生特点，反正契诃夫被宣布是一个没有什么意义的作家。

如果我们不懂麦克斯韦的方程和丈量算法，为此我们就该责怪爱因斯坦和麦克斯韦而不责怪自己吗？值得如此来谈自己的无知吗？“我不懂”这句话似乎是值得骄傲的？可以在报刊上肯定地说傅立叶级数是根本不可理解的吗？这么做不会叫自己冒险而引起读者对你的不光彩怀疑吗？

然而，关于契诃夫却是一直这么写的。现在已不是只写什么“反典型”了，而且写他是“反明了”的，尽管这种话，正如И.А.克雷洛夫讲的那样，是头脑清醒的人说不出来的。

契诃夫的同时代人 А.А.波捷布尼亚指出过：把语言看成转达思想的手段是一个大错误，思想可不能像一样东西似的从讲或写的人处搬移到听或读的人那儿，它产生于包含在词中的形象，词同时是微粒又是波。

语言是现实的辐射：当说出来的东西是明明白白的，它就是现实的，这就是说，客体和东西的冲突、关系与形象仍然是同它们在往昔的一样。

契诃夫晚期作品中有一个人物说：“有什么呢？我们过世后人会坐在气球上飞翔，衣服会变样子，也许，人们还会发现第六感官并使它发展起来，但生活依然会是老样子：艰辛的、充满神秘的和幸福的生活……”（《三姊妹》）

至于说到不理解，那是由于许多各式各样的原因，归根结底其原因在于语言：甚至对于一些只讲一种语言的人来说，这语言也可能不完全是祖国语言，可能有错误和迷惘，这种错误和迷惘都是故意想不出来的，而且其中最不可宽恕的错误则是把物体与形象相等同，把词和东西相等同。

“在房间里桌上有一只西瓜。古罗夫给自己切了一块，不慌不忙地吃了起来……”①

---

① 引自短篇小说《带狗的女人》。

为什么非写西瓜不可，而不是写，比如说，桃子、葡萄或甜瓜？在现实旅馆的物体世界中这可能是纯粹的偶然，但在词的世界里，在十分完美的文本中每个词都是需要的，都是恰如其分的，这倒并非因为作家从来不“偶然地”写任何东西，而他的誊清稿则是一连串从成千上万的词汇以及千百万种可能的韵声和搭配中选出的完全句、单句和单词。（列夫·托尔斯泰这样解释过他的劳动内涵，但对契诃夫的劳动他作了特别评价：“他作品中的每一个细节要么是美好的，要么是需要的。”）而在这一页书中，在“古画上一个罪孽深重的女人”[①]的鲜明陪衬下，在孤独的“微弱地照着脸庞”的烛光的鲜明陪衬下，“西瓜”一词从语音角度看是必不可少的，是不可由“葡萄”或“甜瓜”所替代的，因为这些词在上下文中听来——不是在旅馆的桌上看来——形不成鲜明的对比。

说契诃夫的中、短篇小说是“直接写生”，这么说我们就犯了一定的简单化错误，不管我们是否意识到了。词本身根本不是物体，也不是色彩，它只是表示物体，物体的性能、形状和颜色，因而可能会有这种情形：读者会把书中描绘的世界想像得（“会看到’）与作家所预期的不一样，因为他赋予了话语一些别的情调、意义和色彩。

实际上，“东西”和“物体”恰好在文学中不具有美学内涵，因为作家无论强弱都用一样的词表示“东西”和“物体”，而且甚至有这种情形：诗意上的细微差异和隐喻越少，词汇越接近于口语，其中简单的定语越多，不老练的读者就越容易把关于物体的表象与物体本身配合起来。甚至一个很受欢迎又不甚复杂的作家

① 引自短篇小说《带狗的女人》。

却可能是悬殊的和不易理解的——契诃夫喜欢这种矛盾现象。

请看他笔下的两个人物关于屠格涅夫的一席对话：

“您在读什么作品？”

“屠格涅夫的作品。”

“我知道……我读过……他写得好！非常好！不过，您可知道，我不喜欢他身上的这个……这个什么啦……不喜欢他用很多外国字……还有，他一写起自然景色来，一写起来，我真想一下子把书扔下不读！太阳……月亮……鸟儿在歌唱……鬼知道！他慢腾腾的，尽磨蹭……”

“他作品里有写得很精彩的地方！”

“还用说，屠格涅夫嘛！我和您写不成这个样。我记得，我读过《贵族之家》……真笑死人了！您记得吧，比方说，那个地方，写拉夫列茨基同这个……她叫什么名字来着……同丽莎谈情说爱的那个地方……在花园里……他在她身旁转来转去，说话老是兜圈子，而她呢，她这个调皮鬼却扭扭捏捏，摆架子，磨蹭……宰了她还嫌不够。”（《低音提琴师和长笛手》，1885 年）

文学不是现实，更不是全部现实和各种现实，只有其中崇高的、悲剧性的、可笑的和美好的东西才可以由文学语言加以描绘。如果可以这么表达的话，文学是词的现实，是译成祖国语言的生活。

契诃夫写作时指望着读者，他希望：小说作品中不足的一些成分他（读者）会自己加上去，因此，他是猜测到了在阅读中可以加进去的东西的，他打发我们理解他的话语不多的小说和他的剧本中的神秘象征，并使之充满意义。他为我们中的每个人的想像、记忆和生活经验留出空间，使用上显然是文学在这方面拥有的惟一手段：词汇，充满各种意义和内涵的文学语言。“词的以及它的各种搭配的数量直接取决于印象和表象的总数；没有了后者，既不可能有概念，也不可能有定义，因而也就没有了丰富语言的根据。”——写这番话的既不是哪个语文工作者，也不是哪个在本人的工作领域内倾向于哲学的语文学家，而是契诃夫。“您很少注意语言的本源，”他在同一封信中指责梅尼希科夫说，“要知道，对您的读者来说有重要意义的是：为什么野人或疯子只使用一百到二百字，而莎士比亚所支配的字却有好几万？……”

在事情只涉及祖国语言时，我们可说是乐得其所，虽说有时它也会叫我们上当。祖国语言中的词是简洁的，是不难懂的，我们读着书，似乎这书就是世界；而词，如果我们不带有研究语言的特殊目的，在我们的想像中词与物体是不分开的。

但是，只消打开一本不是用祖国语言或一本用并非十分熟悉的语言写就的书，在我们和书中所描绘的世界之间就产生了一种以词为形式的障碍。必须要看词典，找出词的非直接意义以及微细的意义差异。而在那些倒装句中，在写法相似而意义不一的单词中，在大作家手下常见的偏离规范的写法中——在这一切之中有着多少陷阱！语言越丰富，作家越复杂，我们就会感到越困难。

对日常的交往来说，知道词的一两个意义就足够了，但在文学中却一下子就需要一个词的全部意思，它的全部语意。在这里词的意义“光谱”就显得十分重要。

一种不甚熟知的语言，尤其是一种陌生的语言——是不简洁的，是深奥莫测的。例如，川端康成[1]用象形文字描写的日本，它

---

① 川端康成（1899—1972），日本小说家。

封闭在无可比拟的完美的原文中，它不经翻译的话，对一些不通日语的人来说这个日本就不存在。

同样的情形是，“草原”一词难以译成日语——且不说中篇小说《草原》的全部，光是它的一个题目就很难译。日本位于许多岛屿之上，人们在一小块一小块的田地上播种稻子，这种田地不是用俄里①和英亩来丈量的，而是用一些类似轩②或坪③的很小尺度来衡量的。可译成一个描写性的比喻性的定义：草原——这是地上的大洋，是“коо-я”④，是“很大的未经开发的田野”。但这种译法只是大致的譬喻，并不具有在俄语里蕴含在“草原”一词中的深刻的历史的意义。

“契诃夫的文体，”高尔斯华绥⑤写道，“有如他的祖国的单调和平坦的草原。他的胜利乃在于他把这种单调变成了激动人心的东西，就像美国西部的大草原和荒漠使一个初到此种地方的人激动一样……”

不过，在俄国语言中也有着无穷无尽的非直接意义，在阅读中它们“不由自主地”出现在记忆之中；而契诃夫所需要的正是它们。他把情节简化到了没有任何引人入胜的东西的地步，这样他就把更多的天地赋予词、词的象征意义和抒情、词的历史内涵——记忆。

在我们的文学中，在对读者的信任方面，对他的丰富感情和智慧的信任方面，未必有比契诃夫更典型的了，不管读者是在什

---

① 1俄里等于1.06公里。
② 轩相当于1.8米长。
③ 坪相当于1.62平方米。
④ 意为：旷野。
⑤ 高尔斯华绥（1867—1933），英国小说家、剧作家。

么时候去读已经写就的东西：在杂志或书籍刚出版的时候读，过了一年或多年后读，过上千百年、只要语言还存在时读；而以后又在翻译成新的语言时读，就像契诃夫曾读过马可·奥勒留①和塞涅卡②的书一样，也像我们现在读贺拉斯③、阿普列尤斯④和卡图卢斯⑤的作品一样。

我们为什么会用新的眼光怀着昔日有过的喜悦心情去重读一本书呢？对这一问题向来有许多种回答；说到底，阅读是一件个人的事情，默默地做的事情；如果有人问我们是否喜欢某一本书，我们只回答说“喜欢”“不喜欢”或“不十分喜欢”。

我们重读一本书，这首先是因为它容许我们这么做，它具有一股吸引力，也许，它保存着一种我们尚未猜透的对我们来说却是重要的秘密。

“我在写作的时候指望着读者，认为：在短篇小说里不足的主观成分他自己会加上去。”这一箴言的著名度不下于有关简练的那段名言，所以在论述契诃夫的著作中它被经常引用。但是，这显然不只是一条箴言，而是一个指导思想，是契诃夫诗学中的一个“总的观念”，而且是新时代的诗学和新叙述文体的一条了不起的定理。与契诃夫很少有共同之处，但却是他的十分细腻的追随者之一普利斯特列就是这么理解契诃夫的：“……他离我们的大多数现代主义者非常之远，后者从第一章到最后一章都在挖掘主人

① 马可·奥勒留（121—180），晚期斯多葛派的代表人物，其哲学著作有《自信录》。
② 塞涅卡（约公元前4—公元65），古罗马政治活动家、哲学家、作家。
③ 贺拉斯（公元前65—公元前8），古罗马诗人。
④ 阿普列尤斯（约124—？），古罗马作家、哲人。
⑤ 卡图卢斯（约公元前87—约公元前54），古罗马诗人。

公的心理。契诃夫的方法无疑就是那种创造出文艺散文和小说的方法，而且在未来最好的文学作品中将使用的正是这种方法或者至少是与之相近的方法。我们文学中的乔伊斯[1]们并不像许多人所想的那样开创了什么新世纪。他们走在旧时代的末尾……契诃夫的方法不是轻易就能获得的，使用这种方法时，貌似简单的情势客观性效劳于作者的非常细腻的主观性。要仿效他是办不到的。这么做需要有天才……这种方法在当代文学中风行起来——这对当代文学来说是一种最大的好事。”

换言之，契诃夫的客观性是对读者态度的一种特殊形式，这读者被吸引进叙述的形象世界，并对其中不足的东西作补充，加进其中所没有的东西：他本人的（“主观的”）目力以及对颜色、形象、寓意和象征的理解。

老读者看重叙述的客观性：“如果我不确切知道作者是谁，那么我这时是最不偏不倚的……我凭我的感觉和理解来接受或抛弃……”

契诃夫着意的是一定的文学联想。但在读者的头脑中是否会产生这种联想？是否在每个读者的头脑中都会产生？这就是全部问题之所在。在读完他的草原旅行记时，我们是否想到了熟悉的话：“啊，俄罗斯的国土！你已落在冈丘的那边！”在我们读大雷雨的描写时，我们是否也想到了这部《伊戈尔远征记》：“黎明前，是什么在远方朝我喧嚣和鸣响？”还是说我们什么也没有想到？而这也许是契诃夫艺术中的一个十分重要的问题，因为他所创造的新形式尽管完美和简洁，如果我们没有什么可以附加给它

① 乔伊斯（1882—1941），爱尔兰小说家，现代派小说的先驱。

们的话，它们仍然会是无内容的（昔日的批评界常常有这种情形，这情况现在也时有发生，应该认为：日后也还会有）。

在契诃夫塑造的形象中一直有“某种阐释不清其意义的，但一眼看去就能明了的东西”。

困难倒不仅在于读契诃夫得有一定的智力水平，而低于这个水平的话一切联系便会中断，便会根本谈不上什么理解，特别困难的倒是：读他的书会把我们引向复杂的生活矛盾和问题，引向一些也许是我们十分想忘却的事情；读契诃夫的书会唤醒个人责任感意识和良心，我们会谈起契诃夫的主人公，会谈到他们是一些有着好激动的不安定的良心的人，似乎是这些人跟我们不一样……

不过，由于契诃夫指望着读者，他就该为读者留下一定余地，创造一种在许多完全句、章节和部分之间有空白的正文，一种为人们所不习惯的正文，若断若续的正文（“为什么不是这而是那？为什么是这而不是那？”）；这种正文当初曾令列夫·托尔斯泰吃惊，它是一种无可置疑的杂乱无章的东西，但它又充满次序与和谐（“他上色毫无联系，而印出的像却是完整的”）。由此也就出现了关于契诃夫的印象主义和偶然性的种种观点，由此也就有了其中最为恰当的一种观点。“字块[①]的技巧。”瑞典的一位俄罗斯语文学家 H.尼尔松在论及《草原》时这么说。

该考虑到的不是局部和细节，而是契诃夫小说的特殊性能，它的为想像与记忆留有宽广余地的简练，在一些各别的短篇之间的一种能使人感到叙述上的联系和统一性的“空白处”，一些开放

① 指信息处理中一群字作为一个单元处理。

性的结局，结局中的一些未有答案的问题，如在《带阁楼的房子》《草原》和《带狗的女人》中以及到处都有的——存在于直接或间接形式中的——未有答案的问题；也要考虑到契诃夫的句子在文体上的简洁，其中总可感到定语不够，因而我们的想像得就本身的内涵和深度对之进行补充。

合起来的书是一种无生命的物体；阅读，这实质上就是把印制成行的死材料变成一种有生气的想像力，变成对重新可以体验的生活的一种意识。书创造着我们，这么说是对的；但它本身也是由我们所创造的；归根结底，我们从书中取走的不多于、也不少于我们自己凭借我们的记忆、思索能力和内心忧虑能纳入书的正文中的东西。

人与自然

在契诃夫的叙述中有一个共同规律性：人的心灵活动在大自然中唤起遥远的回声，而且心灵越活跃，对自由的向往越强烈，这交响乐式的回声也就越嘹亮——在《阿加菲亚》《巫婆》《小喜剧》中，在《在途中》《黑衣修士》和《罗特希尔德的小提琴》中，在契诃夫的创作的全部空间里，直到《樱桃园》的最后一幕中，到处都响彻着这回声。如果作品中的人物不是死人，像奥楚梅洛夫[①]、普利希别耶夫[②]、契木沙-希马拉依斯基和别里科夫那样的活死人，对自由的追求迟早会在他身上出现，给他添上双翼，于是就产生了《带阁楼的房子》《关于爱情》《带狗的女人》《未婚妻》，而亚科甫 · 伊万诺夫[③]就会对古怪的现状进行思考：人活着总是亏损，而死时却有进益；而在他玩小提琴时，他想起了宽阔的河流、现已荡然无存的绿色松林，而在他的想像中飞过一群白雁，同在《第六病室》结局中那些在拉金大夫眼前疾驰而过的非常美丽的鹿一般自由自在。

Л. Н. 安德列耶夫指出："契诃夫赋予一切目光所能及的东西以灵性：他笔下的风景具有丰富的心理，并不比人差些，而他笔下的人则不比云彩更能揭示人的心理……他凭景色来写自己的人物，凭云彩来讲述他的过去，凭雨水来描绘他的眼泪……"

昔日的俄国读者看惯了发表在杂志上的具有激烈情节冲突的长篇小说，他们总觉得对自然景色的描绘似乎是没有内容的，因而在阅读时常把它们一翻而过（顺便说一句：现今有些人在阅读时也会把它们放过）；远非每个人都觉得自然描写是有意思的，除非是细腻的抒情诗鉴赏者。

但是，如果把《草原》中的写景，把契诃夫早年或晚期的许多中、短篇里对自然的描写都一翻了之，那就会没有什么东西可读了，因为描写景色的篇幅占了内容的大部分，有时还包含了主要内容。在晚期的短篇小说《阿莉阿德娜》（1895 年）中，大自然对失望的心灵来说是栖身之地，是令人迷醉的力量："请您想像一下：一个古老的大花园，许多悦目的花圃，一个养蜂场，一个菜园，园子下方是一条河，岸边长着枝叶繁茂的柳丛，每逢柳枝挂着大颗露珠，它的颜色便暗淡起来，仿佛变成了灰色。河的那边是一片草场，草场后有一个高冈，冈上长着一片令人害怕的黑松林，那儿的松乳菇多得数不清，在松林的深处生活着一些驼鹿。如果我死了，如果把我装进棺材，我好像也会梦见阳光耀眼的清晨，美妙的春日傍晚，在那种时候，夜莺和长脚秧鸡在花园里外啼鸣，手风琴声从村子那头传来，家里有人在弹钢琴，河水在潺潺作响——总之，这种音乐会使人想哭，又想大声歌唱。"

《草原》中对大雷雨的描写是著名的，它已进入了我们的记忆，大概它还进入了世界各种文字的俄罗斯文学选读；在《决斗》和《带狗的女人》中，富于隐喻的大海无休止地喧哗。在写出了这一切之后契诃夫有资格重复说：

---

① 契诃夫短篇小说《变色龙》中的巡警。
② 短篇小说《普利希别耶夫军士》中的军士。
③ 《罗特希尔德的小提琴》中的主人公。

你聆听着天雷的轰响，
风暴和波涛的声音，
还有乡间公鸡的啼鸣——
你作出反应……

契诃夫写自然如同写活人一样，如果说太阳光在他笔下睡眼惺忪地伸懒腰，如果说草儿在低声絮语，云彩在互使眼色，小溪在想像着它是汹涌的激流，而雪花因羞于落地而在空中飞扬，那么这一切全不是零星的涂抹，不是印象主义，而是贯串于他全部创作（从早年的短篇小说到《未婚妻》）的多面的始终如一性，是统一和匀称的史诗性形象——俄罗斯大地的形象，其中没有任何抽象的隐喻性的东西，它确实与多面的城市形象形成鲜明对照，体现出一种准则，而生活，正如契诃夫在一封信中所说的那样，生活却在偏离这种准则。

契诃夫喜欢大路的小道，喜欢幽僻的树林，喜欢盛产蘑菇的地方，但是他从来不打猎。他持有一种对大地上一切有生之物——鸟、动物、鲜花——的罕见理解："冷得要命，不过那些可怜的鸟儿已经飞到俄罗斯来了！驱使它们的是对祖国的思念和热爱。如果诗人们能知道，有千万只鸟儿成了思念和热爱故乡的牺牲品，多少鸟儿冻毙在途中，它们在三月或四月初飞回祖国后遭受了多少苦难——如果诗人们能知道这一切，那他们早就会歌颂这些鸟儿了……请您为长脚秧鸡设身处地想一想，它一路上不是飞翔，而是步行，或者请您设想一下，野鹅为求不冻僵，它活活地落入了人的手掌……在这个世界上生活可真是艰难呀！"

俄罗斯大地是"全世界最辽阔的"，契诃夫对它抱着一种独特的态度。一八九一年七月间天气骤冷，他从包吉莫沃给苏沃林写信说：“秋意浓了。我喜欢俄罗斯的秋天。有一种不寻常的忧郁、亲切和美丽。我真想同鹤群一起飞向一个什么地方。”

契诃夫不止一次地谈到过自然景色描绘的内涵，谈得尤其详细的是在一八八六年至一八八八年间写给兄长的一些信中。他谈的并非个别的手法，而是当成一种诗学体系来谈的。在这个体系里描写景色的文体很重要，就像客观性、纯朴或简练一样重要。一八八六年五月十日他表述他的艺术纲领说：不要“政治、社会以及经济性质的冗长谈话”，描写上要客观和真实，要简练。就在这封信里，相当多篇幅用于讲大自然的描写：“诸如‘落日沐浴在暗黑的海浪中，泛出血红色的金辉’和‘燕子在水面上飞翔，快活地发出唧唧喳喳的叫声’这类老生常谈都应抛弃。”应当写得让读者闭上眼睛也能清楚地看到画面：“如果你这样写，你就写出了月夜：破玻璃瓶碎片在磨坊的堤坝上闪闪发光，像明亮的小星星一样，而一条狗（或狼）的黑影像球儿似的一滚而过。”（契诃夫曾两次利用这个细节：在短篇小说《狼》中，以后又在《海鸥》里的辩论上下文中）

应当努力做到：一切“从主人公的行动中就清晰可见……重心应该是两个人：他和她”。因此，描写只是在它合乎分寸的时候才有价值，它不应该“压倒”一切。过几年后契诃夫将提醒高尔基别过多地使用拟人化描写手段，否则比拟会显得单调，“有时太甜腻，有时不清楚”，什么海在呼吸，天在凝视，草原在温柔，大自然在低声细语、在讲话、在忧思，等等。契诃夫在晚期也在自己的作品中发现有滥用修辞手段的现象。

在早期的短篇小说中动不动就可以遇到下列的写景：“风吹动

老桦树枯黄的叶子，叶子上大颗水珠纷纷落在我们身上。”（《在墓园里》）“影子变得越来越短，缩进去了，好似蜗牛的触角。”（《汇鳕》）“树林静悄悄的，纹丝不动，似乎在用树梢眺望着远方，要不就是在期待着什么。”（《猎人》）“在淡蓝的昏暗中显现出一棵白杨树，高高的，蒙着一层霜，像一个穿着白寿衣的巨人。它严峻而沮丧地瞧着我，真好似它同我一样了解自己的孤独。”（《香槟酒》）

白杨树不会被忘却，它很快就出现在《草原》中，作为一种象征，骄傲和忧伤的象征，作为对很久前的浪漫主义的事物的回忆，作为某种穿着哈罗尔德[1]的披风的精神：“……两种自发势力的忧郁居民……”

如果认为在契诃夫晚期的小说和戏剧中有生命的景色描写少了，或者甚至没有了，那么这种看法是不对的。这种描写依然有：“夜间，我想着玛霞，我怀着难以言喻的激动人心的甜蜜和喜悦倾听老鼠的响声，倾听天花板上方的风声，觉得好像是上了年纪的家神在阁楼上咳嗽。”（《我的一生》）在《佩彻涅格人》中也有：“在远处的一个什么地方雷在说着埋怨话。”还有更明了一些的：“那幢可爱、朴实、古老的房子似乎在看着我，它阁楼上的窗户像眼睛似的在看着我，它似乎对所有的事都了解。”

在契诃夫的创作中，没有什么比《在峡谷里》（1900 年）的一段春夜描述更为生气勃勃和富有悲剧意味的了：“杜鹃在数着谁的年纪，它总数错，错了又重数。青蛙在池塘里气冲冲地拼命叫嚷，此起彼落，甚至还能听清楚一些话：‘你也是这样的！你也是

---

① 指英国诗人拜伦的《恰尔德 · 哈罗尔德游记》中的多愁善感的哈罗尔德。

这样的！’真热闹啊！使人感到，这些生灵是故意在唱啊嚷的，不让任何人在这春夜睡觉，要大家，甚至要气冲冲的青蛙也和大家一样，爱惜并享受每一分钟。要知道：生命可只有一次啊！”

在契诃夫对大自然所作的描绘中总有一系列相互关联着的方面，应当记住这一点，以便不忽视任何一种色彩，任何一根线条。把内容的整体分成“一些层次”，然后进行重点考察，一个接着一个地，或者是互相独立地——这种做法不是什么错误，它只是一种空想，是企图只用钱币的一面来解决问题。这种做法，也许，会为人们所接受，但是不能把钱币的两个面分开，还剩有另一个面，更何况钱币本身就有着两个面！

在契诃夫的剧本和中、短篇小说里时时会出现长久的停顿、沉默，就在这当口可以听到夜枭的叫喊，听到仙鹤在互相呼应。大自然使用古老的象征性语言同人交谈，谈夏天和冬日的来临，谈一代又一代人的更替。

契诃夫亲眼看见：在迅速发展的工业的影响下形成着一种新的关于大自然的观点，随之而来的是在诗的语言中反映大自然的新文体。关于森林的毁灭，陀思妥耶夫斯基就已经想过，而到了契诃夫的时代，从十九世纪八十年代下半期起，人们越来越经常和惊恐地写道：俄罗斯大地遭到破坏已是既成的事实。“在宽广的俄罗斯大地上，哪里出现了无林荒地，哪里就没有了古风诗意——我们祖先的以及我们自己青春时期的诗意。我们的孩子很快将不能理解富有诗意的说法：‘你别喧哗，神秘的森林，绿色的森林。’他们同样也会理解不了神话时期和最近时期的诗歌的无穷蕴藏，这诗歌的基础则是到处可见的不久前尚难以通行的密林，是它神秘的动人性，它有时崇高，有时威严，有时美妙。而这种不理解将是我们的富有诗意的人民的心灵宝藏的巨大贫瘠化。”K.列昂季耶夫这样写道。

已经有人发表公开演说，讲到了技术富有和精神贫乏，讲到了当代生活的速度，“使人痴呆的速度”。人们忧心忡忡地展望着未来，正确地预测着我们不得不碰上的许多险情：环境污染，生态灾难。有人讲：当代生活的速度，它的灵活多变性，阶层、民族、习俗和宗教等的混杂——这一切都不能不十分有害地反映在人类的心理状态上；由于这种混杂化就产生了精神生活的不巩固性和不稳定性。当初已经有人说：在“全世界的地球-天体运动速度”之外，人还附加上他自己“土制的使人痴呆的沿着铁路运动的速度，他借用风力，借用蒸汽力和电力，沿着海洋，在水下，在地下，在浮升器上，使用热空气，使用氢气，等等。至于电将作为一种强大的快速动力而受到驾驭——这已经毋容置疑。

在短篇小说《芦笛》中老牧人说：“我啊，老弟，足足看了一辈子，现在我认定，凡是地里长出来的东西都在走下坡路。黑麦也罢，蔬菜也罢，花儿也罢，都走上了一条路。

“不过，人倒是变好了——管家说。

“好在哪一点儿上呢?

“聪明多了。

“聪明倒是聪明多了，这话不错，年轻人，可是那又有什么用？临到灭亡的当口，人聪明了又有什么用？不聪明也可以完蛋。”

关于俄国大自然的特性，关于持久的严寒，关于那产生被遗忘感和孤独感的无限辽阔的幅员——关于这一切早在第一次去欧洲旅行之前契诃夫就已经想过许多。

在契诃夫的作品中，人与自然与其说是一种古已有之的文学题材，不如说是现代俄罗斯生活中的一种悲剧性矛盾，是使国家猝不及防的灾难和破坏。

"您看一看四周的大自然吧，您的鼻子或者耳朵从您的大衣领子里一露出来，它们马上就会冻得掉下来。在旷野上只要待一个钟头就会被雪盖没。乡村跟留里克[①]时代一模一样，一点也没有改变，农民仍旧是佩彻涅格人和波洛韦茨人。我们只知道什么火灾，什么饥荒，只知道用各种方法同大自然斗。"（《妻子》，1892年）这种基调直到契诃夫生命的晚期在他的戏剧和小说中也时时出现："广大的空间，漫长的冬天，单调无聊的生活——这一切使人感到束手无策，似乎毫无希望，弄得人什么都不想干，因为无论做什么都毫无用处……这无异于在看不到尽头的草原上打死一只老鼠或一条蛇。"（《在故乡》，1897年）

世界文学的最古老和最美好的主题在契诃夫的创作中完成——这倒并非因为他的才华超越了他的前辈，而是因为他是自古以来就存在而且不久前尚充满和谐的统一体——人与自然——中所发生的不可逆转之变化的同时代人。

"出于闲逸、空虚和兴味索然的生活可以上那儿去……在鲜花盛开的绿色河岸上，在渊深的河流或湖泊的上方，在微微漂动着树叶的明亮水镜上，您钓竿上的浮子在摇摆或者纹丝不动地浮着——在这里虚假的热情会减弱，虚假的激情会平静，自尊的幻想会破碎，无法实现的希望会化作泡影！大自然会充分体现它的

① 留里克为公元九世纪的诺夫哥罗德大公，其子伊戈尔为俄罗斯国家的第一个王朝留里克王朝的建立者。

力量……”C. T. 阿克萨科夫在他的作品里是这么写的。

普希金，尤其是屠格涅夫笔下的大自然，甚至在写《哥萨克》时期的列夫·托尔斯泰笔下的大自然都还是恬淡而富有诗意的，它对人以及人的痛苦和情欲是冷漠的。它还能成为阿列科[①]或奥莱宁[②]这类英雄探索者的避难所，这些人由于生活纷争和精神空虚逃向大自然。

说契诃夫作品中没有这个老主题——这么说是不正确的。不过，逃，不只是简单地逃向大自然，到大自然中去，就像到村庄周围地区去一样，近在咫尺之间，而是要到人烟稀少的遥远地区去，关于这种地区在普希金或屠格涅夫的时代谁都没有想过，没有写过：“西伯利亚也是俄国嘛，那儿的上帝和沙皇也就是这儿的上帝和沙皇，那儿的人也像正教徒那么讲话，跟你我一样，不过那儿自由得多，人们的生活也富裕得多。那儿样样都比这儿强。比方拿那儿的河来说，就比这儿的不知好多少倍！鱼啦，野禽啦，多得数不清！”（《宿愿》）

然而，“西伯利亚”这个词——只是这一个词，只是这一个每人自幼就记得的可怕声音——具有巨大的潜在的悲惨意义，它不能和谐地进入新的上下文而又不显出尖锐的矛盾。词都具有记忆性，在词中有着已讲过的话的意思，其后有遗痕。“西伯利亚”——这甚至不是一个词，而是一个有着许多遗痕的地方，它随同契诃夫重又返回新的生活。大作家很清楚：词保留着许多回忆，它还唤醒回忆，它常常只因为这一点而成为他所需要的东

① 阿列科是普希金的长诗《茨冈人》中的主人公。
② 奥莱宁是托尔斯泰的小说《哥萨克》中的人物。

西……

在契诃夫之前，我们的文学中不可能有《寄自西伯利亚》，也不可能有手记本中的这种素描：“我想去西伯利亚。坐在叶尼塞河或鄂毕河的一个什么地方垂钓，而在那儿渡船上的是囚犯，是移民……而在这里我恨所有的一切：恨这窗后的丁香花，恨这些铺细沙的小路……”

创作的基础是艺术家的个人经验，是他的心灵记忆，是一切他“已心领神会的”东西。但作家仍不得不求助于他的前驱们的词汇，因为“文学是只使用词的艺术”。他挑选那最丰满地表现他的传统的东西，他在词汇中选择那使他感觉到是他自己的东西，他使用的每一个词都出于记忆，都来自以往阅读过的作品。

在契诃夫对大自然的描写中总有时代的对应性。大学生伊万·韦利科波利斯基被刺骨寒风吹得不时瑟缩，他朝在远方田间闪烁的孤单篝火走去，他想：在留里克、在伊万雷帝[①]或在彼得[②]执政的时期刮的同样是这种风，那时也同现在一样，难以忍受的贫困、饥饿，也是这样的茅草屋顶，愚昧，四周全是荒漠，使人感到受着压迫。在篝火旁，两个耐心地忍受着生活重压的普通妇女的一席谈话使他的心亮堂了，他想到了那个与今天由一条不可分割的事件锁链相连着的过去，想到了真理与美从一开始就指导人类的生活，并且一直是这生活中的和大地上的主要东西。

实际上，描写空间，如果这描写是有艺术性的，它就不由得是隐喻式的：它包含有时间概念以及伟大历史的时代更迭概念。

---

① 即俄国沙皇伊万四世（1530—1584）。
② 即俄国沙皇彼得一世（1672—1725）。

正如 Б.帕斯捷尔纳克所说的："隐喻性是人生的短暂性和他的长远任务的巨大性之自然后果。两者间的这种不相一致使人不得不用瞬息即明的恍然大悟的方式来解释。这正好就是诗意。隐喻性是对大人物的一种速写，对他的精神面貌的一种速记。"

《大学生》是契诃夫心爱的一则短篇小说，但体现在这个作品中的思想也是他所心爱的，他不住地回顾这一思想："那些候鸟，仙鹤，它们飞呀飞，不管它们心里有什么思想，崇高的抑或卑贱的，它们总是要飞，而且不知道为什么飞和飞向何处。它们以前飞了，而且还将飞，不管它们中间会出现什么样的哲学家；随它们去空谈哲理吧，想怎么谈就怎么谈吧，但求飞就好了……"图森巴赫在《三姊妹》中这么说。

从文学和诗意方面看，描绘大自然也是有历史性的，因为其后有着传统。最常想到的是屠格涅夫。屠格涅夫熟悉并喜欢俄罗斯中部的夏季，晴朗的日子，炎热的中午，狩猎的天气；也许，只消有一篇《猎人》，就可以捕捉到屠格涅夫的基调。屠格涅夫不喜欢秋天，也不喜欢暴风雪弥漫的冬天。他有别于契诃夫，不描写秋日和冬天。由于对狩猎的酷爱，就有了《猎人笔记》中的景色描写的无意性和确实性，从中很容易认出俄罗斯中部地带，斯帕斯克-卢托维诺夫周围的地区，由此也就有了屠格涅夫的专心致志，有了他所描绘的风景线条和细节的可辨性，甚至各别的小草和鸟羽上的细纹也是可辨认的。

在契诃夫描绘的景色中重要的不是形象（它们是自然的，"写生的"），不是手法（它们实质上是非常传统的），而首先是词汇，其中每个个别的词——草原、风雪、道路、暴风雪——都具有象征的意义多维性，此外，还有几乎被遗忘了的但却是无限熟悉的充满诗意的回声和语义“七色谱”。这一切也许都起源于普希金的《暴风雪》和《恶魔》，起源于茹科夫斯基的叙事诗，起源于更远更远的时期，起源于记忆的深处和远古时代。关于风雪和暴风雪的概念意味着一望无际、人烟稀少的只是在俄罗斯的草原上才会有的空间。而且这些词本身：风雪、草原、道路——在俄国的语言中未必不是最古老和最有诗意的字眼儿。它们不只是一些普普通通的牢记不忘的词，而且可说是一座又一座词的纪念碑。

如果契诃夫描绘景色不过是为了陪衬有关主人公的故事，我们的事情相对地说倒会简单一些，但是，景色描写动不动就替代了传统的生活描写，就像在短篇小说《巫婆》(1886 年）中一样，契诃夫在这个作品里故意不在肖像上多花费笔墨：“她美丽的脸上生着一个狮子鼻，两边有两个酒窝，然而这张脸却一无表情，既没有愿望，也没有忧伤，更没有欢乐。美丽的喷泉在不喷水的时候，也总是这样一无表情的。”

如果没有如下的描写，读者在这个短篇中也不会有如此多的理解和体验：“旷野正在进行一场真正的厮杀。谁都难以听明白这是谁要结果谁的生命，究竟为了消灭谁才闹得天翻地覆，不过根据那种险恶而又经久不息的喧嚣声来判断，必是有谁打了很大的败仗。得胜的一方正在旷野上穷追敌人，咆哮着冲进树林，蹿上教堂的房顶，举起拳头凶狠地敲打窗子，大发雷霆，败北的那一方却在哀号，痛哭……”

这种详细的长达半页的风雪描写把读者的思想带到远远的地方，描写中充满半吞半吐的话语和不定人称短语，得把它们设法同小说中的情节线索相对照，而且既没有作者的叙述，也没有作者的声音。在提及看守小屋和描写暴风雪之间有一个推测的余地，契诃夫把我们撇在这一修辞性的缄默之中，让我们单独面对我们的记忆和生活经验："大地正在解冻，可是夜色太黑，天空看不清这一点，却用尽全力把大片的新雪撒在融化的大地上。而风不让雪落在地面上，却在黑暗里由着性儿把它卷来卷去……"

在短篇小说《在途中》里，在其他的短、中篇小说和剧本里也有同样的隐喻性；实质上应该谈的是在每行文字中都认得出来的契诃夫笔法的这个普遍特性。

"在一切描绘大自然的艺术家的作品里难道没有这种情形：他们洞察大自然的目光，他们倾心的景色描绘——都不过是一种洞察人的内心的尝试，为洞察它的难以抑制的运动而把目光停留在大自然上——难道没有这种情形？在任何一种倾心的景色描绘中运动着的是人本身。"（M.普里什文[①]）

著名的卓越法国小说家茹尔·雷纳尔摒弃景色描绘中的拟人化手法："真难以置信，昔日的神话直到今天还沉重地压着我们。为什么必须歌唱树上住着树神？是树自身住在树上，它活着，应该相信这一点。植物有心灵。树叶并非是一些肤浅的人们所想的那种东西。有些人常常讲死去的树叶，但实际上又不相信树叶会死。为什么要在生活的一旁再制造另一种生活？牧神们，你们的时代已经一去不复返了！现在诗人只想同树木交谈。"

茹尔·雷纳尔是契诃夫的同时代人，他的一生并不长（1864—1910）。换言之，在契诃夫时代在法国已有一位作家，他在"小形式"领域里寻找过自己，但他没有想到：要取得成功就应以历史上有意义的内容充实这些"小形式"。没有内容的话它

① M.普里什文（1873—1954），俄罗斯作家，高尔基誉之为"诗人与哲人"。

们就不会是契诃夫的“新形式”，充其量不过是茹尔·雷纳尔的片段……

“笼统的树”在契诃夫的作品里是没有的，他笔下的树总有一种深刻的人的东西，文学上有意义的东西，像《草原》中那棵白杨——骄傲的美男子一样，是一个浪漫主义的英雄人物，是英勇个体主义的实质；而《罗特希尔德的小提琴》中的那棵孤独的小白桦则是屠格涅夫笔下的那种姑娘：“对岸如今是一片水淹的草地，那时候却是一片大桦树林，远处地平线上耸起的那座秃山，当初长着一片很老很老的青色松林。当年河里驶着帆船。现在一切都平坦光滑，对岸只长着一棵幼小而挺秀的小桦树，像是一个姑娘。”

在契诃夫的艺术天地里，森林和树木处在同人的情节冲突之中，它们体现着世界上一种无意义和无效益地毁灭着的美：“您会说，这正是现代文明的影响——旧的生活自然应该让位给新的。不错，这个我懂的，如果在这些毁了的森林的遗迹上，是修了公路、铁道，如果真有工厂、学校——那么人民也许可以健康、富裕、聪明起来；可是，您看，根本就不是这么一回事！”（《万尼亚舅舅》）

在契诃夫的作品中有成百上千的向森林、树木和花卉的呼吁，不可能把这种呼吁全部集中并展示出来；在描写月夜时树枝的影子落在纸面上，或者描写那开放在细长的茎上的花朵突然碰一下脸颊，就像一个要告诉你说他是尚未睡觉的孩子似的。森林、树木和花园在契诃夫的作品中最不像是陪衬情节发展和人物的装饰品。阿斯特罗夫的画是“心灵的风景画”，因为森林、丛林、花园和泉源遭到破坏乃是心灵受到破坏的一种隐喻。

在契诃夫讲到大自然时，人物和读者都会“觉得自己身处在一个柔和的色彩王国里，尤其是在清晨，在每个花瓣上都闪着露珠的时候”。（《黑衣修士》）在契诃夫的书信中也有这种深刻和富于诗意的内容，例如，在一八八八年五月三十日写给 A. C. 苏沃林的信中讲到了“古老和荒芜的花园，十分有诗意的门窗都钉死了的忧郁的地主庄园，这里有美女们的灵魂……”

树在契诃夫的作品正文中几乎一直隐藏着某种深有人情味的东西，就像在《带阁楼的房子》中的开头部分那样：“有一次我回家的时候，无意中闯进一个我不熟悉的庄园里去了。太阳已经落下去，黄昏的阴影在开花的黑麦地里铺开来。两行高高的、栽得很密的老云杉，好比两堵接连不断的墙，夹出一条幽暗而美丽的林荫道。我轻巧地爬过一道栅栏，顺着那条林荫道走去，地上盖着云杉的针叶，有一俄寸厚，走起来滑脚。那儿安静而阴暗，只有树梢高处，有的地方颤抖着明亮的金光，在蜘蛛网上闪变出虹霓般的色彩。空中有一股针叶的气味，浓得叫人透不出气来。后来我拐了个弯，走上一条两旁是椴树的长林荫道。这儿也是荒凉而古老，去年的树叶忧伤地在我脚下沙沙作响，在暮色中，树林之间隐藏着阴影。右边古老的果园中有一只金莺用微弱的嗓音没精打采地歌唱，它一定也老了。”

树的形象常在其内部保留着对一个在人世颠沛流离或只在人间稍事逗留的人的回忆。在《樱桃园》的鲜花和树叶里是这样，在《罗特希尔德的小提琴》里也是这样：“那儿有一棵老柳树，树干上有一个极大的洞，树梢上有几个乌鸦窝……突然，亚科甫的记忆里活生生地浮现出一个金黄头发的小娃娃和玛尔法讲过的那棵柳树。是啊，这正是那棵柳树，碧绿、安静、忧郁……它衰老得多了，这可怜的树！”

在《三姊妹》中，在图森巴赫离开并将去参加决斗的地方也是这样，不过——“我们不要再谈这些了！我很快活……多么美丽的树木哟，在这些树木的周围的生活其实也应当是美丽的啊！你看那棵树，它已干枯，但它仍同别的树一起，被风吹得摇摆着。因此，我觉得，如果我死了，我仍将这样或那样地参与生活。别了，我的亲爱的……”

举凡写到森林、花卉和树木的，可说是契诃夫作品中最为完美的，它们都被当成大自然的现象和声音悦耳、色彩艳丽的语言现象而为读者所领会。契诃夫的文句需要的甚至不是像他本人讲到莱蒙托夫的《塔曼》[①]时所说的分析，而是要作精心和仔细的研究，就像认真的植物学家收集和研究花朵一样。

在契诃夫的作品里树能居住吗？这么提问是不恰当的。当然，它们是适于居住的，但不适于它们自身居住，而是供昔日的生活居住。由此在我们的意识和语言中才有了它们的神秘生活，才有了它们的永恒魅力。关于这永恒的魅力最好还是用托尔斯泰的话来说：“这是现实，这是更多于现实的东西：这是现实加上回忆。”或者用普希金的话来说：“回忆是我们心灵所具有的最强有力的才能，一切从属于它的东西都因它而具有了魅力。”

不是古典主义的时代用做装饰的月桂和香桃木，甚至不是莱蒙托夫的“一对白晃晃的桦树”，也不是叶赛宁诗中朴实的金黄色的丛林以及“白桦树的欢乐话语”，而是适于居住的——当然不是供美洲猿居住，因为这种猿本来就不是我们俄罗斯的野兽——而

① 长篇小说《当代英雄》中的一章。

是反映我们的心灵和记忆的形象。

你在莫斯科见到一棵老椴树，你就不禁会想到曾祖母和曾祖父；在科洛缅斯克见到一棵三抱粗的橡树——啊，这是彼得一世！就是说，不是像在博物馆或某本书中那样：“这曾经有过”，而是你瞧它，一棵生气勃勃的树，有丰满的树枝和嫩芽；一阵风吹来，树叶就在头的上方哗哗作响，就像在纳雷什金家族[①]时期曾喧哗过一样。世界上是存在着千年古木的，而在美洲还有着源自蒙昧太古时代的红杉。

在我们的意识中，树是活生生的生物，不用赋予它什么生气：它活着，呼吸着，而且确确实实体现着生命（“瞧，这些黏糊糊的、黏糊糊的小叶子……”），它活着，保存着过去的东西——在它自己身上，在树心。梅里霍沃、穆拉诺沃[②]、阿布拉姆采沃[③]、库斯科沃[④]等地方还是地主庄园，尚不是博物馆的时候，它们周围就已长着这些树，也许，较纤细一些，较匀称一些，这些枫树，落叶松，椴树，橡树；现在我们也在这些树下徘徊游荡，把土地踩得结结实实，像柏油路一般结实，叫什么东西都不能在这土地上生长。什么都不能生长……

---

① 纳雷什金家族，十六至二十世纪初俄国贵族世家。
② 穆拉诺沃：俄国诗人丘特切夫的庄园。
③ 阿布拉姆采沃：现为阿布拉姆采沃国家历史文艺博物馆。
④ 库斯科沃：十八世纪莫斯科近郊的庄园建筑群。

《樱桃园》

一

《樱桃园》是契诃夫的最后一部剧作；当他把这部剧作的印刷单行本拿在手中的时候，他生命的时间已经不长，只剩下屈指可数的几个月。这部喜剧在莫斯科艺术剧院的首演于作者生日那一天即一九〇四年一月十七日举行，随着这次首演，《樱桃园》进入了世界戏剧的宝库。这部剧作被译为世界上所有的主要语言，它一直被列在上演剧目之内，根据对上演剧目进行编年记载的国际戏剧年鉴的报道，该剧已在许多年间在各地演出。

《樱桃园》成了世界戏剧演出的重要的和经久不衰的新剧目，关于该剧上演的历史还有人写了一些专门的著作。英国人布鲁克、意大利人斯特列勒、德国人施泰因都对该剧有了新的发现。

在许多国家，《樱桃园》被看成民族的财富。战后的一九四五年在东京被破坏的剧院重新上演，经历过广岛原子灾难的人们观看了演出，他们按自己的体会理解了该剧的结尾："听见一种宛如来自天上的遥远的声音，一种弦索绷断的声音，继而消失了，周遭陷入沉郁，静寂泛滥着……"

在《东京新闻》报上刊登了安藤和雄的一篇评论，这差不多是二战后第一篇关于该剧的评论，其中说道："我们喜爱的契诃夫重新回到日本来了。”

这部喜剧是于一九〇二年至一九〇三年为艺术剧院创作的。这时契诃夫已重病缠身，他以他所不习惯的缓慢速度艰难地进行工作。根据一些书信判断，在有些日子里他一天甚至写不了十行字：“而且现在我的思维也和以前完全不一样了，难以集中……”可是克尼佩尔却在督促他：“我很不放心，你为什么拖延剧本的写作？发生了什么事？你把一切都构思得那么好，这将是一部美妙的剧本——是我们这个演出季的重头戏，这是新剧院的第一个演出季啊！为什么没有心思写？你应该，应该把它写出来。要知道你喜爱我们的剧院，并且你知道，我们将多么无比地悲伤。不，你会写出来的。”

在话剧中，奥莉加·列昂纳德夫娜被指定扮演拉涅夫斯卡娅的角色。一九〇三年十月十二日在结束剧本写作的时候契诃夫写信给妻子说：“剧本已经完成，最终完成了，明天晚上，或者最迟十四日早上就将寄往莫斯科。如果需要修改的话，那么我觉得只能是很小的修改……这个剧本我写得多么艰难啊！”

有时契诃夫感到他是在重复自己。在一定意义上说事情也确实是这样，因为《樱桃园》是他整个一生的事情，而不是精力疲惫、疾病缠身的最后两年的事情。

剧本的构思（不单单是《樱桃园》的构思，而且显然是他所有复杂的短篇小说、中篇小说和剧本的构思）在契诃夫执笔之前很久就产生了，它是在不断的观察过程中，在许多其他的形象、情节和题材之间长期形成的。在他的手记本中记录着一些短记、对话、完整的句子。随着观察所得的资料在头脑中的筛选，产生了连贯的语句和完整的复合句——即文本。在注释中指出了创作的日期。这些日期更正确一些可以称为记录的日期，因为在这些日期的背后有着时间的远景、长期的遥远的前景——它伸展到一些年，甚至许多年。

从其渊源来说，《樱桃园》可以追溯到早期创作，追溯到《无父儿》，在那里为了先辈们的债务沃伊尼采夫一家和普拉东诺夫一家离开了祖传的庄园："咳，庄园啊！这是你喜欢的吧？一去不复返了……这就是你赞不绝口的商业把戏！全都是因为相信了格拉戈利耶夫……他答应了把庄园买下来，但是拍卖时他没有来……上巴黎去了……瞧这地主，啊？现在你打算做什么？上哪儿去？上帝把庄园给了我们的祖先，现在从你手里拿走了……现在你什么也没有了……"（第四幕，第三场）

所有这一切在契诃夫之前的俄罗斯文学中都已经有过，如果不是独特的契诃夫情绪，人们就不会有什么新鲜感，而在契诃夫的情绪中无悲痛的绝望、致命的罪过感和面对强力与欺骗时的束手无策奇怪地结合在一起：不管怎样，快点上巴黎去吧……

在十九世纪八十年代初创作的中篇小说《迟开的花朵》（大致是与第一部剧作同时创作的）的基调同样是旧生活、老家业和老家庭的解体，其中有一些与《樱桃园》十分近似的情节转折。有那么一个佩尔采尔，他是一个富商，他像陆伯兴向拉涅夫斯卡娅许愿一样，答应出钱资助普里克隆斯基一家，帮他们摆脱困境，但是最后他却非常便宜地把公爵家的文库拍卖了！——谁买下了它？

"我，鲍里斯·佩尔采尔……"

契诃夫出生在废除农奴制的前一年，他属于能够按法律认为自己是自由人的第一代俄罗斯人，但是他们不感到个人是自由的，因为他们的血液中有着奴性。“贵族作家们天生免费得到的东西，平民知识分子们却要以青春的代价去购买。”这话摘自一八八九年一月七日写给苏沃林的信，它们是针对整个一代人而说的，但是其中也有契诃夫个人的精神成功、个人痛苦和希望的痕迹。他在生命晚期写给 O. Л. 克尼佩尔的一封信中说，他的祖父叶戈尔·米哈伊洛维奇按其信念来说是农奴制的狂热支持者。这是在他创作最后一部剧本的时候回忆起来的，这一点也让人们可以想像得出，这部剧本是在多么宽广的回忆背景上创作出来的。

叶戈尔·米哈伊洛维奇后来成了普拉托夫伯爵在亚速海岸边的几处庄园的管事。当契诃夫到他那里来的时候，他就交给他一项工作：让他登记已脱粒好的粮食。“童年时，当我到祖父家住在普拉托夫的庄园里时，我得整天从早到晚坐在蒸汽机旁记录脱粒出来的粮食有多少普特和多少磅；汽笛声，吱吱声和机车在紧张开动时发出的低沉的、如狼吼般的响声，车轮的咯吱声，犍牛懒洋洋的脚步声，弥漫飞扬的灰尘，五十来人乌黑的流着汗水的脸——这一切就像‘我的主啊！’一样深刻地印入了我的记忆之中……当蒸汽机在开动时，它似乎是一个活的东西；它的表情狡猾而顽皮；而人和牛则相反，似乎都是机器。”

以后，当契诃夫已经不在人世，他的同龄人回忆起自己的生活并撰写回忆录时，他们指出了《樱桃园》的一些直接源头。例如 M. Д. 德罗西-斯特伊格尔说：“我母亲奥莉加·米哈伊洛夫娜·德罗西，娘家姓卡里塔，她在波尔塔瓦省米尔戈罗德具有一处田产，其中有着好几个樱桃园。母亲喜欢安东沙，在来做客的几个中学生中她对他另眼相看。她和他谈这些樱桃园的事。过了许多年，当我读了《樱桃园》后，我一直觉得，这个有着樱桃园的庄园的一些最初形象是我母亲讲的故事在契诃夫头脑中播下的种子。而且奥莉加·米哈伊洛夫娜的农奴实际上好像就是菲尔斯[①]的几个原型……她有一个管家格拉西姆，他把老头子们都叫做年轻人。”

此类的回忆见证各有其价值和意义，虽然不应当从字面上理解它们。

生活会在文学中得到反映和写照，而有时也会从书中借用自己的特点。列夫·托尔斯泰在谈到屠格涅夫笔下的女人们时说，在俄罗斯生活中没有类似她们的女人，但是当屠格涅夫在《罗亭》《烟》《贵族之家》中把她们创造出来以后，她们就出现了。关于《樱桃园》也可以这样说：没有菲尔斯，也就没有他的原型；契诃夫当然记得自己的中学时代的事情（可能也记得 O.M.卡里塔所讲的东西），但是，他当然也记得那些更晚得多的事情……

一八八五年，H.A.列伊金买下了斯特罗加诺夫伯爵家族的一处庄园。契诃夫写信向他祝贺，他写道：“我极其喜欢在俄罗斯称之为庄园的一切东西。这个词尚未失去自己的诗意色彩……”

那时他还没有想到，列伊金这个“彻头彻尾的资产者”丝毫不需要庄园里的诗意，完全就像陆伯兴不需要樱桃园一样。“这些地方，”在短篇小说《安灵弥撒》中小店老板节制女儿的快乐时说道，“这些地方只不过占地而已……”自然界中的美如同书中的描写一样是没有用的。

晚些时候，当契诃夫到列伊金买下的伯爵庄园去过后，他问列伊金：“您一个单身汉干吗要这乱七八糟的东西？”他听到的回

① 契诃夫剧本《樱桃园》中的一个老仆人。

答几乎逐字逐句是陆伯兴式的话："以前这里的主人是一些伯爵，而现在是我，是一个卑贱的下人……"应该公正地指出，当列伊金看到了契诃夫的庄园时，他对梅里霍沃的简陋以及庄园主人完全缺少老爷素质和资产者品格感到惊讶。

契诃夫在信中向苏沃林讲述一八八八年在林特瓦列夫家的乌克兰庄园里度过春夏两季所到过的那些地方时，他并不想描绘自然景色，他就像写普通的信那样写了这封信。而结果却写成了一幅美妙而复杂的风景画，在这幅图画中生动的观点和个人的语气（"我并未亲临现场，而是碰运气地租下了一座别墅……河既宽又深，其中散布着许多小岛，鱼虾成群，两岸秀美，到处是树木花草……"）引发着不由自主的文学记忆并不断改变着风格色泽："大自然和生活是按照现在十分陈旧并在编辑部中被淘汰的模子构建的。"（这是职业性的杂志风格，报纸套话）"更不必说那些日夜歌唱的夜莺和……那些已经荒芜的花园了。"（这是旧式浪漫曲和感伤诗歌的回声，也是对以下不加掩饰的屠格涅夫式诗行所作的前言）"不必说那些紧密封闭的十分富有诗意的和忧伤的庄园，在这些庄园里住着美丽女人们的心灵，更不用说那些衰老濒死的拥护农奴制的仆人们了。"（仍然是屠格涅夫式的，但已经预感到《樱桃园》的象征曲调和形象）"在离我不远处甚至有着一台水磨，这种陈腐的老框框……老磨工和他的女儿，她总是坐在窗旁，看来是在等待着什么。"（《美人鱼》，普希金，达戈尔梅日斯基）结尾的几行特别重要："我觉得，我现在所看到和听到的一切，我似乎早已从一些古老的中篇小说和童话中有所了解。"

就其优美和诗意来说，对花园、花卉、稞麦田野、春天的晨寒——对一切不可能在戏剧导演说明中写出以及不得不记住和意会的东西所作的独特描写，惟一地都表现在短篇小说《黑衣修士》中了。在这篇小说中花园呈现为艺术自然界的某种特殊复杂的和完善的现象，而不是由人手创作出来的。这个花园注定要消亡，就像陆伯兴买下的那个樱桃园一样。契诃夫找到了一个就其戏剧性来说是非常严酷的消亡象征：科夫林撕毁了论文，碎纸片像是纸花、假花一样绕住茶藨子和醋栗的枝头并挂在上面。

一八九七年创作的短篇小说《在故乡》也很重要——这里有那行将消亡的古老领地生活的全部情景，有老爷心理的典型特点，这些特点以极其可怕的怪相歪曲了庄园的年轻女主人的面孔，她本是一个十分可爱的、天真的、乍一看还是十分令人神往的女人。这篇小说的每一个细节和它的所有形象几乎都有其特殊的象征性，但老爷爷则是老朽生活方式的真正象征，其中已经没有任何人性的东西，只剩下动物的本能和欲望——吃。"到午饭和晚饭的时候，他吃得很多。仆人们给他端来今天的菜、昨天的菜、星期日剩下的冷馅饼、仆人们吃的腌肉，他都狼吞虎咽，一股脑儿吃光。每次吃饭都给薇拉留下很深的印象，因此后来她一看到人们赶羊，或者从磨坊里运来面粉，她都会想：'爷爷会把这些东西全都吃掉。'"

也是在一八九七年，他创作出了另一篇在情节上与《樱桃园》相近的短篇小说《在朋友家里》。契诃夫是住在尼斯的俄国公寓里撰写这篇小说的，是肺病把他赶到了这个地方。在那里他于十二月间收到了基谢廖娃的信，她是巴布金诺庄园的女主人，在十九世纪八十年代契诃夫一家曾在那儿度过了三个夏天。

"……巴布金诺许多东西都正在损坏，从主人们起一直到房屋；但是孩子们和树木都长大了……主人成了一个老婴儿，他善良且有点沮丧。他干得很多，但不过问庄园事务，当人们请他去看一看某些不成体统的事时，他就摆摆手沮丧地说：‘你知道，我已经哪里也不去了！’女主人老了，牙齿已落光，但是她……很厉害。她已摆脱了一切桎梏，世界上她什么也不怕。不，我说错了，她还是怕的：她怕醉鬼、疯子和歇斯底里的女人。年迈和不幸没有‘吞掉’她——她不泄气、不沮丧、不悲观。她补衣服，她深信她在干事业，她的出发点是：既然她注定干不成更大和更有意义的事业，那就干手边可干的事吧。我肯定地说，随着每一粒扣子和细带也缝进去了她的一小部分心灵。这说明：她更清楚更深刻地领悟到了生活的意义和任务。我呢，真的，我纯粹是靠意志的力量在生活，我的物质外壳已完全破碎，但是我鄙视它，它和我不相干。我将活到一百岁，只要认为还有事情需要我。”

当初主人幻想过，随着沃斯克列先斯克的铁路支线开通以后，“巴布金诺的土地价格会高涨，我们建造上一大批别墅，就会成为大富豪”。但命运作了另一种决定。为了还债巴布金诺被变卖了，基谢廖夫一家迁居到了卡鲁加，在那里，昔日的庄园主在银行里找到了一份工作。

到十九世纪末，俄国的报纸上不断刊登关于出卖和拍卖的消息：古老的领地和田产从手中滑走了，随着拍卖的榔头声出手了。例如，戈利岑家族的附有大花园和几个池塘的产业被分成了几个地块卖出去，供别人建造别墅，每块地的价钱由二百卢布到一千三百卢布不等。而这和巴布金诺的命运一样，与《樱桃园》的情节基础十分近似，在《樱桃园》中陆伯兴是为未来的避暑者协会准备地盘的……

世界文学中有许许多多的乌托邦，但是在这些乌托邦中陆伯兴的乌托邦看起来几乎是最滑稽的。

在短篇小说《妻子》中，最后一个老爷和最后的奴婢和仆人们在度过自己有限的余年，房子本身就像一个古老的宗法制的博物馆，它塞满了已经过时的、现在谁也不需要的、非常坚固和贵重的东西，这些东西在制造的时候曾是打算用上几个世纪的。就像果戈理的《死魂灵》中一样，出现了强有力的、结实的人们和能工巧匠的影子，曾几何时，他们以自己的双手创造出了绝妙的、新时代的工程建筑无法与之相比的作品。

在契诃夫的笔下，东西诉说着人——只是在这种意义上说这些东西是他的剧本和小说中所需要的。在短篇小说《妻子》中有着“尊敬的大橱”这个独特的先驱，在这里它体现了关于过去的时代和现今已不在人世的人们的追忆，并给工程师阿索林——小说是以他出面讲述的——提供一个契机把“二十世纪和十九世纪”进行比较：

“我心想：布狄加[①]和我有多么大的差别啊！布狄加制造东西首先注重结实牢固，认为这才是主要点。他对人类的长存赋予一种特别的意义，根本不想到死亡，大概也不大相信死亡的可能；可我呢，在我修建那些要存在一千年的铁路桥梁和石桥的时候，总是忍不住想：‘这种东西不会永久存在……这种东西没什么道理。’如果日后有一个精明的艺术史家凑巧看见布狄加的柜子和我的桥，他就会说：‘这是两个人做的，各有特色：布狄加热爱人类，不允许自己想到他们会死亡，会消灭，因此做家具的时候所设想的是不死的人；而阿索林工程师呢，既不爱人类，也不爱生

① 短篇小说《妻子》中的一个农奴，木匠。

命，甚至在快乐的创造时刻也不觉得死亡、消灭、终结之类的想法可憎，所以，您看，他这些线条多么渺小、局促、胆怯、可怜……’”

在《樱桃园》这部喜剧中确实反映了在俄国改革前生活中发生的现实变迁。这些变革还在废除农奴制以前就开始了，而在一八六一年废除农奴制以后加速发展，在两个世纪相交之际这种变革达到了戏剧性的激烈程度。但这完全不过是历史资料，不错，这是千真万确的历史资料。但是这资料很少能揭示《樱桃园》的实质和秘密。

在这部剧作中有着某种深刻的和令人迷恋的东西，像在莎士比亚的剧作中一样，有着某种永恒的东西。传统的曲调和形象与艺术的创新、与舞台剧体裁的非惯常的解释（喜剧）、与极深刻的历史象征以理想的比例结合在一起。很难找到另一部剧本能够如此紧密地联系着前不久有纪念意义的年份的文学背景、长篇小说和剧本——屠格涅夫的《贵族之家》、奥斯特罗夫斯基的《树林》《热烈的心》《狼与羊》，同时又在同样的程度上有别于这些作品。这部剧作撰写得与文学作品有着明晰的对比性，因此在眼看着加耶夫和拉涅夫斯卡娅、眼看着老房屋和樱桃园的布景时，不能不想起那部老的、充满各种冲突和失望的长篇小说。“你好，孤独的老年，熄灭吧，无用的生命……”人们该会回忆起这些话，也的确是回忆起来了，因此斯坦尼斯拉夫斯基和涅米罗维奇-丹钦科在阅读了《樱桃园》之后就把它导演得类似传统的屠格涅夫式的辞别过去的哀歌，而不是一部在各方面都是创新的，为未来的剧院、未来的观众创作的话剧。

首演之后不久，在一九〇四年四月十日，契诃夫在给

О. Л. 克尼佩尔的信中以他所不习惯使用的尖锐口气指出："为什么在海报上和报纸广告上这样固执地把我的话剧称做正剧？涅米罗维奇和阿列克谢耶夫[①]在我的剧本中看到的绝对不是我所写的东西，我愿做任何保证说他们两个连一次也没有仔细地读完我的剧本。"

在给各种人写的信中和与各种人的谈话中，契诃夫坚定地重复说：《樱桃园》是一部喜剧，"有的地方甚至还可说是滑稽戏"。

人们坚定地把《樱桃园》理解为正剧并按正剧演出。斯坦尼斯拉夫斯基在第一次读过剧本以后就不赞成契诃夫的意见："这不是喜剧……这是悲剧，无论您在最后一幕打开的是何种通向美好生活的结局……我像女人一样哭了，我想抑制自己，但没有做到。"已经是在契诃夫死后，大概是在一九〇七年，斯坦尼斯拉夫斯基再次重复说，他在《樱桃园》中看到了一部俄罗斯生活中的沉重和凄惨的事情。

另一些同时代人则愿意把舞台上演出的戏甚至不看成是正剧，而是悲剧。

一九〇四年四月二日，О. Л. 克尼佩尔写信给契诃夫说："库格尔昨天说，这是一部美妙的话剧，大家都演得很出色，但演的并不是应该演的东西。"两天以后："他认为我们演的是通俗喜剧，而应该演悲剧，所以我们没有理解契诃夫。瞧，就这么一回事。"

"就是说，库格尔赞扬了这个戏？"在回信中契诃夫惊讶地说，"应该给他寄去四分之一磅茶叶和一磅白糖……"

---

① 即斯坦尼斯拉夫斯基。

苏沃林在他的“短信”栏目（《新时报》4月29日）中辟出了一页评论《樱桃园》的首演：“日复一日总是同样的东西，今日和昨天一样。剧中人聊天，欣赏大自然，流露感情，重复着各自喜爱的话语，吃吃喝喝，跳跳舞——可说是在火山上跳舞，当暴风雨骤来之际，人们在灌白兰地……知识分子讲着好听的话，邀请人们走向新生活，而他们自己连一双好的套鞋也没有，某种重要的东西在被破坏，也许是由于历史的必然性而被破坏，但是这毕竟是俄罗斯生活的悲剧，而不是喜剧，也不是娱乐。”

苏沃林否定的是剧本的演出者们，是剧院，而不是作者，然而把《樱桃园》称做喜剧的是契诃夫，正是他要求这样上演和这样表演这出戏的，导演们尽了自己之所能，但作者是无法辩倒的。可能《樱桃园》的体裁问题——不是形式的问题，而是世界观的问题。

导演们感到困惑。涅米罗维奇-丹钦科于一九〇四年四月二日发电报到雅尔塔说：“自从我开始从事戏剧工作以来，我不记得观众像今天这样对一部戏、体裁和心理的微小细节都作出如此的反应。从沉着、清楚、才华的角度说，演出的总的格调好极了。从普遍赞赏的意义上说，成功是巨大的，比你的任何一部其他的剧作都更成功。在这次的成功中什么可以归之于作者，什么可以归之于剧院——我搞不清楚。大家都很希望作者能来……”

当时的主要批评家，例如，Ю.艾亨瓦尔德为评价《樱桃园》寻找了一些风格新鲜的表达用语：在喜剧的人物之间“有着某种无线的联系，在停顿的时候好像舞台上有着某种听不到的话语扬着轻盈的翅膀飞过。一种共同的情绪把这些人相互联系在一起”。人们琢磨到了《樱桃园》中的舞台冲突和形象的非传统性，他们写道，契诃夫越来越“脱离那种作为对立的精神气质和社会利益之冲突的地道戏剧……好像从远处观望一样，社会典型不显著了……在由浓变淡……”只有契诃夫能够在叶尔莫莱·陆伯兴身上不单单展示出一个富农，而且赋予了他“沉思和道德忧患这种使人高尚的特点”。

这里说的也是千真万确的：东家们太糟糕。“以前的老爷一半是将军……”

“已崩溃的贵族制度，取而代之的某种尚未完全形成的叶尔莫莱·陆伯兴之流的居间谋利，厚颜无耻的游民的进攻，散发着香水和沙丁鱼气味的翘尾巴的仆人——所有这一切，重大的和渺小的，明朗的和尚未表露的，带标签的和不带标签的，都被从生活中匆匆收集起来，匆匆地撮合在一起，凑成一出戏，就像送到拍卖厅那样。”Ю.别利亚耶夫这么写道。（《新时报》1904 年 4 月 3 日）

千真万确的事实！不过，在生活中——是的，是匆匆地，而在舞台上——则不然。

弗谢沃洛德·梅耶尔霍尔德赞赏《樱桃园》，他以自己的理解作了说明：“您的剧本很抽象，就像柴可夫斯基的交响乐一样。导演首先应该用听觉捕捉它。在第三幕，在愚蠢的‘踏步声’的背景上——需要听到的就是这种‘踏步声’——恐怖令人无法察觉地来临了。

“‘樱桃园被卖掉了。’人们在跳舞。‘被卖掉了。’人们在跳舞。这样一直到剧终……欢乐，在其中可以听出死亡声音的欢乐。在这一幕中有着某种梅特林克式的东西，可怕的东西。我作这样的比较，只是因为我无法说得更确切一些。您在您的了不起的创作上是无与伦比的。在读外国作者的剧本时，觉得您以您的新奇而独树一帜。在戏剧方面西方得向您学习。”

高尔基是指望契诃夫写出一部新的、革命的作品的，他写信说：“您抛出了一部调皮的东西，安东·巴甫洛维奇。您吟出了一首美妙的抒情诗，然后，出人不意地把斧头全力一挥，对准树根砍去：让旧生活见鬼去吧！现在我确信，您的下一部剧作将是革命的。”

现代导演所作的许多解释和各种各样的戏剧实验的经验雄辩地证明：对于我们来说也并非一切都清楚了，独创性的创作尚未被彻底理解，在舞台上体现《樱桃园》——将是一个永久性的任务，例如，就像排演《哈姆雷特》一样，一代代新的导演、演员和观众都将寻找自己能打开这部如此完美、神秘而又深刻的剧本的钥匙。

该剧的创作者在一九〇四年未必是获得了巨大的成功，而且还发生了一些伤心事。

在剧本上演和公开发表之前很久，当剧本手稿刚刚寄到剧院之时，戏剧评论家 H.E.埃夫罗斯就在《每日新闻》报上对该剧的内容作了概述，并严重地加以歪曲。“现在我突然读到，”契诃夫写信给涅米罗维奇-丹钦科说，“拉涅夫斯卡娅带着阿尼娅住在国外，她和一个法国人同居，第三幕的地点在一个什么旅馆里，陆伯兴是一个富农，是个狗崽子，等等。我能怎么想呢？”

他在一些信中多次提到这一屈辱：

“我的感觉是这样的，好像有人给我泼了污水，用污水浇了我满身。”（1903 年 10 月 25 日，致 O.Л.克尼佩尔）

“埃夫罗斯在继续表现他自己。无论我翻开哪一份外省报纸，

到处都是——旅馆，到处都是恰耶夫。”(10月28日)

“我有这样一种感觉，好像是我抚养了一个小女儿，而埃夫罗斯突然把她糟蹋了。”(11月3日)

更加令人烦恼的是另一桩事情。根据一八九九年订立的协议，契诃夫对他的每一篇新作只有权发表一次，而重印权完全只属于马科斯的图书出版社。契诃夫答应了高尔基，将《樱桃园》交给了他收入《知识》文集。但该书在书报检查局遭到阻碍（并非由于契诃夫的剧本），马科斯急于出版他的单行本，想要快些得益。一九〇四年六月五日《田地》周刊上刊印了关于“新近”出版的《樱桃园》的广告，售价四十戈比。这大大地损害了知识书店的利益；他们的文集只是在几天以前才上市出售。正在莫斯科度过自己最后时日的重病在身的契诃夫不得不给马科斯、高尔基和皮亚特尼茨基写信作解释。

在动身赴柏林之前三天即五月三十一日，契诃夫在信中向马科斯提出请求：“我已将清样寄给您，现在我恳切请求您别在我未完成我的剧本之前就出版它；我还要对剧中人物补充性格说明。我与知识书店订有合同——在一定的日期之前不出版这部剧本。”

出发那天，契诃夫发了一封电报给皮亚特尼茨基，他当时领导着知识书店的实际业务：“马科斯拒绝了。请向陪审员请教。契诃夫。”

二

在契诃夫的剧作和小说之间不感到截然的不同，不像在其他作家的创作中那样，这两个领域是断然区分的。例如，在我们的意识中屠格涅夫和列夫·托尔斯泰首先是伟大的散文家、长篇小说家，而不是剧作家。而契诃夫在写小说时也感到他是一个生活在自己的人物形象之中的剧作家：“我时刻应该以他们的语气说话和思考，以他们的心绪去感觉，否则如果我把自己的主观性加上去，形象就会模糊起来，小说就不十分紧凑了……”

同时代人在对待契诃夫的创作上没有一致意见。一些人预感到他的剧作刷新着舞台，也许将成为世界戏剧史上新的一页，但是多数人仍然认为，契诃夫首先是一个小说家，如果他把他的那些剧本改写为中篇小说，那就会好得多了。列夫·托尔斯泰也是这样认为的：“我不理解契诃夫的剧本，我高度评价他这位小说家……他干吗要在舞台上描绘什么三位小姐觉得寂寞[1]？……用这些材料倒是可以写成一部美妙的中篇小说，而且显然他会写得很成功。”

问题并不在于在阅读契诃夫的剧本和小说时会明显地、虽然有些不确定地感觉其风格与创作笔法上的统一，而在于契诃夫常常——当然是自觉地——在剧作中变奏和重复象征性城市的题材，在这种城市中生活着他的人物，他们悲伤地、痛苦地谈论着这种城市；变奏和重复着劳动的题材，劳动说明了他们生活的空虚和无益；变奏和重复关于生活本身的题材，这生活在二百年或三百年之后将是美好的……契诃夫的短篇小说、中篇小说、剧本在作者的统一构思、共同的艺术题材方面确实是有联系的，并且形成一个完善和完整的艺术世界。

《樱桃园》的剧情发生在拉涅夫斯卡娅的庄园里。但是“可以

① 指剧本《三姊妹》。

看到通向加耶夫庄园的道路”，而“在很远很远的地平线上模糊地显现出一座大城市，只有在非常好的、晴朗的天气才能看得见这座城市”。

在舞台上放着曾祖父留下的东西，它们体现了宗法制真实古老的过去——“一百年来你鼓励人们从事有益工作的无声号召没有削弱过，它支持了（含泪地）我们家族中一代又一代人的勇气、对更美好的未来的信念，在我们身上培养善良和社会自觉的理想……”至于谈到人物，例如那个面对大橱说了这番热情话的加耶夫，那么生活早就把他们抛向天各一方了——抛到了俄罗斯和欧洲的各大城市，有的人到省里去任职，有的人到西伯利亚去任职，各人到了各自的去处。他们不由自主地聚集在这里，怀着某种神秘的——当然完全是枉然的——希望来拯救古老的花园、古老的家族财产和自己的过去（他们现在觉得这过去是那样美好），也拯救他们自己。

然而他们为之而从各方聚来的事件却发生在舞台后面，在舞台上任何传统意义上的“情节”是没有的：人们只是在等待。实质上，应该把这部戏演成一直延续四幕的停顿，这是过去和未来之间长时间的停顿，其间充满了唠叨、感叹、抱怨、冲动，而主要的是充满了沉默和烦闷。这部戏对演员和观众都是有难度的：演员们几乎没有什么可表演的——一切都轻描淡写，一切都透过压抑的哭泣声，半耳语声或低声，没有强烈的冲动，没有鲜明的手势，只有瓦里娅的钥匙的碰击声，或陆伯兴的脚碰到小桌子的声音，或是茶炊吱吱作响，菲尔斯唠叨着自己的谁也不需要的、谁也不明白的什么话，观众们则需要注视着面部表情、语调和停顿，注视着表演的心理潜台词，这种潜台词远非在所有人的心目中都重要，只有那些“在叶夫列莫夫之前的”莫斯科艺术剧院的舞台上看到过多布龙拉沃夫[①]、塔拉索夫[②]、利瓦诺夫[③]表演的人才记得这种潜台词。

对于一些人物来说，一切都在过去的生活之中，就像菲尔斯那样，对另外一些人物来说，则一切都在未来之中，就像特罗菲莫夫和阿尼娅那样，对于拉涅夫斯卡娅来说，还有她的仆人雅莎，他们所想的一切都在法国，而不在俄国（“биб ла франс！[④]），因此他们在舞台上实质上是无事可做的，只有苦恼和等待：没有惯常的那种戏剧冲突——爱恋和背叛，没有滑稽的纠纷，也没有命运的悲剧性转折。有时人们会大笑起来，但又马上停止，因为不可笑；或者会为一件什么不可逆转的事情而哭泣起来。而生活却在照常进行，大家都感觉到它跟平常一样，感到园子将被变卖，拉涅夫斯卡娅将要离开，彼佳和阿尼娅也将离开，菲尔斯将死去。生活在照常进行——带着所有的关于过去的回忆和关于未来的幻想，带着惊恐和强烈的神经质的不安，而现在，即在《樱桃园》舞台活动的时间内则充满着这种不安，这种不安的紧张性达到了如此程度，以致使舞台上和观众大厅里都感到呼吸困难。

虽然在这部剧中没有一个人物、没有一幕戏或冲突是稍许有些脱离现实生活的，或者说，是与之矛盾的，但《樱桃园》却是富含诗意的虚构：在一定意义上说这是童话般的世界，充满了隐秘

---

① 多布龙拉沃夫（1896—1949），苏联演员。
② 塔拉索夫（1934—　），苏联演员。
③ 利瓦诺夫（1904—1972），苏联演员。
④ 法文“法国万岁！”的俄语译音。

的寓意、复杂的拟人化和象征，它保存着已逝去的时光和日子的秘密。这是戏剧神话，也许对于它来说一个最好的体裁定义是这样的：神话喜剧。

房屋和园子都充满着回忆和阴影。除了剧中的——可说是"现实的"——人物以外，在舞台上无形地存在着那些栽种和养护这些樱桃树的人，那些抚育樱桃树的人——加耶夫、拉涅夫斯卡娅们，他们是多么无力自卫、不起作用和缺乏生活能力。所有那些"从园子里的每一片叶子上、从每一条树枝上"看着彼佳·特罗菲莫夫和阿尼娅的人都应该以某种方式存在于舞台上；除他们之外，那些在这里过挥霍无度的生活的人（"我丈夫死于香槟酒……"），还有那些在这里出世，但没活多久就死去的人，如拉涅夫斯卡娅的儿子，彼佳本应该去教育他和开发他的智慧。（"孩子死了，溺水了……为了什么？为了什么？我的朋友？……"）

也许，斯坦尼斯拉夫斯基导演处理中有过多的现实性——鲜明的绿色树叶，太多的花朵，在停顿时过于响亮的蟋蟀声——这使契诃夫感到不满，是因为这么做最终受到损失的是《樱桃园》的精神。在这个剧中，舞台上的每个细节，在特罗菲莫夫所谈到的家具、树枝和花朵中都应该感觉到过去的脉搏，倒不是感觉到它的博物馆的或者陵墓一般的准确性，而更应该是严肃性、相信它的永生和它对正在代替它的新生活的无限信任，就像农奴-木匠格列勃·布狄加那样。

按照古老的、现在已几乎是永久性的传统，契诃夫的剧本总是在极其现实的布景中演出，有着俄罗斯的古风细节，红角里放着几尊神像，晚上在客厅里或者在露台上喝茶，茶炊里的水在翻滚，像阿林娜·罗季奥诺夫娜[1]那样的保姆坐在一旁。在老屋的窗子那边，在祖先的庭院围墙那边住着一些不安宁的，按上世纪的模式打扮的身穿大礼服、制服和连衣裙的老爷，这样的服装现代的演员们已经不会穿了。A.勃洛克特别看重，如他所说的，契诃夫剧本的这种“营养价值”、舞台的舒适、古老东西的扎实性，这些东西好像意识到自己的价值：“亲爱的、尊敬的大橱……”[2]

而斯坦尼斯拉夫斯基则更加强了这种物质性和现实性，以弥补那似乎是称之为情节不足的东西：既有发射声（“装乙醚的玻璃瓶爆破了”），也有斧头砍树的响声，小提琴弦绷断的声音，“屏息的、悲伤的声音”，雨声和风吹树枝的沙沙声，而在停顿的时候蟋蟀在清晰地鸣叫。

如果仔细地和慢慢地阅读和反复阅读契诃夫的剧作，其中总有一些可以听得见的，但会从视野滑出的东西，这是比舞台情节更重要的某种东西。这“某种东西”很像精神的苦闷，很像一种独特的不寻常的情绪，这情绪如果不称之为契诃夫情绪，大概也就不会有别的名称：在《万尼亚舅舅》《海鸥》《三姊妹》和《樱桃园》之前，在世界戏剧中未曾有过任何类似的东西。这种契诃夫情绪比较容易在导演说明中和戏文的字里行间捕捉到，因此读剧本比看戏为好，因为在舞台上为了基本的情调不由自主地得牺牲一些细微的意味，甚至在非常好的演出中也照例是失多得少。那些曾建议契诃夫别写剧本而写中篇小说的批评家也以自己的方式理解了这一点。（不过也有人提出过相反的建议，在以后，已经是

---

① 指 A. C.普希金的保姆。

② 《樱桃园》中加耶夫的一句有名台词。

在我们的时代，契诃夫成熟时期的几乎所有的短篇和中篇小说都被搬上了银幕或舞台。)

如果你仔细观看和倾听，你会开始逐渐理解：契诃夫的剧作虽然都是讲家庭中的事情和舒适环境，却都演绎出广阔的世界。这个广阔的世界包围着这种舒适家园并以鸟儿的鸣唱、树叶的沙沙声、仙鹤的叫声让人们了解它的存在。剧中人物生活在自己的角色中，戴着自己的脸谱，由于某种戏剧旧习而觉察不到周围展现着无边无际的世界，这世界中有树林，有通向远方的道路、星辰和无数正在消失的或者未来的生命。在这里每一个人，无论是舞台上的或者观众厅里的人，都有自己的烦恼和不幸。但是突然在《三姊妹》里一群仙鹤飞过，随之玛莎就说："活着，却不知道，仙鹤为什么飞，孩子为什么要出生，天上为什么有星星。"这些话与情节没有任何关系，但是，正是这些话与许许多多其他的暗示和寓意创造出了"苦恼"，即高尔基在听了《樱桃园》后所说的那"苦恼"。在《万尼亚舅舅》中阿斯特罗夫和叶列娜·安德烈耶夫娜两个单独留了下来，似乎应该开始一场爱情戏，职业演员都善于演这种戏，甚至中等水平的演员也能演得很成功——爱情戏也确实是开始了，但马上就中断了：阿斯特罗夫展开了一张县地图，在这个县里树林已所剩无几。

在契诃夫之前，剧院里没有过任何类似的东西，戏不是按惯例进行的，这戏也确实很难演：女演员默不作声，无聊地倾听阿斯特罗夫长篇大论的独白，表现出对他和他的地图的兴趣和注意。她没有别的舞台任务，没有什么可演，一切都支撑在情绪之上、支撑在对观众的信任之上。

三

在每次谈论《樱桃园》时所产生的许多复杂问题（有些问题已产生很久，并且探讨了很长时间仍得不到解决，以致人们觉得似乎这些问题是不可能解决的）之中，有一个乍一看来是不太困难的问题：这部在整体上并且似乎在所有细节上都是如此真实的喜剧是否失真?《樱桃园》在多大程度上是合乎历史的和现实的?

蒲宁在他的关于契诃夫的书中写道，他对“贵族、地主，对贵族庄园，对他们的园子只有很少的了解”，但是即使在现在他也以《樱桃园》的臆造美征服着几乎所有人，这个樱桃园与契诃夫献给俄罗斯文学的“许许多多现实的美”不同，它没有历史性的真实：

“我恰恰是在‘衰落的’贵族之家长大的。这是偏僻的草原上的领地，但其中有一个大花园，不过不是樱桃园，当然，因为与契诃夫的写法不同，在俄罗斯任何地方都没有**清一色**的樱桃园；在地主园子里只有**一部分**，有时甚至是很大的部分长着樱桃树；又与契诃夫的写法不同的是，任何地方这些长着樱桃树的部分不可能恰恰是在主人住房**旁边**，在樱桃树上没有任何美妙的东西，它们根本就不美丽……树干粗糙多节，叶子很小，在开花期间花朵也很小……完全不可想像的是，陆伯兴不等它们以前的女主人从家里离去就愚蠢地、迫不及待地命令砍去这些带来巨大收入的樱桃树……”

按照蒲宁的看法，整个剧本中相对真实的人物只有一个菲尔斯——“这惟一是因为老爷的老仆人典型在契诃夫之前已经被人家写过一百次……”

令人惊讶的是，蒲宁写下这一页时已经侨居国外，年事已高，这时他已经很清楚，许多花园、树林、森林被挖掉，许多庄园和庙宇被拆毁；他知道，在他眼前展现的俄国现代史中恰恰每天都实现着他认为是不可能的，“难以想像的”事情，如果在契诃夫的最后一部戏剧中有着某种真正的真的东西，那就是陆伯兴迫不及待地砍伐樱桃树……

苛求绝对的生活真实——直到庄园的分布，直到樱桃树可以长在什么地方，不可以长在什么地方——这种固守正统的现实主义也是令人惊讶的。蒲宁是一位严肃的和经验丰富的作家，他凭自己的经验就知道，诗意虚构在文学中是多么必不可少，在文学中这种诗意虚构是多么寻常。例如，蒲宁回忆到他那篇充满俄罗斯外省沉思的、无可非议的真实的短篇小说时说：“《轻松的呼吸》是我在乡村写的……一九一六年三月：瑟京主办的《俄罗斯语言》要我为复活节一期刊物写点什么。怎么能不写呢？当初《俄罗斯语言》付给我的报酬是一行字两卢布。但怎么办？杜撰什么呢？于是我突然想起来，有一次在冬天我完全偶然来到了卡普里岛上的一个小墓地，看到了一个墓前十字架上面的凸出的瓷相框上镶着一张年轻姑娘的照片，她的眼睛异常地活泼和欢乐。我马上把这姑娘想成是俄国姑娘奥莉娅·梅谢尔斯卡娅，我把笔蘸了墨水，就开始以令人赞叹的快速构思短篇小说，这种快速是在我写作活动中的某些十分幸福的时刻才有的。”

因此，从创作源头来看《轻松的呼吸》既与“生活真实”无任何关系（卡普里岛墓地上的一座小坟，这当然完全是另一个故事），也与俄罗斯本身无任何关系（卡普里是意大利境内的一个小岛）。

在 Г.Н.库兹涅佐娃的《格兰斯克日记》中有着几行雄辩的文字说明与蒲宁在短篇小说《轻松的呼吸》的"生活真实"和诗意问题上的分歧，作家的这位女交谈者觉得这篇小说在女性隐秘（而这是这篇小说的主旨）的问题上既不真实，也更无诗意：

"我们谈论了《轻松的呼吸》。

"我说，在这篇引人入胜的短篇小说中我一直对一个地方感到惊讶，就是奥莉娅·梅谢尔斯卡娅高兴地没有任何必要地对女校长说，她已经是妇女了。我尽量想像任何一个中学生，也包括我自己在内——我还是不能想像她们中的某一个人会说出这种话。蒲宁解释说，他一直热衷于描绘陷入了'内心实质'极限的女人——'只是我们把这称为内心本能，而我在那个作品里把这称为轻松的呼吸……奇怪的是，比起《爱情语法》来人们更喜欢这篇小说，而须知《爱情语法》要好得多……'"

可以反驳说，所有这一切——卡普里岛上的墓地，它很少像俄罗斯的墓地，就如同俄罗斯的冬天很少像意大利的冬天一样，还有鼓舞人心的稿费，甚至还有那"内心本能"——所有这一切归根结底什么也不说明，不解决：但这还是与生活十分相像，短篇小说仍然是美好的、诗意般地感人肺腑和栩栩如生……

都是这样："不论谁说什么，此类的事情在世上是有的。"这则短篇小说有其有趣之处，并且确实是好的；就像托尔斯泰所说的，在文学中随便什么都可以虚构，只有心理方面的杜撰才是文学所禁忌的。

但是艺术的心理，如果它不是虚构的话，它要比我们这些内行和专家们所想的更多面、更复杂。

在契诃夫的所有剧本之中，《樱桃园》显然是最深思熟虑和稳健沉着的一部剧本。在这里不可能有冲动的浪漫主义迸发，也不可能有“幸福的时分”……

蒲宁的关于《樱桃园》的见解是涉及文学和诗学历史的本源的：艺术和生活，物体和词语、象征、比喻、事实。

是的，蒲宁不喜欢也不太理解契诃夫的剧作——不仅是《樱桃园》，而且正如他所说的，不喜欢契诃夫的所有剧本。不仅是蒲宁，而且许多其他同时代人也都不太喜欢和不理解——有一次列夫·托尔斯泰对契诃夫说：“您知道吗，我不能忍受莎士比亚，而您的剧本更糟糕。”这些话出人意料地将契诃夫与莎士比亚联系了起来，而莎士比亚的作品中恰恰缺少人们在契诃夫的剧本中也没有找到的东西——即那种逼真性——这些话在一定意义上说是预见性的。在世界戏剧史上一个新的时代正在到来：老的东西不被人们喜欢是因为它是老的，它远离当今的需要和忧虑，而对于新东西来说时机尚未成熟，它无论是在社会意识中，还是在喜爱文学和戏剧、怀着天真的信任在舞台上寻找生活真实的人们的鉴赏力中都尚未确立自己。世界戏剧正在翻开它历史中的新篇章，它在改变着自己的帷幕、布景和观众厅。已开始的并不是幕间休息，更确切些说是停顿，是独特的“二分点”，同样不乐意地谈到契诃夫和莎士比亚的列夫·托尔斯泰所指的实质上也就是这种“二分点”的到来。

为了反驳蒲宁，可以参阅老的百科手册和词典、老的园艺学书籍。或许可以有根有据地证明，在庄园里和老爷的房屋周围是曾经有过樱桃园的。但是这种“现实的注释”实质上不能否定也不能说明任何东西，因为在俄罗斯早已没有当年的老爷房屋和庄园，也早已没有当初曾经围绕和遮蔽它们的花园，而《樱桃园》

仍然和以前一样在上演——在俄罗斯的舞台上上演，在英国和日本也上演，虽然在那里不仅现在没有拉涅夫斯卡娅们、陆伯兴们、加耶夫们、西缅昂诺夫-毕希克们，而且在以前也不可能有，很自然，从来就未曾有过。

现在我们来谈主要的东西，可以说，这部戏剧中的花园——不是在一定程度上准确地展现了鲜花盛开的樱桃树的布景（依蒲宁的看法，在莫斯科艺术剧院里这一点做得完全不准确，甚至是略嫌粗笨，因为现实的樱桃树上根本没有那些太大的和繁茂的花朵），而是一个舞台形象；最好还是说，这是象征性的花园，但是由于“象征”这个术语有着太多的意思和它的不确定性，在这里我们又遇到了一些真正的困难。

例如，把“象征”和“象征主义”这两个概念错误地混同起来是十分常见的事，而要解释清楚这是完全不同的东西也并不那么简单。既然是象征，那就是说是象征主义，而现实主义——这就是“细节”“物品”“活生生的画面”“活生生的形象”，这就是蒲宁所谈的生活真实，也就是我们由于自己的幼稚而向艺术要求的那种逼真性……

人们写过一些专著论述文学中的（和总的艺术中的）象征，这些著作的缺憾是表达冗长，偏重例证，甚至有许多内容贫乏庸俗的关于象征的观念，并把这些观念归结于某种实例，比方说在谈到国徽时，就说带子象征什么什么，谷穗象征什么什么等。

另一些关于象征的严肃定义则基于人们不太熟悉的或者多义性的术语，而这些术语本身也需给以解释和确定：“象征是从标志性的角度采取的形象，也是……一种标志，它具有神话的全部有机性和形象的无限多义性。”（《文学百科全书》）不可能简短地和稍许明确地说出在《樱桃园》这个词组中什么是来自神话，什么是来自标志和形象。但十分清楚的是，《樱桃园》是作者将其作为剧本标题的词组。可以提出一些问题：这个词组的意义何在？或者更确切些说，它的意义界限何在？显然，它的界限并不很广，可能的（“已获许的”）意义也远非无限。也许，在文学中，在只使用语言的艺术中，“作者的意愿”表现在词组免遭不正确的（“受禁止的”）解释和意义，不管我们在生活中看到（或者没有看到）的是什么样的现实花园，也不管在俄罗斯是否存在过全是樱桃树的园子。

园子，樱桃园子象征着什么？意味着什么？象征着劳动和时间。人的劳动的尺度，人的生命的尺度。我们说，这棵树三十年了，那就是说，栽种它的是我们的父亲；这棵树一百年了，那我们就应该考虑到栽种它的是我们的曾祖父一辈的人；这棵树二百年、三百年、五百年、八百年，“这棵树看见过彼得大帝”——那我们就会想到我们的祖先。还有生长这些树的土地，还有为它们所付出的操劳，以便在骚乱和改造的时候不让人们把它们破坏。需要相互交替的一代又一代人之间的继承性。

在俄罗斯不曾有纯是樱桃树的园子——这种看法不是幼稚，而是一种思维风格，是对现实主义的一种习惯。在俄罗斯艺术中已没有老的象征，新的象征也还没有，人们对象征已经生疏得达到完全不能接受的程度。

契诃夫把绝对现在时与时流观念相对起来；现在时是相对的，只有在过去和未来的背景上现在才是可以评价的。

在我们的记忆中和生活经验中可能根本就没有与花园尤其是与樱桃园相联系的任何现实观念和形象；本书的作者，比如，在契诃夫的家乡和在乌克兰见过老的樱桃树，在这些地方他看到了就像塔拉斯·谢甫琴科[①]的诗作中所写的那样的“白色农舍的樱桃园”，而在莫斯科的顿斯克修道院的围墙边看到过花儿盛开的樱桃树丛——二十棵或三十棵樱桃树。但是除了各种现实的回忆之外，这些回忆常常是瞬间的、贫乏的。在樱桃园这一词组的声音组合中就有着某种为听觉所需要的东西，有着对人的心灵来说是**迫切的**东西，哪怕这心灵甚至是不善良的和无情的。不是如画似的美丽，不是老式的诗意，而是与浮华和恶事相对立的起保佑作用的精神和纯洁。契诃夫向斯坦尼斯拉夫斯基解释说，在舞台上不应该是“樱桃园”[②]，而应该是“樱桃园”[③]。他这么说，可能恰恰是要防止多余的具体化，防止“日常生活化”，正是这种“日常生活化”妨碍了蒲宁理解这部剧作，当然，不只是妨碍了他一个人……

“……难道在花园中从每一棵樱桃树上，从每一片叶子上，从每棵树干上没有人在看着您，难道您没听见人的声音……”

我们中几乎每一个人从在小学读书的时候起就记得彼佳·特罗菲莫夫对阿尼娅说的这些话常常是作为一种历史例证，作为一种补充性的社会学的（在这种上下文联系中是相当庸俗化了的）对恐怖的农奴制度的说明。我们很少想到这些话的诗意内容。但这是一种**拟人化**，是有着许许多多转义和意思的借喻！

我们可以试一试，在某个古老花园里的一棵现实的樱桃树面前说这些话，哪怕是在心里想一想这些话：难道从每一根树枝，

---

① Т. Г. 谢甫琴科（1814—1861），乌克兰诗人。

②③ 原文中这两处“樱桃园”标注的重音不在同一个音节上，译成中文则看不出区别。

从每一朵小花……我们就会不由自主地想起蒲宁：这的确是一棵不太美丽的树，花朵很小，从它的叶子上和树枝上没有任何人的眼睛或面孔在向我们张望……

蒲宁的花园和契诃夫的《樱桃园》之间的全部差异恰恰就在这里：契诃夫的樱桃园是有人居住的，在其中确实有着无声的记忆，关于那些人的记忆，这些人曾经为园子开垦土地、培育树苗、照料树苗，保护它们不受严寒和春霜的袭击，为它们嫁接、给它们浇水，总之年复一年地劳动和忙碌，因为没有主人看管的花园是不会生长的。花园的形象在其核心中保持着时间观念，更确切地说，保持着从一代人流向另一代人的生活观念。

在《樱桃园》问世之前十五年，契诃夫创作的一部中篇小说①里有这么一段话："在监狱后面，那座给烟熏黑的打铁店露了露头，再往后是一个安适的绿色墓园，周围砌着一道圆石子墙。白十字架和白墓碑快活地从墙里面往外张望。它们隐藏在苍翠的樱桃园中间，远远看去像是些白斑点。叶戈鲁什卡想起来每逢樱桃树开花，那些白斑点就同樱桃花混在一起，化成了一片白色的海洋。等到樱桃熟透，白墓碑和白十字架上就点缀了许多紫红色的小点，像血一样……"

在契诃夫的意识中久久地保持着这个园子的形象，在这个园子中保持着过去本身——过去的白色海洋在樱桃树的花序和紫红色的果实之中……

园子——无论是樱桃园，还是苹果园，或者是其他的什么园子，如果没有对生活的信任，就不可能有园子；园子在春天开

① 指《草原》。

花，秋天结果，它把过去和未来联结起来。在契诃夫笔下“园子”这个词（而且，既在我们的语言中，也在世界其他各民族的语言中）象征着天长地久的从曾祖辈到曾孙辈的和平生活，象征着长久的不知疲倦的劳动，没有这种劳动人的良心就不会安宁。谁会不想到继承人和后代，只为自己的短暂的一生而开垦园子呢?

“这确实是个好园子，模范的园子……可这为的是什么？它的目的是什么？……我是想问，我死后这个园子会怎样？你眼前看见的这个园子的面貌，缺了我，就连一个月也维持不了。成功的秘诀不在于这个园子大，工人多，而在于我爱这个事业，你明白吗？也许比爱我自己还要深得多。你看我，什么事都亲自动手干。我从早干到晚。我亲自嫁接，亲自剪枝，亲自栽种，样样工作都是我亲自干。有人来帮我，我就嫉妒，而且气愤，甚至说出粗鲁的话来。关键在于爱，那就是说，在于主人的一双敏锐的眼睛，在于主人的两只手，在于主人的那种感觉：不论到哪儿做客，只要坐上个把钟头，就会心神不定，浑身不自在，生怕园子里会出事。可是我一死，谁来照管它呢？谁来干活？花匠？工人？是吗？我干脆对你说吧，亲爱的朋友，我们事业的头号敌人不是兔子，不是五月金龟子，也不是霜冻，而是不相干的外人。”（《黑衣修士》）

不联系契诃夫的其他中、短篇小说，几乎不能完全理解《樱桃园》，这些中、短篇小说可以说明和解释这部剧本，但与花园、花朵和树木并非有关。契诃夫的这种作品很多，一下子不可能把它们都集中起来。在这里重要的不仅是《黑衣修士》中的那些景色描写，同样，包含有许多关于人和人性、关于善和恶的哲学思考的《花匠头的故事》也是很重要的。因为契诃夫笔下的这些园丁热爱劳动是基于某种古代哲学的，是基于人类统一思想的。那时的人类还没有利己主义、没有相互猜疑和敌对——不仅在人与人之间没有猜疑和敌对，而且在对大地，对他们自己生长于其上的、之后又在其上养育自己的后代和花园的大地也没有怀疑和敌对："我的奶奶说，就连上帝也看在这种对人的信心面上饶恕了那个小城全体居民的罪过。上帝看到大家相信人是上帝的形象就高兴，如果大家忘记了人类的尊严，把人看得连狗都不如，上帝就伤心。就算这个宣告无罪的判决给小城的居民带来损害，但是另一方面，你们想想看，这种对人的信心，反正不会成为死的东西，一定会对他们产生十分良好的影响。这种信心会在我们心中培养宽宏大量的感情，永远促使我们热爱和尊敬每一个人。每一个人！这才是要紧的。"

契诃夫笔下的园丁们——佩索茨基、《花匠头的故事》中的老人都固有一种特殊的处世态度。他们为自己考虑得少，更多的是为他们的园子和树苗考虑。因此，自然而然他们更多地考虑后代，考虑那些在他们之后将要看管园子、照料树丛的人。在这些形象中最充分地体现了契诃夫对人和人生在世的事业的理解，他们是正直的，实质上，只有他们才可以对自己说："我是人。"他们也固有一种特殊的对人的、尽管是乌托邦式的信任，没有这种信任是培育不出花园的，也保持不住活的心灵。契诃夫所塑造的花园——在生活中也是这样——任何时候都是继承的或世袭的责任或劳动的象征。

树的形象不仅在契诃夫笔下和俄国文学的抒情诗中人格化和形象化，而且在现实中也是这样。世上有古代的石造的建筑——

建筑古迹，这些建筑是美妙的，它们也体现了过去。例如，在卫城[①]的庙宇里，柱子是树木形的，而考林辛柱式[②]的建筑是树叶形的；在博物馆中和宝库中也有许多古董，但树木、园子、森林却完全是另一种活生生的过去。树木按我们的年份记录着它自己的岁月，年复一年围绕着树心增添自己的年轮，它在最现实的呼吸意义上进行着呼吸（在契诃夫的一篇早期短篇小说中，花园里树芽尚未绽开，但是树木已经在生活，已在呼吸）。我们甚至不必怎么探讨光合作用的奥秘，也不必怎么考虑植物学，我们也会知道，树木让我们呼吸，向我们提供那包围着地球和呵护着生命的蓝色的透明体，而同时却又不向我们索取任何回报。

对于剧本的人物们来说樱桃园与其说是祖传的财产，不如说是过去的化身，这过去对老人和年轻人是共同的——只有一个夏洛达除外。她总是戴着悲伤的假面，而这次在她身上出现的却是俄罗斯式的笑声。在这里，园子是某种一直存在的东西：在菲尔斯出生之前，在加耶夫、陆伯兴和特罗菲莫夫之前，在杜尼雅莎和雅莎之前；拉涅夫斯卡娅谈到园子时说："啊，我的童年，纯洁的童年！我就在这间育儿室里睡觉，从这儿观看花园里的景致，每天早上同幸福一块儿醒来，那时花园就是这个样儿，到现在一点也没变。一片，一片白色！啊，我的花园！经过了阴霾的秋天和严寒的冬天，你又变得年轻了，整个儿充满着幸福的气象，天上的安琪儿不会抛弃你的……只能够从我胸上、肩上，把那块大石头去掉，但求能够把过去的事忘掉，啊！"

---

① 指的是古希腊城市筑有堡垒的高耸部分。雅典的卫城最著名。

② 考林辛柱式是三大建筑柱式之一。柱子很高，有柱座、柱身、柱槽，柱头华美，上有毛茛叶饰与小涡卷饰。

樱桃园几乎是俄国文学象征中最复杂的象征，这象征转化为我们的心灵记忆，转化为这几个字和词组的所有意义：园子、樱桃园、阳光照耀下夹在树叶中的红樱桃、一串串樱桃（还有我们自己“个人的”记忆把它们与之联在一起的所有东西）；还有朝霞、露珠、雨水和彩虹、蜜蜂的嗡嗡声和鸟儿的鸣叫声——总之，一切富有诗意的只要能够想像得出的反响，直到剧本末尾的导演说明：“可以听到远处人们用斧头砍树的声音……”

树象征着过去，因此，它也就象征着生活本身。像一切有生命的东西一样，它是会受伤害的；树木比我们更加脆弱得多，更加需要支持和保护。想到树时，我们就有理由想一想自己的短促的一生，这短促的一生足够让我们毁灭和挖掉甚至一整片原始森林，但是这一生却不足以让我们培育出一个“新的”即使是远不能与以前曾有过的花园相比的花园。实质上，在俄语中不能说：“我们要开辟出一个新的花园（当然是年轻的花园，而不是新的）。”正像不能以另外什么翻新了的东西代替自己的过去一样。这与我们俄语的精神、与包含在这语言中的良心相矛盾；这是无稽之谈，是“莱尼克萨”[①]，就像《三姊妹》中库雷金所说的那样，就像不能说“新”海、“新”草原一样……

“樱桃园”这个词组的特点显然就在于，它在我们俄语中没有任何反面的意思；这在俄语词汇中从意义上说是绝对的正面极。而相反，“用斧头砍树”“砍断树根”“折断树枝”这些词组所

① 在契诃夫的剧本《三姊妹》中，库雷金讲了一个笑话：在学校里有个教员给学生的作文下了评语：“чепуха”（意为“胡说八道”）。学生误以为是“renixa”，并按拉丁文的拼音读为“莱尼克萨”，而拉丁文中的“renixa”意为“肾脏”。由此，这里的“莱尼克萨”也就有“胡说八道”和“无稽之谈”的意思。

表达的则是最大限度的不道德和鲁莽。

在契诃夫的这部剧本中，樱桃树绝不是一种布景，在这种布景的背景上剧中人物发议论，憧憬未来和讨价还价。不，樱桃园是大地上生命的价值和意义的体现，在大地上每一个新到来的日子永远都是从过去的一天中分出来的，就像幼芽是从老的树干和树根上发出来的一样。

“樱桃园”被一种特别的感情所温暖、所笼罩——这就是过去的感情。这是一种总的、“契诃夫的”感情——这种感情在《大学生》中有，在《草原》中也有，在《草原》中根据最年轻的人物——尚未长胡子的斯杰普卡的面部表情就可以看出，以前他比现在生活得好得多。“俄国人喜欢回忆，但不喜欢生活。”——这也许就是贯穿于契诃夫的戏剧和小说之中的伤感情绪的真正源头。似乎在过去有着某种重要的，比现在所看的一切更加庄严和重大的东西。事实上也确是这样，因为没有过去就没有任何“现在”，既没有今天，也没有明天，也没有对所有生活在世界上、沿着自己生存的艰难道路走向过去的人们的同情。

也可以说，契诃夫启发我们怀着对过去的哀思看世界和看我们自己。法律、道德、犯罪和惩罚当然是重要的。但是所有这一切都不是法律概念，而是道德概念，不是由于害怕法律制裁而遵守的，但有时仍被违反的国家法律，而只不过是良心，是契诃夫笔下的人物的不眠伴侣，就像他早期的滑稽小说《人和狗的谈话》《无法无天》以及晚期的忧郁小说《我的一生》中一样。

契诃夫力图在读者和观众心目中唤醒的正是这种良心，作为为大地上的状况承担少许的忧患和痛苦，唤醒那厌恶犯罪倾向或行动的心灵特点。偷盗是坏事，这一点大家都知道——他在给苏沃林的一封信中这样说——但是除此以外，偷盗还是一种欲望。（关于这一点并非大家都想到）是的，契诃夫为一切被损害的、罪恶的或者虚伪的东西感到遗憾，感到有责任，感到他本人有过错。而如果批评家们仍然觉得，“违反理性地，逆着本能地”觉得，契诃夫没有教给人们任何东西，那就不必读契诃夫的作品，而要读刑法大典了。

四

我们是根据我们的能力来理解象征的，在这个意义上说，象征就是一种理解尺度，这尺度属于我们自己加上我们自己的生活经验和命运，它也属于另外的一些人，也许是与我们不接近和不友好的人。它肯定在我们对待艺术的态度中有着某种平等；它是诗歌借喻中最古老的一种，看来就是其中最民主、最有人民性的一种；在这种借喻中有着独特的和谐的公正性和不偏不倚，有着独特的“一视同仁”。可以说，它对我们所有的人是同样热诚的，在过去的“前理性”时代，它显然把人们联合在共同的感情和共同的理解之中，是他们所同样理解的。

象征是有着物体的、现实历史的或者神话意义的词组或词。例如，“十字架”“克里姆林”“三姊妹”“樱桃园”“海鸥”“黑衣修士”。理性化的态度和解释很少能向我们说明什么，并且它们似乎是没有说服力的，也许，这不过是因为正如 B.O.克柳切夫斯基所指出的那样：在生活中不是一切都可以从逻辑途径达到理解的，并且通过逻辑途径所理解的也许只是可以理解的东西的极小一部分。

樱桃园不仅是从一个家族转到另一个家族的“人间美色”，而且还是一个道德洗礼盘，是诗歌的怀抱，那里尚未出现过丝毫恶习或罪孽。

祖国语言的词汇是继承而来的。词的意义（在每一个“个人”词汇的范围内）是在生命的最早年代从成年人那里接受过来的。在中小学年代所读书本（尤其如果是以诗句写成的书本）中的词汇，可能（常常是这样）有别于最初获得的词汇。读书扩大人们的词汇，同时也带来许许多多“日常生活”中没有名称的形象和表象，想像就养成了虚构习惯，我们就开始把书本当作生活，而如果生活是贫乏的和惨淡的，我们就宁愿接受书本。看来，对文学的独特俄罗斯式的态度的一切源头就在于此（“不是我在生活，而是书本中的形象生活在我心中”），所谓的“文学解释”全部关键也都在于此。

我们或多或少地可以同意：文学不完全是生活；但文学完全不是生活的说法我们无法同意。

这倒不是因为“我们觉得，那抬高我们的谎言比许许多多平凡道理更为可贵”，也不是因为“在书中是童话，而只是在生活中有真实”。普希金知道，诗歌不是谎言，而是与人的存在的低级真实相对立的崇高真实，而且只有在这一对立中，在它将崇高和低级“区分开来”这一点中，才是诗歌的真正意义之所在。

对于生活中的低级东西，对于生活中的粗鲁的、动物性的表现来说，对于暴行和罪恶来说是不需要文学语言的。

长篇小说、中篇小说、短篇小说，总的来说，任何一篇以严肃的艺术格调为特点的文学文本当然都是反映生活的。契诃夫特别坚持的是：他的主人公们都是观察和研究生活的结果。作为一个作家，他丝毫没有说谎，也丝毫没有故作聪明。但是作家没有调色板，没有画布、画笔和颜料，他只有全民共用的词汇，他从这些词汇中挑选他所需要的、最精确和最典型的东西。艺术文本是挑选出来的词的组合，它们根据艺术构思依谐和的次序排列而成；换句话说，文本是重新排列的，或者更精确些说，是作者化了的词汇组合。

也可以说，印刷出来的文本尚“不成文学”。这是冰山的水上部分（请读者原谅我用了这个腻烦的外来词），根据这一部分可以知道冰山的存在。而它的深层的、水下部分就是思想，这思想只是在阅读文本深入到人民语言和记忆中时才显露的，而且读者接受这文本的程度取决于他掌握人民语言和记忆的程度。而我们每一个人都有自己的一块“世袭领地”，我们不那么易于超出它的界限。

一个很大的、虽然也是很寻常的错误——这就是在分析文本时不去理会其标题的实质，或者更精确些说，不把标题与文本联系起来，而我们正思索着它的构思，力图弄明白这构思。常常对标题进行可说是专门性的研究，做“单独”研究；这种做法也有着自己的特殊目的，自己的历史，有时是重大的（例如，《战争与和平》）。但是标题词组的真正意义在于：它们是了解文本的“钥匙”。

需要把两个乍一看来是毫无关系和相去甚远的，但事实上却相互关联和相互联系的标题词组比较一下：一个词组是樱桃园，在这个词组中确实没有否定的意义，只要我们的俄语存在，在这个词组里就将充满着魅力和抒情的光辉，另一个词组是黑衣修士，不过这个词组也有其阴森的诗意和魅力——某种中世纪浪漫主义的气氛；在这里无论怎么评判，但掌握着哲学家科夫林的理智的幻影是有吸引力的，正如在古时人们所说的，他“施魔法”，他逢迎人的最隐秘的、最脆弱的、自尊的方面……

而无论多么奇怪，不仅对于这则短篇小说的主人公来说他是有说服力的，而且对于读者们来说也是有说服力的！起初是契诃夫在世时的批评界，而后在文学研究中人们都说，在与老园丁佩索茨基的争论中真理在科夫林一方！是的，这则短篇小说中的花园当然不是一种偶然性，但，可以说，这不是原来那种“园子”，而是“经营性的”，在这里培育苹果是为了出售。好像在文学中、在书本上真的可以培植什么，好像在“樱桃园”这个词组中真的可以长樱桃树，但不是“经营性的”樱桃树，也不是为所有的人长的，而只是为契诃夫研究者们长的，为艺术剧院的演员们和导演们长的……

词组“黑衣修士”没有任何正面的意义；和这个词组相联系的只有隐秘的、可怕的、神秘的意思。在这里不由自主地会想起宗教裁判者，把书焚为灰烬、对人施以火刑的火堆，还有刑讯室、拷问、妄诞的言语、荒谬的事情——一切都像在《黑衣修士》中一样……

此类词组的特点还在于它们赋予最虚幻的形象以实体和存在，读者把它们作为现实来接受，对于我们来说小说中的黑衣修士并不比科夫林、丹尼娅、园子中的工人们和园子本身不现实。此类词组可以给予历史上从未有过的东西以艺术实质。不错，“黑衣的修士”还是有过的，与他们在历史上相关的东西——宗教裁判——在这里是可能有的。但是关于普希金的“石客”可以怎么说呢？这“石客”是复仇和惩罚的象征，是源自艺术意识的希腊神话式的愚昧，源自灵与赋予光、水、石头以灵气的生灵同在的时代。

但是，让我们翻开普希金的书[1]：石客是存在的，他与“诅咒”为邻，与忘却草这样的虚构为邻……而且，人们觉得他几乎是现实的，他轰隆轰隆地敲打着罐鼓来了，他伸出手来。是的，他那石手握得很重……

词组是整体的，如果把词分开单独地读，词组就失去了它的意思。有时这是很明显的，有时则不是，这就在一些似乎是最简单的和惯常的情况下使我们感到困难。例如，《战争与和平》这个词组显然是包含着我们在阅读这部长篇小说时所接受的“战争”这个词的所有意义：在奥斯特利茨交战[2]前检阅军队、图申、拿破仑、安德烈公爵之死、彼佳 · 罗斯托夫之死、别祖霍夫被俘、卡拉塔耶夫，总之，在托尔斯泰的书中可以读到一切。但是，除此之外，如果我们这样或那样经受过战争或在其他的老的和现代的书籍中读到过关于战争的事，我们就会产生无限多的关联和回忆。

关于“和平”这个词也可以这样说，无论它是同什么样的“与”字写在一起：这里所需要的不仅仅是所有的词义，而且也需要所有想像出来的、寓含的诗情意义，所有亲身体验的、保存在记忆中的、根据所听的故事和家庭传说而了解的东西，等等。在这里有着非常广阔的意义和意思——历史的、全人类的和纯粹个人的意义和意思。

---

① 指普希金的小悲剧《石客》。
② 1805 年俄奥法战争中的一个战役。

把这两个词用“与”字连接起来，我们就得到了新的、非常广阔的意义领域。在这个领域中融合了以前两个具体对照的领域（“战争”、“和平”），但是又产生了许许多多新的、出乎我们意料的领域；它们提供了越来越多新的、让人作出各种各样解释和进行争论的理由，列夫·托尔斯泰所创作的标题词组的意思似乎是无穷无尽的。而事情看来也正是这样，因为这本书的标题就是有着无数意义的象征。

它的特点就在于，对它作出的任何一个意义是可以提出的（“宣称”），但是其中没有一个意义可以受到人们偏爱（“绝对化”）或者与另外一个意义相对立。只可以说，这些意义中哪一个是我们更理解和更亲切的，哪一个是我们较少理解和不太亲近的，但是我们的理解并不剥夺由别的读者经验和鉴赏力所决定的另一种观点和存在权。

《樱桃园》的艺术新意隐藏在它的那些将我们引入历史记忆的深处、引向古代的艺术意识天地的象征。看来，感觉象征内容的能力我们是保持了的，就像我们能感觉快乐、悲伤和痛苦一样；但是我们不善于理解象征，不善于在舞台上体现它们，不善于谈论它们：“这是一个极大的秘密……”其实我们是把契诃夫的这部剧作的内容作为抒情诗来接受的，是从心灵深处对之作出反响的；我们的理性却在困惑：为什么？从何而来？这些惋惜——惋惜什么？这种悲伤——又是由于什么？我们总不是在惋惜那些在世界上早已不存在的贵族之家吧？总不是在惋惜被资产阶级代替了的贵族吧？

几乎在《樱桃园》的每一个剧中人身上都有着独特的双重性：他们不仅在舞台上出场（加耶夫、陆伯兴、菲尔斯等等），而且观众还觉得他们曾在书本上与他们相识。例如特罗菲莫夫——他有着不堪回首的过去和美好的未来，但是他根本就没有现在，无疑，他是一个车尔尼雪夫斯基式的“新人”。

阿尼娅幻想有一个“新园子”，彼佳随声说：不必惋惜旧园子。在特罗菲莫夫身上明显地反映出俄国大学生中的一个特殊阶层，他们对系统的教育、对大学的规矩和学术传统抱着极度厌恶的态度。这些真理的永久探寻者（如《在途中》中的利哈廖夫），这些永久的大学生，他们的目的是——为了未来而牺牲决死，而完全不是为了未来而进行耐心的劳动。

彼佳的幼稚气、孩子气不是偶然的：拉涅夫斯卡娅的儿子格里沙是已死去的男孩的幻影体现在特罗菲莫夫的舞台影子之中。显然，他因此才未长胡子，并且没有必要穿得那么端庄或者体面，也不需要什么新套鞋。在这种无家可归的“衣衫褴褛”中有其勇敢之处，而且有某种天命性的东西，就像穿托钵僧衣那样，腰间扎一条绳子，就像更晚些时候——已是我们所记得的时候那样——藐视领带、帽子、高跟鞋以及各式各样的化妆；女人头扎一块红头巾、剪短发；简单的小衣橱放在简陋的房间里，在这些房间里既没有服装，也没有内衣；无家可归的孩子们。

《樱桃园》的剧中人们不仅没有“角色”，而且在情节中没有地位，没有“舞台命运”——一切要么是在过去，要么是在未来，这未来或多或少是快乐的和光明的，就像在“第四个梦中”①一样。（拉涅夫斯卡娅始终感觉到一些什么东西，她一直在做梦。）

---

① 指车尔尼雪夫斯基的长篇小说《怎么办？》中的女主人公做的第四个梦，宣传空想社会主义思想。

实质上，只有那个也许将由杜尼雅莎生育的孩子才会有未来。他将在履历表中写上："农民出身"。

阿尼娅和彼佳的未来已经成为我们的过去。

与菲尔斯、杜尼雅莎、叶皮霍多夫、拉涅夫斯卡娅并列地站着他们的镜中映象，他们中的每一个人有时都投下勉强可以捕捉到的、几乎是某种看不见的，但仍然是可以区分出来的文学影子。

在契诃夫的这部喜剧上演以前两年，《在底层》进行了首演。萨金说的话"人这个词听起来很自豪"成了谚语，成了惯用语。契诃夫以彼佳·特罗菲莫夫的论争性独白回答了高尔基："既然人的生理结构是这么可怜，既然大部分的人又是这么粗野，这么浅薄，这么不幸，值得骄傲的地方又在哪里呢？我们不该再欣赏自己了。我们该工作才对。"

在第二幕中出现了一个过路人，像是一个流丐，头戴一顶偷来的制服帽，稍许有点醉，他把瓦里娅吓坏了，而真正的俄国女人柳博芙·安德烈耶夫娜把最后一枚金币给了他。

拉涅夫斯卡娅不知道金钱的价值，因为她既不把金钱与自己的快乐联系在一起，也不与悲伤联系在一起，总的来说，她不把钱与任何在她看来有意义、有贵重性的、哪怕是有价值的东西联系在一起。甚至她的房屋、园子也都不是钱，而是记忆关于童年、关于最初读过和体验过的一些长篇小说、关于祖先们、关于她可怜的儿子的记忆。

流浪人　多谢您的指教。（咳嗽）天气好极了……（朗诵）"兄弟，受苦受难的兄弟……到伏尔加河上去，谁在呻吟……"（向瓦里娅）小姐，请赏给饿肚子的俄国人三十戈比吧……

（瓦里娅吓得直叫）

陆伯兴　（愤然）任何坏事都有个限度。

柳博芙·安德烈耶夫娜　（惊慌失措）这儿……给您的……（搜索钱袋）银的没有……反正一样，就给您金的吧……

流浪人　谢谢您！（下）

（笑声）

可以把这理解为老爷式的挥霍金钱的习性，拉涅夫斯卡娅的确也有这种习性："我这个傻瓜怎么办呢？在家里我把我所有的一切都给你。"但是家里已经什么也没有了，在对待金钱的这种态度中不单单是老爷习气，还有一种俄罗斯的多疑性的警告：幸福不在金钱之中，（用金钱可以赎回什么呢？可以挽回什么呢？）幸福何在呢？在爱情之中，就像拉涅夫斯卡娅那样：随它们去吧，金钱、回忆、樱桃园——都随它们去吧，他在召唤——最好快点到巴黎去。幸福还在于什么呢？像阿尼娅那样——在于未来：我们要培育出新的园子……像陆伯兴那样：我们把旧园子砍掉，在这里建造一些别墅……幸福还在于什么呢？在过去，在拉涅夫斯卡娅的童年，在菲尔斯的青年时代，当初所有的农奴都被放走了，只有他留在了老爷们的身边——而且他现在也留在过去的影子和幻影之中。幸福：它要么是曾经有过，要么是将来会有，而现在是没有的，而且一切都瞬间即逝，都如同开玩笑，就像夏洛达或杜尼雅莎那样。

在这里问题不在于慷慨，也不在于贪婪（这两种东西在俄罗斯现在有，过去也曾有，像在所有地方一样），而在于对生活价值的纯俄罗斯式的理解：钱，不管你攒多少，总还觉得少，而且是带不到坟墓里去的……

把拉涅夫斯卡娅的最后一枚金币与俄裔美国人在大洋彼岸所形成的另一种价值观相比是有教益的。

福克纳在《独家住宅》（1938 年构思，1959 年完成手稿）中描写了一些俄罗斯人，可能是一些侨民：一个现代沙龙的女主人，人称阿兰诺夫娜；弗拉基米尔·基里洛维奇，他是一个推销员，在离纽约很远的地方，在密西西比州的几个小城镇和农场里推销缝纫机。主人公没有想到，世界上会有两三美元一条的领带，而这里却要一百五十美元一条；是的，它是淡蓝色的，正好和眼睛的颜色相配，而整个带面上都是有着蓝心儿的小小的向日葵花，这一切中包含着许多痛楚和关于无限遥远的俄罗斯的怀念。内心的痛苦显露在对话的简短问题之中，特别是停顿之中，按其情绪和深度这对话简直是契诃夫式的。“主要的，”关于这部长篇小说福克纳说，“是主人公们和他们的行为的实质。事实并没有太大的意义。”实质并不在于主人公怀里连一个子儿也没有，而在于他在道义上无权这样花费，他不能允许自己这样做。于是阿兰诺夫娜就要送给他一条领带，就像拉涅夫斯卡娅送掉自己的最后一枚金币那样。但是，既然他自己还是有钱的，他怎么能接受赠送呢？阿兰诺夫娜决定把钱烧掉：打火机点着了——马上就开始了与陀思妥耶夫斯基的长篇小说《白痴》中在壁炉旁那一幕相像的事情。但是，瞧，契诃夫和陀思妥耶夫斯基笔下的主人公们的后代是怎么说的：“停，停！——我说。她停下来了。——不能这样——我说。——不能烧钱——而她问道：为什么？——我们相互看着，她手中的打火机在烧着，我们两个都把手按在钱上……

“因为这是钱——我说——因为曾经在什么地方，曾经在什么时候，曾经有人花了太大的力气……受了太多的苦……我想说，钱给某人带来了太多的屈辱和痛苦，钱是不值这个的……不，我想说的不是这个……我说的不是那个——而她说——我一切都明白，我一切都明白得清清楚楚。只有笨蛋，只有蠢人，只有绝亲断友的懦夫们才会烧钱。那么，您接受我的这个礼物啦？您要把它带回家……”

不言而喻，这完全是另一种对待金钱的态度，关于金钱的说法也不一样，是用另外一种语言说的。光阴如流水，半个世纪过去了！生活是无情的、严格的教师！须知，拉涅夫斯卡娅的那枚金币也要花费劳动才能赚来，为了它也有人吃过苦——而且是吃了多少苦啊！好几个世纪，无法补偿，正像特罗菲莫夫关于这一点所说的那样。在俄罗斯人们为了什么没有吃过苦啊！人们对什么幻影没有追求过啊！人们为了什么理想没有赴汤蹈火过啊！但是，似乎任何时候也没有为了钱而吃过苦，甚至没有为了钱而认真工作过。“到伏尔加河去……”

《樱桃园》是在俄国历史的转折年代创作的，这也反映在剧本的内容中，反映在它的独特的和复杂的情绪之中。那是世纪之末，新的时代正在开始，许多东西确实正在衰亡，似乎已成为过时的东西，成为白白地占据着地位的东西。“世界还是由老人们统治的。”契诃夫在自己的手记本中指出。还有：“老人们不能做的一切事情都被禁止，或者被认为是应遭谴责的。”

手记本中的这些短记也许与某些未能实现和体现的构思有关。它们是一九〇三年记下的，当时《樱桃园》即将完成。这些短记与契诃夫的思想相接近，至少是反映了已失去意义和目的的时代的情绪：“你们应该有体面的、穿着优雅的孩子们，而你们的孩子们也应该有好的寓所和孩子，而他们的孩子们也应该有好寓所和孩子，而这一切又都是为了什么呢？——鬼才知道。”

最后一部剧本是契诃夫在意识到自己辞世的日子已经临近的情况下创作的。他知道，他在世的时间已经不久了。一九〇三年一月九日，他写信给 О. Л. 克尼佩尔说：“不过还是不应该忘记，在将我的著作卖给马科斯时……我已经准备死并有意将我的事情理出哪怕一点儿头绪来。”晚些时候，当人们责备他过于匆忙地接受了从各个方面来讲都是十分不利的协议时，他说：“但是难道当初我能预见到我还会再拖上五年吗？”

所有这一切——生活在两个世纪之交的人们的复杂情绪，那时上个世纪已成往事、已经为人们所感受过，似乎任何意义也没有了，就像是昨天一样；那时人们都怀着希望和惊恐窥视着未来并试图猜透这未来会是怎么样的——所有这一切共同决定了《樱桃园》的总基调。法国人让·路易·巴罗说：“这是一部关于正在过去的时代的剧本。”

我们生活在同一块土地上，实质上我们生活在同一个国家，但是我们不能到那里去一下，到拉涅夫斯卡娅的屋旁去吸一吸古老花园里难以想像的清新的空气，吸一吸俄罗斯清新的、原生的空气，因为现在的空气是另一种空气，而我们也不像我们的祖先们那样呼吸了。任何一条河都不能踏进去两次——是的，特别是当它已被水电站隔开、已变成沼泽，当它的水已被引去灌溉老耕地、浇灌老墓地的天然森林。

《樱桃园》的特点和最大的与众不同之处在于：这里主要的不

是传统舞台意义上的“典型”、性格或者形象，而是“拟人化表现”，这些表现被看成一些情绪（确切些说，被看成是普遍忧虑的情感），就像高尔基所说的“令人难堪的苦闷”——“苦闷什么呢？我不知道。”

首先——按传统来说——是菲尔斯，但还有拉涅夫斯卡娅、加耶夫、毕希克体现了过去，对他们的同情感与为过去而体验到的羞耻和痛苦混合在一起，这过去不论怎样必须补偿；这是一种十分矛盾的、不确定的和复杂的感情混合物，它的名称就叫做“契诃夫情绪”。

“一部悲伤的作品，”B.B.罗扎诺夫在收有《樱桃园》的《知识》文集出版之际所写的一篇长文中说，“但是在俄国文学中已经有过多少这样的无比鲜明、强烈和美妙的作品。它们敲击着（从格里鲍耶陀夫的《智慧的痛苦》开始）俄罗斯的感受性：俄国人的心灵为自己羞愧而要猛冲（一个永久的主题），但是它无处可冲，没有太阳。”（《新时报》，1904年6月16日）

这里所有的人都无家可归，任何人都找不到自己的位置——无论是有人在巴黎等候的拉涅夫斯卡娅，还是一直带着手枪的叶皮霍多夫，还是急于进入明天的阿尼娅和特罗菲莫夫，还是买下这充满关于过去的回忆的庄园并打算拆掉它的陆伯兴，还是夏洛达——都无家可归：“我从哪里来？我是谁？我不知道……”无论是老房屋，还是樱桃园——都是谁也不需要的，而主要的，对谁也都是不可爱的。

一月十七日，剧本第一次公演，在第三幕的剧场休息时举行了庆祝契诃夫文学活动二十五周年的祝贺会。戏剧活动家们、演员们、文学家们、记者们都向他祝贺。当时在戏院的有拉赫马尼诺夫、高尔基、夏里亚宾、勃留索夫、安德烈·别雷、菲洛索福夫……

之后晚些时候，斯坦尼斯拉夫斯基讲述了契诃夫在这次晚会上的情况："……他并不高兴，好像是他预感到了自己即将辞世。第三幕之后，毫无生气的苍白而消瘦的他站在舞台前部，克制不住咳嗽，当人们以祝词和礼物向他祝贺时，我们的心都痛苦地紧缩了起来。观众厅里有人大声叫喊让他坐下。但是契诃夫皱了皱眉头，整个庆祝会上他一直站着，庆祝会的时间拉得很长。他在自己的作品中善意地取笑过这种周年庆祝会。但是在这里他也未能忍住不笑。一个文学家在开始自己的祝词时所用的一些词和加耶夫在第一幕中祝贺自己的大橱时所用的词几乎是一样的：

"'亲爱的和尊敬的……（这位文学家以安东·巴甫洛维奇的名字替代了"大橱"这个词）在祝贺您的时候……'

"安东·巴甫洛维奇斜视了我这个扮演加耶夫的人一眼，狡黠地微笑掠过了他的双唇。

"庆祝会进行得很隆重，但是它留下了沉重的印象，它有一点儿葬礼的味道。人们在内心里感到悲伤。

"演出本身只获得了中等成功，我们谴责自己未能在第一次上演时就把剧本中最重要、最精华和最有价值的东西表现出来。

"安东·巴甫洛维奇去世了，他没有看到自己最后一部散发着馥郁气息的作品的真正成功。"

《樱桃园》在其第三量度[1]中是十分非传统的，它对传统的态

---

① 线有一个量度（长），面有两个量度（长、宽），体有三个量度（长、宽、高）。

度是具有争论性的，它让人们不断地想起关于传统这个问题，使观众沉浸在俄国文学的哀诗般的过去，因此泪水不由自主地会涌上眼睛……可能《樱桃园》是面向别的几代人的，对于这些人来说屠格涅夫式的联想和主调已不像对我们一样有那么重大的意义，届时这部喜剧的基本内容（那使它成为喜剧的东西）就会突显到首要地位，人们会在我们至今一直不笑的地方笑将起来，也会在我们偷偷擦去泪水的当口同情地微笑。

“一切都会见分晓……”

他最后的一些信非常朴实和忧伤，对莫斯科、对俄罗斯满怀着无希望的思念，一读这些信会感到心情沉重。“契诃夫去世前的一些信——正是这些信使我近日在夜间感到了真正的恐惧。这对我起的作用甚于托尔斯泰去世。”勃洛克这样写道。

巴登维勒是德国南部的一个小疗养地，毗邻瑞士。干净，整齐，有许多花，几乎全部由公寓、旅馆和一些小商店组成。陶贝大夫建议奥莉加·列昂纳德夫娜前去，他拜托德国人舒维列尔关心这位重病人。“在这里给我治病的是一位好医生，他聪明，博学。这是舒维列尔[①]大夫，他的妻子是我们莫斯科的日瓦戈。”契诃夫在写给妹妹的信中说。

作家 H.Д.捷列绍夫在契诃夫动身前夕拜访了他。

“我已经知道契诃夫病重——确切一些说，他的情况很糟，为了不打扰他，决定只送一张便条给他，以示告别。但他叫人把我追上，从楼梯上叫了回去。

“虽然我对将要看到的情况已经有思想准备，但我目睹的却出乎意料，是一幅最黯淡的情景。沙发里坐着一个瘦小得像孩子一样的人，四周围着枕头，穿的是一件不知是外衣还是长袍，腿上盖着一条方格毛毯。他的双肩窄小，面孔狭长，毫无血色——安东·巴甫洛维奇竟如此消瘦、衰弱和无法辨认。我怎么也不相信他竟变成这种样子。

“他伸出一只瘦弱蜡黄、令人看了感到可怕的手，用亲切的但已不露微笑的眼睛望着我，说：

“‘我明天要走了。永别了。我是去死的。’

“他说的是另一个字，不是这个字，比‘死’字更生硬。我此刻不愿在这里重复。

“‘我是去死的，’他坚决地说，‘请代我向你们那些“星期三”聚会的同行致意。您挑选的都是好人。请告诉他们：我记得他们，有些人我很喜欢……请代我祝愿他们幸福和成功。我们不能再见面了。’

“在他的眼睛里反映出一种宁静的、自觉地听天由命的神情。

“‘请转告蒲宁：他要写，要写。他会成为一个大作家的。您就如此把我这话告诉他。您别忘了。’

“用不着怀疑，这是我们的最后一次见面，事情是十分明显的。此时此刻我不敢大声说话，我害怕皮靴发出噪声。需要保持一种淡雅的宁静，需要敞开胸怀接受那不多的话语，对我来说，这无疑是最后的几句话，出自一颗纯洁和美好的心——契诃夫的心的最后几句话。”

这个疗养地对生肺病的人是不合适的。小城位于四周是小山的谷地。夏天下雷雨，水积聚在谷地里，蒸发出来的气味难闻。而一九〇四年六月非常热，再加上契诃夫夫妇不得不数次搬家，以便找一个合适的而且又不妨碍他人的地方：这位俄国病人剧咳起来，不让人家入睡，使人不得安宁。

① 原文为德语。

一个人活着，总希望活下去，而如果这个人就是契诃夫，他就要敏锐观察周围的情况。在最晚的、最最晚的一封写给妹妹的信中说："亲爱的玛莎，这里天气酷热，使我难以应付，因为我随身带的尽是过冬用的衣服。我气喘，我希望离开这个地方……说实话，我害怕乘火车。现在在车厢里真会憋死人的，更何况我患着气喘病，稍一不慎气喘就会加剧……再说乘火车的话，我会较快地回到家里，可我尚未玩够……至于治气喘，那么只有一种药物：不运动。

"穿着得当的德国女人连一个也看不到，俗气，令人苦闷的俗气。"

这些德国女人从柏林出发后就不给他安宁："这个地方最不好和最惹眼的是本地妇女们的衣着。太俗气了，没有一个地方的衣着是如此令人厌恶的，毫无审美观念。我没有见到过一个漂亮的女人，也没有见到过一个女人是不镶那种怪诞的花边的。"

他喜欢那儿的可口面包，喜欢那儿的方便、清洁、秩序井然、诚实，也喜欢喂得饱饱的马和吃得饱饱的狗，但是，他说："我们俄国人的生活更完美，至于意大利的或法国的生活那就更不必说了。"

《俄罗斯新闻》驻柏林的通讯员 Г.Б.伊奥洛斯曾在国外的一些麻烦事上帮助过契诃夫夫妇，他转达医生的话说："他在瞑目前直到最后一分钟都非常镇静，像一个英雄。我走近他时，他平静地用一句话迎接我：'大夫，我快死了。'我吩咐送一个新的氧气瓶来。他劝阻我说：'不必了，在把氧气瓶送到之前，我就断气了。'"

深夜三点钟契诃夫死了。

奥莉加·列昂纳德夫娜是这样回忆这最后一夜（1904 年 7 月 1—2 日即新历 14—15 日夜）的：

“安东·巴甫洛维奇是悄悄地、平静地走向另一个世界的。他在上半夜醒来，他生平第一次求我派人去请医生。我想起了我所认识的住在这座旅馆里的两个俄国大学生，他们是兄弟俩，于是我就请其中一位去找医生，我自己则去敲些冰块，以放在生命垂危的人的心口上。好像我现在还听到在那个闷热的七月之夜使我感到压抑的在嘎吱作响的沙地上走远的脚步声……

“医生来了，吩咐给香槟酒。安东·巴甫洛维奇从床上坐起，相当正经地大声向医生讲了一句德国话：*Ich sterbe*！①

“然后他拿起杯子，把脸转向我，以他特有的异常优美的微笑笑了一下说：‘我很久没有喝香槟酒了……’他安静地喝完了那杯酒，轻轻地向左侧躺下，很快他就永远地沉默了……只有一只像风似的闯进屋来的黑色大飞蛾打破了夜间可怕的寂静，它令人痛苦地碰撞炽热的电灯，在屋里乱飞。

“医生走了，在深夜的寂静和闷热中，没喝完的香槟酒酒瓶塞突然迸出，发出一声可怕的响声……东方开始发白了，随着大自然的苏醒，鸟儿发出柔和动听的歌声，仿佛在唱第一支安魂曲，从附近的教堂里传来了风琴声。这时没有人的说话声，没有日常生活的忙乱，只有死亡的美妙、安静和庄严……”

“您永远不能什么都理解。一切将在我们死时才见分晓——有

---

① 德文：“我要死了！”

些东西很复杂，要下功夫。届时作者的个性也将显露。不然您毕生将听到这样的话：他没有明确的个性，没有主心骨。”契诃夫对蒲宁这么说。

契诃夫去世后不几天，《罗斯报》（这张报纸于1903年年末由阿列克谢·苏沃林创建，当时他已离开其父办的《新时报》）的通讯员访问了伟大的托尔斯泰。托尔斯泰说：“契诃夫死了，这对我们来说是一个巨大的损失，除了无与伦比的艺术家外，我们失去了一个美好、真诚和正派的人……这是一个有魅力的人，谦虚、可爱的人……”

后来这“谦虚”品质又得到了M.高尔基的证实并确定为典范。

契诃夫一生中也维持了这种说法。很难想像一个作家，一个有强烈的艺术家气质和使命感的人居然会没有丝毫虚荣心的迹象。他把自己排在文坛上第686位，当然，他这是说着玩的，但在玩笑话中也有一部分个人真情。

然而，在十九世纪八十年代末就有人开始把他的作品译成一些欧洲语言：“十分令人快慰的是，把我的作品译成了丹麦文。现在对丹麦我放心了。”一八九二年十月二十一日契诃夫写信给兄长亚历山大说。

蒲宁激烈驳斥有关谦虚品质的说法，然而他也指出：“契诃夫并不喜欢他受到的欢迎。他害怕他的名气，害怕成为一个‘时髦的作家’。”

契诃夫一般避免讲缺陷，他羞于谈及它们，不把它们讲给人家听，因而他长期处在不显要的地位，别说落后于托尔斯泰的影子，而且还处于比波塔片科、马奇捷特和谢勒-米哈伊洛夫还次要的地位。他是“世界上说话声音最不高、然而却让人听得最清楚的作家”——关于他倒是可以这么说的，如果这么说不显得太自由奔放，而在阴影长存的谷地中不显得太鲜明的话。

“谁都不想在我们身上喜欢普通人。”他在一封信中说。但难道他是一个普通人？他是一个优秀人物。在奇怪的谦虚面具下享有世界声誉的人物。他要人家喜欢他身上的普通平常的东西：他同样该起床，该工作，该在家庭中生活；至于说到他的写作不同寻常，他的前途不同于一般——这一点他似乎是不知道的，他也不曾想过;这是同他无关的。

契诃夫善于把瞬息即逝的创作忧虑保存在自己心中，他善于把热情和沉思的时刻延长为整个一生。

安·巴·契诃夫生平和创作基本年表

1860 年 1 月 17 日（公历* 29 日）	安东·巴甫洛维奇·契诃夫出生。
1869—1879 年	在古典中学学习。
1876 年	双亲偕年幼的子女们离开塔甘罗格市（因为作家的父亲巴·叶·契诃夫被认作破产者）。
1877 年	第一次到莫斯科。
1877—1878 年	写就剧本《无父儿》《棋逢对手》和轻松喜剧《母鸡打鸣不枉然》。
1879 年	考入莫斯科大学医学系。
1880 年 3 月 9 日	在彼得堡幽默周刊《蜻蜓》上刊载经考证认定为契诃夫的首次公开发表的作品《致博学邻人书》。
1882 年夏	为出版集子《戏谑集》作准备。
1883 年夏	在奇吉诺地方自治医院工作（莫斯科附近的沃斯克列先斯克市）。
1884 年 6 月	从莫斯科大学医学系毕业。 《梅尔柏密尼的故事。安·契洪特的六则短篇小说》问世。

1885年5月6日	初次在《彼得堡日报》上发表作品——短篇小说《最后一个莫希干女人》。
1885年12月	首次彼得堡之行。在《彼得堡日报》编辑部与 A.C.苏沃林、Д.В.格里戈罗维奇、B.B.比利宾相识。
1886年2月15日	《新时报》首次刊登契诃夫的短篇小说《祭祷》。
1886年5月	《安·契洪特(安·巴·契诃夫)的五颜六色的故事》一书出版。
1886年8月27日	契诃夫一家迁入萨多沃-库德林斯克大街上的 Я.А.科尔涅耶夫宅中。
1887年8—10月	《在昏暗中——特写和短篇小说》和《天真的话》两书出版。
1887年11月19日	喜剧《伊万诺夫》在莫斯科 Ф.А.科尔什剧院首演。
1888年3月	中篇小说《草原》在《北方通报》杂志上发表。
1888年5—6月	《短篇小说集》问世。
1888年10月7日	因小说集《在昏暗中——特写和短篇小说》契诃夫被授予科学院普希金奖。
1888年12月—1889年1月	契诃夫住在彼得堡。与 П.И.柴可夫斯基相识。
1889年1月31日	话剧《伊万诺夫》在亚历山德林剧院首演。

* 本年表中的日期均系俄历,举凡是公历的都另作标明。

1889 年 7 月 2 日	在哥哥尼古拉逝世（6 月 17 日）后到了敖德萨，随后又去雅尔塔。
1890 年 3 月底	小说集《忧郁的人们》出版，该书献给 П. И. 柴可夫斯基。
1890 年 4 月 21 日	动身去萨哈林岛。
1890 年 7 月 11 日—10 月 13 日	在萨哈林岛上度过。
1890 年 10 月 16 日—12 月 1 日	经海路返回——从符拉迪沃斯托克出发，经过香港、新加坡、科伦坡、印度洋、苏伊士海峡、君士坦丁堡回到敖德萨。
1891 年 3—4 月	与 A. C. 苏沃林同行，去维也纳、威尼斯、博洛尼亚、佛罗伦萨、罗马、那不勒斯、庞贝、尼斯、蒙特卡洛、巴黎旅行。
1891 年 12 月—1892 年 2 月	帮助下诺夫哥罗德省和沃罗涅日省的遭受饥荒的农民。
1892 年 3 月 4 日	迁居梅里霍沃。
1892 年 6 月	莉卡 · 米济诺娃在梅里霍沃做客。
1892 年夏	在图拉省霍乱流行期间救治病人。
1893 年 6—7 月	完成《萨哈林岛》一书。
1894 年 9 月 14 日	去国外，到过维也纳、阿巴齐、的里雅斯特、阜姆、威尼斯、米兰、热那亚、尼斯、巴黎。
1895 年 8 月 8—9 日	契诃夫在亚斯纳亚 · 波利亚纳。列夫 · 托尔斯泰朗读长篇小说《复活》中的章节。
1895 年 10—11 月	创作剧本《海鸥》。

1895 年 12 月 14 日	与 И. А. 蒲宁相识。
1896 年 2 月 15 日	契诃夫在托尔斯泰的莫斯科寓所做客。
1896 年 6 月	契诃夫开始在梅里霍沃建造钟楼。
1896 年 10 月 17 日	《海鸥》在亚历山德林剧院首演。
1897 年 1—2 月初	参加谢尔普霍夫县巴维金区的人口普查工作。
1897 年 2—7 月	在诺沃肖尔基建造学校。
1897 年 3 月 22 日—4 月 10 日	契诃夫肺部严重出血，住进 А. А. 奥斯特罗乌莫夫医院。
1897 年 5 月 6 日	契诃夫因参加人口普查工作被授予铜质奖章。
1897 年 9 月 1 日	去国外，到了巴黎、比亚里茨、巴约纳。冬天住在尼斯的俄国公寓。
1897 年 10 月 31 日	契诃夫当选为俄国作家与学者互济会成员。
1898 年 4 月 14 日—5 月 1 日	在巴黎。与 М. М. 安托科利斯基相识。
1898 年夏	写作三部曲：《套中人》《醋栗》《关于爱情》。
1898 年 7—8 月	在梅里霍沃建造地方自治学校。
1898 年 9 月	与 О. Л. 克尼佩尔相识。
1898 年 10 月 12 日	巴维尔 · 叶戈罗维奇 · 契诃夫在莫斯科施行手术后逝世。
1898 年 10 月	为建造别墅在阿乌特卡购置园地。
1898 年 11—12 月	为萨马拉省遭受饥荒的儿童募捐。

1898年12月17日	《海鸥》在莫斯科艺术剧场首演。
1899年1月17日	受契诃夫之托，П. А.谢尔盖延科在彼得堡与出版商 А.Ф.马科斯签订了关于出版契诃夫作品文集的协议。
1899年3月19日	与 М.高尔基相识。
1899年4月10日之前	与 А.И.库普林相识。
1899年11—12月	资助在穆哈拉特建造学校，并为建立结核病人疗养院筹集资金。
1899年12月6日	“因对国民教育事业尽心竭力”而被授予三等圣·斯坦尼斯拉夫勋章。
1899年12月	由 А.Ф.马科斯出版的契诃夫文集第一卷问世。
1900年1月8日	契诃夫与其他两位作家——Л. Н.托尔斯泰和 В. Г.柯罗连科一起当选为文学名誉院士。
1900年12月11日	去国外，住在尼斯，到过意大利的比萨、佛罗伦萨和罗马。
1901年1月31日	话剧《三姊妹》在艺术剧院首演。
1901年5月25日	在莫斯科与 О. Л.克尼佩尔结婚。
1901年8月3日	立下遗嘱（在契诃夫去世之前该遗嘱一直保存在 О. Л.克尼佩尔处）。
1901年9月12日	在加斯普尔探望了病中的 Л. Н.托尔斯泰。
1902年8月25日	致函科学院，表示他放弃名誉院士的称号。

1902年12月—1903年2月	创作短篇小说《未婚妻》和喜剧《樱桃园》。
1903年12月初	在《大众杂志》上发表短篇小说《未婚妻》。
1904年1月17日	为祝贺契诃夫生日，在莫斯科艺术剧院举行《樱桃园》首演。
1904年4月	将自己的创作手记给Н. Г.加林-米哈伊洛夫斯基看，并说："大约有五百页素材尚未使用，够用上五年左右。如果我都能写出来，家庭就会有保障了。"
1904年5月	契诃夫生前最后一次发表作品——剧本《樱桃园》，载1903年的《"知识"同人文丛》。
1904年6月3日	契诃夫和妻子到巴登维勒。
1904年7月2日（新历15日）	深夜三点钟契诃夫去世。

Чехов
Михаил Громов

图书在版编目(CIP)数据

契诃夫传 / (苏) 格罗莫夫著；郑文樾，朱逸森译.
—上海：上海译文出版社，2021.12
ISBN 978-7-5327-8834-7

Ⅰ.①契… Ⅱ.①格… ②郑… ③朱… Ⅲ.①中篇小说—小说集—苏联 Ⅳ.① I512.45

中国版本图书馆 CIP 数据核字(2021)第 237326 号

契诃夫传
[苏] 格罗莫夫/著　郑文樾　朱逸森/译
责任编辑/刘晨　装帧设计/小阳工作室

上海译文出版社有限公司出版、发行
网址：www.yiwen.com.cn
201101　上海市闵行区号景路 159 弄 B 座
苏州市越洋印刷有限公司印刷

开本 889×1194　1/32　印张 17　插页 6　字数 324,000
2022 年 4 月第 1 版　2022 年 4 月第 1 次印刷
印数：0,001—8,000 册

ISBN 978-7-5327-8834-7/I・5457
定价：98.00 元